狼 别离

全荣哲 著

中国工人出版社

目 录
Contents

第一章　　彷徨年代　/　001

第二章　　岁月重逢　/　008

第三章　　寻狼记　/　028

第四章　　小狼的名字　/　044

第五章　　神秘的伙伴　/　062

第六章　　险象环生　/　081

第七章　　告别清格乐　/　104

第八章　　驯狼记　/　110

第九章　　伤心话别　/　137

第十章　　乔奴和布勒姆　/　158

第十一章　　又见图特木　/　171

第十二章　　野狼的变故　/　180

第十三章　　图特木回家　/　188

第十四章　　阿旗抓野狼　/　199

第十五章　　八只狼　/　215

第十六章　　金刚咬伤乔奴　/　232

第十七章　　意外失踪　/　241

第十八章　　寻狼记　/　256

第十九章　　野性的图腾　/　274

第二十章　　五只狼崽　/　288

第二十一章　　野狼之死　/　299

第二十二章　　狼王梦　/　307

第二十三章　　夏季回响　/　313

第二十四章　　阔别三年　/　325

第二十五章　　大地之子　/　337

第二十六章　　锡盟拍摄　/　345

第二十七章　　无法解释的秘密　/　368

第二十八章　　狼基地　/　378

第二十九章　　大窑的末日　/　398

第三十章　　伤心大草原　/　410

第三十一章　　难忘的草原狼 / 423

第三十二章　　狼性而战 / 432

第三十三章　　血的教训 / 448

第三十四章　　狼伴四年 / 470

第三十五章　　新生代 / 483

第三十六章　　不期而至 / 505

第三十七章　　狼别离 / 523

第三十八章　　我是狼王 / 544

后　记 / 565

第一章　彷徨年代

这一刻我被一拳击中，顿时倒在拳击台上，眼前有无数颗金星在闪烁。裁判员迅速跑到我面前，大声询问我是否继续参加比赛。我微微抬起头，感到一阵眩晕，蒙眬的视线中，只见对手是一个身体强壮、充满野性的家伙，我有些犹豫，准确地说是心里开始胆怯了。在一片欢呼声中，我被淘汰出局。这一年我刚满20岁，从此告别了心爱的散打舞台。

离开集训队那天，阴沉沉的乌云压得很低，伴有微微的冷风吹过。跨出体校大门的时候，我心里忐忑不安，感觉身上总有一股没使完的劲儿在涌动。走在大街上，经过一家新华书店时，看到橱窗里《狼图腾》小说的再版广告，一双草原狼的眼睛攫住我的视线。我戛然止步，久久凝视着那双冷酷的眼睛，它的目光仿佛是两道射出的极光。我扪心自问，假如我是一匹来自北方的狼会怎样？难道还会像羔羊一样趴在地上等待被狼吃掉吗？一切灰飞烟灭，成为伤心的往事留在记忆里。

大巴车停在一望无际的草原上，下车后我茫然地站了一会儿，沿着脚下的小路低头走去。太阳像一团炽热的火球，悬在上空蒸烤着大地。远处白花花的路面，被风吹得扬起一阵阵灰尘。大约半个小时的工夫，旷野传来狗的狂吠，家就在山坡背后。我的两脚踩在布满车辙的路上，深一脚浅一脚地走着。我感觉整个人像没魂儿似的在草原上游荡，宛如恍惚的人一样。

即使快到家了，我的脑子里依然塞满烦冗的回忆，一次次把我拉回到几天前的选拔现场，铁拳、汗水和绝望的呐喊声在我的脑海里挥之不去，我无法忘记自己被击倒的瞬间。一年多的拳击生涯，我练就了强壮的体魄、发达的肌肉、榔头般的铁拳、犹如闪电的出手速度，跑起步来更像一头猛兽，但是这些却没给我战胜对手的勇气，甚至是一败涂地。一想到这些，我的视线就变得模糊起来，失败的泪水难以洗去心灵上的耻辱。我不想让母亲看到儿子返乡时的悲伤，于是用力提了下手里的皮箱，给人貌似平静的感觉。

母亲是一位朴实寡言的人，对我的不期而至多少感到意外。听过我的解释，她相信儿子是从体校顺利毕业了，脸上一次次露出惊喜之色。

夜晚，我打开皮箱，把从体校带回来的物品一件件拿出来。压箱底的是一副早已磨旧了的拳击手套，活像两只受惊的小老虎，相互拥抱着缩在一起。我抚摸着上面磨旧的表皮，心像被什么东西扯了一下。我合上箱子，拳击手套就这样被我"打入冷宫"。

没过几天，母亲似乎察觉到我内心隐藏的不快。那是一个阳光明媚的上午，她的身影处于逆光中，微笑时洁白的牙齿排列整齐，犹如一眉弯月。母亲不动声色地望着我，眼神里充满对儿子的某种担忧。我察觉她想说什么，于是我把脸移向天空方向，仰望贪婪的白云，它们就像麻木的爬行动物，臃肿乏力。我以这种消极的方式，躲过了母亲的问话。

晚饭过后，模糊的阴影无声无息地挤进房间，躲藏在暗淡的空气之中悄然散开。母亲进屋打开房间里的电灯，她没有马上离开，而是在我身边坐下，微喘的气息温暖湿润，从我的鼻腔前飘过，略带一点儿酸奶的味道。她抚摸着我的脸说道：

"安达，毕业的时候你想过没有，如果在呼市找一份工作多好。"

"我不喜欢大城市。"

"回家也好，在妈的身边省着我惦记你了。"

过了一会儿，她手里攥着梳子进来非要给我梳头。我已经长大了，母亲却一直拿我当孩子，我想推托，然而她每次都坚持要这样做。

"安达，你不是喜欢留长发吗，从今天开始就别再剪短了。"

我喜欢长发的感觉，站在旷野眺望远方，风迎面吹来，长发飘飘，特别潇洒，跟烈马奔跑时身上飘逸的马鬃没两样，它让我找到草原的感觉，忘记塞满脑子的烦心琐事。我要彻底清空这些杂念，让心躺平在蓝天、白云、草原和蒙古包之间。

回到家乡，我在体校学的那些本领毫无用武之地。连续几天过去，这种颓废的处境没有得到丝毫改变，于是我学着像作家那样，尝试对现实充满幻想，用这种方式消磨时光。我的状态就像一种痼疾在发作，然而始终没有地方发泄。

一天，机会终于来了，同学阿都沁来找我，他在歌厅被几个坏家伙欺负了，问我有没有胆量收拾那些人。当时正赶上我心情极度不好，我厉声问道：

"什么人动你的？咱们去会会他们。"

阿都沁愣在那里，用一副胆怯的目光打量着我。

"就我们俩吗？他们好几个人呀！"

"别啰唆了。"

我穿上磨旧的皮夹克，脚踩皮鞋，拉着阿都沁朝他的摩托车走去。上车的时候我推了他一把，让他坐在我身后。没等阿都沁坐稳，我一脚油门，摩托车喷着两股黑烟蹿向马路。

摩托车隆隆的排气管声，像射出的子弹在旷野中回荡。我幻想着自己就是电影《007》中的詹姆斯·邦德，一下找到了感觉，一股壮士一去不复还的豪情油然而生。

我帮阿都沁狠狠收拾了那几个欺负人的家伙，我一个对付三个，打得对方落花流水。事后阿都沁朝我伸出大拇指，称赞我是草原上的雄鹰，半个月来我第一次有种酣畅淋漓的感觉。

不过，当天下午我就被警察关进小号，是一间阴暗潮湿的房间，里面只有一张铁床和一张木桌，空间特别狭窄，到处散发着难闻的脚丫子上面的酸臭味。我就像一头猛兽被关在牢笼里，憋得十分难受。

房间里有一扇铁窗，夜晚室外清凉的月色充满房间，带给我几分旷野的宁静。这时一轮圆月悄然出现在窗外，月亮表面金黄色的影子吸引着我。我从床上坐起来，好像第一次发现了什么，两眼直视上面的影子，它在逐渐弥漫，点缀着某种不可名状的神秘。它呈现出千军万马的姿态，场面气势恢宏，其中一个身形较大的犹如冲锋的号角，变化成那些形状中的统治者，它的边缘被金丝银线勾勒出美妙的轮廓，开始逐渐演变成长着四只利爪腾飞的动物。我越看越惊讶，那个形象把我吸引到它的奥妙深处，让我陷入久久的沉思。它的形状愈加跟我心里所寄托的某种动物相吻合，那不是飞狼在月球上吗？是飞狼啊！我顿时愕然，眼睛久久地凝视着。

我对邪恶的藐视是从黑暗中诞生的，它给我一种力量，通常在不知不觉中向我走来。当我处于困境的时候，黑暗与我为伴；当我幸福快乐的时候，它却悄然隐没。黑暗是璀璨的黎明，是灵魂游弋的旷野，在大草原带给我无穷的想象。谁是它的主宰？在我童年的时候，这个疑问一直徘徊不去。那时一到夜晚周围模糊一片，遥望繁星，常常有种神秘、恐惧的力量在身边环绕，就像冥冥之中看到一双双泛着蓝光的眼睛在闪烁，透着某种深邃，游走于黑暗之中。它一下子勾住了我的神经，我惊讶地站住不动，紧紧盯着虚无缥缈的地方，似乎在黑暗世界看到了灵魂的存在。每当黑夜到来的时候，耳边在宁静中盘旋着嗡嗡的响声，并夹杂着老人沉闷的说话声：

"天黑了，狼该嗥叫了。"

狼究竟是什么动物？经常听人说到，我却从来没见过，它是鬼使神差还是上天的使者？我很奇怪，在月球中居然会发现它的化身。通常狼的身影会出现在绘画或照片中，常常有人把圆月与狼对天长啸放在一起。第一次在电视中听到狼嗥的时候,我全然被它震慑,产生许多遐想。在我被关进小号的日子,被禁锢和失去自由的时候,对狼充满幻想,似乎有一种力量紧紧地把我攥住。

几天后我被释放,走出派出所大门,心情顿时舒畅了许多。阿都沁早已等候在门外,我们直奔乌兰布统一家不错的饭店。现在我最想要的就是羊肉加烈性白酒,那玩意儿让我极度提神。饭桌上我俩勾肩搭背,推杯换盏,他被我的真情打动。

"安达,你真厉害,跟狼似的。"

"你见过狼吗?"

"没有。"

"怎么知道我像狼呢?"

"听爷爷说过,它在草原没谁敢惹它。"

"狼陪我度过这段日子,我在月球里每天都想看到它。"

"你眼神够好使的,我怎么看不出来?"

之后我们经常一道骑摩托车在旷野里飞奔,草长得把我们的膝盖淹没了,人就像在海水中穿梭,仿佛跳进大草原这个天然游泳池。我们经常骑摩托车消磨快乐时光,从高坡上猛冲下去,跟高山滑雪运动员一样,在空中滑翔,寻求刺激的感觉。有时我们还会比谁敢骑摩托车到断崖的边缘,离它越近越好,每次比赛我都赢他。我们一起眺望远方,像雄鹰一样站在高峰之巅,目视遥远的地平线。

玩累了两个人就坐在石头上,观看脚下蚂蚁般大小的牧羊人,还有白云似的羊群。我们还会比谁的眼神好,谁能数出羊群有多少只羊。阿都沁的家境比我好,每天放养上千只羊,一年下来收获不菲,而我却一无所有,一想到这些我便沉默了。阿都沁发现我内心隐藏的孤独,他委婉地说道:

"安达,今后你有什么打算?不能老是待在家里,总要找点事情做吧?"

他的话戳到我的痛处,我甩手就想离开,却被他一把拦住。

"你别任性了,这是何必呢?"

那天下午,我跟阿都沁闹得有些不快,临走的时候刮起了大风,沙尘铺天盖地,阿都沁用车送我回家。后来我被他家的皮卡车吸引,我学会开车也是在这个时候。我们一个人驾车,一个人骑摩托在草原狂飙,沿着弯曲的小路赛车,车轮遇到高低不平的地面不断颠簸。我们玩得无比疯狂,来到高处回头一看,平坦的草地上留下一道道车辙,很像外星人在地球活动留下的足迹。不过这种天堂般的日子很快便如梦般逝去,等到安静下来很容易让人陷入空虚之中,这时我才发现快乐只是一时的,它不是我要的生活。母亲发现了我的焦虑和不安,有一天,在晚霞还没消散的时候,她坐到我身边,和蔼地说道:

"安达,给你找一份差事就好了。"

她与远在外地的父亲联系,他在一家砖厂做会计,可以在那边给我安排一份工作。我毫不犹豫,第二天便离开家乡投奔父亲去了。

第二章　岁月重逢

父亲去的地方，远在天边草原乌拉盖，位于锡林郭勒盟东乌珠穆沁旗，距离中蒙边境很近，向东200多公里就是阿尔山。

乌拉盖是一个被浩瀚草原环绕的边陲小城，在中国版图中犹如弹丸之地，真可谓草原中的雀巢。小镇向南有一条笔直的公路，从它的尽头往回看乌拉盖就像在天边看云霭，仿佛那里的建筑都被淹没在仙境之中。我的学生时代便是在这里度过的。尽管现在提起它有种恍如隔世的感觉，不过提到乌拉盖我便想起一个人，他的名字一直镌刻在我心里，像血肉长在一起一样。

我小的时候，某一天，家里来了一位陌生的客人。这个人个头不高，黑油油的头发，说话慢条斯理，眼睛明亮有神。他是父亲的好友。我倚在客厅的旮旯儿处，一边摆弄着"嘎拉哈"，一边听着两个人聊天。这时，来人回头发现了我。

"小家伙，上几年级了？"

我没吱声,害羞地挪动着小碎步,连头也不敢抬起来。父亲瞅了我一会儿,见我不说话,便抬手指向客人,说道:

"问你话呢!他就是我经常跟你提到的刘大爷,乌拉盖的刘万里。"

我这才抬头,看了一眼面前的陌生人,但是仍然没吱声。一不小心,我手里的"嘎拉哈"滑落下来,骨碌到他的脚边。这时,刘万里俯身捡起来递给我。父亲生气地朝我挥挥手。

"不说话就到外面玩去吧,去吧去吧。"

父亲对我的表现颇为不满,让我去外面玩。那时我家家境不好,到了上学的年龄我却辍学在家。刘万里知道后沉默了片刻,用商量的口气跟父亲说道:

"哪能耽误孩子上学,这不是白瞎了吗?"

"这里条件差,咋读书啊?"

母亲在一旁说了一句,表情甚为难堪,像是被窘迫的生活所困扰,忧愁一直挂在她脸上。这时,刘万里在房间里喊我的名字:

"安达,你过来。"

听到喊声,我走进屋里,抬头看向刘万里。他摸了摸我的脑袋问道:

"还想不想上学了?"

我低头啜泣,从嗓子缝里挤出一句话:

"大爷,我想上学。"

"这就对了。"

刘万里看着我的父母,又说道:

"你们同意的话我把他带走,乌拉盖条件比这里好,去那边上学吧。"

父母听到这句话,脸上露出感激之情。父亲平时很少说话,那天晚上,他请刘万里在家一起喝酒。两人迎面而坐,把酒对饮,谈到很晚。刘万里想在乌拉盖开砖厂,这次是特意找父亲商量找工人的事,当天,他留在我家住了一宿。

母亲连夜把我的衣服洗好,用火烘干叠得整整齐齐,还为我准备了书包,里面放了我最喜欢的一双运动鞋。等她忙完这一切,天已经拂晓。

第二天吃过早饭,我跟刘万里匆忙上路。离家之前母亲给我梳头,嘱咐了一些话,我不断向她点头回应。

也许是头一次出远门的关系,一路上我见到什么都觉得新鲜。途中休息的时候,刘万里给我买了一根冰棍,还有一个面包。好像坐了一个白天的汽车,刚走的时候,太阳是贴在左边车窗外的,白得特别晃人眼睛;快到地方的时候,太阳又趴在右边车窗外,变成大红色了。

到达乌拉盖时天已经擦黑。远远看去,小镇就像是一座漂亮的城市,特别热闹。满街都是行人和车辆,大路两边还有一排排的路灯,跟白昼一样明亮。各种铺面琳琅满目,行人络绎不绝。街边一处处烧烤的小摊位上烟雾缭绕,叫卖声此起彼伏,烤肉的味道钻进我的鼻子里,搞得我小肚子里像有什么东西在挠痒痒。

刘万里家住的平房,靠近山坡,背后是一片旷野。家里除了他和大娘马豆外,还有一个妹妹,三四岁的样子,叫露露。我常常看到刘万里和马豆在家不辞辛苦地忙碌。那时因为我年纪小,也不曾想到要帮他们做点什么，每天写完作业，不是跟露露玩，就是一个人默默地把刘万里扔在院子里的旧轮胎拿到长满贝加尔湖针茅的山坡上往下滚，轮胎有时遇到石头就会往上一跳蹿得老高，我便跟在它身后紧紧地追它，一玩能玩好半天。在大人眼里我那时既不淘气，又从不给他们惹是生非，甚得他们的喜爱。

刘万里是20世纪50年代跟随父辈从河北石家庄支边来到内蒙古的。马豆是辽宁人，看上去比刘万里年轻许多，性格开朗爽快，勤于家务。我是蒙古族人，按照民族划分这个家庭是蒙汉组合，互相尊重彼此的生活习惯，家庭气氛其乐融融。大爷大娘一直把我当作亲生儿子抚养，我也把他们看作我爸我妈。

夏天，我经常躺在软绵绵的草地上晒太阳，我对草原上各种花卉和草本植物的认识是从刘万里这里学到的，包括野罂粟、山丹、长叶胡枝子、斜茎黄芪、金露梅、野韭、芍药花等。

春天正是"大眼贼"嬉戏繁殖的季节，它是我们这片草原特有的一种鼠类，只有十几厘米长，经常两只脚着地站立观察周围。别看长得小巧玲珑，却非常聪明，时而在稀疏的矮草和土坷垃之间出现，并不在乎身边有没有人。当你靠近它的时候，它才会迅速钻到洞口边，但是不会马上钻进洞里，而是露出滑稽的小脑袋故意挑逗人似的，如果你再靠近一步，它便哧溜一下钻进洞里。

一天，刘万里手里提着一个装满水的塑料桶，带我朝苔草沼泽化草甸的山坡走去。我们找到一处"大眼贼"的洞口，他拧开塑料桶的盖子，对准土洞口把水全部灌入洞内。很快"大眼贼"在洞里待不住了，只要它出来刘万里总有办法捉到它。最多的时候我们小半天就能抓到十几只"大眼贼",玩一会儿就把它们放了。

胡硕庙一带遍布水塘和芦苇,每年夏季都会有鸿雁来这里,还有丹顶鹤、野鸭子。我和刘万里常常头顶烈日到这里看各种鸟,有的鸟掠过头顶时飞得很低,翅膀扑扇时带来的凉风吹到我们脸上。偶尔还可以捡到鸟身上落下的羽毛,我会小心地带回家,夹在书本里。

上中学的时候,刘万里给了我一本武侠小说,无论我看到哪一页,都会把鸟的羽毛整齐地放入书中做记号。

六月下旬,正值满山遍野花开的时节,大草原上到处都飘逸着花粉的芳香,各种花卉争芳斗艳,刘万里说:

"芍药谷遍地都是花,你想过去看看吗?"

我说:

"大爷,我特别想去。"

"你会看到一大片芍药花,开得可美了。"

于是周末的一天,我们一家前往芍药谷。到那里一看,的确不是寻常之地,芍药花洁白如玉,像一道瀑布从半山腰缓缓盛开,一直蔓延到山脚下的冷蒿草坪,漫山遍野的花犹如流动的白云。初次见到这番景色,我还以为是雪山没有融化,当走近它的时候,才发现原来是一片片白色的芍药花,高低绽放,簇拥在一起挤成一团团棉花的形状,并且还有一股股花粉的味道。马豆和露露已经在花丛环抱中不停地拍照,花丛中不乏粉红艳丽的色彩点缀,如果不仔细观察,这些鲜艳的芍药花就会淹没在白浪一样的花海之中,这是何等的曼妙。芍药谷美艳得不能用任何语言来描述，仿佛浑然天成的雪景。我虽然不懂画画，但是见到这般景色，突然有一种冲动，想拿起画笔描绘它，芍药谷如同天堂，在我成长的记忆中得以保留，我始终不能忘却它的美丽。

秋天到了，草原的天空也有所变化，不再有夏天那种大团大团的浮云，即使出现也很少见到。天蓝得有些清脆，像一张薄纸，用手轻轻一捅就能击碎似的。阳光依然很毒，像无数发烫的针头刺向大地，但带有丝丝凉意的秋风开始吹来了，吹进皮肤的毛孔里，干爽得十分舒服。

"天气要凉了。"

刘万里望着蓝天说道。

有一次他带我去一个地方，我跟他一起沿悬崖走去，路是牧羊人踩出来的，羊肠盘绕。我紧跟在他身后，生怕碰到狐狸、蛇之类的动物。他走得很快，渐渐把我甩到身后。一块岩石挡住了我的视线，绕过之后，刘万里的身影忽而不见了，我顿时有一些恐慌的感觉。这时嗖嗖的北风从耳边吹过，加剧了旷野紧张的气氛，忽然间我发现已经爬得很高了。青草被风吹得弯下腰，相互摩擦发出唰唰的响声，我慢慢往前走去，看到刘万里正蹲在一处岩石前。我再走近一看，原来他在观察一个洞口，我好奇地走到他跟前。

"大爷，你在看什么？"

"这是狼洞，过去里面有狼住过。"

听到狼的字眼，我不由得心里一颤，不是眼前的狼洞有多么吸引我，而是幻想起狼在我们身边出现，那种神圣威严的姿态，映在圆月里仰天长啸，我不由得对这种动物肃然起敬。狼洞内被风刮进一些干草,很像有动物在里面躲藏过,把草压得平平整整。刘万里用手扒了一下洞里的草,下面什么也没有。

"放羊的人可能经常躲在这里避风。"

他抬头望着头顶上方的悬崖,一块突兀的岩石映在蓝天之中。

"你看那块石头多带劲,当年一定有狼站在它上面嗥叫。"

我顺着他手指的方向看去,岩石非常雄伟,像是和白云叠在一起。刘万里坐在石头上,手里夹着一支香烟,长长地吐了一口气,他的思绪沉浸在对往事的回忆中。

"70年代知青下乡,狼被打绝了。"

"你见过狼吗?"

我带着疑惑的口气向他问道。

"咋没见过,秋天赶趟子的时候经常见到狼。"

"什么叫赶趟子?"

"就是秋天牧民把羊群集中起来,派专人赶到旗里送给国家,一路上动不动就会遇到狼。"

"见到狼你害怕吗?"

"咋不怕呢?离我最近的时候不到3米,吓得我不敢动。"

刘万里说话时眼神里透露出阵阵恐惧,把我的紧张情绪再次点燃。也许这次经历对于他刻骨铭心,以至于刘万里多年后回忆起来,那种情景都能丝毫不差地讲述清楚。我至今还能记得他讲的内容,描述起来大致是这样一幅情景:

当时正逢秋季,公社开始组织牧民赶趟子,一天走不到地方,夜晚露宿旷野需要把羊圈在一起,人就靠在羊群附近休息。

下半夜的时候，突然羊群一阵骚乱，原来是一群狼跑到羊群里正在祸害羊。一头大公狼瞪着眼睛注视着他，目光闪亮。他记得狼的模样是黄金色，毛长得格外漂亮，两只前爪深深地抓在地上与他对视，用刘万里的话说：

"那家伙身上有一种说不出的冷酷，两只眼睛像射出的匕首瞄准着我。"

"你被它吓住了？"

我继续问道。

刘万里的眼睛瞪得溜圆，闪动着可怕的回忆。

"咋不怕呢？当时身边没人，就我一个，只要我一动狼非扑我不可。"

"你怎么办？手里没枪吗？"

"狼可精了，看到拿枪的人早躲开了，发现拿套马杆的它就靠过来了，狼对铁锈的味道那才敏感。"

"后来你咋脱险的？"

"狼见我一直没动，就自己跑了。"

刘万里讲述的时候，我的眼前早已浮现那只狼的模样，骤然间吓得浑身一阵阵起鸡皮疙瘩。最后刘万里把狼比作草原的灵魂，灵魂是高高在上的东西，看不见摸不到，却在我的心头飘来飘去。我攥紧拳头，不由得抬头再次看向头顶，似乎那只狼就在我们上方那突兀的悬崖上伫立。

有一件事让我记忆犹新。一天早晨，天阴沉沉得像是没睡醒一样，茫茫大雪遮掩了高低不平的地面，一切看上去是那么的浑厚圆润。出门不远，我看到刘万里的手臂紧紧挟住一头狍子的脖颈,人和动物一起深陷于雪坑之中。看来他们之间的博弈已有段时间了,雪坑里留下一片打斗的痕迹。刘万里呼呼地喘着粗气,从鼻子和嘴巴里呼出的气流变成一股股雾状的白烟。原来是狍子误入雪坑,两脚抓不住地面,叉在那里动不了了。这时我见刘万里的帽子已经被甩到一边,双手冻得跟胡萝卜般通红。他的手臂如同狼夹子一般,紧紧抓住狍子的脖子不敢松懈。那动物剧烈挣扎,企图从他手里逃脱。只见刘万里的身体一点点不断下沉,快让雪坑完全埋没了。我向他跑去,就听他对我大声喊道:

"你叫人来,快去叫人啊!"

远处正好有几个骑马的人,我向那伙人呼喊着。牧民们听见后骑马跑过来,看到雪坑里的情况,二话不说纷纷跳进坑里,像划水似的接近刘万里。大家一起总算把狍子制服了,后来那只不走运的狍子去向如何不得而知。

冬季的额仑草原到处银装素裹,只有高一些的杂草裸露在皑皑白雪之上,犹如老人稀疏的胡须随风曳动。地面一旦被雪覆盖,表面常常会留下各种动物的足迹,刘万里根据这些脚印可以准确地判断它们是什么动物,黄羊、狍子、狐狸,还是野兔,通常他在脚印前要停留很久,那里有什么秘密我当然一无所知。

每天早上,刘万里是最先出门的那个人。夜里飘落的雪花悄然停歇,不过许多动物的脚印还留在上面。刘万里蹲在那里凝目观察,像是看很久了。吃早饭的时候,他说了一句:

"昨天夜里不知道是什么动物在羊圈附近转悠,脚印不小呢!"

马豆狐疑地问道:

"羊没事吧？"

"三只都好好的。"

"那就行了，你还担心什么？"

我见刘万里脸色阴沉，眉头紧蹙，不知道出什么事了。我只是埋头吃早饭，准备去上学，这时又听他说：

"看脚印像狼留下的。"

我抬头看着刘万里，这时马豆神色有些惊诧，继续问道：

"怎么会有狼呢？你看错了吧？"

刘万里夹口菜放到嘴里，若有所思地咀嚼着。

"估计是头年雪大，外蒙的狼窜到乌拉盖了。"

"很久没听说有狼了。"

"我怀疑是从北部山区下来的，那里距离边境多近。"

乌拉盖相隔几道岭是蒙古国，最近的地方是在马鬃山以北的山区。吃过早饭，我悄悄来到院子，沿着刘万里留下的足迹，找到狼的脚印，一看是朝山坡方向来的，又朝山坡方向消失。远处的山白花花的一片，像围棋的棋子一个个摆在一起。然而整个冬季过去，没再听说有狼的消息。

在乌拉盖，我听过许多有关狼的故事，什么白鬃狼、黄金狼、白狼、金毛狼了，不胜枚举，还有狼袭击羊群了、疯狼咬死马了；等等。我对狼一直有着恐惧和敬畏的心理，甚至有时看到房檐下洁白的冰柱，都会想到锋利的狼牙。

我说的这些事都是小时候的经历。提起乌拉盖的草原狼，十多年来再也无人知晓它的去处，住在山里的牧民常说这样一句话：

"乌拉盖已经没有草原狼了。"

大巴车一路向西而行，我的思绪断断续续，时而碎片式勾起我对往事的回忆，时而又把我拉回到现实当中。车窗外是一望无际的大草原，青草的味道阵阵钻进车厢里。公路两侧是草场，时而是克氏针茅草地，时而又是羊草草甸，还有柳灌丛沼泽。只要有人住的地方，无论是平原还是山地，都被各种铁丝网围住，高高低低，把旷野切成不同的形状，牛羊圈在这些区域内，自由受到限制。

整整跑了七八个钟头，接近乌拉盖的时候，蒙古包和红砖房建筑开始多起来，一些院子门前竖着风力发电机，巨大的叶扇在风中不停地旋转，有时还有刺眼的反光。远处逐渐出现朦胧的楼房，乌拉盖像一座宝岛镶嵌在绿洲中，我的心不由得加速跳动。

从车站出来，沿着余晖染红的路面向前走去，身影映在落日的晚霞中被拉得修长。大约半小时的工夫，靠近山坡一带出现一些建筑，标志性的是高耸的烟囱，青烟袅袅，与身后模糊的群山融为一体，像一幅淡彩描绘的水墨国画。这是刘万里经营的砖场，我们叫它大窑。

傍晚的时候，大窑喧嚣的机械声停息了，院子里不见一人，我的脚步声在垒好的砖坯和矮墙之间回荡。眼前滑过一只小花猫，弓腰缩背，跑到不远处的地方回头朝我窥视。我提着行李朝大窑后走去，那里有两排砖房，前排靠左那栋是父亲住的房间，微弱的灯光从里面溢出，他正伏案噼里啪啦地打着算盘。这时我来到门口，父亲停下手里的活儿，把我迎进屋。

我卸下双肩包往靠近门口的长条椅上一放，坐下打量小屋。

桌子上是一些账本、纸条、翻开的记事本等,旁边是一个简易的架子,格子里整齐地摆放着一些资料夹子,书桌背后是一张木板床,上面铺的被子是父亲从家里带来的。房间里的摆设和他的人一样朴实简单,散发着勤劳俭朴的本色。父亲拿起桌子上的饭盒,打开包裹在外面的毛巾。他的鬓角两侧又多了一些白发,他把饭盒递给我。

"饿了吧?先吃晚饭再说。"

"不饿,你让我待一会儿。有水吗?"

我擦了一把头上的汗,从父亲手里接过缸子,咕咚咕咚喝了几口水。抬头的时候,我发现后窗正对一个车棚,屋檐下停着一辆摩托车,鲜红的车身吸引了我的注意。不久之后,一个年轻人倚在摩托旁吸烟。这时,父亲的说话声打断了我。

"大窑缺一个技术员,每次砖机一出毛病就得请人来修,你跟人家学一门手艺吧。"

"是大爷安排的?"

"他就那么嘀咕两句。你咋想的?"

"我没啥想的,听他安排吧。"

晚霞在不知不觉中消失了,天快黑的时候,有一只小狗摇着尾巴不知从哪里钻出来。它好奇地打量一下我,友好地嗅着我脚上的气味,没一会儿它走进父亲的房屋,趴在他身边休息。

室外传来汽车的马达声,小狗一激灵立刻跑出房门,不停地向坡下的道路张望。远处一辆皮卡车朝着这边开来,小狗摇晃着尾巴迅速向前跑去。车身上面甩满黄泥点,活像长满了大麻子的人脸。刘万里下车,衣服和水靴沾的全是泥巴,像是慌慌张张从工地赶来的模样。

"安达,啥时候到的?"

"大爷,我才进屋。"

父亲闻声已经从房间出来,他戳下搭在鼻梁上的老花镜,表情惊讶地问道:

"你这是从哪儿赶回来的?瞧这一身泥巴。"

"刚才误车弄的。"

刘万里抹了一把脸上的汗水,接过父亲递来的凳子坐下,视线一直落在我这边,好像要在我身上找到什么似的。父亲从我们身后说了一句:

"孩子又让你费心了。"

"他来就对了。"

刘万里黝黑的脸上多了几分倦怠之色,恐怕与他目前的劳作有关,这种变化不是几年前我所看到的,时间的沧桑正在悄然改变每一个人。他一直乐呵呵地朝我笑,乌黑的眼珠子还是那样闪亮发光。

"没吃饭吧,跟我到家弄两口热乎的,我也没吃啊。"

说完,刘万里把我带走了。

皮卡车驶向小镇,夜色不知不觉浓稠起来。街道两旁的路灯齐刷刷地被点亮,橙黄色的灯光铺满街道,跟晚霞一样绚丽。一眼望去,小镇又多出不少新门脸,门头上宝丽布的广告牌一下多了起来,还有少量的灯光字,弄得人眼花缭乱,就连夜市的气氛也早早弥漫了街头,小商小贩的叫卖声,肉串摊位烟熏火燎的气味,还有门店前放的音乐声,混杂在一起,热闹非凡。远处楼房，家家户户明灯闪烁。几年之间小镇变化不小，活像一颗跳动的心脏。

十几分钟后，我们俩一同走进小区楼道，来到刘万里家。马豆从厨房迎出来，热情地招呼我。

屋子里的摆设跟原来毫无二致，所不同的是墙上新添了不少照片，跟小型博物馆似的。这些照片是刘万里参加《狼图腾》电影拍摄时留下的，其中一张略显珍贵，它镶嵌在黑色镜框里，一头狼站在雪地里，眼睛像撒了金粉闪烁着光斑，银丝般的毛发在夕阳的光线下熠熠生辉。草原狼如此完美，我还是头一次看到，我在浏览照片时，特意在它面前停顿良久，与其说我被照片打动，莫不如说草原狼深邃的眸子已经攫住我的眼球。马豆很快做好两碗羊肉面，热乎乎端上餐桌，开口说道：

"你看满屋子全是大爷拍的照片，他还买了高档相机。"

我微笑地看着刘万里，他坐在椅子上掸下落在身上的烟灰，咧嘴在笑。

"狼多精神，能拿住人吧？"

吃过晚饭，我告别马豆，跟着刘万里下楼，他要送我去住的地方。

皮卡车穿过小镇一直向东开去，不多会儿从大窑门前穿过，往前是一排平房，它建在山坡处。上中学的时候，刘万里全家曾经在这里住过，所以我对它一点儿都不陌生。如今条件好了，刘万里搬进了镇里，现在只有中午的时候才会过来休息一下，特别是大窑繁忙的季节，人就住在这里不回镇里了，有时马豆也会过来一起住。平房共有六间，腾出的一间是给我的，床铺整洁如新,隔壁屋子便是厨房,再往西是刘万里一家住过的两间平房。把我安顿好了,刘万里看看没什么事就先走了。

夜晚,我做了一个奇怪的梦,梦见人在太空中漂泊,这时从幽暗的深处隐约出现一只狼,它的眼睛弥漫着蓝色幽光向我扑来。我不停地奔跑,竭尽浑身的力气,然而狼却一直在我身后穷追不舍,我极为恐惧,早已吓得浑身颤抖。当它追上我的时候,我一个跳跃,居然骑到它身上,紧紧抱住它的头,像骑马一样。不知狼究竟要带我去何方,前方一片漆黑,但我却能感到有无数星星一样的东西在闪烁。狼边跑边对着我耳语,我被它的说话声惊醒,睁眼一看发现是一场梦。

刚才梦里狼对我说些什么我想不起来了。这个梦的由来,恐怕跟晚上去刘万里家看到墙上照片中的狼有关,好神奇啊!

没过两天,刘万里开车拉我去兜风。半小时的车程后我们来到胡硕庙,沿"品"字形的山洼往山上爬。山路是个大缓坡,我一边走一边回头瞭望,小路附近到处是被雨水冲刷出来的大大小小的深坑。对面和左右两侧全是相连的山脉,围成一个半弧形,只有爬山的方向是个口子。我们一气来到山顶,眼前是一座孤零零的敖包,上面戳着一堆干树枝和半人高的枯草。山头风很大,吹得树枝和枯草哗哗直响。远处朝阳下的山坡上有一群羊在吃草,慢慢朝我们这边移动。刘万里点支烟,不慌不忙地坐在一块石头上。他抬起夹烟的手指,朝前方一指说道:

"我们在这里拍过戏。冬天雪大的时候,从山头滑爬犁,依靠惯性可以一直冲到豁口下方的大草甸子。"

他谈起《狼图腾》电影,陈阵初到蒙古包,他和毕利格老人趴在山头，观察黄羊吃草，这场戏就是在眼前的山坡拍摄的。我对这段情节记忆犹新，不过有一个疑惑一直困扰着我，当时狼已经把黄羊包围了，为什么不马上吃掉它们？刘万里为我解开了其中的奥秘。原来狼在等待太阳落山，那时黄羊吃了一天的草料，个个把肚子撑得很饱，只想休息睡觉不想再动了。狡猾的狼抓住机会，从三面山头猛冲下来，把黄羊赶向平坦的旷野，傻瓜黄羊纷纷中计，拼命向这一带跑去，它们哪里想到这是狼布下的陷阱。积雪下面全是大大小小的坑，黄羊看不出来，只要踩上去就会掉进雪窟窿里，纷纷陷入雪窝中，即使不被饿死也会被冻死。狼把雪坑看作天然的冰箱，先把黄羊储存起来，来年开春没有食物的时候便打雪道，把掉进坑里的黄羊一个个吃掉。听完刘万里的讲述，我顿时茅塞顿开。

"狼真狡猾。"

刘万里哼了一声，接着讲道：

"只能说它们精明透顶，人身上要是有狼的那股劲就能干成事了。"

"你是说狼性吧？"

我反问道。刘万里掐灭手里的烟头往土里一埋。

"狼性两字最早你是听我说的吧？你算听懂了。"

风吹乱了眼前的草地，一阵阵绵羊的膻味不断飘来，羊群距离我们很近了。看到它们埋头吃草的样子，一个个就像没头脑的行尸走肉。在草原，羊天生就是喂狼的动物，正是它们的存在，维系了草原生物链的稳定。我遐想着有狼从对面冲过来，场面排山倒海，惊心动魄。之后我有一个困惑，刘万里百忙之中把我拉到山上，只为了让我听他讲这些故事吗？他完全有理由在家讲给我听。

我们驱车继续北上，远远看到天鹅湖。皮卡车向湖边驶去，经过一个蒙古包，草地里蹿出一条黑色的牧羊犬，它疯狂地向皮卡车追来，身影飞快地掠过草丛，像一道弧光冲到车轮前，一次次猛扑车身，甚至头撞到汽车的玻璃上。刘万里看一眼后视镜，说：

"你看看狗多傻，不怕被车轮轧死。"

"它是忠臣，为了看家才这样做。"

"狼才不干这种傻事呢，它会讲究方法。"

"狼和狗区别很大吗？"

"还用说吗？"

大黑狗追了一阵，累得气喘吁吁，伸出长舌站在原地不动了。不过它为主人忠诚守护的精神值得赞赏，但是我并不看好它的行为。

天鹅湖也是拍摄《狼图腾》的场景之一。在月黑风高的夜晚，狼群袭击了军马，单凭几十匹狼想要击垮庞大的对手，简直就是以卵击石，不过有一只奔跑的狼，像一道黑色闪电，它腾空而起跳到马群中，狠狠咬住一匹马的脊背，任凭它怎样挣扎就是不撒嘴，裹成一团的马队瞬间被撕裂，像狂风吹散的沙子被分开。狼群趁机各个击破，最终军马被它们赶进大湖，结果不言而喻。电影里这个场面太残酷了，200多匹军马活活被狼崽子干掉了，冻死在冰湖里，像生铁焊在一起，特别悲壮。这是一场不对等的战争，结果狼战胜了比它大出几十倍的军马，毫无悬念。

"不知你注意到没有,跳到马背上的狼后来什么下场?"

"我想是被马踩死了。"

"比那还惨,你根本想不出来它的结局。"

我挠一下脑袋瓜,掩饰着无法回答的困窘。刘万里看着我,好像在说你比狼还笨,他说:

"马蹄子把狼踏成一张皮了,跟纸片一样薄,我没见过比这还残酷的。"

依照他的说法,残酷的不是马,而是被马蹄踩踏之后只剩下一张皮的狼,狼的勇敢劲头无法想象。我凝神屏息,不知何故听到这个桥段后一直低头思索。这只狼跳上马背之前,那一瞬间需要多大的勇气?

"人就应该像狼一样要有血性,绝不能被强大的对手吓倒。"

听到这句话我脸上一阵阵发热,相信两颊一定泛起了红色。刘万里那如同刀子一样的目光一直盯着我。

"很难想象狼在高头大马面前一点都不畏惧,人咋比吧?"

我想起在拳击台上尴尬的一幕,倘若我有狼性、血性,哪怕只有一点点在我身上发酵,我也必然会勇敢地站起来,重新迎战对手,也许就不会在选拔赛被淘汰。我赞叹狼的精神,相信跟刘万里来到这里不虚此行。

"安达,我希望你能在狼身上悟出一些道理。"

"跟大爷一起慢慢学吧。"

"有一件事,提起它就让人心寒,你见过我啥时候心像针扎似的难受吗?"

"从小到大真没见过。"

我看着刘万里，他脸色顿时凝重起来，眼睛里充满复杂的东西。《狼图腾》电影拍摄结束，有件事对他打击很大，至今犹在眼前不能忘记。那是一个充满阴霾的冬天，寒流横扫额仑草原，天冷得有些异常。这天上午，狼基地的院子里开来几辆大卡车。刘万里远远地看到草原狼分别被装进笼子抬上车，这时苏厂长来到他身边，两人默默守望着。

"万里，为啥不留给我们两只狼？咋都拉走了？"

"剧组有自己的打算吧？"

"哎呀，真可惜，乌拉盖这么多年都看不到一只草原狼，不能跟他们说说留给我们几只吗？"

苏厂长露出一副十分惋惜的表情。两个人没再吭声，隔着铁丝网默默看着。狼在被装车的时候，有的四下打量，有的惊慌失措，还有的目视大草原，一副恋恋不舍的样子。直到最后一只被装上卡车，车门哐当一声关上的瞬间，仿佛黑夜降临。

作为当事人看到这种情景十分痛心，刘万里原本希望驯狼组能留下几只狼，馈赠乌拉盖留作纪念，不知何故，剧组一只狼也没有留下，全部运往国外。后来这件事对他打击很大，直到现在，狼被装车的情景仍历历在目。也许是情怀的驱动，也许是他从狼身上看到狼性和血性的力量，他发誓自己也要养狼。

"你喜欢狼吗？"

我被他突然的话问愣了，一会儿才回道：

"咋不喜欢呢？听你这么一说更喜欢了。"

"狼和草原本是天生一对，和谐共生，现在怎么看不到草原狼了？"

"乌拉盖没有狼不能叫天边草原。"

"说得没错，我们一起养狼好不好？"

"我听你的安排。"

"养狼必须驯它才能拍出好片子，驯狼可不是一件好干的事，你想好了？"

刘万里带我跑了一下午，讲了不少与狼有关的故事，其实他只为养狼而来。我不假思索地接受了。过去我曾经养过一只狗，现在又找回童年的快乐，而且还是一份工作，自然喜悦涌上心头。

晚上，窗外明晃晃的圆月悄然爬上夜空，上面神奇的影子再次打动了我，无论视线移动到哪里，都能在月球表面找到跟狼接近的形状，它的头在山峰起势的部位，而整个身躯埋在黑影之中，一条腿像奔跑的马，而另一只爪子却丢在月亮的身外。我的视线在上面转了好几转，这时才发现狼的影子完整地叠在圆月之中。我遐想着，忽然感到一阵激动。

第三章 寻狼记

两天后我跟刘万里踏上寻狼之旅,开始就像无头的苍蝇到处打听,根本找不到庙门,于是把目标锁定在东乌旗狗市,也许贩狗的人掌握着一些线索。我们抱着侥幸的心理跑了一圈,结果一无所获。这时有人建议我们去东乌旗日杂市场打听一下,那里有卖兽夹子的,也许能探听到消息。于是我们按照热心人的指点驱车前往。到地方一打听确实有这类商品,我们心里一阵激动,这几天的茫然奔波总算有了进展。

我们走进这家老旧的门市,一股皮具的味道直冲鼻腔扑来。室内光线有些暗淡,墙面上残留着早已发黄的宣传画,斑驳的痕迹上留下一些灰尘,还有蜘蛛的银丝挂在上面。虽然小店看上去古板守旧,不追逐潮流,但是货架上的物品却琳琅满目。这种老门市很容易积压卖不出去的商品,我和刘万里在店里四处寻找,最后来到收银台附近,果然发现一连串生铁打造的夹子,像蛇一样盘在一堆,看来好久没人动这里了。刘万里伸手拿起一串,用手比画着,这时梳着分头的中年售货员走了过来。

"还有大一点的吗?"

"它不小了,你们买它干什么用?"

"有没有吧,拿给我们看看。"

售货员从柜子下面抽出比刚才大一号的铁夹子,往柜台上一摆。刘万里摆弄两下,用力拉开上面的弹簧,轻声说道:

"跟我过去见到的狼夹子差不多。"

我拿在手里,感觉沉甸甸的。旁边一位买东西的牧民正向售货员交钱,一会儿牧民一只胳膊夹着马鞍垫子,一手拎着皮靴走了出去。

"怎么样,看中没有?你手里拿的是牧民打旱獭用的夹子。"

售货员对我俩说道。

"跟过去的狼夹子差不多?"

"你说话真逗,现在哪还有狼了?"

售货员长着一副饱经世俗的面孔,不慌不忙地应酬着。刘万里递给他一支烟,两人聊了一会儿,从寒暄和敷衍了事,逐渐转入倾腹交谈。售货员明白了我们的真实来意,客气地让我们坐在炉火边的长条椅上。他面带困色,像想起了什么,便透露给我们一个信息。

"前些日子我遇见一个马戏团,好像这些人手里有狼。"

听到这个消息,我跟刘万里坐不住了,递给售货员一支烟,然后急忙向他告辞。

驱车20多分钟,没费吹灰之力,我们找到了马戏团的所在地。门口停着一辆敞篷车，上面画有涂鸦，各种演出道具、绮罗伞盖堆满院子，一伙流浪艺人进进出出地在紧张忙碌，其中一个长着猴脸、发型凌乱、脸色雪白的男子，他头戴一顶鸭舌帽接待我们，看他的长相便知是经历颠沛流离生活所致。他貌似坦诚，听说我们想买狼，于是向我们开始神侃如何弄到小狼的经历。他说话的模样怪有意思的，表情和动作带有喜剧色彩，我说他是老戏骨一点都不为过，一看就是久经江湖的人。

刘万里被他的描述所打动，兴奋地跟在他身后，走进一个类似仓库的地方。里面空间很大，笼子里关着各种动物，包括猴子、狐狸、黑熊、蛇等，有的像贼一样注视我们，关狼的笼子放在一处角落。经过这里的时候，猴脸人用手一指，说道：

"狼崽是它生的，公狼两个月前病死了。"

第一次近距离看到狼，我不禁有些惊喜，只见狼趴在地上，浑身的毛发有的地方粘在一起，眼睛半眯着不想理睬的样子。这个动物一点都不像传说中的狼那样威武霸气，也不像刘万里照片中拍摄的草原狼那样精神焕发，倒显得有些萎靡不振，这让我感到非常失望。

猴脸人往旁边一指，地上有一个柳条筐，的确如他所述，里面睡着一只小狼，砍来砍去，刘万里算是用高价达成了这笔交易。

把小狼弄到手，它受到精心照料。镇上的人听说我们在养狼，一传十，十传百，不久引来一些朋友的好奇，大伙都想一饱眼福，一时间人来人往。我每天都感到自豪无比，因为我掌管着小狼的监护权，有权让谁看，也有权拒绝让谁看。某日，一位蓄着半白络腮胡须的长者看过小狼后摇摇头，含蓄地讲了一句：

"我看它不像草原狼。"

这是一位其貌不扬，有着丰富经验的牧民，脸上布满皱纹，看他的模样是见过世面的。听到他的一席话我很气愤，决定今后不让乱七八糟的人前来看小狼了。刘万里知道后开导我说：

"你别听他们瞎说，看走眼的人多了。"

从此之后，刘万里有空便跑来观察小狼，从他沉默的眼神中我略有几分担忧。半个月后，小狼的尾巴长得比之前长了一点，再过一段时间有点开始往上翘了。刘万里料到事情并不乐观，再来看小狼的时候，脸上没有了往日的笑容。又过几天，小狼的尾巴更为上卷，明显与家犬没有什么区别。我非常沮丧，自觉是上当了，真想去找卖狼的主人讨一个说法，刘万里拦住我说：

"都这样了能解决啥问题，怪咱们买狼心切，以后多长个记性好了。"

后来我多处打听，流浪艺人们早已不知去向。

"小狼"送人了，一场闹剧渐渐平息。失败的教训并没有击垮我们，只是觉得不可思议。

后来，知道我们想买狼的人多起来，有的主动找上门，向我们兜售狼崽子，其中不乏貌似闲汉的人。不过，这次与狗市上的卖主打交道必须小心，毕竟我们不是江湖上的人，容易上当。

有过上次的教训我们也学精了，跟狗市卖主见面的时候，装作一副不慌不忙的样子，并不想让对方看出我们买狼的迫切心情，说话时东拉西扯，漫不经心，就看卖狼人的反应。刘万里巧用声东击西的方法，企图迷惑对方，打探卖狼人的底线是什么。

没多会儿，卖主按捺不住了，似乎不想跟我们再谈下去。刘万里看到有机可乘，迅速对症下药。卖狼人一见我们真想买狼，就开始不厌其烦地讲起小狼的出处，说话时的眼神十分专注，一直落在刘万里和我的身上，是一副诚恳面相的人所具有的基本特征，丝毫看不出他有任何破绽。他与刘万里对话时，能够把小狼的微妙之处说得滴水不漏，我被他打动了。刘万里的心态与我不分上下，早已按捺不住，我们要求马上见到小狼。卖主以市场禁止交易野生动物为由，自己骑摩托车离开狗市，三拐两拐从我们视线中消失。我们按他说的地点离开热闹的集市，躲到一处僻静冷清的地方等候着。这场游戏完全像特务在交换情报，从一开始就显得鬼鬼祟祟。

一袋烟的工夫，卖主骑车出现，匆匆走到我们面前。他行色诡异，说话的时候东瞅西看，小心地从怀里掏出狼崽子，看样子刚出生不久，放在地上走路都站不稳，圆乎乎的模样像一团滚动的毛绒球。刘万里抱起小狼，手指在它的毛发中来回戳几下。卖主看到后生怕刘万里用力过大伤害小狼，急忙接过小狼。

"啥价钱啊？"

刘万里问道。卖主沉默片刻，说：

"没价。"

"这话唠的，什么叫没价？"

"看着给吧，总比买狗崽子贵几倍吧。"

经过再三讨价还价，最终我们以 800 元的价钱成交。

返回乌拉盖，小狼跟我住在一起，甚至睡在我床上。一天，小狼拉稀不小心蹭了我一身，我给小狼洗澡，狼在温水里一泡出现一个奇怪的现象，身上不断在掉颜色，洗了几遍水还是黑的，这引起了我的好奇。等小狼毛发干透了，有的地方颜色变浅了，原来它是被染发剂染过的狗崽子。我非常憎恨人性的卑劣，在利益面前尔虞我诈。我们两次上当，对养狼的热情打击很大，周围嘲讽的话频频传来。

假狼崽子无常病死。寻狼的梦想暂时搁浅，一时间我们十分沮丧，很难理解人性的丑陋。我们本想出于良知去谋事，不承想得到这种结果。刘万里给北京的朋友打电话，他是全老师，《狼图腾》电影的美术指导。我在旁边没离开，就听刘万里讲述着找狼受骗的经历，也许全老师在电话里说了什么，刘万里放下手机不甘心的样子。

"安达，开春咱们继续找狼，在我眼里没有办不成的事。"

同年夏天，我跟大窑的穆师傅学了几个月机械。冬季大窑停工，我便返回老家窝着去了。

2014年4月初的一天，刘万里接到一个从呼伦贝尔打来的电话，一看是周久成打来的，说自己手里有狼，让他过去一趟。这个人是东乌旗的，与刘万里有过一面之交。他再次看到一线希望，一个电话又把我从乌兰布统召唤回来了。我们俩一拍即合，决定去呼伦贝尔转一圈。

出发当天，一大早大娘来了，给我们备了一堆路上吃的东西。临上车前，她再三叮嘱我路上盯好大爷，别让他开车太快。

天刚蒙蒙亮，我们俩便匆匆离开乌拉盖，朝霍林河方向驶去。刘万里开车，一手是方向盘，一手是香烟。快到中午的时候，他有些疲倦，于是我替换他开车，很快他斜倚在车门处睡着了。阳光照在他脸上,一副温暖舒适的样子,他的手放在两腿之间,左手的虎口处贴着创可贴。

远处是茂密的森林,松树枝头的雪挂在寒风中飘落下来,像落下来的白色花瓣纷纷扬扬。山下是一条河流,镶嵌在平坦的旷野间,露出冰面的地方呈现出淡淡的粉绿色,反射着耀眼的光泽。大概过去了一个小时的样子,刘万里挪动下身子,睡眼惺忪地问我:

"安达,开到哪儿了?"

"已经是阿尔山地界了。"

他揉揉有些发红的眼睛,侧身打起精神,脸看向窗外,旷野的积雪似乎比乌拉盖要大一些。

"你睡得真香,都打呼噜了。"

"我一点儿都没感觉,换我开吧。"

"你先吃点东西再说。"

刘万里垫了几口,找出一瓶矿泉水咕咚两口,把我换下来。

皮卡车经过阿尔山地界时遇到一段崎岖的山路,车子颠来颠去,很容易把我送入梦乡。车身在左右摇晃时,我迷迷糊糊,自觉身体就像是在拳击台上被人打来打去,有拳头朝我飞来。这时皮卡车猛地颠了一下,我擦下嘴角流的口水,从梦中苏醒。只见道路两边树木阴森,高耸的松树一眼看不到顶,光线逐渐幽暗起来。这一段路虽然不长,但是却占去我们不少的时间。

晚上九点多钟,前方灯火通明,皮卡车已经驶入呼伦贝尔市市郊。刘万里与周久成接通电话,约定第二天见面的时间,随后我们在附近找了一家旅馆住下。

次日一早，我们提前赶到事先说好的地点。我们是在他的住所见面的，这个人说话的时候一副煞有介事的样子，眼神却闪烁不定，特别是他斜视时的眼光，犹如狡猾的大眼贼，给人的印象不是很靠谱。说到小狼他有些绕圈子，原来是一户牧民在山里放羊的时候，在一个山洞里发现居然有三只还没睁眼的小动物。牧民搞不清是什么动物，于是抱它们回家，结果是狼崽子，牧民感到特别侥幸，当时多亏没有遇到大狼，否则后果不堪设想。周久成的描述占去我们很多时间，我不想听他拖沓，迫切地想知道小狼的下落。这时周久成依然很兴奋，夸夸其谈狼是如何弄到手的，目前寄托在朋友家喂养，诸如此类莫名其妙的话讲了一堆。我当时听完心里瞬间凉了半截，心想明明说好小狼就在他手里，现在怎么变了？真是验证了那句俗语：计划没有变化快。

刘万里与我不同，他极有耐心地陪周久成聊天，似乎对他谈的内容颇感兴趣。刘万里说：

"久成，我拿你当朋友才从600公里以外赶来，我想马上看到小狼。"

"我把手头的事情处理一下，咱这就过去。"

很快，周久成带我们到了他朋友家。小狼睡在木箱里，枕在羊皮褥子上，像攥紧的拳头一样缩成一团。刘万里一看，二话没说，拍了一下周久成的肩膀，两人开始谈条件。我一看那人，虽然长相比刘万里略显年轻，不过有几分老谋深算，尤其是他的眸子瞬间闪过的狡猾之色。他看我们真想买狼，说话开始绕弯子，我猜就是为钱的事暂不松口。我在旁边一直察言观色，试图从对方言谈举止中发现破绽。最后刘万里花了1600元，勉强买下小狼。

  我从箱子里抱起小狼,它一副懵懂的样子,用紫红色的舌头舔着我的手。它的鼻尖油光发亮,有点湿润。小狼嗅着我肌肤上的气味,给我一种莫名的亲切感。我抚摩它的时候,不知为什么小狼非常温顺。我把它紧紧贴在自己脸上,它伸出舌头舔我的脸,像吸盘一样一点点在上面蠕动。我已经深深爱上它。这是我第一次近距离观察小狼的眼睛,像是罩着一层浅蓝色透明的薄膜,它什么也看不到,却好像有打量我的意识。我把它揣进怀里,生怕把它冻着。

  回来的路上,经过超市的时候,我买了牛奶和饼干之类的东西。回到房间,我先把牛奶倒进一只碗里加热,又往里面添加少量捣碎的饼干渣子,然后放到小狼的嘴边。它伸出鲜红的小舌头,软绵绵的,就像一根吸管,一点一点地把碗里的食物吃到嘴里。刘万里一直站在我身后,同样笑眯眯地看着小狼。

  "别一下撑着它了。"

  "这次我们不会再上当吧?"

  "咋讲呢?就看命了。"

  "反正我一见到它就喜欢上了,我相信自己的感觉。"

  吃完东西,小狼跟婴儿似的伸出舌尖,不断舔着嘴巴周围,瞪着圆溜溜的眼睛看着我。一会儿它在地上走动,像醉汉走路。我用手指轻轻碰下它的鼻子,又摸下它的小爪子,柔软得跟毛绒玩具一样,与之不同的是它有温度,和我的手一样温暖。刘万里一边吸烟,一边思索着,眼睛里浮现出从未有过的激动。我突然觉得今天买它的时候是不是太轻率了,我们不会又当了一次冤大头，第三次上当吧？但有时人得相信自己的判断。我把鼻尖贴近小狼，几乎就要跟它接吻了，觉得小狼是与生俱来地跟我们有缘。

"大爷，乌拉盖草原狼就这么开始吗？"

"还想咋样？"

"真像一场梦。"

"这就对了，人能上天入地不都是从梦开始的吗？"

下午，刘万里又去找周久成，他想了解抓狼的牧民手里是否还有其他几只狼，结果不是送人了，就是养几天死掉了。牧民留下的唯一这只被我们买走了。这下刘万里断了念想回到旅馆。

夜晚，刘万里躺在床上很快入睡。我关掉台灯，皎洁的月色从窗口洒进室内，洒在朦胧的周围，眼前的物体变得模糊不清。我把小狼放在床头边，只要夜里醒来睁眼就能看见它。

第二天一早，小狼已经站在纸箱里打量着周围。我把它抱出来，借着窗外的光线仔细地观察它的眼睛，只见蓝灰色里透出大海一样的水纹。我用手在它眼前晃两下，小狼没有任何反应。我把牛奶加热，又放进一些面包片送到它嘴边，小狼吃得特别香。

玻璃上结了一层厚厚的霜，朝外一看，天暗得要下雪了，今天明显比昨天要冷。刘万里裹着寒气进屋，手里提着透明的塑料袋，里面是热气腾腾的包子和豆腐脑，他往桌子上一放。

"趁热吃吧，吃完后咱们出发。"

"天气不好啊。"

"这叫倒春寒，走的时候小家伙可别冻着了。"

"咋看它都跟狗崽子没两样。"

"哪儿呀？一眼就能看出区别，你看它的眼睛是蓝的，狗是吗？"

临走时周久成赶来，送我们上车时他提醒一句：

"你们办狼证了吗？"

"办了，来的时候有些突然，没顾上带。"

"狼属于野生动物，不能随便买卖，路上小心点。"

太阳爬到八点的高度，我们已经离开旅馆。一到旷野，顿时感觉寒气袭人，冷风顺着各种缝隙一个劲地往车里面钻，车内温度明显下降很多。我把小狼放进怀里，用大衣遮住它，我的肚子一下鼓起一个大包，就像怀孕的妇女，没多一会儿小狼便在我的怀里睡着了。

一个多小时后，皮卡行驶到巴勒根达坂，我们遇到站在路边的执勤的警察，还有被拦停的车辆停在一旁等待检查。有人向我们走来，拉开车门，一股朔风吹进车里。警察仔细查看刘万里的证件，其中一人的视线在我身上停留片刻，然后又走到后备厢搜查一遍。这时我才注意到，卡车旁有几个人蹲在地上，像是被警察抓获的犯人，在他们身边有几个麻袋，里面好像装了什么东西在蠕动。离这伙人不到两米的地方，地上有三个金属笼子，里面装的全是各种鸟。我明白了这些人是倒卖野生动物的，开始担心怀里的小狼别在这个时候吼叫，毕竟它是一只野生动物，容易给我们找麻烦。没过一会儿，我们的车得以放行。刘万里一脚油门，离开检查站。他用胳膊捅了我一下：

"那些人是偷猎的，麻袋里也许有国家保护动物。"

"小狼他们管吗？"

"你说呢？狼是国家二级保护动物，警察说我们你有脾气吗？"

听到这番话，我只觉得小狼弄到手太不容易了。我解开大衣扣子，从缝隙里看到小狼的脑袋，感觉怎么都看不够。

这时身后再次传来警笛声，刘万里不停地看着后视镜。警车越来越近，快要追上我们的时候，小狼开始在我怀里不停地蠕动，并且尖叫着拼命想爬出来，我用手轻轻按下它的脑袋。很快警车与我们并驾齐驱，有一名戴眼镜的年轻警察一直朝我这边看。与警车同行一段距离后，他们下道朝岔路拐去。

我和刘万里的心总算平静下来，之后我们一路非常顺畅。大概下午两点钟，我们来到新安盟地界。我们驶入一座加油站，简单吃点东西，也把小狼喂饱，然后继续上路。

天空慢慢阴下来，铅灰色的乌云逐渐增多，狂风席卷而来，夹杂着零星的雪花。没多大工夫，路面被薄薄的一层积雪覆盖，迎面而来的车速度显然慢了下来，车内气温感觉又低了几度，我担心小狼被冻着，把它紧紧贴在怀里。突然，一股暖流在我肚皮间逐渐散开，我一摸湿乎乎的，原来小狼在里面撒尿了。

"狼真拿你当亲人了。"

"别拉屎就行。"

我赶紧从小包里拽出毛巾，先把小狼身上的尿擦干净，然后擦我身上湿的地方。小狼因为刚才冷的关系，重新趴到我怀里，十分安静。

路面已经附着一层积雪，仿佛白色哈达镶嵌在群山中，前方路牌出现"霍林河市"几个字。没过一会儿，怀中的小狼又开始躁动起来,像有什么东西在我胸前挠痒似的,它探出头向外张望。刘万里瞅它一眼。

"小狼挺有灵性,知道快到家了。"

雪花随风像蛇一样紧贴地面掠过,前方出现一段漫长的下坡,道路一侧是十几米深的沟壑。皮卡车正常行驶的时候,车轮突然在平坦的路面上不断地打滑,刘万里来回扭动着方向盘,车身像爬犁不听他摆布。眼看着一点点沿山路滑进沟里,刘万里大声叫喊道:

"安达,车失控了,你快跳车!跳车!"

"你怎么办?"

"别管我了,你快跳啊!"

刘万里狠狠地推我一把,我的手紧紧抓住车门上方的把手,腾出一只手本能地护住怀里的小狼。这时皮卡车一头栽倒下去,侧翻的时候被大树拦腰挡住,"咣当"一下我的头重重地撞在车门一侧,脑袋像挨了一闷棍,瞬间感觉天旋地转,只听刘万里在喊:

"安达,安达!"

"我没事儿,你怎么样?"

"身体被压住,不能动了。"

我挣扎着想起身,发现小狼正在舔我脸上的血。我摸下受伤的脑袋,好不容易弄开车门,身子活动几下,总算从里面钻了出来,跟跟跄跄地绕到刘万里这边。他已经打开车门,正在费力往外挪动大腿,他的手背蹭下一块皮,鲜血淋漓。

"你别拽我胳膊,疼死我了。"

他吃力地爬出车外，吊着左手臂。我们回头再看皮卡车的时候顿时大骇，不偏不倚卡在土坡的豁口处，被一棵大树拦腰截住，再偏一点儿就会滑入几十米深的大斜坡，那时说什么都晚了。

"安达，你的头出血了！"

"大爷，你手臂没事吧？"

"动不了了，想办法爬上去吧。"

这时我才想到怀里的小狼不见了，急忙重新钻进车内。

"你找啥呀？"

"小狼还在里面。"

"你不要命了？弄不好车会滑到沟里的，你快出来！"

我没听他的话，已经探进半截身子在车厢内寻找小狼。刘万里一手护着手臂走过来。

"车身在晃悠了，你快爬出来！"

我趴在后座椅下方的角落里，好不容易才发现小狼，它吓得直打哆嗦。我拼命伸手去够它，小狼反而一直往里面缩着身子。刘万里一把抓住我的大衣使劲往外拽，喊道：

"救它干啥，保命要紧！"

"我就快够到小狼了。"

"不要它了，车要往下滑了，你快出来！"

大树挤住我半截身子，伸出去的手就是够不到小狼。我像蚯蚓一样使劲往车座下一钻，这下能往里面爬一点了。终于，我伸手抓住小狼的后背，把它一点点拽了出来。

"小狼吓坏了。"

我抱着它让刘万里看看,他生气地一把拽过小狼撇了出去。

"不养它了,这家伙晦气。"

小狼顺着大雪坡滑到沟里。我顿时惊骇,二话没说跟着跳下去,人仰马翻地冲向沟底,一把抓住小狼。它被吓得瑟瑟发抖,我把它抱进怀里,奋力往雪坡上爬。雪地很滑,快要爬上坡的时候,我一次次努力都失败了,这时刘万里伸手想要拉我,我却甩了一下胳膊,愣是自己从别的地方爬上来。

"大爷,没你这么干的。"

"它差点儿要了咱俩的命,晦气不说,以后还不知道咋样呢!"

"小狼是我用生命换来的,我养活它。"

"你这孩子真犟。"

我护着小狼,啥话都不想说了,兜了一圈找到一处缓坡总算慢慢上来。我再回头一看,皮卡车已向深沟里滑去,让人魂飞魄散。刘万里掏出纸巾擦我脑袋上的血迹,纸巾瞬间冻成铁皮。他看了一下,随手一扔便被风刮跑了。他一手捂着手臂,一副痛苦的神色。

"大爷,你胳膊咋了?"

"可能是骨折了,疼得不敢碰它。"

说话间一辆大卡车从远处驶来,刘万里上前招手把车拦住,与司机交涉之后我们搭车朝霍林河驶去。当天晚上,马豆闻讯赶来了,她听完我们的历险经过十分惊讶,担心地说道:

"你们两人真捡了一条命,是小狼保佑了你们,让我看看它长啥样。"

我把小狼递给她看，马豆看它的时候说了一句：

　　"你的命真大，我看你以后怎么报答。"

　　第二天上午，刘万里顺利做完骨折手术，马豆留下继续照顾他，我先带小狼提前返回乌拉盖。

　　这次寻狼之旅遭遇了一次不幸，我冒着生命危险拯救了小狼，也这样跟它结下缘分。

第四章　小狼的名字

一周之后刘万里返回乌拉盖，手臂用纱布吊着。工人们并不清楚他是怎么伤的，怕是听说之后，会笑话我们为一只狼而献身，这件事对我俩而言痛并快乐着。

现在小狼跟我住在一起，我用纸箱给它搭了一个临时小窝，里面絮些干草，刘万里找来小棉被让我铺在下面。没事儿我们就蹲在纸箱前看着它，小狼的一举一动时刻牵动着我们俩的心。

"半个月后小狼就能看东西了，睁眼看到的是人，就会把他当作父母；看见的是狼，人就很难驯化了。"

"你是从哪里听说的？"

"《狼图腾》电影里的驯兽师，外国人玩得比我们明白。"

"这些人了解得真多。"

刘万里看着我头上的伤，伸手在我头上摸了一下。

"快长好了，多少是一个纪念，你把小狼喂好吧，它会懂得感恩的。"

初春时节，大窑的工人陆续返回。父亲的后窗外，摩托车再次出现，它的主人叫清格乐，一个与我年龄不相上下的青年，据说他有一个嗜好，喜欢跟人掰手腕，在砖厂一般人不是他的对手，仅凭这一点他就名声赫赫。

一天下班的路上，刘万里被一阵热闹的欢呼声惊扰，原来是清格乐正与工人掰手腕，他赢得了一瓶草原白。刘万里走过去，对清格乐说道：

"听说你小子掰手腕挺狂的，你等着，我找个对手跟你比画一下。"

"经理，是谁呀？"

"你别打听了，人家比你还小。"

刚刚吃过晚饭，刘万里带我去大窑，路上我才知道是掰手腕，恰好我想认识清格乐，当然是他的那辆摩托车在吸引我，这是一个机会，不能放过。

一到大窑，围观的人很多，父亲也在当中，看到是我来了他颇为恼火，默默嘀咕一句：

"你不好好养狼，来这里干什么？"

"是大爷叫我来的。"

父亲叹了一口气，没再说什么，沮丧地离去。

清格乐没觉得我有什么过人的地方，论个头和体重都不如他，结局自不必说。他亮出右手臂，显然以胜利者自居。我怎么看他都像拳击台上的对手，发达的肌肉，充满挑战的意味。我不卑不亢地伸出手臂平放在小桌上，看着他那桀骜不驯的眼神，心里很是平静。比赛结果我是赢家。清格乐在大庭广众之下丢面子心里很不是滋味，他不服气，又挑战左手掰腕，结果我又赢他了。从此他想拜我为师，一来二去我俩结为好友。

有一次我骑着他的摩托车行驶在小镇的街道上，由于车速过快被交警盯住，很快身后便传来警笛声。我驾驶摩托车开始疯狂地逃窜，穿梭在大街小巷，像蛇一样游刃有余，我与交警上演了一场猫抓老鼠的游戏。我在人群中擦肩而过，动作犹如旋风扫过。警车追了半天，最后还是被我甩在身后。事后清格乐对我十分崇拜，从此，除了小狼，我又多了一个默契的朋友。

清格乐经常晚饭过后到砖房找我，见到小狼，他提起来一看，面带惊色。

"是狼崽子，你还养这玩意儿？"

"你咋知道的？"

"跟我叔叔学的，他养过狼。"

清格乐家在宝昌，他叔叔养狼经历过一段伤心的往事。我不想多问，但他一再想让我早点知道事实真相。

某年春天，草原流行瘟疫，一些牧民的家犬在劫难逃。清格乐的叔叔养的狼在不久之后也被瘟疫感染，狼病得非常可怕，越来越不正常。出于对它的感情，他叔叔相信狼一定会从噩梦中醒来。然而狼的病情一天天加重，逐渐把它变成一头疯狼。一天早晨，清格乐去狼圈，发现疯狼咬死了他的叔叔，后来疯狼被赶到的民兵当场击毙。从那以后，阴影一直留在清格乐心里挥之不去，他一再告诫我：

"千万别去碰这个家伙，它就是白眼狼，你对它再好也白搭。"

听到这话,我半信半疑,守在狼窝前斟酌良久,难道小狼长大后会背叛我吗?清格乐看出了我雷打不动的念头,劝我以后对狼小心一点。我问他:

"你叔叔养的狼是从小抱来的吗?"

"我不知道。"

"那就是了,小狼没睁眼我就抱它回来了,能一样吗?"

春季正是各种疾病高发的时候,清格乐的话倒是提醒了我,注意瘟疫流行,小狼的健康非常重要。于是,我从兽医站开了些消毒的药水,没事就在小狼窝里喷一点,有时也在它的身上消毒。

没过两天,清格乐在闲暇的时候又来了,他发现了棚子下面吊着的沙袋,没想到对拳击运动产生了兴趣,想让我教他打拳。一提起这件事我就想敷衍过去,不过他像条癞皮狗一样黏着我,坚持拜我为师。我给他出了一道难题,先跑两圈试试他的体力。

我俩沿着山路向前跑去,没跑多一会儿,他已经大汗淋漓。他脱掉外衣握在手里,越跑脚步迈得越小,后来几乎连抬腿的力气也没有了,两只脚就像两条旱船被人拖着在走。我回头看着他,像一摊烂泥,他索性一屁股坐在地上直喘粗气。

"别再跑了,心脏有点受不了。"

"这才多远,我看你还真是外强中干,这种体质怎么跟我学拳呢?"

"慢慢来嘛。"

"学拳有啥意思?你别自找苦吃了。"

"用它防身不好吗？再说有现成的教练在身边干吗不学呢？"

从此，清格乐茶余饭后只要有空便会过来，围着沙袋打几圈。我时常教他一些拳法，就这样我们俩相处得越来越好。我经常骑他的摩托车在大草原狂奔，后来他索性把摩托车扔在我的院子里让我随便骑，我们一起度过一段快乐时光。

天空蓝得没有一片云朵，西北风刮来，吹得枯草摇曳着。这种天气对小狼来说已经很冷了。每天起床，我做的头一件事便是喂小狼，打扫狼窝卫生，完成以上工作最少需要一个钟头，这时候太阳已经升起很高了。遇到暖和的天气，我怀抱小狼坐在门口，阳光晒得我们暖洋洋的，没多一会儿它就睡着了。只要小狼安静下来，周围仿佛凝固了似的，一种怅然的感觉悄悄爬上心头。自从有它在身边，我的孤独感减少了一些。在它休息的时候，我总是盼着它早点醒。一旦小狼醒来，这种孤独感便从我身边消失。

现在小狼的行动依然靠耳朵和鼻子，它的听觉特别发达，周围稍微有点动静，它就会立刻有所反应，转动着跳棋一样的小脑袋，判断声音传来的方向。小狼不仅听觉敏锐，还是天生的嗅觉大师，它将自己的鼻子紧贴地面，嗅着上面的气味。它不停地用小舌头去舔自己的鼻头，让那块海绵般的球体永远保持湿润光泽，以便通过这个功能认识周围，找到吃的东西，去自己熟悉的地方。它认识我身上的气味，这种气味对它来说就是自己父母身上的味道。而这一切都是靠它小小的鼻子做到的。我太喜欢这个小家伙了，当我抚摩小狼的头时，它便伸出舌头舔我的手指，这种感觉很像毛毛虫从我手上爬过。它有时还会用牙齿轻轻咬我，试探我的反应。

有一天,我从小狼身边经过,偶然间发现它似乎对光有了感觉。于是用手在它眼前比画一下,小狼果然有反应了。我把它抱到窗前,仔细观察它的眼睛,现在还是蓝灰色的。我立刻把这个发现告诉了刘万里。他在手机中回复我,你好好注意小狼,它就要睁眼了。之后,无论白天还是晚上,我常常盯住小狼的反应,从不敢懈怠。

一个微风轻拂的午后,马豆过来了,一走进我的房间,她就捏着鼻子四下寻觅,并且说道:

"这是啥味道?难闻死了。"

我笑着对她答道:

"还能是啥味道,是小狼的尿味呗。"

"它在你床上睡觉吗?下次我带点药来喷一喷,别有细菌把你闹病了。"

"我病了没啥,小狼病了咋办?"

"看你说的,你是狼爸爸呀?"

我把小狼快睁开眼睛的消息告诉马豆,她抱起小狼仔细打量着。

"小狼的眼睛蓝得真好看。"

转眼五天过去,某天早晨,我在准备小狼的早餐,它站在门口聚精会神地盯着我,眼神中充满了好奇。我被小狼反常的表现所吸引,皱起眉头打量着它。难道小狼能看见东西了?我不由得一阵惊喜,又生怕吓着它,于是慢慢走到它身边蹲下,一边朝它吹口哨,一边仔细察看它的眼睛,它的眼睛还是蓝色的。我用手在它眼前晃动了两下,它的视线跟着我的手势在变化。我第一次看到小狼用这种眼神看东西,毫无疑问的是小狼睁眼了。我的心荡起激动的波澜。小狼嗅着我的手指,又伸出舌头在上面舔,这一刻一股暖流涌上心头。刘万里听说后匆忙赶来,我兴奋地把小狼的变化对他讲了一遍。

"看的是你吗?"

"是我。"

"行了,它认你这个爸爸了。"

刘万里蹲在小狼跟前,歪着头打量它。他伸手去摸小狼的时候,小狼有点儿想躲的意思,刘万里说了一句:

"你看它多狡猾,睁眼后就不是它了。"

他依然吊着手臂,受伤的手背上留下一块清晰的疤痕。他用手指抠着上面翘起的老皮,呵呵一笑,拍着屁股上的土,进屋坐到椅子上。

"下午我去霍林河医院,检查一下手臂恢复的情况,顺便让人把修好的皮卡车开回来。"

"用我一道去吗?"

"不用了,你在家把小狼侍候好吧。"

自打小狼一睁眼,它在房间里就一点都不老实了,做窝的纸箱被它咬烂一角,现在换成柳条筐了。它对自己的领地越来越熟悉,动不动就惦记着出门玩,去更远的地方探险。这怎么得了,房屋上鸽子飞来飞去,没准下来还会啄它一口;天上还有老鹰,虎视眈眈地在盘旋;黄鼠狼也会动不动过来转一圈打劫,稍不留神就会对小狼造成致命伤害。我去院子里干活的时候,生怕它跑出房间，就把它关在屋里，大门敞开的时候，还会用一块木板挡一下，生怕它跑出房间丢了。小狼只要透过缝隙看到我，就会拼命地想越过门槛。它对外界开始产生好奇，小小的房间似乎容不下它了。

小狼见什么有意思都想用牙咬，我特意在垃圾堆里找了一个小奶瓶，拿回来洗干净给它玩，小狼快乐地叼在嘴里。有时我会在小奶瓶里装满羊奶给它，它便兴奋地一口气喝掉。也许小狼以为奶瓶就是自己的父母吧，对羊奶总是百喝不厌。有一次我在门外朝它晃晃手里的奶瓶，小狼看到后急得就想往外爬，由于门槛过高，它几次努力都失败了。给它喂奶喝的时候，它像一头猛兽，把奶嘴紧紧地叼在嘴里，生怕别的动物从它口中夺走，吃完了好像还不够的样子，可怜巴巴地抬头看我。我不理它的时候，它便用爪子玩奶瓶，玩一会儿自己就睡着了。跟小狼在一起如同养育一个孩子，它和婴儿没有两样，只是饿了不会哭而已。

晚上，小狼羸弱的身体蜷缩成团，头枕在前爪上静静地趴在小筐里，黑乎乎的，像一个孤零零的皮球，看上去有几分可怜。小狼睡觉的时候警惕性很高，稍微有一点儿动静耳朵就会抖动一下，见动静彻底消失，它便躺在软绵绵的羊皮褥子上，像婴儿般睡下。

我躺在洒满月色的床上，辗转反侧，想给小狼起个名字。这时圆月被飘来的薄云轻轻遮住，看不清什么东西在里面作怪，有的似奔跑，有的似抬头凝视。我试图从上面找到与自然界某一物种相似的动物，好不容易找到了还没等我看清楚，又被飘来的薄云渐渐淹没，一会儿那影子被风撕裂散开，形成千奇百怪的形态。我从遐想中回到现实,又想起给小狼起名字的事,不久便昏昏沉沉地进入梦乡。

刘万里的手臂不用吊带了,可以小动作地自由活动。回想起那次经历,只觉得小狼来之不易。他经常聊起《狼图腾》电影,今天讲陈阵如何喂养小狼,明天讲驯狼师,后天话题一转,讲一些导演让·雅克·阿诺拍狼的故事。有一回我们谈起电影中陈阵偷偷把小狼放进母狗怀里吃奶的情节,它可比狗崽子凶多了,上去从别的小狗嘴里抢过奶头咬住不撒嘴,这是狼性,天生的。

大窑附近有一个羊圈,我经常去那里给小狼挤羊奶,羊圈里还有一个以我为敌的家伙,它时常躲在暗地里,对我虎视眈眈。有一次我后背狠狠地挨了它一下,像是什么硬邦邦的东西顶在上面,力气之大几乎把我顶翻在地。我回头一看,居然是一头大羯羊,头上长着两个大犄角,愤怒地瞪着我,一副不可战胜的样子。原来这家伙很有责任心,一直保护羊圈里的羊群不被欺负,当它看到陌生的我时,便采用这种极端的方式朝我攻击,直到把我赶出羊圈为止。大羯羊给我制造了不少麻烦,我决定教训一下它。

再去羊圈的时候,我手里拿着木棒并向它发出威吓。大羯羊看见我手里的棍棒并不畏惧,继续向我扑来。它的动作十分灵活,搞得我猝不及防,我被它在羊圈里追得十分狼狈。后来只要我一去羊圈,一定得非常留意这家伙。它再进攻我的时候,趁它不备,我一把抓住它的两个犄角,上去给了它一腿绊将它撂倒。这下大羯羊没电了,被我制服后老老实实地躲到一边,眼巴巴地看着我进入羊圈挤羊奶,它也只能朝我翻着白眼生闷气,一副敢怒不敢言的样子。

羊群的主人是祁大爷，也是我的老乡，跟父亲很熟。每天一早他就把羊群赶出圈，有时从我门前经过，他便吆喝一声：

"安达，羊奶够不够？还挤不挤了？"

然后他把羊群赶到山坡，往草地里一放，人就回到大窑干活去了，天黑之前再把羊群赶回羊圈。

一天傍晚，小狼守在门口，看到洁白的羊群从眼前经过，它被吓了一跳。羊群发出"咩咩"的叫声让它大为震惊，再看看羊头顶上那两个奇怪的犄角，它相信那些毒刺般的尖刺天生就是用来伤害自己的锐利武器。小狼感到胆怯，眼睛里透露出几分恐惧。小狼的眼色一旦变得暗淡，就表明是害怕了，这时它会歪着脑袋做出思考的状态，耳朵也比平常软了，它最终选择离开房门，回到屋里玩自己的奶瓶。

几天过去，这一天我在门口打扫卫生，门是敞开的，两只鸽子落在那里找东西吃，却不见小狼想出来，就连门口它也懒得过去。我喊它两声，小狼从屋里来到门口，它待了一会儿又跑回房间里玩小球。于是，我把小狼抱到门外，它呆立着，四下打量，不再像之前乱跑乱窜。它趁我干活的时候又想往家里钻，我过去抱起小狼。

"你不是想出来玩吗，今天咋不爱玩了？"

我把小狼举过头顶，它的四个爪子耷拉着，有点打哆嗦，随后便一溜尿滴落到我脸上。小狼吓得撒尿了。我一面擦脸上的尿水，一面"呸呸"地吐唾沫。

"浑蛋，往哪儿尿呢？"

后来才知道它为什么不出门了,因为院子里有羊经过,它怕这些动物。我抱小狼朝山坡走去,来到羊群附近。由于我在它身边,小狼找到了安全感,不过见到羊群还是战战兢兢的。等羊群远去,它像是获得了自由,不停地用湿润的鼻子贴着地面,嗅上面的气味。终于,它找到了与奶瓶类似的味道,于是它抬起头,眺望远处的羊群,似乎彻底忘记了刚才的恐惧。

经过几次接触,小狼对羊的叫声已经熟悉,知道它们对自己没有危险。小狼的自信心得到增强,等它再次见到羊群从门口经过,已不像之前那样躲躲闪闪,甚至见到羔羊还想主动追击。我过去抱起小狼,心想真是初生牛犊不怕虎,大羊踩到你怎么办?

现在小狼的表现跟孩子一模一样,见到什么都好奇,玩什么都开心,从小就习惯用牙咬东西,练习用嘴撕裂物体的本事。我经常陪它一起玩,甚至手里拿东西去逗它。小狼朝我伸出前爪,企图抢走我手里的东西,着急的时候还会挠我,我用各种方法锻炼它的捕猎能力。

观察小狼是一件很愉快的事情,每天它都在发生变化,一些秘密开始从它动作中暴露出来,比如说它对周边环境十分敏感,对陌生事物不贸然去接触,一旦遇到危险,它便躲进房间,直到这种威胁消除它这才做出反应。

眼看小狼一天天长大,我不能叫它小狼了,必须给它起一个响亮的名字,毕竟是狼,不能小看。我一时想不出来,时间又过去几天。

刮风了,气温骤然下降了10多度,狂风中夹杂着雪花,打在脸上如同针扎一样。看着天空灰蒙蒙的样子,这是什么天气,初春时节还要下雪吗？于是我跟小狼躲在房子里不出门了。

夜里小狼跟我一起睡在床上，晚上它下地撒三次尿。早晨我想睡懒觉，它一早就不干了，五点多钟起来，趴在我的耳朵边开始咬，还用嘴巴扯我的长发。它这么一折腾，我没法再睡下去，只好起床。这时我才发现地上一片白花花的碎纸片，什么时候它把我的武侠小说撕烂了。我很生气，真想伸手打它一下。但看到小狼的两只眼睛紧紧盯着我，那么可爱，我又不忍心打它了。我指着地上的碎纸片，对它吼道：

"是你干的吗？你这个坏蛋！"

我弯腰捡起被撕碎的纸片，它却不停地舔我的手指。小狼用它的方式向我传递友好，我还能怨它什么呢？我把被小狼咬烂的纸张递给它看，用小棒敲着手里的纸对它说：

"你再做坏事我就饿着你。"

小狼默默地抬头打量我，看来对它干着急没有用，它不懂我在说什么，它只知道我什么时候给它吃的东西。我披上外衣准备出门，但是风太大了，上午只好跟小狼憋在屋里玩。我带它跑步，锻炼它的四肢肌肉。小狼有它自己的选择，并不按我的意图去做，它有很强的个性。

傍晚，祁大爷赶着羊群经过门口，小狼看到羊群闹着要追它们，嚯，它的胆子越来越大了，天快黑了，我没让它出门，它开始在房间里闹腾起来，大概过了几分钟，小狼的叫声渐渐停息。

每天入睡前，小狼准跟我先后躺下，但是等到第二天，它却比我起得早。小狼见我不起床，就想方设法咬我，那种痒痒的感觉难以形容。小狼用这种方式唤醒我，一看时间跟昨天那个点一样，起得十分准时，真拿它没办法。

有一天我起床晚了，它居然用舌头舔我的脸，有一种温暖湿润的感觉，又像鸟的羽毛在皮肤上轻轻扫过。我抱住它的头，张开大嘴轻轻咬住它的嘴巴，用舌头舔着它的鼻子尖。我太喜欢这家伙了，说不出来是什么滋味，居然会以这种方式与它交流。

刮了两天的风终于过去了，带走了笼罩着的乌云，明媚的阳光一早便唤醒了草原，气温又回升至之前的温度，大地好像被炭火蒸烤过，一下就暖和起来了。鸟儿在歌唱，"大眼贼"环绕在洞口附近嬉戏打闹，老鹰不怀好意地盘旋于空中，企图捕捉地面上的猎物。我把小狼抱在怀里，在阳光下晒了半天。小狼大了，总想着从我的怀里跑出去，到大自然去探险。

翌日，有只老母鸡从大窑那边转到砖房附近。小狼从来没见过鸡，想过去嗅它身上的气味。老母鸡一扑扇翅膀，吓得小狼直往门口跑。现在它两腿还没有力气，东倒西歪像醉汉一样。不过它的这个动作让我印象很深，一直回旋在我脑海中，再次见到刘万里时，我灵机一动，随口对他说：

"管小狼叫'醉汉'怎么样？这个名字幽默。"

"你净瞎扯，这哪是狼的名字。"

刘万里一闷棍把我削回去，我摸着后脑勺哈哈一笑。

天逐渐进入风季，山上的积雪早已融化得踪迹皆无，沉睡一冬天的枯草地里冒出青草的嫩芽，野菊花鲜艳的色彩，星星点点绽放在旷野中。春天的气息不断催生小狼的成长，没过一周好像又胖了一圈，现在它在地上可以活蹦乱跳，到处钻，满地爬，随便咬着东西，仿佛它是这里的主人。

今天一早,羊群再次从门口经过,小狼见到后胆子放大了,过去就想追。祁大爷倚在厨房门口,手指外面说道:

"你看啊,小狼有点天不怕地不怕的意思了。"

我出门一看,只见小狼在追赶羊群。小狼的噩运终于来临,白天在门口玩的时候,它被母鸡啄了一口,疼得它嗷嗷直叫,跑回房间不敢出门。我一看它的鼻头出血了,是被母鸡尖硬的喙鸽下一块皮肉。它不停地用爪子去挠自己的伤口,我给它抹了红霉素药膏,没过多一会儿小狼又精神起来,在地上不停地走动,还把房间的东西咬得到处都是。我在门外忙碌,小狼从门槛的缝隙偷看我干活儿。费了好大力气,它跃过挡在门口的隔板跑出房间,跟在我身后不停地捣乱,还用嘴咬我的皮鞋。现在它像跟屁虫一样,一刻也不离开我了。

接近中午,正是顶光的时刻,有个人影朝这边走来。光线十分刺眼,一时看不清楚来人是谁。等走到近处一看,原来是马豆。我迎了过去,接过她手里提着的蔬菜。这时小狼叼着奶瓶跟过来,走路摇摇晃晃的,就像不倒翁。我把菜拎进厨房,小狼围在我们脚下不停地嗅着什么气味。

"你瞧小狼一点儿也不认生。"

"它在熟悉你的气味。"

"哎呀,它的鼻子咋破了?"

"淘气,让鸡鸽的。"

这时小狼张开嘴巴打了一个哈欠,两颗犬齿白得发亮。

中午吃饭的时候,刘万里赶过来,小狼抬头瞧我们。扔给它的东西,有的时候没咬两口就被它吞咽下去,然后继续抬头看我们。从小狼吃东西看，就能发现它有一股凶劲儿。

午饭过后，我跟刘万里坐在门口欣赏小狼。它被什么东西吸引，一直朝前嗅去。地面留下密密麻麻的羊的脚印，小狼在地上嗅着气味，一直走走停停。远处偶尔有车辆驶过，虽说听不到鸣笛的刺耳声，却传来一阵阵发动机声。小狼盯了一会儿，回头一看，发现自己离开院子有十几米远了，它慌张地跑回来，一脚踩到小石子上，身体闪了一下，几乎又撞到眼前的杆子上。

我想起要给它起个名字，没有名字将来它长大了我管它叫小狼还是叫老狼呢？刘万里坐在长条凳上点支烟默默吸着，待了一会儿，说：

"我对'狼图腾'这三个字感兴趣，管它叫'图腾'怎么样？"

瞬间有三个字跳到我的脑海里，我兴奋地向小狼喊了一声：

"图特木，图特木。"

小狼听到后走过来，刘万里带着少有的惊讶，他问道：

"你刚才喊它啥了，它咋能听懂你的话似的？"

"我叫它图特木。"

"什么意思？"

"蒙古语'图腾'的译音。"

"以后就叫它'图特木'吧，我喜欢这个名字，叫着响亮。"

"图特木，你过来呀！"

刘万里向小狼招手，摸着它的头。

"听说西乌旗那边也有人在养狼，是个姓白的，能找到他就好了。"

"大爷,这是机会,一定再搞一只过来跟它做伴儿。"

"我正托人找关系呢。"

刘万里掏出手机给小狼拍照,接连拍了好几张。他觉得还不过瘾,在我抱小狼喂奶的时候又拍了几张,他说:

"过几天我去北京,想给《狼图腾》小说的作者姜戎看看。"

"人家那么大的腕儿咋会见你?"

"我有办法就是了。"

聊天的时候小狼忽然不见了,进屋一看我都傻了,只见它在啃地上的杂志。我上去从它嘴里抢过来,它委屈地抬头看我。再看看房间,简直就是小狼的乐园,被它弄得乱七八糟的。自从有了小狼,房间的卫生我也顾不上了,鞋只要摆好,过了多一会儿,准让小狼叼得不知道去哪儿了。小狼的嘴巴能够到的地方,动不动就被它弄乱了,房间不收拾一下活像一个垃圾场,让谁看了都觉得不舒服。我双手托起小狼的脑袋,说道:

"你个小淘气鬼,告诉我你的名字好不好?"

小狼仰着头,愣愣地看着我。我慢慢把它抱到眼前,鼻子几乎挨到它的嘴边,我不知道用什么方法表达对它的爱。我仔细打量着它的眼睛,发现小狼的瞳孔蓝得像海水般透明。我把脸贴在小狼的脸上,这种快感是我未曾有过的幸福,它已经成为我生活里的一部分,又像是不可分割的肉体,现在我似乎已经无法离开它了。

一个阳光明媚的上午,我抱着图特木晒太阳,脸贴在它的耳边轻声细语,小狼时不时地伸出柔软的舌头舔着我的脸。我在自得其乐的同时,又轻轻咬它的嘴巴,把图特木的嘴直接放进我嘴里，这种感觉太有意思了。

傍晚，父亲让我去他的住处。我去的时候他没在房间，窗台前扔着一个生锈的小铃铛，我拿起来一晃，发出清脆的响声。正当我摆弄它的时候，父亲从远处走来，他看我的眼神有些不对劲，我跟在他身后一起进屋。

"这段日子狼养得怎么样了？"

"大爷挺满意的。"

"人家能说你不好吗？你别让他操心。"

"咋了，他说啥了吗？"

我疑惑地看着父亲，见他把出库单夹在一起，叠得整整齐齐，摆在桌子上。他拉开抽屉，里面的物品同样有条不紊。他埋头说道：

"给你提个醒，怕你把事情搞砸了。"

"瞧你说的，我也懂事了。"

"毛头小子，现在你跟以前不一样，过去你是学生，如今你做的是一份工作，别人会用不同的眼光来看你。"

"这个我懂。"

我默默地听他训话，没敢抬头看他。不过父亲严谨的工作态度让我有所触动，这时他伸手掸去落在我肩上的灰尘。

"给你妈去电话了吗？没事儿把情况跟她唠唠，每次她来电话总跟我絮叨你。"

"没别的事吧？那我走了。"

"你等等，这里有两包牛肉干你拿着。"

图特木见我进屋十分兴奋，跟跄地在我身边闻着气味。这家伙嗅觉真好，它知道我带好吃的回来了，流着口水抬头看我。我赏给它一小块肉干，它吃得别提多开心了。这时我想起兜里的小铃铛，趁小狼不注意的时候偷偷弄两声。图特木一愣，看了一会儿又被嘴里的肉吸引。

我躲到房间的不同角落，轻摇两下手里的铃铛，看小狼是什么反应。图特木停止咀嚼，抬头打量着周围，浮现出恐惧的表情。我背手再次晃动铃铛，它还是愣神的样子。小狼开始紧张起来，一面滴着口水，一面慢慢向我身边靠近。于是我拿出铃铛让它看，告诉它别怕，是这样东西在响。我把小铃铛放到它眼前，然后晃动几下，铃铛再次发出"叮叮当当"的响声。小狼知道是它发出的声音，不再害怕了，开始用爪子玩起铃铛。后来我索性把小铃铛用绳子吊在门框边，图特木每次进进出出的时候，小铃铛都会被它撞得"叮当"直响，时间一久，它对这种声音习惯了，也不再恐惧它发出的声响了。

第五章　神秘的伙伴

白天图特木休息的时候，我换上运动鞋，沿门前的柏油路向东跑去，半个小时跑到雷达山脚下。这里地势较高，可以俯视广袤的原野，枯黄的草地渐渐开始有星星点点的绿色了。向西望去，大窑一览无余，就连我住的砖房和旁边的小土院子都看得一清二楚。不远处是祁大爷的羊群，它们拥挤在一起，享受着大地赐给它们的青草。这时阵阵狂风刮来，我感觉浑身有些发冷，迅速往回跑。

房间的门不知什么时候被风刮开，进屋一看狼窝里是空的。我在屋里匆忙找了一遍，却没发现图特木。这时"咣"的一声，那扇门再次被风刮开，肆虐的气流几乎把门框摇碎，莫非它跑到外面去了？我来到院子四处寻觅，风声中隐约可以听到小狼的哭泣声，是从靠近沙袋的方向传来的，那里的地面有一个小圆坑，原来想栽桩子挖的，一直没管它。图特木掉在里面爬不出来了，浑身落满灰尘和干草叶子。还没等我跑过去,一阵风刮得水泥板砸到那上面。哎呀,下面有小狼,这怎么得了?我伸手挪开压在上面的东西,抱起惊恐万分的小狼。

"你咋跑这儿来了?"

图特木两眼昏暗不清,似乎还没从惊吓中回过神的样子。都是我欠你的,我在自责中就像父亲安慰孩子一样,把图特木冰冷的身体贴在胸口处。它在我怀里渐渐温暖起来,也不再打哆嗦。狂风咆哮着朝东南方向刮去,天一下子冷得冻人。

翌日一早,祁大爷来敲房间门,"咚咚"的动静真不小,图特木被吓得直乱窜。祁大爷大声喊道:

"安达,羊奶挤了没有?我把羊群赶走了。"

"羊奶够用了。"

于是就听羊群的脚步声逐渐远去,我再一看,图特木吓得一直躲在小筐背后,胆怯似的朝外偷看。我叫它两声,小狼并没理我。这时我感觉困劲儿又上来了,身体沉甸甸地压在床上不想起来,一手垂在床下又迷迷糊糊地睡着了。不过图特木舔我的手指把我再次弄醒,我猜它是饿了,在用这种方式唤醒我。

喂饱图特木,我把坑填平,奇怪的是小狼没跟我出来,也许是室外冷的关系,我没在意。上午我在厨房干活儿的时候,图特木围在周围总是捣乱,于是我找到两个彩球扔给它玩。开始它有些害怕,玩了一会儿就被点燃了兴趣,图特木像小猫似的自己抓球玩开了。

马豆恰好从门口经过,看到小狼便走进来。图特木见有人来了,哧溜一下跑开躲藏起来,猫在角落里不出来。马豆叫它两声,图特木还是待在阴暗的地方不动,两只眼睛紧紧盯住她,表情多少有些恐惧。

"小狼咋害怕人了?"

"前两天掉进坑里吓的。"

我在案板上把牛肉剁成碎末,和稀粥搅拌在一起。入门的墙上贴着一张白纸条,上面是我用铅笔写的营养配餐表。马豆走到跟前,弯腰在看纸条上的字。

"你真上心,还给小狼制订食谱了。"

"从书本上抄的。"

她呵呵一笑,然后朝外走去。

等马豆脚步声消失后,图特木不知道从什么地方钻出来的,又开始兴奋活跃。它一心惦记案板上的熟肉,被我几次用手挡开。倘若不是见到马豆,恐怕一上午它都不老实。这时它的一个摆尾动作既淘气又滑稽,我越发喜欢它的一举一动了。图特木就像我养的孩子,我总想跟它一起玩。它淘气的时候无法无天,寂寞的时候就会默默来找我,一副小鸟伊人的样子。最近它越来越依赖我,不像之前玩得无拘无束,它开始有小算盘了。

黄昏的时候,祁大爷又赶着羊群从山上走来。他步履蹒跚,经过砖房时跟往常一样,人倚在厨房门口,一手拄着棍子。

"这两天咋没见到小狼?"

"一直都在呀。"

"反正好几天我从门前经过都没见着它了。"

"可能躲起来了,那不是嘛!"

图特木躲在案板的架子下面,地方比较暗,不容易被人发现，它的两只眼睛瞪得溜圆。

"小家伙过来呀，每天你吃的羊奶还是我给你的。"

图特木躲在那里没动。

祁大爷站了一会儿，一瘸一拐地离开了。图特木趴在黑乎乎的犄角里，看着他和羊群远去，不久慢慢走过来，又在我身边玩起来。

我在忙碌的时候，时而动作幅度很大，时而脚步窸窣，偶然间发现图特木很不适应的样子，甚至感到局促不安。我总结了一下，自从上次它掉进坑里之后，常常躲在屋里不爱出门，我把它抱到门外，只要见我不在附近它就往房间跑，有的时候就连麻雀落到它身边也会被吓一跳，更别说看到小猫和羊群了。尤其是从大窑方向传来的各种噪声，都会让小狼产生强烈的反应，经常钻到阴暗的地方躲藏起来，对此我疑惑不解。

图特木给我的印象是越来越胆小了，不像之前为所欲为，现在发现陌生人就会吓得趴下，盯住那个人非常警惕的样子。每当这种情况发生，我就会走到它的身边，对它耳语，有几次它好像连我都不信任。我开始怀疑，图特木是狼崽吗？它的野性去哪里了？我趴在地上，学小狼的视角观察周围，发现眼前的物体无比高大，回头再看图特木，它又躲在杂物堆里不出来。有几次我把图特木从缝隙里拽出来，它又嚎又嚷地对我发火，后来见到我也开始害怕。图特木的表现非常令人费解。

夜幕垂空，天上的勺星像狼的尾巴拖在地上。我想到了图特木，被它的变化弄糊涂了，怀疑它是不是狼。

我把小狼的情况讲给刘万里听，还是他的一席话让我茅塞顿开。

"图特木开始长脑子了,大脑开始发育才有这种变化。"

刘万里的话讲得有道理,狼有它的成长规律,说来我还是知识欠缺,对狼的习性了解得不够。

一天傍晚,清格乐来找我玩,我让他动作轻一点,说话绝不能像在砖场工地似的大声吼叫,否则会吓到小狼。清格乐不以为意,我再次提醒道:

"狼还小,见到生人紧张害怕,特别是像你这种说话粗声粗气的人,你懂我的意思吗?"

清格乐瞪着眼睛,这次他抓到了理由反驳我。

"你养的是狼吗?你别把它当成猫了。"

我俩走进屋,轻轻来到狼窝前。图特木看到我,高兴得摇头晃尾,当它发现清格乐,好像有所防备,眼睛一直在盯他。只要清格乐动它就动,而不是迅速逃跑。清格乐观察了一会儿,移着碎步接近小狼。他伸手去摸图特木的头,小狼两腿夹住尾巴,眼神来回转动,趴在地上不敢动,不过还是让他摸了,也许是我在旁边的缘故。然而,它的身子还有些发抖,看来害怕极了。

"现在是小狼第二次发育,你看它对人多警惕。"

"什么是第二次发育?"

"这还不懂?它在长大脑,不是胆小,是看问题比过去精了。"

"现在我该怎么做呢?"

"没事儿你带它出去遛遛,见见世面就好了。"

时间又过去一周,图特木的动作明显比之前灵活了许多,经常用爪子抓东西。可怜的是房间内除了我吃剩下的羊骨头扔给它玩，其他空空如也，有时它玩够了，喟然举头看着我，好像在说：

"还有玩的东西给我吗？"

我又给它找来几件小孩的玩具，它似乎对这些东西不感兴趣，偶尔伸出爪子去碰两下就不玩了。胆怯是小狼与生俱来的，正是这种特点，造就了狼狡猾多疑的本性。若想使狼与人类共同生存，我必须想办法改变它，让小狼熟悉各种环境和声音，锻炼它的胆量。

大窑对面是一条通往小镇的公路，往南是荒凉的草地，看不到尽头。过去这里人丁兴旺，现在居民早已搬进镇子里，遗留的只有一片废墟。一天我与清格乐骑摩托车闯入这片无人区，发现附近还有一处鱼塘，不过早已变成野泡子，周围杂草丛生。

我居住的地方位于地势稍高的山坡上，一眼能望见这片荒凉的地方。野泡子像有人丢在草丛中的一面镜子，从绿黛中反射着天光，偶尔还能听到野狗的叫声从这里传来。图特木有时会盯住这个方向发愣。我曾不止一次在夜里听到犬吠声传来，开始我以为是大窑方向的狗在叫，后来发现不对，怀疑是废墟一带有野狗存在，可是用望远镜观察的时候，却又什么都看不到，那是一片荒芜地带，淹没在绿洲之中。

当晚霞快消失的时候，大窑的工人也结束了一天的紧张劳动，喧闹的机器声停止了，周边显得一片安静。晚饭之后，大家与往常一样，坐在一起不是聊天，就是洗洗涮涮，还有人在院子里下棋、玩牌。这时有几个不知疲倦的工人从草甸子方向走来，其中有人提着编织袋,里面似乎有什么东西在蠕动。那人把编织袋往院子当中一放,好像打了一场胜仗归来,顿时围上来一些看热闹的群众。清格乐匆忙挤进人堆,伸手从袋子里面拽出一只狗崽子,提起来一看,与图特木差不多大。好事的工人开始商量如何处理它们,最后决定在房檐下搭一个狗窝养它们。这些人手脚非常麻利,赶在天黑之前在墙根处垒好了一个简易的狗窝,把七只狗崽子放到里面。

夜晚平安度过,就连大窑的狼狗都没叫一声。

第二天一早发生一件怪事,窝里一下少了三只狗崽子。大家十分纳闷,一名老者正好路过,他饶有兴趣地说道:

"昨晚我起夜的时候,看到一只大狗在窝棚附近,它被我吓跑了。"

看来是大狗夜里找上门了,趁大家都在熟睡,把狗崽子偷偷叼走了。

晚饭后,好事的工人再次去附近查看。他们来到距离大窑几百米的地方,那里有一片大土坡,被雨水冲得只留下几处塌陷的窟窿,大小不一,远看跟骷髅般狰狞。好事的工人在几个土洞之间寻找着,居然运气很好,在其中一个洞里找到三只狗崽子。原来诡计多端的大狗夜里把狗崽子叼到这里隐蔽起来了。于是好事的工人又把狗崽子掏回去。时间还早,大伙商量半天,决定把狗窝移到距离大窑上百米的大榆树下,那里长满荒草,轻易不被人打扰,便于大狗来看崽子。这些好事的工人天黑前把狗窝挪到大榆树下,干了一件漂亮的活儿。

第三天清晨,奇迹发生,狗窝里的崽子一只没少。于是好事的工人每天把吃剩下的饭菜打包，用一个白铝盆端到狗窝前喂它们。

关于大榆树的秘密我是从清格乐那里知道的，我突然萌生一个想法。我抱着图特木来到狗窝前，有几只小狗在外面玩，我把图特木放到这些小狗崽当中，立刻有小狗嗅它身上的气味。图特木开始紧张，看着周围不知所措，一下午哆哆嗦嗦，它暂时融不到这个圈子里。直到天色从余晖映照渐渐变得暮色苍茫，图特木依然不敢放开胆子与小狗崽一起玩，尾巴紧紧夹在两腿之间，浑身瑟瑟发抖。天快黑了，我们离开大榆树。

回到房间，图特木像机器狼一样，不知疲倦地跑来跑去。它为什么害怕大榆树的小伙伴？小狗个个非常活泼，图特木老实呆板，论个头儿它不输狗崽子，却胆小如鼠，恐怕还是图特木接触外界少的关系，找机会再去锻炼它吧。

隔两天，我带图特木再次来到大榆树下，远远看到有几只小狗崽在铝盆前吃剩饭。我抱着图特木走过去，有些小狗崽见到我吓得跑进窝里，胆大的冒冒失失站到外面。其中一只身上长着白色花斑的小狗不停地嗅着我的鞋，随后眯缝着三角眼抬头打量着我。我伸手去摸它的时候，它一点儿都不怕，顿时我对它产生好感，我喊它小白。它走到图特木身边，上去就吻它的嘴巴。图特木慌张地后退。我没理它，这次决定让它自己改变困境。不一会儿，狗窝内有几只小狗走出来，大一点的还会用爪子挠小狼的头。小狗之间像兄弟姐妹一样打闹，不是你咬我就是我咬你，追来追去玩得十分开心。图特木依然躲在犄角处，眼神里流动着某种不安。

又遇上刮风的天气，冷空气嗖嗖地钻进屋里，我都感觉很冷了，图特木却不以为意，一味想往外跑。于是我在午后阳光充足的时候，抱它坐在门口晒太阳。它躺在我两腿之间，翻过身子，有好几只跳蚤在它光滑的肚皮上面惊慌地爬，动作极为迅速。我上去逮住一对正在交配的跳蚤狠狠掐死，其余几只转眼工夫消失得无影无踪。我又在小狼细软的绒毛中寻找着，却不知这些狡猾的家伙隐藏到什么地方了。

风一个劲地从身边刮过，灰尘飘满院落，弄得我满身都是细土面子，有时还会刮到嘴里。我一面"呸呸"地直往外吐口水，一面揉着眯眼的沙子。图特木在风中被刮得有些站不稳，它挺会找地方玩，躲到一堆木柴下面趴着，那里是避风的好去处。它不停地用鼻子紧贴地面闻气味，不知是什么味道在吸引它。

狗窝前的大铝盆给我印象很深，老远从杂草的缝隙间就能看到它的反光，而且十分耀眼。盆子脏兮兮的，里面吃的东西连汤带水泡在一起，都是大窑工人早饭后剩下的米粥、馒头、大米饭之类的食物，显然小狗的生活条件与图特木无法相比，所以它们的营养多半靠母狗的奶水。有几只小狗趴在盘子边，正在吸食里面的汤汤水水，昆虫围在周边飞来飞去，小狗家族却吃得很香。我带着图特木朝大榆树走去，远远发现五只小狗正在窝棚前玩，依然没见到大狗，难道是它不要孩子了吗？我向周围寻觅，却始终没发现它。

我把图特木放到狗窝前，自己蹲在旁边没走。图特木仍旧像傻子似的站着不敢动。还是小白懂事，最先走到它身边，过一会儿又有几只小狗蹭过来。我想起兜里还有带来的牛肉干，于是掰成小块分给大家吃。这下小狗崽们十分活跃,就连平时不大爱出来的小黄狗也从窝里跑出来。图特木经不起肉的诱惑,也跟小狗一起争抢。这招非常好使,所有的小家伙都围着我在转,图特木不一会儿便融入这群小狗当中,玩得非常开心。

草丛里似乎有神秘的力量吸引小狗的注意力,不多会儿,小狗三三两两往草地深处走去。它们就像蚂蚁,沿一条线钻进茂密的草丛,不久又从草丛中冒回来,不过我看那边的时候除了荒草什么也没发现。

这次图特木不像之前那么害怕了,有的小狗扑过来,上去想咬它的耳朵,一只黑狗又朝它扑去,像小猫似的在它身上练习用爪子打斗,图特木也学会用这种方法对付大家。于是我躺在温暖的草地里晒着太阳,不久便迷迷糊糊睡着了。一阵窸窣的脚步声把我惊醒,我猛然起身,居然是清格乐站在我眼前。

"你怎么在这儿躺着?"

我揉下惺忪的眼睛,懒散地回答道:

"带小狼过来玩玩。"

"这就对了,你不能把它圈在温室里喂养。刚才有只大狗从旁边跑了。"

"你看见大狗了?"我惊讶地问道。

清格乐抬手一指回答说:"被我吓跑了,朝那边跑了,大概是狗妈妈想过来喂奶吧。"

我狐疑地看着青草稠密的地方,想起小狗们往那里钻的情景,一脸吃惊的神色,不过图特木在狗窝前与小狗们玩得不亦乐乎。

"大狗也许早就暗地里监视你了,只是你没注意它。"

"我把小狼混在狗崽堆里了,大狗会知道吗?"

"它的嗅觉那么灵敏,咋不知道,大狗没把小狼咋样说明认它了。"

清格乐嘴里叼着一根草,看着天空中的白云,一副悠闲的样子。这时大窑方向传来开饭的哨子声,清格乐告辞先走了。

大榆树往南是一片隰地,周边像被盐碱泡过似的,常年在阳光照射下像撒了一层面粉,白花花一片。现在正是鸟类繁殖期,偶尔能见到一只白色水鸟从附近飞向天空盘旋。于是我走过去,在一个极其不显眼的地方果然发现了它的巢穴,里面有两枚鸟蛋,外表有一些灰褐色的斑点。从此我常常带图特木来附近转转,几天后又多出一枚,说不定再观察下去,就会孵出小鸟。我被鸟窝迷住,三天两头来一次,不过每次去隰地必然经过大榆树,免不了和树下小狗打个招呼。

有一次去鸟窝的时候,却看到天空有老鹰不断盘旋,它在寻找猎物吗?也许盯上了地面的目标。我抬头观察很久,发现老鹰翅膀下面各有一处黑白相间的圆点,很像毒蛇的眼睛。这时我下意识想到大榆树下的小狗崽子,便抱起图特木快速向那边跑去。果然老鹰见机俯冲下来,就在我快要接近大榆树的时候,突然草丛里飞出一个黑影,"嗖"的一下从我头顶一闪而过。多亏我反应快,把头一低,黑影擦着头皮飞去,扑向老鹰。那只鹰受到惊吓,扶摇而上飞走了。原来黑影是大狗,没有它的保护恐怕小狗崽非让老鹰叼走不可。还没等我看清楚,大狗已经钻到草丛中消失。我顺着它跑去的方向追了一会儿,结果什么也没看见。我吓出一身冷汗，大狗真是用心良苦。

新的一天再次来临，小狗家族早已等候在大榆树下，看到我便一个个围过来，胆小的还是躲躲闪闪，有的跑进狗窝里向外窥视。这次我还没到大榆树下，图特木早已迫不及待想下地了。我坐在狗窝前，四五只小狗纷纷爬到我身上，它们不停地用鼻子闻我的手和腰部。小狗知道我兜里有吃的东西，我把牛肉干按等份分给大家吃。

杂乱的草地动了一下，里面露出一个陌生的狗脑袋，它在窥视。那是一只大狗，在距离我十几米的地方，一动不动趴在地上，两只眼睛在婆娑的草丛中炯炯有神，显然它是狗妈妈。要说发现它的过程颇具偶然性，小狗崽吃完牛肉干，一条线似的朝它走去。我不知道草棵那里有什么可玩的，它们就在那一带来来去去，路线很有规律，一点儿不乱，甚至在草丛中传出小狗打闹的叫声。起初我没发现任何端倪，是在无意中视线滑过时才发现，若不是有小狗去那边活动，恐怕我还不知道大狗在草丛深处隐藏。那是一只黑色大狗，我们对视的时候，它迅速向草丛深处跑去，跑到七八米外的地方站住回头，眼珠滴溜儿乱转，目光始终盯住我不放。我见它非常恐慌的神色，不想打扰它，便装作没见到它的样子。我想它是怕我才跑的，我从它的眼神里发现了恐惧，同时又有一种恋物般的好奇，我慢慢退到远处，以便给大狗调整心态的时间。后来我再去大榆树，脚步都会很轻，或者先在很远的地方向这边观望一番，如果见到大狗和它的孩子们在一起，我就不去打扰。

白天我又来到狗窝附近，大约半个小时的工夫，大狗不知从什么地方神出鬼没地钻出来，与我保持一段距离，当我发现它的时候，大狗并没马上跑开，而是一直紧盯着我，眼珠一直乱转，实际上它就是害怕我。我没立刻起身，怕它受到惊吓，于是我便假装让它看到我慢慢离开的样子，过了一会儿，大狗来到榆树下，小狗们纷纷上前吻它的嘴巴。图特木也混在当中，我生怕它被大狗伤害，透过杂草窥视这边的动静。图特木在大狗面前有点胆怯，一直不敢上前。大狗抬起鼻子，去嗅图特木身上的气味。这一刻我非常揪心，怦怦的心跳声仿佛都能听到。然后它前腿一弯躺到草地上，小狗抓住机会，立刻爬到它身边，争先恐后抢吃奶水。图特木也跟了过去，猛地一头扎在狗堆里，然后用铁拳般的小脑袋挤进去，生生从小白的嘴里抢到奶头。

狗崽们高兴地在大狗身上吃奶，吃饱后在它身旁开始嬉戏，有的在大狗身上蹭来蹭去，还有的去舔它的嘴巴。大狗不停地抬起头向周围张望，然后身子一斜又躺在草地上，一面呵护自己的孩子，甚至高兴时在地上打滚儿。当它爬起来的时候，狗崽们像树上的果实纷纷从它身上坠落下来。无论走到哪里，它身后总会跟着一群小狗崽。

图特木经常利用它的头顶撞其他小狗，有时用牙齿咬，甚至把身边的伙伴咬得夹着尾巴逃跑。它看上去就是一个小浑蛋，也许是我给它配的营养均衡，它的骨骼和肌肉十分发达，比与它同龄的狗崽子长得有分量，性情颇为刚烈。

我躲藏的地方很快被大狗发现，它立刻起身扭头就想跑掉。我朝它发出友好的信号，但大狗依然是害怕我的样子，两眼饱含恐惧。这时如果我再接近它，大狗肯定迅速逃跑。我一直没动脚步,它还是向草丛深处跑去。

大狗的行踪神秘,到底还是警惕性极高,浑身散发出强烈的野性。它所表现出的超常敏感,怕是曾经遭遇人类不公待遇所致,或者说大狗就是地道的野犬。平时我很少能看到它,但相信它就在附近活动,莫非之前从旷野传来的犬吠声就是它发出来的?

有一次我给小狗东西吃,大狗居然出现,我猜它就在狗窝附近守望,我的一举一动都在它监视之下。尽管如此,只要我与它对视,大狗依然感到紧张,眼神还是来回闪烁。我知道大狗害怕我,便不去招惹它,一直逗小狗玩。它就慢慢地离我们越来越近,有时趴在草地里投来羡慕的目光,很想加入我们的行列。当我离开大榆树,大狗就会立刻跑过来,找自己的孩子和它们一起享受天伦之乐。

图特木似乎离不开这些小伙伴了,一见面便开始打闹,互相追逐,锻炼自己的动作技巧。它像运动员一样跟它们摔打滚爬,经常抱在一起头撞牙啃,或者有的时候咬得对方连瘸带拐跑回窝里。日子一长,图特木身上的劣根性像禾苗一样开始冒头,实际上是狼性的特征在生长。

大狗对我越来越放松警惕,然而我们之间始终保持距离,不过这种距离逐渐在缩短。我觉得它值得我信赖,于是放松对图特木的呵护,让它自由地和大狗一起玩,自己便经常去附近的湖边转悠,有时还会去看看那个鸟窝的情况。水鸟在孵蛋的时候十分聪明,老远看见有人来了,它悄然离开自己的领地,绕到离鸟窝十几米外的地方飞上天空。我心想这只鸟真够狡猾的,它知道起飞地点不能靠近巢穴，别看动物脑瓜壳很小，同样具有与人类大脑一样的智慧。

我带图特木观察鸟的巢穴，还没有孵化出小鸟，它时而过去用湿乎乎的鼻子轻轻地去嗅鸟蛋上的气味，它知道我喜欢它们，所以不会轻易去碰。

天越来越热了，我盼着水鸟快点孵出小家伙带给我一个惊喜。我突然心生一个怪怪的念头，狼会飞吗？我听过飞狼的故事，是从刘万里那里听来的。影片《狼图腾》中有一个片段，毕利格临终前卧在地铺上，身后的哈纳挂着一副毡毯，上面是做工精致的古典刺绣珍品，不知出自何人之手，布局妙趣横生，精巧地描绘出远古时期飞狼腾空的模样。刺绣下方的岩石上有两只草原狼，一只抬头仰望天空，另一只在举头长啸，周围有马鹿、仙鹤、苍松点缀。似乎狼的叫声飘向铺满红霞的天空，而在祥云朵朵的上方，又看到飞狼的身影，仿佛狼的灵魂栖宿于天地之间飞向远古。如此巧妙的构思，真是令人叹为观止。

最近我有一个嗜好——喜欢去鱼塘钓鱼，通常去的时候都会带上图特木。它守在我身边，玩累了便趴在一旁睡觉，即使离开我，也绝不会跑得太远，突然想起来便从草丛中疯狂跑回来，有的时候非常惊慌，也许它被什么东西吓到，见到我时便流露出一种发自内心的喜悦。

每次去鱼塘须从大榆树前经过，小狗们看到我来了，远远站在窝棚前等候，不管我是否带吃的给它们，它们都一样高兴，排成一溜小长队跟在我身后。开始是小白带头跟我走，后来是几只小狗一起走，就连最为胆小的小黄狗也不例外。我在前面开道，有时哼着小曲，小狼、小狗在我身后嗷嗷乱叫着，边玩边走，行动缓慢，队伍拖拉得很长，像蟒蛇一样。一路上有的小狗要么跑到路边的草棵里消失，要么从草地里蹿出来又继续撵队伍，但是它们非常神奇，绝不会掉队。

鱼塘周围是挖塘时向外翻出的土，上面长满青草，牛羊会经常来水塘附近饮水，草地被它们踩出许多小路。我经常沿水塘边的小路走到东南角平坦的地方垂钓，那里水面有一片芦苇，是从幽暗的水下长出来的，看样子下面水很深，呈墨绿色，茂密的根茎经常被水里的大鱼撞得左右摇晃，我把诱饵甩到这种地方等待大鱼上钩。

钓鱼的时候，图特木和小狗时而跑到我背后的大土坡下面玩。那里青草又矮又稀，有的地方还露出黄沙地，附近是一道干涸的河渠，长满灌木和荒草。图特木和它的小伙伴喜欢到这一带玩，时常嗅着草地里牛羊留下的气息。

有一次许多小狗纷纷跑上大土坡，目光惊悸的样子，我不知道它们碰到了什么可怕的情况，居然神色如此慌张。我没看到图特木，于是跑上大土坡一看，原来远处是十来只老黄牛，沿着水渠渐渐向池塘这边晃悠而来。它们一个个低垂着沉重的大脑袋，啃吃着地面的青草，并且转动着乒乓球般的黑眼珠，鼻子里不停地喘着粗气，发出沉闷的"哞哞"声。图特木和小白站在最前面，暂时不想离开的样子。没多会儿老黄牛爬上土坡，它们躲躲闪闪，看着肆无忌惮的老黄牛来到池塘边饮水。图特木既胆怯又想抗拒，后来还是慢慢地退到我身边以求庇护。

一天清晨，我带小狼早早出发，这次兜里又揣了一把牛肉干,遇到小狗准备喂它们。还没到大榆树,狗崽们好像知道我要来了,早就站在树下等候了,然后稀稀拉拉跟着我向鱼塘走去。我怕小狗掉队,走路的时候经常回头看一下,不知什么时候大狗也在队列之中,距离我有十几米的样子。大狗跟踪我的情况不止一次,有它在准会把掉队的小狗集中起来,带它们到鱼塘。大狗开始接纳我了,不过只要我止步,大狗也会站住不动,侧身斜视着我的反应,俨然是一副高度警惕的样子,就这样我们永远保持十几米的安全距离。

钓鱼的时候,一旦发现图特木不在身边,我便知道它跟大狗一起在土坡背后玩开了。有一回好久不见图特木了,我过去找它时,发现大狗四腿朝天躺在草地里,图特木正和其他小狗趴在它身上嬉戏。也有这种情况,大狗领着狗崽们早早回到大榆树去了。即便如此,图特木也不会跟它走,一直陪在我身边,它从不跟大狗一道离开我,这是一个很有趣的现象。

尽管大狗与我始终保持距离,但是我很想亲近这只可怜的家伙,看到它瘦骨嶙峋的样子,总想把带来的牛肉干分给它吃。大狗从不吃我给它的食物,而且双眼紧紧盯住我一动不动,直到小狗跑到它面前,把地上的牛肉干叼走为止。我被动物身上具有的母爱感动。

某一个拂晓,晨曦朦胧的时候我已经向鱼塘走去,经过大榆树时,小狗们拉帮结队又跟在我身后。今天我的脚步非常匆忙,很快把身后的队伍甩得很远。十几分钟后,图特木和小狗们赶过来,在池塘入口处与大狗在打闹。图特木和小白来到我身边,不停地闻着我的饵料。我把兜里的牛肉干掰给它们,两个小家伙习惯性地叼着跑开，不一会儿它们跑到土坡背后不见了踪影。

半天过去，鱼漂像钉子似的纹丝不动，看来今天这边鱼情不好。我无暇去想图特木和小狗们在玩什么，拿起鱼竿和诱饵，到对岸试试运气。我把鱼钩抛入水塘中，有淡淡的雾气贴着水面阵阵飘过。水面十分安静，时而有气泡冒出来，拨动着涟漪般的水纹。新换的地方鱼情很好，一竿下去有时上来两条鱼，别提心情多愉快了，我完全陶醉在钓鱼的快乐中。

图特木和小白正在土坡背后的草棵子里，一直用鼻子沿地面嗅来嗅去，不知什么气味如此吸引它们。远处的老黄牛"哼哼哧哧"从沟渠的草棵中露出脊背，小狗有的先跑到土坡上头瞭望，只留下图特木和小白还在原地。老黄牛越来越靠近它们，一头长着犄角的黄牛脑袋一甩，一把扯下一撮青草含在嘴里咀嚼着，圆溜溜的眼睛闪着光亮，它打了一个大喷嚏，吓得图特木跟小白退到土坡上，它们这才发现我钓鱼的地方人不在了。小白最先发现我，顿时两个小家伙有些惊慌，同时向我发出求救信号，大概是想让我过去把它们接过来吧。但是我没那样做，心想它们会采取什么办法摆脱危机呢？没过一会儿，聪明的小白沿着水塘边的小路划着弧线朝我这边走来。对岸只剩下图特木自己，它的四肢来回抓地，一副焦急的神色。我还是没理它。很快在它身后出现老黄牛的身影，这些庞然大物缓缓爬上土坡，又从上面出溜下去，来到池塘边开始饮水。这时图特木做出了一个惊人的选择，它扑通一声，从一米多高的岸上跳到水塘里，身子瞬间淹没在水下。我被惊呆了，没想到它用这种方式朝我挣扎。一会儿它从幽暗的水里冒出小脑袋，"扑通扑通"向我这边扑腾。它的四肢在水面划动得很快,一副挣扎求生的样子。我急忙扔下鱼竿站到岸边等它游过来。图特木像一条黑鱼,时而淹没于水下,时而浮于水面,搅动着我不安的心。面对十几米宽的水面,我毫无施救的办法,希望图特木靠自己的体力尽快游到岸边。此时,我的心已悬在嗓子眼上。

时间一分一秒地过去,图特木游泳的速度逐渐缓慢下来,还有四五米就要到岸边的时候,它的体力明显耗尽,脑袋瓜不断沉入水下,它的动作也显得紊乱,自然是体力消耗殆尽的信号。我跳进水塘,没想到一下水没到我的腰部,好深啊!一阵刺骨的冰凉袭来,像冰块把我裹住。我伸手去抓小狼的时候,脚下一滑来到深水区,冷不防喝了两口水,但是我已经抓住了图特木的脊背,轻轻拽着它举过头顶。我们俩慢慢向岸边靠近,这时我多么希望有人拉我一把。上岸的时候我脚下一滑,伸手按在湿滑的土地上才没倒下,小狼险些脱手,不过一切有惊无险。

上岸后我把小狼身上的水擦拭干净,把它放在怀里。它冻得直发抖,不过没多久就温暖过来了。我抚摸着图特木的小脑袋,感觉它太勇敢了,它惊人的一跳彻底颠覆了我对小狼的认知,它是一只值得尊敬的狼,在它身上有一种超越狼性的东西,蓦地我对小狼无比敬畏。

第六章　险象环生

一个艳阳高照的上午,我正在门口逗小狼,远处传来汽车的马达声,只见一辆崭新的轿车朝这边开来。我有些纳闷,是谁来了?等车停稳,上面下来刘万里和马豆,我们差不多一个月没见面了,刘万里从北京出差回来了,我兴致勃勃地迎上去。

"大爷,换新车了?"

"去一趟北京不能白去,以后那辆皮卡车归你使用。"

我围着轿车欣赏片刻,发现小狼没跟过来,它躲在远处不敢过来似的,我过去把它抱在怀里,递给刘万里看。

"大爷,你瞧小狼长大没有?"

"长不少了,也结实了。"

他抚摩着小狼的头,很稀罕的样子。我们走进屋,我把小狼放到地上,它逃跑的时候一头撞到小铃铛上,发出一阵声响,它用爪子拍打着上面的铃铛。我们三个人看着它在地上玩得十分开心。

"这次见到姜戎,他听说我们养狼,可支持了。"

"人家多大的腕儿,还能见你?"

"借全老师的光,是他引见的。"

于是刘万里便把去姜戎家的见闻给我描述一遍。

那是一个阳光灿烂的夏日,独栋别墅内透着典雅古朴的气质,屋子里青葱的绿植生长着繁茂的枝叶,配以荷粉点缀的花草,与窗外高大的海棠树、临河茂密的连翘交相辉映。湖面在微风中闪烁着粼粼的波光,透过花草的缝隙,投在房间内宽敞高大的木板墙上,衬托出主人沉稳的优雅气质。刘万里入座之后喝了口茶,把他在乌拉盖养狼的经历讲了一遍。姜戎赞赏他的选择,兴奋地说道:

"万里,看来《狼图腾》电影在你们那里影响不小啊!"

"可不是嘛,今年来旅游的人特别多,镇子里的宾馆都接待不下了。"

见面的时候,恰逢张抗抗老师也在家,她连连赞叹不已。

"内蒙古的政策提倡开发旅游,与《狼图腾》电影上映正好合拍了。"

"就是,谁也没想到的事儿,把旅游带火了。"

"说明电影上映之后效果不错。"

"可不是嘛,没有《狼图腾》,大家哪知道天边草原还有一个叫乌拉盖的地方。"

这时全老师向姜戎先生请教一个问题。

"可以把乌拉盖叫作《狼图腾》的故乡吗?"

"应该叫电影《狼图腾》拍摄地比较准确,小说是写满都宝力格的,它才是《狼图腾》的故乡。"

刘万里一口气把他去北京的见闻跟我讲了一遍,我从他的眼神中看到无以掩饰的激动心情。坐在一旁的马豆不时地微笑着,时而插嘴说道:

"这次可把你大爷乐坏了。"

"安达,下次我带你一块去北京,哪怕跟姜戎合张影都行。"

"咱才一只狼,人家没笑话啥的?"

"你别老想着一口气吃出个胖子,我们虽然是一只狼,你只要把它养好了,没准儿明年就几只了。"

说话间,他把一本《狼图腾》小说递给我。

"这是姜戎老师签名送你的。"

"送我的?"

我有些吃惊,接过小说抚摩着书皮,只觉得一份厚重的礼物镌刻在心里。书的封面有两只狼眼睛,蓝得像海水般,立刻攫住了我的视线。一年前我失落的时候,独自走在呼和浩特的大街上,经过新华书店时,从橱窗中看到的不正是跟眼前小说封面上狼的眼睛一模一样吗?如今我从小说作者手里得到这本书,不同寻常。翻开扉页,是姜戎写的赠言,字迹遒劲有力,顿时一股暖流从我心房流过,真是见字如见人。

之前刘万里经常给我讲《狼图腾》电影故事,我曾想这是一部怎样的奇书,对我而言就是一个谜。然而,我居然能够得到作者亲笔签名的书,真是如获至宝。姜戎是这方面的专家,不仅养过狼,而且特别了解狼,他对狼文化做过很深入的研究。刘万里一再嘱咐我：

"安达，你仔细看看这本书，里面把狼性和人性文化都写到家了，包括养狼和做人的道理，你要悟出养狼的学问。"

北京之行刘万里颇有收获，看问题的角度也发生转变了。他曾经与狼打过交道，从狼身上发现一种精神，而《狼图腾》正是写狼文化的一部小说，这就不难看出两者之间的内在联系。是机缘巧合把刘万里与草原狼结合起来，他从草原狼身上看到了坚定、刚毅和顽强。所以在拍摄《狼图腾》的时候，唤起了刘万里对草原狼的许多回忆。因此，他一直有个愿望，想见到小说作者，把自己养狼的经历讲给他听，如今他的心愿得以实现。

自从拿到《狼图腾》一书，我便把翻烂的武侠小说扔到一边。书中陈阵养小狼的经历，跟我现在有类似的地方，我被小说深深迷住。

一天，我在看书的时候，清格乐"噼噼啪啪"地练习拳法，但丝毫没有打扰我聚精会神地读书。他气喘吁吁地走到我面前。

"你看的什么书？连头也不抬一下。"

我把手里的《狼图腾》朝他一抖。

"听说过，你真跟狼干上了，我要是有你那两下子早就混社会去了。"

"混社会更要有狼性。"

"谁教你的？一套一套的大理论。"

"是这本书。"

我在看书的时候，图特木一直趴在地上，我想它要是有一个伴儿该多好。刘万里在跟白叔那边拉关系，不知道进行到哪一步了,能不能从他手里搞到一只狼还不清楚。当我寂寞孤独的时候,总想找一个说话的伙伴,小狼也一样吧?

晚间下班之后,刘万里赶来了,我把几天前图特木跳水的事讲给他听。刘万里也感到非常意外,他说:

"这只狼有血性。"

过后刘万里对小狼这种盲目跳水的行为表示担心,一语道出图特木在他心中的分量。他从骨子里喜欢狼,事实说明,他是一个对狼爱到骨髓的人。是什么动力在支撑他呢?恐怕只有情怀了。

接连几天气候变化无常,晴天、刮风、下雨、降温,乌拉盖的天气又开始活跃了。

一早图特木有点懒洋洋的,打不起精神,它往地上一趴,头枕在两条前腿之间想睡觉似的。我拿一小块肉逗它,它虽然吃了,但是并不活泼,依然蹲在地上两眼惺忪的样子。我看它没兴趣起来活动,索性让它休息算了。

我是一个喜欢运动的人,很久没摸篮球了,手有点痒。我骑上摩托车向镇上驶去,那里有篮球场,打算痛快一下。

偌大的球场只有我一人,我开心极了,连续几个三步上篮,投球也百发百中,很快汗流浃背,一玩就是一个多钟头。刘万里开车正好从附近路过,看到我他什么话也没说,驾驶轿车缓缓从路边经过。

回家后我见图特木仍然没精打采,一摸它的身上很热,不仅打喷嚏还流鼻涕,小狼莫不是感冒了?吃过午饭,我带它去镇上兽医站看看是啥毛病。

兽医站坐落在一条冷清的巷子里,门牌由于风吹日晒,字迹的颜色已经斑驳脱落,显得陈旧不堪,三层水泥台阶有的地方已经破损。我怀抱图特木匆匆走进去,正好遇上包大夫值班。他是一位富有经验的老兽医,一看图特木的病情断定是受凉发烧了,并且还伴有少许的炎症,它挨了一针。

几天过去,图特木的烧渐退,不过开始不停地拉稀,甚至有时身体开始出现抽搐现象,一定是肠胃又闹毛病了。我又匆忙跑去兽医站,这回抓了一些药回来,掺和在食物中喂它。观察了两天,图特木的病情依然没有好转。我担心发生意外,于是把小狼的病情转告刘万里。下午他风风火火赶过来,我们一起查看图特木的病情,它连站起来的力气似乎也没有了。刘万里沉默半天,终于大发雷霆,不分青红皂白,劈头盖脸对我就是一通埋怨。

"你别光贪玩了,你得上心养它。"

"我用心了。"

"咋把图特木养成这德行了?你要在自己身上多找原因。"

我急得鼻尖直冒汗,什么话也没再说,任由刘万里批评吧。他用手指翻开小狼的眼皮观察着。

"眼神光都没有了,图特木一旦有个三长两短,咱就啥都完了。如果有两只狼,死了一只我也认了。带它走一趟。"

"上午我带它去找包大夫看过了。"

"去霍林河兽医站。"

刘万里一路上怨声不断。听到他的指责,我感到非常难受,实在憋不住反驳了一句:

"我对小狼问心无愧。"

"你是付出不少,不过你还有时间钓鱼、打球,这是你的工作啊?"

"打球我就去过一次。"

"我咋说你好啊!"

我想再解释什么,不过话到嘴边像喉咙里爬进去一只泥鳅堵在咽喉。我抚摩着小狼的脑袋没再吭声。轿车在街道上缓慢行驶,时而避让行人,时而加速。在经过前方路口的时候,突然蹿出一个骑自行车的人,不管不顾贴着车身骑来。刘万里猛打方向盘与他擦身而过。他看一眼后视镜,脑子里像在想什么事儿,后视镜中是他深邃的目光。

"大爷,你刚才闯红灯了。"

刘万里像没听见。

轿车一出小镇提速很快,掠过笔直的公路。刘万里车技高超,草原、山坡、丘陵一闪而逝,仿佛车身被运动线条包围。一路上没有车辆能比过我们,只有白云投在旷野的影子与轿车比翼齐飞。约莫一个小时的工夫,霍林河市出现在眼前。

一到兽医站,刘万里先于我下车,我怀抱小狼跟在他身后急匆匆穿过院子,又绕过一个走廊来到诊室。那大夫身穿白色大褂,戴一副宽边玳瑁眼镜,上面的金属链子坠在胸前,下巴处留着稀稀拉拉的胡须。他捋着胡须听着我的描述,然后推一下卡在鼻梁上的老花镜,不慌不忙地抬起头,瞪着混浊的三角眼,捏着图特木的嘴巴看了下口腔,问了些图特木粪便的情况。他回到老式皮椅上坐下,用沙哑的语调说道:

"最近流行急性肠炎,有可能感染肠道细菌了。"

刘万里神色焦虑地问道：

"有生命危险吗？"

"我咋说呢？这场流行病死掉不少宠物了，你看我的院子里，这不又死了一条狗。"

有人拎着狗的尸体在向门外走，那人身后还有一个十几岁的孩子在哭。

"一定要救活它。"

"我就是吃这碗饭的，还用说吗？"

折腾半个多小时总算完事，我手拿着药，抱着图特木走出兽医站。小狼恐惧得有点打哆嗦，怕是刚才打针时被吓坏了。

回家的路上，刘万里一直没说话。轿车沿着蜿蜒的山路行驶，走了半个钟头他才开口。

"我们就这么一只狼崽子，一旦小狼没了，连毛都剩不下了。"

"你想办法再弄一只吧。"

"有这么容易，人人都会养狼了。"

图特木的病因我到底没弄明白，觉得自己一直在精心呵护，可是结果出人意料。我默默看他开车，心里非常不自在。这时小狼在我怀里蠕动一下，伸头来回看看，又低下头。

"以后有机会你去学习一些兽医知识就好了，春天容易闹瘟疫，说死就能倒下一大片。"

"我听说有的瘟疫把病狼折磨成疯狼了。"

"乌拉盖就有过，疯狼把马都咬死了，何况人呢？"

晚上，我躺在床上头昏脑涨，心里越想越窝火。我还能说什么呢？谁让自己不走运的，只去一次篮球场居然碰上刘万里，一时莫名的怨气涌上心头。我找不到出气的地方，翻身下床，来到沙袋前"砰砰砰"就是一套组合拳。我蹲在地上，面对月黑风高的夜晚，气得跟自己过不去。

一个星期以来，图特木的病情不断牵动着我不安的神经，好在它渐渐恢复体力，看到小狼在同病魔的抗争中顽强挺过来，我如释重负，更觉得珍惜小狼生命的重要性。事发后我才发现图特木不仅在我心中地位重要，实际上在刘万里那里也一样，只是他忙于工作不说而已。

接连几周，刘万里经常光顾狼圈查看情况，有时带着一身泥土就来了，一看便是从工地匆忙赶来的。即使看小狼的时间非常短暂，他也要从百忙中抽空过来照看一下。我清楚他对我的工作有些不放心，实际上小狼在他心目中分量太重了，谁说不是呢。

天越来越热，青草浓郁的芳香伴随微风一阵阵飘来，我带图特木去野外散步，看到旷野中的大榆树，我们来到它跟前，依然没见到大狗，不知这会儿它又躲到什么地方去了。狗窝门口的铝盆反射着刺眼的光线，里面的食物早已被吃得精光。我把图特木带到树下，虽然有段日子没来了，但是它对眼前一点都不陌生，很快与小狗家族混到一起。

我待了一会儿，没有见到大狗的身影，怕是它到野外打食去了。我侧卧在草丛中，嘴里含着一根青草，俯视眼前齐腰深的贝加尔针茅草地，嫩绿的颜色上映衬着一层毛细的纤维，风吹过来柔软得颤颤巍巍，含羞似的低下头。这时我被天空传来的水鸟叫声吸引，抬头望去，白色水鸟正在蓝天盘旋。我想起隰地里的巢穴，很久没去那边转转了，我起身朝盐碱地走去。

我的脚步声惊动了附近的百灵鸟，有一只悬在天空，两只翅膀一直扇动，像直升机在空中悬停，它用这种方式通知身边的伙伴有人来了。当我离开它的时候，百灵鸟的叫声瞬间消失，这时回头再看，刚才那只百灵鸟也不知什么时候不见了，大草原恢复寂静。

来到芨芨草盐化草甸，我寻找着裸露沙土的地方。几场雨使这里的青草长得十分稠密，把原来露出黄土的部分全部掩盖了，寻觅好一会儿才发现地上的鸟巢。如果带图特木来，恐怕不用费多少力气，它靠嗅觉会很快发现。这回鸟的巢穴中只剩下一些破碎的蛋壳，小鸟已经孵化，不知去向。我蹲在蛋壳前，用手机拍下破碎的蛋壳。

待了一会儿我开始往回走去，蚊虫在我眼前围成一团飞舞，怎么也轰不走。蚂蚱从地上跳起，落到四五米之外的地方，当它落到草尖上，身体的重量便压弯了细草。我没看到蜻蜓，倒是有一只蝴蝶悠然飞过眼前。

快到大榆树的时候，我听到熟悉的尖叫声，这种叫声几近绝望，这不是图特木发出的吗？我不由得一惊，迅速向那边跑去。还没接近大榆树时，大狗突然一闪而过，转眼的工夫就消失在茂密的草丛中。

我急忙来到狗窝前，发现图特木一瘸一拐地向来的路线走去，身后还跟着小白。多亏我来得及时，匆忙追上它，一把抱住图特木，它像受了多大的委屈似的在我怀里颤抖着。只见它的后腿有一些血迹，大狗把它咬伤了。我急忙蹲下检查它的伤口，好在咬的不是要害，但是两个牙洞一直在冒血，图特木走不了路了，我急得又是一头大汗。

我开车带图特木去镇上的兽医站，非常不凑巧，兽医站的门是关着的。我按照门牌上留的电话拨通包大夫手机，他正在药房买药，让我过去接他。我丝毫不敢怠慢，开车去药店找到他，我们第一时间回到兽医站。经过检查，图特木伤口处明显是大狗留下的牙洞。上药的时候，图特木身体不断发抖。我额头上沁出豆大的汗珠，包大夫说了一句：

"小狼没被伤到骨头就是万幸。"

夜里图特木躺在我的床边，稍有动静它就像受到惊吓似的一哆嗦，随后便抬头警惕着周围，眼睛里充满恐惧，挪动伤腿时还发出轻微的呻吟。我默默地看着它肿胀的腿，后悔白天没看好它。图特木身上伤到一根毫毛也会让我心惊肉跳，它再出点事我简直就要崩溃了。我气得把桌子上的啤酒瓶一把摔碎，又把杂志撕得粉碎，恨得撞墙的心思都有。

清风朗月中时而传来汽车声，我的心怦怦直跳，生怕刘万里不期而至。这件事我没跟他说，好在最近他到外地谈业务去了。我盼着小狼快把伤口养好，哪怕被咬的地方消肿也行，千万别让他发现破绽。每天我都像惊弓之鸟，惴惴不安。事情过后我从大狗身上总结出一条真理，与动物打交道必须时刻保持警惕。

图特木挨咬之后，它对我似乎更加依赖，玩累了就依偎在我身边，或者在我的脚下懒洋洋地睡觉。图特木长心眼了，这是它大脑继续发育的结果。有一次我见它睡得很香，突然喘气声越来越急促，四肢开始抖动，嘴里愤怒地哼哼着，甚至开始怒吼。看到它的这种反应，我甚至感到恐惧，不久图特木像被惊醒，抬头环视周围，原来它是在做梦。过了一会儿，它把头抵在前腿上又眯上眼睛。它刚才做的是什么梦呢？恐怕只有它自己清楚了。

这段时间大窑的工作非常繁忙，就连风机作业的声音晚间也能听到。刘万里一直在跑业务，半个月没露面，这给我争取到了宝贵时间。图特木的伤口渐渐愈合。

天气逐渐开始热起来，我打算让图特木搬到室外住，于是把砖房东侧的小土院收拾一新。犄角的地方有一处3平方米大的窝棚，之前像狗窝，翻修一下给图特木住再好不过。一个星期的工夫，我以原来留下的破院子为基础，修修补补盖起一个狼圈，加上外院大约有20平方米的空间，我把四周修整得很严实，晚间狼窝入口处用特别密的铁网挡好，再把院子里的围栏修理结实，一切看上去非常安全，于是我把小狼关在里面。

一直与图特木相依为伴，它不在的时候房间一下安静许多，好像自己的呼吸声都能听到。之前它住的地方，铃铛还挂在幽暗的柳条筐上，我走过去用手碰一下，它便发出一阵清脆的铃声，等声音消失，房间更显得寂寞凄凉。

我躺在床上辗转难眠，其实我的不安与焦虑来自图特木，今天晚上是它第一次独自在户外过夜，我心里着实有点不踏实。开始图特木嗥叫一阵，见我一直不理它，便安静了下来。夜晚九点左右，借着月光我悄悄走进狼圈，打算看看图特木。它缩成一团，瞪着眼睛在看我。我朝它晃着羊奶瓶子，它立刻冲过来，一口叼住奶瓶愉快地喝起来。

夜里我几次起床，推窗听听室外的动静，不放心便去狼圈看看，回到房间和衣斜倚在床头，稀里糊涂熬到天亮。

一早去狼圈，图特木早已在等候的样子。我抱起它亲了一口，它"嘤嘤"地在我怀里撒娇，就像饥饿的孩子在等人给它东西吃，这一刻我感动得差点儿要落泪。

白天我把小狼在室外过夜的消息告诉了刘万里，下午他派穆师傅一行人开车来到狼圈，车上拉的是一些铁丝网，还有木杆子之类的东西，重新把狼圈加固一遍，这回看上去比之前安全不少。他担心狼圈靠山近，夜里小狼会被狐狸给掏了吃了。听他这么一说，我脸上露出侥幸之色，心想昨天晚上有点大意了，难怪心里老是不踏实，任何事情总是有一些预兆，大概就是如此吧。

第三天夜里，图特木闹得特别厉害，嗥叫声一直持续到半夜都没有停歇。尽管它叫得撕心裂肺，但我必须克制住自己，不能惯它毛病，改正图特木依赖人的习惯。后半夜它的叫声逐渐减弱。夜里我一点都不比昨天轻松。一周之后，图特木习惯了在狼圈独居的生活，入夜的时候不再叫闹了。

早霞低垂，云朵笼罩着广袤的草原，犹如七彩的颜色涂满天空。我扶栏看去，这时图特木歪着头，站了好久，一个劲地摇头晃尾。我走过去抚摩着它的头，被大狗咬伤的地方已经彻底看不出任何痕迹。我随手丢给它一块肉，它一口就给吞下去了，然后抬头继续看我。它的胃口好极了，并且大得令我吃惊。

上午我们在山坡转悠，却没见到祁大爷把羊群赶过来。我带图特木向更远的地方探索，发现前方草地有个黄褐色隆起的东西，远看像一堆光秃秃的沙土堆露在绿草丛中。图特木似乎被那个古怪的形状所吸引，我们站住不动，目视黄土包发愣，就连我看得都有些吃惊,小狼不断嗅着空气中的气味。

图特木仍然在观察,眼神飘忽不定。我带图特木走过去,到近处一看原来是一头死去的黄牛,斜卧在草地里,肚子鼓得像皮球,黑眼珠圆睁着,周围爬满苍蝇。我对图特木说:

"走,离它远点,牛身上有细菌。"

小狼似乎对死牛感兴趣,逗留并观察着,甚至用鼻子去嗅它的气味。我想躲它远一点,用力拽下皮绳,硬是把小狼拉走。它没走多远又停下,回头继续打量着那头死牛,我强行把它拽走了。

不久图特木忘记了刚才的不快,像孩子似的高兴起来。路上百灵鸟很多,时而在我们脚下蹿出来,倏地飞向空中叫个不停。山路两边有许多被雨水冲刷的小断面,留下不少小黑洞,有的已经变成鸟的巢穴,偶尔从里面露出雏鸟的小脑袋。图特木用湿漉漉的鼻子到处嗅气味,它的眼睛似乎没有鼻子灵活,它对周围的认知是靠气味。

在地表露出新鲜土堆的地方,时常能发现大眼贼打的洞。小狼也会跑到洞口前用鼻子在周围嗅来嗅去,好像发现什么东西在里面,甚至用爪子挖洞,还会跷起一条腿往洞里撒尿,就这样我们两个沿着脚下的小路来到山坡。从这个地方能清楚地看到大窑全貌,左边那排房子是我们的家,再往西是淹没在朦胧中的乌拉盖小镇。

图特木不知疲倦地在草地里跑动,时而仰视天空,时而眺望远方,有时抖下两只耳朵听听周边的动静。公路传来汽车喇叭的尖叫声,蜿蜒的山路有一辆卡车正在驶来。它愣住观察一会儿,感到没有任何威胁又跑开了。不过发现有陌生人出现,图特木都会警惕小心,或是停下脚步注视那人的动静。狼对人类存在戒心,这位来自草原的朋友,长着一个灵活多疑的脑袋瓜。

傍晚的时候,我在厨房忙碌一阵,一个背影趴在狼圈门口,原来是刘万里来了,他吹着口哨在逗图特木。我暗自庆幸它的伤口已经愈合,否则这顿骂是躲不掉了。我俩趴在那里聊天,他提到一个人,讲了许多有关这个人驯狼的故事。我感觉他是一位十分神秘的人物,诧异地问道:

"安德鲁·辛普森是谁?"

"电影《狼图腾》的驯狼师,加拿大人,狼被他驯得跟人一样好使。"

"他是怎么驯狼的?"

"这是秘密,人家轻易不外传,也不让我们看,所以我了解得也很少。"

刘万里的一席话让我感到失望。我的双眉皱成一个问号的样子,自然很想听到更多有关安德鲁驯狼的故事。他慢条斯理地说道:

"每次拍完一个镜头,狼都会扑到他的怀里,伸出舌头去舔他的脸。他咋做到的是个奇迹,狼跟他那么亲,就像他的孩子似的。"

他转过身继续倚栏伫立,青烟在眼前缭绕,双眼充满对往事的回忆。

"安德鲁写过一本书叫《驯狼日记》,听说上面有他驯狼的一些经历。小狼总有长大的那一天,你没事了也琢磨琢磨咋驯狼,我希望你能成为中国的辛普森。"

从此驯狼这件事开始困扰我,究竟从什么地方入手,我对此束手无策。清格乐晚上来练习打拳,我向他请教,他一听便瞪着眼珠看我。

"驯它干什么?狼没有一刻老实的时候,没法驯。"

"反正我下决心要驯它了。"

"有志气,那我就等着看热闹了。"

清格乐的话给我当头一棒,我没再说什么。

半大的小狼正是爱玩的时候,活动量很大,一到旷野,图特木往草地一钻就没影了。我在它身后不停地呼喊它,一面低头思考驯狼的事。不知不觉中我们已经沿山坡爬了一段距离,它喜欢用鼻子紧贴地面到处嗅,一会儿留下点尿迹。前面有个地洞,这是獭子留下的废弃巢穴。图特木在旁边转了好几圈,一副朝我恳求的样子。于是我停住脚步,蹲下跟它一起观察,还找来木棍开始挖。这下它不仅两爪并用抢着刨,甚至把鼻子伸进洞穴内使劲闻。我用手机灯光向洞内照去,里面黑乎乎的什么也看不到。我推它一下,意思是说咱们走吧。

大风吹得草原昏天暗地,图特木只好躲在狼圈里,听着呼啸的狂风,哪里也不能去。风一连刮了两天,图特木憋得十分难受。为缓解它的急躁情绪,我去狼圈,一面趴在地上学大狼往前爬,一面叫它的名字。图特木跟我玩开了,不停地去咬我的脚和裤腿,虽然有点痛,但是我还能忍受。后来这家伙越咬越厉害,疼得我几乎无法忍受,我知道那是因为我不让它出去,图特木在报复我。我找到小奶嘴逗它玩,它以为我给它吃的东西,便跑过来。我又用铃铛招呼它，它又过来了，其实小狼的这种反应说明它对人类语言具有领悟力。两个多月的时间我对图特木有了更多的了解，它有很多小秘密。有一次同样是大风的天气，我们被困在家里哪也去不了。我拿来纸盒铺在狼窝里，想着在上面铺点干草跟它一起睡觉，没想到小狼趁我不备往上面撒尿。我马上推开它，又一想不对劲，动物用气味占领地盘，分明是它在跟我争夺阵地。这个小家伙一丁点儿大就知道搞领土扩张，真是聪明极了。

　　白天我继续带它在草地里玩，一边训练它的反应，不过图特木的注意力一直被分散。最近来了一个杀猪的人，不仅在大窑附近盖养猪场，还要打一口水井。我真讨厌他们每天作业时"噼噼啪啪"的机械声，还有柴油发动机的尖叫声，吵得图特木非常不安心。我想让它知道是什么东西在发声，只有对环境熟悉它才能更好地适应。我带它去打井的地方转转，接近那里的时候非常遗憾，井已经打好了，工人们正在拆除塔架上的设备，一点噪声也没有了。图特木看都不想看，它引着我就往大窑身后的山坡跑去。

　　遛弯是开发图特木智力的重要手段，它在野外可以发现许多自己未知的东西。如果经常把它关在笼子里，只会培养它温顺的一面，它的野性和对外界的适应能力便会逐渐退化。特别是在额仑草原，这个无边无界的大荒野，大眼贼、旱獭、天上飞的老鹰、地上奔跑的马儿，这些动物都需要它一一去认识。图特木只有走向大草原，它的野性才能慢慢被激发出来。

　　一辆摩托车由远而近，画着弧线向我们这边开来，到了近处一看是清格乐。

"老远就看见是你了，咋在这儿啊？"

"带小狼出来转转。"

也许是清格乐的喊叫声吓着图特木了，它趴到我的脚下。见我们在聊天，小狼慢慢放松了，并且过去闻清格乐的脚。

"我真羡慕你。"

"怎么讲？"

"每天你跟小狼在一起多快乐，我说的不是吗？"

"得了吧，我着急的时候你没看到。"

"为啥事着急呢？"

"狼怎么能听懂我说的话？"

"除非它是人。"

"说正经的，你别抬杠。"

"你不听我的，才驯几天你就知道狼无法驯吧？"

他斜跨在摩托车的座儿上，一手摆弄着一根草，两条腿叉开撑在地上，瞅着前方悠远的旷野。

"最近家里来电话让我回去一趟。"

"啥好事，这么急？"

"我也二十好几了，那边介绍了一个对象，让我回去跟人家见见面。"

"你咋想的？"

"唉，我妈催得挺急，我先回去再说。"

在我孤独寂寞的时候，清格乐带给我不少快乐，听到这个消息，一时我不知道聊什么好。清格乐咬着嘴里的青草，一节节被他咬碎又吐出来。

"走，咱们去草原兜一圈。"

"小狼咋办？"

"你抱在怀里，让它跟我们一起快乐快乐。"

我把小狼递给清格乐，让他坐我身后，摩托车轰足油门，像插翅一般腾空而起。从反光镜中可以看到图特木极不适应的样子，我没顾那么多，一心想着刚才清格乐的话，以后也许就告别这辆摩托车了，我想尽情地潇洒一回。

我骑着摩托车沿着山脊疯狂驶去，一会儿冲向山顶，一会儿又俯冲下去，仿佛在梦中翱翔。我喜欢这种疯狂、刺激、痴迷、醉梦一样的感觉，与大自然一起陶醉，天翻地覆。也许听到清格乐要走的消息让我感到有些难受，我要用这种方式消除内心的烦躁。我光想到自己了，根本没去顾及小狼的感受，其实它现在非常紧张了。

风在耳边呼啸，上衣像展开的翅膀哗哗飘起，摩托车不断颠簸，我跟清格乐叫喊着，几近癫狂的状态。就在这时图特木突然跳下车，一骨碌钻进草丛。我急忙刹车，摩托车将我俩瞬间抛了出去。我不管一切，飞身向图特木逃跑的地方追去，边跑边呼喊着它的名字，这时我才注意到六月的草已经长得快有半人高。我思索着图特木能去什么地方。我跟清格乐分头寻找，嗓子都快喊哑了却依然不见小狼的影子。我差点儿被脚下一个不大不小的坑绊倒，原来是个地洞。我蹲下一看，只见图特木就藏在里面，正虎视眈眈地看着我，浑身早已吓得发抖。我惊喜万分，伸手轻轻抱起它。清格乐执拗地想用摩托车送我们回去，我没答应，而是带图特木慢慢朝家走去。只想弥补一下刚才给它带来的伤害，今天小狼又经历了一次考验。

我们走了有段距离，回头发现清格乐倚在摩托车旁，一直看着我们。又走了一段之后，我再次回头，清格乐依然在原地没走。我朝他挥手示意，让他快走，他还是没动地方。我跟图特木逐渐越过山坡，留给清格乐的是苍茫草原凄凉的记忆，那一刻我本应该与清格乐说些什么，但是不知为什么把一切心思都花在图特木身上了。

当我再次回头的时候，清格乐的身影像一块岩石伫立在远方，已经看不清他的脸和衣服的颜色了，他依然倚在摩托车旁在看我们这边。我朝他挥手让他赶紧走，他用摩托车的反光镜晃我。

喂完小狼夜已经深了，窗外传来蛐蛐的叫声，并且夹杂着其他动物的叫声一阵阵缠绵。月明星稀，盛夏渐渐开始逼近，大草原湿润的空气送来一股股青草的味道，与夜晚降临的雾气一道弥漫，露珠挂在弯曲的草叶上，在月光下显得晶莹剔透，宛如无数繁星坠落人间。一只大蛾子扇着浅黄色的翅膀飞进房间，这是草原非常少见的物种，它怎么会到访呢？我看着它在屋里飞个不停，最后一头撞到灯泡上面，随后掉在地上扑棱几下。它的翅膀长着咖啡色的图案，看上去有点儿狰狞。

大窑附近的猪场开始营业，从那个方向经常传来杀猪的惨叫声，引起图特木的不安。今天本想带它去见识一下到底是怎么回事，可是过去一看不杀猪了，叫声也停息了，我们什么也没见到。不过图特木在杀猪案子周围嗅来嗅去，是血的味道在吸引它。猪场里有十几头猪，圆乎乎的身体远看像河床里的鹅卵石。小狼又认识了什么是猪，包括它们身上的血。

绕过猪场我们继续往山坡的方向爬去，穿过一段挖掘机留下的大土沟，背后就是平整而茂盛的冷蒿地带，还有星星草、山地五花草相间的山坡。由于昨天夜里下雨的缘故，一早初升的太阳照得旷野清澈亮丽。碧波一样的大草原，贴近地面是一层热浪在蒸发。图特木一到这种地方，奔跑、跳跃，无拘无束，自由奔放，身子一甩就很快消失在草丛里。它跑得很快，远不是我所能追得上的。我一面喊一面带它跑，试图让图特木按我的要求行动。

大窑的烟囱冒出一股股浓烟，机械声和铲车声远远传来，有时夹杂着人的叫声。大窑的西面是平坦的草地，大榆树倾斜的枝条爬满绿叶，像一株绿色的大蘑菇。远处的公路在阳光照射下反着光，白得如同哈达，一直往小镇方向消失。

我想训练图特木学会安静，不过它一直很活跃，无论我怎样训练它，它都不把我的命令放在眼里。我按着它的屁股坐下，它的眼神又开始溜号，然后一抬屁股就想跑。大概驯了不到一个小时的工夫，砖场那边又传来杀猪的尖叫声。图特木一愣，转动着耳朵，根本顾不上我的任何呼喊，瞭望着那边发呆。这下它的注意力全在山下了。我拍拍它的脑门，心想它已经不在状态上，就打算往回撤。

下山的时候，猪叫声不断传来，图特木站住不动了，掉头想往回走。我拉住它打算继续靠近猪场，以便让图特木明白声音是从哪里发出的。这时它一步都不肯再往前走了，甚至跟我发脾气。图特木挣扎的时候力气很大，它一下扯断皮绳，扭头往相反的方向逃去，动作之快令我吃惊。

我赶紧追过去，时刻提醒自己要冷静，现在跑得越急越可能适得其反。于是，等它平静下来，我拿出肉干引它过来。它一口叼走躲到一边，根本不给我任何机会接近。我发现不能再追图特木了。安静了一会儿，果然它止步回头看我，似乎情绪稳定了一些。

这时讨厌的杀猪声再次传来，图特木又开始紧张，爬坡的时候不小心掉进挖掘机挖的土沟里。当我下到沟里时，已经不见它的踪影。于是我顺着出口方向来到大窑摆放砖坯的地方，碰巧遇到清格乐。他正推着独轮车从这里经过，听说我在找狼，便放下手里的活，要跟我一块找。我们见到熟人只是打声招呼，谁也不说丢狼的事儿，每个旮旯儿都翻遍了，还是一无所获，清格乐提醒我返回大沟那边再转转。

太阳快落山了，我俩费了九牛二虎之力依然没有找到图特木，累得坐在土堆附近休息。离我们不远的地方停着一辆报废的挖掘机，旁边是一座倾斜的简易棚子，看上去快要塌了，里面堆着废弃的木桌、长条凳、油毡纸和草帘之类的杂物。我撒尿的时候，发现脚下的草帘有动静。我低头朝里面一看，原来图特木就藏在那底下，正用它那闪亮的眼睛看着我。当时我很冷静，拿出大犬绳想套住它。谁知刚伸手想去抓它的时候，图特木向我愤怒龇牙，我头一次见到它向我发火，好家伙，它开始长脾气了！

"是我把你喂大的，你咬我吗？"

我愠怒地对图特木说道。

清格乐看出门道，对我说：

"狼有血性。"

"你扯啥呢！它想咬我。"

"狼就应该有野性，这才对呢。"

远处的杀猪声停歇了。我耐心等了一会儿，先给小狼几块肉吃。它一口叼在嘴里，我知道它饿坏了。当它的情绪渐渐平静下来，我慢慢试探性地去摸它的头。这次它很乖巧，我把大犬绳拴到它的脖子上，这下它别想再跑了。

事后我想来想去，终于明白一个道理，图特木害怕是本能的反应，它想逃避杀猪现场，它认为那种地方对自己是一种威胁，所以吓得就想跑。不过它对我龇牙咧嘴表明愤怒，说明它长大了。小狼的血性逐渐形成，狼性也在成熟，对待它不能再用过去的老方法了。我必须学会尊重动物，尊重狼的习惯，才能深入它的内心世界。

第七章　告别清格乐

清格乐临别之前，我请他去镇上一家小馆坐坐。我们在一处临近窗口的地方坐下，可以看到街道络绎不绝的行人。一支烟的工夫开始上菜，我要了一瓶草原白，两人碰杯后，不由得喝下去一大口。

"好爽啊！"

"再爽也没有你身上尿臊味冲啊，你闻不出来吗？"

"都是小狼的尿味。"

酒过三巡，清格乐兴头一上来，撸起袖子想要和我掰手腕。他把手臂"砰"地往桌子上一搭，就像掉下来的重物砸在上面。

"我喝多了，手腕有些发抖了。"

"我也一样。"

说话间我俩的手紧紧握在一起，清格乐眼神中透着笑意，一副挑衅的模样。

"怎么样,开始吧。"

"好了,开始。"

我憋足了劲儿只想快速结束战斗,不过一下打败清格乐有些困难。他咬紧牙关,脸涨得通红,几乎浑身每个细胞都在发力。渐渐地他的体力出现不支,我看准机会猛地一发力,第一局我赢了,但是赢得比较艰难,我发现清格乐不像之前那样容易战胜。他甩甩手腕,笑着对我说:

"咱俩先干一杯,顺顺气接着来。"

一杯酒下肚之后,我身子更软了,好像浑身的筋骨被人抽走。清格乐继续伸出手臂,两只眼睛直视着我,一副势在必得的模样。

"我一定要赢你,明天痛痛快快往回赶。"

"好啊,那就来吧。"

清格乐摩拳擦掌,我们两人重新交锋。一开始势均力敌,僵持十几秒后,清格乐的后力源源输入,像一头猛牛有用不完的力气,一度我有些支撑不住,手腕几乎被他压制。我一边低吟着数字,每一个字都像是从牙缝里挤出来。清格乐咬紧牙关,嘴角肌肉都在颤抖。当我吐出最后几组数字时,突然有股力量涌上来。只要我再挺住几秒钟,他的力气就会枯竭。我抓住机会,就在几近失败的边缘,最终反败为胜,再次艰难地拿下一局。清格乐甩着手腕直摇头:

"从体校出来的就是厉害。"

"你再坚持几秒钟我可能就输了。你知道我用什么战术赢你的吗?"

"是你身体底子比我好。"

"得了吧,看看你这身肉,我可比不过你。"

"那是什么力量让你赢我的?"

"我突然想到狼,狼扑动物时那种凶猛的感觉一瞬间涌上我的心头,是这股力量让我战胜了你。"

"狼,不对吧?"

清格乐摇摇头,用鼻音哼了一下,不屑一顾的样子。

"难道狼有这么大的影响力?"

"你别不信。"

"在拳击台上,你被人打趴下的时候怎么没想到像狼似的再扑过去干掉对手呢?"

"扯远了,喝酒。"

"现在你悟出来了,是不是啊?"

"就算是吧,喝酒,再碰一杯。"

酒足饭饱,清格乐说什么都要拉我去歌厅吼两嗓子。我俩骑着摩托车,三晃两晃总算找到一家歌厅。我们摇摇摆摆走进去,服务生把我们领进一个包间。我点了一首《鸿雁》,唱完之后清格乐接着唱,我在一边助兴,两人完全陶醉在歌声中。不过难以抑制的悲情不断涌上心头,面对屏幕中的辽阔草原,我张开双臂想去拥抱,希望用我们的歌喉穿透蓝天、白云,我们纵情地唱啊、吼啊,又干掉一箱啤酒。我们越喝越没有时间概念,简直陷入醉生梦死的地步。最后两人抱在一起,双双倒在沙发上,那一晚上是我从来没有过的畅快和淋漓。我顿时想起两年前在体校学习的日子,也曾有过类似的经历,是跟朋友呼河巴日、阿古拉、巴图、乌力齐在一起，于是一阵酸楚的感觉隐约袭来。突然，"咔吧"一声，沙发被我们坐断了，我们窝在地上面面相觑，又拿起啤酒畅饮。这一刻我只觉得是那么幸福，是男性荷尔蒙最为释放的瞬间。一直玩到下半夜，我们才离开。

月色清凉，浑染在醉意绵稠的旷野，我的两眼一阵阵模糊，寂静的黑夜回荡着摩托车的声音。清格乐趴在我身后有点不省人事的样子，我也有些神志不清，不知不觉中把他拉到了我的住处。下车的时候清格乐已经酩酊大醉，嘴巴里含混不清地念叨着什么，很快吐了我一身。人在醉酒的时候比一条癞皮狗都难伺候，我把他扶到床上，他往上一斜便呼呼酣睡起来。

我在蒙眬中想起狼圈，晃晃悠悠地走过去。图特木站在门口，睁着两只海水般的眼睛。它用鼻子闻着我的手指，想必是有些饥饿，而我的身体已经不听大脑支配了，一头栽倒在狼窝里什么也不记得了。

第二天上午，我迷迷瞪瞪被小狼闹醒，发现自己躺在狼圈里，十分诧异。图特木趴在我身边，狼圈大门敞开着，像张大的嘴巴一样。这时我一看手机快八点了，跟跄地走向房间。清格乐躺在门外，胸前吐了一地。这时他也懒洋洋地坐起来，蓬头垢面，满脸都是被蚊子叮的包，跟浮肿没两样。他看见我便说：

"你脸咋回事？到处是大红点，红得跟猴屁股似的。"

"别说我了，你也一样。"

"痒死我了，夜里我咋睡在这里了？你跟你的狼儿子呢？你们父子俩把我扔下不管了吗？"

"昨晚你睡在我的床上了，自己咋爬出来的不知道吧？咱俩都喝多了,我在狼圈里睡的。"

清格乐摸一下脸,诧异地说:

"脸都磕破了?"

他抚摸着划伤的脸,没再说话。

喂过小狼,我陪清格乐去大窑,与那里的工人一一告别,然后骑摩托车送他去长途客运站。晌午的光线亮得有些刺眼,照在身上热得像一团火在燃烧,实际上是昨晚的酒劲还没完全过去。来到车站,只见大厅里人来人往,喧嚣声塞满两耳,旅客们熙熙攘攘,在检票处排满两溜长队等待上车。

"摩托车留下给你用吧。"

"我有皮卡了。"

"小狼长大了,骑车带它一块上山溜达方便。"

"我这就帮你办托运。"

"那么沉咋托运?要不先放你这儿替我保管,回头我再想办法弄回去。"

这时广播喇叭开始催促乘客上车了,分手前清格乐一把拉住我的手真挚地说:

"你为什么放弃拳击?好好想想,别后悔了。"

清格乐是最后一个上车的,大巴徐徐开出场站,他从车窗探出半截身子朝我招手,似乎他把我身上什么东西带走了。

夜晚,我倚在床头沉思,寂寞和孤独的感觉又慢慢涌上心头,我幻想着自己是草莽英雄,挥舞大刀向它劈去,可是狡猾的孤独像是从油缸里钻出来的一条蛇,藏在黑暗中躲来躲去,缠住我就是不放。我想写点什么安慰自己,眼睛一转看到图特木趴在房间的地上,不知为什么老老实实一动不动。天热的缘故,它时而伸出舌头散热,幽暗之中它的双眼像涂过一层油在闪光。有图特木在身边真好,它可以帮我排解孤独,让我的生活又恢复了往日的平静。

第八章　驯狼记

上午手机叮咚一响，清格乐发来一条短信，他说摩托车之所以没带走，主要是看我挺喜欢，留给我做纪念，这是分别后他发来的第一条信息。

匆匆喂过小狼，我便无暇顾及它了，忙于检查摩托车的情况。我跟街边修车铺的师傅没两样，钳子、扳子和一些小零件摆了一地，多亏在大窑学过一段时间的机械原理，这回全用上了。我把摩托车从头到尾仔细检查了一遍，车座磨损的地方用胶布缠好，并且在把手两侧系上红丝带。经过我的处理，摩托车看上去漂亮了不少。

马豆远远朝这边走来，手里像拿着东西。这个时候她走来的方向正处于逆光之中，刺眼的光线给她的身影镀上一层模糊的弧线。

"有两下子，还会修摩托车了。"

听到说话声，图特木不知从哪儿钻出来，蹿到马豆的脚下，让她一惊。

"讨厌，吓死人了。"

马豆坐在凳子上休息。

一只鸽子落在附近，图特木发现后向它扑去，鸽子一展翅膀飞走了。

"小狼大了，敢抓鸽子了。"

我跟马豆默默地看着小狼，发现它的动作比之前灵活了许多。图特木闻着地面，摆动着小尾巴来到我们之间，马豆又说道：

"刘万里到处在打听，他还想买一只狼跟它做伴。"

"白叔那边不卖吗？"

"人家说啥都不卖给他。"

马豆坐了一会儿朝厨房去了，12点的时候刘万里赶过来，我们三个人一起吃的午饭，刘万里提醒我：

"狼长到半大了，必须考虑咋驯它了。"

"我不知从哪里下手。"

"先从简单的动作开始，比如说走啊、跑啊、跳啊什么的，只有训练它才知道问题出在什么地方。"

"安德鲁是怎样驯狼的？"

"你别管他是咋驯的，你就按自己的方式进行，万事开头难，谁知道哪一天你撞到神仙身上一下开窍了。"

早霞如柳絮般从东南方向飘来，像云母一样曼妙地散开，飘过头顶，有的镀上斑斓的色彩，从来没见过这般景色，把天空点缀得跟童话世界没两样。我把图特木带出狼圈,来到一处空旷的地方,准备从最简单的动作入手对它进行训练。我抚摩着图特木的头,起身向它喊道:

"图特木,跟我来。"

我在前面跑它在后面追,就这样我俩绕场地跑去,我一面带它跑一面喊口令,看看它的反应,跑了一阵,我兴奋得一头扎在草地上,这时图特木便扑到我怀里纵情地扑腾起来。

"图特木,你能听懂我的话吗?我刚才说什么了?"

小狼依然不停地在我身上扑腾,我想这是驯狼吗?小狼现在的样子就是跟我一块玩,拿我当它的伙伴、开心的工具,恐怕这种训练方法还不行。我坐起来目光严肃地对小狼说:

"坐下,你给我老实一点。"

图特木根本不懂我说的意思,动作照旧停不下来。我又向它高喊着,它依然无动于衷。小狼一旦玩上瘾了,再说什么都没用,它就像上了弦的发条,没有停止的时候,不管我怎样启发对它都毫无效果。事实证明小狼一点也没听懂我说的话。接下来的训练更是一塌糊涂,我对它咋说都没用,都快把嗓子喊破了,图特木也不懂我的意图。我拍了一下它的身子训斥道:

"你再不听话我要打你了。"

图特木的目光不知要看什么地方,麻木、矜持、恍惚、木讷,一会儿四脚乱扑腾,想从我的手里逃脱。我气得给了它一下,只是轻轻地拍它。这一拍不要紧,小狼几乎倒地。可怜的图特木重新爬起来,一会儿跑到我的脚下嗅着气味。好像刚刚什么事情都没发生。我低头看着它,一面思忖,对图特木不能轻易发火，人有思维方式可以原谅对方，狼却相反，你一旦伤害它，它就以为你是敌人。人和动物需要感情交流，相互信任，尽管小狼无法用语言表达它的感受，但它是有思想感情的动物，只有细心地去观察它。

无奈之下，我躺在软绵绵的草地上，眼望天空的白云，思索着驯狼的办法，但一时也没有主意。本想养狼是一件好玩的事情，不承想还要训练它。刘万里的心思绝非仅仅让我驯狼，还要驯出一只好狼，可想而知其中的艰辛。驯狼伊始我有一种绝望的感觉，一想到这些我更茫然了。

接连遇上阴雨的日子，图特木憋在狼圈里哪儿都去不了。我看它怪可怜的，就放它出去遛遛。它刚跑出狼窝，就被浇得浑身湿漉漉的，自己又跑回狼窝不出来了。我陪它躺在里面，这下它算找到伙伴，在我身上好一阵扑腾。我抓住它的脑袋，对着图特木的鼻子尖问它：

"图特木，我怎么驯你才对？"

它的脑袋左右转动着，一会儿它的四肢乱扑腾起来，就像鸟的翅膀。

"坐下，你给我听好了，后腿蹲下。"

图特木歪着脑袋困惑的样子，我把它的两条后腿扳倒，它又站起来，反复几次之后，小狼依然不懂我的意思。唉，我拿它真没办法。

几天的阴雨天气总算过去了，好不容易迎来晴天，阳光懒洋洋地从云层中探出头，像天老爷的胡须抚摸着大地。吃过早饭我开始训练小狼，我用什么方法都无法阻止小狼好动。真让清格乐说对了，如何改变它这个毛病呢？这下把我难住了，问题出在什么地方我捋不清头绪。我一边观察，一边苦思冥想，似乎觉察到小狼今天不在状态。找不到原因自己也没心思吃午饭，我躺在床上开始犯嘀咕，不知不觉睡着了。在我进入梦乡的时候刘万里和马豆来了，他们从窗外看我四仰八叉地呼呼大睡，此时我除了酣睡根本不知道正在发生什么。刘万里失望地摇摇头。

"他哪有上进心，狼在安达手里能驯好才怪呢！"

"行了，你少说两句吧。"

刘万里被马豆劝走，一再无奈地摇头。

一连几天下雨，天不好心情自然不爽，总是觉得好像有什么东西堵在心里，整个身子都觉得不自在。图特木还是跟往常一样，吃饱了就睡、睡醒了就玩，不管下不下雨在外面钻来钻去，身上的雨水和地上的泥巴混在一起，弄得像泥猴子一样脏。

天气转晴了，我抓紧时间开始驯它。一上午过去，效果越驯越差。我用驯狗的方法对付它，但狼和狗的区别极大，几乎不见效果。事实说明，这条路再次被图特木堵死，弄得我十分沮丧。我躺在草地上跟自己过不去，即使小狼想跟我玩，我都懒得搭理它了。训练毫无进展，我越发郁闷，倒在草地上又开始胡思乱想。小狼才几个月，就像刚出生的小孩儿它懂什么呢？至于你叫它，它有了反应，那也不过是本能，想吃的、喝的，想玩好，除此之外丝毫不能打动它，我是不是心太急切了？欲速则不达，先培养感情，然后再说训练的事呢？实际上我是在给自己找台阶下。

回来后我把图特木关在狼圈里，它饿得一直嗥叫，我装作没听见，只想惩罚它。我躺在床上翻了两下《狼图腾》小说，想看看书中陈阵是如何与小狼交流的，翻了半天书也没找到他驯小狼的过程。这时图特木的叫声不断传来，搞得我心烦意乱，于是也没心思再往下看书了。我把书往脸上一盖，没一会儿又呼呼大睡起来。

一觉醒来，天放晴了，一出门就像头顶悬着一个大灯泡，太阳亮得刺眼不说，还特别烤人。我继续驯小狼，忙活一阵还是一点效果也没有。我没心情再驯它了，干脆领着它想沿山路跑一圈泄泄气。

跑步的时候我反复在想，图特木什么时候对我的话有反应，似乎与它的兴奋度有关，这个过程非常短暂。正当我跑步思考的时候，刘万里开车恰好从对面的山坡经过，他远远地看着我，把车停在那里一直蹙眉凝视。

某天傍晚，刘万里什么时候来的，没有一点动静。我发现他脸色阴郁，站在狼圈前缄默不语。我走到他身边，他像没见到我一样，又点了一支烟继续吸着。我明白他对我哪里不满意，硬着头皮问道：

"大爷，你咋一句话也不说呀？"

"你让我说啥？小狼都让你耽误了。我问你，今天驯狼没有？"

"小狼不在状态，就没驯它。"

"状态，状态，是你不在状态吧？我观察你半个月了，怪不得说对你恨铁不成钢，你好好想想！"

刘万里的这句话说得没毛病，小狼半大了我还没驯出任何成绩，说我是应该的，我痛恨自己在困难面前犹豫不定，给人的印象就像虚度光阴。我想想自己当初选择养狼，不过是头脑一热做出的决定，没有想清楚将来驯狼遇到的困难，所以一旦实际中遇到挫折，懈怠之心越发在心里盛行。我把虚荣看得过于重要，甚至栖宿于灵魂之上，只看到驯狼师的桂冠，它有多么帅气，值得炫耀，却不想驯狼的过程有多么艰难。我嘴上虽然不说自己有多么爱慕名利，实则骨子里比谁都渴望得到这些光环，满足自私和虚荣的心，用养狼来过所谓的体面生活，这是多么浅薄的认识。我终于理解了刘万里话的含义，他点到我的骨子深处，我没有找到生活的真谛，缺少恒心，击败我的不是别人，恰恰是自己。

晚上安静下来，再次想起刘万里白天说的话，觉得句句说得在理。我把他视为精神领袖，不敢怠慢，从现在开始我要用毅力来控制我自己，不管多么艰苦我都要走下去。我要时刻提醒自己，我是一个养狼人，我有责任兑现自己的承诺，让自己变得有担当，像一个男人一样做事。

经过一顿修理，小狼老实多了，不再走来走去，但还是不懂我的意图。我耐心地教导它，直到小狼学会为止。刘万里说过什么事都没有一帆风顺，需要经过许多困难才能成为一个成功的养狼人。我听在耳朵里、记在心里了，因为他是过来人，吃的盐比我吃的饭都多，所以我要听他的话，这对我有好处。他待我就像自己的儿子，看我哪里做得不对，他总要提醒我，生怕我荒废了人生。其实我懂，但是脑子转得慢，总是让人觉得我不够努力，我相信老天会可怜天下努力的人。

再次投入训练，我首先耐心观察图特木的状态，它依然活跃不止，这是它的天性使然，改变天性是一件非常难的事。我要学会控制好自己的急躁情绪，做好对小狼的观察，更重要的是，我要接受现实，不能一味按自己的想法进行，必须从小狼的生活规律中发现问题。

次日上午，我带图特木到户外玩，每次它咬我的时候只是轻微的一口。小狼用这种方式跟我交流，说明它有思维，而不是胡来。不过如何让它了解人类语言，按照我的意志发展，却变得十分困难。事实说明，我的训练方法和小狼的接受之力间还没有找到恰当的结合点。

驯狼的关键一步是让图特木集中精力，保持安静，这样才有可能对它展开训练。仔细观察图特木的状态，它有不同的接受能力和反应速度，通常与它的状态有关。小狼兴奋的时候，集中精力注意我的反应，保持瞬间的安静等待我的指令，消极的时候却不是。我抓住它的这种状态，揣摩说话声的大小、动作、表情，甚至包括张开双臂的姿势，对它带来怎样的刺激和影响，像辅导孩子一样，时刻引导它的意识发展，保持它的注意力。经过反复训练，图特木偶尔有些反应。我发现它似乎朦胧感到我想表达的意图，我便抓住它的这种状态，循序渐进，利用它敏感的接受力，撬动它的思维发展，这时我不断用口令启发它的动作，甚至像虐待战俘一样，按着它的身体强迫它做动作。这种口令加动作的训练方法在图特木身上渐渐产生效果，训练终于迈出艰难的一步。我从中也找到一些窍门，通过一次次对时间和火候的把握，图特木多少明白了我的意图，我暗自高兴。

一天下午，正当我们训练的时候，远处隐约传来一阵汽车的马达声。我和图特木抬头注视着山坡方向,有辆轿车朝我们这边驶来,车尾拖着一溜灰尘。小狼一看有人来了,显得有些兴奋,它明白自己将得到短暂的自由时间,于是趁机溜走了。

"安达,最近训练得怎么样了?"

刘万里风尘仆仆地下车,一手拿着矿泉水喝了一口。我决定献上刚刚训练的成果给他看。在我的口令中小狼从草地深处悄然开始跑动、爬行,似乎遇到什么情况而在观察,动作非常滑稽逗人。我问刘万里:

"大爷,你看小狼的反应怎么样?"

"灵感从哪里来的?"

"一点点摸索的。"

"你算找到感觉了,就得不断驯它,失败了再来。"

"我再表演一段你看看。这是《狼图腾》电影中狼群准备袭击牧民羊圈,在草地里狡猾观察的动作。"

"啪啪——"我在空中拍了两巴掌,然后打手势给小狼。小狼在草地里自由奔跑着,像是在玩,也像在追逐什么,足足跑了三四十米。我一声令下,图特木在跑动过程中突然止步,从草地里探出头,警惕地观望周围,目光警觉的样子。表演结束,刘万里高兴地说:

"图特木表现得真棒。"

我咧嘴"呵呵"地笑着,看着旁边的小狼一直活跃不止。

"没有大爷的教训,我哪来的进步。"

"可别这样说,全是你的功劳,还有其他成果吗?"

我把图特木召唤过来,换了一种手势让它看。话音刚落,图特木"噌"的一下蹿进草地。跑着跑着，它在我的口令中顿时趴在草丛中，然后匍匐前行、后退、左右观察，动作诡谲，看上去幽默风趣，引得刘万里捧腹大笑。

"安达，你能把狼驯好了，你就是中国的'NO.1'。"

刘万里朝我伸出大拇指，这是对我的赞赏。图特木跑到我身边，我轻轻拍拍它的身体。今天下午图特木一直保持一种活跃的状态，说不上来是什么感觉激发的，对我的话非常敏感。我跟刘万里坐在草地上，他抬头看看天空，说：

"驯狼还要看状态吗？"

"这是我的新发现，如果它不在状态上，缺少兴奋劲，发挥得就不好。"

"看来你动脑子了。"

大草原的天气说变就变，西北方向起云了，很快把明晃晃的太阳挡在身后，个把小时后可能雨就上来了。刘万里让我跟他一起往回返，图特木好像不愿意。我告别刘万里，带它往家走去。

这时一阵狂风吹来，草叶齐刷刷地倒向一边，我们头顶出现了鱼鳞般的乌云，远处正有一道雨帘向这边包围过来，我拉着图特木快速往回跑。路上，它又对草棵下大眼贼留下的小洞产生兴趣，我牵一下皮绳，却没拉动它。皮绳让我拽断了，图特木向前跑去，我在追它的时候喊了一句：

"图特木，图特木。"

小狼这次站住回头，我把皮绳重新系好，我再扭头一看，黑云像锅底迅速移动过来，于是我拽着它向山下跑去。要说跑步，它的腿脚比我利索，图特木知道大雨就要倾盆而至，我被它牵得一个劲儿地往前蹿。

"图特木，趴下。"

它"嗖"的一下，身子淹没在草丛中，像一条蟒蛇在地里爬行，只要它经过的地方草会一片片倒下。我拽住皮绳唤它继续跑，图特木的身子在草丛中一起一伏，蹿来蹿去活像海豚戏水。图特木在兴头上，而我却跑累了。它疯狂地扑到我身上，咬住我的衣服往下拽。我们打打闹闹穿梭在草丛中，甚至抱在一起滚来滚去，像大人和孩子间的游戏。

头上的乌云转眼之间已经扣在我们的头顶了，犹如失控的烈马从山坡一侧呼呼啦啦地猛扑过来。狂风毫不留情地拍打着草地，一场暴雨即将来临。我牵着图特木与狂风赛跑，一道凌厉之光送来刺耳的雷声，闪电像扭曲的钢锥刺向大地。图特木从来没见过这种恐怖的画面，吓得浑身发抖，逃跑的脚步更加迅速。

我们冒着倾盆的暴雨狼狈地赶到房间，雷声肆虐，震得房间都在颤抖。很快，暴雨夹杂着冰雹打在窗前乒乒乓乓，从屋里看出去草原顿时茫茫一片。图特木抖一下身子，这下可好，它身上的那些雨水全都甩到我身上了，有的还甩到我嘴里，咸滋滋的。

自从清格乐离开乌拉盖，闲暇的时候我们经常联系。晚上睡觉前，我又跟他视频通话，他正在电视机前看散打比赛，并用手机对着屏幕让我看，他说：

"安达，最近我十分迷恋拳击，你练得怎么样了？"

我绕开他的话题，把白叔狼园的消息讲给他听，他在手机那头说：

"挺好的，正是你想得到的。"

"好什么呀，人家一只狼都不愿意卖给我们。"

"可以理解，你把狼驯好了等于砸了他的饭碗，你们将来就是他的竞争对手。"

"我们跟他有什么可争的？"

"这你就不懂商战了。"

"听说白叔是一个精于算计的人。"

"在利益面前谁都一样，哪怕你对他毫无所图。"

"什么利益利益的？你跟我谈经商吗？我一点都不感兴趣。"

我又向他简单说了说最近小狼训练的情况，他在那边有些心不在焉的样子，也许是被电视节目吸引的关系。他在视频中"哼哈"地应付着，视线却一动不动地盯在眼前的电视屏幕上。我挂断视频，两眼直勾勾地望着天花板，心想清格乐的生活发生了不小的转变，身边有女人了，人活得就浪漫多彩，而我自己不过是从图特木身上找到一些快乐而已。我们两人的兴趣点已经不在一个频道上了，感觉越来越有距离。不知为什么，每当与他通完话，清格乐不是给我带来快感，而是让我有一种莫名的失落感。这种隐隐约约的揪痛，如同迷雾一样飘来，于是我与清格乐之间的联系逐渐减少。

夜里我躺在床上，看见窗外的乌云渐渐散去，一轮圆月从薄雾背后浮现出来，像白色的气球飘在半空中，边缘有一圈朦胧的光晕向外弥漫，它带给草原宁静的气息。天空是黑色的，只有它的周围亮得耀眼，它是那么孤独，亘古不变。

我从月亮想到自己，有时我感到活在窒息般的世界里，真想跑出去找同学、朋友聚会聊天，驱散这种孤独。但是身边的朋友每个人都很忙,不是外出打工,便是忙于生计,反而我成了一个闲者在游荡。

遥望高悬的圆月,马上就是七夕情人节了,我幻想着仙女下凡。我是一个男人,无法逃避七情六欲的吸引,梦想过娶妻生子,可是我的另一半是什么样子呢?现实中有许多诱惑不断搅乱我的正常生活,奢望的东西一如蟒蛇的躯体缠住我不放,我想丢掉束缚自己的枷锁,然而这些杂念总有办法找上门,搞得我心里特别不安和烦躁。

身处与世隔绝的角落,每天的日子平淡如水,在这种地方必须学会与寂寞为伴。选择驯狼也许走的是一条极端的人生道路,我要学会适应,才能把这条路走好、走到底。正如星云大师谈到"忍"的境界,必须忍受生活中的各种磨难和疾苦,忍是对心理上所产生的贪婪私欲的自我疏解,忍具备清除一切烦恼的力量,把心态放成熟,我便能够处事随缘,自觉悟到忍的真谛,懂得这些道理实在太难了。

草原的夏季是最美好的季节,遍地鲜花盛开,一团团簇拥相互媲美,把绿油油的大草原点缀得五颜六色。最近几天一直晴空万里,云朵像大白兔飞上天空,一片片悠然飘逸。草木纹丝不动,蝴蝶翩翩起舞,好天气自然让人的心情舒畅。我牵着图特木,嘴里哼着小曲来到训练场地。每天一到现场,在我内心燃烧着一团激情的火焰,想必有新的收获在召唤我。

今天训练小狼跑、跳、连跳的动作。这对图特木而言非常具有挑战性,搞不好很容易造成动作上的混乱。我先带小狼慢跑,过程中不停向它发出指令,小狼对指令接受得不快,起跳时常常意识犹疑。没什么遗憾的，因为图特木刚刚接触到新东西，失误也在情理之中。我在跑动中，边喊边挥手刺激它的反应，但是一上午的努力付诸东流，图特木不清楚我口令的含义。我望着远处连绵起伏的群山，仿佛遇到的问题像丘陵一样，一个挨着一个，翻过一座山又见一道岭，永远看不到边际。

　　我坐在草地上思忖着解决的方法，在我眉头紧皱的时候图特木好像饿了，它走到我身边，渴望得到食物的样子。虽然这是狼的本能，但是它的这个举动引起我的注意，如何在吃的方面做文章，引导小狼的行为发展，也许这是驯狼的突破点。于是我趁它饥饿的时候，用肉做引导，耐心教它起跳的动作。狼在饥饿的时候十分听话，因为想得到食物。我抓住时机对它展开训练，终于有一次小狼弄懂了我说的意思，它得到宝贵的一块肉，吃得十分香。我为它高兴，似乎又找到训练小狼的一点窍门，尽管这是迈出的一小步，对图特木而言已经很了不起了。

　　接下来我用同样的方法训练图特木。今天腰间多了一个小包，里面装满切好的肉，专门用来奖赏小狼用的。我先扔给它几粒吃，把图特木的胃口调动起来，让它兴奋起来再投入训练。它蹲在草地里，歪着脑袋等待我的号令，实际上图特木是在等待吃肉的机会。只要它动作对，我便奖励它，设法让小狼记住得到食物的方法。训练伊始，无论我如何用手势启发，图特木只想吃到我手里的肉，从来不按我的要求去做，它又给我出了一道难题，最终我以消极的方式结束了下午的训练。

　　第二天，是太阳公公睡懒觉了吗？吃过早饭天空还是灰蒙蒙的，我在腰间系好装生肉的牛皮口袋，带小狼来到训练场地，继续巩固之前的动作,不过连试几次它的动作依然不尽如人意。再驯小狼的时候,它显得有些不耐烦,它的注意力与兴趣点只在吃东西上面。我十分沮丧,心里充满了挫败感。

我的痛苦来自驯狼的压力,每次我都对它寄予希望,到头来却带着满腔的失落,一个人躲在房间内沉默,再三思索,找不到合理的方法。我感到每天都会遭受莫名的打击,有的时候非常苦闷,脑子里设想着各种训练方法,然而一到实施就会碰壁。我不想虚度年华,只想靠努力做好眼前的一切,在父母身边我是一个好儿子,在外人面前我是一个光明磊落的男人。我多么希望此时有高人站出来指点一下,渴望从那里得到启发。不过这是一种奢望,在我走投无路的时候,是一次梦境启发了我,我把这个梦仔细还原一下:训练场地内有一些简单的障碍物,图特木要想经过,就必须设法从这些物体上面跳过去。

梦醒之后,我感觉这个梦有一些道理,它能启发图特木做出跳跃动作。于是我把梦见的场景匆匆画了一个草图,生怕忘记。按照梦境我布置了真实的环境。起初,我带小狼训练,它并不理解我的意图,我在这些障碍物前用肉块逗它跑,当它遇到障碍的时候必须从上面跳过去,才有可能得到食物。因此,图特木在我的口令中开始学会起跳的要领。

下午马豆来到狼圈,她坐在一旁看我们训练,有时她想上前帮忙,但是又插不上手,一副焦急的神态。接连几次图特木的动作都失败了,得不到肉吃急得在地上团团转。不过当看到图特木的进步时,马豆看出门道,拍手说:

"这个主意好,失败了就饿着它,看它长不长记性。"

对小狼而言，一个动作往往要反复训练十次、二十次，甚至上百次之后，它才懂得一些要领。一旦图特木进入惯性思维，领悟我的口令和手势的含义，它开始有所判断，明白我的音调高低代表什么意思，配合自己的动作完成起跳的要领。于是我渐渐地让图特木脱离依附于障碍物的训练，通过口令控制它的动作。在长期摸索中，图特木逐渐产生了一些意识，它让我开始恢复自信。

我的思维也在慢慢发生改变，一开始养狼，我是因为爱好，后来觉得把狼养好了可以带给我许多光环，像我这么年轻的驯狼师绝无仅有，我想做中国驯狼第一人。现在我养狼从狼身上能学到很多，学会了沟通人与动物之间的感情，是一种情怀在驱动。

傍晚的时候，阴沉沉的乌云把天空遮满了，夜里滴滴答答的雨连绵不断。次日清晨醒来一看，干裂的土地被雨水泡得已经饱和，去狼圈的时候我差点儿滑倒，鞋底下沾了一堆泥巴，活像拖着两只泥球在走。

狼窝又漏雨了，图特木躲在角落里浑身被水浇透了，我把小狼让进屋，它甩一下湿漉漉的身子，身上的雨水四溅。图特木真不客气，它把我的房间当作自己的窝了。早上喂完小狼，我去修补狼窝，先把棚顶的雨水处理干净，再往上面铺了一层油毡，这下漏雨的问题解决了。我又把小狼住的地铺收拾一下，往里面铺上一些干草，图特木只有休息好才有精力配合训练。

又熬过一天，这回迎来一个好天气，太阳一出来大地像在燃烧，乌拉盖一进入夏季，有时天气热得就像洗桑拿。

山上到处是"大眼贼"嬉戏的影子。百灵鸟钻天猴似的不知疲倦地从草地里纷纷飞向空中，有的停在空中扑扇着翅膀，叫声委婉动人。一团团白云像孩子吹的气泡，一串串飘在空中，它们是自由的使者，飞向无尽的旷野，一片片不是在山前自由飘过，便是躲藏到山的背后窃窃私语。这种天气做什么都愉快，我跟往常一样带着小狼遛弯，今天没用绳索牵它。图特木在草地里随便行走，反正它也逃不出我如来佛的手掌心。

训练小狼十分痛苦的时候，突然它给你一个惊喜，还没高兴起来，瞬间它又让你跌入谷底。我时常有一种蹦蹦床的感觉，时而被弹到高处，时而又跌入深渊。我无法进入小狼的内心世界一探究竟，窥视其中的奥秘。因此我痴迷于《狼图腾》电影的驯兽师，幻想亲身聆听他们的指教，我像童话里的孩子般，陶醉于无法实现的梦幻之中。

傍晚的时候大地赤橙一片，落日的余晖仿佛把草原装在透明的西红柿的套子里，连乌拉盖河都变成锦鲤般的颜色。在这种天气里，牛啊、马啊、羊啊等都不愿意回圈里了，谁不想多看两眼草原的美景呢？你看我、我看你，都变了颜色，多喜庆的颜色。下班的人打招呼的脸都像喝了酒似的满面红光。刘万里心血来潮，让我带上小狼去野外照相。

轿车向北驶去，晚霞似乎与小车开始赛跑。我们来到布林泉南坡一处风光秀美的山顶，眼前有一块石头，造型别致，据说当年在拍摄《狼图腾》的时候，让·雅克·阿诺导演看厂部街道外景时，曾经坐在这块石头上休息过。

我们极为激动，等待图特木能站到石头上，带给我们一个惊喜，借着远处的夕阳，抓拍一组镜头。现在它处于兴奋之中，一刻不停地在跑动,我的呼唤对它丝毫不起作用。刘万里手举相机默默等待着,红霞照在小狼的身上,夕阳渐渐贴近山头。图特木的毛发被光线照得犹如金丝银线般闪烁。它还是没有往石头上跳,刘万里几次端起相机,图特木偏偏到了它跟前却又跑开,很像跟我们在玩一场游戏。

刘万里耐心地等待着,我一次次呼唤图特木,不过它漠然以对。

夕阳不管这一套,落山的速度越来越快,瞬间把红彤彤的颜色收走了。刘万里看着西山的方向,赞叹地说道:

"晚霞太美了,难得看到这种天气。"

金灿灿的太阳一点点在往山头贴近,不断向草原沉没,红色也变得越来越暗。无论我如何引导,图特木还是不听话,依然按自己的方式活动。眼见夕阳快要落到山的背后,不知何故,图特木还是没有站到石头上。这时我觉得有一种难以抑制的怒气悄然爬上喉咙,堵在那里不动了,既喘不上气,又憋得说不出话。刘万里遗憾地说道:

"图特木不在状态,别费劲了。"

我羞愧地低下头,看着不争气的小狼。这时天空的彩云已经偏紫了,钴蓝色占据了大半边天空。回去的路上我一直沉默,像被锁喉似的,失去了来时那般充满喜悦的激动,承受着图特木带给我的打击。

晚上我没心思吃饭,也让图特木跟我一样饿着,无论它怎样嗥叫,我都没心情喂它。我躺在床上反复思考小狼究竟是怎么回事,一下变得不听使唤了,这副牌今天没玩好。我的痛苦和忧虑往往都是小狼带来的，心里像压了一块石头，没有地方发泄，只有找沙袋撒气，狠狠打它几拳。

白天训练小狼，它的锋利牙齿把我的皮肤划破一道口子，我去镇上医院准备打预防针。好久没去小镇了，仿佛来到一座大城市，集市里行人熙熙攘攘，姑娘们花枝招展，行人摩肩接踵。我再看自己的装束，好像与时代脱节了，与季节搭不上了。图特木把我打造成地地道道的草原人，浑身散发着狼圈特有的气味。

打完预防针，我骑摩托车沿镇北的环城公路兜了一圈，感觉十分惬意，风从耳边嗖嗖地吹过，长发在鬓边潇洒飘逸，就像肩扛战旗的武士。我紧握车把，挡位提到最高，人像在草上飞。我找回了梦中飞翔的快感，找回了自信，简直疯狂到无法用语言形容的地步。我多想永远停留在这一时刻，张开双臂做出拥抱大自然的动作，可是我在自然面前显得多么渺小，于是我闭上双眼，想象伸出去的手臂有无限长，脚大得如同两个蒙古包。我像巨人一样，头顶蓝天，脚踏大草原，享受着阳光的滋润。我有点儿像回到童年的感觉，聆听清脆悦耳的鸟鸣声。东北方向是我最喜欢的公路，地势起伏，柏油路一望无际。在这种路面骑摩托跟骑游艇没两样，当路面下沉的时候，我便淹入茫茫草原，然而从低处升起来时，又有一种从飞机座舱弹射而出的感觉，人生的趣味点形形色色，而我非常享受这一刻，享受飞翔的感觉。

摩托车来到雷达山的脚下，山顶弧形雷达旋转时反射的光线从我身上一闪而过，犹如一股电流，把我带上蓝天，送到遥远的天边，融化成空气和雨水反哺大地。从雷达山往下看去，砖房和小狼圈一清二楚，还有朦胧的大榆树。我凝神屏息，心想有段时间没去那里看小狗了。

下午我带图特木去大榆树，快要接近的时候，图特木突然站住不想走了，眼神犹如鸶鹰，远远地驻足观察。我拄了一下皮绳，它还是不动。我顺着它的眼神看去，发现大树下的狗窝，顿时明白它在想什么，也许它是害怕大狗在那里潜伏。我蹲下安慰它，真没想到图特木对大狗依然恐惧，尽管时间过去了很久，它依然忘不掉大狗给它留下的阴影。经过大榆树的时候，只见狗窝塌掉一半，没看到大狗，就连小狗也都不知去向。

最近发生的一件事让我非常难过，图特木竟然咬死了一只鸽子，它是怎么抓到的我没看见，鸽子被吃得只剩一半。当时我很气愤，从它嘴里抢过鸽子，图特木还跟我撕扭。我发现它跟过去有点儿不一样，野性逐渐膨胀，这样下去不免让人担心它会变成恶狼，一只穷凶极恶的猛兽。我左思右想，终于有一个让我释然的道理，狼毕竟是狼，它有自己的天性，完全驯服它是不可能的。

晚风带着点湿乎乎的味道吹来，给散发热量的躯体降了降温，这种感觉非常舒服。吃过晚饭，我坐在门口喘口气，图特木靠在我身边，趴在地上吐着长舌。暮色中我们一起望着草场方向，鱼塘反射的天光犹如圆月落在静谧的旷野。

沸腾一天的草地，疲劳地打起瞌睡，把喧嚣的风声收尽怀里。我起身想离开的时候，图特木跟着走过来，它与我形影不离，但是我真的不清楚，小狼给我的这种感觉是真是假，狼一天天在长大，很难从它眼神中判断以后的结果。有时它令人难以捉摸，吝啬、刻薄、贪婪、毫无节制，尤其越长越大，本性毫无遮掩，无论如何我会对它真诚,让它明白我的良苦用心,而小狼能理解多少?它的命运对我来说就是未知。几个月过去了,图特木幼崽时期的蓝眼睛变成了灰黄色,开始闪烁着琥珀色的光,多动人的眼神。可它居然不明白人类语言,着实让我苦恼。

图特木的饭量与日俱增,而且连日活动量极大。有一天,马豆见到图特木后有些惊讶,我从她的表情中隐约看到一种不安。她说小狼突然变化了,用大狼般的眼神在看周围。

"我咋没看出来?"

我疑惑地问道。

"你天天守在小狼身边,当然看不出来。"

我嘘了一口气,想起多年前我曾养的那只狗,它是一条非常听话、脾气却很暴躁的草原猎犬,有时脾气上来简直不把世俗的惯例放在眼里。因此我极为担心图特木的变化,这种猜想是不是有点多余?这时马豆又像发现了新情况,说:

"你看图特木的眼神有些阴冷,狗不是这样。"

图特木狼的特征越来越明显了,它带来一个危险的信号,养好了是一匹训练有素的草原狼,否则就是人人喊打的恶狼。我感到不安,图特木绝非寻常之辈,最为甚者是它的眼神,经常透出的冷漠和忧郁,闪亮的瞳孔中开始流动着深邃可怕的幽光,动不动就龇牙咧嘴。可怕的因素与日俱增,无外乎它的狼性的又一特征。

接下来的日子和之前没有区别,每天我忙于对小狼的训练,然而图特木十有八九拿我的口令不当回事。我对它的叛逆行为深感愤怒,然而训练的时候图特木首先愤怒了,目光中带有反抗和敌意。我把嗓子都喊破了,它却我行我素,最终逼得我都想用木棒教训它了。不过每当我有这种念头时,拿木棒的手便开始颤抖,眼前看到的总是第一次抱它的时候,看到的那双蓝眼睛。

接连下了三天的小雨,这段时间小狼没再训练,我心里开始发慌,难道是我没有自信的表现吗?也许暴露出我的人性弱点。我经常质疑自己驯狼的方法是否合理。无意之中对自己的行为打上问号,很容易导致个人情绪波动,并夹杂着对未来的忧虑。那段时间我的头脑处于不清醒的状态,有点迷失的感觉。

一早有人从狼圈附近经过,小狼对来人十分警惕,发出低沉的呜呜声。我跑出去一看,原来是穆师傅,他带大窑的工人从这里路过。图特木的反应不免让我感到意外,它开始对入侵者有所防备,而不是胆怯。图特木正在成熟,不断凸显野狼的一些特征。从此只要训练结束,我通常把它关在狼圈内,如果是在狼圈外,就要用大犬绳拴住它,即使不用这种方法对待它,我也要时刻守在它身边。不过这不是办法,对图特木并不公平,它想获得自由,若得不到满足就会适得其反,脾气愈加粗暴。如果有一个大狼圈多好,圈在里面训练,这种担心就不存在了。

一天下午,刘万里的车朝这边开来,身后还跟来一辆丰田越野车。他带来一位不速之客,方型大脸,肌肉饱满,皮肤晒得呈古铜色,个头比刘万里看上去高一头,走起路来左右摇摆,说话的声音浑厚响亮,有点低音炮的味道。我头一次见这个人,一时愣住不说话,就连小狼也跟我一样,目视来人一起发愣。

"万里,这就是你说的狼圈吗?你真能对付。"

"就一只狼,地方够用了。"

方型大脸的人手持香烟哈哈大笑,迈着阔步走来。从这人的模样和他的言行举止分析,便知是谙熟世俗的人。

"这不就是破棚子吗?再好的狼在这种地方都养瞎了。"

"我看不会吧?"

"你到我的狼园走一趟,你就啥话也没有了。"

我的眼神一直落在来人身上,这人是谁啊?说话口无遮拦,再看他的长相像大猩猩似的,不说像螃蟹横着走路,起码大摇大摆的样子给人横行霸道的印象。他根本没把刘万里放在眼里,自以为是,令人厌恶。更甚者就是他的傲慢和无礼的举止,不把一切放在眼里。图特木躲在我身后紧紧盯住他,仿佛眼前这个人就是它的敌人。我抚摩着图特木,尽量平复它的情绪。

"安达,这是白叔白总,你把小狼牵过来。"

我松了一口气,还以为来了什么大人物呢!怎么白叔跟我想象的一点都不一样?我把小狼领到他面前,白叔打量着,过了一会儿他蹲下,想伸手摸它的脑袋,图特木愤怒地向他龇牙。白叔一愣,露出惊讶的表情。

"脾气不小,是正宗的野狼崽子。"

这个人一开口便知是内行,他猜得很准,我开始对他产生兴趣。刘万里让我把小狼带到山上去,准备表演给他看看。上山的时候他在我耳边轻声念叨几句,意思是让图特木露几手让老白瞧瞧。于是我把狼带到之前经常训练的小山坡,打算让图特木做一些简单的动作给他看。

到达地点后,图特木总想从我手里要吃的东西,出发时由于匆忙,我什么都没带,这下心里有些慌了。我茫然地感到事情可能要办砸，心里一直在打鼓。也许人多的关系，图特木异常兴奋，玩了一会儿，它跑过来，专注地盯着我腰上挂的小腰包。刘万里见我半天还没开始驯狼，在一旁替我焦急。我俩的视线瞬间交错，像火石碰到一起。我低头瞥一眼图特木，心想：嘴馋的家伙，我在给你时间调整状态。白叔站在一边，露出刻薄的目光。他一只脚点着地面，烟还没吸到一半，就用手指弹到地上。这个轻蔑的动作被我发现，说明他根本没把图特木放在眼里，也就是没把我们放在眼里。刘万里过去把烟头踩灭。

"安达是孩子，驯狼也没啥经验，再整两下，不行你就别浪费时间了。"

"老刘，我还以为你们能拿出什么绝活呢！"

"狼还是不错，是正宗的小野狼。"

白叔"呸"了一口浓痰，差点儿吐到小狼身上。他的这个低俗表现是在藐视我们，尤其看不起小狼。这时图特木跑过来，在白叔脚下闻着什么。他抬脚驱赶着，他的行为无疑是对我工作的极大侮辱，让我很不舒服，在我看来骤然间暴露出他低劣下作的本性。

我多么希望图特木能拿出真本事为我争口气，然而它依然在草地上兴奋地跑动着，根本不听我的调动。看着小狼在地上自由散漫、毫无节制的样子，愤怒的情绪像火焰一点点在我心头燃烧。

刘万里踌躇地站在那里，一脸无助的表情，他面对白叔傲慢的面孔还要卑微地赔笑。我见白叔连手机都没掏出来，根本没有想拍图特木的意思，我必须让他看看图特木是怎么表现的，必须征服这个人。我蹲下身体，抚摸着图特木的头，感到愧疚似的对它耳语：

"你今天是怎么了？教你的动作都忘了吗？"

图特木竭力挣扎，试图摆脱我的束缚。我一撒手它便跑开了，迅速钻入草丛中消失了。就在这时，我窃视一眼白叔，他还是不屑一顾的样子，双手交叉放于胸前，摆出一副目空一切的架势。他在回答刘万里的问话时，那种自负无理的神态，瞬间激起我的强烈反感。图特木依然在草丛里钻来钻去，难道多日来训练的成果被它毁于一旦吗？还是今天人多过于兴奋？莫非图特木已比我更早看出了名堂，在这种人面前不值得表现什么？唉，如此一想，我的心态一下放松许多，任凭图特木自己选择吧。

"安达，今天小狼是怎么回事？"

刘万里有些愠怒，终于憋不住问我一句。迫于他的压力，我上前一边继续呼唤小狼，一边打着手势给它看，以便让图特木恢复记忆。白叔这时问了一个奇怪的问题，搞得我们不知如何回答是好。

"这只狼配得上它的名字吗？是你给它起的名字吗？"

"是安达起的，不好吗？"

"用在这只狼身上糟蹋了。"

"我不明白你想说啥。"

"狼被你们养傻了，抽空你去我的狼园瞧瞧。"

"你那里狼多多啊，我们一只狼哪能跟你相比。"

"老刘，你别不服气嘛！"

"狼多狼少只是数量问题，能驯好才叫本事。"

白叔哈哈大笑，说话时吐出的沫子随风差点儿飘到我脸上。我极其厌恶眼前的这个人，怎么看他都像一头愚蠢的动物。

"刘万里，这就是你让我看的狼吗？驯成这样跟溜达鸡有啥区别？"

他的话音刚落，图特木从草丛中一跃而出，在我的口令中仿佛一匹奔腾的骏马，冲到我们面前。它遵照我的手势，跑出十几米后瞬间发力，从草地中跃起，又在我的叫喊声中掉头返回。它再次跑到我身边，我没有奖励它食物，图特木伸出长舌不停地在看我。

"还有节目吗？"白叔继续问道。

我喊了一声，图特木一跃冲下山坡，犹如一道闪电。我又一声令下，图特木迅速折返回来。快到我身边时，我让它趴下，图特木突然趴在地上，像是发现什么动物似的，一边观察一边匍匐前进。我又朝它喊了一声，图特木"嗖"地站起来，像子弹似的冲出草地，连续跳了几个漂亮的动作，消失在远方。

在我的呼喊声中，图特木完成连环跳动作。这时我把双手合在嘴边"呜呜"地学了两声狼叫，图特木在草地上转了两圈，然后跳到一块岩石上面，对天开始长嗥。刘万里掏出手机迅速抓拍。小狼的身影恰好叠在夕阳中，正是连日来他想拍到的画面，就连我都感到意外。

白叔早已看得目瞪口呆，人像失魂似的张着嘴巴，说来有几分可怜。这是人被某种事物完全打动时所表现出的失态。

我一挥手，图特木猛地冲向我的两腿之间，尾巴直摇晃。可是我两手空空，没有食物奖励它，我只有不停地抚摸着它的头。

图特木兴奋地舔着我的手,甚至舔到我的嘴巴。我紧紧闭上双唇,让它尽情嬉闹吧。恐怕我与图特木的这个举动,在白叔看来亲密无间。

晚上刘万里请客,饭桌上白叔不停地夸奖我驯狼有水平,还特意给我敬酒,我顿时感到很有面子,一切荣誉都是图特木带给我的。我去卫生间方便的时候,感觉都比平常舒服。

返回的时候,只见白叔凑到刘万里耳边在窃窃私语。他先伸出一根手指,而后又换成两根手指对他比画着,刘万里俯首帖耳迎合着,鸡啄米似的一直点头。当我走过去的时候,模糊地听到刘万里的一句话:

"你还不如卖给我一只狼。"

"老刘你怎么还没听懂,这是两回事,你何必要花钱买呢?你再仔细想想划不划算。"

我落座之后,两个人的谈话终止,只是用眼神在交流。

第九章　伤心话别

今天一早，刘万里带人在狼圈里紧张忙开了，有埋桩子的，还有拉铁网的，异常热闹。我看了一会儿，见他指挥两个作业的工人正朝我这边走来。

"大爷，动手够快的。"

"狼园建好了也许有人来参观呢。"

"再搞到一只狼就好了。"

"是啊，我想从老白手里弄狼，他跟我磨叽不松口啊。"

经过修葺，狼圈看上去像那么回事了，当然这仅仅是刘万里小小的馈赠，大动作也许还在后面，我暂时捉摸不透。这时刘万里手机响起铃声，他接通手机后头一句话便说：

"我是老刘，是乌拉盖的刘万里，听出来了，你等等……"

然后他走到一边接电话去了。

太阳快落山的时候，狼园基本完工，这下比之前稍微阔气了一些,虽然是在原址上加工,不过围墙的面积加大了,高度也增加了不少。晚饭前作业的工人们纷纷离去,空荡荡的园子里只有我跟刘万里,他蹲在地上一边吸着烟,一边若有所思的样子。

"安达,你说得对,我们一只狼太少了,但是如果有人拿两只狼换图特木你干不干?"

"谁这么大方,我才不信呢。"

"真的有人想换狼,你是咋想的?"

"我才不干。"

刘万里没吭声,他吸着烟目视前方,若有所思。

图特木学会了俯身瞪眼盯人,后脚用力绷紧身子向前倾斜,这是要发起攻击的动作,但是它对我丝毫没有恶意。图特木真聪明,它又学会了新动作。我也像它那样扑上去,设法扑倒它。这时狼就跟孩子似的,一闪身就跑开了。我从后面追上它,图特木时而急转弯晃我一下,我们俩玩得无比有趣。我见它热得直伸舌头,便用凉水泼遍它的全身,给它降温,小狼非常享受这种待遇。

大榆树下的小狗崽们都长半大了,有的被砖厂的工人领走,剩下没人要的便成了流浪狗。它们经常结帮成队溜到狼圈附近觅食,甚至趴在护栏外不想走,好像要跟图特木结盟似的。有一次传来野狗的叫声,我出门一看发现是小白,图特木隔着铁网在跟它相互嗅着气味,它用这种方式跟小白交流,传递着彼此的问候。图特木平时除了跟我玩没有别的伙伴,所以它遇到小白自然十分高兴。

我打算去镇上给图特木挑选一根大犬绳,原来的皮绳动不动就会让它拽断。

一早集市上熙熙攘攘,叫卖声此起彼伏,跟过年一样热闹。我走到一个摊位前,上面摆着各种皮具,已经有几个人在挑东西。我被一根皮绳吸引,它的把手做工极为精致,针线活甚是讲究,扣眼的地方镶嵌着闪闪发光的银色铆钉。我一眼看中了它,伸手去拿的时候,皮绳的另一头已经被攥在一位身材苗条的女子手中。她朝我微微一笑便松开了。女子的肌肤透着淡淡的粉色,还没等我看清她的模样,便被她身后的人唤走,唤她的人大概是她的母亲吧。

"溪溪,别再看了,不然我们赶不上车了。"

女子与我擦肩而过,一股芳香随风飘来。这是什么花的香味?我回头看去,刚才那位女子的身影从我视线中消失。我回想她在微笑的时候,面颊两侧各有一个粉红的酒窝,像是能装下晶莹剔透的露水。

我与卖家讨价还价,最后买下皮绳。

回到房间,我把皮绳搭在墙上,这时姑娘的笑脸便在眼前浮现,我伸手想去抓她的时候却是两手空空。幻想有时能带来快乐,有时却只能让自己备受煎熬。单调重复的日子里充满现实的困扰,我渴望精彩的人生。我毕竟是一个年轻人,不想过老年人的日子,然而现实让我无法摆脱孤独,更令我心烦意乱,私欲和诱惑在我眼前横流。有时我很难说服自己,我在独处的时候,往往深受寂寞的困扰,无法摆脱内心的惆怅。

如果我与小狼可以用语言沟通,它就可以替我排忧解难。不过每当这种情绪来临的时候,我都试图用理智战胜它,看电视、读小说、打拳和跑步是我驱除烦恼的最好方法。我可以用理智消化这种消极的情绪，然而图特木困苦的时候用什么办法排解呢？一想到这些，顿感人还是比动物幸福不少。漫漫长夜，小狼只有与黑夜相守了，不过在它心中，有皓月陪伴是它唯一的快乐吧。

夏至的傍晚，刘万里来电话让我去他家吃饭，一进屋就能闻到香喷喷的羊肉味道。马豆做了满满一桌好菜，中间是一盆热气腾腾的手抓肉，旁边是我爱喝的啤酒。刘万里替我斟满杯子，淡黄的气泡一串串溢出，我早已按捺不住，口水在唇齿间流动。我拿起杯子咕咚就是一大口，清凉爽口的滋味美到心窝。我伸手大把拿起手抓肉。一番扫荡过后，刘万里点上一支香烟，打量着我的模样。我每次见他吸烟的状态，都是一种享受的样子。他往椅背上一靠，身体向着贴墙挂着的照片，画面中是雪地狼，只要我抬头看刘万里，稍不注意视线就会落到照片上。在炎热的夏天看到初雪的景色，足以令人重温冬日之寒，在这热浪环绕的时节倒是一种惬意。刘万里漫不经心地说道：

"上次我跟你提过换狼的事，你别不当回事儿，一换二不是赚一只吗？"

我默默嚼着嘴里的羊肉一声没吭，刘万里和马豆不时地在看我，两个人的眼神令我多少感到慌张。这时一个电话打进来，刘万里去书桌拿手机，然后躲到外屋好像在商量什么事。我估摸是白叔打来的，心思便全在这个电话上了。这时马豆切了一块肉，放到我的盘子里。

"安达，快吃吧，别凉了。"

我有点沉不住气，放下筷子琢磨刚才刘万里说的话，心想莫非今天晚上是他给我摆的鸿门宴？一会儿刘万里回到饭桌前，脸上依然微笑着。

"大爷，刚才你说的是心里话吗？"

"用一只换两只，而且还是一公一母，不划算吗？"

"是白叔要干的？"

"图特木也有生病的时候，一旦它有个三长两短，到时候我们哭都来不及。"

我没有作答，刘万里知道我的性格比较执拗，他以吸烟的方式给我考虑的时间。一场愉快的晚宴渐渐笼罩在压抑的气氛下。

"万里，少抽两支吧，也不怕把肺熏坏了。"

刘万里把烟头掐灭，低缓地说道：

"你大娘同意我的观点，一换二起码我们赚一只。"

"道理我明白，感情上我无法接受。"

"安达，你听大爷说句话，有些问题不能感情用事。"

我抠着手指盖里的泥垢，表面上看似无聊的样子，实际上心里在激烈斗争，原本愉快的晚餐被换狼风波搅乱了。马豆不停地递杯倒酒，以此驱散这种令人不快的气氛。临走时她给我准备了一大包羊肉，无奈地说道：

"安达，大爷想换狼也不是马上的事，你回去再仔细消化一下。"

夜里我骑摩托车沿小镇转了几圈，沉重的心像铅块压下来，一直无法平静。在月黑风高的晚上，一股比悲伤还要悲伤的情绪正向我袭来，仿佛黑暗把我带入无尽的深渊，将我彻底揉碎。我用生命换来的小狼如今要被别人夺走，一想到这里，泪水渐渐湿润了我的眼球。风吹乱了我的长发,像鞭子抽在我脸上,我该如何选择?左右为难。

回到房间,我躺在床上翻来覆去,耳边不停地回响着刘万里说的话,无法割舍的东西一次次映入眼帘。之后的日子里我最怕听到轿车的刺耳声,担心刘万里不期而至,只要他出现就是小狼的末日。残酷的现实像一把刀悬在我的头顶,一想到这些,我便没心情再驯它了。

图特木似乎有灵性,连日来变得十分乖巧,经常趴在我身边休息,有时它躺在草地上翻过身,雪白的肚皮露在外面,让我替它挠痒,抓它身上的跳蚤。我常常伸向它的脊背,轻轻揉着上面的肌肉,直到它的脖颈处,它便舒服地待在地上一动不动。当我躺在草地上时,图特木便时常用鼻子拱我的脸,或者站到我身上用脏兮兮的爪子乱踩。假如我稍不留神,它会一低头,吐出长舌在我脸上舔,甚至舔我的嘴唇,把它的舌头生生伸进我的嘴里。这种感情又怎能轻易割舍?

处于逆境的时候感觉什么都不对头,看什么都不顺眼,从来没有昆虫钻进我的耳朵,今天让我遇上了,无论我用什么方法,这个捣乱的家伙就是不往外爬。回家后我用棉球蘸点香油,轻轻地往耳孔里一塞。说话的工夫,小虫被香油的味道吸引,从里面爬了出来。舒服的滋味再次充满全身,然而一想到图特木,瞬间又感到不安。

今天带图特木溜达,我随便喊了一声,它就听懂了我的口令。假如小狼处处让我为难,反倒可以减少我对它的依赖,事实却相反,图特木的动作几近完美,更加让我难以割舍。我凝视着它闪烁的眸子,就是这样一只狼,与我患难与共的朋友,如今有人要把它从我身边夺走,何尝不是痛苦找上门呢?

没过几天,马豆来到狼园,她带给我一个好消息,刘万里去锡林郭勒盟了,听说那里有人卖狼,他想找到卖家,设法买到狼。听到这个消息,我如释重负,压在心里的石头再次落地。中午我去喂小狼,经过窗台,看到上面摆放的花盆里随手插的绿植不知不觉已长出鲜嫩的绿芽,几朵粉红色的花蕾含苞待放。我把花盆表面满满的枯枝用手拣出来。

傍晚,我在院子里的沙袋前乒乒乓乓打了一组拳。图特木守在身边,时而憋不住跳起来助威的样子。这家伙真通人性,它知道我今天心情比较舒畅。玩累了我便蹲到它面前,让它把爪子递给我,轻轻用手揉着,抱它的时候感觉它又长肉了,沉得有点压手。它四肢蹬人的力气让我已经招架不住,即便如此,我还是想抱它,像抱孩子似的永远亲热不够。

白天驯小狼的时候遇到一对年轻人,女的穿一身白纱裙,来到大窑背后的草地,我好奇地看着这伙人。他们是来拍婚纱照的,姑娘的白纱裙往绿草地上一铺,仿佛盛开的芍药花,一阵阵芳香飘来,分不清是从姑娘那边飘来的,还是遍地花卉的芳香。原来乌拉盖大草原如此之美,我和小狼都看呆了。这时姑娘不停地向我这边扭过脸,大概是被小狼吸引的缘故。摄影师不断让两个人摆出一些亲昵的动作。这时图特木爬到我身上,我们两个抱在一起开始打闹,从拍婚纱照的那个方向看到我们,我与图特木之间玩得毫不做作,亲密无间。

自从有了图特木,我常常想起童年的记忆。我和动物之间的快乐始终不曾泯灭，我曾养过百灵鸟，养过狗，还有叫不出名的昆虫，人想跟动物相处的意念与生俱来，是从童年开始的，它拉近了人与动物和自然的距离。长大后是我的心智不够成熟，图特木给予我的永远是快乐和童年的记忆。

日落的时候乌云慢慢爬上屋顶，压在房角的粉红瓦片上，一群山雀正从这里掠过，像蒲公英的种子被风吹散似的。在一阵叽叽喳喳惊叫声中，传来轿车的马达声，我回头一看，刘万里和马豆一道朝我的住处走来。

"安达还没吃饭吧？我给你带晚饭了。"

马豆晃着手里的饭盒说道。

见到刘万里，我既惊喜，又有些忐忑不安。我从马豆手里接过饭盒，跟在两人身后一起进屋。饭盒还是热乎的，苍蝇落到上面就被烫飞了。我们三个人坐在房间，刘万里没马上说话，他用手摸一下嘴巴，好像有话要说。马豆抬手一指饭盒：

"趁热乎快吃吧。"

"等它凉一会儿。大爷这趟去锡林郭勒盟有收获吧？"

"人家说什么都不卖，白费了半天口舌。"

"你看给他急得，嘴都起疱了。"

刘万里摸着嘴角的水疱没再说话，房间一时安静下来。这时，图特木闻到饭香跑了过来。这个小馋鬼摇晃着机灵的脑袋，不时地看我们。刘万里一直没说话。小狼看一眼门外，跑了出去，原来是小白和它的伙伴们过来了。闷了一会儿，刘万里开口问道：

"安达，走投无路了，换狼的事你是怎么想的？"

我被刘万里问住，放下饭盒，顿时显得几分惊讶不说，满脑子空白，就连拒绝的理由都找不到。

"你想想，一旦遇到天灾人祸，咱可就啥都没有了。"

"图特木是我一口口喂大的，我不能失去它。"

"这种心情我理解。"

"你理解的话就不会一次次来找我商量。"

"这话唠得让人咋往下说话呀？"

"一开始你对小狼咋样我不清楚吗？"

"翻车的事儿咱不提了，就说眼前，你拿个主意让我听听。"

"我不换狼。"

"你别钻牛角尖没完了，一只狼我们咋发展？"

"反正换狼这件事我不干。"

我无法控制自己激动的情绪，把饭盒往桌子上一推，这一举动瞬间让气氛变得紧张起来，感觉空气都凝固了。刘万里瞪着眼珠在看我，怨恨与愤怒早已挤在他的喉咙间，想必正在酝酿着一场更大的冲突，只待开闸的一瞬间，就会像潮水般向我飞来。

"哼，你跟小狼一样越发长脾气了。"

然后他只是低头沉默。

马豆看着刘万里，叹口气说：

"万里，你也想想安达的感受，看看还有别的办法吗？"

"用一只换两只，一年之后有了后代，两年后就能建起不错的狼园，到那时一提起驯狼师，还不是他脸上有光嘛，我就不明白这点道理他都想不通。"

"图特木是我用生命换来的，反正没有它我就不干了。"

"你这孩子说话就是噎人。"

我顿时起身想离开，马豆一把拦住我。刘万里表情愕然的样子，恐怕这一刻他也没想到我会发这么大的脾气。我尴尬地站在那里，一时不知所措。房间出现窒息般的宁静，马豆的几句话打断了死一般的沉默。

"万里，你先听孩子把话讲完，有啥话不能慢慢说的。"

刘万里刚刚点燃的香烟一直夹在他的手指间没吸，直到燃尽变成一根灰柱夹在他的手指间，我见他的手在颤抖。三个人陷入尴尬的境地。

窗外的鸟儿成群结队地飞来飞去叫个不停，我的心里乱极了，这时多么盼望图特木进屋缓和一下这种气氛。时间一分一秒地过去，泪水已经从眼睛里慢慢溢出，我不想让两人看见自己伤心落泪，只好扭头看着窗外。马豆走到我身边，和颜悦色地说道：

"安达，别难过了，大爷是看着你长大的，能不理解你的心情吗？"

刘万里叹息道：

"图特木咋来的我没有忘记，现在我的左手臂里还有翻车时留下的三颗钢钉，它是你心上的肉，同样也是我身上的血，一想到狼园的发展我只有忍痛割爱。唉，我啥也不说了。"

马豆的目光里透着一种忧伤所带来的慈祥，她接过话说：

"你们俩的心情我都理解，办法总比困难多，还是好好商量一下。"

刘万里没再劝我，这一举动说明他已经开始有小小的让步。

时间在无奈中挣扎，房间顿时出现冷酷的气息。对我而言，别说一只换两只，就是一只换五只从感情上也无法接受。刘万里可以这样做，而我却做不到。他清楚我对图特木早已投入感情，一支烟接一支烟吸着，其实他这是给我时间让我回心转意。我保持沉默，仿佛耳边的空气中充斥着无数争吵声，我的决心依然坚如磐石。

"安达，大爷为这件事血压一直居高不下，他愿意这么干吗？"

马豆仍用忧伤又慈祥的目光看着我。刘万里清下嗓子干咳一阵。

"我给呼伦贝尔那边打电话了，只要有狼多少钱我都一定要再弄一只过来，我就不信这个邪，有钱买不到狼。"

"你都听到了，不到万不得已谁愿意换小狼呢？"

这是我们三个人那天晚上说的最后一句话。刘万里逐渐沉入忧郁的思考之中，终于他失去了耐心起身离去。他们走之后，房间出奇地安静，我就像一尊石像，木然地僵在那里。

夜里我来到狼圈，隔着铁丝网端详小狼，图特木发光的眼睛那么迷人。我走进狼圈坐在它身边，心里很乱。晚上发生的一幕犹在眼前，一边是大爷大娘，一边是心爱的小狼，让我如何选择？从道理上讲应该听他们的话才对，但是从感情出发我却办不到，我无法说服自己，心里十分矛盾，心中的白与黑开始激烈斗争，理智渐渐地让我混乱的头脑冷静下来，我开始责怪自己，不应该在他们面前发火，两个人对我有养育之恩，就是我爸我妈呀！一想到这些，悔恨之心越发强烈，我用拳头狠狠猛击自己的脑瓜壳，骂自己糊涂，不懂人情世故。可是一看到小狼真挚的双眼，仿佛血浓于水的感情流遍周身，一种莫名的揪痛涌上心头，我该怎么办呢？

当我躺在床上的时候，头顶上方如同有一个巨大的旋涡在高速旋转，我的身体不断在激流中旋转下沉，再下沉，直到跌入黑暗的深渊，什么也看不到的地方。我感到有东西重重地压在胸口，越积越沉，身体犹如被空气压扁的碎片。

我从兜里摸出一枚硬币，把选择权交给它，假如落到地上是正面朝上，图特木说什么我都留下，若是反面则一切听从刘万里安排。我吸了一口气，然后把钱币向上一抛，它落到地上结果是反面，我的心像针扎一样难受。必须三局两胜，我找了一个理由推翻刚才的决定，向上又抛出一次，这回钱币在地上骨碌一下，来一个急转弯滚到我的脚下。我的希望全押在它上面，结果出人意料又是反面。我完全绝望，相信了命运终将把我与小狼彻底分开。想了一会儿，我不甘心输得这么彻底，宽慰自己再来最后一次。这次我换了一枚硬币，把它抛得高一点，落地的时候我听到清脆的弹跳声，钱币在地面转了两圈缓缓疲惫地倒下，结果依然是反面。钱币倒下的那一瞬间，我的心理防线彻底瓦解，最后一线希望也随之破灭。我与图特木就是这个命运，擦肩而过的命运。这时从镇子的方向传来一阵阵鞭炮声，这是谁家结婚吗？还是办丧事？我推开窗子，瞅着那个方向，心情开始渐渐平静。

一个温暖的上午，我坐在门前享受着日光，老远见马豆朝我这边走来，莫非她带来了刘万里的坏消息？我的心开始怦怦跳动，不祥的感觉滑过心头。她走到我面前，把一包点心递给我。

我接过一看是桃酥,是我喜欢吃的点心。马豆找了个凳子坐下,整理一下衣褶,说:

"前两天你大爷给白总打电话了,不跟他换狼了。"

听到这句话我心里多少有些不是滋味,坐在小桌前手指轻轻敲打着桌面,实际上是在掩饰自己忐忑不安的内心。这时又听马豆絮叨一句:

"这下好了,你不用再为小狼担心了,刘万里也不再为这件事烦恼了。"

"大娘,我有点犹豫了。"

马豆疑惑地看着我,眉头微微一皱。

"大爷不换狼了,你就放心养你的图特木吧。"

我疑惑地看着马豆,双眉倒立着没说话。马豆再次开口:

"上次小狼闹病把你大爷吓着了,他担心再有三长两短到时狼没救了,这才是他最担心的。"

"我想通了,是我想问题不够周全,一切听大爷的安排吧。"

"咋了?你愿意换狼吗?"

"从长远考虑大爷说得没错,我不能感情用事。"

"大爷拿这件事也是没办法,我看他该做的也尽力了,这两天他又要去趟呼伦贝尔。"

"去跑大窑业务?"

我狐疑地看着马豆,两眼充满疑惑。

"是为小狼的事儿,他怀疑周久成手里还有狼,想亲自再跑一趟。"

"人家说过了,就剩下一只还让我们买走了。"

"他不信，这不又去了嘛，他够辛苦的。"

听到这话我有些感慨，甚至都不敢看马豆一眼。她叹了一口气，我清楚这是一种无奈，饱含许多复杂的感情在里面。

"等大爷带回来好消息吧。"

马豆的目光一直落在眼前，恍惚的样子。

白叔一心想换图特木，宁可搭上一只狼也想做成这笔赔本的买卖，他看中的是图特木的表演才华。我很享受别人对我的夸奖，盼望早日在大庭广众之下得到认可，引来无数羡慕者的目光，当然少不了姑娘们欣赏的眼神。赞美的声音犹如一首美妙的乐曲，它是多么悦耳，多么令人快乐。一旦与图特木别离，一切将成为泡影。我再次看到熄灭的炭灰下面还有一丝火焰在燃烧，把希望押在呼伦贝尔方向。

午后休息片刻，我去狼圈干活，发现狼窝的棚子有些塌了。草原进入雨季这儿会漏雨，我打算修葺一下。正当我干得满头大汗时，乌云已经爬上山头，黑压压一片，预示着一场大雨。我抓紧时间，打算赶在暴雨到来之前把棚子修好。一阵狂风送来指甲盖般的雨点，打在我身上。还差一点没搞利索，我用砖头压好盖在棚子上的塑料布，防止被狂风掀开。这时暴雨已经如注，我迅速跑进房间，望着窗外的瓢泼大雨，抹一把脸上的雨水，心想这下雨下多大也不怕了。图特木弄得浑身脏兮兮，踩着牛羊的粪便跟我一起回到房间，身上的臭气直熏鼻子。它除了我没有别的伙伴。

这场雷电风暴一直向东部地区移动，呼盟草原大雨瓢泼，一辆轿车在山区行驶，汽车雨刷器刮动间隙，隐约能看清开车人的脸,是刘万里。

没过一周,刘万里和马豆又一次敲开我的房门。我一看大爷脸上没有多少笑容,知道不容乐观。刘万里说道:

"这次白跑一趟,该做的我也尽力了,安达,理解我吧。"

"什么时候换狼?"

刘万里眼神向上一挑,有点惊讶的表情,也许我的问话让他感到突然。

"你说什么?"

"什么时候换狼?"

"安达,你这样想格局就对了,最近两周找个时间过去一趟,这次换的两只狼是一公一母,你想想一年后的今天狼圈是啥模样?"

我苦笑一下,脸上的表情绝对像做过美容拉皮手术,肌肉绷得很紧,也不自然。也许涉世不深的缘故,我只想到与小狼难舍难分,如同掉进感情的旋涡不能自拔。夜里我仰望着繁星闪烁的夜空,数不清的星星在眨眼看我,有的闪亮,有的暗淡,它们默默俯视大草原,一切都无法逃过它们的眼睛。

睡梦中有什么东西湿漉漉、软绵绵地带着一股热乎气贴到我脸上,睁眼一看是图特木,它正伸着长舌舔我的脸。一想到即将与它告别,不由得一阵酸楚涌上心头。图特木长大了,比来的时候整整大了几十倍,毛发油滑光亮,眼睛炯炯有神。我从它身上剪下一撮金丝般的毛,小心翼翼地夹在书本里。

出发那天,图特木是被用皮卡车送走的,我跟刘万里坐在车里,一路想说什么,却不知说点什么才好,我只看到车窗外唰唰闪过的草地，旷野一会儿出现蒙古包，一会儿出现红色砖房，脑子像真空一般被各种景物填满。我们彼此都知道心里在想什么，但此时沉默是最好的告别方式。

皮卡车经过西乌旗沿公路南侧飞驰，前方出现丘陵地貌，看上去与众不同。几座陡立的山峰是从丘陵的半山腰处拔地而起的，石头非常挺拔的样子，笼罩在悠悠的空气之中，远看特别有气势。听说成吉思汗山在山麓的南面，一路上这一带山势极为壮观。

小半天的工夫我们来到白叔的狼园，的确超出我的想象，狼园占地面积非常大，十分气派，四周是3米多高的铁网护栏，园子被分成几个部分，分大狼和小狼的活动区。正好一辆中巴车与我们先后到达，车上下来一些游客，穿得花枝招展。这些人一走到狼园附近便开始惊呼着，有拍照片的，也有录制视频的。园子里的狼似乎早已习惯人类对动物的蔑视与践踏，有的躲到很远的地方溜达，有的则等待游客抛撒食物给它们吃，还有的向参观者露出狰狞的牙齿。

我双手扶在栏杆处，和游客一道欣赏着园内的情景，眼神充满羡慕之情。白叔不知从什么地方走来，我看到他那副油腻的嘴脸，一种强烈的厌恶感涌上心头，甚至感到在他周围的空气都散发出这个人身上难闻的气味。他的笑声是那么虚伪，动作犹如卡通画中滑稽的人偶，除了轻蔑，我对他没有任何褒义的描绘。

白叔与刘万里寒暄的时候，我把图特木从笼子里抱下车，然后牵着它一步步走来。白叔用刁钻的目光仔细打量着它，变换着不同的角度在观察，然后他脸上露出几分狡猾之色。他让我把狼牵到地上走一圈,图特木有点紧张,行走时一直贴着我身边,还不停地抬头看我,最终白叔满意地点点头。

图特木被狼园工作人员带进一个小圈内,我守在铁网外,看着它不情愿地融入新的伙伴群中。很快上来几只与它同等大小的狼,围在它身边转悠,有的还去吻它的鼻子。小狼圈的背后是大狼园,两者之间用围栏隔开,大狼个个眼神如狮如虎一般凶狠。据说还有野狼,光是它的眼神就散发着阴森森的杀气。白叔双手交叉放于胸前,摆出一副得意的表情,他就像这狼群的头儿。

"老刘,我也是付出代价的。"

"别再说了,交换的小狼呢?让我们也先看看。"

"不会比你的狼差,来人,把狼带过来。"

这时早已等候的饲养员走过来,我不礼貌地从身后插嘴问白叔:

"为什么还要搭上一只狼做赔本的买卖?"

"你这就外行了,狼是群居动物,不能没有伙伴。"

他斜视一下我,那种不把一切放在眼里的傲慢态度瞬间从我眼前滑过。白叔让人牵着两只狼过来,其中一只呆头呆脑地望着我们,身体看上去倒是健壮,它是一只公狼,叫布勒姆,蒙古语是"团结"的意思。另一只极为小心地接近我们,它体型有些瘦小,我听有人管它叫乔奴,是一只小母狼。白叔的狼园虽然条件看上去不错,但是卫生管理跟不上,狼的毛发看上去有些脏,我觉得在养狼方面这里的工作人员不如我精心。而且有些狼骨瘦如柴,不知道是受到疾病困扰,还是因为饥饿所致,显得萎靡不振。工作人员把两只狼抱上皮卡车,刘万里的脸色浮现一丝平静。而我却相反，脸上的肌肉像被什么东西拽着，绷得很紧。

到了跟图特木说再见的时候，无论院子里有多少人，吵声多大，都没有分散它的注意力。非常奇怪，我在训练它的时候，它的注意力从来没有像现在这样集中。我跑到围栏跟前，想伸手去抓它的爪子。网眼小的缘故，我的手伸不进去，只能默默地隔着铁丝网跟它最后一次告别。

终于到了分别时间，我们上了皮卡车，马达声传到图特木耳中时，它从狼园一侧向我们飞奔过来，疯狂地用头撞击铁丝网。饲养员试图将它强行拉走，这一刻我的眼睛突然被泪水浸湿。

六小时前，图特木绝对想不到我会带它去一个陌生的地方，残酷地把它丢在这里。倘若此时它在我们身边，又会把我怎样呢？唉，不想这些悲伤的事情了，只要图特木在白叔家过上好日子，我心里也算踏实了。

回家的路面像电影胶片，车轮在上面滚动，我明明在看前方的路，脑子里却想象着图特木拼命奔跑的画面。今天早上它还用温柔的舌头在舔我的脸，那种惬意的感觉依然留在脸上，好像还没有消失，然而我再也找不回来这种温馨了。

车速飞快，我无暇关照皮卡车上的两只狼，好像它们不属于我。倒是刘万里时而从反光镜中瞄它们一眼，不断找话题填补旅途中的寂寞，东拉西扯地把我的思绪一次次打乱。

"今天我们用一只狼换两只，现在布勒姆和乔奴都是我们的，多好。"

"布勒姆和乔奴？"

"是啊，你没记住它们的名字，我记住了，公的叫布勒姆，母的叫乔奴。你好好养它俩,同样有感情。"

我是一个心重的人,对自己感兴趣的事非常投入,有时钻牛角尖,转不过弯。无论刘万里用多么乐观的话开导我,我依然提不起兴趣,满脑子塞的都是图特木,被它压得提不起神。

两个小时后,皮卡停在狼园门口,抱小狼下车的时候,布勒姆有些不适应,乔奴趴在我怀里团成一团,可爱而胆怯的样子,恐怕是因为看到陌生的环境而害怕。这是我第一次与两只狼贴得这么近。安顿好它们,天色也差不多接近黄昏,刘万里倚在栏前站了一会儿,临别前他安慰了我几句才离去。我没心情吃晚饭,内心满是难言的悲伤和痛苦。我坐在门前昏昏沉沉,不知不觉中天已经黑下来。

夜晚,勺星若隐若现,最后一颗像狼的尾巴快拖到草地上了。我凝视着那个方向发呆,有多少个夜晚我都是这样度过的。看着夜空闪烁的繁星,理想总是在希望中朝我招手,而现实的戏谑挖苦与梦想相反,因此加重了我的烦恼。

四周安静得仿佛空气都凝固了,却无法平衡失落的心情。于是我骑上摩托车,沿漆黑的夜路向茫茫草原奔去,风从我的耳边嗖嗖擦过,像无数钢针刺穿耳轮。摩托车是我释放情绪的一种工具,我喜欢它的噪声、它的速度、它穿透一切的感觉,它能让我沉重的思绪缓解一下,放松自己。

与图特木别离,我的生活产生微妙的变化,人也变得慵懒、消极。从前对小狼的那份热情似乎很难再找回来,甚至低迷的情绪已经影响到工作,近乎一种怠慢的状态,开始过着浑浑噩噩的日子,内心世界十分空虚不说,就连养狼的动力也在逐日减弱,恍惚间我对这个职业开始产生怀疑。

人本是难以捉摸的动物，受情绪驱使。回想我养狼的原始动机，一上来就带有一种盲目的利己主义心态，伴随个人的私欲、虚伪、荒唐、可笑的奢求，一旦虚荣心得不到满足，就会滋生消极和负面情绪，不由得轻蔑自己的选择，放弃之心悄然占据脑海。而在之后的日子里，这种困扰不断搅动着我不安的情绪发展，越发变得不可收拾。

一个阴雨绵绵的上午，我彻底崩溃，犹如洪水冲垮精神底线，决定放弃狼园离开乌拉盖。于是我提着从体校带回的皮箱，骑上摩托车，沿西行的大路而去。这时一辆轿车从我身后画着弧线冲来，车轮掀起的积水将我的裤脚打湿。轿车冲到我面前戛然而止，从上面跳下一个人，对我大声怒斥：

"你说走就走吗？为了一只狼，格局太小了。"

来人正是刘万里，只见他两只脚踩在水里，仿佛拳击台上击倒我的对手，目光辛辣灼热。

"我以为你从狼身上能悟出做人的道理，从失败中觉醒，看来是我想错了，你就是一块炼不化的生铁，成不了钢！"

说完刘万里狠狠关上车门，轿车朝大窑方向驶去。雨越下越大，雨点噼里啪啦地打在我脸上。我看着前方唯余莽莽，仿佛这场大雨就是为我下的，要把我浇得透透的，洗涤内心的狭隘，顿时觉得眼前发生的一切就像一场梦。雷声轰鸣，震耳欲聋，渐渐把我从颓废中惊醒。

我再次回到狼园，这段时间马豆时而过来，帮助我照料狼园的一些琐事，像喂狼啦、打扫狼园的卫生啦、带两只狼出去遛弯

啦,她样样内行。在外人看来,马豆更像是狼圈的主人。我正在沉默的时候,马豆来到我身边:

"安达,两只狼挺好的,我喜欢它们了。"

我没说话,坐在门口沉思。

"你真是孩子,还是没有脱离图特木的影子,你不是一心想当驯兽师吗,你应该坚持自己的理想。"

听到马豆这番话,我的心有所触动,同时联想到她经常在朋友圈发的一些阳光健康的话语,这与她的品性完全对等。我自愧浅薄无知,惭愧地低下头。

"你去镇里逛一圈散散心吧,时间可以改变一切。"

骑摩托车的感觉和打拳有类似的地方,畅快淋漓。我沿着马路感觉人都要飞起来了,长发、衣服和裤子都在风中飘,像大海中的风帆,风像雨点打在脸上。景色扑面而来,瞬间变成虚幻的流线消失。呼啸的风声擦着耳边呼呼作响,这种感觉仿佛让我找回了自我。

第十章　乔奴和布勒姆

换狼风波渐渐平息，我再次过起与狼共舞的生活。布勒姆的眼里充满天真，性格比较外向，长得跟画本里的小老虎十分相似。初到狼园它便到处乱跑乱挠，嗅着不同的气味，对什么都好奇。它身上有些特点跟图特木类似，精力旺盛，喜欢黏人，没来两天它就把狼圈弄得乱七八糟。我曾用木棍吓唬它，它趴在地上哆哆嗦嗦，一看我就清楚了，布勒姆曾经被人用这种方式教训过，它懂得棍棒带来的皮肉之苦。

布勒姆也有极端的一面，厉害起来比乔奴凶很多，吃食的时候绝不让着它。小公狼看上去总比母狼长得个头大一些。有一次小白接近狼园，布勒姆上去朝它怒吼，吓得小白躲到远处，不敢靠近狼园。它有一个优点，虽然很凶，但即使是在吃东西，我把手放在它身上，它都无所谓，看来有些憨厚。憨厚的狼通常比较忠诚，不会像乔奴动不动龇牙。龇牙的狼往往是因为胆怯，为了更好地保护自己才这样做。

　　与布勒姆相比，乔奴天生胆子小、多疑、性情极其刻薄，很容易发脾气。它的眼神中有一种狡黠的东西在流动，警惕性极高，喜欢躲到阴暗的地方拱肩缩背，夹着尾巴揣摩周围，接近它的时候我必须小心。乔奴平时吃得很少，每次面对食物表现得极为多疑。它经常摆出一副可怜相，甚至对我的友好不甚提防。如此一来我有点儿疑问，乔奴能驯养成功吗？我该如何跟它相处？稍不留神它就会跟我反目。不过乔奴毕竟是个"小姑娘"，也有撒娇的时候，在吃食方面我尽量照顾它，想办法让它多吃一点。

　　有时看到布勒姆和乔奴，我忘记了它们是新来的，恍惚之间以为是图特木在身边，这种感觉很难一下抹去。当两只小狼向我撒娇的时候，时而勾起我对图特木的回忆。自从狼园迎来两位新主人，刘万里经常过来看一眼，最近他也有小小的变化，对两只狼显得格外上心。

　　一天晚上，刘万里和马豆来到我的房间，带来一本书、一个日记本，还有照片之类的东西。书是全老师刚寄来的，书名叫《狼图腾视觉设计与叙事语言》，我翻阅的时候，恰好翻到一幅幅驯狼的画面，包括狼跳羊圈、狼钻地洞、狼叼小羊奔跑，上面有不少说明，我立刻被这本书迷住了。刘万里拿起桌子上的日记本递给我，说：

　　"安达，你把养狼心得记在这上面，全老师希望你这样做，人家没有要求，你想写什么都行，反正你把养狼的经历记在这里面。"

　　晚上刘万里走得很迟，他讲到《狼图腾》电影中三只狗的来历。原来它们是驯兽师在街头捡到的流浪狗,养了一段时间跟大家有感情不说,还被驯成电影中的角色,最后除接戏的那只狗无法带走外,其余的都运回加拿大了。听了这段传奇经历,我不免感到惊奇,理解了驯兽师与动物之间的感情。马豆微笑地说:

"万里,如果不听你介绍,我们根本不敢想电影中的狗居然是捡来的,人一旦有爱心就能宽容许多。"

"安达,两只狼你养一段时间同样也有感情,不信你试试看。"

经过一段时间的努力,我逐渐恢复到从前的生活状态:起床先去狼园转一圈,检查头天晚上是否有情况发生,然后喂小狼、清理狼圈,中午到点吃饭、休息,下午带小狼遛弯,晚间有时间便看会儿书或手机。

睡觉前我忽然想起全老师叮嘱的事还没做。我打开日记本,应该从哪里写起呢?我整理一下思绪,想写的东西一下涌上心头,多得像一团乱麻,我梳理一下,先从抱回乔奴那几天的印象开始吧。

2014年7月4日,今天我第一次看到乔奴,它对我有防备,眼睛一直看着我,只要我动它就动,而不是迅速逃跑。它会观察你的动向,脚步很轻,伸着舌头好像要跟你干一场。当时我就觉得乔奴很有气场,它很聪明,但是它内心还是恐惧,从表面看不出来,需要仔细观察才行。我慢慢地接近它,去摸它的头。它有点紧张,不敢动。它慢慢感觉到了我的温暖,然后表情变化了,依赖人的样子。其实我们很多时候都在误解这个凶猛的家伙,狼也有温柔的一面,它也有撒娇的时候,也可以跟人做朋友。它来了一下午没有吃任何东西,虽说让我摸它,但是它还是十分警惕的样子,因为它没有完全相信我,毕竟它才来半天。今天我也收获不菲,我看到了乔奴的坚强、它的兽性和依赖、它的聪明,还有就是感情。

几天后的一个晚上,按照惯例,我睡觉前要检查一下狼园。我过去一看,一团模模糊糊的黑影站在那里,走近发现是刘万里,他正趴在栅栏前查看小狼。我俩默默地肩靠肩倚栏伫立。过一会儿,他掏出烟,吸一口吐出青雾般的烟圈,画着弧线从我眼前飘过,烟花柳絮般悠悠散开,就像一首抒情的乐曲在静谧中荡漾。借着月色,我能看到他的黑眼珠闪烁的光泽,像小月亮附在晶莹的瞳孔上面。

"安达,你说我是怎么喜欢养狼的?"

"拍电影爱上的。"

"开始养狼只想拍几部与狼文化有关的电影,给当地创造一些影响,草原没有狼算怎么回事?仅凭这一点咱们也要把它养好。"

刘万里掏出香烟,人往地上一靠,吸了一口烟,非常享受的样子。

"不知道你注意到没有,夏天的夜晚天上勺星的最后一颗快弯到草地上了,特别像狼的尾巴拖在地上。我小的时候总以为站到山上能抓到它,每上一座山发现它又在另一座山的背后,多有意思。"

我抬头看到北斗七星,正如刘万里形容的那样,像狼的尾巴向下弯曲,形成一条优美的弧线。

"狼在草原很有历史,据说元朝的时候,大将木华黎从狼身上学到不少,打了几次胜仗。"

听着刘万里侃侃而谈,我幻想着成吉思汗东征的队伍,狼群走在马队的前列,驰骋疆场杀敌的场景。也曾想狼被人类杀戮的情景——牧民的套马杆勒住狼的脖子,子弹击中狼的头颅,狼倒在地上痉挛挣扎。刘万里一阵咳嗽声把我的思绪拉回到现实。

"狼有血性,牧民恨它,不得不防这家伙。"

"我看过一段视频,狼在雪地里打雪道,几只狼钻在里面一起逃跑,怕的是头顶的金雕捕杀它们。"

"你看看它们多聪明,但是为什么听不懂我们的话?狼用鼻子能闻出各种气味,人却无法像狼一样辨别味道,就像我们不理解狼一样。"

一轮圆月印在草原上空,我跟刘万里看着它,只见在它上面满是缥缈的薄云,浮现出浓淡相间的灿烂之色。靠近上方位置主峰凸起,流动的影子逐渐汇聚成狼一样的形状,立于山峰之巅。在它周围紫云悠悠,仿佛被水稀释过的彩墨,遇到神来之笔,趣味无穷,罩在其中,万千卷动,不胜美妙,一种融融的惬意之感向四处溢出。我们俩目不转睛地看着那个方向。

"你看月亮里的山峰像什么形状?"

"它吗——不像山峰,倒是更像狼在嗥叫。"

"我也是这么想的,狼为什么晚上喜欢对着天空嗥叫,是因为看到了自己的祖先——月神,有一种敬畏天神的感觉。"

"谁说不是呢。"

我们一同眺望天空的圆月,刘万里脸上透出孩童般的天真。

"别看狼没少祸害牧民的家畜,可蒙古族也有崇拜狼的。"

我们俩长久地看着月亮的方向,有一种心心相印的感觉。这时刘万里把手搭在我肩上,一股暖流顿时向我传递而来,我们俩就这样默不作声,守望圆月坐了好久。

回到房间,翻开日记本,上面的空白页像纯洁的眼睛在看我,等待我用笔描绘出它的眼仁、瞳孔、结晶体里的纤维变化。今夜写什么呢?思索片刻,我给日记起了一个名字,就叫"狼王日记"吧。我打算仔细观察和记录两只狼的成长经历,如何由小狼锻炼成王。每个人的心里都有一个狼王的梦想,真正的狼王是内心强大不可战胜的。我把遐想记在日记本中,写完最后一个字的时候已经夜幕低垂。

月色偷偷钻进室内,带给闷热的晚间一丝凉意。这种感觉真好,我躺在床上舒展四肢,仍对狼王日记意犹未尽。我想起小时候的一桩往事,也许是这个童年记忆深深铭刻在我潜意识中的缘故,刚才写日记的时候几次被我唤醒,这件事与狼性有关,与我曾经幻想的狼王梦有关。

我上初中的时候,大窑经营得风生水起,颇具规模,那时我放学回家,通常刘万里和马豆的话题都与大窑有关,对我的学习自然比较放松,有一件事却没能瞒过他们。那是一个周末的下午,刘万里回来得很早,我觉得有些奇怪,一看墙上的挂钟,根本不是他下班的时间。他坐在我身边，一直在看我写作业。至今我还记得，他当时的脸色有些严肃，人坐在椅子上沉默不语。我的两只手放在雪地一样洁白的作业本上，看上去显得又黑又脏，刘万里看不惯的样子，说话的语气有些愠怒。

"你先把手洗一下再写作业。"

他默默吸烟，视线落在我身上。洗手的时候我尽量不让他看见左侧的脸，等我回来落座，他用手扭过我的头，特意看看我那边的脸蛋，上面是新划的一道伤口，有的地方还有一丝血迹凝固在上面。

"你咋弄伤的？"

"在学校干活时不小心被树枝刮的。"

"谁挠的？别以为我没看见，你不能像羊似的让别人随便欺负。"

这件事发生在多年前。一天，我在放学回家的路上被几个身强体壮的学生堵住，有人朝我脸上抓了一把，老师看到后跑过来，几个欺负人的学生逃走了，我的腮帮处留下了一道血印子。

事后我对大娘说谎了，把脸上的伤说成是校外劳动时不小心被树枝划破的，她相信了，却没骗过刘万里的眼睛，他知道后狠狠地说了我一顿。

"你应该像狼王似的，关键时候要学会瞪眼珠子跟他们干，如果你在外面被人欺负，谁还管你？"

我愣了一下，不明白的刘万里突然冒出这么一句不着边际的话，让我跟狼似的，咬那些人吗？这时马豆手拿紫药水进屋。

"安达，以后你要学会讲实话，撒谎可不好。"

"道理我都跟他讲了,他懂了。"

"你懂了吗?"

"大娘我懂了,大爷让我像狼似的,挨人欺负要学会反抗。"

马豆把紫药水小心翼翼地抹在我的伤口处。

"我为啥让你学狼明白吗?打架时你要有狼那股狠劲,就啥都不怕了。"

"安达还是小孩,你说这些有用吗?"

"他必须记住我的话,当初没有狼性,我能把大窑建起来吗?"

马豆岔开刘万里的话题,招呼我们上桌吃饭,我一直琢磨刚才刘万里说的话,为什么要学狼性?狼性又是什么呢?我小时候接受的都是狼的负面教育,如今在乌拉盖,跟狼面对面生活,渐渐地,不仅颠覆了我的世界观,而且把我忘掉的往事又重新找回来。

乔奴一直不适应这边的生活,最近情绪有些低落,总给人郁郁寡欢的感觉。它胆小,对周围的一切谨小慎微,经常独自相处,性情孤僻,难以让人接近,我叫它"独孤女神"。乔奴的自闭、暴怒、狂躁来自内心深处,也许它有忘不掉的过去。它现在与跟我初次相见时反差极大。尽管我主动、热情,但乔奴根本不吃我这一套,有时稍微靠近它,它便龇牙,向我发出愤怒的警告,瞪着眼睛直到把我逼退为止,甚至布勒姆常常也要让它三分。于是我经常用肉逗它开心,一来二去乔奴抵挡不住食物的诱惑,开始改变。有一次我放松警惕,喂它的时候伸手去摸它的脊背,没想到它突然回头照我小腿骨就是狠狠一口,气得我真想教训它,若不是狼少的缘故,我真对它不客气。后来我就饿着它,这家伙命真大，不吃不喝照常顽强生存。乔奴不属于贪吃的狼，聪明伶俐是它的优点，所以，仅凭这一点就能打动我。

乔奴在新环境里的转变相对缓慢，我拿它毫无办法，难道它是一只铁石心肠的狼吗？接触久了，我对乔奴的习性有所了解，便格外上心，经常带它出去遛弯散心，让它感到在这里是快乐的。经过一段时间之后，我从乔奴的变化中发现一些细微的东西。时间像一把锉，可以把物体的尖锐棱角锉平，久而久之，乔奴渐渐适应了这里的生活，过去紧张、烦躁的脾气略有收敛。相对而言，布勒姆很快便适应了狼圈的生活，每天幸福并快乐着，它给我的感觉是头脑相对简单。

天空飘来一片薄云，像芍药的花瓣，阳光躲在云层的背后时隐时现，清凉的微风带来花卉的芳香撒满草地，这种味道钻进鼻腔浸入肺腑，有一种与大自然浑然一体的感觉。我牵着布勒姆和乔奴去旷野散步，布勒姆奔跑的时候，常常落后于乔奴，甚至有的时候发现它用三条腿在跑动，这引起我的好奇。我蹲下检查是怎么回事，这才发现它腿上有一处伤口，不过基本愈合了。这处伤口是我刚刚发现的，交换狼的时候白叔并没有说，顿时让我对他产生极坏的印象，只觉得他这个人像我猜想的一样，狡猾而不诚实。刘万里知道后只是叹口气，生米做成熟饭了，他又能把人怎样。

"没伤筋动骨就行，两只狼还有其他情况吗？"

"暂时没发现。"

刘万里抓住布勒姆的头，不管它是否挣扎，用手扒开它的嘴唇看着它白皙的牙齿，然后拍拍它满意地放开，说：

"好好养吧，我看它不错。"

刘万里的话让我想起在他家看到过的一档电视节目。在非洲草原，一头充满野性的雄狮向远处一名男子扑去，男子逃跑显然是不可能了。一场悲剧即将上演。只见雄狮子张开血盆大口，几乎将男子的头颅一口咬住。就在这时，男子伸出双手抚摩着它的头，雄狮不停地用脑袋蹭着他的脸，还伸出舌头去舔男子。狮子和人相互依偎的画面十分罕见。原来这头猛兽是男子从小饲养的，成年后被放归草原，当男子再次来到草原与它相遇时，狮子一眼认出了它的主人，而我看到的正是雄狮跑过去亲密拥抱男子的情景。这头硕大的雄狮虽然被放归野外多年，在大自然中恢复了野性，但是它没有忘记自己的主人，亲密如初。

我被画面中的情景所打动，刘万里和马豆同样如此，我们谈论着人与动物之间的感情，再凶猛的动物也有柔情的一面，正如雄狮与男子的相遇，看过的人谁又不感动呢？

黄昏的时候，我来到狼园，两只狼的样子像是又饿了，我去喂它们。狼见到吃的心情好转，布勒姆吓唬乔奴不让它靠近食物。我上前阻止它，腾出时间让乔奴多吃几口。这时它的一个举动让我感到意外，乔奴把食物偷偷藏起来，藏的时候还会左右观察，生怕被布勒姆发现，迅速挖个小洞，把食物放进去用鼻子埋起来，然后再跟我要吃的。狼是多么精明的动物，这一刻让我感到意外。经过一个多月的接触，我与两只小狼相处得越来越好，这种感情转变颇为艰难，但是值得的。

清晨，早霞弯过山头，无声无息地抚摩过来，花草摇曳着婀娜的身姿，沐浴在光辉之中。两只狼已经等候在狼园的门口，乔奴时常用舌头舔我的手，到我身边撒娇，有时还会朝我叫几声。

它的叫声很帅,是对我的友好表达,什么时候我们能够心灵相通才算达到目的,那时就可以驯狼了。

八点左右,太阳已经升得很高,草地上的露水早已蒸发得无影无踪。看到两只小狼状态极好,我带它们向山坡走去。一路上布勒姆显得活跃,围在我身边蹦蹦跳跳。布勒姆的耳朵会来回移动,往前走时耳朵向后倒,停下的时候会耳朵向前倾,如果来回转动头时,耳朵就会前后左右移动,好像在听什么动静,一旦有情况,它的耳朵迅速转动,事实说明狼有多么警惕。我们沿两山之间形成的峡谷地带向缓坡走去。乔奴在前面跑,把皮绳拉得很紧。布勒姆已经落在我们身后,这时它不断闻着地面的气味,像发现了什么,不想走了。在我喊它的时候,乔奴突然往前一蹿,嗖地跑去。我不顾一切拉着布勒姆跟在它后面,然而瞬间工夫,乔奴忽而不见了。我感到好神奇,像有一股力量把它带走了。于是我在密集的草丛中寻找起来,眼前的草地有几片高过我的大腿,狼随便往哪里一趴我都很难找到。我回到乔奴失踪的地方,发现附近有一处隐蔽的雨裂沟,起码有三四米深,由于沟壑两侧草势茂盛,很难被人发现,沟壁下面还能听到潺潺的流水声。我沿着雨裂沟边缘想找条路下去看看,不远处是个坡,我把布勒姆拴在小树旁,自己顺着陡坡来到沟底。

光线静悄悄地贴在被雨水浸湿的墙壁上,它从上面草丛的缝隙间透射下来,照得里面忽明忽暗。脚下不是泥浆就是一潭潭相连的积水,我的双脚陷入泥淖中。经过十几米长的幽暗地带,前方变得开阔起来,积水被什么东西搅浑了,旁边留下清晰的动物脚印,应该是乔奴踩的。不大会儿的工夫,我看到有一个像小鸭子一样的黑影，它在水面中间的土包上站立着，原来是一只兔子。在我愕然的时候，发现左边不远处站着乔奴，它站的土包稍不留神就会瓦解。聪明的小狼紧贴着墙壁正在瑟瑟发抖，因为它脚下的泥土开始松动，我明白了，大概是乔奴发现兔子，追它的时候掉进沟里的。我为它的勇气感到高兴，于是轻轻蹚过没膝的积水，感觉两只脚像被吸铁石吸住，往外拔的时候非常吃力，身体骤然间不断来回滑动，脚好像踩在气球上。我用脚试着它的深浅，忽然哧溜一闪，脚下滑了一下，像有什么东西把我的两条腿直往底下拽，这下我离乔奴更近了。我伸手想去够乔奴，也许是它刚才猛然掉入沟里的缘故，现在它还没有醒过神。乔奴身体龟缩，惴惴不安。我终于抓住落在水里的皮绳，轻轻拉紧，把乔奴慢慢牵过来。我一把抱住它，乔奴显得很乖，它明白我是来救它的，我们一点点向岸上爬去。刚才看到的兔子不知什么时候已经消失得无影无踪。这时我完全变成了一个泥巴人了，而乔奴却伸出温暖的长舌，不停地舔去我脸上的污垢，狼真是有情意的动物，它的行为温暖了我。今天给了我一个警告，以后带狼出门遛弯一定要小心，它们非常任性，说跑就跑，眨眼间就没影了。

第二天，我没放小狼出去，索性在狼园陪它们玩。两只小狼从我身上爬来爬去，玩得开心时，布勒姆咬我一口，乔奴也学它的样子咬我。开始时它们是轻轻地咬，但玩开心了就不管不顾了，乔奴咬我的手像是要咬碎的架势，我紧皱眉头生怕它口下无情，但这时如果迅速把手抽回来又怕吓着它，结果乔奴咬我手的时候，正好是咬得住，但是不伤害手的疼痛，所以，它的牙齿用力感觉相当之好。我端详着乔奴，觉得上次救它之后，它对我的态度又发生了转变，说明狼有思想、有感情，只有接触它们才能发现更多的奥秘。

我是一个重感情的人，有时拿得起却放不下。就说今天上午，布勒姆歪着头在盯我，它以为我手里有肉要给它，眼神像冰住似的。它的举止让我想起图特木，我被思念的痛苦裹挟便是常事。两周前在沟壑里救乔奴，抱它蹚过积水的时候，仿佛在鱼塘里救图特木。虽然时间、地点不同，但是经历同一个救助的过程，结果乔奴回到我身边了，而心爱的图特木离开了。现在无论两只狼如何在我身边撒娇，终归是它们替代了图特木。与它们相处总有无法泯灭的伤痛在纠缠，这种伤痛常常在不经意的时候悄然复活，这种心态必然影响到我对两只狼的感情，甚至对它们产生莫名的隔阂与冷淡。

周末，刘万里来到狼园，看到小狼不但气色很好，就连园子也被打扫得干干净净，他心里有几分欣慰，尽管没有言语，但是我能感觉到。我们坐在狼园一角，谈到未来的发展，这时我眼前再次浮现图特木的身影，它就像萤火虫于我周围徘徊，刘万里拍着我的肩膀说道：

"最近咱们去白总那边一趟，他想买大窑的砖，我让利给他，想法子找借口把图特木赎回来。"

"能要回来吗？那太好了！"

"虽然白总工于心计，但事物都有两面性，这次是个机会，我试试。"

听到这话，我不由得感激刘万里，整个晚上躁动的心无法形容，没想到一个月后这件事出现了转机。

第十一章　又见图特木

图特木留在白叔的狼园后，据说情况非常糟糕。当天的情景，许多人回忆起来惊心动魄。我们离开之后，图特木疯狂朝皮卡吼叫着，一面猛地扑向围栏，那般拼命挣脱的情景，令在场的人目瞪口呆。它一次次用头撞向围栏，把周围的小狼吓得纷纷躲得很远，它的嗥叫声惹怒了一旁的野狼，它们愤怒地朝它露出可怕的白牙，然而却没震住图特木。多亏护网做得结实，不然早被它的头撞开。直到皮卡远去，图特木撕心裂肺的叫声才渐渐止息。狼园里的人从未见过这种狼，对它的主人如此忠诚。听到这番言论，我的心像被撕碎。

像图特木这种桀骜不驯的狼，并非饲养员和驯兽师所能轻易征服的，于是图特木与这些人之间逐渐产生矛盾，有人把它称作"鬼狼"。白叔知道后非常厌恶这种说法，他把胡说八道的人骂了一顿，怒斥道：

"没有见识才会说这种屁话,你们听着,一定要把它驯好了。"

想改变图特木,并非狼园这些人所能做到的,必须要有一些真本事才行,否则只会碰壁。驯狼师拿它没办法,饲养员一样失望。久而久之,狼园的工作人员对图特木说什么的都有,如果主人再次听到这番言论,一旦改变主意,图特木今后的日子便可想而知了。

天下没有不透风的墙,有关图特木的恶语再次传到白叔耳中,他把这些人狠狠教训了一顿,骂他们鼠目寸光,并且说:

"之所以看好图特木,是因为它被驯过,来年可以很好地成为旅游资源,给狼园赚到一笔可观的门票收入。"

看看吧,这便是白叔想换狼的目的。此番言论一出,听得手下人面面相觑。唯独饲养员和驯兽师在交换眼色,彼此会意地摇头。白叔看下大家的反应,好像想起什么事,他对身边人说:

"这只狼别叫图特木了,想想有没有更好的名字,让它彻底改头换面。"

最后白叔依然是用命令的口气,把园子里的人数落一遍才算完。他走了,不过训人的那些话仿佛还在园子里回荡,听得人心里很不舒服,这不是挖苦又是什么?特别是驯狼师和饲养员,他们十分反感这种腔调,背后牢骚满腹,当面却不敢轻易坦露半句。他们没地方撒气,暗地对图特木怀恨在心,不用多想,它的处境举步维艰。当它不能适应环境的时候,要么反抗,要么屈服,它选择了后者,经常独自躲在一个角落里,用敏锐的目光观察周围。它每天在这种紧张和缺少食物的环境中度日,没过多久身体便开始消瘦,骨骼逐渐凸显出来。

白叔有言在先,就看工作人员用啥法子调教图特木。饲养员和驯狼师本来就窝着一肚子气,这下看图特木更不顺眼,他们总想在狼身上找点碴儿出来,虽然不敢明目张胆,但是这股气早晚也要出,不过就是机会不到。

白天,图特木经常躲在狼圈一角,守望远处通往狼园的道路,默默地趴在那里,把头搭在两条前腿之间,或是缩成一团。饲养员清楚,图特木是在想念远方的家,他经常用木棍恶狠狠指着图特木骂:

"不吃就饿死你这个畜生。"

无论饲养员怎样恐吓,图特木的秉性依然不改。奇怪的是,它常常眺望通往狼园的山路,有的时候也许是风吹的关系,还能看到它的眼里落下泪水,这番情景让看到的人无不感到心痛。

一天,白叔来到狼园,他从饲养员的口中得知图特木活得很可怜,经常躲在园子里守望远处,好像在等什么人来。听到这番话,他脸上露出极不愉快的神情,他责怪道:

"狼被你们这些人养完蛋了,让它搞清楚现在谁是它的主人。"

饲养员没有吭声,拉着长脸向驯狼师摆出一副不可理喻的手势。白叔随后道:

"都听好了,从今天开始,给图特木改名字,它叫'新来'。"

在场的人像木偶似的机械地点头。白叔看着孤独的图特木,转身对身后戴一顶前进帽的饲养员又说:

"单独把新来关在一个笼子里,你负责把它养好了。"

那人点头的时候,正好赶上一股风,把头上的帽子刮落在地,露出如同圆蘑菇般的秃脑壳。他捡起帽子,起身时白叔已经远去。饲养员钻进狼圈,他用木棒恶狠狠地指着图特木大声喝道:

"你这该死的,让我白白挨顿骂,你给我滚到那边去。"

图特木愤怒地朝他龇牙,饲养员气愤地用木棒敲打着地面,叫喊着:

"过去,滚过去……"

图特木再次发出怒吼,饲养员举起棍棒朝图特木走去。它一点点向后挪动脚步,饲养员继续高举手里的棍棒,向它下最后的通牒。

"滚过去,滚到那边去。"

旁边的同伙恼羞成怒,他拿来套马杆,套住图特木的头,两人一起拼命拉着图特木往小圈里拖,图特木的四肢像钢叉一样死死抓住地面。很快又上来一个身材魁梧的家伙,他们一起用力拽它。图特木突然扑过去,几个人大惊失色,其中一人捡起地上丢的棒子朝图特木头部狠狠一击,它顿时晕倒在地。

"说它是疯狼一点没错,应该打死它。"

这时有人上前拦住挥舞木棒的人,示意他不要下手太狠。手持木棒的人恼羞成怒,他指着图特木叫嚣着:

"打死了又能怎样,白老板问就说它自己撞墙磕死的,他又不是没见过这家伙撞笼子那股劲。"

就这样,图特木被拖进小狼圈。它的眼睛半睁着,天空的阴云映到小狼的瞳孔中,它渐渐从昏迷中苏醒,眼睛里充满混沌不清的东西，它想看清眼前的世界，却无力站起来。

这段时间热伤风害得我躺了几天，病重期间我做了两个梦。第一个梦是在白天，就在我脑子迷迷糊糊的时候，梦到图特木变成风雪斗士，屹立在傲日格乐山峰上，面对苍穹悲鸣，它的嗥叫声凄楚苍凉，在蒙古高原上空回荡。这时画面一转，图特木又出现在疆场上变成一名战神，在众狼包围中宁死不屈，最后身陷重围缓缓倒下。它倒下时呻吟着，那种奇怪的叫声将我唤醒，原来是一场梦。我躺在床上，看着阴郁的天空发问：

"到底是怎么一回事，又梦见图特木了？"

第二个梦是在下半夜，一场暴雨突如其来，雷声惊醒了万物生灵，似乎传来小狼的哭声，在我耳边似有似无，像是图特木发出的。我从睡梦中惊醒，被刺眼的闪光晃了一下，浑身不由得打了一个冷战，接着震耳欲聋的霹雳声从窗外传来，我顿时看到图特木出现在闪电中。我的眼神愕然，身体像冰柱似的一动不动。顷刻，我揉着惺忪的眼睛，人依然处于半睡半醒的状态。顿时我的心怦怦直跳，口渴得厉害，喝水的时候我在想，图特木怎么老是在梦里呼唤我呢？我是不是想法子去看看它才对？

在我生病的时候马豆过来照看小狼，我把两个梦讲给她听，后来她把这件事告诉了刘万里，劝他说：

"既然安达这么喜欢图特木，能不能把它再赎回来？"

刘万里为难的样子，解释道：

"上次老白张口要买大窑的砖，我想这是机会，我可以让利给他，看看能否赎回图特木。最近他又不提这件事了，要回图特木总要找到一个借口，不过我这次见他一定提一嘴，看他什么反应。"

一周之后,刘万里带我去白叔的狼园,我平静的心再次波动起来,马上可以见到图特木了,一路上我按捺不住内心的激动。两个小时的车程我们俩一直聊天,不知哪来的那么多话,总也说不尽,也许刘万里早就听腻了,他打断我说:

"我在锡林郭勒盟那边联系了一个朋友,他手里有野狼,让咱们自己去抓,你敢吗?"

"我敢抓。"

"毕竟是野狼,要考虑好了。"

我上次见到野狼是在白叔的狼园,在我的记忆中,这种动物特别凶猛,不亚于虎豹,除此之外就是对它的负面之说了。人们对它都只有畏惧,然而我却恰恰相反,爱上了一个比敌人还敌人的朋友。

轿车绕过西乌旗,沿平坦的山路开往南山方向,左侧出现一座犬牙交错的石头山,再往南去便是白叔的狼园。这时图特木又悄然爬上我的心头,取代了刚才对野狼的遐想,心开始"怦怦"跳动得厉害。

来到白叔的狼园,刘万里下车后走进一间办公室,与白叔两人开始攀谈。我坐在门外焦急等待着,心思早已飞到狼园。

没多大工夫,有工作人员把我们直接带去后院。走到小狼圈跟前,图特木就关里面,与大狼圈仅有一道铁栅栏之隔。在我的恳求下,饲养员允许我入内跟图特木待一会儿。园子里打扫得还算干净,图特木卧在地上,我叫它的名字,起初它有些吃惊的样子,缓过神后立刻跑过来扑到我身上,那种激动无以言表,它用热情的长舌舔我的脸。

"图特木,你还认识我呀。"

旁边饲养员在围栏外打断我们的交流,纠正道:

"它有名字,叫新来,你叫它新来。"

我抱着图特木有些惊诧:

"它叫图特木,是'图腾'的意思。"

"现在它改名了,白总说让它忘记自己的过去,一切重新开始。"

"他是什么意思?"

"别问那么多了,人家老板能把园子做这么大,自有他的打算。"

饲养员开始打扫狼圈外的卫生,没再搭理我。我很不理解为什么要改名,但是人在屋檐下不得不低头。

图特木继续跟我撒娇,我高兴地抓住图特木的两个前爪,它不停地伸出舌头舔我的脸,用这种方式表达激动的心情。我没有给它带任何吃的东西,只有不停与它拥抱。图特木很温顺的样子,它把头靠在我肩上,就像受了多大的委屈。它的行为一下把我变得像孩子一般天真,我跟它一起嬉戏、打闹,玩得不亦乐乎,瞬间仿佛又回到乌拉盖。这时,远处有两个人拖着一条死掉的大狼往园子外面拉,我疑惑地看了一阵,再回头的时候发现身边多了好几只大狼,不知道它们是从哪里钻过来的,正向我和图特木步步逼近,阵势好吓人。我顿时紧张起来,饲养员远远喊道:

"别动,千万不要动,狼会扑人的。"

图特木守在我身边，情况十分危急。一只少了耳朵的狼，脸上有许多伤痕，它露出可怕的白牙，向我们怒吼着，打算扑过来。几名饲养员迅速冲到门口，顿时分散了它的注意力。这伙人手里拿的不是套马杆就是木棍，架势如临大敌，把狼轰到了隔壁的园子内。

"谁把铁门打开的？"

"别喊了，你看看，是狼自己从铁丝网下面掏洞钻过来的。"

"好家伙，多亏是白天。"

饲养员冷着脸地把我轰了出去，然后把野狼掏的洞堵死。这时白叔赶来，他把管理人员和驯狼师臭骂一顿。饲养员瞪我一眼，表情很不好看。

我算见识了野狼的厉害，那种恐怖阴森的眼神多么冷酷。我很担心图特木住在这种地方，再次遭到它的攻击。

回来的路上地面湿漉漉的，大草原尽显翠黛之色，空气中飘过一阵阵花卉和青草的芳香。我倚在车窗前，一直回想着遭遇野狼的经历。刘万里的说话声打断了我的思绪：

"老白咋那么滑？买砖的事又一句不提了，没找到合适的理由，临走时还是提了一嘴。"

我看一眼刘万里，没明白他想说什么。

"我是说讨回图特木，该说的也得说。"

"不用你说我就知道他啥态度，他把图特木的名字都改了，管啥用？"

"老白的驯狼师弄不住它，还想让你过去帮忙，我没答应。"

"他为这事让你来的吗？我就不应该来。"

"今天算没白来,毕竟见到图特木了。"

"我想忘掉它。"

"可能吗?"

"有乔奴和布勒姆我就够了。"

刘万里"哼"了一声没再作答,手握方向盘一直看向前方,好像把注意力全集中在开车上了。

我想起与图特木分手的情景,它不像上次那样反应强烈,这次只是待在原地默默趴在地上,环境将它改变了,别说是动物,人不是也一样会改变吗?我们常说入乡随俗,狼也一样,时间让它变得随俗了,生活在新的环境,一切都会改变,同化真的可怕。

第十二章　野狼的变故

　　接近八月，天气异常晴朗，但连日来小狼的训练没有多少起色，关键是之前学习的动作又忘记了，恢复的时候非常困难。我经常对它们发脾气，所谓年轻气盛真的是让古人说对了，不出成绩我根本控制不了自己，还把这种情绪带到了日常生活中。今天上午接到妈妈的电话，莫名其妙地跟她发火了，并且顶嘴让她伤心，事后我感觉自己做得太过分了。但心情不畅的时候实在无法说服自己，站也不是坐也不是，甚至撞墙的念头都有过，可是能解决什么问题呢？调整的最好药方就是靠自己，解铃还须系铃人。

　　给自己散散心吧，我骑着摩托车驰骋在大草原，沿弯曲的山路飞奔，一次次向平缓的山丘冲去，再从上面猛冲下来，玩了一阵，释放了一下压抑的情绪。我想到《狼图腾》电影的驯狼师，觉得这些人的能力令人钦佩。我把成功理解为在平凡中做好每一件小事，不求轰轰烈烈，然而能够把任何小事做好并不容易。

晚上想写一篇日记反省自己，每次动笔的时候我都会问一声，这样做对吗？为什么不能控制一下个人的情绪？我想把沉重的东西扔掉一些，从负担中走出去，轻松地生活，那才是我真正想要的。我非常害怕迷失在现实中，我要活得充实快乐，不去做让自己后悔的事情。正当我思考的时候，刘万里打电话过来，让我明天跟他一起去锡林郭勒盟抓野狼。我激动了一夜，盘算着如何抓它，心里不免有些发虚。

第二天早上，我把小狼喂得饱饱的，便去准备抓野狼的工具。日头升得好高了刘万里才来，见到我他说计划变了，那边负责的人临时出门去了，让我们等电话。当时我的心一落千丈，把人的胃口吊得高高的又没兑现，白白忙活了一上午，可惜时间就这样浪费过去，心里很不痛快。到底怎么一回事只有天知道，我安慰自己好事多磨，如果有缘，野狼早晚有一天能见到。

我对狼的印象来自童年，最早是从父亲口中知道的。上中学的时候，他打过我，为这事父亲提到狼，在我脑海里留下的印象刻骨铭心。

事情是一次运动会引起的。我跑800米，发令枪一响，我恨不得第一个跑到终点，结果中途被别人赶超了。我越跑越没自信，于是中途开小差溜出赛场，父亲知道后狠狠扇了我一耳光，骂道：

"你都不如一头狼，狼还有不屈不挠的劲儿，你看看自己，跑不过别人中途就不跑了，你算什么东西！"

这一耳光打在我脸上，至今都能想起那种火辣辣的感觉。当时我不明白父亲说这话是啥意思，在我眼里狼一直不是好的动物，他咋突然让我学狼了？这和老师的说法完全相反。过了几天，父亲检查我的作业，偶然间说道：

"狼也有好的一面，做事一竿子到底，有韧性，有坚持，你缺的就是这股劲儿。"

从小我对狼就存在不同的看法，一些是从父亲那里学到的，别人都说它坏，父亲却不以为然，他所说的给我生铁和石头一样的坚硬感觉。现在回头想想，父亲的话和刘万里的教诲如出一辙。

长在草原不听老人讲狼的故事才是怪事儿，要说记忆深刻的还有刘万里讲的"野狼的回报"。故事发生的年代尚不清楚，它的来龙去脉我还依稀记得。

某个夏日的一天，牧民在院子里劳作的时候，远远看到一只狼，跛着一条腿，从山坡向农田这边走来。牧民发现后吓了一跳，急忙抓起身边的农具，慌张地打算自卫。不过野狼走到他跟前并没伤害他，却像在求救。原来这只狼的一条腿被狼夹子夹住了，后来它得到好心牧民的救助，伤口也逐渐愈合，最后重返草原。

来年春暖花开，被救助的野狼带一群狼崽子回到牧民的家，与他们生活在一起，共同守护着牧民的草场不被土拨鼠、獭子等动物破坏。因此，这一带只有他家的草场牧草茂盛，牛羊肥壮。于是这块宝地引起牧主的注意，他十分羡慕肥沃的草场，便派手下的人企图强行霸占。牧民为了保住草场，被来犯者打得头破血流、遍体鳞伤。曾被他救治的野狼发现后，率领狼群把牧主派来的坏人统统咬跑,帮助牧民把草场保护下来。

第二个故事来自父亲。一天晚上,我写完作业,恰逢停电,母亲拿来蜡烛点燃,一家三口坐在烛光前。父亲啜一口砖茶,沉浸在对往事的回忆中,他讲到一个与狼有关的故事。

话说一个夜晚,皎洁的月光洒满青葱的草地,一牧民骑马走在人迹罕至的旷野,不知道他为什么选择走夜路。这时,前方草棵里出现一道幽光,像流星闪烁一下便消失了。马立刻不安起来,慌忙奔跑的时候把牧民甩下了马背。牧民拖着受伤的身体继续行走,这时身后传来脚步声,牧民回头,并没发现任何情况,于是继续沿小路往前走去。然而一种令人不安的响声隐约回荡,牧民迟疑地停下脚步,回头再三寻觅,发现离他不远的地方有两个亮点在草丛中游荡,他才如梦初醒,知道是狡猾的狼一直在跟踪。现在离最近的蒙古包还有二三里路,牧民清楚逃跑是不可能了,于是他站住不动。只见草丛中的蓝色幽光诡异地停在那里,牧民凭借多年的经验,想着绝不能给狼留下胆怯的印象,于是他便大摇大摆地朝前走去。没多久,就听身后的脚步声更加清晰,这时他回头,发现狼跟自己的距离已经不足10米,显然危机即将爆发。他想起背包里还有肉,也许狼嗅到羊肉的味道所以才一直跟在身后。他把包里的羊腿肉扔过去,饥饿的狼上去一口叼走,消失在黑暗中。没有多大的工夫,牧民再次听见身后传来脚步声,狼又出现了,而且这次离他更近。直到牧民把最后一块肉喂光,贪婪的野狼还是不满足,继续跟在牧民身后走走停停,低头盘算的样子。不久,野狼狡猾地绕到了牧民的前方,居然企图挡住他的去路。牧民明白野狼在惦记什么,他已经走投无路,便从兜里取出一包火柴,想点支烟平静一下内心的紧张。可是他的手一直在哆嗦,火柴划到最后一根的时候终于"嚓"地点亮。狼见到火光,瞬间吓得掉头跑掉。牧民抓住机会向远处的蒙古包拼命跑去,算是保住了性命。

我小的时候走在放学的路上,只要看到上了岁数的人围在一起闲聊,就会凑过去听,没多会儿准能听到有人把话题扯到狼身上,不谈狼好像生活缺少什么。那时不止一次听到这样一句话:

"在草原没听过狼的故事都是笑话。"

掰着手指算算,至少听人讲过十几个有关狼的故事,最后一次仍然是从刘万里那里听到的,发生得非常邪门,至今回想起来仍令人毛骨悚然。

说来是 60 年前的往事了。兵团六师驻扎在乌拉盖的时候,许多物资是用卡车从东乌珠穆沁旗运送的,据说路上经常能遇到狼群。有一次连队拉货的卡车执行任务,从东乌旗购买生活用品返回时,途中遇到狼群打劫,有七八只狼,狼王带头站到马路当中,企图挡住卡车的去路。司机从来没见过这种阵势,加足马力向这群狼冲去。狼王用坚硬的头颅去撞卡车,结果只有自取灭亡。司机跳下车,用绳子拴住撞昏的狼王的尾巴,另一头固定在车尾挂钩上,拖着它往连队开去。等卡车来到场部大院,司机兴奋地跳下车,走到车尾一看,顿时惊骇,拴狼的绳子只留下一截狼尾巴在上面,鲜血淋漓,狼王在途中被它的同伙救走了。

生活在大草原,有关于狼的故事不胜枚举。过去我所听到的,大多是狼如何凶狠、残暴、诡谲、害人,对它从来没有好的印象。如今养狼,零距离接触它,狼给我的印象却远不是那么回事儿。我见到狼牙也很恐惧,它可以轻易咬穿人的肉体甚至骨骼。无论对手多么强大,狼都不会畏惧,只有征服对手的信念。狼有战胜任何强敌的野心,不屈不挠,直到成功。与狼相比,我身上缺少这种气质。人性软弱,遇到危机和困难知难而退,在强于自己的对手面前恐惧畏缩,一旦人具备了狼的品性,就可以学会从挫败中站起来,这便是狼性给我的力量。

关于野狼的故事,是从前辈那里听来的,很多往事伴随着时光流逝,被一代代人带走埋没,能够留下来的仅仅是一些如同枯草一样的记忆,非常脆弱,如果不被我们重视,终有一天会遇到星星之火化为灰烬。

刘万里有段时间没来了,看来抓野狼的计划彻底落空。我照旧忙于日常的工作,不想被野狼这件事搅乱自己的计划。白天正干得热火朝天时,接到马豆打来的电话,她在电话那头嘱咐说:

"安达,你马上准备一下,大爷在一个钟头后带你去锡林郭勒盟抓野狼。"

接到这个电话,我一时愣住了,这是搞突然袭击吗?我想这次应该是真的。但一早乔奴有情况,它吃得很少,呕吐不说,刚才拉的屎还特别臭。凭我的经验判断,它是得病了,正好现在有时间,我先带它去医院再说。

我迅速开车到了兽医站,经过包大夫检查,确诊是肠道细菌感染,给它注射了一针,乔奴非常配合。前后不到一个钟头,我们匆忙赶回家,准备好出发所需的东西。这时我已经累得满头是汗,刚刚想小憩一会儿,刘万里的电话打来了,我急忙去拿手机,匆忙中还把它碰到了地上,捡起来后我急忙对他说:

"大爷，我这边都准备好了。"

手机那边声音很乱，一听就知道是在大窑风机附近。刘万里说话近乎喊叫：

"今天不去抓野狼了，你再等信儿吧。"

又白折腾一上午，我十分沮丧，早知道是这种情况，何必忙得跟无头苍蝇似的，好在上午没耽误，把乔奴的病给看了。

乔奴胃口不好，我专门为它开了小灶。白天它一直提不起精神，见到我过来，尾巴动了一下，那是感恩的意思，除此之外，它没有再多的反应。

人真的好奇怪，为什么总是被动物影响情绪？狼好的时候我心情愉快，淘气不听话我就生气，而它们做不到的时候心急如焚，狼病倒了我为它们难过得揪心，追问自己哪里做得对不起它。我与小狼之间真有一种说不出的东西紧紧相连。

又过去几天，乔奴的病情逐渐好转，我感觉轻松了一些。这段时间刘万里一直没提去锡林郭勒盟的事，恐怕抓野狼的事黄了。

午后下了一阵小雨，天气变得凉爽起来，两只小狼状态不错，我想试试它们训练的情况，不过小狼由于慢慢长大，不像以前听话了，训练时有时会出现抵触情绪，假装听不懂我跟它们说什么。狼在跟我玩心眼儿，逼得我真想教训它一下。当这个念头一出现，我眼前突然闪现图特木的身影，猜想它在那边训练时，不听话的时候驯兽师是不是跟我现在的想法没两样？一种不快的情绪爬上心头。我告诫自己一定要学会忍耐，不到万不得已绝不能轻易对小狼动手。

最近一段时间，因为一些琐事，我有时顾不上及时喂布勒姆和乔奴，心里有一点点难过。每次我进狼园，两只狼都会乖乖走过来，眼睛里充满爱意，让人看了有心痛的感觉。我伸手抚摩它们，表达对小狼的愧疚，两只狼便轻轻咬我的手指，好像在说："你走了吗？怎么总是见不到你的人呢？"听说狼到了快五个月大的时候就有野心了，咬人是经常的事，对此我半信半疑，毕竟是我养的狼，然而还是需要有所提防。

昨天下了整整一天的雨，没法放两只狼出去玩，我就跟它们在狼园里待着。由于它们好咬我，我不停地在园子里走，狼就无法轻易靠近我，可以躲避两只小狼的干扰。有时它们看穿我的心思，摆着尾巴朝我扑来，趴在地上让我给它们挠痒痒。当手挠到狼的脖子时，它们会伸出舌头舔我的手。小狼一时很乖巧，这一刻很难想象狼还有愤怒的时候。

第十三章　图特木回家

天擦黑的时候，刘万里来了，他很少这个点来狼园。他问了问这两天养狼的情况，然后貌似平静的样子坐在房间。看他的表情好像心里揣着什么事，莫非对我的工作哪里又不满意？我悄悄扫了他一眼，只见他眉头紧锁一脸的严肃，烟一支接一支没断过，我愈加感到不安。房间明显暗下来，刘万里还是没吭声。我打开电灯，又把已经凉透的茶倒掉，重新沏了一杯放到他面前。

刘万里依然坐在床头吸烟，不时地叹气，房间的气氛窒息般压抑。过了好长时间他才算憋出一句话，仿佛那声音是从嗓子眼里挤出来的。他用低缓的语气说道：

"明天我们一起去老白那边一趟。"

我愣住了，用惊异的目光打量他。

"不去抓野狼吗？"

他脸上露出难以形容的神色，我更加疑惑地看着他。

"图特木被咬伤了，可能很严重，他们不想要它了。"

"什么情况？你没问问？"

"没问那么仔细，反正我们不去拉它，老白就自行处理了。"

次日一早，我们匆忙上路，我倚在车窗上，不断幻想着图特木的境遇。刘万里也说不清楚到底怎么回事儿，从他一口一个老白看，事态并不乐观。

皮卡跑到白音华，车胎有些亏气，我们在路边找了一家修车铺，简单检查一下，又给车胎补足气，前后花去半个多小时。我因为一直惦记图特木，心里特别着急。皮卡经过西乌旗的时候已经晌午，刘万里问我：

"你饿不饿，咱们先找个地方吃两口？"

"再饿也没心情吃了，你饿的话我们下道。"

"我也不饿，干脆办完事再说。"

正好车里面还有面包和矿泉水，我垫了两口，换下刘万里又继续上路。这时我才想起他有糖尿病，跟我一起折腾不容易。他喝了一口水，又吸一支烟，一副若有所思的样子。没多会儿，他有些打瞌睡，不久我见他低头眯上眼睛斜倚着车门睡了，他那肌肉松弛的脸颊上残留着模糊不明的忧虑，嘴角滑过神经质般的抽搐。皮卡沿山区的道路飞速行驶，经过一处弯道时迎面驶来一辆卡车，我急踩刹车把刘万里惊醒，他睡眼惺忪地说道：

"山路，你开慢点。"

由于迫切想见到图特木，我的脑子有时处于一片空白，恨不得让车飞起来。

到达白叔的狼园，我直奔图特木去了，只见它趴在地上没有任何反应，周围的人朝我投来诡异的眼神。我又喊它两句，图特木仍没起身，它的反应让我感到有些意外。我又喊它两声，图特木还是卧在地上没站起来，目光却一直在看我，我相信那是乞求的目光，毫无疑问它认出我了。饲养员一直站在我的身边，这次无论我怎样喊图特木他都没反对，我不满地看他一眼。

"狼怎么回事？"

"被大狼咬残废了。"

"这么严重？！"

我看着大狼圈有些愤怒。图特木弄得浑身都是泥巴，趴在地上恐怕很久了。它艰难地站起来，靠两只前腿支撑，有些打晃，眼神无光。见到这番情景，我受不了了，想上去给饲养员一拳。我的眼珠像掉进水里浸泡过一下湿润了，我轻轻伸手想要抱起它，图特木回头差点儿咬我一口。这一幕正好被白叔看到，他大喊一声：

"小心点，它的脊椎被狼咬断了。"

我吃了一惊，发现图特木的眼睛中充满怒火在看我。过了一会儿，我再次小心地接近它，图特木没有过激的反应，眼珠不安地来回转动着，这是胆怯的表现。等它的情绪稳定下来，我轻轻顺一下它的毛发，见它没有反抗，我这才抱起它，向皮卡车走去。在场的人交头接耳，纷纷投来狐疑的目光。白叔扯开嗓门大声说道：

"老刘，我一点不想再看到这家伙了。"

"这话唠的，狼是你看中的，换狼也是你先提出来的，可别这么说。"

"上次如果不是你想要它,我早就让人把它灭成灰了。你知道狼园工人怎么说的吗?"

"我啥也不想听,好好的狼,看你们把它糟蹋成什么样了?"

"你不听我也要说,这只狼还有传染病,你真把我的狼园给毁了。"

"话都让你说了,我们这就把它拉走。"

我停住脚步,回头用愤怒的眼神看着白叔,没好气地说道:

"图特木还有一口气,我替小狼感谢你了。"

"这倒不用。"

狼园的工作人员用异样的目光看着我,每个人的眼神都流露出一丝神秘。这种场面我似乎在电影中看到过,有些荒诞滑稽,人的脸上像涂了一层保护色,不露真相。我不卑不亢,把图特木抱上车。图特木闭着眼睛卧在皮卡的后排座上。我一刻也不想在这种地方多待,发动皮卡车就想走,刘万里留下最后一句话:

"图特木是一只好狼,你会后悔的。"

"你们拉走不正好吗?"

老白没讲任何条件,一切尘埃落定,我心里的石头总算落地。

一进乌拉盖,皮卡往兽医站驶去,我怀抱图特木心急火燎地闯进院子,把包大夫看愣了。他一看到我们焦急的神色,二话不说掉头开门引我们进诊室,我把图特木放在桌子上,它尖叫一声,回头又想咬我似的。

"小狼长脾气了,咋瘦成这个样子,真脏啊!"

"老包你看看狼的脊椎,它被大狼咬得不轻,已经站不起来了。"

包大夫递给我一个金属套子，让我把图特木的嘴巴套上，以防检查时伤人。图特木躺在长条桌上惊恐地喘息着，身体像水里冒出的气泡一鼓一鼓的，时不时龇下牙齿。包大夫的手在狼的脊背上摸索着，小狼像触电似的尖叫一声，甩头看向包大夫，多亏它嘴上套着金属套子。它身上还有一处伤口正在溃烂，里面有一些寄生虫，包大夫处理完之后在上面抹了些药粉。

"它身上有寄生虫。"

包大夫又往图特木身上喷药水进行消毒，折腾好一阵才算完事儿。我把手松开，图特木依然斜躺在桌子上，一副很胆怯的样子。

"脊椎伤得不轻，它站不起来了，这些地方你不要轻易碰。"

"还能治好吗？"

"咋说呢？要慢慢治。"

回狼园的路上，刘万里跟我商量，决定改日去大一点的兽医站彻底检查一下。

过了一天，我们抵达霍林河兽医站。我小心地把图特木抱进治疗室，按照检查惯例，先给它的嘴巴戴上金属套子。那大夫仔细查看了图特木的眼睛，然后检查它的伤口，试着让它站起来。他伸手顺着图特木的脊背摸去，当他的手触碰到伤处时，图特木痛得挣扎一下，流露出恐惧的神色。

"狼站不起来了。"

那大夫给图特木打了一针麻药，狼很快失去意识倒下。那大夫对图特木脊椎部位反复检查，最后得出以下结论：小狼的脊椎留下了严重外伤,这是目前暂时无法正常活动的原因,其他伤口都是小问题。

刘万里迟疑地问道:

"脊椎不是被咬伤的吗?"

"没有狼牙的痕迹,我看像被打伤的,是棍子、铁棒之类的硬器物留下的伤。"

我恍然大悟,跟刘万里交换着眼色。

"小狼不会瘫痪吧?"

"先把狼留下吧,半个月后你们再过来一趟。如果小狼能下地活动了,说明有救。"

办完手续,我们忧心忡忡地离开。

返回的路上,我跟刘万里一直搞不清楚,白叔为什么要欺骗我们?事到如今,即使把事实真相弄清楚又有什么意义呢?

回到乌拉盖已经是中午,马豆在砖房把饭做好,吃饭的时候刘万里把今天的情况跟她讲了一下,特别是图特木的情况。马豆听了之后气愤地说了一句:

"人心可畏。"

此后的一段时间,我一心扑在图特木身上,无形的阴影常常笼罩眼前。白天驯狼的时候,我经常心不在焉,面对两只狼时心思很容易跳到图特木身上。一时间我驯狼的心情没有了,便默默想起目前图特木的处境。

我想起马豆说的那句"人心可畏",想不到人的所作所为有的时候居然比动物还要邪恶。动物捕杀猎物是本能需要,它饿了要吃东西,所以杀死对手,它不存在道德底线问题。而人不是，人是高级动物，行为受思想支配，有严格的底线。人与动物有相同的地方，每天要吃饱肚子，满足基本的生存需求。人有欲望，有些人为了达到目的，践踏了道德底线，使欲望变得扭曲、肮脏。过去我们把狼看作邪恶的象征，是因为它们给人类造成了伤害，站到了人类的对立面，不过这是狼为了生存需要，受本能驱使而不得已。与狼在一起的时间一长，有时想问题自然与它联系到一起。我每天观察狼的眼睛，直勾勾的眼神，一点儿不会打弯，便想到它们做事情简单得像几岁的孩子，特别直来直去，毫无遮掩，比起人类伪装要干净得多。

晚上我写了一篇日记：

> 9月10日，阳光正好，我已经明白了该怎么去面对所有的一切，不管是好的还是坏的。我不抱怨，也不伤心，我只想像一棵树静静地站立在那里，看着所有事情的发生。我想活得热情洋溢，活出我的价值，有些时候我真的很想狂乱地发泄，不管所有，但是我不能那样做，因为我还是会在意那些眼光，也过不去心里这一关。现在慢慢跟着心走，我觉得心想的一定是美好的，所以慢慢地习惯了随心所欲。我爱自己，更爱生活。我想活出自己的世界，管什么好看不好看，自己觉得高兴就好，我爱生活，所以我努力改变自己。

两周之后，刘万里去电话询问那大夫，他说小狼可以站起来了。我听到后十分高兴，看来图特木的伤势开始好转。我戴上拳击手套，向空无的眼前打了一组漂亮的组合拳，房间的灯光把我的身影投在雪白的墙上，那个影子的腰部有点弯曲，头向前探去，我的手做出摆拳的姿势，墙上的影子随之变化。我静止不动，墙上的影子也保持不变，仿佛托生于我形骸之外的灵魂留在上面。我一下愣住，想对墙上的形象说点什么。我摘下拳击手套，双手合在一起，找好灯光角度摆出一个造型，感觉投在墙上的影子跟卡通的狼极为相似。这一下把我看呆了，我把身体慢慢靠近墙，似乎自己与上面的影子合二为一。

夜色覆盖了大草原，旷野一片漆黑，也很安静，只有大窑方向几盏灯在闪烁。晚上寂寞的时候，我坐在门前的小凳上，默默地看着大窑方向那几盏忽明忽暗的灯光。天空偶尔传来鸟儿掠过时的啼声，不久候鸟迁徙时的叫声也会传来，到那时我的寂寞就会减少一些。

我去狼园夜查，两只狼目光炯炯有神。见到我来它们俩围上来，布勒姆闻着我的腿，鼻子发出阵阵吸气的声音，这只性情憨厚的小狼比乔奴热情很多，见我蹲下立刻把头贴近我的脸，两个月的时间我们犹如兄弟一样。乔奴站在一边，我伸手抚摩它的时候，它有点想躲的意思，不过它变得比之前温顺了许多。

准备躺下的时候，清格乐与我视频通话，聊一些彼此近日的情况。他打算去呼和浩特发展，说话时带着一种雄心勃勃的语气，我便祝贺他。通话时他还是忘不掉那句话，对我放弃老本行一直表示不理解。我几次打断他的话题，问他小日子过得怎么样了，他便让我改变现状，人生要活得精彩。这家伙有些变了，真是一方水土养一方人。关掉视频，我有一种无聊的感觉，更加感到孤独寂寞。我躺在床上，直勾勾地看着天花板，突然有什么东西撞到玻璃上，吓了我一跳。出门一看，原来是一只鸟，正在地上直扑腾。等我捡起来看的时候，可爱的小家伙已经气绝了。

半个月后图特木被接回家，难以想象它在白叔狼园的经历。有关图特木的遭遇我是后来从刘万里嘴里听说的，事情是这样的：

有一次白叔的朋友来狼园看表演，驯狼师本想在众人面前露一手，却没想到图特木并不配合，结果让他很没面子，搞得大家也十分扫兴。白叔极为不满，狠狠地批了驯狼师一顿。

白叔走之后，驯狼师越想越觉得窝火。他手提一根木棍，悄悄来到狼园，趁图特木不备，狠狠朝它的腰打了一棍。狼的脊椎是全身最脆弱的地方，根本无法承受猛烈的击打。图特木被打趴在地站不起来，驯狼师知道这下惹祸了，便伙同饲养员一道编造谎言，说图特木是夜里被逃窜过来的野狼咬伤的，肇事的野狼无缘无故被白叔干掉，他耳根子也很软，听到这些人的描述，不加分析便信以为真。

今天是图特木回家的第一天，它站在狼园打量四周，神色有些茫然。看到它的模样，我突然想到这家伙哪里有点像我，我也有过类似的经历。那是一年前我从体校返回乌兰布统时，一下大巴车，面对旷野我不是也茫然过吗？不是也找不到北了吗？人是否与动物有同样的感受呢？多舛的命运下，人与动物之间也有相同的心情吧。

图特木正在恢复，好在它的脊椎受的伤并不致命，它白天不是站在阳光下晒太阳，便是趴在地上独自默默休息。如今家园又多了两个新朋友，布勒姆见到它眼神充满戒备，时而向它发出"哼哼"的警告声。不过没有两天，它便要么对图特木示好，要么在它身边蹭一下，闻闻它的身子和嘴巴，两只狼时常趴在一起看着什么。乔奴对图特木一直持有谨慎的态度，甚至有点提防的意思，它在接近图特木的时候，不像布勒姆那样放开胆子。即使闻它身上的气味，只要图特木回头看它，乔奴就会朝它愤怒咧嘴。不过这种不友好的态度没有保持多久，两只狼便彼此信任地玩到一起了。

　　与另两只狼相比，图特木毕竟身份不同，我经常带它外出散心。一天我们在草地里玩，发现小白远远在朝我们这边观望。我心里一阵惊喜，把它叫过来。它小心翼翼地接近图特木，嗅着它的嘴巴，两只动物用这种方式问候对方。我给小白几粒肉块，它很高兴的样子。图特木对小白情有独钟，也许是两个小家伙从小认识的缘故，只要有小白，图特木通常都很高兴，连日来沉闷的性格多少发生了变化。这时远处有几头老黄牛向我们这边走来，小白怒吼着，然后跑到图特木身边，舔着它的嘴巴献媚的样子。牛越来越近，小白不停地朝它们发出"汪汪"的叫声，它的反应自然比图特木快得多，得益于在野外独立生存的经验。由于我在它们身边撑腰，小白更是胆大妄为。图特木则木讷地呆望着，好像精神受到极大的刺激，一直保持沉默。

　　第二天五点多起床，我到狼圈一看，小白和其他两只大榆树的狗一块又来了，它们沿狼圈外的栅栏寻找着什么，还不时地把嘴巴贴在网子上，跟圈里的三只狼交流。这些流浪狗十分可怜，只能靠大窑的工人喂养，通常饥一顿饱一顿。我见小白来了，便给它们一些吃的东西，从此这些流浪狗动不动就来狼园转一圈，通常是找东西吃。

我想试试唤起图特木的记忆，首先带它小跑，同时对它喊几声口令。它把之前的训练动作基本忘记了，反应有些迟钝，甚至一点反应都没有。没关系，只要它身体健康，一定能恢复，我对它充满信心。

第十四章　阿旗抓野狼

一个秋日的上午，狼园方向传来狗的叫声。我出去一看，只见大榆树下的流浪狗三三两两围在狼园附近。现在它们长大了，时常过来转转，毕竟小时候就跟图特木熟悉，所以我没打扰它们之间的友好往来。

刘万里带着几个陌生人到狼园，这些人不仅是来看狼的，还想欣赏驯狼表演。小狼当众演出还是第一次，我有些没把握。图特木处于恢复期，即使有过小小的训练也只是刚刚开始。布勒姆贪吃，训练的时候经常走神。乔奴也许拿得出手，不过它生来胆小害怕，能不能上台面不好说。客人们重点想看图特木的表演，他们从白叔那边听说过它的名字，这就给我出了一道难题。

小狼看到来人有些兴奋，通常游客都会带一些吃的东西给它们。小狼纷纷围过来，像看动物似的在看游客。图特木有些反常，人多的时候反而喜欢躲在角落，它越是与众不同越容易引起关注。刘万里让来人安静一下,不要在狼园内随便走动,以免影响小狼表演。客人们站在那里饶有兴致地等待着。

我把图特木叫到身边,刚要表演的时候,便传来酷似狗的叫声,这种叫声似狼非狼,引起来人一片唏嘘,接着又是几声,应该是布勒姆和乔奴在嗥叫吧。来客开始嘲讽哄笑,一个身穿皮夹克的男子朝刘万里说道:

"这哪是狼嚎?分明是装大尾巴狼的狗在叫啊。"

我皱着眉头,感到一切来得似乎有些莫名其妙。刘万里听到这些带有讽刺意味的话有些尴尬,他脸上挂不住了。

"安达,狼在学狗叫吗?"

刘万里憋不住问我。

"我也奇怪,这是咋回事儿?"

又传来不伦不类的叫声,而且特别清晰,再次引起客人们一通嘲弄的讥笑声,有人喊道:

"老刘,你这是狸猫换太子。"

"瞎说啥呢!"

"养的不会是狼狗吧?你刚才都听到了,这不是瞎说啊。"

"你看狼的尾巴,狗有这样长的吗?小狼还在长个,大了叫声就对头了。"

今天表演很不理想,与其说是因为图特木表现平平,不如说狼叫声更让我蒙受奇耻大辱。我怒视两只狼,感到一阵阵羞惭涌上心头。送走来客,刘万里带着一肚子怒气赶回来,怒气冲冲地朝我嚷道:

"安达,咋搞的?好好的狼让你驯成狼狗了,真给狼园掉链子。"

"平时没听它们学狗叫啊,咋这么巧让游客赶上了。"

"想办法尽快改了,现在就改,传出去成笑话了。"

刘万里脸色极为不好,对我一顿埋怨,我恨不得抽自己嘴巴。

阴沉沉的乌云映衬着淡淡发黄的草地,我抬头看着天空,没有任何迹象表明云会慢慢散去。我感到压抑的心里非常憋屈,哀愁就不用说了。

小狼学狗叫的毛病让我感到头疼。从此我禁止大榆树的流浪狗再来狼园,只要看到它们我就用石块驱赶。小白开始满不在乎,结果它挨了一石头,见势不妙慌张躲避。后来只要再见到我就夹着尾巴跑掉,再也不敢接近狼园了。我成了小狗眼中的刽子手。

之后训练小狼的时候,我经常把手机打开,让它们听标准的狼嚎声,我用这种方法刺激它们,试图早日改变小狼错误的发音。我发现自己天生有模仿狼的才能,学狼叫的时候,刘万里和大娘听了都信以为真,大窑的工人听到后,也误以为是草原狼发出的。

一阵风吹过草地,仿佛吹醒了沉睡的大地,一缕阳光从东南方向挤出云缝,照射在草地上。天空像烟火在云海里燃烧。三只狼不管这一套,哪怕是天塌下来它们也无所谓,一个个非常精神。我带它们在园子里跑了几圈,然后又是训练跑、跳、停、爬这套动作,但是进入学狼叫的环节,几只小狼不是沉默就是调皮捣蛋,有的还发出类似狗的叫声。这种奇怪的反应,依然是在乔奴和布勒姆身上出现的，我感到非常头大。

中午天气又热起来，太阳像打铁花，喷洒着强烈的温度，滚滚热浪从草地掠过，虽然已立秋，但现在看来秋老虎一时赶不走了。小狼们吐着舌头时而闭目养神，这种天气搞得它们训练时精力不集中。我想改变训练的方法，饿它们试试，不听话就不给吃的。几天下来有一点成效，不过两只狼学狗叫的毛病还没扳过来。不仅如此，之前学的那些本领稍不留神就很容易忘记。

从昨天晚上开始，我禁止两只狼吃得太饱，饥饿能够使它们听话。狼在渴望得到食物的时候，往往注意力比较集中。我抓住狼叫的时间段开始训练，我手里拿着肉，发出狼嚎诱惑它们。我学狼叫比较内行，随着叫声升高和拉长，逐渐把头抬起，一次次让三只狼看。乔奴学狗叫的毛病逐渐改掉了，现在重点在布勒姆身上。得不到肉吃它显得十分焦急，偶然间它发出类似狼嚎的叫声，我便赏给它一块肉。布勒姆得到甜头，信心倍增。我继续逗它学狼叫，不断启发它。这时图特木在一旁学狼嚎，布勒姆也跟着叫了一声，我再次奖给它一些肉块，并趁机继续引导，渐渐三只狼的叫声开始接近狼嚎了。

秋老虎一直赶不走，高温天气持续，大地被热浪拥抱着，烤得我汗流浃背。小狼对这样的气温感到很不适应，训练之后，纷纷四腿叉开让肚皮紧贴地面，伸出长舌纳凉。

驯狼结束，回狼园的路上，远远看到园子里有几个工人在忙碌。我愣了一下，走近一看是刘万里带人扎了一个大铁笼子，看上去非常结实，怪吓人的，我不解地问道：

"大爷，干啥扎这么结实的笼子？"

"明天咱们去抓野狼,回来好有地方圈它。"

"旁边隔一下不就行了吗?"

"那才多高。"

"围墙有三米多了。"

"野狼一蹿就跳出去了,关笼子里安全。"

前几回刘万里说的话都没兑现,所以这次我只是浅浅地"嗯"了一声没当真,刘万里又说:

"刚才听见狼叫的声音,毛病扳过来了,现在叫得靠谱了。"

"明天抓狼我需要带啥呀?"

"啥都有了,上次那个人说话不可靠,我被他闪了两回,这次去阿旗,到华书记的野狼谷抓狼去。"

"华书记是谁?"

"前两天白音华的朋友帮联系的,他管着野狼谷的野狼,这人靠谱。"

下午我和刘万里开车去镇上,走到一家五金商店,买了铁丝和钳子,又去铁匠铺让人焊了一个铁笼子,为明天抓野狼装厢车做好准备。看目前这种架势,刘万里说话算数了。

天色渐明,我第一时间把三只小狼喂饱,然后开始忙活启程前的事儿。马豆搭着刘万里的车来了,今天由她照顾狼园。我一看皮卡车上拉着昨天新焊好的铁笼子,看样子是真要出发了。

乌拉盖的街头已经人来人往,有晨练的,有在铺子前吃早点的,还有匆匆送孩子上学的身影。皮卡车从大街小巷穿过,现在没有人注意我们,不过再返回的时候,情况就会不一样,当人们看到车上铁笼子里拉的是野狼,就会投来惊讶的目光,那一刻我们就会在车里笑看他们了，这就是狼的魅力所在。

我跟刘万里在一起，最早听到野狼两个字算起来是在我上小学时了。那是一个雪后的冬天，他带我去布林泉，准备从那里牵回一头牛。正值腊月，初雪后的布林泉在阳光照射下颇为壮观。不过走到那里的时候，刺骨的寒风早已把人冻得瑟瑟发抖。这是一片"千山鸟飞绝，万径人踪灭"的荒芜旷野，我们经过一户牧民的家，主人正在院子里忙碌，靠近院墙根的地方有七八头冻死的羊，半卧在雪地里狰狞的样子，我诧异地看着那里。刘万里在向院子里做活的牧民打听道路，临走的时候他多了一嘴，问道：

"那些羊都是怎么回事？"

牧民用手一指，说：

"有的是天冷冻死的，有的是被狼咬死的。"

"这里有狼吗？"

我的脑海里顿时飞出许多可怕的画面，狼咬人了，咬死马了，袭击牧民的羊圈了，等等，都是一些对狼不好的印象，浑身有种毂觫的感觉。

刘万里神情愕然，他继续追问道：

"照你的说法是见过野狼了？"

"咋说呢？头年雪大，它们是从蒙古国跑过来的，没吃的窜到咱这地区的。"

"蒙古国的狼？咱这地区没有吗？"

"想啥呢，早被知青打光了。"

"羊这就白白让狼吃了多可惜啊！"

"每年总得喂它们几只，不然狼饿了吃什么？狼也要活呀！"

牧民的说话声有些沙哑，不过是那么朴实憨厚，随后忙于手里的活不再抬头理我们。我跟刘万里无趣地走开。我有点莫名其妙，心想牧民为什么有这种想法，把辛辛苦苦得来的劳动果实白白送给狼吃？为什么人在受到损失时还有这种悲悯之心？多年后随着我对社会和人的认知加深，觉得牧民淳朴的话语中带着一种善良和谦和，它正是草原民族的共情。额仑草原希望先原之光的照耀，草原狼需要回归这片土地，狼原本就是这片土地生长的物种，但是多年来由于农耕文明的入侵，草原的生态急剧恶化，再加上人为捕杀，使古老的种群锐减。也许牧民说的这句话代表的正是乌拉盖人的一种情怀。

罪孽源于20世纪50年代，半自动步枪是消灭草原狼的元凶，尤其是知青年代，对草原狼的杀戮给它们带来灭顶之灾。然而狼有强烈的领地意识，希望在与人类的抗争中求得一线生机，一些敢于冒险的家伙继续留在这片草地，但是数量锐减。侥幸活下来的不得已从这片土地向北迁移，甚至跨过中蒙边境，寻找新的领地，但是它们始终向往祖先生活的乐土。有些狼王固执地以为，自己的家园就是在道特、满都宝力格和乌拉盖草原，然而迎接它们的是半自动和小口径步枪。一只只狼倒在血泊之中，草原狼渐渐被从地球一角抹去。于是诞生了震撼人心的小说《狼图腾》，警示世人重新审视人与自然的关系。

草原狼于20世纪70年代在乌拉盖已基本绝迹。牧民很难在冬天再听到狼嚎声。夏季不能再见到草原狼惊心动魄的身影，更不可能再见到老鹰叼走狼崽的画面，草原永远凝固窒息了。狼少了，牛、羊、马安全了，然而土拨鼠、旱獭开始泛滥，还有叫不上名字的小动物不停地啃食草地，猸獭盗洞挖土，吃掉草根。它们强大的破坏力打破了草原生态的平衡，因为它们的天敌没有了，可以尽情享受天伦之乐，它们把草原蹂躏得满目疮痍，处处沙化，绿洲变成一片可怕的黄色荒漠。于是有人开始怀念草原生态的统治者——狼都去哪里了，回头对草原狼产生敬畏之心。

皮卡车沿笔直的公路向前驶去，我的思绪回到现实，脑子里反复琢磨如何抓野狼的事，前后想到几种方法，每一种都无法避免野狼的扑咬。我想起在白叔狼园见到野狼的情景，不由得浑身冒出一层冷汗。

大约一个小时后，皮卡来到白音华，停在路边捎上一位中年男子。他叫部文杰，是刘万里的朋友，专程带我们去拉野狼的。我换下刘万里，让他们俩方便聊天。大约四个小时后，我们赶到阿旗。多亏这位向导带路，左转右转抄近路，一点没跑冤枉路，非常顺利地抵达野狼谷。

这是一片挺大的狼园，坐落在山坡地带，仿造野生动物基地建造。华书记临时有事出门了，把抓狼的事情安排给下属。我们一到便有一位女负责人迎出办公室，对方一看我们只有三个人，而且两手空空，一下愣住，问道：

"你们没带枪吗？抓野狼最好有麻醉枪。"

听她一说我们全蒙了，诧异地呆站着面面相觑。刘万里向女负责人说：

"我们没有那玩意儿，你们有的话就借我们用一下吧。"

"园子里没有。"

"你们是咋抓野狼的？"

"这就不清楚了,我调来的时候野狼就在了。"

刘万里为难的样子,瞪着无奈的眼睛看着对方。其中一位戴眼镜的工作人员惊讶地问道:

"谁上去抓狼?你们都上吗?"

"最好你们能派专人帮我们一起抓,费用由我出。"

女负责人转身看着十几米外,那边有两名饲养员正在园子外干活,她便把他们喊过来,一位是60岁开外的老者,另一位是20多岁的青年人,她让我们自己商量。刘万里跟两位饲养员交涉一番,最后说好抓到野狼每人2000块。于是两个人来到旁边的房间,从里面找来抓狼的工具。终于能和向往已久的野狼见面,我激动不已。

我们跟着两名捕狼人沿围栏外侧走去,老者脚步逐渐慢下来,手指前方说道:

"你看,就是那只狼。"

远远看到一只非常漂亮的大公狼,身上闪耀着金黄色的光泽,它趴在那里不怒自威,对我们的到来毫不畏惧。当我们的视线与它交会,感到野狼眼睛发出瘆人的寒光,直逼得我们后退。

老者打开铁门和年轻人一道进去,随后把铁门反锁,他们小心翼翼地向野狼走去。野狼趴在地上,眼睛里充满凌厉之光。我们守在围栏外替两人担忧。野狼面对来人,无所畏惧的样子,看来对饲养员不认生吧。它的头一动不动,全神贯注靠近它的人。这时年轻人犹豫了一下,回头对老者说着什么。两个人待了一会儿,不久姗姗折回,走到我们跟前,老者用商量的口吻说道:

"靠我们俩人手不够,再来一人帮忙吧。"

刘万里把视线转向我，我毫不犹豫地答应了，不过年轻人这时迟疑道：

"谁先动手套狼？"

老者听后摇摇头，以自己腿脚不利索为由推辞了，他只想给我们打下手，实际上是害怕野狼，不敢带头捕它。年轻人一看老者打退堂鼓了，他也有些迟疑。我提出自己敢上去套狼。两个人诧异地望着我，在场的工作人员同样一副怀疑的模样。刘万里解释道：

"他是养狼人，了解狼的习性，你们不必担心。"

最终大家默许，女负责人一再嘱咐：

"你可小心点，这是野狼，等会儿你抓它的时候就知道它有多厉害了。"

面对特殊情况，只能我亲自上手，不过心里一点都没底，毕竟面对的是冷酷的家伙，由我冲锋在前动手套它，等于向野狼发起挑战，危险系数极大。

"安达，你多防备点。"

我朝刘万里点头，跟着两名饲养员进入狼园，身后的铁门"哐当"一声关上，我知道已经没有退路可言。

老者手拿钢管做成的工具，类似套马杆，长短可以随意变化，同时必要的时候还可以当作武器自卫，阻止野狼反扑。年轻人手中是木棍，同样可以防身。而我手里拿着铁链，万一失手，野狼有可能扑上来给我一口，那时铁链再结实也不如一根棍子防身来得安全。思索之间我们已来到野狼附近，现在已经容不得我再多想什么。

这次近距离见到野狼,我才感到它的威慑力有多么强大。狼的眼睛像枪口,乌黑闪亮,时刻对准我。它的耳朵一闪一闪,对来人开始防备。野狼两条前腿渐渐抓地,不停地咧嘴,露出肉食动物锐利的牙齿。背上的鬃毛向上竖起,在阳光照射下像一根根钢针。这些变化说明野狼已做好攻击前的准备。

我像触电一样僵在那里,一直与它保持一段安全距离。多么漂亮的狼啊,它的毛发如此完美!它就像大自然给草原缔造出神圣的使者,我顿时非常渴望得到它,捕捉的欲念油然而生。我小心地开始踱步,思忖着如何下手捉到它。还没等我做出反应,野狼瞬间以闪电般的速度发起攻击。它首先向老者开战,由于躲闪不及,老者险些被野狼一口咬住,好在只是袖角被狼牙撕下一块布。这时野狼咬住套子不放,老者拼命抓住杆子向前捅了几下,防止野狼继续向自己扑来。一旁的青年人手举棍棒从侧面吆喝一声,野狼扭头向他冲去。我看准时机把铁链抛出手,野狼一闪身,机智地躲过绳套。它后腿一蹬朝我猛扑过来,我本能地一收铁链,它像弹簧抽了野狼一下。野狼见势不妙,掉头向远处跑去。野狼给了我们一个下马威,老者和年轻人脸色吓得煞白,我也一样。他们两个死活都不想干了。野狼趴在地上,看着我们跟打败仗的士兵一样灰溜溜地走出狼园。

老者和年轻人一出园子铁门,丢下手里的工具摆手推辞,无论刘万里和朋友如何恳求,俩人都不想再进狼园了。女负责人看到这幅尴尬的场面,出来帮助协调。老者和年轻人提出再加一万块钱,他们断定我们不敢再进狼园了,才敢狮子大张口。这可把刘万里和郜文杰难住了。已经三点多,再不决定今天就会一无所获。最后刘万里提议我们亲自动手抓。我是主角,从老者手里接过套杆,熟悉几下它的用法,我们又向狼园走去。

一阵马达声传来,下车的人一面朝我们怒吼着,一面挥手让我们出来。来人正是华书记,他匆匆来到我们面前,火急火燎地拦住我们:

"一点安全措施都没有,马上都出来,不能再抓狼了。"

郜文杰向他解释,我们亮出各自手里的工具让他看,华书记看到后不安地说道:

"小心啊,毕竟是野狼,没有驯化过,可不能开玩笑。"

"你都看到了,手里有家伙备着呢。"

"千万别马虎,我看你们不要命了。"

华书记刚才看到我们抓狼的视频,没等开完会就专程赶了回来。他两手插在兜里,站在安全网外一直不敢离开,一副担忧的表情。

我的左侧是刘万里,他手持木棍;右侧是郜文杰,手里紧攥着绳索。野狼见我们再次靠近,愈加狂躁不安,唇肌抽搐,将致命武器白牙完全暴露。它见我们三个人手里分别拿着东西步步紧逼,四肢疯狂地抓地,扬起一片灰尘。当我们离它不到10米远的时候,双方僵持。野狼开始冷静下来,滚圆的眼珠像被一股巨大的力量挤压,随时有弹射出来的可能。它见我们不断靠近,白牙像匕首出鞘,一闪一闪。我手握套马杆慢慢向前移动脚步,相信野狼这时已经作好随时攻击的准备。我每向前一步,豆大的汗珠便唰唰流下几颗。野狼目不转睛,摆出反扑的架势。我手里就像紧握一杆钢枪,步步逼近,企图压倒它的气势。野狼四肢逐渐发力,现在我与野狼距离已经不足3米,只要它向我发起攻击就是瞬间的事。我攥紧套马杆,调整好角度准备朝它扔去。这时狡猾的野狼把身子压得极低,几乎紧贴地面。它早已看穿我的意图,还没等我把套马杆抛过去,野狼先发制人,以迅雷不及掩耳的速度直扑过来。我用套马杆一挡,狼爪闪电般从我手背上面划过,顿时在上面留下几道殷红的血道。野狼向后退几米,我已经吓得心里怦怦直跳,拿套马杆的手开始发抖。华书记和工作人员看得心惊肉跳,忙朝我们喊道:

"别再抓狼了,太危险了!"

刘万里看着我说道:

"安达,还敢再抓它吗?"

我朝他点头。我们三人没有理会华书记的阻止,再次向野狼靠近。这时野狼彻底被激怒开始发疯似的怒吼,一次次暴跳如雷,两只愤怒的眼睛像铅球砸向我们。刘万里朝它大喝一声,野狼霎时安静下来,我看它有点哆嗦的样子,知道它被刘万里震住了,不像开始时那么气焰嚣张。只要野狼害怕我就好对付它了,现在也是最危险的时候,野狼很有可能丧心病狂,豁出性命与我们拼了。所以必须格外小心提防,只要动作有一点闪失,就可能会出大问题。

野狼一个劲地看着我们三人的反应,时而后退几步,时而向前,实际上它在与我们斗智斗勇,准备更大的反扑。它依然张着嘴巴,牙齿咬得咯咯直响,想用这一套吓唬我们。我趁它慌张不备,挥手一甩,这下套马杆稳稳地落在它头上。当我迅速往回抽绳套的时候,野狼诡异地紧缩脖子,绳套再次落空。这时野狼直扑过来，不过毕竟我手里有金属杆对付它，野狼躲躲闪闪与我周旋。刘万里挥舞木棒一比画，吸引了它的注意力。我抓住机会，也比上次更大胆了一些，距离野狼更近。我把套子一点点伸向它，绳索就要套住它的头时，野狼猛地一趴，然后往前一蹿，瞬间像射门的足球，从我的两腿之间穿过，力气之大差点将我撞倒在地。它"嗖"地钻进我身后的地洞内，这次抓捕让我们心脏怦怦直跳。

我们来到狼洞前，无论怎么叫喊，野狼就是不出来，大家只好守株待兔。时间过去很久，却不见狼洞里有任何动静。华书记走过来，跟我们一起商量对策。过了一会儿，他叫来几个汉子，大家一起挖狼洞，挖了足有几十米长。

我们把所有的入口都堵住，只留下一个口子，洞外有众人把守，野狼插翅难逃。在场的所有的人都屏住呼吸，等待奇迹发生。这时刘万里在入口处比画着说，套狼的工具不好下手，没准野狼一蹿就会跑掉。他想到更为巧妙的方法，让人把装狼的铁笼子搬过来，往狼洞入口处一放，口对口无缝衔接，只要野狼从里面跑出来一定会钻进笼子，犹如瓮中捉鳖，这下不用再担心野狼逃跑的问题了。

一切准备完毕，大家用铁锹拍打着狼洞上的地面，噼里啪啦的声音夹杂着众人的呐喊声，野狼最后一道防线彻底崩溃。它突然蹿出来，钻进笼子里。我们立刻把笼门堵住。就这样充满野性的狼到手了，一场惊心动魄的抓狼行动结束。

这时现场气氛变得极为轻松，我们与华书记一起聊天，这才知道野狼是从西北抓来的。刘万里向华书记亮出我们救助站的证明，讲述了我们养狼的动机，他当场决定把今年诞生的四只小狼一块送给我们。真是喜从天降，我们兴奋极了。

有了抓野狼的经验，抓小狼就没那么可怕了。一头小灰狼企图扑我们，看到众人手举木棍，三跑两跑不知了去向。一只小狼被逼得东藏西躲，跑得直伸舌头，最后干脆不跑了，乖乖被擒拿。我们跟华书记要了一个笼子，把它装进去，直接抬上皮卡车。

现在工作人员也加入了我们抓狼的队伍，大家在园子里跑得满头大汗。华书记一边指挥，一边用手机录像。大家四人一组，到处翻到处找。刚才那只小灰狼再次出现，它比前面那只难抓，狡猾不说，而且身上有股野性，动不动就想扑人。小灰狼再要野也比不上大狼狡猾，就这样三套两套，我用套马杆将它按倒在地，刘万里用木棍压住它的头，小灰狼并不友好，差点一口咬到我。华书记拿来专用的工具套住它的嘴巴，然后对我们说：

"这只是西北野狼的崽子，以后野性不会小了。"

老者摁着它的头，强行将它装进皮卡车的笼子内。

在一个小房间里，不费吹灰之力又抓了一只，它非常诡谲，居然钻到草堆下面隐藏起来，我听老者喊它卡尔。房间里还有一只小狼，已经吓得在打哆嗦，仔细一看它只有三条腿，而且是一只母狼。它对我们粗暴的行为十分害怕，于是我去抓它的动作很轻，抱它的时候三条腿都没反抗，趴在我怀里非常乖。转眼之间抓到四只小狼，它们跟图特木差不多大，这是了不起的收获。

收好战利品，我们别提多高兴了。为了表达诚意，刘万里给老者和年轻人各两千块钱作为酬谢。他们不好意思收，一再解释没帮上忙不能要钱。刘万里没有办法，只好提出晚上请大家一起涮火锅，又被华书记婉言谢绝。

天色渐暮，皮卡车踏上回程，一路上我们意犹未尽，回想着惊心动魄的抓狼经历，浑身一阵阵冒冷汗。车到白音华的时候已经很晚了，告别部文杰我们继续上路。我感谢这次抓野狼遇到的许多好心人，狼带给我们的东西太多了。

这段既惊险又刺激的经历被我收入日记本中：

10月5日，去阿旗抓野狼，其实我内心非常恐惧，我在狼面前是一个弱者，只是出于面子，想到自己是驯狼人，应该有比其他人做事更有胆量的地方，所以，在大家面前不想暴露内心懦弱的一面。第一眼见到野狼时我震惊了，我完全被它冷酷的表情征服，野狼的眼睛像冰川，离它很远已经感觉到严冬般瑟瑟刺骨的寒流向我逼近，它的眼睛像两颗黑暗中的夜明珠，明亮闪烁。尽管野狼表现得十分凶恶，极为不友好，然而注定我们将来会结为朋友，我实在太喜欢它了，我想得到野狼，一种冲动驱使着我，无论如何我也要得到它，哪怕让它咬我几口。抓狼的时候，再怕也得咬紧牙关。我的外在表现掩盖了自己内心的胆怯，在那一瞬间有一种无形的力量在支撑我。野狼的目光像毒刺一般射向我，我没有躲避，而是用生命去挑战它，因为我想得到野狼，除此之外别无选择。

第十五章　八只狼

　　新抓的五只狼，属野狼最吸引眼球。上午去狼园看到它的时候，野狼在笼子里不停地走动，时而低头观察周围，眼神就像电影里的特务一转一个心眼。

　　野狼抓回来已经有几天，我想对它示好，它不吃我这一套，无论我做多大的努力，在它面前都是徒劳，野狼身上永远散发冷酷的气息，凶狠、狡诈、冷漠、多疑的秉性，在它身上全然显现。提起野狼我不得不多说两句，它有严格的底线，只要越雷池半步，它就发出警告，然后狂轰滥炸般吼叫，以闪电般的速度扑向我。它的利爪跟鹰爪没有区别，即便我在电视节目中看到过这类残酷的动物，也不像现实中遇到的如此无情，我没有更有效的办法对付这家伙。所以，每次我走到它面前，必须与它保持一定的距离，否则野狼会向我发起攻击，毕竟是野外捕来的动物，野性十足。因为知道野狼的脾气，所以我需要对它格外提防，仔细检查野狼的笼子成为我的一种习惯,尤其是锁扣。据说狼很聪明,可以自己打开简单的机关。

经过一段时间观察,四只小狼没有异常反应,于是我便把它们放出笼子,与之前的三只小狼混在一起喂养,它们从体型上看没有区别,很快玩到一起。小狼们依然保持着天真幼稚的一面。

新来的成员中,捕捉难度大的叫金刚,它身上有一股野狼的味道。相比其他狼而言,它个头稍大一点,甚至比图特木体格还要健壮。金刚有些不合群,在某些方面跟野狼有点类似,它喜欢低头观察周围,眼神诡异,视线向上的时候,由于白眼球面积较大,给人冷酷的印象。它十分好动,性格暴躁执拗,看它那股蛮横的势头也许将来是王位的有力竞争者。我对它既好奇又有点提防,不知道哪一天这家伙会突然暴怒,干出令我意想不到的事情。

第二只新抓的小公狼叫诺敏,要说对它的印象也只有同布勒姆放到一起比较好说,两只狼的性情有近似的地方。诺敏性情鲁莽,贪吃,吃东西的时候特别能抢,介乎机灵和迟钝、凶猛与温顺之间,有时呆头呆脑,但它缺少布勒姆身上的憨厚。两只狼因为食物经常与图特木和金刚发生争斗,但是通常不占上风。

从野狼园抱来的第三只狼叫卡尔,也是公狼,体形略瘦,却显得机灵。它在玩耍的时候善于施展心计,常常给我留下狡猾的印象。它虽然胆小却有悟性,在我眼里算是有主意、善于动脑筋的一类狼,不过我对它印象并不好。

最后一只狼是三条腿,它非常老实,看上去可怜,从不惹是生非,这就让我感到疑惑,像它这么老实的狼,怎么会少一条腿？事实证明，狼群中最老实那只往往最容易受到伤害。它是一只可爱温顺的小狼，在孤独中寻找快乐，很容易得到满足。对三条腿我一直没有提防，它听话不说，而且胆小，平时动作像小猫一样，老实躲事儿。三条腿一定是受过伤害，其他任何小狼都可以轻而易举地欺负它，包括乔奴这只母狼在内。所以，三条腿自我保护意识很强，通常待在僻静的地方看热闹，它给我孤独寂寞的感觉。在吃的方面它经常受到同伴排挤，于是我有些同情它，偷偷赏给它一些肉吃。乔奴和三条腿是七只小狼中的两只母狼，性格截然不同，乔奴表现得十分活跃，而且狡猾善变。

狼园里的七只小狼各自的特点逐渐显露，我常常思考新来的四只小狼哪一只最有训练前途。通过一段时间观察，我发现并非所有的狼都具备这方面的潜质。狼的天性是与生俱来的，改变起来很难，性格决定小狼是否具备可驯化的条件。拿金刚来说，它多疑好斗，性格极不稳定，尤其是精力不集中，这种狼就很难训练。

小狼在这里是幸福的，它们暂时没有因抢食物出现你死我活的厮杀，只有快乐生活，渴了有水喝，饿了有饭吃。唯独野狼感到不满足，它每天摆出一副桀骜不驯的架势，这是野狼从娘胎里带来的气质。然而我对它并不区别。尽管如此，它的眼神像诅咒似的，一直对我不冷不热，也许我在捕捉它的时候动作粗暴的缘故，它对我一直不怀好意。

野狼似乎成了这个"家庭"中的重要角色，别看它被剥夺自由，但是它的威慑力摆在那里。以前三只狼以图特木为中心，现在情况不同，野狼就是一道枷锁。别看它被囚禁在笼子里，一旦动怒，小狼们就会纷纷夹着尾巴躲到一边。野狼不怒自威的气势足以震慑一方，更别提它发怒和吼叫的时候了。因此，无论野狼是否快乐，只要小狼无意间抬眼看到它，都会自然离它远一些，更别说去接近笼子。即便在玩耍的时候，有的小狼不小心靠近野狼，也会立刻如梦方醒似的夹着尾巴灰溜溜地跑走，连头都不敢回一下。

我有极为困惑的地方，三条腿经常遭遇冷落，吃食的时候常常被其他狼排挤，等轮到它吃的时候食物已所剩无几。它便把盘子里剩下的残渣舔得干干净净，然后默默来到野狼身边，靠在铁笼前趴下，身体倚靠在笼子旁，一副顺从的样子。奇怪的是野狼能够接纳它，从不向它动怒，甚至伸出舌头舔它的身子，我观察到几次了，这个现象很有趣。但是野狼对其他小狼就不好说了，特别像图特木和金刚这种在狼群中想称王的小狼，想必野狼看到它们无法无天的样子早就无法容忍。

七只小狼只要一睁眼睛就打闹，尤其是金刚和诺敏，两只狼非常淘气，最近又加上布勒姆凑热闹，甚至有时它们之间玩急眼了还会打架。小狼打架的时候通常分两派，图特木一伙，布勒姆是它最好的帮手，乔奴时而加入，但是立场不稳定。金刚率领一帮，包括卡尔和诺敏两只公狼。小狼以族群分成两派，我猜不出其中的奥秘所在。这样下去我准备教训它们当中先挑事的那一只，因为战斗必然有受伤害的一方。

在我看来，乔奴是一只智商很高的狼，动不动就用脑袋去蹭其他狼的身子，还不停地吻它们的嘴巴，有拉拢的意思，它之前便用这种手段取悦图特木。然而有一天，不知什么原因它惹怒了金刚，结果被咬了一口，疼得它"嗷嗷"直叫，三条腿在一边非常害怕。后来乔奴联合图特木和布勒姆一道把金刚打败了。这件事对我震动很大，狼也有小圈子，实际上六个半月大的狼就开始有野心了，小团队的战争是争王位的前奏。

草地在逆光中浮泛着枯黄的秋色，我感慨时间过得真快，小狼都长大了，现在图特木站在草地里抬头挺胸的时候，真像一只野狼出现在乌拉盖草原，剑麻般的两只耳朵只要抖动，就能像雷达一样锁定目标，若有声音出现，它的耳朵立刻一闪，眼睛再一配合，视线里射出的两道寒光更不用描述。

我带图特木在草地里奔跑，抱在一起滚打摸爬，其他狼看得心里直痒痒。乔奴扑过来，卡尔也不示弱，三只狼欺负我一个人，我哪能招架得了，便起身就跑。小狼跟在我前后，图特木"嗖"的一下擦着我的身边向前冲去。我高喊着口令，三只狼开始做动作，一会儿它们向雷达山冲去，一会儿在我的口令中折回，小狼就像草地里的舞者、海面上的飞鱼来回穿梭。雷达山上的战士被小狼精湛的表演吸引了，他们通过望远镜在看这边，也会对草原狼投来惊讶的目光。

小狼逐渐成熟，它们常常为了食物或者利益展开较量，狼群之间的争斗司空见惯。争斗往往发生在图特木、金刚和诺敏之间，后来诺敏渐渐退出。最近金刚越长越像野心家，常常伺机挑战图特木。一天早晨，两只狼开战，互相咬着对方的脖子来回撕扯，我看像是在争夺小头目之位。可是我看不下去，咬伤哪一个我都心疼。我上去阻止它们的打斗行为，却怎么也拉不开，金刚不但凶猛，耐力也十分顽强，结果它占了上风。这时布勒姆上去给金刚的屁股就是一口，替图特木解围。三只狼参战，最后准有受伤的那一只，我急忙上去用脚踹开其中的捣蛋鬼，才算平息这场战争。

这次战斗图特木负于金刚，多少让我感到意外，不过布勒姆的见义勇为令我欣赏。狼王之战平息，不知道何时又会风云突起。之后我再见到图特木，它多少有躲闪金刚的意思。

一个清朗的上午，我起床后去狼园，发生一个小小的插曲。乔奴怎么开始蹭金刚的身体了？这是在向它示好啊！之前它用同样的方法取悦图特木，如今乔奴的态度转变得真快。它让我想起两天前的战斗，图特木处于劣势不敌金刚。狼多么有心计，知道图特木不是狼群的统治者，地位一旦颠覆，族群的结构会迅速发生改变，结果乔奴倒戈投靠金刚去了，狼的狡黠劣性暴露无遗。

又逢训练日，明明见小狼在状态上，但是一上场就出问题，要么受驯的狼精力不集中，要么眼神四处飘移，像有什么事。轮到乔奴和卡尔训练，平时两只狼的状态十分正常，今天的表现让我感到困惑。它们一上场那股兴奋劲全然消失了，时而盯着金刚的方向转眼珠子，一旦放它们自由行动，两只狼便很活跃，甚至兴奋地跑到金刚面前，还时不时跟它嬉戏打闹。更令我好奇的是乔奴的善变，它像保镖一样守在金刚身边，把其他试图亲近者赶走。开始我没注意小狼的这些变化，偶尔投入训练的时候，发现个别狼的眼神时常落在金刚身上，似乎在看它的眼色行动。有时它低声一吼，这些狼立刻警觉起来，甚至配合它的意图行动，而对我的口令置之不理。这个现象说明，狼群的活动往往跟团队中头领授意有关。

我发现这个秘密后,有意关注小狼的一举一动,发现果然有几只狼的变化与乔奴类似,围绕在金刚身边看它的眼色采取行动。最近金刚与图特木争斗,实际上是在争夺在狼群中的地位,如今它胜出了,争取到狼王的身份,因此其他小狼开始找靠山,陆续围在它身边。乔奴就是典型代表,听金刚的调动,却对我的口令置若罔闻。如果金刚在我驯狼时捣乱,训练一定失败;假如金刚在状态上,效果绝不差。所以,驯狼时管住狼王很重要。不过金刚诡计多端,经常跟我玩心眼,它本身就是一只难以驯服的家伙,让它当上狼群的头儿不仅会给我找麻烦,而且极有可能与其他狼合伙咬伤图特木,显然这是一个令人不安的信号。

再次训练的时候我把金刚关起来,只带图特木、乔奴和卡尔,没有金刚干扰,我想比较一下三只狼有什么变化。图特木训练的时候不说十分靠谱,还算说得过去。今天乔奴和卡尔的情况好多了,身边没有金刚的干扰,在训练的时候非常认真听话,特别是乔奴,几个来回下来属它表现最为出色,与昨天相比完全两回事。

狼群是等级森严的组织,头领的意图决定了小团队的行动。休息的时候,乔奴扭动身子看着我,还带一点撒娇的意思,它想让我奖赏它,我给它肉块也最多。

狼园有了八只狼,目前靠我一个人喂养显然力不从心,驯狼的时间越来越紧迫,说实在的我有点管不过来了。最近过于繁忙几乎顾不上图特木,有一次我进狼圈,见到它的时候仿佛一下忘记它的存在。图特木乖乖地走过来,而且眼睛里充满渴望的神色。我伸手摸摸它的脑袋,它轻轻咬住我的手指,还会一点一点往我身上尿尿，让我去接受它。显然它在表明我们是友好的，在这里它是信任我的。图特木多么值得拥有，它的情感表达是动物最为直接的语言，毫无掩饰。我喜欢狼，动物的情感纯朴直接，没有一丝掩饰，纯粹得清澈透明。

因为昨天刮风，我没有把狼放出大圈，陪着小狼在狼园里玩。七只小狼一起追我，连三条腿都不甘落后。图特木和诺敏喜欢趴在地上让我给它们挠痒痒，其他几个见到后不干了，争先恐后往我身上爬。金刚力气大，把旁边的狼挤到一边，我只好先给它挠。当手触摸到它的脖子时，没想到金刚伸出舌头舔我的手，平时最不听话的家伙这时也变得十分乖巧。我被它的举止搞得有些糊涂。事实说明，每只狼都有它的可爱之处，只是我们没有发现罢了。

马豆回锡林郭勒盟陪露露读书去了，一住就是很长一段时间，等她再来到狼园的时候，都不敢认小狼了，狼园一下多出五只狼，放出来的时候，狼群站到一起颇为壮观。图特木围在她的身边，时而闻着她的手，高兴地跳起扑向马豆。瞧瞧，狼多么可爱，对人非常有情谊。

狼的数量一多，每天三顿狼食已经让我忙得不可开交，并且还要打扫狼园的卫生、抽时间驯狼。在我紧张忙碌的时候，祁大爷经常抽空过来帮忙，不过他说来就来，说走就走了，解决不了实际问题。

一天，刘万里开车去锡林郭勒盟办事，有朋友对他说：

"空车你也是跑，不如拼车捎上两个人，赚个油钱。"

他一听，觉得这位朋友说得有道理。经过客运站的时候，果然有两个想拼车的人，其中有个年轻女孩，她叫溪溪，上车后她对刘万里说：

"我认识你。"

"你咋认识我的？"

刘万里问了一句。

"你是那个'狼图腾'公司的吧？我听说过你，你们那里不招人吗？"

"你啥意思？"

"招人的话，我去你们那儿上班也行，我挺喜欢那个地方。"

"我们这儿就是一个普通的公司。"

"我不挑这些。"

"你喜欢动物吗？"

"我是牧民家出生的，咋不喜欢呀。"

"行，你听我的信儿吧。"

没过几天，刘万里对我说物色到一个女帮手。我听说后顿感困惑，怀疑他没跟对方说清楚要干什么工作。刘万里说人家姑娘知道是养狼，十分愿意。他征求我的意见，我抱着试试看的态度暂时答应了。

深秋的乌拉盖，旷野已经变得一片枯黄。喂过狼我正坐在狼园门口小憩，突然被一阵发动机声打扰，抬头一看是轿车来了。车在距离砖房十几米的地方停住，刘万里先下车，随后朝后备厢走去。马豆和一个陌生的女孩也从车上下来，手里提着大包小包。这时刘万里已经从后备厢拽出一个很大的旅行箱，三人向砖房走来。我疑惑地起身，心想陌生女孩莫非是新聘来的养狼人？

女孩正是溪溪，个头儿不高，相貌端庄，皮肤白皙如玉，微笑的时候眼睛弯如月牙。她双侧脸颊各有一个迷人的酒窝，笑起来有点矜持。简单介绍后，刘万里便把她安排到我隔壁的房间，以前那是刘万里的女儿露露居住的地方。这下热闹了，不但小狼多了，人丁也兴旺起来。马豆愉快地说道：

"安达，溪溪还是大学毕业，你好好带带她。"

我笑着抬起头，右手摸一下脖梗以便掩饰不自然的表情。大家在溪溪房间待了一会儿，刘万里把狼圈的情况介绍了一遍。聊天的时候我见姑娘落落大方，不时抬眼默默含笑看向我。她的双手搭在一起，放在两腿之间，手背的皮肤透着淡粉色。再看看她的脸，有一种自然清秀之美，干净得一点杂质也没有。

没坐多一会儿，刘万里便带溪溪走进狼园。狼群见到有人来了便围过来，溪溪立刻眼睛一亮，像被迷住似的充满惊喜。我特别注意她的细微表情，这取决于她是否喜欢这一行，然而她的表现出乎我的意料，完全改变了几分钟前我对她的印象。她上去伸手想摸小狼，被马豆伸手拦住。溪溪的这个动作足以说明她是喜欢狼的。

"你可以跟它们说说话，等小狼熟悉你的声音和气味后你再摸它。"

"狼有名字吗？"

我指着溪溪身边的几只狼，对她说：

"这是图特木，它叫乔奴，那只你喊它卡尔，后面跑的是布勒姆。"

"图特木、乔奴、卡尔、布勒姆，名字都很好听。"

"是安达起的,有学问吧!"

见有人来了,园子里的狼纷纷跑过来,兴奋地在我们身边转悠,有的还抬头看溪溪,闻她身上的气味。她被小狼包围,不过并不畏惧。不一会儿,图特木从她身边擦过回头看我,我亲昵地抱起它,图特木伸出舌头舔我的手。溪溪朝我投来微笑的目光,我问她:

"你对狼感兴趣吗?"

她含笑点头。

"是的,我家养过狗。"

"狗和狼有很大区别,你慢慢就会懂了。"

我向溪溪一一介绍这些狼的来历和它们的不同身份,对图特木我讲得相对仔细一些。说话间我们来到关野狼的笼子边,虽然经过一段时间的驯化,但野狼丝毫没有改变它的脾气。当溪溪接近它的时候,野狼突然张开血盆大口朝她扑去,大家顿骇。

"吓着你了吧?它是地道的西北野狼,平时你离它远一点。"

溪溪心有余悸,刚才微笑的表情也从脸上消失。别说是她了,就连马豆也被吓了一跳。

狼园里有几只小狼正在打闹,我过去喊了一声,诺敏兴奋地跑过来。金刚见到我跟诺敏玩得十分开心,它晃着尾巴也跑了过来。小狼的滑稽动作把溪溪又逗乐了,然而这种快乐没保持多久,她一下怔住,原来是三条腿出现了,它端详着新来的主人,歪着脑袋非常可爱。

"抱来的时候它就少一条腿。"

"它真可怜。"

晚上溪溪和马豆在厨房忙碌，两个人做了丰盛的晚餐，我们四人一起吃晚饭，刘万里还特意带来了啤酒。

"溪溪来了以后就是一家人了，我们庆贺一下。"

餐桌上刘万里把我养狼的一些经历讲给溪溪听，我见她听得很带劲。看着她微笑的样子，我隐约觉得在什么地方见过她，不过一时想不起来。这时刘万里掏出香烟，一边吸着一边说：

"安达，往后你好好带带她，溪溪刚来，对狼园的情况还不够了解。"

刘万里话音刚落，溪溪就端起酒杯向我敬酒。马豆用手扇一下眼前飘过青烟，说道：

"万里，你的烟什么时候能戒了？老说自己肺不舒服还不注意点。"

第二天，我到厨房的时候见溪溪在打扫卫生，她挽起袖子跟我一起做狼食，看上去心思细腻、聪明伶俐，从她娴熟的动作就能看出是劳动家庭出身。她的到来减轻了不少我的工作压力，并且可以让我腾出一些时间驯狼。只要有空溪溪也会跑到现场看我怎样驯狼，有一次她好奇地问我：

"安达，你为什么要驯狼？让它自然成长不好吗？"

"我想把它驯得能拍电影。你如果看过电影《狼图腾》就理解我了。"

"狼是动物，驯它多难啊！"

"一点点摸索呗，开始我就是蒙着来的，现在有点入门了。"

"你真厉害。"

一周过去，溪溪对养狼的琐碎事儿已经十分娴熟，从早晨起床做狼食、配餐、喂狼、打扫卫生,直至夜餐结束,她看一遍就基本学会了,于是她再做什么我都非常放心。不过美好时光没过多久,有一天,我见溪溪眼圈是红的,好像刚哭过似的,一个劲地低头干活,什么话也不说。女孩子悲伤的原因是多方面的,我也不便多问,这件事算过去了。

野狼的眼珠总是不知疲倦地来回转,它在想什么我一直闹不懂。当我走近它的时候,野狼便停下脚步凝视,甚至向后退几步低头开始哼哼,气势汹汹的样子不说,还露出牙齿向我发出宣战的信号。野狼始终保持原始的冲动,它让我看到狼野性的一面。

一次我在忙碌的时候,发现有什么东西拉拽我的裤脚,低头一看,野狼已经咬住我的裤脚,正想往铁笼子里拽。我朝它怒吼,它愣是不松口。在我挣脱的时候,裤子被它尖锐的牙齿撕掉一角,野狼是什么心态我不得而知。我用棍子狠狠敲了笼子一下,野狼吓得躲在角落深处,虎视眈眈地盯着我。它知道我不好惹,自己像泄气的皮球老实趴在那里不动了。不过这是它营造的假象,千万不能被它蒙蔽。

狡猾的野狼知道溪溪好欺负,于是经常恐吓她。每次溪溪走进狼圈去喂它的时候,特别怕走到野狼笼子跟前,那家伙心情好的时候还会安静一会儿,否则就会疯狂地向她扑去。别说是溪溪了,就连刘万里走到野狼附近也有三分畏惧。溪溪接触野狼是从喂食开始的,起初我真为她担心,野狼见到陌生人总会毫不客气地往上扑,尽管是给它喂吃的,但它依然怒吼,声音大得足以令人胆战心寒。

没过两天,溪溪守在门口再次落泪,我觉得奇怪,莫非是她不想干了？于是我拨通马豆的手机，把情况对她讲了一遍。原来是溪溪最怕去狼圈喂野狼，那家伙脾气跟从前没两样，见到有人靠近就吼声不断，野性一点儿没有改变，常常发疯似的用牙齿咬着金属围栏上的铁栏杆，那种瘆人的情景怕是看过的人都会被野狼的残酷所震慑。溪溪每次喂它的时候都会小心靠近，心里慌张，浑身吓得直哆嗦，有时给它扔肉的时候，动作稍慢一点，野狼就会毫不留情地扑过来，张开利爪向她抓去。今天早上喂它的时候，溪溪的手抽得慢了一拍，野狼的利爪上去就是一下，大概就是这样把姑娘惊吓着了。

我走到溪溪身边，果然看到在她白皙的手背上有两道印子，血已经凝固成米粒状。我轻轻抓住她的手问她：

"是野狼抓的吧？"

她默然无语。我从房间的抽屉里找出创可贴，仔细替她贴好。

"以后喂野狼的事交给我吧。"

溪溪摇摇头，说：

"不用，是我大意了。"

我找到一根棍棒，匆匆向狼园走去。我来到野狼面前与它时视，心想你这个没良心的家伙欺负我试试。野狼低头向我投来仇视的目光，还一边喘着粗气。在它怒吼之前我举起手中的棍子狠狠砸向笼子，野狼顿时吓得又躲到里面犄角处，老实趴在那里盯着我。

野狼的疯狂何止是对一个女孩产生威慑，有时我也被它吓一跳。无论如何，溪溪还是坚持要喂野狼，于是我带她一起过去几次,若是野狼耍疯的话我就收拾它,再到后来我外出赶不回来,喂野狼的事情只有靠溪溪自己解决,她愣是克服心理压力把这件事做好了。之后每次她进狼园的时候,事先就会吹口哨给野狼听。一段时间下来,野狼对她的声音开始熟悉,去闻她身上的气味,对她也不那么野蛮了。

狼是群居动物,自从金刚当上狼王,它的一举一动对身边的狼群产生不小的影响。它有一个毛病——喜欢打架,它不守规矩我就关它禁闭,一旦金刚失去自由,它在笼子里便瞪着眼珠生闷气,甚至见到亲近图特木的狼气得直蹦高。

我一直认为乔奴是一只十分狡猾的狼,时常在金刚和图特木之间见风使舵,自我保护意识很强。它见金刚被关了,于是又找图特木做靠山。一次,我无意间看到乔奴又去亲近图特木,这对金刚而言就是亵渎,气得它直撞笼子,鸷鹰般的眼睛狠狠看向乔奴。

冬季渐渐来临,上午我跟溪溪在厨房提前准备小狼的晚食。不到半个月的工夫,溪溪初来时白皙的手指也显得粗糙了,指甲缝里塞满黑色的泥垢,手背上还留着被野狼抓伤后的痕迹,看到这般情景我不禁同情姑娘的遭遇。狼园能够留下人,自然有它的道理,如果不是热爱动物,喜欢草原狼,恐怕早就走人了。

"以后你把脏活累活留给我干,别再插手了。"

我看着溪溪的背影,说道。她直起腰,用手捋下额头上的刘海,轻微地喘息着。

"这是我分内应该做的。"

溪溪回答得十分干脆,这倒是更像养狼人了。我拽过一个凳子坐在一边,随手拿起磨刀石在上面磨刀。溪溪一直在我旁边忙碌。

"休息一会儿吧,说说你咋爱上这一行的。"

"咋说呢?也谈不上有多爱,这是一份工作,需要我认真去做。"

"我挺佩服你的,能在这种地方待下去。"

"你不是也一样吗?"

"我已经习惯了,辛苦点没啥,孤独最难熬了。我担心你养狼那点新鲜感没有了,心就会变的。"

"我像那种人吗?"

"暂时看不出来。"

好久没动笔写日记了,我想记点什么,抬头看天空的时候,皎洁的明月向我露出甜蜜的微笑,薄薄的云丝带从它表面飘过,像是海风吹乱的长发,隐约遮住它的脸,这般曼妙的情景让我触景生情。

宁静中传来口琴声,是一曲浪漫的音乐,断断续续,清脆悦耳。声音是从溪溪房间传来的,我被琴声打动,停下写字的手。没多会儿琴声消失了,瞬间周围显得十分安静。一会儿口琴声再次传来,倾听的时候心被旋律拨动似的,犹如月色下波光粼粼的水面,静静闪烁着我的幻想。我躺在床上翻来覆去有些失眠,今晚的月色在寂寞中呈现出宁静之美,多好的月光啊!我久久凝视着悬挂在头顶的圆月,却看不到月中人,我的内心涌动着难以平静的情绪,这种美妙的旋律直抵我的心灵深处,排解着由于黑夜带来的寂寞和孤独。

待了一会儿，我打开日记本，埋头趴在方格里：

　　10月28日，今天看到溪溪在厨房切肉，发现她的手不像刚来的时候看到的那般细腻纤巧，原来白皙的皮肤也显得粗糙了，由于风吹日晒失去了娇颜水嫩的肤色。我突然对她产生一种心痛的感觉，不过她微笑的表情似乎在向我诉说：你瞧啊，我们把狼养得多带劲，还在乎这些吗？

　　溪溪刚到不久便已经谙熟喂狼的一切琐事，这使我感到惊讶。狼的感染力不仅征服我了，对一个妙龄女孩也一样吧。狼真的值得拥有，我们找到共同语言，有溪溪在生活变得畅快不说，过去那种无法摆脱的孤寂也逐渐开始减少。不过现实对每个人都是一种考验，何况是一个美女大学生。狼园位于一处前不着村后不着店的山沟，在这里扎根，每天重复单调、无聊的工作，我真担心在这种考验下她坚持不了多久。喂狼真是一件不容易的事情，我看她默默工作的时候有一种心疼的感觉，以后就让她少做一点，而我多做一些也是应该的。

　　写完日记，我想去狼园转转，看看这些草原霸主如何面对黑暗和寂寞。原来它们在黑暗中并不寂寞，它们喜欢黑暗，用穿透黑暗、闪闪发亮的眼睛观察世界，时刻与大自然的暗物质结伴同行。它们有明月的陪伴，月色会讲生动的故事给它们听，所以狼会对圆月高歌。

第十六章　金刚咬伤乔奴

金刚把乔奴咬了，而且咬得不轻。当时我正去镇里买饲料，马豆和溪溪留在院子里忙碌，只听狼园方向传来凄惨的嗥叫声，两个人惊慌地跑过去，发现乔奴一条后腿不能着地，浑身颤抖，脑袋不停扭向身后用舌头去舔伤口。两人到了近处一看，大为惊骇：

"哎呀，狼腿出血了。"

溪溪立刻拨打电话给我，急得要哭了。

"咬得厉害吗？"

我焦急地问道。

"伤口还在流血，咬在后腿上了，你快回来看看吧。"

闻讯后我第一时间来到狼园，迅速查看乔奴腿上的伤口，上面留下一个黄豆粒大小的牙洞，流血不止，看来咬得不浅，好在没有伤筋动骨。我抚摩着乔奴的头安慰它，把药水抹在伤口处，疼得乔奴向我龇牙,眼珠瞪得溜圆,极度恐慌的样子。我看它的情绪极不稳定,很容易失控咬到人。溪溪在一旁正帮我按着乔奴的腿,我对她说:

"乔奴状态不好,你离它远一点。"

"我松手了你咋办?"

"别管我了。"

溪溪松手退到一边,我先让乔奴冷静一下,再准备给它继续上药。这时鲜血从乔奴被咬伤的地方像泉水一样流出来,我想等它缓和一些。乔奴的眼神依然飘忽不定,传达着恐惧和紧张的信号。我看一眼金刚,它嘴角还有一撮狼毛挂在上面,我朝它扔去一块石头,它机警地躲闪一下。

"浑蛋,又是你惹的祸,看我怎么收拾你。"

乔奴安静下来,我再次试着给它上药,接下来发生的一幕令我十分痛心。药水刺激到乔奴的伤口,它转身给了我一口,尽管我有防备,狼牙咬到左手虎口处,已经咬出血了。

夜晚,我像一条狗蜷缩在床上。快九点的时候,门外传来汽车马达声,不一会儿匆匆的脚步逼近门口,夹杂着刘万里与马豆的说话声,溪溪也被惊动了,三个人先后走进房间到我身旁。

"安达,怎么样了?"

"看过医生了,没什么大事。"

我坐在床头,手背肿得像馒头一样。溪溪讲述着乔奴伤人的经过。刘万里咳嗽一声,好像有痰噎在嗓子里,然后抹下嘴角说道:

"乔奴上次差点儿给我一口,咱不知道它的底细,这么野蛮,也许是野狼的崽子。"

马豆在一旁打断刘万里的话：

"小狼现在长大了，不像从前，你想改变它不可能。"

"是我一手把它带大的，咋把我当作仇人了？"

"狼是冷血动物，你对它再好也要防备着点。"

一周过去，我的手背渐渐消肿。乔奴还有点瘸，我天天用双氧水为它清洗伤口，然后把口炎康撒在上面防止流脓。然而，我一直弄不明白乔努咬人的原因，它为什么对我视如仇敌？

今天不知为什么，野狼一直保持安静。这时三条腿从我们身边经过，悄然趴到野狼的笼子旁。野狼伸出舌头去舔它的头，不停地向三条腿施舍的样子，两只狼肩并肩享受着阳光的温暖。看到这个情景，我们不由得对野狼发出一声唏嘘。正如我之前讲过的，狼有极其残酷的一面，也有温柔体贴的地方，狼所具有的许多行为是不被人所知的秘密，因此，人与动物之间容易产生隔阂。

下午遛狼回来，看到溪溪蹲在三条腿身边在跟它玩，不时抚摩它的脑袋，三条腿把头依偎在她腿上，很享受的样子。

野狼看着溪溪和三条腿，谁也无法想象它心里的诡计，这时布勒姆从笼子旁边走过来，野狼仿佛没看见一样，如果按照之前的惯例，它早已开始愤怒。我走过去靠近野狼的笼子观察它，不承想野狼闪电般向我扑来。我用棍子狠狠向它屁股戳去，痛得它"嗷"的一声，然而它还是不服输的样子，向我龇牙咧嘴。我再次把木棍伸进笼子，它一口死死咬住不松口。

野狼身上的野性一点没变，这股劲儿从何而来我一直搞不清楚。我看着它思索着,假如我在拳击台上有野狼这股猛劲,也许会战无不胜。野狼粗暴的行为似乎在向我传递一种力量,从这一刻开始,我突然改变了对野狼的印象,觉得从它身上学到了某种气质。

大雪覆盖了旷野,冷风嗖嗖吹过,脸像被针扎似的难受。几只狼在园子里自由地玩耍,只有金刚依然被关在笼子里。我对溪溪说:

"必须好好惩罚它,让它知道咬伤乔奴的后果是什么。"

金刚不满地趴在地上,翻着白眼在看我。我要让它明白什么叫惩罚,是它厉害还是我厉害。

这段时间乔奴跟在图特木身后,就像一对恋人,只是图特木不知道如何保护它。我断定乔奴被咬与图特木有关,可见金刚的嫉妒心有多强。狼群中迟早还会发生狼王之争,是谁来挑战图特木,暂时看不出苗头。

我坐在园子里的草场上,小狼纷纷围在我身边,不断用鼻子嗅着我身上的气味,还用爪子拍打我,这些动作都是友好的表现。三条腿若即若离的样子,我朝它摆手叫它过来。乔奴不干了,朝三条腿怒吼一声,然后爬到我身上让我抱它。乔奴的伤口渐渐愈合,狼牙留下的痕迹就像蚂蚁洞那么大了。看到乔奴恢复当初自由活泼的状态,常常依赖我的样子,很难想象它发脾气时的那种野蛮劲。七只小狼当中只有它娇生惯养,也只有它会瞬间六亲不认。动物反常现象有时在分秒中发生,不过通常有预兆,它的情绪会极度不好,似乎在说我不愿意,你惹到我了。如果这时我还不住手,它便会做出反应。

有几天没驯狼了，驯它们的时候，小狼总是惦记早点结束，好腾出时间去玩。一旦让它们休息，小狼别提有多开心，没有任何力量可以阻挡狼群的快乐时光，它们你追我跑，相互打闹，一会儿便传来某某狼挨咬的叫声，只见挨咬的狼跑到我身边，一副可怜巴巴的样子，我明白它想让我对欺负自己的家伙加以惩罚。当我看到这一切，怎能以为小狼没有思想呢？

卡尔在掏洞，它钻到洞里刨着被雪覆盖的乱东西，忙得不亦乐乎。布勒姆也想像它那样挖洞，不过它的动作显得有些笨拙。金刚待在笼子里得不到自由，非常着急的样子，上蹿下跳。我走过去与它对视，它翻着白眼盯着我。当我大声呵斥它的时候，它多少有些恐惧的样子。驯狼师必须有招能镇住狼，否则它们很难听你的。

2014年，我正好21岁了，我没想过以后的日子会怎样，只想开开心心地活在当下，活在我与小狼之间，用心过好每一天。但是现实从来没有怜悯之心，柴米油盐酱醋茶的日子摆在面前，我心里还没做好迎接新生活的充分准备。老实说我还不是一个真正的爷们儿，缺乏勇气和自信，缺少人生的阅历和经验，不知该怎么面对未来。就像看到的白云，它能飘到哪里谁能知道？低头的工夫它变化了，你再找它已经不是它了。人生变幻莫测，犹如浮云一块，有的发展成呼风唤雨的大片云朵，有的渐渐被风吹散直至消失。我用这种对待大自然的方式观察自己，心想人总是要变化的，怎样变看他所处的环境，还有心中的理想。我在大草原常常有这种感受，当阳光投下的阴影滑过地面时，有一种神奇的力量把我带走，我是大自然中被光掠走的人，其实是心灵跟着光影在流浪，飞往何处我并不知道。

一周之后，刘万里从呼市回来了。他带回满满的一车鸡架子和澳洲牛肉，卸到库房之后，我拿出一些扔到狼园。狼不知有多高兴了，就连野狼都吃得津津有味。我跟刘万里站在围栏处，目睹不知疲倦的狼群一起抢吃食物，别提有多开心了。

布勒姆咬了诺敏一口，看似闹着玩，但是诺敏还是疼得叫出声。我上去斥责布勒姆：

"你怎么也学坏了？"

它一闪溜到一边，撞到关押金刚的笼子上。金刚不满地咧下嘴，布勒姆朝它猛地一龇牙，这一幕被刘万里看见。

"安达，为啥金刚又被关了？"

"放出来经常打架，别忘了它怎么咬伤乔奴的，我担心它把图特木再咬了。"

"图特木没有对手还有血性吗？你养狼要保留它的野性。"

"它一旦有野性就更难驯服了。"

"这是你要解决的问题，要是驯兽师那么好干，阿诺拍电影时就不会从加拿大请驯兽师了。"

金刚被放出来了，在雪地上争抢着我扔给它们的肉，叼在嘴里跑走了。其他狼围在我身边，希望我再扔给它们一些肉。三条腿趴在野狼的笼子边看到后也跑过来，躲躲闪闪的样子。

晚上，我坐在书桌前面对笔记本遐想着，光是狼的变化就能写不少，比如说狼大了经常掐架，金刚、图特木，还有布勒姆和诺敏，我看它们谁都不服谁，都有野心想争狼王。最近一段时间摸索到一些驯狼的方法，我把狼分成两个梯队，重点对图特木、乔奴和诺敏进行训练,其次是卡尔、布勒姆。有溪溪做帮手,驯狼更加得心应手,她对我驯狼的方法已经熟悉,甚至自己也大胆尝试驯狼。

我在日记本中把以上的想法都写进去了,是这样写的:

> 11月5日,训练狼坐、跳、停、龇牙这些动作时一定要有耐心,要顺从小狼的习性,还要想到一些辅助方法,手里拿着小木棒就很好,在小狼眼里它就是规矩,用规矩约束小狼的行为能够见效。腰间还要有万宝囊,里面装好肉,对表现好的小狼随时奖励。然后便是反复训练和巩固小狼的动作。

初冬的黄昏,我见溪溪在训练三条腿,看了半天真想笑,三条腿一点没听懂她的意思,但是她驯得十分耐心,好像对三条腿说:"你慢慢来啊。"

以金刚的习性,注定不好训练。它有一个毛病,性情急躁不稳定,这就导致它有好动的毛病。好动的狼一般精力不集中,而且狡黠,所以我放弃了对它的训练,溪溪不以为然地说:

"你不驯它咋知道?"

"金刚的秉性我了解,不信你就驯它试试。"

溪溪试过几次,均以失败告终,但是她并没有放弃,坚持说:

"如果挺过这段时间金刚是否会有所改变呢?"

时间过去很久,我抱着美好的幻想,对金刚一次次展开训练，非但毫无结果，它反而更加野性十足，更像一头草原狼了，对身边小狼构成不小的威胁。它的所作所为，只能逼迫我再次把它关进笼子，同野狼一样过着"牢狱"生活，这是我不想看到的结果，但是又不得不为之。

一周之后，额仑大地遭遇西伯利亚冷空气的袭击，天空乌云密布，西北风呼呼刮起来不停，小狼根本不在乎这种天气，依然跑出来在雪里追追打打。这时我接到刘万里打来的电话，他说：

"中央七套来人了，要采访狼园。"

我听了十分惊讶。刘万里又说：

"没准儿还会采访你呢，你先做好准备。"

听到这个消息，我欣喜若狂，立刻把消息告诉了溪溪，她让我采访时穿得利索点，想想怎么回答人家提问。小狼跟我就要上电视了，一中午我激动得不知如何是好。这时身边只有卡尔，我抱起它高兴地在地上转圈，心里默默地感谢狼带给我的光环。下午天气还是那么冷，我在训练小狼的时候，刘万里匆忙赶过来，说是记者要在狼园里采访，这是我第一次接受采访，一时特别慌乱。电视台的车很快开来了，看到车身上"中央电视台"几个字，我心跳得更快了。然而天气不给力，狂风大作，吹得人连说话声都听不清楚。电视台的人在园子里转一圈，简单拍了一阵，又跟我们聊了一会儿，决定把采访改到第二天风小了再进行。这些人走之后，我紧张的心才算放一放。

两天过去了，风依然很大，云朵一层层移动，像天兵天将似的滚滚而来。风吹得草地到处晃荡，一如地动山摇。

早晨，中央电视台的记者来了，说时间很紧，已经等不及了，还要拍我和小狼的镜头。策划人与我们筹划着采访的步骤，大约半小时过去，方案确定完毕。在拍摄过程中我们合作得很愉快，电视台的人还让我进狼圈跟小狼互动，一拍就是半天。

我发现有狼腿被咬伤了，拍摄之余我把受伤的狼抱进小狼圈，准备给它治伤。摄像师对这些也感兴趣，把机器支在地上，让我放松一点。他把我给狼伤口上药的过程全拍下来了，这一天真是又喜又悲。

第十七章　意外失踪

11月的一天，空中飘洒着晶莹的雪花，如同无数星星在闪烁，这是天空送给大地的礼物吗？我很享受这一时刻，于是跟溪溪一起在园子里打雪仗，四五只狼也围在我们身边一起玩开了，不是扑人就是用牙拉扯我们的衣服。这时兜里的手机铃声响起，是刘万里打来的，他说《蒙古马》剧组邀请我们参加影片拍摄。一年多的辛苦付出终于得到回报，我十分激动，心情难以言表。晚上我与溪溪一起商量，决定挑选平时训练有素的狼参加拍摄。

接下来的几天，刘万里经常到现场看我们训练的情况，一边观察一边不停地出点子。一轮结束之后，溪溪微笑地问道：

"大爷，你看行吗？"

刘万里说道：

"我咋说这话呀，人家说行才算行。"

夜里我常常被白天驯狼时出现的问题所困扰，思考第二天解决的办法,有时幻想几只狼拍摄时的情景,头脑冷静下来,心便怦怦直跳,也许是第一次参加拍摄的关系,我非常提心吊胆,生怕出现纰漏。拍摄的日子恰好刘万里老家有情况,不能跟我们一道前往拍摄地,非常可惜。他临走时一再叮嘱我:

"安达,这是第一次拍摄,千万不能出差错。"

刘万里一走,我失去了主心骨,定海神针不在身边了,这下更没底了,无形的压力一下如潮水般涌来,按照对方要求,我们只带三只狼就行。出发前我们特制了一个铁笼子,路上怕下雪,又在笼子上方罩上一块塑料布,四个角用绳子固定结实。

离开乌拉盖的时候正是早高峰,皮卡车缓慢穿过街道,引来路人的注意。我手握方向盘,一副春风得意的表情,从反光镜里可以看到人们惊讶的表情。

"安达,你看多少人在羡慕我们呢!"

"让他们眼馋去吧。"

"如果知道你是驯狼人,回头人家都夸你是这个。"

溪溪向我伸出大拇指。我内心流动着说不出的喜悦,这种赞美正是我想得到的,狼真是太美妙了,多少姑娘、小伙儿羡慕我呢!我陶醉在赞美声中,车开得极为缓慢,充分享受这些带给我的快感。

皮卡车从小镇穿过,我想起远在石家庄的刘万里,于是拨通他的手机:

"大爷,我们上路了。"

我说话的声音洪亮有力,甚至压过了皮卡车的马达声,这是由喜悦心情带来的无法抑制的激动。

"你俩小心点，到地方给我来电话。"

皮卡一出乌拉盖，驶上通往东乌旗的公路，视野一下变得十分开阔，公路两侧像被拉开的画面，平整宽敞，一望无际的草原嗖嗖地在眼前滑过，顿时心情极为舒畅。我打开音响，《鸿雁》的旋律在皮卡车内回响。我情不自禁地跟着旋律敞开歌喉。溪溪看着我，优雅地微笑着。我看一眼皮卡车厢里的三只狼，它们一个个迎风挺立，雄姿威武，说不出的自豪感写在脸上。音乐声溢出窗外，仿佛唤醒了冬眠的大草原。我一路感觉话说多了，嗓子眼都在燃烧。溪溪递过矿泉水，我咕咚咕咚就是两口，感到格外清爽。

"溪溪，这首歌听上去咋有点忧伤？"

"鸿雁飞过的地方，带给人哀愁的关系吧。"

我又唱道：

"天苍茫，雁何往？草原是我的家……"

"心中是北方家乡。"

"不，应该是草原是我的家……"

沙石路面出现大大小小的水坑，像长满麻子的脸，皮卡车的速度顿时缓慢下来，车上的笼子不时地摇晃着，我随着颠簸的皮卡车又唱道：

"酒喝干，再斟满，今夜不醉不还……溪溪，行驶在这种路面上，多像醉汉在走路。"

车轮跟皮球落到地面弹跳没两样，我们俩如同坐在弹簧椅上来回直晃，人就像不倒翁，我们不时地发出阵阵笑声。车轮轧过一个雪坑，车身猛地一倾斜，溪溪侧身倒向我这边，挨到我肩上。我感到十分惬意,第一次感觉到女孩子的身体犹如水般温柔。

"安达,狼不会被颠晕吧?"

"我已经不能再慢了。"

从后视镜能看到车上的笼子不断摇晃。约莫过了半小时,路况开始好转,马路平坦得犹如镜面,顿时皮卡像插上翅膀跑得飞快。风声猎猎,从狼的耳边刮过,这时笼子上的塑料布被吹得"翩翩起舞",很快一角被撕裂,掀起来哗哗作响,顿时引起三只狼的不安,它们紧紧靠在一起,不时地抬起头看一眼上方,尽量躲避塑料布产生的刺激。

车内,我吹着口哨,瞄一眼后视镜,狼挤在一起就像亲兄弟抱团似的。皮卡车飞奔在旷野中,道路两旁已是茫茫雪原,枯草被风吹得倒向一边。

笼子上面塑料布被风揭开一大片,被刮得"啪啪"直响,狼在里面不停地躲来躲去,乔奴恨不得像蚯蚓似的钻进两只狼的身体下面,最后它愣是把两只狼挤开,自己躲在它们身下。诺敏抬头看着一直飘动的塑料布,它向笼子栏杆撞去。图特木同样像被惊吓似的,不时地躲避着头顶闪动的白色反光,越发焦灼的样子,它盯住拴门的铁丝,试图用牙齿去咬它。

溪溪回头看一眼皮卡车,笼子里面的三只狼各自朝不同的方向站着。皮卡车飞速前进。旷野洁白一片,在阳光照射下微粒一样的矿物质频频反射着刺眼的闪光,被雪盖住的地面,除了露在外面的褐色枯草外,便是零星的牛马的身影,白色的羊群与雪地几乎浑然一体。

远处是一座蒙古包，靠近山脚处，石头山被雪盖得严严实实，砖房红色的瓦顶也被一层积雪淹没了。溪溪一直盯着蒙古包的方向，阵阵咆哮的西北风裹挟着路边的积雪，蟒蛇般贴着地面"嗖嗖"地掠过。溪溪回头，皮卡车上三只狼被风吹得毛发都竖起来了。

皮卡车爬上一座山坡，下面是一段平缓的山路。这时一个路牌滑过溪溪眼前，上面是"道特"等字样。公路黑油油的像鱼的脊背，风变成一串串切不断的浪花从地面一扫而过。皮卡沿着荒芜的旷野驶去，一会儿经过一座水泥桥，时而与迎面的车辆交会，在起伏的山地间一路穿行，一段平坦的路面，在前方却出现一个弯道，路面有一片被风刮来的积雪。皮卡已经来不及刹车了，瞬间从它上面经过，车轮一打滑，在雪地上转了两圈，倾斜着向公路一侧滑去，就在滑到公路边缘时稳稳地停住了。一场虚惊之后，溪溪回头往车厢上看去，顿时目光僵住：

"安达，狼咋剩一只了？"

"不会吧？"

"就剩一只了，怎么回事？"

我眉毛一挑，急忙跳下车，发现道路两边空空如也。上到车厢一看，顿时傻眼了，笼门是打开的，里面只有乔奴躲在角落发抖，图特木和诺敏不见了。我爬上车厢迅速检查一遍，却没发现它俩，搭在笼子上的塑料布只剩一个角挂在上面，被风吹得"哗哗"直响。我再次检查笼子门，发现上面缠的铁丝也被狼牙咬断，两只狼跳车逃跑了。我们赶紧先在附近找了一遍，没有发现什么，我的脑门吓出冷汗。

"上车，回头找狼去。"

这时对面驶来一辆卡车，我跳下去把卡车拦住，一打听人家路上没有见到狼。我赶紧掉转车头，一脚油门皮卡车蹿出老远。溪溪左顾右盼。

"别让人半路把狼截走了。"

"狼没那么傻。"

我感觉像坐在仙人掌上一样焦灼不安，脑袋像装了一枚炸弹随时要爆炸。我们俩只要见到对面有车上去就拦，有的卡车不理我们开走了，拦下的不是挥手说没看见，就是骂我们不要命了。皮卡跑了几公里，不见狼的影子，下一瞬间一种强烈的情绪波动涌上心头，我感到问题开始严重，紧张得连嘴巴都在打哆嗦。

溪溪负责路右，我负责路左，我们沿公路开始寻找，来回转了两圈还是一无所获。现在离丢狼的时间已经过去两个小时了，无法再隐瞒丢狼的事实了，于是我把情况告诉了刘万里，他狠狠骂我了一顿。我什么话都没说，放下手机只是叹气。

溪溪一手捂着肚子蹲在地上，表情甚为难过。我气急败坏地一脚踢开路边被人丢弃的易拉罐，身体失去平衡差点儿摔倒，人就像热锅上的蚂蚁干着急。狼丢的地方正是牧区，刘万里担心两只狼万一咬伤人怎么办。他在石家庄也待不住了，顾不上年迈老母亲的挽留，立即订机票飞往锡林郭勒盟，顺利的话天黑之前我们能见面。溪溪唉声叹气地说：

"安达，找不到狼见到大爷怎么办？"

"还有时间，走，抓紧找。"

我跟溪溪沿公路走走停停，见到可疑的地方绝不放过。我们在路边观察雪地的情况，幸亏地面有积雪，可以看到动物留下的脚印，这为我们寻找两只狼提供了线索。

"溪溪，你再仔细想想，最后一次看到狼是在哪里？"

"刚进道特公社的地方，我记住路牌上的字了。"

"没搞错吧？"

"记得非常清楚。"

皮卡车沿道特公社的山路、旷野、沟壑行驶，我们两人不断向周围瞭望，看到有枯草的地方便下车搜索。旷野里偶尔可见羊群、放牧的人，我们从不放过，但是没有人看见两只狼的踪迹。我们就这样在寒风中来回转了好几圈，依然不见狼的下落。面对白茫茫的草原，我一筹莫展。

公路上，一辆辆拉煤的卡车飞速从我们身边擦过，车身后卷起的细雪顿时弥漫一片，就像白内障患者看到的世界。天冷得几乎把人冻僵了，溪溪的脸被围巾紧紧裹住，只露出两只眼睛在外，浑身缩成一团，冻得脚直抖。这时刘万里已经飞到锡林郭勒盟，听说我们还没有狼的消息，他显得非常焦急，在手机那边把我又指责一通。挂断手机，我绝望地看着阴沉沉的天空，一副束手无策的样子。溪溪踌躇的眼神里充满平时极少出现的忧伤，她安慰我说：

"别上火了，你跟狼有缘，一定能找到它。"

前方山头矗立着一座塔架，周围还有建筑和低矮的灌木林，我们俩深一脚浅一脚踏着积雪朝那边走去。越是接近山头，风刮得越大，我浑身的热量像被寒风抽光了。我们绕塔架转了一圈，并没发现任何蛛丝马迹，又朝附近的灌木林搜索，太阳已经偏西了,可是依旧没见到狼的影子。

"安达,你说狼会躲在那座蒙古包吗?"

遥远的上坡处隐约出现一户牧民家,孤零零地坐落在雪地之中,旁边矗立着银白色的风力发电机,塔架上的扇叶呼呼旋转,于是我同溪溪朝那边走去。溪溪脚下一滑跌倒在雪坑里,我忙过去将她扶起,握她手的时候感觉冰凉,跟触摸冰棍一样,那种温暖和绵柔的感觉早已荡然无存。我对两只狼惹的飞来之祸感到痛心疾首,厌恶的情绪一点点涌上来。

"你去车里歇着,我自己找就行了。"

"别管我,我不冷。"

这一刻我才发觉溪溪在我身边多重要。刚刚安静片刻手机再次传来铃声,一看又是刘万里打来的,我吓得浑身哆嗦一下。

"安达,狼找到没有?"

"一直在找。"

"把范围扩大一点,别死抠一个地方不放。"

"我们准备去路边的牧民家转转。"

"狼咋能去那种地方?吓都把它吓跑了。你们再走远点,别忘了给我发一个共享位置,我快到东乌旗了。"

放下手机,我把位置发给刘万里,然后对溪溪说了一句:

"大爷到东乌旗了。"

溪溪冻得几乎全身麻木,对我说的话没啥反应。我打消了去牧民家寻找的念头,又把目标放在公路的两侧,但凡狼跑过的地方一定会留下痕迹,可是费了好大的力气,仍旧没有发现任何蛛丝马迹。溪溪急得眼泪一直在眼眶里打转,她不断责怪自己没看好笼子里的狼,转而沉默不语,脸色忧郁。这时候我最怕的不是姑娘的泪水,而是刘万里突如其来的电话铃声,只要接听他的电话,一句句话就像锥子戳我心窝子,然而偏偏这个时候就是躲不掉他的电话,不过这次他在手机那头没有责怪的意思,而是非常平静地说道:

"天冷,你们两人别在外面冻坏了,太晚了,实在找不到就回去吧。"

听到这话我心里热乎乎的,说什么也要找到两只狼。我们沿公路两侧的雪地继续找去,在雪地中意外发现了两行类似狼爪的痕迹。我顿感惊喜,把溪溪从公路那边喊过来,她脸上顿时露出惊喜之色。

从爪印上分析,狼跳车后也许有条腿摔伤,留在雪地上的痕迹有轻重区别,甚至只有三条腿着地。我们沿着爪印的方向一直寻去,中途有一处凸起的地方,由于地势较高容易着风,爪印在这一带被飞来的积雪掩盖。就在这时,我们看到前方有座水泥桥,于是决定去那边找找试试。

我们踏着积雪,有时一脚不注意雪厚得没过膝盖。在距离水泥桥不远的地方,我们再次发现狼爪的痕迹,奇怪的是只有一行,孤零零、弯弯曲曲向桥洞的方向延伸,我断定是狼留下的。桥洞下面雪特别厚,被风刮得糊在周围,不过狼的爪印非常清晰地通向洞内。

来到桥洞附近,发现里面吹进去一些杂草,团在一起形成几处圆球状,大大小小挨在一起。杂草中的白色物体吸引了我的视线,原来是狼趴在那里,四肢哆哆嗦嗦,瞪着双目像哑巴一样沉默。那不是诺敏吗？当我们靠近它的时候，它像受到刺激，突然站起来，肩膀一耸一耸地喘息着。我惊喜地想一下扑过去抱住它。诺敏见到我们居然也害怕起来，一直向后退，如果狼从背后的桥洞逃跑那就麻烦了。于是我停下脚步，不想惊着它，便轻轻呼唤它的名字。诺敏回头站住，眼睛里充满惊悸的神色，做出想跑的姿势，显然这是被吓到后的本能的反应。现在我不能再急于追它了，只好蹲在那儿与它保持一段距离，让它尽量平复一下紧张心情。

溪溪轻声呼唤着，诺敏不断四处张望，情绪很不稳定。我拿出手里的肉逗它。我使了一个小伎俩，把肉摆成一条线，就好像小鸡啄食，诺敏吃着吃着就来到我跟前。待了一会儿，诺敏见我们不再追它了便安静下来，吃肉的时候慢慢接近我，雪地里留下诺敏清晰的爪印，却不像我刚才看到的有轻有重，它的腿也不像摔伤的样子，走路一点不瘸。也许我的判断有误，没准是图特木跳车时把腿摔伤了。不想那么多了，先把眼前的狼抓住再说。这时溪溪轻声在跟诺敏说话。我小心地靠近它，这次诺敏没跑。我伸手抚摩它的头，抱住诺敏之后迅速扣上牵狼的皮绳，这下它无法再跑了。我的这些动作却引起溪溪的注意，她突然惊讶地喊道：

"安达！"

我抬头看着她，溪溪僵在那里半天没动，只是目光凝固。她的神态极为反常，我从来没见过她脸上有这种惊喜之色，她的眼神中像一团火在燃烧，弄得我顿时愕然。

"你怎么了？喊什么呀？"

只见溪溪把头上的围巾一把拽下来,大风刮得她的头发飞卷。她不知寒冷,站到雪地里朝我微笑,脸上的两个酒窝饱含深情,我一副愈加迷茫的样子。

"你咋了?怎么把围巾摘了?"

"以前我们见过,你想想是在什么地方?"

"我瞅你第一眼也好像在哪儿见过,却不敢多想。"

"你好好回想一下是在哪里见过的?"

"是在哪儿啊?"

"我让你想好了再说。"

"你快点把围巾戴好,别冻着。"

我急忙检查狼的四肢,发现没有问题,于是轻轻拉着它高兴地往回走。这时诺敏已经冻得发抖,眼睛里不时地流露出恐惧的神色。看到它可怜的样子,我特别心疼。也许是激动的原因,我像抱孩子似的把它抱上车。乔奴看到诺敏,上去就吻它的嘴巴,两只多舛的狼遇到一起,相互传递着温馨,而诺敏依然沉浸在紧张之中,胆怯不安。

找到了一只狼后心里踏实很多,我猜图特木也许就在附近,因为狼是群居动物,经常一起行动,相信两只狼跳车的时间不会间隔太久。于是我们在发现诺敏不远的地方继续寻找。风阵阵掠过,雪末刮得到处飞舞,地上的爪印很快被覆盖得模糊不清。雪地里到处是芨芨草,一簇簇在凛冽的寒风中瑟瑟发抖。

天开始暗下来,视线逐渐模糊,即使图特木就在眼前,也很难发现了。这时我们俩的嗓子都喊哑了,面对茫茫草原突然觉得无助和恐惧。我们在这片枯草中徘徊一阵,没有发现任何踪影。

我冻得就像数九寒冬身上只穿一件薄薄的衬衣，寒风钻进了骨头缝里似的。

天光像燃尽的蜡烛渐渐熄灭，溪溪的小脸冻得已经发青，围巾快把她的脸彻底遮住，她的口鼻处结满白霜，呼出的气体瞬间变成雾气散开。

夜色降临，但是图特木依然没有找到。公路上两束灯光由远而近，在皮卡跟前停下。远远传来汽车的喇叭声，从车上下来一个人影。

"安达，别找了，快回来吧。"

这是刘万里的声音，我们爬上公路，车灯晃得人眼睛不开，我们朝他走去。

"狼找到一只，图特木还没有下落。"

"天太冷了，明天再说吧。"

跟刘万里说话的时候，我的嘴巴咬字都不清楚了。我们朝皮卡车走去，他用手电筒照亮车厢上的笼子，两只狼十分警惕的样子。

"笼门上的铁丝多结实，可还是被狼牙咬断了。"

"乔奴咋没跳车？"

"估计跟它胆小有关系。"

"看把你们冻的，走，去道特公社先找地方住一宿。"

来到道特，刘万里帮我们联系好住地，这里距离拍摄地不远，联系也方便。他打算明天一早再拉一只狼过来。一切安排好后我们分手，刘万里马不停蹄往乌拉盖赶去。

吃过晚饭，我把诺敏拉出笼子，在院子里遛了两圈，发现它没有毛病,又把它关进笼子。图特木没有下落,就像一块石头压在胸口。夜里我几次被惊醒,一睁眼睛便想图特木,这一夜我怎么也睡不踏实,第二天一早我又去旷野试试运气,找到八点多钟,还是没有任何收获,就连昨天留在桥洞的足迹也被夜里刮来的雪花糊得一点痕迹都看不到了。

上午,刘万里把卡尔接过来,他还带来一把链锁,狼牙再厉害也不担心了。他把锁和钥匙递给我,语重心长地说:

"去吧,丢狼的事儿别想了,把戏拍好最重要。"

"大爷,你还回石家庄吗?"

"看情况再说吧。"

皮卡车上路,我从反光镜中看到刘万里,他一直站在公路边目送我们远去。

溪溪不停地回头向车厢上看去,三只狼蹲在笼子里,呼呼的北风吹乱了狼毛,像惊涛骇浪拍打在它们身上。我们俩一直沉默不语,心里在想什么自不必多说,越是经历不幸,好像两颗心走得越近。

"溪溪,你说之前我们见过,是在哪里见的?"

"你还没想起来吗?"

"我真的记不起来了,不过见到你第一眼就觉得在哪里见过,不会是在梦里吧?"

"和皮绳有关,昨天你手里拿的皮绳。"

我把皮卡车停下,认真端详着她。

"那人是你吗?在早市跟我争皮绳的就是你呀!"

"你总算想起来了。"

"我记得你微笑的时候脸上有两个酒窝。"

"这不在脸上长着吗？讨厌，你看别人那么认真还记不住。"

刘万里送走我们，一个人又去找图特木了。他沿着昨天丢狼的路线辛苦找了一天，但是一无所获。当我得知这个消息时心里很不好受，我过于狂妄自大，第一次拍摄就出这么大的纰漏。

接待我们的是剧组制片部门的负责人，他把我带到导演房间，见面的气氛比较轻松，要拍的戏份简单得不到半张纸，我拿在手里却感觉分量十足，既激动又胆怯。与导演交流的时候我经常走神，由于惦记着图特木，谈话时常常心不在焉。从导演房间出来，脑子里一片空白。导演讲的什么都记不得了，眼前全是图特木和昨天找狼的经历。多亏了溪溪的提醒，我才稍微恢复点状态。

次日，我与溪溪在院子里摆开架势，按照对方提出的要求对三只狼进行动作培训，拍摄时用一只就能解决。但是眼前还是经常跳出图特木的身影，一想到这些我便神情恍惚。

拍摄前的夜晚，我蹲在笼子前久久凝视着三只狼，所有的希望全部押在它们身上。寒风吹透我的外衣，与其说默默观察，不如说是心里没底。月色已不再是清而不寒，风把人吹得瑟瑟发抖。

拍摄现场与平时训练的地方截然不同，狼需要面对新的环境，在摄影机和众人面前不能怯场。昨天试镜的时候乔奴有些惊慌，这次出镜我先安排卡尔出场，由于突然的变故，没想到它成了顶梁柱。拍摄时我的心悬到了嗓子眼上，为它捏了一把汗。试过几遍，正式投入拍摄，现场一片安静。溪溪守护在卡尔身边，一对弯弯的眉毛也紧皱在一起，可想而知此时她有多紧张。众人之中只有我跟溪溪两个人心往一处用劲，好像孤独的斗士在迎接一场挑战。

《蒙古马》电影拍摄，一上来是拍狼出场的镜头，站在石崖上观察。然后拍一些它的特写，包括狼龇牙的表情。

下午拍狼追羊追马的画面，追马是分着拍的，马是马，狼是狼。有一段是在园子里拍摄的，把马和狼放在同一个大园区内，狼跟马一起互动，但是拍摄那天也不知道是怎么搞的，马特别厉害。一般是狼咬马，那天正好相反，马咬狼，追着狼在园子里乱跑，也许狼从来没有受到这种恐吓，显得非常慌乱，拍摄并不顺利。

隔了几天，拍摄场地挪到野外，一会儿马队风驰般掠过，我骑在一匹马上，身后是卡尔跟随奔跑，几台摄影机连续转换不同的角度抓拍。卡尔奔跑的动作十分潇洒，身体倾斜，画出不同的弧线，跳起时四肢悬空交叉，足不沾地，头部向前伸展，连同躯体的肌肉一阵阵颤动。两只剑麻般的耳朵像飞机的尾翼向后倒立，浑身的毛发迎风飘舞。卡尔不是跑在马队前面，便是跟在马队一侧，一上午连续拍了几组画面。我从马背上跳下来，卡尔朝我扑来，就像久别的朋友相遇。它将两只前爪搭在我肩上，高兴地伸出舌头舔我的脸，我们热烈拥抱。这时我看到刘万里也在拍摄现场，为了不打扰我们，他以这种方式默默观察。

《蒙古马》是我们养狼以来第一次参加电影拍摄，它给我建立了信心。当天晚上，刘万里提前赶回乌拉盖。我们要继续留下补拍镜头，完成剧组拍摄任务，此时已经是丢狼后的第五天。

第十八章　寻狼记

返回途中，我的心早已飞向道特公社。我们沿公路周边的旷野开始寻找，不放过任何可疑之处，脚踏没膝的积雪，穿梭在雪原中，到头来还是无果。

就在我陷入困境的时候，远远看见有几个骑马的牧民在雪地里，有拿着套马杆的，我十分好奇这些人的动机，下车跑过去，一打听才知道有人看到狼了，怕它伤害牧民的牛羊，因此正在搜捕。我顿时一惊，急忙向其中一人打听着：

"野狼是在哪儿看到的？"

那人态度温和，朝远处一个戴狐狸皮帽子的人一指。我看到那是一名中年汉子，骑在马背上，手持套马杆，脸上透着严寒中特有的健康色，不远处有人正朝他喊话：

"道尔基，你看错了吧？连狼的影子也没发现。"

"哪能看错，是狼精得要命，见人就藏起来了，找到它我非弄死这家伙不可。"

道尔基蹲在雪地里查看着地上的脚印,听到身后有人在喊他,转过身四处张望。

"谁在喊我?"

"道尔基,是我,这小子在打听狼的下落,他有话跟你说。"

道尔基扭头,从上到下打量了我一下,问道:

"你也是惦记狼的吗?这只狼没少祸害我家的羊。"

"狼是保护动物,打死它可要负法律责任的。"

"你是谁呀?狼没吃你家的羊你才说这种话吧?你管得有点多了。"

我跟道尔基没说两句话就呛了起来。

图特木算是狡猾,庆幸的是现在不知躲藏到什么地方一直没露面。道尔基带人继续在雪地里寻找着,这让我十分不安。

不远处有一大群羊,足足有上千只,山坡上还有几十头懒洋洋的牛,懒散地在雪地里找草吃,即使这片雪地留下狼的脚印,也早被牛羊践踏没了,谢天谢地,这个时候图特木千万不要出现。我远远听到道尔基和身边的人在议论什么,如果再去找他们说理恐怕行不通,牧民的性格我清楚,他们认准的事拿钱是买不回来的,一个字形容,那就是"轴"。图特木还活着,我暗自欣慰,赶紧把这个消息转告刘万里。

围狼的牧民转了一阵没有搜索到狼,他们向附近的山坡走去。

我跟溪溪坐在车里焦急地等待着,快晌午的时候终于盼到刘万里。他一下车,我便把情况讲一遍,二话不说我们朝牧民方向追去。

那伙牧民依然在雪地里转悠，刘万里和我匆匆走到这些人当中。他像是自来熟，一边从兜里掏出香烟，递给马背上的道尔基和他的同行者，一边还找话跟这些人套近乎。

"认识一下，我是从乌拉盖特意赶过来的。"

"你身边那个年轻人说话不太好听啊，什么叫'我丢的狼'，它已经吃掉我家几只羊了怎么说？"

"他是孩子，有不是的地方我赔礼了。"

"你有什么事直接说吧，别像那个青年人拐弯抹角。"

"大家都看过《狼图腾》电影吧？"

"在电视里看过，听说是在乌拉盖拍的，它与我们找狼有关系吗？"

"大伙找的狼，正是一周前我们拍电影的时候丢的，麻烦你们找到的话告诉我们一声。"

"他是什么人？"

"是我的驯狼师，希望你们找到狼千万不要伤害它，另外狼咬死的羊损失多少我来赔偿。"

"有你这句话就好说了。"

"道特这边我有个朋友叫伊德勒，我俩关系非常好，不知道你们认识他不？"

"伊德勒是我的拜把子兄弟，你还认识他呀？"

"你看多巧，我们是非常好的哥们儿，你跟他提乌拉盖的刘万里，啥话都不用说了。"

道尔基马上拨通伊德勒的电话，越说脸上笑容堆得越多。通话结束他跳下马,走到刘万里面前热情握手。随后两人互相交换手机号码,他还爽快地答应不要任何赔偿,一再表示抓到狼马上通知我们,绝不会伤害它。

我们驱车继续向道特方向驶去。地毯式搜了一遍,一直找到黄昏,没有任何收获。看到远处连绵起伏的群山,刘万里怀疑狼已经躲进那里,我们望而生畏,知道再继续找下去也是徒劳,于是垂头丧气地往回走去。

事后我跟溪溪经常到这片旷野转悠,半个月过去还是没有任何线索,也不曾听到狼的丝毫下落,图特木好像从地球上蒸发了。

父亲听说我把狼弄丢了,非常懊恼,动员老家的亲朋好友帮我找狼。母亲带着两个舅舅,从乌兰布统赶过来,刘万里把平房腾出来让他们住。可是这些人找了一周,依然不见图特木的踪迹。两个舅舅提前回去了,只留下母亲一人,她头一次来乌拉盖,想多住些日子。母亲在这里的时候,经常帮我们洗衣做饭,与溪溪相处得十分融洽。

一天吃过晚饭,母亲来到我的房间,要给我梳理头发。她让我坐下,像有话跟我说。待了一会儿,母亲委婉地问我:

"你就安心在这里养狼吗?是不是看好姑娘了?"

听到这话,我的脸唰地红了,急忙推开她的手,解释道:

"人家什么情况我都不知道,你想哪儿去了?"

"我没有别的想法,只是担心别把你耽误了,从小你就喜欢体育,甘心把它彻底扔了吗?"

"这话唠的,我都21岁了,还让你操心吗?"

"唉，你该懂事了……"

母亲走之后，有空我便去道特找狼，一个月又过去了，还是没有图特木的下落，甚至刘万里交的那些朋友，也没有一个人打电话过来。我把寻找的范围扩大一些，向不少牧民打听，依然杳无音信。

实在没招了，我想起一个老喇嘛，他人非常有名，而且神机妙算。于是我开车跑了40多公里路，多方打听，总算找到这位"神仙"。

喇嘛住在老旧的蒙古包内，看上去一切非常陈旧了，一进屋便有一股说不上来的味道。里面光线十分暗，温馨而静谧。四周挂满古色古香的毡毯，就连地上铺的毡毯上也是故事，上面是一些传统的民族图案，一看就很有历史氛围。在幽暗的角落坐着一位盘腿的老人，看到他的时候我吓了一跳，喇嘛的肤色几乎跟黑影一样深，我差点儿没辨认出来，以为那是一片寂静的阴影，他身体挪动的时候我才发现有人在那里坐着。我把丢狼的经过对他讲了一遍，喇嘛从柜子里拿出一个盒子，里面有三枚颜色不同的小方块，指甲盖大小。他往地上一扔，小方块自动散开，骨碌到一边停住不动了。喇嘛捋下稀疏的胡须，捡起小方块握在手里。他又换了一个姿势，继续刚才的动作，方块从他手里散落到地上，他一面看着，一面在心里算计着什么，动动嘴唇，伸出皱纹纸一样的手，捡起地上的方块，又撒了出去。这次老喇嘛按方块落的方位算了一会儿，嘴里继续念叨着，一手捏着胡须说道：

"你现在找不到它，待些日子会有人给你捎信儿去的，到时你就能找到了。"

我有些半信半疑地看着他。

"是在什么地方？道特一带吗？"

"天机不可泄露，到时候你就清楚了。"

我半信半疑地看着他，但还是向他深深鞠躬，临走时又在他手里塞些钱，这才离去。回到家，我把找喇嘛算卦的事儿讲给溪溪听，她疑惑地说：

"喇嘛的话有那么灵吗？"

"信则有，不信则无。他说了，有人会捎信告诉我们的。"

"什么时候才有信儿？"

"天机不可泄露，喇嘛不说，只让我们等消息。"

这段时间刘万里也没闲着，经常背着我们独自去道特公社，只为打听图特木的下落，还不停地给他的朋友去电话，探听狼的消息，只要找到狼无论花多钱都要把它带回来。凡是接到他电话的人，都被他的行为所感动，纷纷表示一定帮这个忙。不过图特木依然没有下落，失踪得非常蹊跷，道特一带的人连狼的影子也不曾发现。后来知道这件事的人很多，他们纷纷好奇，为一只狼下这么大功夫？因此，自然会引发一些有关狼的话题，有牧民感慨，额仑草原没有狼了，特别是老一代牧民，提起草原狼，有的不仅情有独钟，甚至还刻骨铭心，多少令人感到不可思议。我常常在想一个问题，狼在当代社会对年轻人而言重要吗？

连日来我在梦里时而见到图特木，但是现实却事与愿违，真是验证了那句话——梦与现实是相反的。日子一长，我对找狼这件事开始淡漠，茶余饭后通常谈论六只狼的情况，而关于图特木的话题渐渐开始减少。

又过去三个月，一天，刘万里接到朋友打来的电话，当时他没想起这个人是谁，后来才对上号。原来那是跟他一起做生意的伙伴，也说不上是什么朋友和哥们儿，只是一面之交，但是人家却一直留着他的手机号码。他听说刘万里丢了狼，一直寻找却没有下落，于是打手机告诉他一个消息，有人抓到一只狼，问他想不想买。刘万里一听当然十分高兴，瞬间想到图特木，他对着电话大声地说：

"我买呀，狼在哪儿抓到的？"

"听说是在满都宝力格大山里面捕到的，具体啥情况我还不大清楚。"

"对了，你是谁呀？我咋没记住你的名字？"

"满都的小陈，在你那边买过砖，这是我的手机号，咱俩加一个微信，到时候我把狼的照片发你。"

"山里还有野狼吗？"

刘万里问他，小陈回答道：

"这就不好说了，听说是正宗的野狼，人家抓住它确实不容易。"

"多少钱才卖？"

"出手就是一万二，你考虑一下。"

"贵了点，不过不要紧，这个我肯定要了，你帮我联系他吧。"

放下手机，刘万里心里有些凉了，原以为是图特木，没想到是在山里捕到的野狼，人家要钱多自然合理，不过买不买得先看看狼再说。

第二天，小陈把照片发给刘万里，狼被铁链拴着，蹲在墙根下。刘万里把照片直接发给我，还在电话里对我说：

"安达，你看看人家在山里抓的野狼，一万二千元值不值？"

我一眼认出它不是野狼，而是图特木，它趴在一个黄土墙的犄角里被铁链牢牢拴住。顿时我激动的心都快跳出来了，泪水止不住夺眶而出，我连忙拨通刘万里的电话。

"大爷，它不是野狼，是图特木。"

"你说什么？它是图特木？"

"对呀，就是它，人家在哪里抓到的？"

"我马上打听一下。"

我激动得直敲墙，溪溪来到我的房间，我把手机递给她，溪溪顿时惊讶：

"这不是图特木吗？它在哪儿被找到的？"

"还不清楚，大爷正在打听。"

"哎呀太好了，它还活着，喇嘛说对了。"

很快刘万里赶过来，一进屋脸上带着微笑，不用说，准是为图特木而来。他怀疑狼就在道特附近，恐怕在某个牧民的手里，他打算先找小陈把情况搞清楚再说。

次日，我们来到小陈家，刘万里再三表示狼肯定会买，但是考虑到价钱不是小数，只有先看到狼才能确定。小陈犹豫片刻，说话变得吞吞吐吐。刘万里趁小陈不注意的时候，向我投来眼神，我顿时明白他的意思，于是不再多嘴多舌。刘万里对小陈施计，他说：

"你别担心，只要看中野狼，花多少钱也要买它。"

"这个嘛……需要跟人家打声招呼，让不让看不好说。"

小陈说话时有点那个意思，刘万里淡淡地一笑，立刻明白他想得到什么，于是慨然允诺。

"我是做生意出身，还不清楚吗？好处费你放心，咱不能让你白搭桥。"

晚上我们请小陈一起喝酒，饭桌上刘万里把丢狼的经历对他讲了一遍，小陈听说之后呱巴呱巴嘴，想说不说的样子。这个人看上去是一个酒漏子，菜过五味，酒过三巡，有些扛不住了，便把自己私心道出。

照片是小陈的朋友发给他的，至于提到的满都大山里抓到的话，都是他随口编造的，小陈根本不知道照片的出处，不过的确来自满都。小陈看到照片后动了心眼，想到刘万里丢过狼，怀疑就是这只。他本想花钱把狼先买下来，反手倒给刘万里，自己从中赚个差价，但是又一想，万一不是刘万里丢的狼，弄不好还会砸到自己手里吃哑巴亏，实际上是利益驱动他产生邪念，他编造了谎言，可见人在利益面前便会骤然暴露出低劣下作的本性，他举起酒杯忏悔地说：

"这事儿我办得不漂亮。"

"我还来不及感谢你，你放心，事成之后我会意思一下。"

于是他把朋友老马的手机号码告诉刘万里，当天晚上我们拨通老马的电话，才搞清楚图特木的照片就是这个人发的。老马家住满都，听说我们丢狼的经历后，当即把照片在哪儿拍的讲述了一遍。原来被刘万里猜对了，图特木就在道特公社，被一个叫额日和木的牧民抓到了。

为防牧民刁难我们，刘万里找到伊德勒帮忙。据说他在道特一带挺厉害，路子特别野。伊德勒打算再找一位朋友一起去，他是林业警察，主管这片牧区，遇到麻烦也好出面调解。刘万里犹豫片刻，对伊德勒解释道：

　　"先别找了，牧民以为我们拿警察去压他们就不好办了。"

　　"有的牧民难缠，遇到不讲理的，狼还能要回来吗？"

　　"我花钱买就是了。"

　　"你们汉族人不懂蒙古族人的性格，不是一切都能用金钱办到的。"

　　"我怕咱们这么多人去人家里，又有警察跟着，人家看了心里会不舒服，愣是不告诉你狼在什么地方，我们一点招也没有，他说把狼放了你有脾气吗？"

　　刘万里递给伊德勒一支烟，他吸了一口，深思片刻。

　　"你说得有道理，我不让朋友去了。咱们简单一点办，如果真的谈不成再让他出面协调也不晚。"

　　午饭后大家上路，伊德勒对这一带比较熟悉，很快来到丢狼的地区，当时我惊呆了，恰恰离诺敏跳车的地方不远。伊德勒手持望远镜观察一阵，他锁定一家牧民。三间红砖房，屋顶冒着一阵阵青烟，门前是一座风力发电机，巨大的风扇嗡嗡直转。砖房前是土坯垒的矮墙，大概是羊圈、牛棚之类，在院墙左手边还有两个蒙古包，旁边是一个大草垛，门口有一堆晒干的牛粪块。

　　看到有车队开来，牧民家的狗远远朝我们狂吠。很快从大瓦房里探出一位牧民，高个头有些瘦，身披一件羊皮大衣，看到我们的吉普车直接开进他家的院子，他愣在那里有些狐疑，伊德勒上前用蒙语与牧民热情打招呼，他这才收起疑惑的表情，让我们进家里坐坐。此时我不停地扫视着院子里不同的角落，却没发现图特木。

牧民正是额日和木，看上去有50多岁，脸上布满刀刻般的皱纹，他热情地把我们让进房间。他儿子在一旁打电话，像是在叫人。我担心一会儿人来多了事情不好办，催促刘万里还是先看看狼再说。然而伊德勒与额日和木聊得火热，双双盘腿坐在地毯上喝奶茶。

"我是道特公社的，他是我的朋友，听说你们抓到一只狼，人家一看照片就认出是他们丢的，这不就找上门了。"

额日和木眉头一皱，一丝不快从他嘴角滑过，脸上渐渐没了笑容，刚才那股热情随之隐去。

"凭什么说这是你们丢的狼呢？"

他疑惑地问道，伊德勒挪动下身子，继续喝口奶茶。

"等一会儿见到狼你就知道了。"

大家走出房间，额日和木脸色阴沉。他带我们从门前绕到屋后，这里有一排干打垒的院子，我们挨着土墙钻进去，发现有一个土坯搭的窝棚，上面压着一个破旧的电风扇，额日和木用手一指快要坍塌的土墙说道：

"狼躲在墙根后面了，别离它太近，它会过来咬人的。"

一根铁钎牢牢固定在地上，上面拴着铁链，而它的另一头绕过土墙暂时看不到。我轻手轻脚地走过去，发现地上趴着一只狼，铁链缠在它的脖子上，颈部的毛被磨秃了，浅白的皮肤表面还有血迹，好像长了冻疮似的。再看看狼的身子，已经惨不忍睹，浑身的毛发由于长时间在土墙上蹭来蹭去，已经被磨得不成样子，失去光泽不说，狼的状态也十分颓废。它还是图特木吗？见到来人，狼警惕地站起来，对我一点反应都没有。毕竟丢了三个多月，我不敢贸然上前。这时图特木后腿慢慢用力抓地，前腿往下半蹲，一直防备地目视我。额日和木见狼并不认识我，没好气地上前拉住我：

"看看就行了，别再往前去了。"

"它熟悉我。"

"狼都没理你，怎么能说认识你呢？"

"你别急呀！"

"我担心狼咬到你，它是野狼。"

刘万里和大家站在我身后，想必此时心情十分复杂，这时没有一人敢站出来说话。我甩开额日和木的手试图接近图特木，它已经向我发出警告，瞳孔张得很大。我当时只顾兴奋，差点儿忘记狼的习性，溪溪小声地说道：

"安达，狼发声了，你忘了吗？"

如果不是她的提醒，我再上前一步恐怕是非常愚蠢的选择。我应该让狼先闻下身上的气味。这时额日和木没有给我缓冲的时间，用力拉住我往后拽。

"你这人是咋回事，到底认识它吗？"

牧民已经生气了。伊德勒看向刘万里，按捺不住的样子。

"万里，这是你们丢的狼吗？"

"你再等一会儿。"

额日和木不满地松开我。我与图特木对视片刻，几个月不见，它的眼神里充满陌生感。奇怪呀，图特木见到我为什么一点反应都没有？远处有辆摩托车正朝这边急速驶来，后座上还带着人，他们一进院子就跟额日和木交流着什么，然后几个人又围过来。图特木见到来人有些紧张。大家纷纷把目光聚焦在我身上，我从溪溪手里接过鸡骨架。

"你不认识我吗？你熟悉我身上的气味啊？"

图特木轻轻向前移动脚步，抬起头，先是闻了一下我的手，而后眼神变得缓和许多，瞳孔也开始缩小了。它的尾巴轻轻摆动几下，这个动作让我感到轻松下来。随后图特木用鼻子又闻我的脚和腿，然后用头蹭着我的身子，伸出舌头舔我的脸，瞬间我的心像碎了似的难受，眼泪在眼窝里直打转。

"图特木，没事了，我是来接你的。"

我一层层把它身上的铁链解开，它被磨烂的皮肤凝结成少许的血疙瘩。我抱起它从众人身边缓缓经过，图特木偎依在我怀里安然的样子，那一刻顿时感动了在场的人。大家鸦雀无声，一直看着我把狼抱出院子。现在图特木找到一种安全感，它什么都不怕了。大家看着我抱着它向皮卡车走去，没有人说一句话，只是默默地将目光落在我跟狼身上，现场出奇地安静。

溪溪把车厢上面的笼子门打开，图特木自己钻进去。这时牧民再过来它什么都不怕了，图特木找到归宿了。额日和木没话说了，相信图特木是我们丢的狼，于是邀请我们到他家里暖和一下，现在可以欣然答应他了。说实在的，我对这家牧民突然产生了好感，有许多感激的话想对人家说，假如图特木不是遇到好心人，它的命运如何就很难说了。

大家再次回到额日和木的房间，喝着热乎乎的奶茶，气氛跟之前不一样了。一向不爱说话的牧民这时话也多起来，他给我们讲起发现图特木的经过，那是一段惊心动魄的过程，说来极其曲折。听完牧民的讲述，我才知道图特木身上还有这般血性，越发敬佩它的胆量，叫它图特木的确实至名归。

图特木在这里整整生活了三个多月，牧民也跟它养出感情了，临走时，一向古板守旧的牧民与它难舍难分，额日和木提出一个请求：

"我们跟狼照个相吧。"

额日和木把家人召集起来，一道来到皮卡车前，高兴地与图特木留下一张珍贵的合影。他对我们说的最后一句话是这样的：

"狼好可爱啊！"

说话的时候他的眼睛有点湿润，是风吹的还是对狼的眷恋我便不得而知了。刘万里看在眼里，慷慨地拿出5000块钱给他作为补偿，额日和木挥手一再推托：

"不用客气，不用客气。"

他说什么也要让我们把钱收回，牧民话很少，但是那份纯粹朴实却写在脸上。即将结束三个月的陪伴，我从额日和木的眼睛里可以发现一种难以掩饰的离别痛苦。我向他深深鞠了一个躬。

到此为止，刘万里再三感谢伊德勒，还有牵线人小陈。寻找图特木的过程让我见证了人性的善良，在失而复得的背后，又有多少不被人知的故事，要说还原图特木跳车后的经历，确实有几分传奇色彩。

一个晴朗的上午，大雪封住草原，额日和木早早便把羊群赶到背后的山坡上，让它们尽可能在温暖阳光下找到珍贵的食草填饱肚子。一切和往常一样，羊群只顾低头在雪地里咀嚼着干枯的草叶，殊不知危险就在身边。中午的时候，额日和木的小儿子在门口突然呼喊着：

"阿爸，你快看羊群是怎么了？"

听到儿子的喊声，额日和木夺门而出。只见羊群在山坡上疯狂地乱窜，不像被风吹乱的样子。富有经验的牧民料定是有什么情况正在发生。他忘记戴帽子，骑马冲向山坡。到了近处一看，羊群似乎无恙，刚才难道是自己看错了吗？明明羊群一阵骚乱，为什么现在像任何情况都没发生？额日和木没有在意雪地上留下的更多细节，又开始过上周而复始的日子。

某一个周末，有几个朋友到他家做客，老马也在当中。他提起一件事，几公里外的地方有人发现野狼。在座的人听到后纷纷感到新鲜，多年来都没听说这里有狼了。大伙只顾兴奋劝酒，碰杯的时候谁也没把他的话当回事。

不久，额日和木发现羊的数量开始减少，难道自家的羊群经受不起严寒，被冻死旷野了吗？但是他在草地里却始终没有发现死羊的踪迹。也许是草原刮来的飞雪把经不住严寒被冻死的羊埋没了？事情到此越发显得很蹊跷，他决定羊不再散养，关在圈里。

一天早晨，额日和木来到羊圈，发现地面有稀稀拉拉的血迹，而且有几只羊被咬死，这时他才意识到附近可能有狼。终于有一天，他在院子周围发现雪地留下的一行爪印，乍看不像家犬的，而且延伸向山里，他想起老马说的话。额日和木断定自家的羊圈被狼盯上了,因为他家的蒙古包离山最近,被狼袭击的可能性极大,于是他开始有所防备。

一晃半个月过去,某日傍晚,额日和木看到遥远的山坡上有一个类似狗一样的身影,它像一块石头一动不动,注视着羊圈方向。通过望远镜观察,他发现是一只黄鬃狼。于是他准备好套马杆,想抓住它。额日和木发现这是一只胆大妄为的家伙,心想到过段日子狼饿了还会到羊圈来觅食,额日和木动了一计,他去东乌旗日杂市场,从那里买回铁夹子,埋在羊圈附近的雪地里。

一周过后,额日和木再次发现黄鬃狼,它依然虎视眈眈地盯着羊圈。这只狼行动诡异,对人并非十分恐惧,它与额日和木小时候见到的野狼有很大区别。这次一定是狼饿得受不了了,在距离它家羊圈很近的方向徘徊不去,他做好捕狼的一切准备。估计它在天擦黑的时候会下山,他又检查一遍狼夹子,一切稳妥之后,这才放心回家休息。

夜晚院子里传来犬吠声,额日和木推门一看,只见圈里羊群正在四处乱跑,他用手电筒一照,发现黄鬃狼正咬住一只羊的脖子在吸血。额日和木拿起套马杆扑过去,黄鬃狼见他快到面前时,才迅速跳出羊圈,狡猾地躲过狼夹子。额日和木发现狼的一条腿似乎有毛病,于是骑马拼命追它,果然黄鬃狼的后腿有点瘸,它越跑越吃力,甚至用三条腿着地。他狠狠一拍马屁股,马在雪地中跑得更快,距离黄鬃狼不远的时候,他伸出套马杆,黄鬃狼狡猾地躲过绳套。就这样,他与黄鬃狼斗了十几个来回,直到黄鬃狼渐渐体力不支,在牧羊犬的包围下腹背受敌,额日和木抓住机会将它套住。不过黄鬃狼并不服输,愣把额日和木拽下马背，多亏在他身边有牧羊犬保护，他才没受到狼的致命攻击。这时额日和木的大儿子骑马赶到，两人一起动手，将黄鬃狼制服。

黄鬃狼被拖回羊圈。一开始额日和木用绳子把狼整个捆住，像蟒蛇缠住猎物一样，把它捆得严严实实，只留下头和尾巴在外面。黄鬃狼自己没办法坐起来，整天躺在地上像蜗牛一样移动身子。后来额日和木找来一根铁链子，将它紧紧拴住。

开始几天，黄鬃狼不吃东西，半个月后大概它被折磨得丧失元气，这才开始进食。额日和木打算解开它身上捆绑的绳索，黄鬃狼的四肢麻木得几乎不能活动。他用铁链拴住它的脖子，一头固定在铁钎上。他企图驯服这只狼，但是黄鬃狼无论受到多少皮肉之苦，从不向他屈服。只要见到额日和木，它便瞪着愤怒的眼睛，几乎把勒在脖子上的铁链挣断。有几次，额日和木想用木棍狠狠戳死它，黄鬃狼死死咬住木棍，即便断牙也不肯松嘴。额日和木发现它身上具有非同寻常的气质，于是对这个冷酷的动物产生怜悯，决定先留下养它再说。有人出钱要买黄鬃狼，被他拒绝了。至于社会上流传的照片，都是一些到过额日和木家的朋友，看到狼后出于好奇拍下后发到网上的，小陈是从老马朋友圈中发现狼的，又转发给刘万里。有关网上谣传的野狼也好，还是主人想卖它也罢，是被人传来传去相互编造的。这只黄鬃狼就是图特木。额日和木最后感叹地说道：

"当时狼腿受伤了，不然我根本抓不到它。"

原来我与溪溪携带三只狼去拍摄的路上，笼子上方柔软的塑料布被风吹开一角，"呼嗒呼嗒"的响声引起狼的惊慌，它们用锋利的牙齿咬断笼门的铁丝，门被打开。皮卡车经过道特的时候，两只狼先后跳车，大概前后相隔不远。当时车速很快，图特木的后腿跳车时摔伤，在雪地里留下轻重不同的爪印。诺敏躲在桥洞下被发现，狡猾的图特木迎风逃向荒芜的旷野，也许留下的爪印处于风口地带，被刮来的积雪掩盖，所以任何线索都没有留下。

图特木跳车之后在旷野游荡了半个多月，栖身于荒野之中，后来发现额日和木的羊群经常散养在山坡一带，没有人看管，这给它创造了机会。于是它饥饿的时候经常袭击羊群，直到后来被捕获。三个多月的时间，图特木的腿伤在牧民家渐渐养好。这便是两只狼跳车后的传奇经历。

第十九章　野性的图腾

　　三个多月后，图特木回到狼园，看上去浑身毛发不整，颈部周围被铁链磨得露出皮肤不说，有的地方还长着疮，身体瘦弱，骨骼向外突显。狼园里的狼对它不屑一顾，甚至用冷漠和歧视的眼神看它。如今狼园的情况跟之前不可同日而语，过去的小伙伴现在个个都长大成熟，不像之前那样单纯天真，有的变得阴郁狡猾，眼神里满是猜疑和算计，动不动就为成为狼王而战。

　　金刚和诺敏在打架，两只狼互不相让，诺敏的脖子被咬住，它猛地一甩头从金刚口中挣脱，朝金刚的后背狠狠咬去，金刚反扑过来，两只狼跳起来铁嘴钢牙碰到一起，口水四溅。一阵刀光剑影之后，血腥的场面平息。金刚来到图特木身边朝它龇牙发出警告，亮出一副王者的架势。乔奴和三条腿一直躲在旁边，看到金刚横行霸道的样子，两只狼有些躲躲闪闪。卡尔看到图特木与世无争的样子，朝它投来好奇的目光。

卡尔走到图特木身边，嗅着它身上的气味，甚至把鼻子伸到它的嘴巴跟前，想要跟它亲近。这时金刚走过来，朝图特木咧嘴恐吓。没过一会儿狼群之间开始相互打闹，甚至又开始争斗，谁摘取狼王桂冠谁将统治这个小团体，所以经常可以发现，有的狼前一天情况很好，第二天伤痕累累，甚至走起路来一瘸一拐，这是夜间狼与狼之间为了某种利益之争留下的。图特木似乎觉察到金刚的刻薄奸诈，与它尽量保持距离。

原以为天气会慢慢暖和起来，然而狂风漫卷，乌云呼啸飞过头顶，狼园被飞舞的雪花笼罩。这种天气对狼而言是小菜一碟了，它们经历了这个严冬最寒冷的考验，再恶劣的气候也无法阻挡它们在野外生存的自由。一早狼便纷纷跑到园子里，来回交流走动，甚至有淘气的狼在用牙齿咬铁丝网，锻炼自己的咬合力。我真害怕铁丝网被狼再次咬开，经常检查不说，只要看到有隐患的地方，马上进行加固。

黄昏的时候，我忙完手里的活，特别想活动一下筋骨。我来到沙袋前，脱下羽绒外衣，一顿左右挥拳，练得浑身直冒热汗。溪溪一手拎着食盆，倚在厨房门口，看着我练拳的背影发呆。

吃晚饭的时候，我让溪溪注意看我的动作，身影在灯光下投在白墙上，我的腰有点打弯，头向前倾斜，两只拳头相互一摆。我又亮出几招出拳的动作给她看，最后摆出一个滑稽的造型，活像狼在跳起。

"怎么样，我的动作像不像一只狼？"

"你说心里话，甘愿放弃打拳吗？"

"是啊，谁也不能把我跟狼分开。"

"我看你那么喜欢打拳,就是不想安分守己。"

"除了养狼我还能干什么?"

午后,天空弥漫着雪花,从遥远的空中飘落下来,我很享受这一时刻的到来。我带图特木来到训练场地,我说什么它都毫无反应。我用动作启发,图特木毫无反应,三个多月的时间它的记忆已经退化,我有些沮丧。我坐在雪地上,狠狠抓一把干草叶子攥在手里搓得粉碎,一切努力都前功尽弃了。我抚摸着图特木有些伤心。

起风了,狼毛被吹得跟旋涡一样在图特木身上乱窜。狼站在风中,凝视的样子像一尊雕像,瞬间让我感到这才是真正的草原狼。我看着漫天飞舞的雪花,像喝醉的时候看到的景色,天空仿佛动荡起来,天旋地转般颤抖。图特木纵情地在雪地上跑动,我想这是它开心的一刻,因为狼的祖先就是在这种环境中生存。它跑累了,来到我身边,我抓住它的两个前爪,带着某种失落和遗憾拥抱它,图特木一用力从我怀里挣脱,朝溪溪跑去。

溪溪轻轻一拍图特木的屁股,领它在草地里奔跑,同时不断向它发出口令。图特木依然麻木,溪溪耐着性子逗它,一次次呼喊它的名字,一会儿她摔倒在雪地里,图特木扑上去咬她似的,他们两个玩得十分开心,但是接下来的一幕让我吃惊。溪溪朝图特木喊了一声,它瞬间趴在地上,这让我眼前一亮。我转过身从雪地爬起,再次听到溪溪的喊声,图特木又做出本能的反应。我从它身上看到希望之光,于是我带它在雪地里奔跑,用口令不断激发它的记忆。

两天过去,风雪停息了,草原的气候变得暖和了一些,房子上的红瓦顶被一层积雪覆盖，在阳光照射下显得晶莹剔透。我推开狼园的门，几只狼懒洋洋地站在地上在晒太阳，有的张大嘴巴正在伸懒腰。图特木脖子间的毛发好像长得顺溜了一些，比过去也有光泽了。我带它和卡尔、诺敏走出狼园，沿雷达山脚下的公路向东跑去，一口气跑了大约三公里，我气喘吁吁，一下倒在雪地上，卡尔和诺敏抓住机会向我扑来。以往这个时候图特木一定首先扑进我的怀里，而现在不是，它站在一边眺望远方，大口大口地往外吐着哈气。我过去拉一把拴在图特木脖子上的皮绳，它依然没动，我只好过去跟它一起眺望远方。图特木这次回来有些许的变化，经常凝视旷野的方向，是大自然在吸引它吗？我双手捧着它的头，仔细观察它的眼睛，它的瞳孔里映入蓝天的空寂，透出某种深邃的幻影，突然一种莫名的感觉向我飘来，仿佛图特木是我陌生的过客，它并不属于我，而是生活在我身边的灵魂，它属于大自然。

每逢大雪纷飞的季节，乌拉盖都会吸引一些摄影爱好者前来拍照，尤其在电影《狼图腾》上映之后，更多的人纷至沓来，想在冰天雪地拍摄草原狼，无论雪下得多大，这些人总有办法到达。

某天有一位叫张燕明的摄影师，专程从东北赶来。一到乌拉盖，他便到处打听我们狼园所在地。拍照的时候，我把七只狼全放出来了，它们在雪地上打闹，张燕明按快门的手就没停过。我见他的手都快冻僵了，想让他进屋暖和一下，他一再推辞。临走的时候，他送给我一本摄影集。

晚上我与溪溪一起欣赏张燕明这给我们的摄影集，她拍了一下我的肩膀说：

"安达，以后我们也要出一本草原狼专辑。"

我躺在床上，看着天花板，满怀憧憬。这时溪溪冷不丁问了我一个问题：

"安达，我看你那么喜欢狼，是要一辈子扎根乌拉盖吗？"

"目前是，你咋想的？"

"随缘呗。"

我戴上拳击手套在房间打了一圈空拳，最后轻轻点在溪溪的鼻子尖处停止，她不由得一笑。

"安达，听大娘说你以前在体校是拳击运动员，为什么中场退出了？"

"我不是那块料。"

"别骗人了，你不会轻易言输。"

"你咋这么说呢？"

"我看得出来。"

"其实我内心很脆弱，你慢慢就知道了。"

公狼之间的战斗逢火就着，金刚有时想招惹图特木，它不想搭理便躲到一边。金刚见没有对手，更加肆无忌惮，甚至不把关在笼子里的野狼放在眼里。不久狼园发生了一件怪事，至今回想起来都让我毛骨悚然，事情跟三条腿有关。

一天，几只狼在园子里玩，一切如往常一样。金刚横行霸道的样子引起野狼的不满，野狼向金刚发出怒吼，似乎在警告它：我是这里的大王，你要放老实一些。金刚没把野狼当回事儿，它知道野狼被关在笼子里就是纸老虎，惹得野狼十分懊恼。

有几次金刚玩累了，从野狼笼子周围擦过，但见野狼趴在那里纹丝不动，久而久之它便放松了警惕，以为野狼就是那么回事，瞎吼两嗓子而已，甚至想挑战野狼的威严。

某一个下午，金刚跟图特木战斗之后，趴在野狼的笼子边喘粗气。过了一会儿，它想站起的时候好像被什么东西拽住，回头一看是被野狼咬住了，疼得它直嗥叫。等我跑过去的时候，金刚躲在一角吓得直打哆嗦，不停地回头看向自己的屁股方向。它的尾巴被野狼咬掉半截，变成短尾巴狼了。

自从金刚没有了尾巴，它的自尊心受到严重打击，性情变得十分暴躁，经常跟图特木、诺敏、卡尔发生战斗，看谁不顺眼上去就是一口，有时布勒姆被它咬得鲜血直流。我用木棒教训过多次，这家伙依然一意孤行，甚至与我动怒。它的本性被野狼一下激发，开始放浪形骸。

三条腿一向与世无争，不被其他狼接纳的时候它会来到野狼身边，靠在笼子一旁安静地观察周围，野狼有时也会倚到它这边趴下，两只狼背靠背挨在一起。三条腿的尾巴即使溜进野狼的笼子里，野狼也只是嗅嗅上面的气味，用舌头去舔上面的毛发，好像替它梳理整齐。这种情景我见过不止两三次了，野狼对三条腿十分友好，甚至伸出爪子去摸它的身子，这是一个令人难以破解的秘密。当我准备离开的时候，发现金刚躲在远处，用邪恶的目光正在朝这边看。

昨夜又飘雪花了，一早起床，小风吹得有些刺骨。我端着热气腾腾的食盆朝狼圈走去，几只狼早已等不及，纷纷朝我拥来。我数了一下，发现少了一只，三条腿不在。我到处找它，只见它躲在空地一角。我刚过去,它上来咬了我一口,我大为吃惊,三条腿为什么突然发火咬我?这只一向非常温驯的母狼今天是怎么了?溪溪过来喂狼,发现我在揉小腿,她神态诧异。

"你怎么啦?"

"被三条腿咬了一口。"

"它咬你了?它多老实,怎么会咬你?"

溪溪紧皱双眉,忙撸开我的裤腿,只见皮肤表面留下两道紫红的牙印。

"去医院打针吧。"

"没出血,不用了,多亏穿的棉裤。"

溪溪朝三条腿看去,她顿时愣住。

"它咋出血了?哎呀,是肠子出来了。"

三条腿在雪地上不断向自己屁股方向扭过头去,身体颤颤巍巍在打战,几乎站不稳的样子。溪溪像发现什么似的惊呼着:

"安达,你快来看看,三条腿的尾巴没有了!"

我顿时打消了对它的愤恨,这才发现它后腿下面拖着的红色血块居然是肠子被拽出来了,这不是所说的破肛吗?我一猜准是野狼干的,我抄起木棍向它走去,野狼立刻躲在一边,朝我龇牙。我觉得还不够解气,想把棍子顺网眼捅进去狠狠戳它一下,但是木棍太粗了没法做到。我仔细检查笼子,里面并没有任何血迹,如果是它干的,起码三条腿的尾巴会留在里面,可是笼子里干干净净,什么都没有。我愤怒地扫视每一只狼,一把抓住金刚,捏住它的头,也没见到它嘴角有血迹,不过在它右腿一侧沾着一块血迹,难道是它干的?我正在疑惑中,诺敏从我眼前滑过,这家伙最近脾气见长,也到了发情期,一直受金刚干扰,情绪并不好。我看着它嘴两边有血,用手里的棒子指着它。诺敏低头翻着白眼看我,我狠狠给它一下。它"嗷"的一声向后一退,嘴里吐出邪恶的牙齿,一副要朝我反扑的样子。我拿起棍子再次吓唬它,它却以闪电般的速度扑过来,一口死死咬住棍子不松口。我倒吸了一口寒气,狼大了,如果激怒它们随时都会向我发起攻击,我必须提防了。观察了半天,我无法认定是谁伤害的三条腿,不过凭直觉,还是金刚的嫌疑最大。

溪溪伤心得无法形容,嘴里不停地嘀咕着:

"开春它就要下崽了,真可惜。"

她咧着嘴,一副同情的神色。我把她拉出狼园,然后急忙给包大夫打电话,问他有什么办法救三条腿。他听说是这种情况,便肯定地说:

"没办法挽回了,等着它死吧。"

我顿时心凉了半截,溪溪在我身边,通话的内容她都听到了,直无奈地摇头。多么残酷的现实!我非常沮丧,与溪溪又返回狼园。三条腿弱不禁风的身体颤抖得更厉害,我们只能眼巴巴地看着它与痛苦搏斗,没有任何办法帮它解脱。如今三条腿脾气变得极其糟糕,眼神充满仇视,之前温顺的脾气荡然无存,一夜之间它变成一只无情的恶狼,见到金刚它都想反扑过去,完全疯狂到极致。

中午溪溪做饭的时候,我待在旁边一直在思考,自以为对狼非常了解,实则不然,居然找不出合适的理由安慰自己,顿时人像没神似的十分沮丧,心里被一团迷雾萦绕。到底是谁把三条腿的尾巴咬断了？狼群之间究竟发生了什么，我无法解释。

"安达，如果有一天狼把我们当作敌人怎么办？"

"你想多了。"

"它们一个个都长大了，不能小看。"

"怎么讲？"

"狼在变化，别以为它是忠臣，也许它会背叛我们。"

"你的想象力真够丰富的。"

傍晚的时候草原再次飘起雪花，灰蒙蒙的天空在雪花纷飞的时候显得有些亮晶晶。起风了，感觉风嗖嗖的能钻进室内，吹得门框四周结了一层厚厚的白霜。我站在窗前，想着寒冬腊月，狼园里的三条腿如何度过。一想到这些，我心里难以平静，满是难言的悲伤和痛苦。我披上外衣走出房间。

我来到狼园，在距离三条腿两米的地方默默看着。它依然站在风雪中，浑身被雪盖了一层，像一个隆起的雪堆。看到它煎熬的样子，我悄悄靠近它，背后攥着一个碗口粗的木棍，我想趁它不备朝它脑袋就是一下，替它早日结束这痛苦。就在我打算下手的时候，它抬头看向我，这种眼神仿佛像我抓它时看到的模样。溪溪过来，发现我身后紧握一个粗木棍子，忙拦住我说：

"你不能这样做，你成啥人了。"

"我想让它结束痛苦。"

"三条腿的眼睛一直在盯着你，让它自然死吧。"

我把木棍丢到一边，三条腿只是回头看了看，无动于衷。我找到一把笤帚，想扫去它身上的积雪，三条腿朝我发出愤怒的呻吟。雪下起来没完，落在它身上，像要把它埋没，寒风中三条腿像木乃伊一样一动不动。我无法承受现实带来的打击，不想再看到三条腿忍受痛苦。溪溪难过地自语：

"太可怜了，太可怜了。"

轿车的马达声向这边传来，等车刚刚停稳，刘万里下车在院门口大声喊我：

"安达，你出来一下。"

我急忙跑出园子，只见他正从车厢里拽出几个塑料袋子扔在地上。马豆和露露也在旁边，我走过去。

"这些鸡架子你先扛到仓房吧。"

"大爷真行，大雪天的还惦记狼园，这下库房快装不下了。"

"我去锡林郭勒盟有机会就拉些回来备着吧，咱还怕肉多吗？"

我瞅着马豆和露露笑了一下。几分钟的工夫，我和刘万里把卸下来的鸡架子拖进库房。这时他捂了一下胸口，看上去很疼痛似的，我急忙扶他一把：

"你怎么了？"

"胸口好像抻了一下。"

"这不是肺吗？你别干了，交给我吧。"

"不用，没事儿。"

仓库内堆满了牛肉和装食物的袋子。一只老鼠从墙根爬过，刘万里上去一脚没踩到它，又拿起扫帚拍两下，狡猾的老鼠钻到洞里。他四下打量着窄小的房间。

"夏天我再换一个大号冰柜，不然肉多了没地方储存。"

"这才刚换就不够用了。"

"谁想到入冬前一下多了五只狼,它们都咋样了?"

"进屋再说吧。"

马豆、露露和溪溪已经在屋里坐着聊天。桌子上的茶冒着热气,窗子上结满霜花,露露用手指调皮地在上面一按,冰花在热气中渐渐融化成一个点状。这时我和刘万里走进房间,看见露露,我笑呵呵地说道:

"我瞅着露露又长高了。"

她走到马豆身边坐下,两条腿调皮地来回摆动着,一副悠闲的表情。马豆见我们进屋,问道:

"冷不冷?冬天烧煤要小心别串烟了。"

"不会的,睡觉前我会注意。"

"溪溪也要小心。"

"嗯……"

我坐到床边,抠着指甲缝中的污泥。溪溪摆弄着手指像有心事的样子,时而低头回避着刘万里的视线。马豆从兜子里拿出瓜子撒到桌子上,用手一指说道:

"别光说话,边嗑瓜子边聊吧。"

"三条腿昨天被咬伤了。"

"咬得厉害吗?"

"包大夫说没救了。"

大家一起来到狼园,狼群瞪着闪亮的眼睛在夜色中游动,有几只跑到围栏前,离我们很近,这些狡猾的家伙是嗅到鸡架子的香味跑过来的。刘万里用手电筒在三条腿身上晃来晃去,露露说了一句:

"肠子都出来了?"

"昨晚不知是哪只狼干的,我怀疑又是金刚咬的。"

像遭遇三条腿这种命运的狼,人人见了都会产生恻隐之心,刘万里带着悲伤的神色说道:

"晚上把它抱进仓房吧,那里咋说也比外面暖和点,别让它再遭罪了。"

"谁敢靠近它呀?白天差点儿把安达咬了。"

"它咋一下变成这样了?"

马豆说了一句。

"三条腿一生受气,现在该瞪眼珠子了。"

大家默默看着它,只见金刚跑过来,用身体撞了它一下,三条腿再次朝金刚张嘴咬去,不过身体下的冰坨像铅坠似的拉住它,疼痛让它无法再次向前移动,三条腿的反常表现已经达到绝望的地步。

晚上,我伏案写日记,把今天看到的情景记一记,每一笔下去都是酸楚,总算把日记断断续续写完。临睡前我又去狼园检查了一遍,当走到三条腿身边时几乎不敢再多看它一眼,它还是顽强地挣扎着,喘息声急促,依然站在寒风中颤抖,血在它的身下一滴滴坠落,已经结成血疙瘩和它身体连在一起。我从来没见过这种悲壮的场面。

我又一次看到扔在一边的木棒,它没有生命,不知疼痛,难道它是结束三条腿生命的罪魁祸首吗?不,在狼眼里真正的凶手是举起罪恶木棒的那个人。理智让我保持冷静。现在三条腿的生命只剩按分秒计算了,我在它身边点着一堆篝火,本想让它暖和一些,它却一点点拖动着身体下沉重的血块向黑暗隐去,它的样子实在让人心痛不已。

又过去一天,早晨我去看三条腿的时候,它已经安静地倒在雪地里,四肢僵硬。三条腿终于解脱痛苦。看到这番情景,我松了一口气,心想三条腿终于脱离苦海。

我锁住眉头,心里一直发问,三条腿不痛吗?为什么不嗥叫、挣扎、释放一下,而是平静地站在那里,忍受一切?狼有多大的抑制力,内心有多强大?这是一种战神的精神。我被它的精神震慑,如果人身上有这股劲,何尝不能战胜一切?顿时,我觉得动物在我心目中神圣了。

我用了一上午的时间,在狼园附近冻僵的土地上刨出一个坑,将三条腿埋葬了。我为什么这样做,是因为三条腿有股劲让我敬佩。每次一镐刨下去的时候,震得虎口生痛,但是我想到它站在雪地里就像勇士,总有一种精神驱动我,让我坚持下去。

晚上,我非常郁闷,是被三条腿的死因影响的,我又想写点什么,把难过的心情再次记录一下:

> 3月2日,我走进狼园,看到三条腿站在雪地里,像雪雕一样,我几次想上去结束它的生命,然而我都没有勇气举起身后的木棍。我完全被这种动物寒冷的气息征服,只有默默注视它。
>
> 雪花无声地飘落,落在三条腿身上,逐渐厚起来,像一层棉花渐渐把它包裹。它和肠子、血块冻在一起,三条腿不知疼痛似的,眼神一直看着前方,不知道此时

它在想什么？我蹲在它面前与它对视，三条腿目光依然有神，像一团火在燃烧。雪落在它的眼睛里，融化成新的视线在注视前方，它一丝不动，也不见任何痛苦的呻吟。

窗外，雪花不再飘落了，风也消失得无影无踪，却不见月亮藏到何处。过去只知道"珍惜"这个词，不知道它的实际意义。失去三条腿，我才知道什么叫作珍惜，高兴的时候，或是痛苦来临，都有珍惜的东西在里面。我多么想回到之前的日子，曾经拥有的时光，那里饱含珍惜，却不知道珍惜为何物？现在失去才知道是那么值得回味。三条腿活着的时候，它带给我安详、自足、与世无争之美，它总是独处于阳光下，不畏寂寞孤独，活得那么平静。从抱它回来那天算起，它就像天空失散的一朵白云，孤独地漂泊，死也死得梦幻缥缈。它是那么无所畏惧，从容面对，把痛苦踩在脚下。它平静的目光在我的眼前难以抹去。

第二十章　五只狼崽

金刚的野性丝毫没有变化，再次被我关进笼子，它一次次朝我吼叫着，不满自己的处境。

下午刘万里来了，他想去狼园转转，我陪他过去，几只狼沐浴在阳光下。经过漫长的冬季，图特木原来被链锁磨出肉皮的地方长满稠密的毛发，浑身圆润光滑。刘万里叫它一声，图特木扑过来，两只爪子兴奋地搭在他肩膀上，一阵亲热之后它跑开了。金刚在笼子里号叫着，引起刘万里的注意。

"安达，咋又把黑子关了？"

"放出来它就打架，我得惩罚它。"

"狼没有野性咱们养它就失败了，都像绵羊似的，谁来看狼啊？"

"游客看的是狼表演，不是冲着狼的野性来的。"

"《狼图腾》小说你光看热闹了，书里说了多少狼性和血性的道理，人在社会上混也离不开这些道理呀？你把金刚放出来吧。"

刘万里崇尚狼性，不然怎么混社会把大窑建起来。现实社会中有许多成功与狼性和血性有关，说明狼与人有相似的地方，都是在激烈竞争中生存发展的。狼是弱肉强食的动物，难道人就不是吗？但狼比人差了很多，狼没有人那么狡猾阴险。人有时自私自利，笑着把对方吃掉，社会有多残酷，人就有多黑暗。狼做事光明正大，敢爱敢恨。狼有野心，表现在挑战对手时永不服输，无论遇到多么强大的对手，它都会勇敢地面对，顽强地拼搏，这正是我在狼身上看到的狼性和血性。

我一直在思考一个问题，狼的这股顽强精神由何而来？这不是狼性和血性又是什么？狼是值得我敬畏的伙伴，它身上散发的独特魅力让我无法抗拒，特别是它的眼神就像两把锋利的刀架在人的脖子上，刺骨又令人胆寒。有时它像戏剧里的变脸，刚刚还凶神恶煞，转眼就摇尾乞怜，变成一条哈巴狗，狼的瞬间变化，不正是内心世界白与黑的对话吗？

我经常观察狼的眼睛，就像狼在审视我，这时我扪心自问对错，内心比较复杂，仿佛面对两个自我在对话：一个是心里自问的人，另一个是回答问题的人。自问的是白色，回答问题的是黑色，在白与黑矛盾的时候我该选择哪一方呢？白色想让黑色变白，还是黑色想让白色变黑？心里总是在犹豫和斗争。如何看待这两种问题才是对的呢？白色本想堂堂正正在人间走一回，而黑色总有理由干涉白色，这是世俗带来的影响，包括欲望、懒惰、贪婪和社会的种种诱惑等；本想问心里的黑色，它又隐晦回答不出来，而这些就是欲望跟不健康的杂念与社会的种种诱惑所致。

因此在白色与黑色对话和交锋时，阴暗或光明、狡猾或坦诚、自私或公正在发生激烈冲突。

　　人常常把许多阴暗的东西隐藏起来说成光明，把自私掩饰成公正，甚至让错误的东西大行其道，所以我的内心世界才有双重人格。而狼不是，它很单纯，没有黑与白的战争，选择非常直接，因为它做事是透明的。我想活得简单、透明，必须具备一些狼的本性，否则在这个社会里活得太累和不干净。

　　四月，乌拉盖已进入初春季节，冻裂的土地渐渐愈合，乔奴的肚子像气泡似的一天比一天膨胀。我跟溪溪每天期待，脸上不由得浮现出一种快乐。

　　刘万里不知从哪里弄来两块羊毛垫子铺在狼窝里，乔奴卧在这种被人精心打造的地方，没过几天就产下五只狼崽。我们高兴极了，像宝贝一样呵护着。有了去年养小狼的经验，这次更加细心。乔奴和它的孩子们躺在软绵绵的羊毛垫子上，舒适温暖。

　　天暖和的时候乔奴走出狼窝，小狼纷纷跟着它跑到外面晒太阳。五只小狼里有一只比较活跃，吃奶的时候总能抢到奶头。它渐渐引起溪溪的注意，一天她惊喜地告诉我：

　　"小狼可能要睁眼了。"

　　我匆忙跟她往狼窝跑去，抱起小家伙观察它的眼睛。小狼在我手里懵懂地打量周围，极为可爱的样子。我开玩笑地说：

　　"记住抱你的是爸爸，身边站着的是妈妈。"

　　溪溪推我一把说道：

　　"只有妈妈，爸爸还不知道是谁。"

　　我给最先睁开眼睛的小狼起名叫"小图腾"，它在五只小狼当中长的个头儿大一点儿，是只小公狼。20多天后，小狼的眼睛都能正常看东西了，它们分别有了自己的名字：小图腾、大花、懒虫、小可怜和风。名字是根据它们的特点起的。小狼玩的时候容易暴露各自的习性，就拿大花来说，身体上的毛色深浅变化稍显一些，由此得名。

大花喜欢叼着奶瓶子满地跑，四处躲藏，这种习性的狼长大后有个特点，如果不改掉，以后训练时容易精神不集中。因为它过于贪吃，兴奋度太高，即使在被驯的时候也会因为想要得到食物而分散注意力。

懒虫的名字是从它的状态中得来的，这只狼非常奇怪，吃饱了就喜欢趴在乔奴身边休息。几次我去狼窝，懒虫都在窝内睡觉，很少见它出来活动，它给我的印象总是嗜睡、懒惰的样子，由此得名。

小可怜看人的时候有一个习惯性动作，它经常歪着脑袋，眼睛一眨一眨的，目光中充满好奇。它给人的感觉像只小猫，天真可爱，只要你伸手，它就朝你走来，在手指间闻个不停，它喜欢黏着人。

小可怜天生敏感，非常警惕，什么都怕，怕声音、怕黑色物体、怕车辆，还怕人，经常躲在窝里不出来。这类狼即使再聪明，学动作再快，在重要场合也根本上不了台，这由它的性格决定。经过一段时间的观察，我感到它身上有些胆怯的地方很像乔奴。小可怜非常让人伤心，不出一个月它就夭折了。

风是因为它跑得相对快，动作比较灵活，因此得名。风平时好动，经常没事就跑出去活动。它体态瘦弱，天生营养不良似的，虽然娇小，但是力气不输其他狼。风给我有点狡猾的感觉。

比较五只狼，属小图腾综合条件最好，天生有股猛劲，将来是个好苗子。它不像其他狼那样极端，它的眼睛长得十分标准，腿脚比例匀称，体型完美，训练以后有前途。狼从小需要注意它的灵活性，包括跑、跳、爬的能力，因为拍摄的时候需要各种动作配合，上镜才会好看。

两年来我一直忙着狼园的事，跟同学、朋友相聚的时间很少，有的朋友听说我在养狼，出于好奇偶尔过来转转。有的同学会问我为什么养狼，我想是因为我爱它。狼给了我很多，从内向变成外向，从没有自信到有自信，从一无是处到尺寸可取，我学到了耐心，学到了坚持，学到了勇于面对挑战，没有它们我学不到这些东西，我从做人到做事都跟狼紧紧联系在一起。他们听了淡淡一笑，甚至对我产生过质疑。绝大多数人很难想象到我的乐趣所在。我喜欢这一行雷打不动，不管他们如何议论，都无法动摇我养狼的信心。

今天晚上要破例给自己放个假，我穿上短款的皮夹克，脚上是一双尖头棕色皮鞋，长发也梳得比平时整齐，准备和同学乐呵一场。溪溪一直目送我坐上摩托车，离开的时候她只说了一个字：

"帅——"

黄昏的旷野，只有我的摩托车突突在响，风吹得长发飘起来，衣服鼓成船帆，这种感觉非常过瘾，让我一下子找到自信。有几年没与大家相聚，说不上来是什么心情。摩托车沿着夕阳的方向飞驰，此时，我的心早已荡起小小的波澜。

包间内是一张紫红色的大圆桌，中间是盆景，正对着大门的墙壁上是一幅彩喷风景画，新雨初霁后的辽阔草原，一道七彩弧线划过，旷野极为开阔，其间点缀着一匹匹奔腾的骏马。有十几个同学先于我就座，俏皮嘴黄少波和上学时没两样，一看我进来了，便拿我调侃：

"这不是牛仔到了吗？哎呀，这身打扮更像狼爸爸了，怎么，狼妈妈没带来吗？"

"瞧你这张臭嘴，胡扯啥呢？"

我找个位置落座。一阵寒暄之后进入正题，主宾是班长，他坐在主位，站起身拍两下手掌，顿时大家就安静了。

"首先感谢大家光临，今晚没主题，就是我回来了想把大家聚到一起乐呵一下，在座的都不是外人，男的敞开喝，女的随意。"

班长一段颇为激情的开场白过后，进入今晚的宴席。席上觥筹交错，能喝酒的频频举杯，大嗓门而又能说会道的同学往往控制了场面的节奏。酒菜过半的时候，个个面红耳赤，说什么的都有，热闹非凡。我举着酒杯，跟刚才满嘴跑火车的黄少波碰杯，还没喝两杯他就掉链子，说什么也不喝了，并摆出一副耍赖的样子，我指着他鼻子道：

"瞧你这模样，连狼尾巴都不如了。"

"养狼是啥感觉？你能跟大伙儿分享一下吗？"

"起码狼知道不服输，为尊严而战，不像你光举酒杯逗大伙儿玩了。"

"你这是用狼将我啊！"

"我没这个意思，是狼是狗你自己说了算。"

他一拍桌子，喧闹的场面顿时安静下来。

"是白酒的端杯子，拿出点儿狼性来，别让狼王瞧不起大家。"

大家纷纷举杯，一场高潮落幕。于是酒桌上，三三两两的同学开始谈论不休，有大声喧哗的，也有在下面窃窃私语的，这种场合谁不想说说自己皇冠上的闪光点呢？炫耀自己的成就，甚至把虚荣的一面巧妙地伪装起来。我见个别同学很少张嘴说话，谦卑地在洗耳恭听。中场过后，酒桌上的气氛稍稍变得有些沉闷，起因是有的同学感到生活的压力越来越大，有人面对创业带来的挫败而感到悲观。大家只看到光环，而不去想如何努力获得光环，在压力面前不是勇于挑战困境，而是屈服于现实，大概是缺乏社会竞争意识所致吧。在我听来，这些消极的言论就像是一出滑稽的寓言故事，又岂能与狼相比。狼在大自然极端恶劣的环境下生存，充满危机和挑战，更别提狼王之争了。但凡这些消极的同学身上有一点儿狼性，也不至于牢骚满腹。因此，在酒桌上我一直保持冷静乐观的态度，这种与同学聚会格格不入的做派，必然会引起个别同学的注意。大家看到我怡然自得的样子，心存疑惑，班长问道：

"一直没听见你说话，养狼很开心吧？"

"非常快乐。"

"大家听安达说两句，来点儿轻松的话题好不好？"

"对了，让安达讲些养狼的故事。"

"狼没有牢骚，身上只有一股拼搏的劲头，绝不言输。"

这时大家被我的话吸引，纷纷把目光转向我，认为我是最超脱的。看到大家对狼产生了兴趣，我便讲起与狼共舞的生活。说到狼性和血性的话题，同学们倒是听得津津有味。我突然感觉扯得有点儿远，这是同学聚会，不是为了听我讲狼的故事，不过主宾一再说我讲得太精彩了，当然狼园的故事给大家带来不小的反响。

　　聚会直到深夜才散场，从欢乐的气氛中走出来，酒桌上的那股豪气被路灯下寂静无人的气氛渐渐隐没。离开城市光怪陆离的灯光，我仿佛向黑夜中的孤岛驶去，惆怅的感觉弥漫在眼前，冥冥之中，一切回归自然平静，这才是我的真实生活写照。人生的常态是与孤独为伴，最大的幸福是战胜孤独。我想脚踏实地地生存下去，把任何欲望的东西放在一边，全身心投入一件事情，什么靠养狼一夜出名，我觉得那些东西太假、太虚伪，曾是我幼稚和不成熟的过往罢了，都是害人的东西，不是我追求的目标。我想要的很简单，靠自己的努力去收获，虚伪是害人的温床，我只想安安静静走自己的路，天天跟我喜欢的动物在一起，没有争吵，没有利益，没有奢望，这就是幸福。现在除了狼，我没有什么可遇而不可求的东西。

　　天渐渐温暖起来，各种植被纷纷冒出嫩芽，绿油油的颜色逐渐覆盖大地。早晨下了场小雨，天空乌云密布，漫山遍野的绿色衬托着无边的草原。春季的乌拉盖，小风一吹，清凉的感觉无与伦比，就连花花草草都不想错过，更别说新生代小狼了，它们在草地里蹿来蹿去，彰显着各自的性格。

　　八点多我去狼园消毒，这个季节正是瘟疫盛行的时候，狼很容易传染疾病，无论怎样小心，还是难免发生意外。昨天死了一只小狼，不知道是什么原因。上午我把园子再次打扫一遍，休息的时候看见溪溪在逗小图腾：

"把爪子伸给我，抬腿，快给我呀！"

小图腾歪着脑袋看她，溪溪伸手摸着它的头，我想起兜里的铃铛，弄出一阵响声。小图腾听到奇怪的声音，这下更不听溪溪的话了。我又朝它摇一下手中的铃铛，它好奇地走过来。我让它看清楚手里的东西，一把抱起小图腾，张开嘴把它的嘴含进我口中。溪溪看到后直皱眉头。

"简直受不了，你就是这么养狼的吗？"

"怎么了，很正常呀，与小狼培养感情它才听你的话，要不你也试试？"

"得了吧，埋不埋汰？"

"这话说的，你还咋当狼妈妈？"

"不讲卫生。"

上午把小图腾拉出狼园，发现它有一个特点，即对一件事情非常专注。这个发现提醒了我，小图腾性格比较专一，做事集中精力，这是驯好狼的基础。

小狼逐渐长大了，我准备对它们进行训练，开始它们很不适应，总是动作混乱，这让我很懊恼。小狼很难领会我的意图，一再消磨训练的时光，却始终不出效果。我又遇到跟去年驯小狼时相同的问题，苦恼再次找上门。马豆一直看着我训练的过程，她说：

"驯狼你得有计划，从狼小的时候就要仔细观察，什么时候可以教这些、什么时候可以教那些,讲究方法以后,驯狼就会易如反掌。"

我听了觉得非常对,好记性不如烂笔头,我马上把她说的记下来,老人的话非常有道理,因为生活给了她太多的磨炼,总结了很多经验。

正好跟之前刘万里说的一样:

"你得了解狼,从里到外了解它。把它看透了,才能驯好它。"

现在我才理解,狼不是用眼睛在看,而是用心在观察。我如果不了解狼,就成不了一个合格的驯狼员。我的理想其实很简单,就是做一个顶天立地的男人,原来说做一个驯兽师、科学家、运动员,可是到头来,我觉得都是虚伪的,只有填补空虚的心灵,做好一个男人才是我的理想。我渐渐懂得了摸索永无止境的道理。当初是由于兴趣养狼,慢慢由喜欢变成了爱,如今发展到理性考察问题,这是我最大的改变,相信狼还会继续让我改变。

昨天又死了一只狼,是天热的关系吗?我想了又想,找不出狼夭折的原因。第一种可能是脑炎,第二种可能是急性肺炎,两种因素各占50%。三只狼在这个夏天与我擦肩而过,这下把刘万里惹火了,他把我痛斥一顿。狼出事总是在防不胜防的情况下发生,我跟溪溪都很用心了,但是结果却不尽如人意。

晚上空闲的时候我打开日记本,在上面写道:

> 6月8日,养狼的经历让我身心疲惫,常常精神压力胜于肉体痛苦,我想放下身上的包袱,平静地做好该

做的一切。不过痛苦却无法逃避，我能够从曲折和磕磕绊绊中挺到现在，狼是我的精神支柱，没有它我就没有一切。当困境无法摆脱的时候，脑海里总会出现魔力般的召唤，它带给我一次次灵魂的震撼，仿佛一种神秘的力量将我唤醒，它正是我看到的狼性力量，在我身边呼唤与耳语，我必须像狼一样有血性，才能战胜自我。这种感觉像潮水般袭来，我想找到与狼之间存在的精神纽带，何尝不是一件快乐的事情呢？

第二十一章　野狼之死

　　小狼长大后性格各自不同,有的狼依然保留小时候的一些特征。拿图特木来说,它性格沉稳多虑,像有心机却又不善言辞的男子汉。它长得骨骼粗犷,动怒时眼神加上白牙没有哪只狼能抵挡它。上午训练,它站立的时候个头儿真不矮,再想抱它已经是一件非常困难的事情了。

　　诺敏虽然稍晚一点开窍,却给人越来越聪明的感觉。它比较中性,除去训练上的机智,别的地方没有特别之处。

　　狡猾和不善解人意的应属金刚,这家伙就是个愣头儿青,是狼群中的野心家,容易冲动逞强,一发脾气就无法无天,愤怒的时候两只前爪像熊的爪子一样有力,之前对它我有许多描述,在此不想多费口舌。

　　心计诡谲的应属乔奴和卡尔,它们善于见风使舵。两只狼训练的时候各有千秋,不过乔奴有一点儿变化,八面玲珑,现在学得更喜欢黏人和撒娇了，这和它小时候的性格有点区别，现在成熟了却显得乖巧可爱。

布勒姆接受能力一般，属于可以调教的那一类，它的品性决定了它是一只忠诚的狼，一直维系着与图特木不离不弃的关系。

野狼的一生只能被关在牢笼中，有时它显得孤独委屈，时常往角落里一趴，眼睛眨巴几下看着远方。野狼始终以狼王的身份自居，我用任何手段都无法打动它，直到现在依然如此。一年过去了，我每次进狼园，从它身边经过的时候，它虽不像刚来的时候反应那么强烈，但我与它对视不到三秒钟，它的鼻腔里就会发出闷闷的哼哼声，这时我必须收回视线，否则野狼会像火山爆发般疯狂地扑向我，发出震耳欲聋的咆哮声。

一阵秋风扫过，气温明显降低几度。遇上这种天气，我必须穿长袖大衣了。尽管天冷，我依然打算带狼去旷野跑一圈。在大草原上，这种运动是一种奢华的享受，清新的空气里混合着枯草的味道，瞬间让我的肺活量增大，感觉里面蠕动着无数活性分子，心情也不一样。我喘着粗气，几天不这样甩开膀子锻炼一下身体就蔫了。狼一个个精神焕发，我却感到体力不支，跑到山头一下倒在地上。狼在身边扑嗒，有的还用爪子踩到我身上，嘲笑我是笨蛋似的，甚至还用嘴拉扯我快起来。

来到山顶俯瞰大地，容易让人浮想联翩，我便即兴唱几句，虽然五音不全，但是歌声嘹亮。我在高歌的时候，狼也在嗥叫，一下把我震惊了。我看着图特木和卡尔举头"嗷呜"叫的时候，那一刻浑身血液都沸腾了，让它们的叫声，飘向遥远的天边，寻觅远古时期的猞猁，复活驰骋草原的锋芒。

下午我在沙袋前练习打拳,图特木看到后憋不住跳起来。这家伙真通人性,它怎么知道我今天无比快乐?我出拳狠狠打几下沙袋,它便不停地吼叫,我打得越凶,它叫得越厉害,甚至露出可怕的白牙,这是怎么了?我陷入困惑之中,过去仔细观察它的眼睛。

与此同时,十几米外还有一双眼睛在盯着我。溪溪站在不显眼的地方,她停下手中的活,一直在往我这边瞧着。我转头时恰与她的视线相遇,那是一种疑惑的目光,略带忧伤,我怔住。

"你在看什么?"

"看你跟图特木怪有意思的。"

"是吗?我觉得也是,我弄不明白它在叫什么。"

她走过来坐下,刘海垂在额前,不修边幅的样子,不过一点也不影响姑娘青春貌美中透出的优雅气质。泛红的颧骨和鲜艳的唇色,在枯野的气氛中更是夺人眼目。这时图特木蹲在地上,一直歪着头看我。我轻轻拍了一下它的头,它灵机一动向前一跳。我伸手握住它的两只前爪,它便跟人似的站立着。

"可爱的东西,我出拳的时候你叫什么,像是给我助威似的。"

"我都看见了,它理解你的心情,看出来你不安于现状。"

"你说这话是什么意思?"

"本来就是,你练得这么刻苦,不会是想重返拳击舞台吧?我看你一直舍不得放弃练拳,就连图特木都看出来了。"

"瞧你这话说的,有点小肚鸡肠了。"

"狼有灵性,都看出来了,你的眼神能骗过我,却骗不了它。"

"你真会开玩笑,我只是喜欢练拳,上次我跟你说过,我与狼群不能分开。"

说完我抱住图特木,脸对脸亲昵了一阵子。

深秋到来前,刘万里打算把狼园扩建一下,再分几块区域,以免狼多了关在一起容易打架。他想在大窑没停工的时候,趁工人们还在,把这件事做起来。刘万里办事向来雷厉风行,很快陆续有人拉来铁丝网堆满院子,二十几个工人在狼园里开始忙碌,在狼园原址基础上扩建。这是一个不小的工程,需要一周多的时间才能完成。有拆园子的,有平整地面的,每天狼园被搞得乱糟糟不说,光是各种噪声已经让狼群吃不消了。它们没见过这种场面,胆小的几只狼便躲在园子一角不敢乱跑,非常警惕的样子。像金刚这种野性十足的就不好说了,一旦发飙恐怕只能用麻醉枪对付它。野狼更不用提了,被搅得早已暴跳如雷。我把狼集中在一起管理,特别是野狼,必须格外慎重。我再三嘱咐工人,把野狼的笼子抬到不碍事的墙根下面,那边僻静,不影响这些人工作。

施工的摊子一旦摆开,有些地方很难顾及周全。小狼虎视眈眈地守卫着家园,愤怒的情绪逐渐高涨。没过两天,有的工人放开胆子,干脆脱掉外衣,甩开膀子怎么方便怎么来,还有的人图省事跳进狼圈冒险施工。看来他们真的不了解草原狼的脾气,小狼长得正是生猛如虎的时候,一旦被惹怒,发起火来跟野狼没区别。我匆忙跑过去,非常生气地指责他们,并赶紧让这些蛮干的工人离开狼圈,别惹出事。

不久钩机又开来了，打算一上午把排水沟挖好。狼听到机器发出的金属声更加不安，怒火早已顶上脑门，已经到了见火就着的地步。我再次告诫那些不守规矩的人，干活的时候一定要小心，千万不要随便跳进关狼的院子施工，狼是冷酷的动物，会毫不客气。

下午的时候钩机还在忙碌，施工的声音呼呼传来，野狼被安置在靠近围墙无人打扰的地方，它的情绪一直不稳定，在笼子里烦躁地来回乱撞，稍有人来就惊慌失措。我走进狼圈，先把小狼赶到里面临时搭好的院子内。谁能想到，图特木和卡尔咬起来了，打得头破血流。卡尔这段时间有些反常，经常跟图特木过不去，它一度想争当狼王，图特木根本不让它。我对卡尔印象不坏，从野狼谷抱它来的时候，它便很狡猾，见到我经常躲一边，不冷不热，不受人待见似的。不过拍摄《蒙古马》时它救了场，仅这一点我得感谢卡尔。

在图特木和卡尔打架的时候，多亏金刚没有插手，否则事情就闹大了。狼这么打架不要紧，许多干活的工人停下手里的活开始看热闹，甚至在一边喊加油，盼着它们打下去，打得残酷一些。人有这种下作的心态，喜欢看别人打架，就像看动作片似的过瘾。一下午我守在狼园，胆战心惊，生怕哪只狼一急，从临时围栏跑出去向工人们开战。

几天过去，扩建狼园的工程越来越大，园子里有些地方被挖得满目疮痍，野狼待的地方，土墙背后变成堆放材料的场地。由于野狼见到人容易发怒，我用一块不大的帆布罩在笼子一头，让它看不到干活的工人，以此减少工人作业对它带来的影响。不过野狼只要听到附近有脚步声，它一定勃然大怒，吼声不断。时间一长，干活的工人听惯了它的叫声，在它身边走来走去满不在乎，人们似乎忘记矮墙背后还有野狼的存在。

第四天，狼园快要建好的时候，工人在附近卸材料，大概由于用力过猛，从车上卸下的圆木杆扔的时候从矮墙上翻过去了，压到背后野狼的笼子，把铁门挤开了。这下野狼找到机会，它从里面钻出来跑到西边的大狼圈里，混乱的现场无人知晓。当时我还在东边工地，正指挥工人扎围栏，就听大狼圈里又有狼在打架。狼叫得非常惨烈，我跑过去一瞧，顿时吓傻了。布勒姆大动脉被撕裂，躺在地上鲜血直流，身体痉挛不止。再一看野狼咋跑到这里来了？我一面高喊着，一面指挥作业的人快离开狼园。大家听到我的喊声，别提跑得有多狼狈了。这时刘万里匆忙组织人把围栏还没扎好的大口子临时用围网堵住。

我一边向野狼逃跑的地方寻去，一边叫它的名字，打算把它往狼园中间已经搭好的小圈里轰赶，只要野狼钻进去，一切就好办了。然而，野狼好不容易获得自由，它在外面溜溜达达，就是不往小圈里钻。这时刘万里拿来套杆给我，工人们手持木棒、钳子、铁棍等从四面八方把野狼围住，企图靠人多势众把它强行赶进去。野狼面对来人愤怒对峙，尾巴摆动着，丝毫没有畏惧的意思。它伸出长舌，动不动就露出锋利的牙齿恐吓一下，一副满不在乎的样子。现在我们人多，气势上占绝对优势，不过野狼并没有屈服的意思，毫无胆怯之相。它在摇尾的同时，诡谲地算计着什么。突然，野狼猛地一扑，朝围过来的人群发起袭击。其中一人手疾眼快，挥手一棒向它击去，野狼尖叫一声倒在地上，看来它被击中了。我不忍心看到这种结局,但是又不得已而为之,毕竟人命关天。形势非常严峻,野狼迅速爬起来,狡猾地顺着没扎好的围栏钻出去,消失在茫茫的旷野中。

刘万里跳上皮卡车,一脚油门跟在野狼身后。我跨上摩托车从侧面直插过来,正在作业的工人们,手持木棒也从四面八方叫喊着跑过来,旷野一下子沸腾起来。连续翻过两个山头,有十几公里远,野狼跑得筋疲力尽,耷拉着紫红色的长舌,身体左右摇摆,速度缓慢下来,但是没有任何求饶的意思,依然顽强地挣扎。我们紧紧跟在它的身后,寸步不离,担心野狼突然钻到什么地方瞬间消失。

野狼又跑了一段,嘴角向外甩出血液,终于放慢脚步,像电影里的慢镜头一样站住不动了。我手里紧攥绳子,和刘万里一道小心地接近它。就在我准备抛出套绳的时候,一口鲜血从野狼嘴里喷向天空,它倒在血泊中,生命止于这个深秋。我走上前发现野狼的眼睛睁得好大,活像一个玻璃球从眼眶里被挤出来,它一动不动地躺在地上。我抚摸着野狼的身体,浑身湿漉漉的,像刚洗过热水澡一样。大概是亲眼看到野狼临死前那般挣扎的缘故,我无法平静,刘万里在一旁说道:

"多亏它死了,否则跑到野外祸害牧民的牲畜怎么办。"

我没再吭声,久久地看着野狼,它嘴角的一滴滴血液慢慢滋润在枯野的草地上,红成一片。那红色在我眼前一点点被放大,我感觉额仑大地在火焰中燃烧,把晚霞烧成焰火的颜色。狼不愧是草原之子,它应该与这片草原永生才对。

野狼和布勒姆瞬间灰飞烟灭,从抓它那天算起,野狼一直没有给我留下多好的印象，却不知死到临头让我难忘。几天过去，眼前一直是野狼的身影，几个月过去还是忘不掉它。从野狼身上我看到镌刻在骨髓中永不服输的精神。后来我把野狼的狼皮做成标本，像《狼图腾》电影中毕利格家门前挂的狼皮筒，高高挂起来，迎风招展。每当我看到狼皮筒的时候，浑身热血沸腾，燃起一股战无不胜的勇气。这年的秋天在一场腥风血雨中度过。

野狼的故事很快传开，消息是从搭建狼园的工人那里透露出去的，镇上的人听说后纷纷慕名而来，打听谁是狼王，野狼在哪里。人们捕风捉影，趴在狼园的围栏外设法找到它，当看到小狼时格外惊喜，纷纷品头论足。忽然，一个游客最先发现了金刚，他惊叫着：

"那不是野狼吗？关在笼子里的那只狼，只有野狼才会被关。"

这时金刚不安起来，眼含怒色，越发在笼子里来回走动，并且动不动向游客龇牙，发出愤怒的吼声。野狼没有了，人们却误把金刚当成野狼了，不过金刚也的确实至名归，它的震慑力摆在那里，与野狼相比毫不逊色。

大干了一个星期，狼园基本修葺一新，崭新的院子是用绿色铁网围着的，面积比之前扩大不少，还在园子一侧单独隔出两间小圈，对不同狼群进行区分设计，以便减少狼与狼之间的争斗。

这个秋季狼园还发生了一个变化，刘万里把平房腾出一间，改造成冷库，并在里面安装了大号的冰柜，足足能装几百斤的肉，不管来年夏天有多热，只要有冷库在，狼就能吃到新鲜的肉。

然而这个秋季还是留下一道伤痕，它是一个萧瑟的岁月，有些事情永远让人忘不掉。

第二十二章　狼王梦

在夕阳快要落山的时候,我和刘万里并肩趴在狼园的围栏处,他吸着香烟,一副很享受的样子。一缕青烟从他眼前飘过,我发现他脸上一直带着微笑,说不上哪里像孩子似的童真。他突然问了我一个问题:

"安达,社会上对狼的看法褒贬不一,你对狼有什么理解吗?"

"狼除了聪明可爱,它身上还有股韧性,有团队合作精神,干每一件事都那么认真执着。"

"不会是从书里看到的吧?"

"是我亲身体会的,比如说挖狼洞,如果有一只狼累了,身后另一只狼会接着去挖,直到挖好为止,这不是团队合作又是什么呢?"

"看来你在狼身上学到不少,许多企业家崇尚狼性,如今社会充满竞争，想生存下去没有狼性怎么行？人家就会像狼吃羊似的把你吃掉。"

早年乌拉盖人迹罕至，野狼漫山遍野，人们的话题总是与狼扯不开，不像现在很少再听到有人讲狼的故事，大概是草原狼被人打绝的缘故吧。狼不在人们的视线中，互动少了，容易被遗忘，即使是草原人，新一代年轻人谈论狼的还有几个？狼与我们的时代产生代沟，我从小到现在守着大草原，却从来没见过这种动物，到了我们这一代，几乎把草原狼遗忘得精光，更别说听到有人谈到狼呢。

一直以来我对狼的了解是在养狼、喂狼、驯狼当中摸索和领悟的，反复从失败和教训中寻找答案。尽管驯狼这条路走得十分艰难，不过我有一股拧劲，一直想把它干好。驯狼是我了解这一物种最好的手段，只有在驯狼的过程中，我才能真正发现狼的品质，促进人与动物之间的交流，走进狼的世界。然而，驯狼的过程充满痛苦，没有毅力的人干不成。我在《狼王日记》中曾经这样写道：

> 驯狼是一个枯燥、孤独与屡屡失败的过程，具有挑战性而难走下去，我渴望有老师带我步入更高的殿堂，非常羡慕驯兽师安德鲁·辛普森，他在我心目中是一位神秘人物，如果有机会能听到他的教诲，该多么荣幸，不过这只是一种奢望和幻想罢了，现实绝不可能实现。
>
> 安德鲁写过《驯狼日记》这本书，我还没有读过之前，从刘万里口中略知一二。我曾看过法国电影

《狼》，对影片中狼的出色表演无比赞叹。如果狼是驯化出来的，那它的主人太厉害了，因为我是驯狼人，我知道驯狼的艰难，甚至一再怀疑影片中的狼是不是用特效做出来的。后来当我接触《驯狼日记》一书时，彻底颠覆了我的猜想，这才知道影片中的狼完全出自安德鲁之手。不说书中对狼的描写有多么生动，光是他的名字就对我产生极大的诱惑。后来我有幸得到这本书，才算对安德鲁有了更多的了解，特别是他训练不同的动物，与世界知名电影导演合作的经历，不断在打动我。平日里我会经常翻阅这本书，希望从中得到驯狼的启发，我多么渴望能够得到这位大师的指点。不过人家是外国人，长期居住在加拿大不说，每年与世界顶级导演合作，光是拍片的时间贵如黄金，我怎么可能见到他呢？我的梦想和不成熟的心智一样幼稚。因此，我特别喜欢听刘万里讲安德鲁驯狼的故事。

世上许多事情发生得如此巧合，安德鲁怎能想到若干年后与草原狼相遇。天边草原乌拉盖，它在中国版图上也许没有一粒米大，却把奥斯卡金像奖大导演让·雅克·阿诺吸引过来，在乌拉盖工作生活，一干就是一年多，完成了不朽的电影《狼图腾》。当年是怎样的激情驱使导演做出这种选择，答案只有一个——草原狼的魅力。

当代著名作家姜戎在创作小说《狼图腾》时，历时多年，呕心沥血，以饱满的热情完成了轰动文坛的里程碑式作品。我对狼的热衷纯属由兴趣出发，渐渐爱不释手，也许正是狼身上的这种魅力在不断改变我。

最近有两位韩国摄影师找上门，他们在全球范围内专门拍摄狼主题纪录片，上一站是在美国，刚刚结束阿拉斯加狼的拍摄任务，不知道通过什么渠道找上门的。刘万里跟我商量，觉得这是一件好事，对宣传草原狼是一次机会。于是我们同意对方的请求，他们在狼园一拍就是半个多月，拍摄时还让我跟溪溪身穿民族服装与狼一起生活，凡是与狼有关的环境统统用镜头记录一遍。闲暇的时候，两位摄影师对我们讲述了他们在其他各国拍摄狼的经历，狼的品种特点、分布情况，以及狼与自然生存的关系，包含了许多鲜为人知的话题，对拓展狼文化颇有见解。我们的狼园虽小，但它已经成为对外交流的一个窗口。

拍摄间隙，刘万里请两位记者去镇上吃饭。他想找一家韩式餐厅，两位朋友提出吃当地特色，想吃中国风味。我们去了一家涮肉馆，晚上喝了不少白酒，他们觉得在中国什么都好吃，于是刘万里就一盘盘上肉，让两位朋友吃得开心。涮肉的时候我们从狼文化谈到蒙餐，又聊起两国的饮食特点，最后话题回到草原狼，虽然民族风俗不同，不过对狼性文化的认知却是相同的。

送走两位客人，我们的生活再次回到正常状态。我相信缘分和它的机遇存在不可知性，只要有梦想，上天就会向你递来橄榄枝。我在驯狼时遇到瓶颈，渴望得到高手指点的时候，命运之神恰恰降落到我身边。

一个周末的晚上，刘万里带给我一个好消息，近日我们一道去北京一趟，参加《狼图腾》电影驯兽师举办的动物讲座课，这是我梦寐以求的事情，得知消息后我几天没睡好觉。

启程那天，我靠在玄窗一侧，飞机爬升至云层高度时，看到一望无际的云海，奇形怪状，有的像蛟龙腾空而起，有的像卧虎盘踞，还有的像烈马奔跑。我想在云海中找到与狼相似的云，看到一片，似是而非，虚无缥缈。一个多小时后，飞机开始下降，从窗口眺望，朦胧的城市渐渐映入我的眼帘。

不是说北京经常有雾霾吗？下飞机看到的却是蓝天白云，第一次去北京我感到非常新鲜，道路两旁高楼林立，几乎把天空遮住，搞得人头晕目眩。街上车辆鱼贯而行，名店旺铺鳞次栉比。看到这般景象我有点不适应，这是我一心向往的北京吗？我木然地看着，只觉得天大地大没有北京大。

听课那天，走进大厦的时候，心开始"怦怦"直跳，手里紧握笔记本和签字笔，走进会场一看，听讲座的人已经黑压压的一片。我没见到安德鲁，却见到他的夫人莎莉。莎莉也是一位驯兽师，今天由她主讲，旁边是中文翻译。虽然有些遗憾，但是毕竟与《狼图腾》电影驯兽师团队零距离在一起，也没什么失落的。刘万里上前与两人热情打招呼，莎莉为我们安排了前排的位置。听课的人来自全国各地，一打听多数是动物爱好者，有杂技团的驯兽师，也有养海豚的，还有热爱宠物的人，特别是养狗养猫的人不计其数。在众人当中只有我们跟莎莉熟悉，周围投来羡慕的目光，看到这番情景，顿时一种自豪感从我脸上微微掠过。

莎莉讲课的时候，我目不转睛，她从关爱身边的动物讲起，对照屏幕画面展示不同的动物。讲到狼的时候，她的话题转到电影《狼图腾》，这是我最期待的内容。莎莉为大家分享了拍摄狼的经历。她的讲座打开了我的训练思维，相信以后在这条路上我能走得更好，不过她说的一句话使我永远记在心里：

"动物就是动物，你要时刻提防它们。"

这句话我深有体会，如今被莎莉一语点破。经过培训我懂得了什么样的狼可以驯，哪些狼难驯，甚至有的狼就是天生没办法驯服的道理。与莎莉交流之后我清楚很多，当她听说我们也在养狼时，开朗地说道：

"希望你们有恒心把这件事坚持做好，这是一件非常值得尝试的工作，乐趣会很多，同时驯狼带来的苦恼也无法回避。"

这次北京之行让我大开眼界，听到了世界顶级大师的驯兽课，对我触动很大，圆了我多年的梦想。

在北京逗留期间，我与刘万里还去动物园转了转，学习人家饲养动物的方法，还专程去了一趟中科院动植物研究所，想了解喂养狼的一些情况，打算咨询这个国家级科研所能否在乌拉盖成立一所草原狼科研繁殖基地。我现在还记得见面的那位老师姓何，非常和蔼。

一周之后，我们返回乌拉盖。

第二十三章　夏季回响

一次驯狼结束，回到狼园，远远发现图特木不断地在笼子里蹦高，动作幅度很大，有的时候向上一蹿，轻而易举便足有三四米之高，像是捕捉什么东西。我跑过去，却没发现笼子里有任何东西，图特木依然一次次不停地跳跃，两只爪子就像抓什么，头一直来回向上转动，像是在找东西，有时一惊一乍，有时嘴里在咀嚼。它引起我的好奇，我观察一会儿，发现原来图特木是在捕捉飞进笼子的小蜜蜂、苍蝇之类的小昆虫。我站在笼子旁，它没理我，自己往地上一趴，可怜兮兮的样子。我清楚最近一段时间一直忙于对小狼的训练，没理它，图特木情绪低落了，看上去有几分孤独。

人与动物之间必须经常交流才能增进感情。我把它放出笼子，带它在园子里遛遛，它的心情好起来，顿时我有一种对不起它的感觉，狼一多，精力有时不够用，对图特木的关照自然就会少。这时小图腾见我跟大狼在一起,兴奋地跑过来,却没想到被图特木咬了一口,疼得它嗷嗷直叫,可见狼有多么善妒。溪溪听到狼嗥之后,慌忙从厨房跑过来,见到我和图特木在一起,小图腾已经跑到一边去了。

"安达,狼咋叫得这么惨啊?"

"图特木把小图腾咬了。"

"没咬坏吧?"

"看着不像咬伤的样子,狼的忌妒心真强,大概是忌恨我过分把时间花在两只小狼身上才咬它的。"

"别把它们混在一起了。"

我至今尚不清楚狼的习性,它带给我瞬息万变的印象。

晚上刘万里和马豆来到房间,带给我几张照片,其中一张是莎莉蹲在土堆前,眼前有一个地洞,仔细一看,有只狼露出半截身子在向外爬,看来是驯小狼钻狼洞的照片。我在欣赏照片的时候,就听旁边马豆对刘万里说道:

"万里,你参加过电影拍摄,外国人是咋驯狼的你就多教教安达。"

"驯狼是保密的,根本不让外人接触,我也是偷偷拍的。"

这张照片给我一些启示,后来我在狼园利用斜坡的地势,同样挖了一个直径50厘米的洞口,准备训练小狼钻洞用。开挖的时候正好让马豆赶上,她是来送蔬菜的,见到我跟溪溪干得热火朝天,惊讶地说道:

"安达,你别费劲了。我让刘万里从砖厂找人来挖,你指挥工人干就行了。"

"不用，我们都快挖好了。"

一米多深的狼洞不到半天竣工，我把图特木牵过来，准备训练它钻洞。图特木见到新挖的洞并不感兴趣，只是用鼻子在周围嗅下气味，根本不想往洞里钻。远处稍微有点动静，它便迅速跑开了。

我把它拉过来，抓住它的身子愣是往洞里推，图特木做出强烈的反抗，甚至向我龇牙咧嘴，发起攻击。

马豆一直在场，目睹了我们训练的过程，也许晚上她把今天所见所闻对刘万里讲了，第二天他从大窑叫来几名工人，在距离狼洞三四米的地方挖了一个大坑，里面足足可以容纳两三个人。在坑的侧面又掏了一个洞，跟我事先挖好的狼洞接到一起，很像一个葫芦的入口。刘万里说：

"狼既聪明又多疑，它在野外见到洞口是不会轻易往里面钻的，大坑是给你预备的。"

我跟溪溪看着葫芦状的大坑越发迟疑。这时刘万里用手比画着通往外界的洞口说：

"安达，你躲到这里招呼小狼试试。"

我跳进大坑，趴在洞口向外一看，只见马豆蹲在洞外，我们面对面可以交流。刘万里朝马豆喊道：

"你能看到里面吗？"

"看见了，你俩非常清楚。"

"安达，你把马豆看作图特木趴在洞外，你在这里喊它，狼看到你在洞里面才有可能钻进来。"

我这才明白大坑的用处，我从刘万里身上又学到一招，同时也揭开了这个行业的神秘面纱，渐渐地我离驯兽师的世界又近了一步。

一个阳光灿烂的上午，风和日丽，旷野的枯草芳香一阵阵飘来。我把图特木领到狼洞前，解开皮绳让它在附近自由玩一会儿。等它熟悉洞口的环境后，我跳进大坑内，守在通往狼洞的方向，呼喊着它的名字。图特木跑过来，这次它没立刻跑开，而是用鼻子贴在地面闻着洞口周围的气味，它发现我在洞里躲藏，无论我怎样逗它，图特木只是朝洞内看看，犹豫着轻易不敢往里钻。

我从坑里爬出来，思考着进一步解决问题的方法。这时图特木在我身边蹦蹦跳跳，它显得十分兴奋，伸出长长的鼻子闻我腰间的小包。我产生一个念头，利用肉块作诱饵，按照一定的线路摆好，只要图特木想吃到这些肉就好办了。这时马豆又来了，听说我有新方法，便坐到一边看我跟溪溪训练的过程。

我在洞口周围摆放了几块肉，往洞内又扔几块，然后跳进大坑。溪溪撒开图特木，它听到我的叫喊声跑过来，在洞口附近小心地闻着周围的气味，先是把洞口前摆放的肉吃干净，然后诡谲地朝里观察，看到我在里面一手拿肉逗它，图特木一面找地上的肉吃，一面试探性地钻进洞内，边吃边往里钻。它果然中招，离我不到半米远的时候，图特木动作很快，一下扑到我的怀里。我们拥抱在一起，十分高兴，图特木不停地用温暖的舌头舔着我的脸，别提有多快乐了。

悄然之间额仑草地走进深秋，经常可以看到一辆辆满载牛羊的卡车从路上经过。入秋的时节牧民们忙于收割牧草，为冬季遭遇白灾做准备，打包成捆的牧草堆散落地放在旷野之中，像遍布的围棋子，等待需要的人用车拉走。这时雁叫的声音划破长空，一行行从头顶悠悠飞过，划出"人"字形的优美弧线，一会儿便消失在遥远的天边。秋季的天空看上去与夏日有所不同，天蓝得纯粹而透彻，像一丝织的缎子神秘而单调，往往看不到云在天空飘。

晚饭过后，父亲顺着砖厂的小路向我这边姗姗走来，他手里像拎着一个塑料包，在晚霞照射下一闪一闪，我正在院子里擦摩托车上的灰尘，他走到我身边把手里的东西递给我。

"你妈托人捎来的，有空你去个电话，省得她在家惦记你。"

我与父亲朝房间走去，进屋后打开塑料包，原来是一件大红色的羊毛衫。我在身上比画了一下。

"我妈真会挑，大红色多扎眼。"

"这是她的一片心意，天凉了怕你冻着。"

我把羊毛衫放在床头，父亲喝口茶，抬头打量着房间。屋里的东西摆放得十分整齐，甚至就连一向不叠的被子，现在看上去都有模有样，像是有人特意整理过。父亲的眼神诧异地扫视着，内含几分猜疑。这时房间外传来溪溪清亮的说话声，这声音听上去带着几分柔情：

"安达，裤子缝好了。"

说话间，她迈着轻快的脚步闯进房间，看到屋里有人，她愣住，显得有些尴尬。她脸颊倏地泛起红晕。她把裤子放在靠近门口的凳子上，带着优雅的微笑说道：

"安达，我先回去了。"

溪溪大方地转身朝自己房间走去。

"新来的养狼人。"

"听你妈说过，你是男子汉多担当一点。"

"这我知道。"

"时间不早了，别忘了抽空给你妈去个电话。"

"嗯，我记得了。"

父亲出门，他的身影连同脚步声在不知不觉中被黑暗隐去。

我打开溪溪缝好的裤子，上面留着一股芳香。这时从她的房间传来悠扬悦耳的口琴声，优美的乐曲打动了我，有她在身边似乎给生活增添了不少色彩，时间也显得快了，特别是驯狼，过去有的时候非常枯燥，现在却变得轻松浪漫。

我把外衣往床上一扔，一头栽到上面躺下，静静地听着口琴声，沉浸在音乐带给我的快乐中。琴声消失的时候，仿佛黑夜更加孤寂。这时我的眼神不由得看到墙上挂着的拳击手套，起床拎着手套走出房间。

月色清凉，照在悬挂的沙袋上，周围的旷野朦胧可见，远山的轮廓若隐若现，像潜伏的巨大怪兽，趴在那里一动不动守望着神秘的大草原。我在沙袋前"噼噼啪啪"打了一套漂亮的组合拳，然后气喘吁吁地坐在椅子上休息。这时溪溪走出房间，像是准备去狼园的样子，看到我在棚子下练拳，她晃着手电筒姗姗朝我走来。

"这么晚了还不休息。"

"睡觉有点早了，你别去狼园了，一会儿我过去看看。"

"让我也试试拳击是啥感觉。"

溪溪从我手里接过拳击手套，戴在手上打了两下沙袋，然后摘下手套，人倚在摩托车旁，一手放在车把上。

"安达，那天在集市买大犬绳，明明我们见过面你咋愣说想不起来？"

"我没敢往那上面想。"

"不信，你比狼还狡猾。"

我们俩坐到长凳上，这是两个人第一次坐得这么近，我的心突然怦怦跳起来。溪溪用手臂碰我一下。

"你看我的手电筒照到了什么？"

她的手电筒光朝天空照去，头顶是一轮皎洁的圆月，溪溪一副很感慨的样子。

"月亮好孤独，多像风筝在飘，没人牵它就会飞走了。"

"它会飞到哪里去呢？"

"我怎么知道，你说心里话，是不是放不下拳击的梦想？"

"我和我的狼群永远在一起。"

"我算什么呢？"

"你就是放风筝的人啊，有错吗？"

溪溪恬淡地微笑着，两颊泛起淡淡的红晕像落霞般缠绵。我们坐在一起欣赏着月色，薄雾从圆月上面悠悠飘过，带给我们心旷神怡的感觉。

翌日，迎来极好的天气，就连平时喜欢刮的凉风也不曾有一丝吹过。这种天气驯狼是最好的，绝不能错过。驯狼的时候溪溪给我打配合，小图腾大了经常不听话，她过去抓住它的一条腿拖着它过来，不过小图腾反抗时力气也很大。这时大花高兴地往她身上扑，溪溪招架不住，差点被扑倒。有一次我见她被扑倒了，女孩倒下时比男孩要狼狈。我在旁边哈哈大笑，甚至小图腾骑到她身上，上去就想亲她似的。

"溪溪，小狼对你比对我还亲，你就做狼妈妈算了。"

"讨厌死了，又把新洗的衣服弄脏了。"

"你像我似的，就穿一件上衣，看它到底能脏到哪儿去。"

"还有脸说呢，臭死了。"

今年对小狼的训练与往年不同，平时特别注意培养感情，驯化的时候对每只狼区别对待，不求全面，选择重点。小图腾脱颖而出，训练方法沿用了之前积累的经验，同时深受莎莉的启发，颇有效果。

小狼一个个长到成年一样大，我打算把它们和大狼混在一起喂养，从体型上看两拨狼基本差不多，混在一起已经分不出上下。金刚斜眼在看小狼，根本不把它们放在眼里，摆出一副狂妄自大的样子。其他大狼也有各自的小算盘，但是不管它们算计得多精明，也想不到此时正有一个比它们还能算计的人物，我就是这群狼的大王，我要让它们知道，一切必须听从我的指挥。

中午休息的时候，我们坐在草地上眺望远方，乌拉盖向南便是一望无际的草原。溪溪抬头，看到一行鸿雁南飞，远处是悠悠的群山与草原接壤，天地之间在空气密度中变得朦胧不清，鸿雁的身影朝那边隐去。

"溪溪，下个月我去呼市一趟。"

她敏感地问道：

"你去呼市干什么？"

"大爷没对你说吗？学习一个月兽医课，他让我掌握一些兽医知识。"

"机会难得，好好学吧。"

溪溪若有所思，说话声被压得很低。

阳光斜铺在草地上，像是给大草原撒了一层金粉，黄澄澄的染成一片，在摇曳的枯草枝上闪烁着金丝般的线条。一阵凉风刮过，发出干嚓嚓的声音。天气明显比几天前又凉了不少，这时穿上母亲让父亲捎来的羊毛衫感觉非常温暖，于是我用手机拍了张照片发给她。出门的时候正好碰上溪溪。

"哎呀，还没去呼市你就穿新装了，小狼还敢认你吗？"

"你别讽刺人了。"

"就算我啥话都没说，你去狼园试试。"

溪溪说话的态度有些莫名其妙。

我顿悟似的，啥话没说，往狼园门口一站，有狼见到我开始躲到一边，眼神就像在看陌生人。狼怕鲜艳的色彩，这是正常的反应，没多一会儿它们就习惯了，纷纷到我身边，有的狼像是在打量，有的就无所谓了。

下午的时候突然想跑步了，我朝旷野跑去，感觉身轻如燕，就像一个小红点在大地上移动，遥望辽阔的草原我真想大声高喊，清凌凌的水蓝莹莹的天，微风吹着脸庞真爽快。我一口气跑到雷达山的脚下，站在草地上大口喘着粗气，回头俯视狼园的时候，远远地能看到溪溪，她站在狼园门口，身影被逆光描绘出曼妙的轮廓，她在朝我这边眺望吗？我朝她挥手，她像没看见似的，但是，我相信溪溪此时正在注视我，眼神充满忧郁。于是，我用手机屏幕的玻璃镜面当反光，不断向她晃来晃去，一会儿她也同样用反光在晃我，刺眼的光斑在我身上跳来跳去，这下我坚信自己刚才的判断，溪溪就是在目视我。我们相距甚远，像玩孩童时候的游戏。

秋风掠过旷野，枯槁的草丛中隐约浮现几朵凋零的野菊花，在朝阳的山坡或是石壁的缝隙之间一簇簇向阳而生，草地彻底变成褐色了，叶绿素被风抽干，如果看到大片小黄花还在盛开，说明深秋就要来临了。我站到这种类似柠檬黄一样的花丛前，它的叶子已经凋零，渐渐变成深褐色，鲜艳的花瓣残缺着，却在微风中婆娑。百灵鸟扑啦啦从它身边飞起，唱起哀婉的秋歌，大地即将沉睡。一辆辆满载牛羊的卡车从草原陆续向西驶去。

刘万里开车来到旷野，他一直没见过今年小狼的训练情况，我想给他露一手，于是把小图腾招呼过来，像将军似的指挥它，从坐、立、起、跳的动作开始，表演一遍让他检阅。小狼的表演非常到位，刘万里脸上露出慈父般的笑容。他不明白为什么没让大花一起参演，我对他解释：

"并非所有的狼都能训练，莎莉也是这样说的，课程我们不能白学，有的狼天生不是这块料。"

他听后会意地点头。

临近出发的日子，日子变得越发冷清，晚上吃饭的时候溪溪一句话也没说，如此一来房间的气氛显得有些沉闷。于是我打开电视机，正好在播放电影《狼图腾》快要结尾时的片段，天空飘过悠悠白云，阳光洒满草地，蒙古包前晒的羊皮袄，还有牛毡褥子、皮靴皮具、酸奶桶等，都散发着温馨的味道。陈阵和嘎斯迈斜倚在勒勒车上，两个人含情脉脉，情意绵绵。这时女人翻身趴到陈阵胸前，两眼溢满火焰，她克制内心的情感，只听陈阵在说：

"我会永远留下来。"

嘎斯迈摇摇头说：

"不，你要去腾格里需要你的地方，你要把我们的故事写下来。"

陈阵面对嘎斯迈火辣辣的眼神，不知如何回答是好，只见她的眼神里流动着复杂的感情，也许是离别带来的忧伤所致吧。这时我见溪溪眼含热泪，白皙的脸上比平时多了几分憔悴之色，浮现出用言辞难以形容的忧伤，她低声问我：

"安达，你去呼市了还会回来吗？"

我被她的话一下搞得非常愕然，眉宇紧皱，盯着她感到有点莫名其妙。又想起连日来，溪溪不安的表情和她带有讽刺意味的谈话，实际上是在担心我去呼市不回来了。我坦诚地对她说：

"不回来我去哪儿啊？"

"你不会重返拳击舞台吧？我看你一直舍不得放下自己的专业。"

"看你又想哪去了，狼园才是我的家，有你在我哪儿都不去。"

"自从你说要去呼市，我就有些不安，心想那里总有你牵挂的东西在吸引你。"

"别多想了，学习一结束我马上返回。"

溪溪轻轻咬了一下嘴唇，嘴角划过一丝忧伤。她正像我想象的，是一位心思细腻的女孩，做事落落大方的背后不免有时谨慎多疑。自从我告诉她我要去呼市的消息，这段日子她的情绪有些波动，每天沉默寡言、心绪不宁的样子。如果不是听她亲口说出内心的顾虑，怕是像我这般粗心的男子，根本想不到她在惦记什么，不过这正是一个女孩对她值得依赖的人的一种情感寄托吧。我瞬间发现她是非常值得拥有的人。

第二十四章　阔别三年

离开乌拉盖前夕，我有种放心不下的感觉，狼园的琐事一下甩给溪溪，担心她承受不住。临走之前我把狼园卫生打扫了一遍，仔细对狼园又检查一番，把几把已经钝的菜刀磨好，能做的我尽量去做，这才松了一口气。不过溪溪看上去依然忧心忡忡，我经常看到她闲暇时默默坐在厨房，一个人沉默良久。

"你怎么了？一直唉声叹气。"

"看你忙的，我过意不去。"

"我这就要走了，以后狼园全靠你一个人，每天要干多少活啊！"

溪溪摇摇头，好像心里有话，她叹了一口气。

"照你说的狼越来越多以后咋办？没关系，我不在乎这些活。"

今天一早，我瞧见溪溪情绪似乎不稳定，然而从她言谈举止中又没发现哪里不对头。我们在厨房忙碌狼的食物。门外，皮卡车的喇叭嘀嘀在响，是刘万里把喂狼的食物送来了。这次牛肉又买了不少，鸡架子也有一堆。卸货的时候就听他说：

"澳洲牛肉便宜，我多买了点，本地的牛肉卖得贵呀。"

"大爷，你算过吗？一年下来要花不少钱吧？"

"这点支出不算啥，有大窑在，一切都好办。你把狼养好、驯好了，咱脸上才有光。"

出发当日，本想给狼做完早食再走，没想到溪溪比我起得还早，等我进厨房的时候，只见她端着食盆已经喂狼回来了。

"你手咋出血了？"

我看着溪溪的手，惊讶地问道。

"切菜时弄的，没啥大惊小怪的，也不是第一次了。"

说话的时候，她好像满不在乎的样子，把手一甩，上面的血迹从手指上甩出几滴。门外刘万里在催促我出发。我急忙去房间找来创可贴帮她贴好，摸她手时才觉得她纤细的手指冰凉颤抖。我轻轻握住她的手说：

"等我回来吧，这段时间你辛苦了。"

我刚要往外走，她一把拉住我，往我怀里塞了一个纸包。

"这是桃酥，路上饿了垫两口。"

"你啥时候去买的？"

"别问了，我在狼园等你，学习完了一定马上回来。"

"我会的，你把心放在肚子里吧。"

溪溪的眉毛轻轻皱在一起，执着的眼神中充满一种忧虑。她一直凝视着我，好像目光中有一团火在燃烧。这时刘万里又按了两声喇叭。

汽车的反光镜映入溪溪的身影,她倚在门口向我们眺望。轿车朝镇上的长途客运站驶去。我看下溪溪塞给我的纸包,一丝未干的血迹留在上面,我用舌头舔一下,上面有点咸滋滋的味道。这时刘万里看下我,说道:

"家里的事别操心了,我让老穆没事过去帮忙,你就踏实学习吧。"

我踏上去呼市的长途车,一路上把头搭在车窗处,心里好像堵了什么似的,并不快乐。七点的时候,天这才开始见亮,我一直回想着与溪溪分手时的情景,那个忧郁的眼神在我眼前晃来晃去,挥之不去。连日来她对我的担心,恐怕在分手的这一时刻表达再好不过,我能感觉到连日来溪溪一直在担心什么,她的眼神骗不了人。

没到中午肚子就有点饿了,我想起包里的桃酥,便拿了出来,纸包上还清晰地留着血迹,红彤彤的像小太阳。我从纸袋里拿出一片桃酥轻轻咬一口,在嘴里香甜爽口。

晚上我把到达呼市的情况跟溪溪描述一遍,通话的时候一再告诉她,别再胡思乱想,让她打消脑子里对我的疑虑。她在电话那边呵呵直乐。过去出门从来没有现在这种感觉,离开后十分挂念溪溪和狼园,人生真的好奇葩,我们是有前世姻缘还是来世约会,居然因狼结缘,把两个人火辣辣的心凝结在一起。

兽医课对我来说学起来索然无味,什么牛羊解剖啦,认识它们的生理知识啦,一看到这些东西就觉得有些烦躁,如果不是刘万里对我有要求,恐怕我待不下去。说来也凑巧,教室正好面对体校高大的比赛场馆，一种隐约的揪痛时刻在心中点燃，上课的时候我时常溜号，脑子动不动就飞到体校那边，当然，体校操场学生锻炼时的口号声频频传来，也会搅得我心神不定，好像有一只无形的大手在向我召唤。

一个月的学习时间似乎变得极其漫长，学习期间，除去每天上课外，晚上有时我便抽空和溪溪微信联系，她会不定时发给我一些狼园的照片，每次通完话，放下手机我会沉浸片刻，然后心才会慢慢平静下来。

周末的一天，我突然想去比赛场馆转转，一想到阔别两年，心里像潮水般涌动。我走进体校的大门，校园两侧是广场，悬挂着巨大的红色条幅，上面是备战冬季青年散打冠军联赛的内容，被风吹得哗哗作响。正对入门是气势恢宏的体育场馆，面对体育场馆，多少怀揣梦想的人在这里竞折腰。场馆的大门高高在上，我踏上十几层的台阶，一步步向上走去，还没接近门口，便感到一股股寒气袭人。大门紧紧关闭，从门缝里看去室内漆黑一片，像横亘在眼前的一块黑屏，我坐在台阶处陷入沉思。

晚上我回到宿舍，这种心烦意乱的感觉还没消失。这时溪溪用微信联系我，汇报两天来狼园的情况，我敷衍地听着，她在手机那边滔滔不绝，穆师傅经常来狼园帮忙，这下可以减轻许多烦琐的工作，还问我近日的一些情况。我简单说了几句，只想尽快结束。溪溪一再追问，我把学习的内容扼要地对她讲了一遍，都是一些饲养牲畜方面的知识。她想了解更多详细情况，我不得不把如何在春天防疫、四季应注意的病害等一一对她讲。通话结束前，她吹了一段口琴给我听，而我这时脑子里还是白天去体校场馆的画面，溪溪在手机那边兴致未减似的，她说：

"寂寞的时候我就用这种方法打发时间，有时抬头看看月亮，想起你说的自己就是风筝，这种感觉真好。"

我只是微笑，却没应答，她的反应如此敏感。

"你怎么了？不想说点什么吗？"

"听你说话就满足了。"

"是我在打扰你吧？以后我别经常影响你学习了。"

"不不，学习没那么紧张。"

"就聊到这里吧。"

她在手机里向我挥手再见，然后挂断。我把双手放在头下枕着，眼望天花板呆看一阵。

一天，我去街里想挑选一件礼物，走到一家工艺品柜台前，我被一对接吻的儿童瓷像吸引。正当我向服务员询价的时候，突然背后有人狠狠拍了我的肩膀一下，回头一看居然是清格乐。我感到惊讶，我们兴奋地抱在一起嘘寒问暖。他比之前稍胖了一些，脸上气色也很好。寒暄之后，他把我带到一家饭店，我们畅快淋漓地喝了一顿酒。饭桌上清格乐说话财大气粗的样子，完全不是印象中的他了。

"还在乌拉盖养狼吗？"

"不养狼干啥。"

"跟我倒羊肉吧，比你养狼赚得快。"

"你开始经商了，让我猜对了不是？我没你那两下子。"

"你跟我学嘛，准有咱们出头的那一天。"

我没吭声，只是对他微笑。他悠然自得的样子，端起酒杯一碰,一股火辣辣的液体顺着肠胃钻到肚子深处,像一团火在燃烧,仿佛找回两年前分手时的感觉。

"没去体校看看?我参加业余拳击班了。"

"好吧,为你的情怀再干一杯。"

我俨然一副坦荡的表情在跟他说话。清格乐变得深谙世事,这位往日其貌不扬的挚友,骤然间的变化令我瞠目结舌。我始终盯着他的脸,意外飞来之情一点点涌上来,就在我捉摸不定的时候,他又开口说道:

"刚才我说的话你再掂量一下,我们一起干多有前途,弄好了在呼市安家不行吗?"

我淡淡地一笑,想遮掩过去。清格乐揶揄地看着我,伸手拍一下我的肩膀。

"你一点都没变,像大羯羊的犄角又硬又顽固,你该转变一下了。"

"你应该说我越来越像狼才对。"

清格乐呵呵地笑着,表情复杂。

室外雪花纷纷扬扬,我望着窗外,坐在暖乎乎的房间内,想起乌拉盖的狼园,狼还在风雪中瑟瑟发抖,溪溪的脸和手也会冻得通红。

一个月的课程转眼过去半个月,我一直放不下上体校时的同学,我给上铺的阿尔斯楞拨通手机,当他接到电话时愣了,反复问我是不是安达?确认之后便向我吐槽:

"你可终于露面了,我们以为你在人间蒸发了,打手机也不接,到底为啥?"

"我来呼市了。"

"真的吗？啥时候到的？"

"快来两周了。"

"太好了，最近我们集训备战青年散打联赛，有规定不能随便出校门，隔空相聚吧。"

"听到你的声音就够了，别耽误你的事业。"

"胡扯，什么事业？你等等，还有人想跟你说话。"

接着好朋友呼河巴日、阿古拉、巴图、阿尔斯楞轮着跟我通话，大家像机关枪似的聊得真热闹，都在为我的突然退出惋惜，然后大家话锋一转，问我最近在忙什么，离开体校之后是什么情况。当得知我养狼的时候，恐怕许多人感到莫名其妙，在电话那边遗憾惋惜。挂断手机后，我心里五味杂陈，往日的朋友一个个都在为明天拼搏，而我却跟几只狼绑在一起，我觉得跟这些人谈话的距离越来越远，甚至都没有了共同语言。

夜晚我在街道溜达，一阵风把垃圾桶的盖子掀翻在地，只见它像汽车的轮子从我身边擦过，不久滚到一处冒着蒸汽的地沟附近缓缓栽倒。这时一只流浪狗不知从什么地方跑出来，在距离我五六米的地方看着我。我朝它吹口哨，它便站住不动了，闪动着饥饿的目光，它一直在看我，给我一种渴望的感觉。我见不远处有小卖店，进去买两根廉价的香肠想给它吃，再一出门流浪狗却不见了。

几天后阿尔斯楞联系我，由于上课，手机是静音模式，之后再也没接到他的电话，我也没再联系他们。

一个月的学习即将结束，我再次回到魂牵梦萦的母校，这次没进校园，而是在校园外走走，我沿马路一侧往前走去，透过栏杆是一排排六层高的学生宿舍楼。我看到自己曾经住过的房间，里面亮着灯光，有人影在窗前打闹。从宿舍一眼可以望到我所在的地方，记得集训没到三个月，那是一个闷热的夏天，夜晚有一些社会上的小混混从马路外经过，他们大声喧哗的声音吵得我们睡不着觉，莫日根起床朝窗外怒喊，不久双方发生激烈的对骂。我们正年轻，血气方刚，莫日根率先跑下楼要收拾这伙人。谁知对方手里有刀，把他扎倒，他就倒在我现在站的位置。我凝视着宿舍的灯光，有人站在窗前在朝校外眺望，那个身影非常像我看到的出事的那天夜里，一个人站在窗前默默看着莫日根倒下的情景。我扎心地向宿舍久久望去。天空飘落零星的雪花，加上昏黄的灯光，整个街道只我一人，流浪狗再次出现，它跟在我身后，我把兜里的香肠扔给它，狗一口叼住，向远处跑去。

回家的时候依然选择大巴车做交通工具，公路像一条黑蛇，蜿蜒在茫茫的旷野中，窗外的景色完全披上冬日的外衣，地面被积雪覆盖，不知不觉一年快过去了，人生真是一场梦，轮回、相遇、碰撞、惊喜、平平淡淡，酸甜苦辣全都要经历，人便是在各种味道中寻找自己，我于归宿越来越近，却离呼市越来越远。这几天没跟溪溪通话，想着马上回家给她一个惊喜，一天的车程有些寂寞，于是我拿出买的小瓷人在手上玩了一会儿，觉得这件礼物越看越有意思，如果送给溪溪她会怎么想呢？我甜甜地一笑。

大巴车到西乌旗的时候，由于车辆故障，前后占去不少时间，赶到乌拉盖时已经是大半夜。起了一个大早却赶了一个晚集，心里多少有些不痛快。我沿着脚下的路一个人顶着西北风向狼园走去。半个多小时的工夫，漆黑的夜晚看到大窑那边有几盏灯在闪亮，孤独的心像找到依托轻松下来。

到家的时候，只见溪溪房间灯是关着的，窗前一片漆黑。我去狼园转一圈，刚接近园子狼就把我围住，黑暗中瞪着一双双幽暗的蓝眼睛。一见到这种情形我浑身热血沸腾，我抱了一下图特木，它不知有多高兴，尾巴一直摆动不停，舌头不停地在舔我的脸，好像它又添分量了。

没睡多久感觉天亮了，我匆忙起床，只见溪溪的窗子依然关灯。我先去狼园，图特木和乔奴见到我高兴地跳起来，我很享受这种快乐。小图腾也挤到狼群中，时不时左右摇摆着尾巴瞪着好奇的目光，它们的眼神里透着一种真诚、直接、单纯，没有任何虚伪的东西。

我急忙去厨房准备狼食，七点多钟了却始终不见溪溪起床。正当我纳闷儿的时候，穆师傅骑车赶来，老远朝我打招呼，我这才知道溪溪病了。我跟穆师傅寒暄几句，知道他上午有事便打发他走了。我看下溪溪的房门还是关着，生怕打扰她便悄然回到狼园，一个人开始打扫卫生，没多一会儿，溪溪披着大衣走来，人像刚刚睡醒似的，非常憔悴的样子，但是头发梳得很整齐。她走到我面前，我惊诧地看着她。

"早上听穆师傅说你病了，快回屋休息吧。"

"今天好一些了，他人呢？"

"我让他回大窑了。"

溪溪脸上一片毫无生气的灰色，我把她送回房间，她什么都不想吃，我让她好好休息，自己又去狼园清理垃圾。一上午干活的时候老是心不在焉,不知不觉太阳已经爬到头顶。快中午的时候我匆忙向厨房走去,一群鸟雀从屋角上空掠过。我做了一碗香喷喷的面端到她的房间,溪溪有些难为情地对我说:

"让你辛苦了,回来咋不提前告诉我一声?"

"本来想给你一个惊喜,没想到半路车抛锚了,赶到乌拉盖已经很晚。你病了为什么不告诉我一声?"

"怕耽误你学习就没说。"

溪溪微笑地坐在那里端详着我,看她气色似乎比早上好一些。这时我想起带回来的礼物,匆忙回到房间,从包里拿出来又回到溪溪房间。她接过打开一看,里面是两个接吻的瓷娃娃,顿时脸上露出笑容。

"喜欢吗?"

"挺可爱的,喜欢。"

她矜持地点头,看上去像孩子得到一件心爱的礼物,用手反复抚摩着。

冻僵的枯草顽强地在凛冽的寒风中瑟瑟残喘,一簇簇孤零零地探出身子露在雪地外,像鱼鳍露出水面。我跟图特木脚踏积雪来到大榆树下,树枝上的叶子早已落得精光,树干像没有肌肉的骨骼,张牙舞爪,长满节疤的树根盘根错节。旁边的狗窝坍塌后被雪埋成坟墓的形状,原来的小狗一个都不曾见到,不过地面依然零星留下狗的爪印,说明还有在这里活动。在这寒冷的冬景中,一切都显得极为凄凉。

我在附近转了一会儿,想起最初见到小白的情景,我喊着它的名字,周围没有任何动静。正当我要走的时候,发现小白在不远的地方冒出头,我一阵惊喜,大概是它怕我的缘故,远远地站着,却不敢接近我们。我接连喊几声小白,它认出是我,却不敢贸然靠近,不过它的眼神始终盯着我这边不放,它看上去又小又瘦,之前的情形清晰地留在我的记忆中,毕竟它没有图特木幸运,顿时我对它产生悲悯之情。图特木上前闻着小白身上的气味,两只动物十分友好地交流。

一阵寒风吹过,图特木像被什么惊扰,用鼻子不停地嗅着空气中的气味,两只耳朵来回转动,鼻腔里回响低沉的吐气声。原来在它前方出现大狗的身影,它屏住呼吸,发出某种怒吼的声音,还没等我拦住它,图特木已经迅速冲过去。大狗被吓得撒腿便跑,它根本不是图特木的对手,没有几秒图特木便扑倒它,只听大狗传来绝望的叫声。等我赶过去一看,残酷的撕咬已经结束,大狗躺在地上鲜血直流,它的大腿动脉被图特木咬开,一阵阵抽动着。

晚上我把大榆树发生的故事讲给溪溪听,她脸上浮现出同情的神态,慢声细气地说:

"大狗真傻,还不快跑,跑了不就保住命了嘛。"

她的脸色跟冰凉的泉水浸润过似的,在灯光下显得有些惨白。

"你会怎么看?"

"没想到的事,看来图特木报复心由来已久。"

我见溪溪有点疲倦,希望她早些休息,于是打住话题,不过她的表情却意犹未尽的样子。

"狗是人类的朋友,狼如果不去侵害人类,也是我们的朋友。"

"可是我们一直把狼当作敌人，结果它被消灭得很惨。"

"人与狼只要互不侵犯，就能够在大草原长期共存。"

"问题是狼有自己的生存方式，却被人类打破了。"

从这个话题我们谈到《狼》这部电影，结尾时主人公谢尔盖说过这样一句话，溪溪对我讲述着：

"狼不攻击鹿群时就不是敌人，但是狼永远是狼也不会是朋友，狗是朋友，牧人与狼共享着大山，这就是和谐。"

"我反对这种观点，狼不侵害人类的利益也可以交朋友。"

溪溪淡淡一笑，没再说什么。她看上去精神好像恢复许多。

第二十五章　大地之子

站在雪地抬头仰望，鹅毛大的雪片从苍茫的天空纷纷飘落，若是落到眼球里，开始一阵激灵，很快便融化，这个瞬间感觉非常舒服，像儿童时代的游戏。不大工夫，溪溪头上落了一层雪花。我看她快变成菜花了，帮她掸去上面的雪。

"你从呼和浩特带给我的礼物是啥意思？"

她的话一下把我说愣了，我挠着后脑勺半天才说：

"就是看着好玩才买的。"

"只是好玩吗？就没有别的意思啊？"

"你说是啥吧？"

"心里明白装糊涂，你说你说，让你先说呀！"

溪溪脸上顿时被胭脂染过似的，她不停地朝我脸上扬雪。图特木在一旁嗥叫着，溪溪一不小心被绊倒了，还没等爬起来小图腾已经扑到她身上，这时乔奴也冲到她跟前蹭她。在外人眼里，溪溪简直不像一个矜持柔弱的女子，她所表现出的豪爽性格是发自内心的喜悦，这才是草原人毫无掩饰的性格。

"你不喜欢我的礼物吗？为什么还会摆在床头？"

"看着好玩呗。"

"还是你喜欢，睁眼闭眼都能看到，别想太多了。"

"打死你，比狼狡猾的东西。"

说话间她开始向我扬雪，玩了一会儿，我伸手一把将她从雪坑里拽出来，她顺势倒在我的怀里，两眼像冬天里的一把火，人似冰柱一样。溪溪把头依偎在我怀里，默默享受着雪花漫天飞舞的景色。我们彼此没有说话，只感到两个人的心在"怦怦"跳动，呼出的热气弥漫在一起，又被寒风送到远方，仿佛把严寒都融化了。这时图特木和小图腾也站在我们身边，默默凝视着我们。

"你不冷吗？"

"有你挡风，一点儿都不冷。"

"脸都冻红了。"

溪溪一直微笑着，两个小酒窝生动迷人。我掏出手机对她一比画，这时图特木蹿到她面前，溪溪一把抱住它。我抓住机会连续按下手机快门，随后我把手机递给溪溪看。

一阵狼叫声传来，金刚和小图腾打起来了，暂时看不出是真是假，狼群经常用这种方式打闹。我朝小图腾呼唤着，它却没理我，看来它们真咬架了，愤怒的声音一次次传来。我走近一看，果然它们是动真格的，小图腾胆敢跟金刚打架，真是让我刮目相看。金刚嘴角还留着从小图腾身上咬下的一撮毛，不过它左腿好像有点瘸,这是第一次看到金刚吃亏。我又检查一遍小图腾,它没有任何伤,然后推它的屁股让它走开。

皑皑白雪覆盖了乌拉盖草原,原野像画家笔下的油画,散发着北国冬日之美。自从电影《狼图腾》拍摄之后,无论夏季还是冬季,一旦有人踏入小镇,便听说这里有一个养狼人,也许我们狼园的口碑不错,每年引得不少游客慕名而来,这些人无不对狼产生好奇心,我们无法拒绝远道而来的客人。他们怀揣满腔热情,只要到狼园都有一个愿望,这便是近距离欣赏草原狼。我态度友好地告诫游人,观赏的时候一定要安静,与狼保持一定距离,不要靠护栏过近,特别是千万别把手伸进网子内,以防危险发生。

大雪纷飞的季节给交通带来许多麻烦,但是爱好摄影的人却络绎不绝。张燕明又带着几位朋友赶来了,他想拍一组狼与冰雪的系列,这次希望我们把狼拉出去到野外远离人居的环境进行拍摄。我接到刘万里的电话,心里有点打鼓,因为头年小狼从来没有去外地拍照的经验,这是第一次,担心狼到了陌生的环境控制不住自己,同时心疼它们路上晕车。

出发的时候我提出跟狼坐在一起,刘万里不同意,他担心天冷把我冻着。我把道理跟他讲了一遍,只有跟狼在一起,它们才有安全感,拿我当亲人听我的话。在我的坚持下刘万里最终让步。我跟狼坐在一起,那一刻我才理解一个问题,驯狼师安德鲁·辛普森,他为什么每次拍摄出发都跟狼坐在一起。

皮卡车向旷野飞奔,没多会儿严寒吹透周身,感到一阵阵冷意袭来。溪溪在驾驶室内透过后视窗不停地向我摆手,让我回到驾驶室内。我向她示意,与狼一起的快乐,我们俩打着哑语比画半天。

皮卡车经过雷达山,一直往东行驶,三只狼面对旷野还是有些紧张,尤其是小图腾,这是第一次出远门。它向四周眺望,沿路风光对它而言就是陌生的世界。它的眼神开始不安,好在有我保驾护航,小图腾多少找到些安全感。中途刘万里把车停下:

"安达,你别在那上面坐了,我担心把你冻坏了。"

"这就到了,我没事。"

"你这孩子真拧。"

刘万里把自己的大衣扔给我,嘴巴叨咕一句。我们说话的时候,张燕明的吉普车在我们身后,只见他不停地端起相机朝我们这边拍照。

皮卡车继续行驶,风像钢针一样刺在脸上,只要皮肤露在外面都跟刀片划裂般疼痛,好在身边有两只狼守护,还算有种温暖的感觉。路面铺满白雪,中间只露出两条比车轮稍微宽一些的柏油路面,像两条黑白相间、扭曲的花蛇并排躺在道路中间,皮卡车沿着黑色露出来的地方在上面行驶。

胡硕庙附近的山头隐约露出圆润的山包,虽说没有那么雄伟,但算是这一路稍高一些的山峰了。冬季的大雪把这里覆盖得严严实实,放眼望去一片白茫茫的景象,由于几十公里内看不到一座蒙古包,人迹罕至,更显得草原冬日的苍凉和孤寂,也许这种气氛正是摄影师想要的。

皮卡车来到山下,雪厚得连草皮都难以见到,雪地反光刺得眼睛有点睁不开。三只狼没晕车,下车后一个个状态很好,我与它们相互拥抱，狼得到慰藉心情非常舒畅，有的伸懒腰，有的四下张望。张燕明胸前挂着两台相机走过来，面对眼前的蛮荒地带十分惬意。我们向山上攀登，由于大雪封山，爬山的动作吃力缓慢。三只狼一直跑在前面，我紧紧攥着皮绳，它们力气大得像是雪地犬在拉雪橇，一路拽着我往山上爬。

来到拍摄地点，张燕明选好一处拍摄地，让我把狼放到野外自由奔跑。我刚把皮绳松开，三只狼跟放飞的鸟一般，在旷野里耍开了。狼在雪地上纵情奔跑、打闹、跳跃，放荡不羁。我见刘万里脸上一直挂着灿烂的微笑。溪溪冻得颧骨通红，粉白的肤色中透着几分紫色，但是眼神依然是在三只狼身上。打闹是狼的天性，狼见到雪地，就高兴得控制不住自己的情绪。它们跳来跳去，时而弓着腰像兔子在奔跑，时而站在那里眼睛灵机一动，闪烁着光芒，也有的时候跳起来互相打闹。没过一会儿，狼朝我跑来，不停地向我身上扑，我抱起狼在雪地里打滚摔跤。这时就听远处传来照相机的快门声，像鞭炮声似的噼里啪啦响声不断。看来大家拍得非常过瘾，每个人的表情都激动不已。

张燕明把我们带到一处有缓坡的地带，在它背后是一道道弧线形雪坡，在阳光照射下蔚为壮观。图特木在我的口令中朝那边跑过去，突然它戛然而止，像被什么东西吸引，眼神凝视前方。看到这个瞬间，张燕明小声说道：

"不要惊动它，我就想抓拍这种瞬间。"

他轻轻端起相机，"啪啪"按下快门。

"成了，是一张好照片。"

张燕明一副非常高兴的样子，说话时从嘴巴间溢出一阵阵的哈气。刘万里上前问道：

"图特木有变化吗？"

"狼是草原的守护者，我看它的神态很像回归自然的感觉。"

"安达，你过来一下，听听张老师是咋说的。"

我踏着积雪跑过去，只见张燕明打开相机回放画面，让我欣赏他拍的照片。茫茫雪原，一只狼与孤独的世界，图特木眺望的姿态充满野性。张燕明一面让我们看他拍的照片，一面说：

"狼本是大地之子，与自然的亲缘关系与生俱来，你看它的神态多像一头野狼生活在自由的草原。"

"野狼？"

"对呀，野狼，看到这张照片谁敢说不是呢？"

冬日的阳光把雪地照得晶莹剔透，时常泛着刺眼的闪光，三只狼从白银般的旷野俯冲下来，小图腾跑在最前面，卡尔紧紧跟在图特木身后，像划破惊涛的舰艇乘风破浪。经过一个多小时的拍摄，摄影师们满载而归。

回家的路上雪慢慢飘来，我依然坐在皮卡的车厢里与三只狼同道而行，狼这下更放松了，呼呼喘着哈气意犹未尽的样子。雪落在它的身上，浅白色的毛发与大自然越发和谐。我抚摸着图特木的头，摸到它的颈部时，手感别提多舒服了，原来被链锁磨出肉皮的地方现在长满稠密的毛发，一股威武的气质慢慢从它身上溢出。我拍拍它的头，对图特木的表现表示赞赏。这时小图腾也靠近我，眼神不像来的时候那么紧张不安了。假如乌拉盖重现大草原的完整，狼必不可少，人与自然动物的完美结合是和谐生态的象征。

快到狼园的时候,我们与张燕明分手,他与团队的人一再热情感谢。

回到砖房把三只狼卸下车,刘万里没待多久就回小镇了,房间里只剩下我跟溪溪。桌子上的茶水还冒着热气,我喝了一口,白天在雪地拍摄的情景依然在头脑里萦绕不去。溪溪坐到我对面,见我思忖,问道:

"你在想什么?"

"下午拍照时张老师说的话,图特木眼神里有种不被束缚的东西,只有狼王才有这种气质,你说是不是?"

"它想找到回归自然的感觉,你舍得放它吗?"

"我有这种想法,图特木也不会离开我的。"

"你想过没有?"

"压根没想过,根本不可能放它。"

由于狼园的名声逐渐扩大,管理区领导找到刘万里,计划明年夏季在53团湿地附近的山坡上,与我们共建一个野生狼园,政府负责园区内的硬件建设,我们出狼。我把这个好消息对溪溪讲了,她脸上浮现出灿烂的微笑,两个小酒窝更加深邃迷人。

"当然好了,就是离现在更远了。"

夜色爬满深邃的天空,繁星点缀着无垠的苍穹,若即若离的充满神秘。房间内再次传来悦耳的琴声,好久没听到溪溪吹口琴了。我隔墙听了一会儿,那种美妙的乐曲悠扬委婉,时续时断,与夜空中闪烁的星光有何不同呢?

晚上电影频道正好在播放电影《狼图腾》,其中有一段剧情很吸引我,在河套附近的草地边,一只乌鸦正在啄食着黑腿母狼的尸体，草地留下一片血迹，立刻吸引小狼的视线，它试图渡河到对岸，陈阵把小狼拖回水里，它根本不吃这一套继续向前挣扎，陈阵一把抓住铁链轻轻往回拉它，小狼很不情愿，在陈阵安抚小狼的时候，它突然回头狠狠朝他右臂咬了一口，陈阵的袖子被撕破，鲜血从手指间滴落，他愣住，看着自己被咬的地方愤怒地说了一句：

"你这只坏狼，坏狼。"

不过没多久，陈阵的态度发生转变，他冷静片刻，说道：

"我错了，你是只好狼，真正的狼，我为你自豪。"

开始我不懂陈阵说话的意思，人被狼咬了为什么会说这种话，现在重新看电影，再翻阅小说比较一下，我突然脑洞大开，对狼的理解方式有了新的角度。

第二十六章　锡盟拍摄

腊月时节，一则喜讯传来，电视剧《音乐会》邀请我们的狼参加拍摄。我很惊奇这些人是怎么知道我们有狼的，刘万里不足为奇地说道：

"还用问吗？这是《狼图腾》电影带来的效应，不然天边草原有多少人了解它呢？你说电影的影响力有多大？"

乌拉盖有了自己的草原狼，就没必要再羡慕人家老外养狼了。我站起来有些按捺不住内心的喜悦，觉得几年来的付出终有施展的机会。三年养狼的经历，包括那些叫不出名字而又死去的狼，不正是在为这一天努力吗？辛苦太多了，一想到这些眼前变得模糊起来，一阵阵酸楚无以言表。

刘万里把剧组要求发给我，拍摄内容大致是这样的：

一伙日军行进在旷野和枯矮的丛林之中，对面是一座石头山，山上悬崖陡立，不料从上面冲出一群狼，向日军发起疯狂袭击,顿时展开一场人狼大战,日军丢下一片尸体狼狈逃窜。

内容看似简单,然而在文字描写的下方,专门用红笔画了几道横线,包括狼在山头观察、发现目标向前奔跑的各种动作、人与狼搏斗的场面,大概故事情节就是这样一个脉络。看似寥寥几行字,比起一年前《蒙古马》电影的拍摄难度还要大,狼扑人的动作我们没有训练过。

晚饭之后,围在桌子前我跟溪溪一起商量狼扑人的动作问题,如果同时需要两个人出场,只有我和她替代演员。我是从狼窝里混出来的无所谓,溪溪毕竟不合适。就在我们为难的时候,剧组打来电话,提出可以切开拍摄,这就消除了我们同框表演的顾虑。只要我一个人就能解决,不过挨狼咬必将难免。

第一天训练,我们把狼带到大窑背后的山沟沟,那里有一个大斜坡,比较接近剧本描述的环境,选择这里主要解决狼在山头观察,然后一跃跳下山崖、冲向日军的动作训练。溪溪在坡上,我在沟底接应,彼此相距40米。溪溪身边有五只狼在等候,一切准备完毕,我给她打个手势,五只狼纷纷跳下山坡,不过诺敏没跑几步就不想跑了,动作拖拖拉拉,甚至影响到卡尔,原来是早饭吃饱的原因,它不饿,对我手里的食物不感兴趣。

再次训练的时候,我吸取前一天的教训,每只狼只吃半饱。把狼带到现场,我在沟的下面,溪溪依然在坡上。有昨天训练的底子,狼似乎对这种练习不太陌生,但是跑动的效果不理想。这次我手里攥着肉,一声呼喊过后,五只狼纷纷向我冲来,得到食物后又向山坡爬去,溪溪站在山上呼唤着,冲上山头的狼,从她手里再次得到食物。这次诺敏肚子有些饥饿,训练的时候果然非常听话，它得到应有的奖赏。

　　西伯利亚的寒流降临额仑草原，乌拉盖的气温降至零下30多摄氏度，这对我们的训练简直就是雪上加霜。最近我听说《音乐会》剧组已经在西盟开始布景了，如果还不抓紧训练接下来就会被动。

　　白天我裹着厚棉衣，冒着严寒把狼拉到园子里，继续巩固狼扑人的动作。开始训练的时候，无论我怎样引导，狼的动作就像跟我闹着玩，这下真把我难住了。野外训练一站就是小半天，溪溪的脸和口鼻处虽然被围巾裹得严严实实，但是满脸都被白霜一样的冰碴糊住，冻得说话时嘴直打哆嗦，话好像都说不清楚了。

　　拍摄日期逐渐临近，训练不出效果逼得我心力交瘁，莫名的焦虑感常常找上门。晚上我按捺不住急躁的情绪，冒着严寒来到狼园，靠手电筒的光亮观察每一只狼。它们纷纷围到我身边，眼睛一个个非常有神，然而一到白天，狼对我的训练动机却丝毫不理解，我没有理由责怪它们听不懂我的话，还是我的驯狼方法有问题，狼毕竟是动物，怎么能跟人相比呢？

　　溪溪把羽绒大衣披到我身上，她的心情与我一样并不快乐。我蹲在积雪中，手抵下巴思考着，心想还有什么办法让它们开窍呢？溪溪在我身后，她说：

　　"狼跟人学本领，是它听不懂我们的话，正如我们听不懂狼的话，狼在教我们的时候，也会焦虑。"

　　"驯兽师不正是吃这碗饭的吗？我怎么能破解呢？"

　　月色下，狼呼出的气体在鼻子和嘴巴周围逐渐结成冰霜，我居然忘记自己是在冰天雪地里，一待就是半天。溪溪一直陪在我身后,这时她早已冻得发僵了。

次日清晨,我不但喂过狼,而且准备好去训练的东西,却没见溪溪起床,原来昨天夜里她发烧了。上午,我带她去医院看过医生,把她安顿好之后已经中午。

接下来几天的训练只有我一人,无情的气温继续下降,白天训练依然没有任何进展,无论我如何辅导,狼还是不懂我的要求,扑到我身上跟平常亲热没两样。

晚上我去溪溪房间,她躺在床上,额头热得烫手,羸弱的身体蜷缩在棉被下,脸上失去了往日优雅的光泽,像一张白纸不见了血色。我守在她身边,看到她被痛苦折磨的样子,一阵阵不安涌上心头。这时溪溪含含糊糊地说了一句:

"安达,我们一定要这么苦吗?"

我握着她的手不知如何回答,溪溪有气无力地又问道:

"你怎么不说话了?"

"我对不住你。"

"看着你心急我帮不上你了。"

这时一滴泪水挂在她的眼角。送给她的小瓷人依然摆在床头,旁边还有口琴。溪溪没再说话,眼睛微微闭上,泪水顺着眼线溢出,结成冰珠似的不动了。我默默看着她凝神屏息,直到她紧蹙的眉头渐渐舒展,不久她发出细微的喘息声,她睡着了。我把台灯拧得暗了一些,一直坐在她的身边守护着。

乌拉盖的人都知道我们在养狼,已经多少有点儿名气,这次机会来了,大家都会对《狼图腾》刮目相看,我感到周围的空气都有压力。我是驯狼师,这时候一切困难只能靠自己克服,腾格里也不会同情我，脚下的路是自己走出来的，一切得靠我去摸索。我坐在雪地里双手托着图特木的下巴，再三思索。我要从狼身上学到一种不服输的精神。我攥紧拳头告诫自己，我是一个男子汉，只能成功，不能失败。

温暖的阳光渐渐驱散寒流，气温开始回升，大草原雪花狂舞的景象看不到了。溪溪的感冒逐渐好转了，我们俩又继续投入紧张的训练。开始我做了几个动作，打算调动狼的兴趣，但是它们依然不懂怎样扑我是对的，而是瞄准我手里的肉块拼命争抢。溪溪在旁边逗诺敏，这个笨蛋光知道吃，一嗅到肉味它就兴奋，围在溪溪身边到处寻找，扑她手里的食物动作相当迅速，比起图特木和卡尔显得灵活。

诺敏这个动作带给我启发，于是我在裤兜表面用胶带贴几块肉，它马上就找到了，我用同样的方法把肉藏到其他部位，它又快速找到，我跑动一停止，诺敏马上扑到我身上，还是准确找到藏肉的地方，一口叼走。诺敏找肉的动作令我感到惊异。于是我再次训练的时候，用两只狼做试验，狼像疯了似的冲到我身边，上去找到藏肉的地方一口叼走。狼在饥饿的时候，这种表现更激烈，而且动作很快，当然我受的皮肉之苦就更多了。

溪溪看到我身上被狼咬破的地方，心疼地说：

"拍摄的时候最多两只狼一起上，狼一旦多了，抢肉的时候就不要命了，再把你咬伤了咋办？"

"你咋那么心疼我呀？"

溪溪脸一红，一把将我推开。

狼扑人的动作就这样练成了，我和溪溪高兴得几乎跳起来。

冷静下来后我仔细想了想，为什么几只狼一下明白了，说明我们采用的方法正是狼想对我们说的语言。溪溪拍着我身上的灰尘，微笑着说道：

"多亏这两天我病好，你才找到窍门。"

刘万里去锡林郭勒盟出差带回一包东西，他往我的床上一扔，笑着对我说：

"安达，明天穿上它去驯狼吧？"

"什么东西？"

"拆开就知道了。"

刘万里脸上带着自信的微笑，我觉得有些稀奇，拆开包一看，原来是一套日军军装。这是刘万里去锡林郭勒盟办事，专门到《音乐会》剧组弄来的，还配有钢盔和三八大盖。拍摄的时候我必须穿这些服装，手里拿着枪表演，提前准备一下，狼不会感到陌生。刘万里想得非常细致，办事很有头脑，这些问题我没想到。

"方法是从《狼图腾》剧组学的，驯兽师就是这么干的。"

我穿上军装，戴上帽子，拿起枪，溪溪就在一边捂着肚子直乐，还给我拍了几张照片。

"安达，你真像鬼子，让图特木狠狠咬你。"

"别光说话，拍了没有？"

"拍了，你看看像不像小鬼子。"

我看到自己的模样呵呵直乐，马上又把照片发给了刘万里，他在手机那边鼓励我一定把动作练习好了，我顿时充满信心。

第二天训练，我走进狼园，当着狼的面穿上日军军装上衣，下午又加了一条裤子。过了一天，我把整套军装穿好，连头盔都戴了，这一切我是在狼面前完成的，所以，它们能够接受我的变化。穿好军装我并没有马上开始训练，而是先让五只狼熟悉一下，这身装束可能在狼的眼里一下变成怪物了，不过狼看久了慢慢开始习惯，然后我身背各种装备，手拿三八大盖，一副武装到牙齿的模样。五只狼在我身边又转了一会儿，闻来闻去彻底放松后，我带它们在草地里开始摸爬滚打。玩了一阵，狼逐渐适应了我穿军装和手持长枪的样子，训练的时候自然放松了。

一上午西北风呼啸不止，刘万里一直守在我身边像看热闹似的，训练结束之后，几只狼得到自由玩开了。刘万里从车里拿出相机想拍几张照片，园子里的狼一散开好像没几只，他让我再放出几只狼。我又放出三只，金刚也在其中，有段日子没放它出来了，乍一看好像金刚又膨胀一圈，狼一入冬，身上的毛发长得非常浑厚，也好看了。

狼在园子里自由奔跑，有的在跟我打闹，图特木后腿一蹬，好像要攻击我，但是它的眼睛里没有一丝的恶意。卡尔扑我的时候，图特木上去撞开它，撕扯着我，两只狼之间互相攀比谁对我更加友好，我把帽子往天上一扔，它们一下跑开拼命去叼，我就追他们，卡尔不时来个急转弯，就像篮球运动员晃我一下，这时图特木一口又从卡尔口中抢走我的帽子，仿佛足球运动员在场上奔跑。

金刚没有跟过来，而是顺着墙根一直在看刘万里拍照，它的眼睛直盯着他像盯猎物一般，当刘万里举起相机想拍它的时候，发现金刚的眼神不对头，一动不动目视他，很快金刚低着头，向上翻着白眼,直接朝刘万里走过来,他已经感到这只狼有些变态,往后退着脚步,身体紧贴铁网站在那里开始叫我,这时金刚的眼神完全变成准备咬人的那种目光,狼所具有的那个凶劲儿一下涌上来了,哎呀,我发现刘万里恐惧极了,心想这下完蛋了,他非挨咬不可。我使劲儿地喊金刚的名字,但它根本不理我。很快它已经冲到刘万里面前咬住了他的小腿,只见他手拿相机猛砸金刚的头,但它一动不动,咬住他不撒嘴。刘万里穿得很厚,还有大衣罩着,他倒在地下怎么也挣脱不开金刚的嘴。我跑到近处一看,哇,六七只狼围住他,眼神都特别温柔,只有金刚的眼睛瞪得溜圆。我抓住金刚的尾巴往外拉它,却无法拽开它。这时刘万里把手伸到狼嘴巴两侧的缝隙里,使劲一掰它的嘴,这时我猛地一拽金刚的后腿,才算把它扔了出去。金刚实际上认识刘万里,但是它的秉性跟其他狼的确不一样。

刘万里的腿被狼咬出两个大洞,鲜血直流,他狠狠骂了金刚一句,接着我们去了镇上的医院处理伤口。

回到驻地,我跟刘万里怎么也想不通金刚为什么突然咬人,去狼园观察它的时候,只见金刚没有任何反常的地方,不过白天它的反应的确令人百思不得其解。这次意外的教训,也许是一件好事,我又懂了一点狼的习惯特点。我非常在乎狼的一举一动,因为我是养狼人,我不能对狼的反应置之不理,狼专注的时候,有一种望穿秋水的感觉。狼的眼睛能够传达其内心深处最直接的感受,所以,信任、依赖、降服、狡诈等都可以从狼的眼神中发现。

皑皑白雪把锡林浩特旷野笼罩在如同炭火燃尽时那般苍茫,

偶尔有几只鸟雀在灰蒙蒙的天空飞过，叫声被寒风送往旷野。那是一片零星的厂房和民居混搭的建筑，被烟波埋没。发电厂的烟囱就像站在冬天里的巨人，呼出白花花如同雾霭一般的空气。

郊外一座巨大的厂房附近，不断传来刺耳的噪声，厂房内正在搭建影视拍摄场景，几十名工人忙于作业，到处是电锯声和叮叮当当锤子敲打的声音，不时夹杂着人的叫喊声，场面鼎沸。初具规模的场景是为电视剧《音乐会》"人狼大战"在做拍摄准备。没几天它将迎来乌拉盖的主人——草原狼。

平行时空的另一端，乌拉盖正是上班时的早高峰，我们的皮卡车从镇上繁华的街区穿过，车厢上的狼吸引了路人的视线，上了岁数的人一看就知道笼子里关的是什么动物，年轻人和小学生恐怕看到之后只有惊讶和瞠目结舌，从他们嘴型变化中还原，也许这些人在说：

"瞧啊，那是什么动物？是草原狼，哎呀，是狼，是狼啊。"

"坐在车里的人一定是驯狼师吧？还蓄着长发，小伙子看上去真的年轻帅气啊。"

听到这些赞美的话语，多么令人骄傲。这般情景只有当年拍摄《狼图腾》的时候出现过，大鼻子、蓝眼睛人的车上，拉着草原狼招摇过市，有多少人投来羡慕的目光。现在乌拉盖也有自己的驯狼人了，一想到这些我就无比激动，说不出的喜悦感从内心荡漾。

去锡林郭勒盟的路上有许多卡车与我们擦肩而过，马达声和刺耳的鸣笛声，对狼的影响不小，我依然坐在皮卡的后车厢里，与狼结伴而行，以便减轻狼在旅途中的孤独和被人抛弃的感觉。

一路上五只狼分别关在两只笼子内，面露惊恐的神色，不知今天要把它们送往何方，心里不免有些紧张，实际上狼是非常脆弱的动物，极其容易受到伤害，所以对它们要处处小心。车在行进的时候，我时而摸摸狼的头，或是叫它们的名字，消除狼的恐慌和陌生感。只有亲近它们、理解它们，狼才能走近人类，听我们支配。我用这种方式让它们熟悉身边的事物，适应环境的变化。整整大半天的车程我们来到锡林郭勒盟，一路上狼没出事，心里一块石头落地。

次日上午，我们前往拍摄棚熟悉场地，走进厂房我立刻被眼前的景象震撼，三千多平方米的面积内搭起一座雪山，悬崖凸起的部分宛如刀削斧砍，给人凌厉锋芒的感觉，抬头望去山势挺拔屹立，极其雄伟，虽然场景是人工搭建的，却与自然景观毫无二致。悬崖四周岩石层层叠叠，阶梯形排列又不失韵律和节奏。主峰向下是一段斜坡，上面铺满积雪，浑然天成更显得主峰无比壮观。人狼大战的场面将在这里展开。工人们正在场地内制作冬日雪后的效果。银白色的积雪落在上面，给人惊涛拍岸的感觉，气势恢宏的景象颇为震撼。

又过去一天，我们带五只狼来到现场。我先检查一遍安全网的情况，觉得一切稳妥之后，让其他无关人员退到现场外。

狼从笼子里被放出，它们来到场地中央个个开始活跃，但是格外小心，不敢放肆行动。图特木紧紧贴在我身边左顾右盼，好奇眼前的景色。也许由于环境刺激，五只狼从一开始的谨慎变得兴奋起来，东跑跑西转转。卡尔最为敏感，原始本性逐渐暴露，它对周围产生多疑不说，情绪也变得有点焦躁不安，我守在它身边不停地安慰它，以防止陌生感对它心理产生的影响，过一会儿它的情绪逐渐平复。诺敏虽然性情比较稳重，初到新的环境警惕性依然极高，表现出与寻常不同的反应，低头用眼睛来回扫视周围，看得出内心并不轻松。小图腾胆子似乎大一些，来到场地内比较兴奋，不过多疑一直是狼的天性，在它跑动的时候非常小心接触外界，只要有响声传来它会立刻敏感地扫视周围。大花作为替补有很强的防范意识，由于身处陌生环境，导致它的恐惧心理不断攀升，开始总是放不开胆子，越是这种性格的狼我就越要对它小心，以防瞬间发生意外。十多分钟后，五只狼对环境渐渐熟悉，甚至跑到布置好的雪地上相互嗅着对方嬉戏打闹，看到狼已经放松，我给每只狼分别投去几块肉把它们的胃口调动起来，然后我来到悬崖上朝它们喊去，狼发现我后有的往上爬，溪溪拍着诺敏的身子让它快点跟上，它不理睬的样子，一个劲儿地在下面乱跑，她抱住诺敏的头，硬是让它往我这边看，诺敏还是从她怀里挣脱开了。这时刘万里远远喊道：

"安达，你从上面扔块肉给诺敏。"

狼只要有吃的就会集中精力，听从我的召唤，诺敏得到肉，它抬头看着我。这时刘万里又在下面指挥道：

"你在上面拿肉逗它，把诺敏引上去。"

我扔几块肉给诺敏，它果然开始往上爬。狼在攀悬崖的时候没有固定路线，所以有的狼从陡峭的崖壁往上攀，结果可以预料。看来必须给狼设计一些轻松而且好爬的路线。刘万里让置景工人把陡峭的地方稍微改成缓坡，表面做得粗糙一些，以便狼的爪子攀爬。等我们再来场地时，果然跟之前区别很大，为狼设计的几条线路改造完毕。这下狼再攀崖的时候，很容易爬到山顶，它们彼此高兴地交头接耳。

"安达，你看现在狼的状态，多像在悬崖上发现日军之后在交换眼色。"

"它们朝天嗥叫就更好了。"

连续训练几天，五只狼逐渐适应了新的环境，这时距离开拍已经没几天。晚上我们为小小的胜利举杯庆贺，我见溪溪原来清秀的肤色，由于长时间在野外经受阳光的暴晒、寒风吹打、双手经常接触刺骨的凉水，看上去不仅皲裂，而且在手指关节处还留下几处冻疮，不免让人看得心酸。刘万里提议为明天顺利拍摄小酌一下，三人举杯，微笑中饱含着付出艰辛努力之后的喜悦之情。

皎洁的夜晚，缥缈的薄云从月光前隐约飘过，仿佛狼爪划过时留下的痕迹。我眺望着那个方向，一种莫名的担忧悄然爬上心头。明天是剧组拍摄的日子，这次是在摄影棚，很难预料结果如何，恐惧和担忧时刻在我眼前徘徊。

开拍当天马豆赶来，奇怪的是刘万里把白叔也请到现场，他身边还有几个朋友前来观战。再说拍摄现场效果吧，布置的气氛与我之前看到的又不一样，原来光秃秃的悬崖不仅被雪覆盖，连房顶和厂房周围也闪耀着刺眼的灯光，把整个雪山照得如白昼一样通明。紧张忙碌的工作人员川流不息，现场一片沸腾。

一处空地，摄影用的电子伸缩炮、移动手推车和灯光器材应有尽有，这些设备事先没见过，通电之后，上面有许多电子显示微波在闪烁，狼是否适应不好说，就连我都头一次经历，不胜稀奇地看来看去。我心里七上八下在打鼓，为五只狼又捏了一把汗。

雪山上空吊着一块巨大的白布，我被它吸引，灯光师正在上面布光。看到这种情景，让我想起一年前拍摄《蒙古马》的经历。图特木跳车，不正是由于头顶的塑料白布被风掀起一角吗？现在看到的仿佛就是当年的情景，不过是大上几百倍的白布罢了，它的四角被绳子固定在悬崖上空，光从上面均匀地铺射下来照在雪山上，我首次看到剧组布光的气氛，被眼前的阵容惊呆了。我的视线从雪山转入台下存放摄影机的地方，十几个工作人员在准备移动轨道和机器，旁边是一些观看的人，黑暗中只见白叔和刘万里不停地交谈。

为了防止狼跑出表演区，我特意环绕场地四周，再次仔细检查围网安全情况。现场制片把多余的人员请到摄影棚外，留在现场的只有主创人员，大家纷纷屏住呼吸，默默等待草原狼入场。我先派四只狼参加表演，五分钟后，狼走到拍摄区，现场鸦雀无声，主创人员看到狼露出惊愕的表情，一贯拍人的现场这次角色变换了，自然非常新鲜不说，而且动物还是狼，对他们来说意味着挑战。狼警惕观察片刻并没有出现特殊的反应，只是对周围的灯光和照相器材有些胆怯，我带它们从这些地方经过，告诉狼这是摄影机不是吓人的武器，狼不停地嗅着器材上的气味，同时对上面闪烁的灯光时刻提防。

第一个镜头是狼群站在主峰上的画面，由于之前做了大量的准备工作，拍摄的时候还算顺利。刘万里与白叔不断窃窃私语，白叔一面洗耳恭听，一面鸡啄米似的连连点头，通常这个动作本是刘万里的反应,现在被颠倒了,白叔看上去像喝过迷魂药似的,任刘万里摆布。

接下来拍摄狼在悬崖上对天嗥叫的镜头,灯光人员忙碌一阵,没用几分钟便把光布置完毕。摄影师把机器支在一边等待拍摄。图特木和小图腾站到悬崖上,面对摄影镜头多少有些不适应,我让它们先玩一会儿,这两只八面玲珑的家伙,今天有些兴奋,等到它们的情绪稍稍稳定下来,我开始学狼叫,以此恢复它们的记忆。

场外刘万里和白叔目不转睛,一副期待的神色。时间一分一秒地过去,摄影机上脉冲信号不断闪烁。小图腾不大安稳,从岩石上跳来跳去,它有些紧张,很容易影响到图特木的表演情绪。这时它又被摄影机上的红色亮点吸引,一直愣在那里,眼睛直勾勾地盯着前方不动。我站到摄影机前逗它,小图腾依然恐慌,我担心它的行为波及图特木,于是让溪溪先把它牵下场,站到附近围观,以免图特木看不到小图腾更加不安。

我安抚着图特木,这时它不停地在舔我的手,我明白现在留下它自己,它越发感到害怕,我不停地跟它交流,以此增加图特木的安全感。它渐渐开始放松,我抓住机会,反复进行引导,图特木围着石头来回徘徊,不知疲倦地走动,一会儿上去,一会儿又从石头上跳下来,实际上是它内心烦躁不安,周围一片漆黑,只有拍摄场地被灯光打亮,狼并不适应这种环境。每当它跳上岩石时,我的心就被提了一下,然而它又离开。这时焦急的汗水从我鼻翼两侧渗出来,我僵在那里默默等待着奇迹的发生,用余光扫视周围,看到黑暗中闪烁的亮点仿佛是一双双期待的眼睛,在我濒临绝望的时候，图特木又跳上岩石，在我的启发下，图特木仰天长啸，顿时，我只觉得喜从天降，这一刻全场被震惊，就连小图腾也按捺不住，它跳上悬崖，同时一起嗥叫起来，等候上场的卡尔也开始嗥叫着，狼嗥声在厂房内响彻云霄，震惊了在场的人，他们虽然没有雀跃，但是，每个人的脸上浮现的表情，是从喜悦中流露的真情赞叹。狼的表演仅仅是刚刚开始，实际上这种令人沸腾的景象是一个小小的余波，大招还在后面。等到欢声结束，全场一片肃静，导演通过对讲机小声说道：

"拍得非常成功，已经够用了。"

我敬仰狼的神圣，这一刻完全被它征服，我抚摩着图特木，感谢它带给我的惊喜。拍摄结束，白叔朝我这边走来，老远就看刘万里伸手一指，对他大声说道：

"它不就是图特木吗？你瞅现在是啥模样。"

白叔神色狐疑，说道：

"是它吗？让我瞧瞧。"

我讽刺地对他说道：

"图特木，看看是谁来了，说一声谢谢白总。"

"我把多好的狼还给你们了。"

"现在你拿走不晚，你看它跟你走吗？"

晚上我们请白叔留下吃饭，他一再打探我们养狼的秘诀，其实我们没有什么秘诀可言，只是全身心与狼交朋友，培养感情罢了。酒喝到一半的时候，白叔有苦难言地说道：

"我的狼园经营得不好，万里你得帮我，再这样下去非垮不可。"

"你别开玩笑了,我又不是神仙。"

白叔垂头丧气。

"老刘,我有一个想法,这样吧,你把酒干了再听我说。"

第二天拍摄时我的脑袋有些浑浑噩噩,溪溪看我没精打采,疑惑地问道:

"你咋了没魂似的?"

"昨晚让白叔灌得头有些疼。"

"大爷昨天咋把他请来了?"

"没请他,是白叔听说这里拍戏,想来看热闹,结果撞上大爷了。"

"今天非常关键,你要打起精神。"

一到现场,导演组把今天拍摄的内容跟我捋了一遍,我一面揉眼皮一面在听,没睡醒似的,沟通完毕,剧组人员看着我走去。随即听到身后传来制片向场子里高喊的声音:

"各部门半小时准备时间。"

摄影机、灯光、录音很快就位,紧张的现场顿时悄无声息,无数目光盯住四只狼,它们站在悬崖上俯视山下,我一挥手朝狼群发出口令,它们纷纷跳下悬崖,选择不同的路线向前跑,几台摄影机在侧面跟拍,直到狼跑到我身边呼呼喘息。

导演看过回放提出一些建议,原来他对狼俯冲的动作不大满意。又试拍几次才算通过,不过剧组人员并没有昨日的激动,这种表情微微带一点迫于无奈所表现的屈服。我明白是狼的表演没有到位,狼已经尽力了,这时也跑累了,围在我跟溪溪身边要吃的东西,我不停地扔给它们肉块作为奖赏。

中午没再多喂狼，担心狼吃饱了影响下午的表演。稍许休息，我们匆忙返回拍摄现场。下午第一组镜头是狼攀悬崖，我在悬崖上面用肉块引诱，最先动心的是诺敏，这家伙好吃，所以心急如焚，它是第一只跳上悬崖的狼，在它的带动下，其他三只接踵而来。试过几次，剧组进入拍摄阶段。新的考验再次展开，我一声令下，四只狼从不同的方向冲向山头，为保持狼的精力高度集中，拍摄的时候，我站在悬崖之上，不断大声高喊：

"快上快上都快跟上，跟上跟上快跟上，加油加油、快加油……"

我的喊声绝不给狼任何松懈的时间，全力以赴吸引它们的注意力，每只狼按照各自的路线向悬崖爬去，就这样狼成功地登顶。我欣喜若狂，拍着狼的脑袋赞叹它们真聪明。

锡林郭勒盟迎来大风的天气，由于拍摄场地是在简易的厂房内，所以房顶薄铁皮被风刮得"哗哗"直响，像打雷的天气，听到这种声音狼会害怕，我建议导演停拍两天，等大风天过去再说。狼得到两天休息时间，我们利用宝贵的时间，抓紧训练狼扑人的动作。两天过去，天气变得风和日丽，"人狼大战"向我们走来。

两天没到现场，环境又有新的改观，效果师把场地内的雪景重新布置一遍，从巍然屹立的悬崖顶峰到周围的旷野，处处一片白茫茫，在灯光的渲染下，仿佛雪后初霁的气氛。与之前不同的是，地面栽满枯草、柞树、桦树等树木，描绘出旷野荒芜凄凉之色，把草原和丛林的景致搬到巨大的厂房内，一切看上去岂止以假乱真，简直就是巧夺天工，不亚于游走在大自然的景色中。造雪机从空中制造雪花飘落的效果,乍一看场景无不散发出蛮荒的味道。狼看到这种场景自然兴奋。

我穿上日军服装,手拿长枪来到场景中,狼的情绪处于饱满状态,我提醒导演抓住机会准备开拍。化妆组迅速给我补妆,描眉画眼一阵忙碌,把我打扮成剧中日本兵的模样。

我站在旷野中,向远处悬崖望去,两只狼伫立在上面,一副虎视眈眈的模样。一声呼叫,狼听懂我的意思,立刻从悬崖上跳下,朝我扑来,狼下山的速度很快,扑到我身上,我不是顺势一倒,就是与狼抱在一起在雪里挣扎,各种动作都是平时与狼一起摸爬滚打练出来的,现在算是派上用场,甚至跟狼一起嬉戏的情况都有,这些动作细节在摄影师的画面里,跟狼扑倒人没有两样。就这样狼跑来扑倒人的镜头拍摄结束,接下来是最关键的一场戏"人狼大战"。

刘万里在我耳边小声说道:

"安达,就看最后一哆嗦了。"

我朝他会意地点头。

溪溪替我把肉一块块藏到军装的不同部位,然后整理好服装外表,一切准备完毕,厂房内寂静无声,我扮演的鬼子兵,持枪在丛林深处向前搜索,没走几步面露惊骇,狼向我扑来,于是我刚想扭身往回跑,图特木已经扑到我背后,张开血盆大口朝我的手臂就是一口,它的动作非常准确,实际上是把我藏在袖口表面的肉一口叼走,可见狼的嗅觉有多好。一条拍过之后,看回放的时候,图特木咬人的动作看上去比较轻浮,缺少一股狠劲,我清楚是什么原因造成的,提出换一只狼试试。

这次诺敏上场，它的秉性我了解，见到食物一贯吝啬、独裁、贪婪，它在扑我的时候，狡猾的鼻子，实际上已经远远锁定我身上的目标，一旦扑到我身边，能够迅速找准藏肉的方位。

　　一切准备就绪，我朝诺敏发出信号，它猛然扑向我，张嘴咬住我的胸口，从上面撕下一块布片，连同藏在里面的肉一起叼在嘴里。溪溪在一旁看得非常清楚，她的眉头轻挑，这种细微的变化没有人发现，只有她心里有数是怎么回事。一号镜头拍到全景画面，二号镜头是我脸的近景特写，抓住我痛苦的一瞬间，也许这个镜头拍得过于真实，在场的人看得目瞪口呆。

　　"狼是咋驯的？拍得太真实了。"

　　有人议论着，正当大伙儿纷纷夸奖的时候，一位手持对讲机的人，穿过人群走到摄像师面前问道：

　　"有问题吗？"

　　"没说的，拍得绝对精彩。"

　　从大家的表情看，似乎对我的表演比较认可，也是我们多日以来付出的艰辛得到的回报，我信心倍增。

　　诺敏不愧是吃货，嘴下一点都不留情，刚才那一口咬得非常有力。是我言辞难以形容的痛苦。接下来是狼咬手臂动作，溪溪担心地说：

　　"这次把肉藏在表面一点，狼一口吃到就行了。"

　　"还是把肉藏在服装里好，狼可以在上面用力撕咬，拍出来的画面看上去更真实。"

　　"藏得深容易咬到你咋办？"

　　"我会用假动作糊弄过去。"

"那就让图特木上场，它下口轻一点。"

"它对我有感情知道下口轻重，你说它多懂事。"

一声令下，图特木径直朝我扑来，为了吃到藏在衣服里的肉，它在我身上反复撕咬，找肉的过程甚至拽着我的一条腿往外拉，看得大家眼都直了，觉得我们把狼驯化得非常神奇，摄影师的画面效果就像一只狼咬住日军大腿在撕扯。图特木的表演一条通过。

拍摄间歇，化妆师经常跑到我面前，在我身上被狼咬破的地方涂上一些血浆，看上去好像我被咬得伤痕累累，鲜血直流。这时我见剧组几个创作人员在商量什么事，过一会儿，那位手持对讲机的人走到我身边：

"你们驯的狼真没的说，表演得太好了，能否用两只狼同时上场，恐怕效果比现在更好。"

"之前我们没这样驯过，只能试试。"

"拜托拜托，谢谢。"

溪溪扯我一下，意思不同意我这样做，理由是狼在争食物的时候容易急眼，不小心便会咬伤人。然而我们没有退路，一切只能摸着石头过河，我说服了溪溪。剧组工作人员听说我们有方案了，赞赏我们真厉害。

还是用肉作诱饵，藏在几处不同的部位。开拍的时候两只狼为了争夺食物在我身上疯狂撕咬，平时图特木训练也没像现在下口这么狠，只因为身边多了诺敏，才变得凶猛起来，大家一看回放效果很好，不过意犹未尽。有几个人在监视器前谈论着什么，好像是说狼扑人的设计应该继续分几个层次，有人提出希望用四只狼一起扑人,哪怕拍一组镜头都可以。

消息传到我耳边,我皱下眉头,显得为难的样子。溪溪当然不大同意,眼神一直盯着我的反应。对方看出我的顾虑没再特意坚持,但是多少流露出遗憾的样子。面对四只狼我踌躇不决。刘万里听说之后有点动心。

"安达,你有把握吗?"

我抹一下鼻子上的汗,默默点头。溪溪见我决心已定,站出来表示强烈反对,刘万里看她激动的表情有些愕然。

"溪溪你啥意思?安达都说能拍你咋反对?"

"狼在争抢食物的时候咬得厉害,安达咋受得了?"

"我可以承受。"

"大爷,你看他身上被狼咬得都出血了。"

刘万里一听,让我把袖子往上一撸,只见上面有多处划伤,有的地方在渗血,他的眉头紧皱,眼神充满同情。

"安达,就到这里吧,人家也没说非让我们这样做。"

"就差最后一哆嗦了不能掉链子,野狼我都敢抓还在乎被狼咬吗?"

"你真学到狼性了。"

远处是剧组的灯光师在调整照明的灯位,几个扛机器的人,在摄影师指导下匆忙寻找拍摄角度,看来大家在为这组镜头做准备。我希望挑战自己的极限。我说服了溪溪。刚才那位手持对讲机的人走过来,朝我伸出大拇指。

"真棒,兄弟我佩服你。"

他朝摄影机走去。

溪溪愠怒的样子，蹲在地上情绪消极。我只好自己动手，往大腿外侧和裤腿中塞肉，还嫌不够，又往自己的手臂、胸前塞了一些，我刚要上场的时候被溪溪一把拉住，她默默替我检查一遍，然后从兜里掏出手绢缠在我的手臂上，再把肉重新贴在手绢外，固定在衣服表面，这种伪装即便狼咬到衣服上的肉，由于手绢隔着一层，不至于直接咬到我的皮肤。

溪溪没说话，低头牵着图特木、诺敏、小图腾和卡尔上场，距离我20米的地方停住，我们迎面伫立，四目相视，她的眼睛直视着我，带给我牵挂、担忧、希望和坚定，我不敢再看下去，眼角开始湿润。待了片刻，我见她狠狠咬紧牙关，脸颊两侧的小酒窝深陷得更加明显，像是装满泪水在期待。我的心仿佛颤抖得厉害，镇静几秒后，我一声疾呼，四只狼拼命向我冲过来，依靠惯性上去扑倒我，它们咬住我藏肉的部位猛烈撕扯，我装作被咬得十分狼狈，痛苦地在地上挣扎。图特木一口扯开我的胸口，同诺敏一起抢上面的肉块。小图腾从我手臂处也叼走一块肉。卡尔照我腿就是一下。四只狼在我身上大开杀戒，疯狂到极致，看上去我被狼咬得极其悲惨。拍完这组镜头场内一片呼声，我脸上却在一丝痛苦中挤出微笑。溪溪从我身上接过道具，问道：

"狼咬着你没有？"

"你看一点伤都没有。"

"我不信。"

她看着我把服装脱去，脸上一直浮现的担忧之色终于放松下来。当然剧组人员无法想象在这些动作背后我们要付出多少艰辛。很快这组画面被剪辑师剪成一个经典片段，制片方发给我们以示谢意。

　　我对这次拍摄十分满意,发给亲朋好友让他们欣赏,就这样,一传十,十传百,大家看了以后几乎不敢相信这是用真狼拍摄的画面。两年与狼共舞的生活总算没白费,带着对狼敬畏的心理,更加坚定了我对未来的憧憬。

第二十七章　无法解释的秘密

一个月的拍摄周期结束，我们踏上了回归的旅途。皮卡车途经西乌旗的时候，右侧丘陵地貌出现崛起的山峰，再往南去便是白叔的狼园。自从上次锡林郭勒盟见到他，一晃十几天过去，想起他的狼园日渐没落，我脸上不由得浮现一丝轻蔑，同时夹杂着几分同情之色。这时肚子有些饥肠辘辘，几次从这里经过都没心情吃饭，这次不一样，于是我们下道在西乌旗找了一家餐馆。

皮卡车停在马路边，车厢里的狼无论走到哪里都会吸引一些围观的群众。五只狼有过拍戏的经历，现在见到陌生的人也不是非常紧张，个个身姿挺拔、桀骜不驯的样子。我们从窗口照看车上的情况，有不少人围在皮卡车前用手机拍照。这个时候能碰上白叔多好，让他见识一下我们的狼，他会怎么想呢？匆匆垫上几口，我们重新上路。

这次我开车，腾出时间让刘万里休息一下。道路像射出的利箭笔直向前,一路上只有白音华是一处较大的城镇,到处耸立着储煤的建筑,像庞然大物。再往前走皮卡车离开国道,通过一座铁路桥驶入乌拉盖管区,这是一条南北朝向的公路,犹如通往天尽头,它的终点被朦胧的雾气笼罩着。我们赶到小镇时正值下班的高峰,马路上簇拥着行人,皮卡车路过街道的时候速度非常缓慢。只要有人看到车上的狼,都会露出异样的表情,但是有谁知道五只狼刚从拍摄现场返回呢?

回到狼园我把五只狼安顿好,旁边不远是金刚,趴在笼子里很老实,它的状态有些反常,我走近一看,它的鼻梁咋破了一道大口子,伤疤还不小呢。我十分好奇,金刚一直关在笼子里哪来的伤口呢?出于同情心我把它从笼子里放出来,金刚有一些变化,倒是溪溪先看出来了,她对我说:

"安达,你看金刚哪里不对劲?"

我这才注意到金刚的一举一动,的确它的眼神有点不对劲,总是与野狼似的低头扫视周围,对擦肩而过的狼,发出"哼哼唧唧"的声音。没多会儿金刚跟图特木发生战争,这次它以失败告终。

图特木成为狼群中的王,从此有些狼经常围在它身边,甚至不断去吻它的嘴巴套近乎。金刚受到排挤和孤立,情绪开始变得低落,常常躲在阴暗的角落怒视周围。有一次当乔奴向图特木靠近的时候,金刚给它一口,发泄内心的不满,可见狼的忌妒心有多么强烈。

金刚的状态跟我们走的时候有些变化,很难想象这段时间狼圈究竟发生了什么。我给祁大爷打电话,问他一个月来狼园的情况，他一再解释很正常，没啥毛病，不过金刚闹得厉害，时而用头撞笼子上的栏杆不说，甚至用牙在上面乱咬，上面的铁丝把它鼻子刮出了新的口子。

一个月的工夫金刚变化这么大吗？简直像一只疯狼。

溪溪问道：

"是不是它关在笼子里憋傻了？"

"也不是它一只啊，大家不是都关着吗？"

我把几只狼从笼子里放了出来，也把金刚的笼门打开，看着它慢慢融入狼群中。这时图特木跟身边的伙伴在石头缝周围嗅着什么气味，有的狼还用爪子在往里面够着什么。突然有只兔子从石缝里钻出来飞快地跑去，几只狼顿时朝它追去，金刚是最后一只，几只狼为了一只兔子争抢起来。

有段时间没写《狼王日记》了，今天有空，我趴在木桌上翻开日记本，琢磨想写的内容，恍惚间已经是新的一年来临了。

2016年1月12日，人们普遍认为狼凶猛贪婪，可是为什么还有人说它好呢？说明狼真的值得人类拥有。狼是狗的祖先，但是不一样的地方十分突出。狼的眼神里由内而外的杀气，代表了狼的狂野与残酷，它的气质像一把冰封的刀剑，无法触摸，感觉刚走到它身旁就会被寒气所伤害。然而就是这种毫无人性的动物，我却把它们当作朋友，想尽办法把它们打造成影视明星，可想而知过程有多么艰辛，这是一条不被人看好的路，我不仅把养狼驯狼看作工作的一部分，同时也当作人生的目标，每一段经历对我来说都是重要的起点，没有这些历练我也不会成熟。

微微晨曦照进室内，初霞与远处的山峰在空气透视下自然融合，描绘出冬季寒冷的景色。我站在窗前，感觉喘气都有些轻微的寒意。我匆匆穿好衣服，夺门而出，一股寒气迎面扑来。

一早厨房方向传来剁肉声，溪溪已经开始忙碌狼的早食了。按照惯例我去狼园转一圈，查看头一天夜里是否有情况。回到厨房喂狼的肉已经切好了，我一看太少了，就问溪溪：

"这一点肉好干啥呀？不够狼塞牙缝的，你不能多切一点吗？"

"仓库的肉不多了，雪大把乌拉盖的路都堵死了，进不来肉大爷也着急啊，咱不省点能行吗？"溪溪回道。

我端起肉盆朝狼园走去，只见金刚跟小图腾又打起来了，图特木上去咬住金刚的脖子算是给小图腾解围了。金刚愤怒地向它龇牙躲去，图特木一直看着金刚直到它走远。又过了两天，喂狼的时候金刚没有胃口了，溪溪轻声念一句：

"金刚咋了，吃得这么少？"

"又郁闷了呗，它被孤立，身边没有朋友了。"

"你怎么知道的？"

"狼打仗还看不出来吗？"

金刚孤独地站着，倒是有几分可怜相，我来到它身边，它却不想理我，摆出一副高傲的姿态。

昨夜闭上眼睛浮想联翩，想到狼真是不可触摸的东西，它身上散发的狼性魅力，让我无法抗拒。别看我养狼有三个年头了，但是狼的种种变化，一直在颠覆我的认知。我常常抱住狼的脑袋，久久凝视它的眼睛，试图从中透析它的内心世界，然而，狼给我的感觉总是一种狡猾阴险的算计。

半夜悄然飘起雪花，像撒落的白芝麻疯狂飘舞，霎时间地面跟鼓起的泡沫一样迅速膨胀。早晨铅灰色的天空阴沉沉的，旷野的空气朦胧一片，到处好似大雾没有散开的样子。

狼多么喜欢享受这一刻，个个身上披着一层雪花，像是上帝赐给它们的银装。我走出房间，人像掉进冰窟窿里一样寒冷，走进狼园没多一会儿，浑身冷得瑟瑟发抖。

昨晚飘了一夜雪花，早晨，刘万里来到狼园，他转了一圈把我从房间喊了出来：

"安达，别把羊皮扔到圈里不管了，看着怪别扭的。"

"什么羊皮，我没扔啥呀？"

"啥东西被风刮进去了，你想着打扫一下。"

刘万里要去买肉，我见他的轿车压着雪地歪歪扭扭驶走了。他走之后，我又去厨房忙碌，早已把刘万里说的话忘在脑后了。

上午天又阴下来，像大雪没完似的，一时模糊的天空看上去愈加阴郁不明。等我中午去狼园喂狼的时候，已经是刘万里走后大约两个小时的事情了。我想起早上他说的话，去院子一瞧没发现什么，再仔细转一圈，看到狼园某个角落像是扔着一张兽皮，刘万里刚才看到的大概就是这个东西吧？我走到近处愣了一下，脚下分明是一张狼皮，连着半个血肉模糊的脑袋瓜，还有一些咬不动的骨头架子被积雪半埋着，它的一颗獠牙也被咬断，这不是金刚吗？它怎么被狼咬死给吃了？这是多么可怕的事情，我顿时感到震惊,这是谁干的?我脑子嗡地一下蒙了,这些大狼已经跟我生活多年了,怎么能干出这种事?狼的阴险真不是人所能企及的,简直骇人听闻。

没过两天祁大爷带朋友来到狼园点名要看金刚,说是想看最有野性的狼,我把金刚死了的消息告诉了他,他听后表情愕然,半张着嘴巴黑暗得像狼洞似的,他皱着眉头一句话没说,几分钟后好像恢复知觉的样子在问我:

"它咋死的?不是好好的吗?"

"夜里被狼掏吃了,金刚的獠牙少了半拉,多邪乎!"

祁大爷表情有些意外,甚至超出正常反应,说话也有些结结巴巴,目光里闪烁一道惊骇的表情,仿佛金刚依稀浮现在他的眼前。

"祁大爷你有啥话对我说吗?"

"我,那个……咋说才好呢?"

"你看到什么了就直说呗。"

一个月来他亲眼看见了金刚的转变,他和搭档一起照看狼园,不过用任何方式都无法接近它,他是这样描述的,仿佛让我看到野狼的复活。

在我低头思索的时候,发现祁大爷说话越来越有些支支吾吾,看来还有什么话憋在心里,我一直保持平静,希望给他时间消化一下。祁大爷犹豫片刻,讲了一件让我吃惊的事儿,我这才明白金刚的变化从何而来。人的这种报复心理用在动物身上可能会让它们的心态变得扭曲,这也许是金刚神经抑郁的原因吧!为了制服金刚后来他想出了一个歹毒的主意,有一天他去喂狼,金刚再次向他发起怒吼,他心想,连日来我一直在喂你,没有功劳也有苦劳吧,你为何对我咬牙切齿?他气得用手里的盆猛砸向笼子,金刚被彻底激怒,更加疯狂地朝他扑去,这时祁大爷对金刚说:

"看我怎么收拾你!"

他在院子里找了一根铁棍,顺着笼子的网眼狠狠朝金刚后背戳去,哪想到金刚回头,死死咬住铁棍,獠牙被硌掉半颗,但是它并不服输,死死咬住铁棍不松口,结果戳到它的鼻梁上留下一处伤疤。从这以后金刚见到祁大爷丝毫没有认屁的意思,关于金刚的故事恐怕只有这些了。

听完祁大爷的讲述我一时无语,心想眼前这位老实巴交的人,怎能干出这种荒唐的事,他的这种做法并不妥当,狼是有灵性的,但愿别遭报应。

"你咋这么说人家?祁大爷毕竟是你家乡的人。"

"看来他说的金刚鼻子上的伤原来是骗我们的,只能说人心可畏。"

"在大爷面前,你最好别提这件事了。"

刘万里听说金刚没有了,把我痛骂一顿,他说死得太可惜了。我没把真相告诉他。平日里由于条件反射,对金刚的飞来横祸也会一点点涌上心头,我一直捉摸不透金刚的死因,有种不可思议的感觉,是谁带头把它咬死的?我想是图特木干的,只有它敢与金刚过不去。小图腾身边虽然有小团体撑腰,但暂时翻不起大浪。没准是夜里图特木联合其他几只老狼把它吃掉的。这是一个令人痛心的经历,说明图特木更加阴险狡猾,深藏不露。

春节刚过，一场瑞雪光顾乌拉盖，难得见到这么大的雪，快把去狼园的路堵死了，我跟溪溪被这雪景迷住，两个人在门前打起雪仗，这时刘万里来了，见到此番情景对我俩说：

"安达，你和溪溪打起来，哪只狼会跳出来帮你们？"

"我们真没试过。"

"现在试一下，看狼是啥反应。"

我们俩走进狼园，假装打起来了，狼看见后连理都不理，狼很清楚我们打架是假的，尤其是图特木关在笼子里，它往雪地上一趴，头枕在两只前腿之间，眼睛半眯着一副轻蔑的表情。刘万里又让他的朋友假装欺负我，图特木和小图腾看到后首先不干了，在笼子里上蹿下跳就要攻击那个人。

我和刘万里很好奇，这是为什么？换了陌生人图特木就突然不干了，刚才还无动于衷，现在一下愤怒了？于是我又跟刘万里互相撕扯，我一边假装被大爷打倒在地，一边痛苦地喊叫着，两只狼又根本不理我，我便大声喊：

"图特木，大爷在欺负我，你快来救我。"

无论我怎样叫喊，它在一边玩自己那一套，连抬头都懒得抬一下，它知道我们俩认识，一切在它眼里就是演戏。我又让他的朋友过来打我，图特木见到后再次愤怒地跳起来，而且乔奴和诺敏也在叫，来回在狼园里跳着要扑上去，狼多么有心机，一切看在眼里记在心上，什么都别想骗过它的眼睛。

正月的一天，政府有关单位负责人找到刘万里，双方再次协商共同在53团开发狼基地的设想，政府希望打造旅游产业，想听听他的见解。刘万里觉得53团地方有些远，另外替我们两个孩子着想，已经二十多年了，常年生活在深山老林里太孤独了，是去驯狼呢，还是专搞旅游开发去呢？他有些担心。

政府方面看出他的顾虑，于是给他讲一些道理逐渐打消他的顾虑。出于大局考虑，刘万里基本同意双方合作，并做通了我跟溪溪的工作。

阳春三月，连续迎来几天的好天气，天晴得一点风也没有，我把狼从笼子里放出来，它们常常相互间嗅着对方身体上的气味，或是用长舌舔对方的脸颊表示友好。乔奴经常在图特木身边转来转去，引起卡尔的不满，为此它与图特木又展开一场较量，两头公狼为争夺公主开战，显然卡尔没占到便宜。不仅如此，就连一向不摊事的小图腾也跃跃欲试，抓住机会与图特木一决高低。

一个多月过去了，山上的积雪渐渐融化，乌拉盖的大地即将告别严酷的寒冬。微微春风掠过旷野，野菊花从枯槁的草丛中冒出嫩芽，离它不远的地方白玉一样的积雪还留在山坡的背光处，像天上的云在那里静静地歇脚，怕是不愿送走冬日的寒冷吧。不久，野菊花悄然在朝阳的石壁和阳光照耀的缝隙之间绽放，又不久，漫山遍野的柠檬黄色点缀着枯野的大地。百灵鸟扑棱棱地飞起，在湛蓝的空中唱起春天的奏鸣曲，沉睡的大地开始苏醒。

春季来临时，传来一个噩耗，大窑今年不让生产了，不知道消息是真是假，溪溪知道后低头思忖着，说：

"也许是真的，不然怎么会传说呢？"

几年来狼园能够一直正常运转全靠大窑收入维持，它拆了对狼园非常不利。白天马豆来了，我憋不住问了一句：

"大窑真的要拆吗？还是传言。"

"听你大爷嘀咕过，乌拉盖要开发旅游，大窑影响生态环境不让干了。"

"大爷怎么办？他去哪里工作啊？"

"你们别担心了，大爷把你俩工作安排好了他就放心了。"

我们听到之后，被一种不安的气氛搅动着，我又问道：

"通知啥时候拆了吗？"

"还没正式下文，刘万里打算让砖厂今年早点开工，能挣一点是一点。"

我连连摇头觉得这件事凶多吉少。

白天，心里有种惶惶不安的感觉，时常眺望大窑的方向，好像那边长出一个大钩子把我钩住，哪怕大窑方向传来声音我都一惊。现在狼群依然与往常一样，该吃的、该喝的、该玩的一点都不耽误，然而大窑一旦拆除它们的命运又将未卜。

春季，狼园又迎来新的生命——有两窝小狼诞生了，现在狼园已有15只，经常引来一些游客参观，名气进一步扩大。

天渐渐暖和起来，这段时间刘万里没在我面前再提大窑拆迁的事，以往刘万里经常来狼园，溜达溜达看看，没事自己走了，这次却不是，在狼园前一待便是很久，我不知道他在想什么，觉得他真沉得住气。

第二十八章 狼基地

季风天气渐渐来临了，大自然的力量是谁也阻挡不了的，既然是这样，那么我们就应该听天由命，顺其自然。小狼一个个被风吹得直打哆嗦，它们还是免疫力低下，需要多补钙。早晨喂食的时候，我见溪溪把钙片捣碎掺和在粥里，小狼照旧吃得特香。

因天冷的关系，我跟溪溪把小狼抱回窝里，让它们扎堆取暖，我也跟着在窝里面待着，乔奴跑过来，在狼窝门口站了片刻，有两只小狼在它身边想吃奶的样子。我喊溪溪进来坐坐，她只是看着我呵呵直笑：

"你就是狼窝里混出来的大尾巴狼。"

"里面挺好的，你不感受一下吗？"

"你跟小狼享受吧。"

在我们说话的时候，乔奴向远处跑去。狼窝外的两只小狼也钻了进来，然后咬我的鞋和衣服，又来吻我的嘴巴，我跟小狼玩得不亦乐乎，没多会儿它们聚到我身边闭上眼睛入睡，这时我也有些困了，躺在它们当中睡了一小觉，等我醒来时发现刘万里不知什么时候来了，他趴在狼园门口在向里面观察，我感到有些不对头，慌忙爬出狼窝，没敢与他的黑眼珠子对视，生怕他又说我。

"安达，53团狼基地的事我想再跟你商量一下。"

刘万里和蔼地说道："政府负责建园子，让我们出狼，双方一起合作，我不想靠咱们的狼去开发旅游，想听听你的建议。"

"政府出钱不能白养这些狼啊？"

"倒是减轻不少我这边的压力，你们驯狼的时间可就紧张了，而且灵活性不像现在了。"

"与政府合作人家总要有啥说法。"

"我不在乎政府那点钱，有大窑支撑怕啥？"

"大窑不是要拆吗？"

"又没动静了，政策一年一变。"

午饭的时候，我跟溪溪又谈起这件事，她没有什么主意，只是隐约觉得狼基地一旦搬到53团，就离人间烟火更远了，本身狼园地处大窑已经非常偏僻，这下搬到山里离寂寞的星空更近了，她脸上露出忧郁的神色。

阴冷的天空没有一丝暖和的迹象，云在不知不觉中慢慢地飘动。西北风像是在诉说对春天的难舍难离，可是乌拉盖的人们多想把它调换成东南风，它是那么温柔，那么善解人意，当它吹过，就像一双温暖的手在抚摸人们的脸颊，可是不知多久，乌拉盖的风又变得忽小忽大，天空忽云忽雨的。

下午刘万里带我去53团狼基地继续考察，溪溪把图特木带上车，刘万里没说啥，我也乐意。我们沿着通往北部山区的公路一直行驶，大约一个小时的工夫，看到一片湿地，其中有一个亮晶晶的水面，面积很大，它是水库，四周长满一望无际的芦苇，在它的西侧是一片起伏的悬崖，虽然不高但是山势非常有特色，犹如一块块巨大的鹅卵石挤压在一起，形成丘陵的断面，石缝之间长满植被。山下有一片建筑，其中还有耀眼的白色蒙古包。水库大坝和断崖之间是一条砂石路，斜着向山顶盘去，轿车沿这条路来到山上，一看视线极为开阔。

一下车感觉风好大，刮得人直打冷战。图特木倒是啥也不怕，在草地里到处乱窜高兴极了。狼基地在我们来到之前已经建得相当有规模了，而且园子里有几只野狼关在里面。我们跟刘万里在这边的工作人员带领下，开车从西面走到东面，又从北面走到南面，这还不够，又开车走几遍，边看地形边商量。我说了一句：

"挺好，大窑没法跟这里比。"

"当然了，这里多野，没有一点人工痕迹，是大自然最美的地方。"

"我看这地方建狼园可以啊。"

"溪溪啥态度？"

"大爷我能说啥呀，还不听你们的吗？"

"好，那就这么定了，今年夏天把狼园搬过来。"

四月初，狼基地扩建工程启动，我就忙于两边跑，大部分时间花费在53团那边。风依然刮得十分猛烈，气温一再下降，这是怎么了，都快五一了，乌拉盖的天气还是那样无情。前几天我刚脱下的棉裤还得穿回去，我真是无奈了，不过一想，这是在深山旷野，前不着村后不着店的地方，天不冷才怪呢！

我刚过来几天，起初的新鲜感耗尽了，整天除了我们几个人，看不到一人，就连公路都没有车辆经过。一到夜晚，人就像盲人似的啥也看不到，到处一片漆黑。在这种地方扎下来，非把年轻人折腾出抑郁症不可。起初几天我极不适应这里的生活，即使再累也想往回跑。

溪溪看到我每天很晚回来，一再说我跑得太辛苦了，吃饭的时候，我看她纤细的手指端着饭碗进来，还不知道这双皮肤细腻的手，在不远的将来跟她的主人一起去狼基地能坚守多久。那是一个孤独寂寞、蛮荒的地带，她是否能适应呢？

晚饭后看到小狼，心里总有一种暖洋洋的感觉，我摸着乔奴的脑袋，感谢这位功臣。这时我看到大狼，它们纷纷站着目视我，最近没时间搭理它们，一看大狼咋有点陌生似的。狼特别狡猾，忌妒心也很强，我从狼的状态就能发现什么，我必须抽出时间与它们交流，恢复大狼的自信心。

第二天上午，我带着几只大狼去爬山，呼呼南风吹得我感觉像入冬了一样，四只狼在草原上奔跑，跑得是那么自由奔放。我一边看着，一边情不自禁地露出了笑容。因为狼高兴我就开心。诺敏扑到我身上，卡尔躲在一边，抬头看着我，想靠近又躲闪似的，正在我与诺敏亲热的时候，图特木不知从哪里冲过来，带着一股力量撞倒诺敏，两只前蹄搭在我肩上，我搂住它的腰，直接抱起来在地上转两圈，小图腾也从远处飞奔过来，我又一下抱住它。与狼共舞是我最欣慰的事情，我见狼非常兴奋，开始训练它们，一上午就在愉快之中度过了。

下午去看小狼，它们依然跟往常一样吃饱了睡，醒了就玩儿。它们打闹得越来越凶，小狼当中有一只被我看好，它显得比其他狼略胜一筹，我叫它愣头。小狼没长多大，它们之间的打闹好像在争谁是老大，因为在狼群中，地位是很重要的，没有地位就不是狼了，所以，它们在打闹的时候，总是争强好胜，小狼的牙开始慢慢地坚硬，小爪子也越来越尖，它们的防御武器逐渐强大。

狼基地依然在刮北风，吹得人双脚发凉。围栏扎起一大片，工人按我们的要求在施工。距离基地入口不远的地方，有一伙人开始搭观景台，刘万里也在这群人当中，比画着在说什么。我走过去，就听他对我说：

"政府项目有力度，照这种速度干下去五月底就能开园了。"

"我看人家也有几只狼。"

"听这边厂长说全是野的，没问他是从哪里弄来的。"

"两拨狼混在一起不会打仗吗？"

"把它们分开养，野的是野的，家养的放在一起，咱们的狼干不过野的。"

狼基地必须六月开园，之后更加紧迫，我常常住在基地，回大窑的时间更少。尽管如此，我经常抽空回乌拉盖狼园瞅一瞅，那里完全交给溪溪一人不放心，再说有些活必须我来干。

天渐渐好转，这种天气我要做一些有意义的事情，今天带愣头上山，正好草场里有块石头，我打算就在这儿练习。愣头很不适应新环境,训练时不是东跑跑,就是西瞅瞅,没有办法治住它乱动的毛病。费了好长时间,它刚集中精力,就被周围不同的声音干扰,远处还有一片走动的羊群,不断吸引它的注意力。我让它站到石头上,一再练习它的注意力,一度用一块布把它的眼睛遮住,只让它听到我的说话声。我尝试了许多方法,摸不到规律,一上午的训练并没有起色,愣头也疲惫了,我只好草草收官。

回到狼园,发现满院子有脱落的狼毛,说明天气要热了,大狼开始褪毛了。小狼呢?越来越大,也有点儿懂事儿了,有时感觉小狼就像孩子一样依赖人,那时我会觉得很幸福。

午饭之后,我又把愣头带到上午驯它的地方,没想到愣头自己就跳到石头上了,这是我最想看到的,我拿出手机连拍几张发给刘万里。这段时间没见到他,听说他去外地谈大窑的业务了,他跟我一样也是两地跑,一有时间还要兼顾狼基地。

一个多月过去,狼基地建得差不多了,观景台的木色开始刷油了,一切宣告即将开业,突然的变化感觉时间过得好快。在狼基地待的这段时间,我感到时间会非常紧,我尽量抽空训练小狼。它们的基本动作还没怎么入门,再继续拖下去,这一拨狼就要废了,我急得真想一夜之间让小狼学到真本领,可是不能揠苗助长,还得慢慢来。身体静下来,心里乱得不行,总觉得自己不够努力,每天经常想怎样才能让自己满意,可是脑子不知在想什么,一会儿就空白了。

晚饭后想起今天是一个特殊的日子,童年的时候我多么盼望这一天的到来,想写一篇日记纪念一下:

6月1日，今天是六一儿童节，让我回忆起小时候儿童节的往事，那时候是多么快乐，天真无邪，单纯得就像小狼一样，什么都敢说，什么都敢做，没有心机，想干什么就干什么。我觉得那才是人类真实的一面，跟动物没有两样。但是经过社会的残酷洗礼，各种各样的影响和改变，让我发生了变化，有的依然良好，有的会让你变得不熟悉，甚至让你不再认识，什么叫真实？这两个月里我看着小狼长大，它们的欲望是那么简单，那么容易满足，只要有吃的就会很高兴，小狼身上流露的是自然的真切，没有一丝的虚情假意。我看它之后学到很多，也懂得很多，与狼一起生活，它改变了我，其实我还是想回到最单纯的一面，人在世上要学会真实、真诚，这才是童年的快乐。

狼基地施工快要收尾了，围栏每天的进度突飞猛进，眼看着大圈小圈被隔开了，外围的铁网就要合拢，从观景台可以眺望全貌。狼基地大到什么程度，转一圈必须开车才行。

六月初下了一场大雨，早晨起来天气阴冷，我又穿上了棉袄，但是过了一会儿就艳阳高照了，万里无云，大地勃勃生机，小狼在阳光下自由地奔跑，那么的奔放轻松。刚才刘万里来电话，他说不是明天就是后天搬家，让我们准备好自己所有的东西。我一听这是要走的节奏，于是着手准备衣服和家用物品，我问溪溪缺点啥，她一会儿想起这个，一会儿想起那个，就这样我们不知不觉过了一整天。

晚上，我用摩托车带溪溪去镇里逛逛，陪她买了一些生活日用品。我们还去了一家快餐店，坐在玻璃窗前，可以看到窗外闪烁的霓虹灯，陆续走来的行人，听到一伙年轻人嬉戏的说话声。

吃饭的时候，溪溪有些伤感，她说我们搬家的地方，离镇子越来越远了，原以为到乌拉盖打工是为了躲避家乡寂寞孤独的生活，现在又回到从前的日子了，人还没去狼基地就已经能想象到那里是什么样的环境。说话的时候，溪溪不由得落下泪水。

周末晴空万里，十点多钟车队来了，装狼的笼子被抬上车，十几只狼挤在两辆130卡车上，我们告别马豆离开狼园。

这个季节正是春暖花开的时候，路上看到漫山遍野盛开的鲜花，我陶醉了，连我这土生土长的草原人也看得流连忘返，我想狼基地要是能有游客来，那该多么喜欢这里，不管怎么孤独我都得高兴下去。溪溪一直缄默无语，皮卡车内只有我一个疯狂似的，我碰了一下她，递给她一个眼神说：

"溪溪，到地方你就激动了，风景很美。"

"天天守着大草原不就这样吗？"

我们住在53团水库附近的地方，背后是通往狼基地的山路。初来乍到，由于一路的兴奋，溪溪到地方后没再抱怨什么，只是感觉路途遥远，跟她家乡没两样，周围除了旷野就是群山，连羊都看不到一只，她想要的不是这种生活，残酷的现实恰恰像是在捉弄人，没有丝毫同情心，来到这种地方，要么适应环境，要么放弃逃避,别无选择。

一天之后,狼被撒到园子里,无论大狼还是小狼,看到开阔的旷野非常活跃,它们适应能力很强,没多会儿各自跑到什么地方消失得无影无踪,我开着皮卡车,与溪溪一起找狼,像在非洲草原猎奇一样。狼听见我的呼声,纷纷从草地里跑出来,图特木和乔奴最先跑过来,乍看真像一只只野狼蹿出草地,我跳下车,图特木一下扑到我的怀里,尾巴不停地摆动着,伸出长舌就舔我的脸。

"溪溪,图特木多像电视里看到的非洲雄狮,见到它主人高兴的样子,我想复制这个瞬间。"

"看你和它的感情了。"

溪溪这时下车,小图腾从她背后一下扑过来,她想躲都躲不开了,哎呀呀,人与动物之间,这种感情天经地义无法割舍,这一刻感动了溪溪,第一次她接受了狼的亲吻。远处有五六只狼又向我们跑来,那不是卡尔冲在最前面吗?还有去年的新生代,围在我们身边别提多热情了。喂饱狼我们准备去野狼园看看,几只狼一直黏着我们,像是无法甩掉,车都启动了,它们还不住地跳向车窗,狼爪印留在了车窗的玻璃上。

野狼园由基地的人喂养,我跟溪溪趴在网子外瞭望,喂野狼的吉普车开进园内,看到的情景完全与我们这边两回事,这些没驯过的家伙,眼神看东西都不对头,好像放着绿光寒气逼人。有的离车很近,有的站到一旁围观,甚至愤怒地朝喂养人龇牙,孙大爷远远呼喊着,不停地朝地上扔肉块,野狼毕竟野性十足,抢东西的时候经常打架，动作的凶猛程度令人可怕。

第二天一早，孙大爷忙着做早饭，溪溪替他打下手。我和基地负责人敖叔一起去看小狼，因为小狼刚搬来，我怕不太适应，也怕环境搅乱它们的心情。来到小狼园，只见它们一个个状态良好，在一起很开心的样子，见到我，有的小狼用爪子挠网子，好像对我说：

"我饿了，我要吃东西。"

看到小狼可爱的样儿，我真想上去咬它们一口。敖叔站到一边，笑呵呵的样子：

"安达，我也喜欢动物，没见过像你这样爱它们的。"

狼基地就要对外营业了。白天我们跟刘万里一道清理狼园不利索的地方，忙乎整整一天，快要黄昏的时候，狼园基本搞利索了。大家坐下休息的时候，刘万里掏出香烟，发给每人一支，他说明天一早过来参加剪彩，跟我们打过招呼提前走了。我们继续清理狼园，发现绿草地逐渐变为灿烂的橙黄色，抬头向西山方向看去，原来是被晚霞染的，火红的夕阳像一团燃烧的大火球，上半部分是橘黄色的，下半部分变得深红，两种颜色过渡得天衣无缝，妙不可言。

开园当天特别热闹，有记者跑过来要采访我，搞得我十分紧张，我对她说：

"你们找错人了，应该采访刘万里，是他把草原狼引到乌拉盖的。"

记者非让我说几句，我用手一指，让他们采访刘万里去了。

我急忙往领导方向追去。第一天开园不知道狼园有什么情况，我得跟紧领导的队伍，以防出岔子。

一部分人坐上两辆游览观光车，缓缓地开入园区，这时车上的人可以陆续看到草地上的狼，特别像电视里看到的动物世界。

这一天一拨拨接待游客把我忙坏了。傍晚狼园总算安静下来，旷野里不见一人。狼群开饭的时间到了，我跟敖叔和孙大爷三人喂狼，一路啥问题没有，就差野狼园没喂了，可是车钻进野狼园突然打不着火了。天渐渐暗下来，也巧，今天大家出来什么防身武器都没带，平时的警棍、手机、手电筒都忘拿了，这下怎么办？

车停在半山腰，野狼就围着车身旁，一个个虎视眈眈，扔给它们鸡肉怕狼吃不饱，跟在车后那就死定了。敖叔想出一招，孙大爷听明白后，照他意思挂上空挡，松开刹车，利用斜坡的惯性，把车溜到靠网子很近的地方，敖叔趁狼跑到一边，让我爬网跳出去找人，这时野狼识破我们的计策冲过来，形成包围圈，有的朝我怒视，狼叫了一会儿，累得不再吼了。我又悄悄爬上网子，有狼要冲过来，孙大爷急忙按响汽车喇叭，狼一惊便停下脚步，甚至有的狼向后退去，就在这时我飞快地跳过网子，跑出去找来几个人。大家来到网子旁，他们用手电筒的光吓唬野狼，招呼敖叔和孙大爷两人跟我一样从网子上面往外跳。人吓急眼了潜力是无限的，别看他们到了中年，爬网的速度比我还快。一会儿两个人英雄般下来了，经过这次，我们终于长了记性，以后进狼园绝不能再大意了。

没过几天迎来端午节，本是团聚的日子，可是现在工作极为繁忙，没有刘万里的话，我们守在狼基地谁也不能下山去，偌大的园子一定要有人看守，况且假期游客也很多，狼园出事都是瞬间的，我更不能撒手离开。我去厨房，见溪溪正和孙大爷一起忙碌狼的食物，我也搭把手跟他们一起忙乎，我对溪溪说：

"快到端午节了，你不回家看看吗？我跟大爷说一下？"

"你看大家多忙，每当节假日人手更不够了。"

"我让老家来人帮两天。"

"不用，多麻烦。"

端午节那天，狼基地人流量大得惊人，人山人海，搞得大家前前后后忙得不可开交，刘万里加上马豆一起过来帮忙的人手都显得捉襟见肘，多亏溪溪没走。

我说：

"如果天天人这么多该多好啊。"

刘万里却摇摇头：

"这叫狼文化吗？咋看着跟白总的狼园差不多呀？完全就是拿狼开发旅游。"

又是一个晴朗的天气，朵朵白云缓缓飘过，一只雄鹰展翅盘旋，自由翱翔在蓝天和白云之间。天气依然闷热，溪溪带熊熊的时候，我见它的伤口慢慢好转。今年我给自己制定一个目标，一定杜绝小狼的死亡，所以，小狼一旦有事就格外让人牵挂。

正在我们感到解脱的时候，小狼圈传来游客的呼叫声，这声音听上去几近绝望。我起身一看，只见游客四处乱跑，从一些男子的动作上判定，这些人在躲避着什么。我跳到观景台上，发现是一只大狼闯入小狼的园子，我迅速开车赶过去，一看果然是大狼跑到了西边的小狼圈里，多亏游客发现得及时，不然非闯出大祸不可，要命的是小狼园的游客可以与狼互动，大狼跑进去咬到人怎么办？我进去一看还是野狼，好家伙这还得了，顿时我吓出一身冷汗，急忙把游客安慰好，这时又上来几个基地的人，大家开车想把野狼撵进它自己的园子。这只野狼性情十分倔强就是不肯往里钻，我们又开来两辆车，招呼来几个人，从四面八方驱赶野狼，累得它直伸舌头，尽管如此，野狼毅力不减。敖叔拿来麻醉枪给它一枪，没多会儿，野狼颤颤巍巍倒下，来人把它抬进野狼园，一场危机解除。

我们向游客解释这是意外事件，受惊的人们面如土色，有的小孩哭声不止，当然，也免不了一些消极的言辞抨击我们。

顺着野狼围网检查一圈，发现在大狼和小狼隔离的网子下面，有一片刚刨开的土壤，原来野狼是从这底下爬过来的，我们立刻用石头把坑填平埋好。对整个大狼园进行一番安全大检查。这时刘万里也赶到了，管区领导也打电话过来询问，一切有惊无险，这场意外的风波渐渐平息。

小狼长得半大了，一到阴雨天气，浑身散发着一股腥味，要说变化最大的是毛色比之前亮了，看着更顺眼了，小狼们的动作训练做得越发熟练，我想该给它们导入新的训练课题了，计划很好，不过我跟溪溪时间非常有限。

雨停了，我换了一身新装来到一间空屋子，溪溪在里面，她正在驯愣头，这只小狼生性好动，加上周边总是有人来回走动，它的精力看上去一点不集中。溪溪让它坐下，反复教它多次，愣头稍微稳定下来，眼神还没定住，却被窗外的声音打扰，于是它的头开始来回转动，一副按捺不住的样子。溪溪又用手中的肉去逗它，愣头只是想得到食物一口把它吃掉，然后歪着头继续想得到下一块，不过等待的这个瞬间让它稍微保持一点冷静，这时隔壁又传来厨房的说话声，愣头再次被打扰，它想跑开却被脖子上的皮绳牢牢牵住，皮绳的另一头握在溪溪的手里，它怎么都跑不掉，由于周围不断干扰，无奈之中训练只好草草结束。溪溪看到我，摆出一副无奈的表情，就听她感慨道：

"这里真不是驯狼的地方。"

一早我想去大狼园驯它们，跟溪溪遇到的情况一样，还没怎么开始，游客就上来了，想找个安静的地方也没有，这样干下去不但今年的小狼耽误了，就连大狼的训练也会受到影响。我把情况跟刘万里说了，他说再想想办法，显然目前狼基地的现状与我们当初想象的不一样。

六月一过，来狼基地旅游的人一下多起来，七点多钟就上人了，之后一拨又一拨没停过，生意非常火爆，我开车带游客穿梭在基地的不同角落，从早到晚没闲过，就连这里的蚊子都兴奋得满天飞舞。

最近旅游卫视采访了刘万里，电视一播出许多人才知道天边草原有这么一个地方，还有这样一伙人，抱着孜孜不倦的精神，驯养一群狼。这是一个普通人身上发生的真实故事，却闪耀出对人生的追求和情怀。真正的伟大是在普通的事情上看到滴水穿石的力量。不过我从电视台的采访中,却能感到在刘万里的内心世界隐约流动着一种忧虑。

节假日的最后一天,我和刘万里站到观景台上,天空乌云密布,游客依然络绎不绝,很快狂风呼啸,远处电闪雷鸣,然而游人兴趣不减,接着就是瓢泼的大雨,我拔腿想往回跑,只见刘万里站在观景台上原地没动,看着瓢泼大雨中的游客,纷纷往观光车上跑。他摇摇头感叹道:

"安达,这不是我想看到的,现在成啥了?"

"大爷,我理解你,不搞旅游狼园怎么生存,它们有地方去吗?"

"你才来几天说话角度怎么也变了?"

"我想活得现实一些,光有情怀救不了咱们的狼园。"

"狼文化就是这样的吗?我不理解呀,在哪儿圈一片儿地方,把网一扎,把狼搁进去供旅客参观,收一些门票这就是狼文化了?"

"不与市场接轨咋办?狼能天天白养吗?"

"是不是我也要转变一下思路?"

我没再说话,雨水浇湿了我的头,一滴滴不断往下流。我清楚刘万里心中打不开的结,狼基地与他当初的设想偏离了,在我看来刘万里是个地道的完美主义者,有情怀,但是现实会是这样的吗?

带着种种疑惑刘万里找到管理区的领导,想澄清这种不成熟的想法。他把自己养狼的初心讲了一遍，实际上刘万里养狼有明确的目的，一门心思想把它们驯好，等待机会拍一部真正反映狼性文化的电影，拉动当地旅游，把经济带动起来。他觉得把我跟溪溪派到狼基地，每天忙于接待游客，根本没有时间驯狼，这与他养狼的动机不一致，他陷入一种痛苦的迷茫之中。后来是管理区领导一番开导，让他对狼文化有了新的认识。

回来的路上，刘万里矛盾的心里平静很多，他把连日以来积压在内心的想法一一道出。我听说之后，对他的评价就是两个字："情怀"，如果一个人具有情怀，就会向阳而生，靠近他的人就会被温暖融化，被光照射，从黑暗和昏明中看清事物。

新的一个月又开始了，我们经历了最辛苦的七月份，但是我们的汗水没有白费，接待了许许多多的游客。八月天气更加凉爽，游客也更多了，前来参观的游人像潮水般一浪高过一浪。

内蒙古电视台新闻频道再次采访刘万里，他在回答记者提问时，再次谈到初心，打造狼文化品牌的想法。当天晚上电视台就播出了，我和溪溪守在屏幕前看得非常过瘾，还用手机录了一段。在跟刘万里通话的时候，我向他汇报了刚刚看到的节目感受。刘万里接手机时依然那么平静。

秋老虎一下赶不走了，尽管有微风吹过，但还是感觉天很炎热，狼已经来了八十二天，在这期间，很多事情发生得不可理喻，有有惊无险的，有让人火冒三丈的，还有的是各种遗憾，太多太多，但是回忆起来是那么美好和令人难忘。

这两天想写的东西突然一下多起来，晚上虽然有些疲倦，但是特别想将它们记下来,于是写下这篇日记。

8月6日,天阴沉沉的,我的心就忧伤了,昨天训练生气打了小狼,它们看见我就像看见魔鬼一样,我不知道该怎么挽回这一切,我不想成为小狼眼中的坏人,也不想挣太多钱,我只想干好眼前的事情。我不是一个所谓让人觉得白痴的人,我也有懒惰的时候,我也不是一个看透一切的人,有时我也会忌妒,也会想不开,有时也虚伪、生气,甚至是打架骂人,我也想过我想要的生活,自由自在地活着。可是当下社会很现实,能看开的人太少,我很羡慕看开的那些人,因为他们把所有的事情看淡了。还是我太小了吧,经历的事情太少了,我不知道什么是大事、什么是小事。不过我知道有些不应该说,有些不能乱做,说人生就是一个原本的字典,只有去翻开才知道原来是这样。我知道我是一个什么样的人,应该做什么,怎样去做。

秋风阵阵,放眼望去,旷野和群山褪去了青草的绿色,原来清晰的土路渐渐淹没在一片褐色之中,游客渐渐稀少了,空旷的狼园内有几只狼的身影,它们显得孤独冷清。我和溪溪坐在观景台上,惦记着回大窑的日子,如果天再冷下去,就是我们下山的时刻,那时应该离我们回家的日子不远了。今天游客跟昨天比又少了很多,我们感觉到了荒无人烟的滋味。但是我不怕,身边有狼,那就是我的家园我们的朋友。

我们在观景台坐了半天,一直到没有游客为止,实在寂寞了,我开车带溪溪穿过野狼园,来到我们散养的狼园,车还没停稳,只见卡尔和乔奴跑过来了,它们的性格多少发生一些变化,显得更加机灵不说,跟我们接触时,带点提防和躲闪的意思,这是狼散养在旷野的结果,狼渐渐恢复了野性,回归原始的一面。没有看到图特木,我朝旷野喊了一阵,见三只狼从枯野的草原俯冲过来,跑在最前面的不就是图特木吗?它上来将我扑倒在地,小图腾也冲到我身边,两只狼用头不断地在拱我的身子,愣头、熊熊跟其余的狼一道围在我们身边,像看热闹似的躁动着,显然想靠近我,又像是在犹豫,这就是狼狡猾猜疑的一面。

今年夏季,对大狼的训练已经很少了,我带着图特木和身边的几只狼,向旷野跑去,我在一头,溪溪站到另一头,相距三四十米,在我们俩的叫喊声中,几只狼跑来跑去,似乎没有忘记跑、跳、爬、观察的动作,我望着夕阳中站立的十几只狼,感觉它们又成熟了。

非常感慨狼基地的生活,一想马上就是中秋节了,心里突然难以平静。静谧的月光把我带入幽暗的旷野,我沿着砂石的地面向湖面走去,几个月来好像第一次放松心情从这里经过,我身后闪烁的灯光,在漆黑的夜晚像守夜人,聆听着我的脚步声向湖泊消失而去。

月光映入湖面,粼粼的波纹忽隐忽现,微风中送来清脆的口琴声,我驻步观察,看到水泥台上坐着一个孤独的身影,过去一看是溪溪。我感到一阵凄凉掠过心头,我来到她身边坐下,与她一起欣赏着湖面的夜色。月光像纤细的手指,拨动着飘来的涟漪。

"我经常坐在这里,有时能看到月亮,有时什么也看不见,听听鸟的叫声也很愉快,今天是我们来的第三个月零六天。"

"你记得真清楚。"

溪溪打开手机电筒,朝脚下一比画,照亮一株风干的花草。

"是它让我记住的,你看它现在枯萎了。"

"你经常过来吗?"

"你说呢?不然怎么说得出来?"

"溪溪,我知道这里过得太孤独寂寞了,不久我们就能回小镇了。"

"你听,刚才是什么声音?"

"是啥呀?是大雁飞过时的叫声。"

"大雁南飞了,说明离我们下山不远了。"

回到房间我辗转反侧,几个月来,我把心思全用在狼身上了,溪溪在这里度日如年,内心多么强大才能战胜孤独。我忙于紧张的工作,很少有时间跟她坐下来一起赏月。这个繁忙的夏季,在紧张中带给我快乐也有伤感,失去的时光不可复制,就像今晚看到的,已经枯萎的花草,美丽只能留在心里回味,不去再想了,否则又会失眠。

今天是来狼基地的第四个月零十四天,深秋季节即将结束,前来狼基地的游客已经寥寥无几。我们依然没有接到返回大窑的消息。

  北部山区已经雪花飘零,过不多久雪花就会往南飘落了,每天站在狼园朝北眺望,眼看着白头山一天比一天见白。然而我们像坚守阵地的战士,一直在狼基地等候消息,面对荒凉的旷野,过着与外界隔绝的日子。看来再这样等下去,这个冬季我们要在狼基地度过了,就在我们期待的时候,接到刘万里打来的电话,通知我们把狼全部撤回到狼园,我跟溪溪对突然的变化感到蹊跷,不过下山的愉悦心情无法抑制。

  后来我们才知道,53团狼基地是国家规划的湿地,第二年必须拆除,我们得以顺利返回大窑,这个决定同时也将宣告,我们与政府的合作暂时终结。

第二十九章　大窑的末日

新的一年，露露去呼市寄读学校上中学了，马豆跟去陪读，经常住在那边，偶尔她也会来乌拉盖，她一到狼园，无非多了个聊天的人，显得时间过得更快。

刘万里带一伙人来看狼，人们围在护栏外大惊小怪、指指点点，有时听这些人谈论狼的话题挺有意思，说得五花八门什么都有，大多数人是带着好奇心走进狼园，狼的每一丝变化都让他们感到无比喜悦。别说这些人了，就说我吧，天天和狼在一起，每天都会带给我新鲜感，我常常在狼的身上可以找到无穷的乐趣。只要不驯狼快乐总比痛苦多，有一次我开玩笑逗溪溪：

"你来园之前听说过乌拉盖养狼第一人吗？"

她嘲笑我往自己脸上贴金。然而她眼神里流动着姑娘不便轻易袒露的表情，她的眼睛骗不了人，我直视她的时候，溪溪脸颊显得绯红起来，这时你再偷眼看她，白皙的脸蛋像朱砂点缀过泛着粉红色。

让人心痛的消息再次传来,大窑今年必须拆除,听到这个消息我心里一片凄凉,可是我又不是救世主能有什么办法呢?当然难过的还不止我一人,这段时间刘万里前来狼园,不是坐在院子里默不作声,便是伫立在狼园前思索,就连小狼一个劲地在他身边溜达,都没心思再看它们一眼了。照往常他早就忍不住逗它们了,现在他靠兜里一根根香烟顶着。我只能无助地看着他,时而跟他一起叹息。没过几天刘万里提出一个想法,想趁大窑停工前在靠近公路一带建一栋砖房,把原来的狼园整体向南挪,准备来年搞狼文化生态旅游,我有些疑惑,问他:

"大爷,你咋有这种想法?"

"狼基地不让干了,如果大窑今年非拆不可,20多只狼还要生存,狼园对外开放。"

"它跟狼基地不是一回事吗?"

"有区别,名字起好了,叫乌拉盖野生动物救助站。"

工程迅速展开,这次新狼园的围网足有三米高,全部是银灰色的铁网焊接,里面分别隔出几个空间,为大小不同年龄段的狼所设计。刘万里把扩建狼园的事交给我负责,只要天一亮我的身影便穿梭在狼园中,像疯狂的老鼠,在场地奔波忙碌,我一想这跟一年前干的不是一样吗?

施工现场常常噪声不断,尤其尖锐的机器声对狼群造成不小的影响。就拿图特木来说吧,它与其他狼一道待在狭小的圈内,由于活动面积有限心情十分烦躁。卡尔时常冒出愤怒的眼神,对陌生人的打扰非常谨慎。有的狼会时不时地盯住干活的工人，目光充满敌意。这段时间我一直忙碌狼园的琐事，跟大狼一起的机会逐渐减少。溪溪除了喂狼还要照看小狼，现在是它们生命最为脆弱的时候，禁不住风吹草动，经常发生夭折的情况，她把很多精力花在照顾小狼上面，跟我一样从早到晚忙得不亦乐乎。一个多月过去，小狼长得有模有样了，然而我却很少有时间照看它们。对于成年大狼更不用提了，不说是冷淡它们，起码忙得已经顾不上了。

一天上午，我偶然看到图特木，感觉好像有段日子没见似的，它远远在看我，那种目光透着几分陌生，我把它叫到身边，抚摸着它的头，这时乔奴也围过来，小图腾和愣头同样如此，狼需要我的爱，否则它们会以为你在疏远它们，在这种情况下我对它们讲什么都不好使，只有靠关怀去温暖。

为了减轻施工对狼群的影响，我跟溪溪有空便把图特木拉出去，到野外兜风散心。毕竟它是我一手带大的，而且有过生命之交，我对它的感情无可替代。我们在草原纵情奔跑，抱在一起打闹，高兴的时候它把我踩到脚下，用爪子挠我，拖着我的手臂强行舔我的脸，这一刻图特木把它的爱，淋漓尽致地挥洒出来。

又熬过一个月，狼园围网已经进入收尾阶段，靠近路边的砖房还在紧锣密鼓中，包括游客接待中心、办公室、客房、厨房，还有我们的起居室，一长溜靠近路边，只要从小镇出发，向东行驶不到20分钟就可以看到，非常醒目气派，门前还有一个不大不小的停车场。上梁那天，我跟刘万里一道去镇上买红布和鞭炮,外加一只羊,必须讲究仪式感。

时辰已到,几组长杆挑着一串串爆竹在瓦房前齐鸣,像巨龙喷出的火舌在空中飞舞,吞云吐雾之间一颗颗炽热的火星闪烁,爆竹产生的浓烟弥漫了整个工地,气势之大犹如节日看到的景象,人们的身影立刻淹没在火光与烟雾之中,只听数十人齐声高喊的声音似乎压过了鞭炮的声响:

"起架了,上梁。"

房梁的主架在浓烟中被抬上屋顶,系在上面的红丝带被风吹得一直飘舞,粗硕的房梁便整齐架好。随后传来香喷喷的羊肉味,中午开饭的时候,干活的人喜气洋洋,人手一碗羊肉汤。这时我见小圈里的狼,似乎用它们敏感的鼻子嗅到什么气味,在圈里不断看着吃饭的工人,馋得在里面上蹿下跳。

新建的狼园比之前扩充好几倍,过去的狼园和旧砖房被拆除了,我们搬进新居。由于狼园面积一下扩大了,狼在园区内就像回归旷野一样,自由活动的范围不是从前能比的,刘万里打算半个月后对外开业,正在找人挑选吉日。

晚上刘万里带我们到镇上一家涮肉馆,轿车经过闹市区的时候,我见溪溪把脸紧紧贴在车窗前,一副羡慕的表情。的确我们居住的地方远离尘世,每天只跟狼打交道,天黑的时候周围一片漆黑,听不到城市喧嚣的声音,看不到热闹的市井生活,每天过着寂寞孤独的日子,如同外星人一样。这种木乃伊式的生活方式一旦长久了,自然进城的感觉非同寻常。

窗外车水马龙,街道两侧的路灯已经变为漂亮的橙黄色,一些大楼又增添了霓虹灯效果，穿着五颜六色的姑娘们，牵着手的情侣们，从车前悠然划过。广场的喷泉在彩灯照射下呈现斑斓的色彩，夜晚跳舞的群众，手拉手挥舞着各色的扇子，在抒情的乐曲中翩翩起舞，呈现一派莺歌燕舞的景象。溪溪被城市夜景吸引，就像来到大都市一样目不暇接，连连赞叹乌拉盖的美丽，她的眸子里早已激荡着自我的满足感。

走进涮肉馆，古色古香的气氛迎面扑来，小店不大，米黄色的墙面配上咖啡色的地砖。每张桌子的上方是一个红色灯罩，灯光带来暖暖的效果，一些前来就餐的人，围坐在热气腾腾的火锅前，有说有笑，筷子不断在沸腾的锅里搅动着。我们找了一处半开放的位置落座，喝茶的工夫服务员端着冒着火星的铜锅上来，气氛立刻不一样了。

"大爷不喝酒吗？"

溪溪问了一句。

"开车呢咋喝酒？明天狼园就开业了别找事。"

"想喝就弄两口，我开车送你回去。"

"这段日子你们俩辛苦了，要喝你们多喝点。"

没多久羊肉和蔬菜摆满桌子，我用筷子夹了一大块肉往滚烫的铜锅里涮两下，这时旁边的桌子走来一位中年男子，手拿杯子笑眯眯的样子。

"万里，听说你们的狼园明天要开业了？我提前祝贺一下。"

"我这是白水咋跟你喝呀？"

"狼园开业是大喜事，咋说也得弄点白的。"

我拿来白酒斟满酒杯递给刘万里。这时中年人又说道：

"去年53团狼基地规划上出了一些问题，这下你们无缝衔接把狼文化生态游搞起来了，我们有自己的草原狼多好啊。"

"安达，你也陪一下，这是苏厂长。"

我端起杯子凑过去，就听苏厂长滔滔不绝：

"当年《狼图腾》电影拍摄结束，我们俩盼着剧组能给乌拉盖留几只狼吧，到头来人家全拉走了，当时看得咱俩心里特别难受，万里你还记得说啥话来着？"

"我想不起来了。"

"我记住了，你说以后我也要养狼，现在你把野生狼园建起来了多了不起。"

旁边一桌人听到我们在谈狼园的事，呼啦也围过来，三个人的餐桌顿时过来四五个人，大家不停地向刘万里祝酒道贺，小饭店气氛十分活跃。等到这些朋友走开，刘万里已经喝得差不多了，他坐在椅子上十分感慨的样子，沉默良久，他端起酒杯自饮一杯，他的这个举动令我十分吃惊。

"大爷，你咋自己喝上酒了？"

"安达，刚才你们都听到了人家咋说的？咱们养狼咋回事大家看得明白，这几年你俩付出不少，我敬你们。"

"大爷，你别再喝了。"

"我有点激动，不差这一杯。"

溪溪两道眉毛紧皱，替刘万里担心的样子，他把杯中酒喝光，脸色变得越发殷红，眼白处也是透着血丝，我从来没有见过刘万里这么喝酒，晚上我把他送回楼房。

从小镇出来便是一片朦胧的夜色，走到郊外渐渐看不到灯光了。一钩弯月，把夜行中的两个人影照亮，离开城市喧嚣的烟火，人心慢慢往清凉中下沉。我没话了，溪溪也不知道在想什么，我们只顾往前走，一直缄默无语。约莫40分钟后，大窑模糊的轮廓映在眼前，黑暗中有几盏灯默默守护着，看到光亮反倒愈加感到孤独。

"安达，大窑没有了，以后狼园怎么维持？"

"开放狼园搞狼文化旅游试试。"

"我咋有点担心了？"

"明天就是新狼园开业的日子，咱们说点高兴的话题。"

我们俩的脚步声在大窑附近回荡，不知不觉中一阵伤感悄然爬上心头。

第二天一早，天空看上去要下雨的样子，开园庆典照常进行。我和马豆、溪溪忙碌着布置会场和接待宾客。刘万里指挥大窑的工人，把彩旗从狼园大门口一直插到公路两侧，彩旗翩翩起舞，好像夹道迎接贵宾的到来。砖房的门头上悬挂着牌匾，暂时被一块红布遮挡，大门两侧是一面面红色条幅，一长溜非常气派，小风一吹，哗哗直飘，一切就等乌拉盖领导剪彩了。

天空的乌云逐渐变得稀薄，似乎阳光就要穿透云层。没到开园的时间陆续聚集了许多人，大家站在广场翘首等待，有参加典礼的，有看热闹的，也有的人想趁早目睹草原狼一饱眼福。人们抱着不同的心愿会集到这里，有这么多人捧场，我有些小感动。

人群一阵骚乱，我向小镇方向看去，管区领导的车队陆续沿公路开来。领导莅临，揭幕仪式隆重开始，巧合的是一直担心的天气云开雾散，一丝淡淡的阳光神奇般地投在会场中间，领导激情演讲结束，进入揭牌仪式。当匾额上的红绸布摘掉后，"乌拉盖野生动物救助站"的牌子赫然出现于众人面前，人头攒动掌声一片，在好评如潮中传来一阵阵爆竹声，开园的气氛达到高潮。

剪彩结束，大家跟在领导周围说说笑笑，穿过砖房的过道来到后院，银灰色的铁网内，十几只狼悠然地踱步。狼园一直围到了大窑附近的山坡，与狼基地不同的是，在这里参观只能步行，从围栏外向内看。刘万里解释说：

"下一步会在场地内建一些场景，打造狼与自然的文化主题。"

大家转着转着，领导们来到大窑一侧，只见那边高高的烟囱正在冒烟，同时传来机械的声音，引起人们的注意，大家聚到一起谈论着有关生态的话题。

傍晚，游客陆续离园，这时西北方向的云层逐渐浓密起来，狂风大作，电闪雷鸣，接着就是瓢泼的大雨。雨来得真快，我们拔腿便往屋里跑去，刚跑进屋，屋外已经茫茫一片。

新狼园出现一个奇怪的现象，每次我去门口时，即便是放在园子里散养的狼群见到我都会躲得远远地看我，好像我是陌生人不敢接近，现在无论大狼还是小狼，不像以前见到我就呼地围上来，然后热情地摇晃着尾巴，这个变化让我感到莫名其妙。后来我才弄明白，原来新建的狼园装的是自动大门，开关时上面闪烁的红色脉冲信号常常引起狼的不安,只要狼看到红点闪烁就非常害怕。

由于狼园对外经营,开车来游玩的人一下多了,汽车的喇叭声非常影响狼的情绪,停车场在狼园附近,有的狼见到汽车显得十分烦躁,尤其狼园的大门正对马路,虽然有段距离,但经过的车辆传来的噪声,时常惊扰狼群,大狼对我的信任度有所降低。狼在一个地方待久了,就会以为那里是最安全的,换新地方不免心里紧张害怕,必须给狼群一个适应期。有一次有人来狼园送货,大狼发现后特别警惕这个人的行动,一直盯住他不放,直到他远去为止。

七月的一天,乌云依然密密麻麻搅乱了天空,老天爷翻脸了,乌拉盖的天气向来有着魔术师之称,变化无常,但还是抵挡不住游客对狼园的兴趣,他们不管天气变化,怀揣一颗炽热的心风雨无阻,照样来狼园参观。白天我陪同一拨拨参观的人一起看狼园,大家品头论足,兴趣盎然,评价狼园的观点褒贬不一。

一个雨后的下午,接待一伙自称是从北京来的游客,一位大哥,脖子和手腕上缠着手串,一看就是玩主,进园后半天才看到几只狼,而且慵懒地趴在地上不理来人,看了一会儿,这家伙似乎对狼并不感冒,当时我离他们不远,就听这位大哥不满地说道:

"这是看的什么野狼!一点野性都没有,跟看狗有什么两样!"

他说什么我都听得非常清楚,我只是默默低头,装作没听到

的样子,与男子同行的游客认出我是驯狼人,她便对他耳语:

"别说了,驯狼人就在我们背后。"

"谁呀,就是他吗?"

这位北京大哥,他脸上毫无喜色,一看就是不谙世事的人,说话毫不客气,上来对我横加指责:

"你就是那个驯狼人吗?"

"有话你就说吧。"

"野狼你见过吗?别拿这种二窜子来忽悠人。"

我一听就知道他没见过草原狼,真想上去跟他理论,但我是驯狼人,人家是游客,千里迢迢到我这里看狼不容易,我必须尊敬他。然而对方还是出言不逊,话越说越难听。

"小子就你这几只破狼也敢拿出来收门票,换到北京我非抽你丫不可。"

话音刚落,他把手里的票撕成碎片扔到我脸上,我顿时愠怒,上去揪住那人衣领教训道:

"你不满意可以说,但是你不能侮辱我的人格。"

"怎么着还想动手是不是?"

"我想教训的就是你这种不懂规矩的人。"

他被我推得直往后退,如果没有铁丝网拦着他非跌倒不可,这时图特木突然从远处蹿起来,以闪电般的速度扑向铁丝网,厉爪朝网外伸过去几乎抓到他,多亏男子躲得快,否则今天非倒霉不可。图特木愤怒地朝它吼叫着,卡尔和小图腾见势也迅速跑来增援,同样朝北京大哥露出愤怒的牙齿,吓得北京大哥急忙离开铁丝网，一脸煞白的神色。这时溪溪过来把我拉开，那家伙见势不妙，啥话也没说就狼狈地走开了。晚上我把白天遇到的事情讲给刘万里听，他嗤之以鼻。

"游客后来不是啥也没再说吗？别为这点小事憋屈了。"

"不过狼挺争气的，狠狠替我出了一口气。"

"这不是很好吗？只要咱们开了狼园就别在乎游客说什么，想法子补漏吧。"

自从养狼我学到很多为人处世的道理，有的时候跟游客生气非常幼稚，要把这种怨气变成动力，有时候游客说话很难听，我要努力用汗水打败他们，做出点成绩给别人看。今天发生的问题是园子太大，游客走半天看不到一只狼心里憋屈。还是把空旷的狼园隔出一部分，改造得紧凑一些才合理，游客不用走多远的路就能看到狼，一旦狼多了再开放大狼园。于是我用一周的时间，把剩下的铁丝网拼接起来，在狼园内围出一个园中园，把狼圈在里面，这下狼园又有了新的变化。

小狼的饭量越来越大，从前小盆就能解决问题，现在一顿变成两大盆还吃不饱，陀陀是今年小狼中的佼佼者，一口咬伤同伙小狐狸，疼得它嗷嗷直叫，它跑到我跟前，投来求救的目光。按过去的惯例，我会上去教训它，现在我的观念变了，应该保留狼的野性。的确，游客说得没错，狼必须有野性。陀陀是今年狼崽中脾气暴躁的一只狼，这家伙有些地方就像金刚，疯狂起来至少游客看到会说：

"这是野狼看到没有，这下不虚此行。"

保留狼的野性又想驯好一只狼，这是一件非常头痛的事情。图特木到这个世界看到我的时候，以为我就是狼爸爸，一个脾气温顺的人，它的野性就这样被所谓的狼爸爸抹杀了，只有把它放回自然，让它自生自灭，才能从自然中慢慢恢复它的野性，然而这是不可能的。但凡听话能够驯好的狼，在它身上狼性就会减少许多。金刚身上富有狼性，那副桀骜不驯的派头很难改变，因此，驯狼和保持野性两者兼顾不好实现，更何况驯它们了。

第三十章　伤心大草原

提起大窑，往事历历在目。三年级的一天，艳阳高照，和风微拂，大娘带我去大窑，这是我第一次去那里，好像走了很久的路。初次见到大窑，红砖砌的窑池就像一座古堡，我顺着台阶爬到上面，看到窑内的工人在里面垒砖坯，一层层垒得很高，我的身影投在下面人显得极小，刘万里远远跑过来，一指窑池上头，说：

"这孩子胆够大的，多高都敢爬，不怕掉下来。"

大窑经营不到半年，很快风生水起颇具规模。那时刘万里每天为大窑忙碌，回到家脸上常常浮现笑容，开口闭口离不开砖场的话题。马豆和我就听着，通常是在茶余饭后。不过我对他们聊的话题不感兴趣，心里惦记的就是哪天去哪里玩。

大窑烧砖的时候，表面要覆盖一层很厚的炭灰，既能保持窑内的温度，同时能够防止雨水打湿砖坯。炭灰下面蒸发的热气总能透过缝隙向外散发。遇到下雨天,雨点落在炭灰上面,时常发出噗噗的声音,瞬间冒出一处处小白烟,变成一个个豆粒大的坑,像长满麻子的人脸。晴天的时候只要有蜻蜓贴着大窑表面飞过,就会大难临头,因为上面蒸发的热浪立刻会把它的翅膀熔化了,蜻蜓掉下来,便一命呜呼。

夏天有的时候我去大窑,还会带几个马铃薯放在炭灰里烤,个把钟头马铃薯就被烤熟了,剥开表皮,外焦里嫩,咬一口热乎乎的别提有多好吃了。有的时候我还会在菜地里找南瓜,在它外表涂上一层泥巴,放入大窑的炭灰中烤熟了吃。

我忘不掉成长过程与大窑的记忆,上中学的时候,我经常坐在拱形的窑洞内,有时一个人坐在这个地方玩,淘气的时候便踏着地面厚厚的浮土,然后回头看着照进大窑的光线,一道道光柱中有无数细微的尘埃在空气中飘浮,杂质中反射着各种闪耀的尘埃,有红色的、蓝色的,还有黄色的、紫色的等。

在大窑背后有一段深沟,有十几米宽,上面横着一根钢管,我经常用手吊在上面,从一头单手倒换到对面,并且可以做几个来回,要说单手的力气,同学们谁也比不过我,我练就了一双有力的臂膀,打拳、掰腕不是一般人能企及的。恐怕我的臂力,就是在这个地方练出来的。

大窑的经历也有不顺的时候,记得有一年夏天大雨瓢泼,整个镇子一片汪洋,何况大窑在山根附近,山洪直接把院子里的土坯连同木架子一起冲垮了,那年夏季大窑遭遇不幸,刘万里经常带着一身泥土回家,不用说又是在工地与工人一起干活弄脏的,其中酸甜苦辣自不必多说。当困难来临的时候很多人倒下了,刘万里亏得血本无归，但是他却用精神和意志战胜了肉体，他曾对我说：

"人活在世上没有狼性咋行。"

对狼性一词，第一次我是从刘万里那里听说的，我常常拿他做榜样鼓励自己，认为他说的一切都是对的，从那时起，我试图从他身上找到狼性的东西，直到现在。关于大窑的回忆，在我年幼时期，恐怕留下的印象还有许多，在此不一一细说了。

接到大窑停工的消息，善后的工作有序展开。猪场开始搬迁，大窑的设备逐渐拆除，再过一段时间这里的人们将陆续撤走。

一天晚上，马豆和溪溪做了一顿丰盛的饭菜，刘万里把我的父亲接到家里，饭桌上他拿出珍藏多年的老酒，据说是他从北京带来的，父亲伸手拦住刘万里。

"这么好的酒还是留给尊贵的客人喝吧。"

"你不就是吗？跟我干多少年了。"

他斟满酒杯，父亲接过时手有些颤抖，晚上他一直双眉倒立，郁闷愁楚的样子，好像心里有许多话说不完，他举起酒杯。

"万里，感谢你这些年对我的照顾，包括孩子在内。"

"你说哪去了，这不是应该的吗？"

"安达打小由你们俩照顾，他真是托你们的福了。"

这时马豆说了一句话：

"一家人咱不说两家话，喝酒吃菜，都凉了，动手啊？"

几杯酒下去刘万里的脸色红了一片，他点着烟一边吸着，一边说：

"安达，你父亲不容易，跟我一干就是十多年，大窑如果不拆我们还会在一起。"

"没想到大窑这就要拆了，说走就走了心里不是滋味。"

"不说这些伤心的话了，喝酒。"

两个人感慨的样子，脸上一直挂着表面看似微笑而内心涌动着满满惆怅的表情，说穿了就是难以割舍的情怀。马豆岔开话题举起手中的酒杯，大家再次碰杯，可是欢快的话题没说几句，房间的气氛又冷落下来，每个人只是默默地吃了几口，心思并不在今晚餐桌上，整个晚宴的气氛被大窑拆迁的消息搅得不安。

把父亲送走，看着远处月光下朦胧的景色，仿佛寒冷的秋季即将来临。风把我的长发也吹成乱草地了，在眼前一直狂舞。溪溪在不知不觉中来到我身边，她带着倦色依偎在我的肩膀上，忧愁一直浮于她的脸上。月光显得清淡皎洁，洒在两个人的身上，我有一种预感，早晚大家都会离开这片草原，可是带着狼能去哪里生活呢？真逼到那一天我会不会带狼群流浪？

今年夏季是在动荡之中度过的，不安的情绪一直绷在心里，本来秋季刘万里要在狼园搭建一些建筑，被大窑搅得一下没心情了。这种消极的情绪自然也会影响到我训练小狼，好时光也渐渐错过。

迫近大窑拆迁的日子，对于一手缔造的人来说并不舒服，这段时间刘万里似乎有些闲暇，每次到狼园，他便趴在铁网前观察园内的情况，小狼好奇地看着他，不断打量着这位不速之客。大狼则躲在一边，不是纳凉便是一副警惕的样子。刘万里守在狼园前，默不作声，嘴里叼着烟一直不断，溪溪看不惯了走到他身边。

"大爷,少抽一支烟吧,烟对身体有害。"

他便叹口气把烟掐灭,可是没过多久嘴里又叼起香烟。一手扶在铁网前,低头停留片刻,瞬间脸上流露出低迷的情绪。起初我见他倚栏久站不想说话,便怀疑自己哪里做得不对,心里越发开始慌张。实则不然,照他的性子早就对我发脾气了,莫不如说还是大窑拆迁的困扰。

大窑的工人已经撤光了,整个砖厂不见一人,原来每天隆隆作响的风机连影子都不见了,设备拆除后连一个螺丝钉都见不到。院子里原来摆放整齐的木架子,现在东倒西歪,砖坯扔得到处都是,放眼望去一片荒废的景象,整个工地就像看到的战争影片,被轰炸成废墟一样。

每当我从这里穿过,心里极其不是滋味,仿佛刚刚经历一场浩劫。不知不觉我来到父亲曾经居住的地方,又看到房子背后那间摇摇欲坠的大棚子,上面的雨搭一头已经栽到地上,这不是清格乐经常存放摩托车的地方吗?我愕然地看着,天啊怎么倒成这个样子,凄凉无比。我的心像被刺了一下似的难受。

父亲房间里跑出一只瘸腿的猫,没跑十几米它站住,回头一直在打量我,眨眼的工夫它不见了。房间的门窗敞开着,父亲曾经用过的桌子和床还在里面,上面落了一层灰,墙上还有父亲写的一些纸条挂在上面,小风一吹轻轻飘动着,给人冷清的感觉。灯泡是破碎的,窗子上的玻璃也被石子击碎。父亲穿过的一双布鞋依然在窗台前晾着,上面落着灰尘和玻璃碴碎片,安静得好像等待主人归来,也许父亲走得比较匆忙忘带走了,我便替他收好，然后坐在桌子前，一副惆怅的神色。

站在窗前一眼能看到通往砖厂的路，难怪我每次来大窑一眼就被父亲发现，这里的视线非常开阔，整个砖厂看得一清二楚。大窑像一尊巨大的佛像卧在那里，在它身边是高耸的烟囱巍然屹立，像巨人守护着，然而它们的命运岌岌可危。

夕阳斜垂，远远看去大窑的圆形拱门似几个黑眼珠，我走进空旷的池里，脚步声沙沙作响，也许大窑即将拆除的关系看到哪儿都那么留恋。窑内十分安静，寂寞的耳郭周围充满空气的碰撞声，这时一个声音传来，让我感到一阵觳觫。

"你也过来看看吗？"

说话的人是刘万里，他坐在大窑的门洞前吸烟，我走过去，脚步从来没有像现在这样沉重。

"想过来再看一眼，你也是吗？"

"马上就拆了，听说就在最近这几天。"

刘万里没再说话，眼神里弥漫着难舍难离的东西，我们俩坐在大窑门洞的台子上，光是灰尘就有半指厚，他没管这些，盘腿坐在上面，我不想打扰他，便默默看着他一根接一根地吸烟。

"小黑狗你爸带走了？"

"他带走了。"

"它是从野地里捡来的，丢下了等于没家了，你看他俩感情处得多好。"

刘万里咳嗽几下，然后清清嗓子吐口痰。接着我们又长时间的沉默，一缕青烟从他吸入的肺腔内又吐了出来，在天光暗下来的时候反射着淡淡的青紫色，他哀叹道：

"我想去镇上喝酒,你陪我一下。"

"你不是说不喝酒了吗?"

"医生劝我少喝一点,现在我特别想喝一口,你陪我走吧。"

我们一起去镇上,找到一家极其不显眼的饭店,不过一到那里他改变了主意,我们又去一家饭店,但是刘万里又神情恍惚。我们彼此都明白心里在想什么而又放不下什么,根本没有喝酒的心情,却又口口声声想去喝酒,只为借酒消愁,这种矛盾的心理实际上就是在折磨心灵,那顿晚饭是我与刘万里吃得最糟糕的一次。

一周后轰轰烈烈的工程车开进大窑,我被机器声惊扰,站起来朝大窑方向望去,各种机械和车辆,像入侵者似的野蛮地开进砖厂。一上午我和刘万里一道,坐在狼园背后的山坡上,看着挖掘机一点点把大窑的建筑扒掉,就像凶猛的动物张开大嘴,一口口吃掉比它大上百倍的动物肉体,看得两人抓心挠肝。

拆大窑的灰尘一阵阵刮向狼园这边,敏感的狼不时地观察周围一副惊恐的样子。我去狼圈,只见图特木用牙齿咬铁网。卡尔和诺敏在圈内不停地走动。乔奴胆怯地趴在地上,望着大窑方向疑惑的样子。小图腾、愣头更是惊慌失措。我抚摸着两只狼的头安慰它们。这时已经有几只狼跑到我身边,胆子大一点的狼又恢复打闹的习惯。我跟溪溪注视着大窑方向,一副无语的表情。

傍晚的时候,我跟溪溪正在狼园里除草,刘万里来了,他给我们送来一些食物和蔬菜,见我们没在厨房,他放下手里的东西朝狼园走来。

"啥时候了你们还在忙。"

我停下手里的活朝他走去。有几只小狼纷纷跑在我之前了，刘万里伸手去摸今年出生的小狼欢欢的头，它躲了一下。这时陀陀冲过来伸出爪子跟它打闹，欢欢不想跟它玩便躲到一边去了。陀陀又跑到小狐狸身边有点欺负它的意思，不停地用牙齿咬它的身子，一会儿两只狼发出"哼哈"的声音，陀陀的大脑袋像弹簧似的来回摆动着。刘万里看着它，用夹烟的手指着它说道：

"来年从小狼抓起，只要营养跟得上，一定能养一条大个儿的出来，我们搞旅游给观众看的不就是这种狼吗？"

"大爷，当初你是咋说的？"

"我说得多了，你指哪一句？"

"你说我们养狼，绝不是为搞旅游开发你忘了吗？"

"情况都在变，开放狼园带动旅游也是狼文化的一种形式。再说咱们跟白叔不一样，人家上来就是为搞旅游赚钱养狼，我们想把草原狼驯出来，初心不同用的是两股劲。"

溪溪突然冒出一句：

"大爷，今天大窑拆得老惨了。"

"拆吧，咱左右不了人家。"

关于大窑是一个沉重的话题，无法绕开，一聊到这些刘万里便开始掏烟，意味深长地在吸着，他的咳嗽声似乎比之前频繁一些，为了打破这种僵局，我建议他去屋里喝杯茶，他抖下烟灰，抽完手里的烟准备往回赶。我低头一看，地上的烟头像打出一梭子子弹壳，铺满一地。

早晨七点多，大雾飘得到处都是，就连眼前的山头都被淹没了，如果不是周围十分安静，我还以为是大窑那边拆迁的灰尘被风刮过来了。我可以这样理解，然而狼却不是，大窑拆迁的灰尘没少影响狼园，搞得它们晕头转向。狼在笼子里从来没见过这种场面，一会儿灰尘，一会儿是云的，也许它们又把大雾的天气理解为大窑拆迁刮来的尘埃，有些没见过世面的狼在笼子里惶惶不安，好在今天没有噪声，不久大雾散开，狼见到阳光便纷纷活跃起来。

说话间恶魔般的机械声又开始源源不断，灰尘像浓烟一般从大窑方向飘来，狼一听这种声音又开始慌张，在园子内躁动不安，甚至有的狼吓得颤抖起来。图特木焦虑地在笼子里走来走去，为了减轻它的紧张感，我跟溪溪带图特木来到大窑的后山坡，眺望眼前施工的场面，几台工程车分布在场地的不同角落，用它有力的大钩子，指向哪里哪里就倒下一片。高耸的烟囱依然像巨人巍然屹立，不过在它的根基处已经被挖掘机掏出一个大窟窿，随着"轰隆"一声巨响，直立的烟囱轰然倒塌，它带走我的童年欢乐和梦想，也随着这声倒塌，成为我终身不可泯灭的记忆。一股浓烟冉冉升起，遮蔽了眼前的天空。

大窑拆除之后，从我们的驻地往砖厂方向看去是光秃秃的一片，我十分怀念大窑的时光，曾经带图特木、乔奴、布勒姆走过的建筑不见了，还有那片挖掘机留下的大土坑被填平，现在大窑一马平川，过去那种感觉一点都找不到了。远处的大榆树，在旷野中更显得孤零零，冷不丁一看仿佛比之前高出许多。

有段时间没见小白了，曾经的小狗们早已不知了去向。鱼塘在这个秋季沉浸在荒野之中，顿时凝固成荒凉的景色。大窑一拆迁，值得留恋的东西一点没留下，把记忆里的东西抹没了，这里更显得没有人气，祁大爷、穆师傅、伍师傅全撤走了，我的命运必然与孤独走得更近，一个时代宣告结束。

很久没写《狼王日记》了，想写的时候脑子里满是白天高大烟囱轰然倒塌的印象，狼惊骇的表情，这种恐惧一直在脑子里徘徊。我握住笔，像手里紧紧攥住一根钉子，狠狠在日记本上画了几道。笔尖戳破好几层纸，我一页页翻着有点心疼。

前几天来了一伙拍纪录片的人，在狼园一拍就是几天，大狼好说一点，拍小狼的时候存在很多问题，它们非常害怕摄影机的三脚架，包括陌生人，面对镜头总是躲躲闪闪。这些问题让我既开心又烦恼，开心的是知道了拍电影的难处和驯狼需要解决的问题，烦恼的是小狼没见过世面，在镜头前很不自然，这一年被大窑闹得没心情驯狼，这一拨狼算白费了。

八月中旬刚过，来狼园游览的人已经寥寥无几，偌大的狼园显得冷清，我在打扫狼园时，发现地上有狼毛，一卷一卷的，是谁在闹病吗？检查一圈却没发现蛛丝马迹，不过一定是有狼在闹皮肤病，我在呼市学到的知识用上了，下午我给狼园喷药消毒，以防秋季流行病发作。

半个月没把狼带出去了，我跟溪溪分别牵着图特木和诺敏来到大窑的后山坡，一到野外，图特木在草地里跟我摸爬滚打，玩的时候它用爪子不停地拍打我。溪溪跪在地上正在训练诺敏，它根本不听话，看到我们这边玩得火热，一个劲地想朝我这边跑。溪溪牵着诺敏企图阻止它，结果被它拖着直跑，一会儿诺敏掉头往她身上扑去，溪溪躲闪着十分狼狈。诺敏强有力的身子在草地上扭动着，似乎有意与溪溪对着干，它开始学会耍弄人了，当然这是狼与人之间的交流,前提是你必须对狼充满爱,你才能拥有这种快乐。不久两只狼把我们引向高坡,大窑的空地一览无余,我们看着那个方向,刚才那份喜悦逐渐消失,瞬间一种强烈的情绪几乎夺去我的心情。

"大窑转眼之间什么都没留下,狼园今后靠旅游能维持吗?"

溪溪面带愁容地说道,我的脸上同样露出担忧之色。

"大爷说了他会想办法。"

"他咋想办法啊?连自己的工作都没有了。"

我不再说话,坐在草地上看着前方眼神依然忧郁。其实我说这些话的时候只是想安慰她,实际上内心满是难言的悲凉,刘万里如何打发今后的日子我不知道。

回到房间,头重得像铅球,我想找人诉说内心里的苦闷,可是一个男人婆婆妈妈的还算男人吗?只有自己才是诉说的对象,我不是心里存在白与黑的斗争吗?一个提问,一个解答,即便我把内心独白写在日记里,又有谁能真正理解呢?

在我痛苦的时候接到一个陌生人打来的电话,电话里上来便是女人的哭泣声,这声音一下把我弄愣了。正在我纳闷儿时,才弄明白,是清格乐的女朋友打来的,我突然神经质般地坐起来:

"阿丽玛有话你慢慢说,清格乐怎么了?"

女人的声音哽咽着,一直持续半天。我想听听她下一句要说什么,默默等了良久。这时阿丽玛的哭声变成断续的,含混不清。

"清格乐他……清格乐……"

"我是清格乐的好朋友,清格乐欺负你了是吗?"

"不……没有，清格乐他……"

阿丽玛的声音似乎哽咽得说不下去了，听到这里我浑身嗖地一下不敢再往下想了，只想赶快听到结果。阿丽玛话音继续，还是满满的哭腔。

"清格乐他……一周前清格乐突发心肌梗死，他人走了……"

呜咽声持续，把我撕裂一般，我蓦然片刻说了一句：

"阿丽玛，怎么可能，前几天我们还通话了，我不敢相信啊？"

"他的朋友只要听到这个消息都没人相信，但是他没有了这是事实。"

听到这个消息我十分震惊。阿丽玛在电话那边一再说清格乐生前经常念叨我，所以她才鼓起勇气告诉我。我连安慰的话都没来得及说她就把电话挂了。

我突然觉得人的生命是多么脆弱，昨天还在一起的朋友今天就没有了，这是多么让人悲伤的事情。我让自己冷静下来，仿佛头脑从一片空白中又装进一些东西，就连耳边刚刚窒息的空气，现在都是碰撞的声音。莫名的悲观念头越发涌上心头，只觉得人生那么缥缈，犹如一粒沙被狂风吹得乱跑，忽而消失，忽而被风吹得不知去往何方。人生最大的痛苦莫过于失去亲人和朋友，还有比这再难过的吗？狼园的这点困难又算得了什么呢？

人活在世上，有些东西生不带来死不带去，还原人的本性看透自己，做一个让人看着快乐、开心、幸福，内心坦荡、透明、实实在在的人，脸上没有一点哀愁，永远那么潇洒幸福的人多好，可是现实能做到吗？我开始怀疑存在的意义，犹如草木，一岁一年，一年一岁，往返枯荣，是要这样过吗？意义何在？我想不通，便来到院子里的沙袋前，照它就是一阵双拳，拳拳打的沙袋都像泥浆似的崩裂，直到浑身热血沸腾，汗水浸透背心，我忍不住抱住沙袋想大哭一场，这一年我才24岁，遇到太多令人不快的事。人生多不容易，狼在我身边，无论多苦多累，我从没见到它们哭，也不曾见到它们在痛苦面前悲伤，而我一出生就是哇哇痛哭的孩子，人来到世间是为尝尽苦难的吗？

第三十一章　难忘的草原狼

秋季某日的一个午后，绵绵细雨虽说不大，但屋檐垂落的雨水一直不断，在地面形成碗碟般的水坑，滴答个不停。狼园迎来了一对陌生的老人，他们打着雨伞，站在门口一直盯着狼园不走。我正在棚子下修理摩托车，看到两位老人东张西望，指指点点，像有什么事情似的。我把溪溪喊过来，让她过去接待一下，看看是什么情况。

溪溪打着粉色雨伞姗姗而去，结果跟两位老人一聊也是很长时间不回来，这其中肯定有什么情况！我停下手里的活，想过去一探究竟。

我走到两位老人面前，看他们的模样像知识分子。大爷叫姜若泰，有些秃顶，戴着一副深色眼镜，精神矍铄。奶奶面目清秀，长着一副慈祥的面孔，微笑的时候眼角爬满柳絮般的细纹，戴着一副金丝眼镜，但丝毫没有影响她的风度。原来这对老人曾经在满都宝力格插过队,今天是特意想看草原狼的,可是狼一个个待在围栏的笼子里并不出来,也许是下雨的缘故,狼没有心情。他们等候半天,恳请我们能否带他们欣赏一下,这便是两位老人不走的原因。我看雨水淋湿了他们的衣服,于是决定带他们去狼园里面转转。

我引两位老人走进狼园,把图特木的笼门打开,热心地给他们讲解。两位老人见到狼特别激动,姜若泰嘴里不时地在念叨:

"这一趟来值了,小伙子让你辛苦了。"

他仔细打量图特木,眼睛是那般凝神专注,仿佛要从狼的身上找到什么细节,后来两人把伞往地上一扔,不顾雨水淋湿他们的衣服,与狼一起合影拍照,左一张右一张根本停不下来。我见雨水顺着奶奶的银发往下流,沾湿了她的肩膀,爷爷的后背也湿了一片,但是他们拍照的热情一点没减少。我很纳闷像他们这般年龄,怎会对狼如此喜爱,他们对狼的真诚一次次打动我。我和溪溪急忙为两位老人撑伞挡住无情的雨水,就听姜若泰不断地说:

"你们圆了我俩多年的梦想,谢谢、谢谢了。"

拍了十多分钟,两位老人终于收起相机,但还是有些恋恋不舍,眼神中流露出眷恋之色。姜若泰老人的每一丝变化,我都能从奶奶的表情中观察到,她用一种钦佩的目光,或是朝他微微点头,或是迎合地微笑,神态总是含情脉脉的样子。这对恩爱夫妻,在我看来非同寻常,恐怕姜若泰爷爷身上另有隐情,我把他们请进房间,让他们歇歇脚,喝口热茶暖暖身子。

聊天时我才知道,他们是从报道中听说乌拉盖有草原狼,于是从天津乘飞机匆匆赶到锡林郭勒盟。姜若泰小啜一口热茶,从他的表情我看出他好像有许多话想跟我们说,目光里流动着感慨的神色,近乎一种由于激动而无法抑制的情感外露,他感叹道:

"当年赶趟子,我见过草原狼,跟刚才看到的狼几乎一样。"

"你也赶过趟子?"

"是的,一生忘不掉,往事犹在眼前。"

"那时我们跟你俩现在差不多大。"

奶奶补充一句,然后恬淡地一笑,似乎在她白静的脸上,也长着一对小小的酒窝,微笑时便展现于我的眼前。

"你不妨讲给我们听听,也让我们与您一起乐和乐和。"

姜若泰老人的嘴唇嚅动了一下,仿佛往事历历在目,接着我从他口中听到一段与草原狼擦肩而过的传奇经历。

事情发生在1968年,姜若泰当时年仅18岁,从天津插队来到东乌珠穆沁旗,被分配到满都宝力格,下放到牧民的蒙古包,每天管理300多只羊。

放羊的地方是一处牧草丰盛的旷野,周围还有大片灌木环绕。一天,姜若泰与往常一样,把羊群赶到草场后,自己便潇洒地往草地上一坐,正好手里拿着一根刚撅断的棍子,青绿的树皮还留在上面。这时一只蜻蜓落在上面,他轻轻把棍子往怀里收,伸手想抓住它的时候,蜻蜓翅膀一震动,从他手指间飞了。他把木棍上的青树皮一条条剥去,突然,周边传来一阵嗥叫声,像是从嗓子眼里细小的缝隙间挤出来的,他愣了一下,起身朝声音传来的方向望去。耳边除了微微的风声一切空空如也,他怀疑自己刚刚是不是听错了,一阵风再次送来古怪的尖叫声,他手持木棍,小心地朝声音传来的方向走去。

离他不远的地方是一片灌木林,树的叶子在风中发出轻微的哗哗声,除此之外,周围看上去静谧极了。姜若泰观察了一会儿,并没发现什么特别之处,正当他犹豫的时候,奇怪的叫声从林子方向再次传来。姜若泰朝那边走去,悄悄钻进稀疏的柳灌丛中,谨慎地一点点向前移动着脚步,透过挡在眼前的灌木丛,顿时发现有一头大狼,它被牧民围栏上的钢丝绳紧紧缠住,身上被勒出一道道血口子。姜若泰冷静观察了一会儿,发现狼无论怎样挣扎都无法摆脱铁丝网的纠缠,只见它趴在那里神色痛苦。姜若泰小心地接近它,没想到狼向他猛地扑去,多亏他反应迅速,一头栽倒在地上。如此一来狼的身子被勒得更紧了,钢丝像钉子一样扎进它的皮肉深处。

次日上午,姜若泰再次接近狼,发现它缩在那里无奈地喘息,它的身子像蜘蛛一样,被钢丝缠得更加牢固,鲜血一直不停地从伤口溢出。它斜视着姜若泰,状态明显不如昨天。片刻之后,姜若泰掏出身上带来的羊肉扔给它。狼并没理睬,而是一直盯着他的一举一动,十分恐惧的样子。这一天,他前后两次来到狼身边,他的善意丝毫没有打动狼。夕阳西下,草地被阴影逐渐覆盖,回归的鸟雀纷纷寻找着夜露的栖息地,姜若泰默默离开。

又隔了一天,姜若泰把羊群赶到距离狼出事地点不远的地方,一切安顿好之后,他便穿过灌木丛,小心翼翼向狼走去。远远发现狼还活着,但是它的呼吸声非常短促,显然身体更加虚弱,身边的钢丝有的被它锋利的牙齿咬断,有的则牢牢缠住它的脖颈,像电焊一般结实,露尖刺儿的钢丝,毫不留情地像钉子一样扎进它的肉体,狼的胫部有几处已经血肉模糊。姜若泰怀着悲悯之心谨慎接近它,狼没再反抗,两只眼睛眯缝着毫无力气反抗。姜若泰这次比以往更加接近它,不料狼在挣扎时痛苦嗥叫,鲜血喷到他脸上。面对如此顽强的狼,姜若泰完全被它征服。就在这时有一伙羊群从附近经过,他以为是自己的羊群跑过来了,过去察看情况时,只听背后传来陌生的说话声:

"喂,是你弄的动静吗?我听着像狼的叫声。"

姜若泰哆嗦一下,回头看到身背半自动步枪的蒙古猎人,他骑在马上跟着羊群大摇大摆地走来,那人马背上挂着几只野兔,鹰一样的眼睛冷漠闪亮,面色红润,颧骨突出,散发着油脂的光泽,一看就是经验丰富的蒙古牧民,他扯着牛一般的嗓门朝姜若泰喊道:

"原来是你呀,发现狼没有?"

"没看到,什么都没有。"

"这里有狼可要小心点儿,你脸上哪来的血?"

姜若泰慌忙摸了一下,果然是有一点血迹留在上面:

"脸被树枝刮破了弄的。"

"小心点别往树棵里钻了,这里有狼。"

背枪的牧民说完悠然远去,姜若泰这才如释重负。他又走到狼身边,发现狼的呼吸声非常急促,姜若泰心一软还想上去替它解围,谁知狼朝他又张开血盆大口,这次不是扑他,而是向他龇牙咧嘴。他担心狼突然扑过来,不敢贸然靠近它,于是观察一会儿就离开了,不过临走时照旧在狼的身边放了几块生羊肉,这次还给它带来一碗水。

回到连队，打水洗脸的时候，姜若泰与年轻时的奶奶相遇，他悄悄把发现狼的经历告诉了她，奶奶让他远离那只狼，不要再去那里，这很危险。姜若泰又熬过一个夜晚。

上午姜若泰照常把羊群赶到靠近野狼不远的草地上，环视周围没有什么人，于是悄然来到钢丝网附近，再看到狼时，狼已经奄奄一息，连翻眼皮的力气似乎都没有了。姜若泰头顶烈日观察半天，先是用套马杆捅了它一下，狼毫无力气反抗，血在它的脖颈处凝结成硬疙瘩。不过还有微弱的生命迹象。姜若泰放大胆子，从它背后靠近，一手捏住它的头，以防它反抗，现在狼完全丧失了攻击的能力，只是喘着粗气任由姜若泰处置。他腾出一只手，慢慢解开勒进野狼体内的钢丝，一根根替它剪断，狼一直没反抗，十分配合的样子，眯缝的眼睛一直在看他，眼神中淡淡露出某种渴望，恐怕是被人的一次次善良行为所感化吧。姜若泰准备剪断最后一根钢丝的时候，他犹豫片刻，决定仔细打量一下这只狼的长相。他发现在狼的脑门和鼻梁之间长着一撮类似倒三角形的白毛，看上去非常醒目，而且一根根狼毛像银丝般油光闪亮。如此美丽的草原狼居然在这里被钢丝缠住身体真不可思议，他心疼这只狼的遭遇，同情心战胜了内心的恐惧，姜若泰用力将最后一根钢丝剪断，随着"咔嚓"一声，瞬间狼像鳄鱼蹿出水面般，噌地一下钻进草丛，闪电般的动作让姜若泰顿时大骇，还没等他醒过神，狼已经蹿出几米外，这时它突然停住脚步回头再看姜若泰，几秒钟后便消失得无影无踪。

事后他把放跑狼的经历又告诉了年轻时的奶奶，奶奶又把姜若泰遇到狼的消息透露给同事，大家一听大为愕然，惊骇地对他说：

"你从狼嘴里捡回了一条命，它就是白眼狼，你咋能放跑它？"

姜若泰矢口否认大家的说法，争辩道：

"我是它的救星啊！我不相信它是白眼狼。"

"你就等着吧，早晚它会找你算账。"

然而姜若泰根本不信这一套，依然把羊赶到这里，羊非但一只没少过，就连这只狼的影子也没发现。这件事一直保留在姜若泰心里，每次回想起这只狼，连同它头上那撮三角形白毛深深印在他的脑海中。

这一年的秋天，恰逢姜若泰赶趟子回来，独自一人往连队赶，为了方便，他选择盘山小路来到一处火山锥，翻过山就能看到连队的营房。马走进夕阳照不到的山谷，无意间遇到狼群，受到惊吓一步步向后倒退，然而在它身后是十几米高的悬崖，马已经无路可退，狼群渐渐从三面压过来，姜若泰的手紧紧握住套马杆，腿脚吓得开始颤抖。就在绝望的时刻，出现一只诡异的狼，它从岩石上跳下，跑过来在狼群前走了一圈，一边低头"哼哼"几声，结果狼群全部被它带走了。这只神秘的狼，离开不久突然止步，回头向姜若泰这边望去，它脑门上长着一撮三角形白毛，姜若泰顿时想起自己救过的那只狼，眼前不正是它吗？他想再仔细多看一眼，那只狼带着狼群已经消失得无影无踪。从此一别，恍如昨日。

姜若泰先后几次来过满都宝力格，希望能见到草原狼，但是这个梦想一直未能实现。多年前，姜若泰参加内蒙古东乌珠穆沁旗插队知青 35 周年聚会,有来自北京、天津、唐山的知青,大家相聚到一起,仿佛昨日重现。晚会上有一个节目,每人回忆一段最难忘的知青往事,作为庆祝活动的高潮,轮到姜若泰的时候,他眼含热泪,回想起与野狼擦肩而过的经历,故事感动了所有人。

姜若泰一直难以割舍这段感情,忘不了救助过的那只狼,到底谁救了谁?现在只有缘分说了算。

这次姜若泰抱着试试看的心态,与奶奶再度来到锡林郭勒盟,原打算先到满都宝力格,听说乌拉盖是《狼图腾》影片拍摄地,于是先来到乌拉盖,在宾馆办理入住手续时,有幸听说这里有位养狼人,养的还是正宗的草原狼,两位老人心情激动,甭管下不下雨便慕名而来。

如今姜若泰的心愿终于实现,我看见他的双腿也被雨水濡湿了,但是老人依然不觉得寒冷,心是那么温暖愉快,笑声格外爽朗。临走的时候我给他一张图特木在雪地里的照片,姜若泰接过去十分激动,手指照片连连说道:

"这只狼跟我当年救过的那只一模一样,你瞧瞧它头顶也有一撮三角形白毛。"

姜若泰的故事讲完了,室外的雨也渐停息。两位老人打算走回小镇,我给他们指了一条近路,目送他们的身影逐渐远去。这时我心里像有什么东西放不下,是姜若泰讲的故事,还是两位老人的背影?我匆忙开车追上他们,接上两位老人打算送他们去宾馆。

狼园每当接待游客时,我常常跟大家一起分享姜若泰的故事，他的经历同样感动了许多人。刘万里听说后埋怨我，为什么不给他打电话，他曾经也赶过趟子，也见过狼，见到姜若泰也许有很多共同语言可以交流。

　　生活中经常遇到遗憾的过往，擦肩而过既是缘分也是永恒，像姜若泰遇到的那只狼，后来命运如何永远是一个谜了。

第三十二章　狼性而战

清晨，窗帘的缝隙透进刺眼的阳光，把我从睡梦中唤醒，伸手拉开窗帘，顿时明晃晃的光线照在皑皑的雪地间，刺得睁不开双眼。起床后我把被子拿到阳光下晾晒，只见溪溪从狼园方向走来，嘴里还在嘀咕：

"有小狼被咬伤了，你快去看看吧。"

我忙去狼园，发现果然有小狼走路后腿一瘸一拐。罪魁祸首是陀陀，它是今年小狼中的佼佼者，脑袋长得比同类稍大一些，两只前爪粗硕有力，特别是它的眼睛，越来越散发出野性的气息。当我抓住它的头，想跟它对视的时候，它并不躲避我的视线，眼含高傲与藐视的目光。陀陀经常靠它强壮的体魄欺负身边的狼，有一次它与同伴争抢羊骨头，叼在嘴里到处奔跑被我一把按住，不承想它回头险些给我一口，半大的小狼别以为听话温驯，在食物面前最容易暴露它们的野性。

好斗是陀陀的本性，这只初出茅庐的小狼，不知天高地厚。不久前它与小图腾发生冲突，是由一块肉引起的，我给小图腾的肉却被它抢走了，小图腾当然不肯罢休，两只狼打得不可开交。最近陀陀有些膨胀，在狼园总想跃跃欲试，经常打架不说，还不把老狼放在眼里。自从它的一只耳朵被撕下一块后，它的野性更是暴露无遗，一时间像诺敏、卡尔、乔奴这些老狼看到它都会让几分，我见图特木也不轻易与它交锋，于是陀陀开始想统治狼群。新一代小狼长大之后见识太少了，它们并不知道狼园是个危机四伏的地方。

最近给小狼添加了新的训练项目，结果驯得愣头、熊熊、王子、小狐狸和欢欢有点晕了，总是动作混乱，这让我十分懊恼。我冷静思考，三年驯狼的经验，遇到的问题不尽相同，可是解决起来困难重重，当痛苦来临的时候，我用两种方式解压：一种是拳击，另一种是写日记。我常常翻开日记本，逐字逐句把内心的压抑释放出来，通过每一个字往外宣泄。驯狼的痛苦，没有人比我理解得深刻，这是事实。我在日记中写道：

9月20日，我常常反思一个问题，为什么一定要驯狼，把自己搞得身心疲惫，把狼养好就行，这可以省去我很多烦恼，活得也非常潇洒。然而我不想那样做，这和饲养员有何区别？长期以来我受刘万里的情怀影响，一直希望把狼驯养得善解人意，理解人类语言，设法找到动物与人之间的沟通方式，和谐相处。只想把狼从野性打造成明星狼，让大家都知道乌拉盖的草原狼有智商，能表演，可以参加影视剧拍摄，扩大对狼文化的认识。在驯狼的过程中我可以从狼身上发现它的品质，狼是有血性的动物，它对我的友好等同理解人类，而人类也要尊重狼的个性。如果把它养成唯命是从的小猫、小狗，我便是失败者。与狼在一起，它教会我做人，学到狼性、血性，这种精神认知是我在与狼接触中慢慢体会的最深的东西。

下午刘万里来了，我们饶有兴趣地看电视，电视里正在播放非洲草原狼，一只骨瘦如柴的母狼，站在类似坟包一样的土堆上，它脚下有一个洞穴，显然是它的窝，一帮狼崽子经常从里面爬出来，想喝母狼的奶水，但是它的奶头瘪得就像肉干，当风吹过来的时候，几乎可以把母狼刮倒。显然它是一只身患疾病的狼，现在只剩下一堆骨架子在支撑，它喉管里发出类似喘不上气而"呲呲"作响的摩擦声，它不时地站到土堆上面盯着远方，大概是等待公狼能带回食物吧。母狼每天坚守着自己的领地，一天天不断消瘦，日后的命运可想而知。后来当记者再次来到这里的时候，大草原已经是秋天的景色，原来的草地，变成一片荒野。母狼留下一堆白骨，像菊花一样绽放在土堆旁。

看着节目我们谈论着狼的话题，一种难隐的揪痛留在每个人的心中，自然对狼这种动物更加敬畏。

大窑拆除后，刘万里没有之前忙碌了，不过他来狼园的次数并不频繁，今天难得看到他，我想给他露一手，展示一下最近驯狼的成果。每只狼在我的口令中竭尽全力表现，我沾沾自喜，期待刘万里的评价。他的嘴角轻轻一翘,也不说好,也不说哪里有问题,脸上只是漾出淡淡的微笑,给人麻木、冷淡、平静的印象,他对狼园的热情似乎在减少,一向积极主动的态度好像在他身上也减少了,反倒对狼园游客的流量,门票收入,库房里喂狼的肉还有多少更加关心。我的满腔热忱犹如遭遇一场冷雨,从头到脚浇得透凉。这时小狼围在我身边,它们的眼睛看人的时候纯真得像一泓清水,我抚摸着它们的身体,掩饰着内心的失落。刘万里还是倚在那里纹丝不动,从他的言谈举止发生的小小变化看,莫非他遇到什么不开心的事情憋在心里?我有点捉摸不透他了。

今天参观的游客往园子里扔进一只鸡,狼园顿时乱起来,小狼发现后瞬间向鸡扑去,连我的口令也不听了。小图腾一口咬住鸡的胸部,大花咬住鸡的身子,正当它们撕咬的时候,陀陀从两只狼的背后一个饿虎扑食的动作,把鸡抢走了。图特木趴在笼子里,冷静观察眼前发生的一切,毫无反应。这时陀陀叼着小鸡拼命奔跑,身后是几只穷追不舍的狼,鸡在扑腾时从它嘴里挣脱,慌乱之间从图特木笼子旁边跑过。图特木伸出爪子一把按住鸡的翅膀,陀陀朝它爪子就是狠狠一口,图特木惊叫一声,愤怒地瞪着叼着小鸡远去的陀陀。狼在食物面前本性暴露无遗,没有任何办法可以改变它的野性。这件事让陀陀引来杀身之祸。

一天,我把图特木放出笼子,扔给它一个鸡架子,陀陀冲过来企图从它嘴里夺走,它自以为是新一代狼王,太小看图特木了,两只狼为此爆发战争,上演一场生死战,锋利的牙齿像刀剑碰到一起,顿时可以让对方皮开肉绽,鲜血横流,这种可怕的情景怕是我养狼以来从没有见过的，图特木一口咬住陀陀的脊椎，只听嘎吱的骨裂声，陀陀瞬间倒地，原来图特木如此凶猛，它仅用一招就可以置陀陀于死地。图特木用事实告诫所有的狼，目前在狼园它是头，不要小看老狼。其余有野心的小狼吓得乖巧起来。陀陀这下惨了，被图特木咬成半身不遂，只能趴在地上动弹不得。

腊月下过几场大雪，可怜的陀陀在这种寒冷的天气中煎熬，它没有站相了，往日的威风彻底扫尽，就连一向俯首帖耳的同伙都敢欺负它，可见陀陀的命运何等的悲惨。有一段时间它不见了，原来是躲在卡尔打的狼洞里休养，这让卡尔非常不满，有时卡尔会伸头去咬它。

天空蓝莹莹的像海水一般，阳光明媚，照得雪地暖洋洋的。早晨我去狼园，推开门看到所有的狼朝气蓬勃，嘴巴喷着哈气，一早便在院子里打闹。小狼混在大狼堆里从大小已看不出区别，所以很难辨认谁是谁了。不过我没见到陀陀，它依然躲在洞里休养。现在狼多了，我没有那么多的精力动不动就去医院给狼看病，除非它的身份特殊，所以，陀陀的伤我没当回事儿，凭我学到的兽医知识给它治疗也没问题。

白天，有紧张的工作缠身，一到晚上我便有闲暇的时间需要打发，否则人会觉得非常寂寞。我有时与溪溪聊天，有时一起看手机新闻，有时玩跳棋自娱自乐。由于住的地方距离镇子较远，晚上去那边喝酒解闷的机会很少。我感觉自己的生活跟狼没有多大区别，像关在囚笼里一样，常常有枯燥乏味的感觉。我是一个男人，每当夜幕来临的时候，一些欲望总有办法钻进我的脑袋里作怪，我想排除这些杂念的干扰。我觉得一个人想把事业做成功，必须有坚定的信念和控制欲望的能力才行。

连续刮了两天的白毛风一早终于停了。狼群毛茸茸的身体，在雪地里散发着金丝银线般的光泽，冬季它们的毛最丰满漂亮，狼喜欢在雪地里跳来跳去相互追逐。早晨喂狼的时候没见到陀陀，来到土洞前叫喊它的名字，却始终不见它从里面爬出来，我趴在洞前，用手机灯光朝里面一照，只见它蜷缩在洞里安宁地死了。

2018年的春季，狼园新添了三窝小狼崽，现在狼的总数超过30只，我自然很有成就感。今年不知何故诞生一只白狼，头长得圆乎乎，嘴型和隆起的鼻子十分标致，特别是它的眼睛很蓝，生下来就像熊猫，十分惹人喜爱。溪溪给它取名宝宝，对它爱不释手，常常把它抱在怀里，甚至带到自己的房间，不但跟它一起玩，而且有时还把它放到自己的床上共眠。我看溪溪对白狼的关心程度不亚于当初我对图特木，她经常一边翻书本，一边对照喂养方法，从她对白狼的付出一点看不出劳累之象。

四月的一天，白狼有些打蔫，出现食欲不振现象。给它喂药治疗，效果并不好，急得溪溪坐立不安，一直说我的医治方法有问题，怎么解释溪溪就是听不进去，我这才发现她的性格有些执拗。我们只好去找包大夫，当时正赶上室外降温，寒风凛冽，去医院的路上，溪溪把白狼抱在怀里，生怕它受凉，那一刻人人看了都会被她的行为所感动，我逗她说：

"白狼就像你的亲儿子，你就是它的妈妈。"

"开好你的车吧。"

从兽医站回来已经是中午了，我想请溪溪在镇上吃点快餐，她以白狼需要照料为由拒绝了。回到狼园，说什么她都要把白狼放到自己房间喂养，理由很简单，她连我都信不过了。一个普通的小毛病，我觉得无所谓，她却十分担心，为此我们俩差点因为白狼闹出点小矛盾，可见白狼在她心中的地位有多么重要。

晚饭后，我跟溪溪观察白狼，它的病情得到控制，溪溪才算松了一口气。

回到房间，我沉浸在白天与刘万里的通话中，这是一次不愉快的通话，起因是喂狼的食料，狼多了每天消耗的肉类必然增量，从电话里我能感到给他带来的压力，尽管他不明说，我也已经感觉到了。我不得不去思考狼园的未来，以至于这种消极的情绪开始影响到溪溪，从她闲谈的话语中自然流露出来，她是敏感的人，谁说不是呢？

"我早讲过大窑拆了狼园经营是问题。"

我没再说什么，两个人大眼瞪小眼，养狼四年，第一次感到压力正向我们袭来。

不久，刘万里送来一车鸡肉和其他食料，这下够狼吃上一阵，我想找一些轻松的话题让他高兴一下，于是把白狼的情况向他说了。到目前为止他都没有仔细看过这只狼，凑巧的是溪溪把它带来了。

"大爷，你看白狼多稀罕人。"

它在溪溪怀里小鸟依人的样子，往地上一放多少像熊猫。溪溪在白狼的脖子上还系一根红丝带，她爱惜地抱着它贴在脸上。由于白狼的身体十分柔软，捧在手里像充满温水的气球在蠕动。

刘万里一直在吸烟，在我们说话的时候只是"嗯嗯"地点头，毫无惊喜之色。

"难得遇到白狼，我们想把它养好，吸引游客增加门票收入。"

"多想想经营方面的问题就对了。"

刘万里走之后，香烟的味道久久不散，似乎留给我们一种清风淡月的感觉，也许溪溪已经意识到了，刘万里对我们的谈话内容不大感兴趣，按说诞生白狼应该是一件高兴事才是，不过他的态度多少有点出人意料。

不知是什么原因，小狼生下不久有死的，今年有两窝狼崽出生比较早，是天冷的关系还是疾病闹的就不好说了。于是溪溪对白狼格外照顾，喂小狼的时候，白狼不像其他小狼疯狂拼抢，吃食很少，而且不慌不忙，还没等它吃两口，食盆早已见底，白狼长得渐渐比同伴瘦弱一些。有几次我见溪溪把白狼抱到身边单独喂它吃的，如此精心照料被我发现已经不止一次。

阳光灿烂的时候，尽量让小狼从窝里出来，阳光不仅可以杀死它们身上的细菌，而且非常适合小狼享受温暖。白狼有一个嗜好，喜欢依偎在母狼身边，或是在狼窝里不愿意出来，它越长性格越有些胆怯。溪溪总有办法把它唤出来，蹲在它跟前逗它开心。

近日我想了很多关于狼的事情，养狼的得失也好，驯狼积累的经验也罢，还有狼的生死病故等，究其原因只觉得四时轮转得太快，由不得我停下脚步认真思考，还没找到事情的原因一切就过去了。狼的生命有时是瞬间到来的，稍不留神又被一阵风刮跑了，来得快失去得也很快。所以，认真做好每一件事非常重要。记住最初的理想是那么美好，我希望好好干一番，没有这种动力我会孤独地老去。

天气依然寒冷袭人，天空又开始飘落零星的雪花，这是难舍的冬季送给春天的礼物吗？这么冷酷无情。我抬头看着花絮般晶莹的雪片，从神秘遥远的地方像鸟的羽毛自由飘落，融化成湿润的甘露。还没到夏季，游客便络绎不绝，只要有人来到乌拉盖，少不了来我们狼园转一圈，没想到狼的诱惑力这么大，游客当中有许多人喜欢与狼近距离接触，我很纳闷这些人接近狼的心态，是出于好奇还是因为没有见过，有的人观察得很仔细，趴在围栏前一看就是半天。

开春正是疾病和瘟疫容易流行的季节，最近发现有几只狼出现皮肤瘙痒的症状，有时痒得它们咬下一嘴的毛，或是用爪子不停地挠自己的身子某个部位，我去兽医站咨询，原来是皮疹又在流行，从兽医站出来拿了不少的药，回到狼园对每只狼进行消毒，不久一些狼的瘙痒情况开始好转。

气温逐渐升高，今天狼园来游客了，我匆忙跑过去接待，游客一来便想进狼园，大狼的美好时光来了，因为每名游客都带来一只活鸡，不停地投进狼园看狼扑小鸡的游戏，场面有些残酷，但是它能考验狼捕食的技巧。一只鸡在空中扑棱，图特木和卡尔迅速跳起，身体却被王子撞到一边，王子猛地用爪子拍打一下，鸡从空中落下，结果机会被小图腾抓住，它抢先一口咬住鸡，狼在捕捉猎物的时候充分暴露出狩猎的本能。

春夏交替的季节，小狼也长得很快，一个个特别能吃，肚子就像一座粮仓。与大狼相比，小狼每天能吃饱已经算幸福了。库房的食料时而供应不及时，大狼常常饿着肚子守候在狼园门口等人喂，说实在的它们看上去有些可怜。刘万里知道后反应十分愕然：

"狼这么能吃吗？"

"可不是吗，喂狼的食料又快见底了。"

我越来越觉得刘万里为狼食料感到为难。记得过去他经常会买一些澳洲牛排回来，现在渐渐买得少了。今年秋天他想在园子里搭自然环境，这是一笔不小的开支，他是否能承担得起资金的压力我不得而知。大窑拆除一年了，有些问题开始浮出水面，至于有多艰难只有刘万里心里清楚。

由于新狼不断辈出，图特木狼王的地位受到挑战，鼻子和脸部时常留下战斗后带来的伤痕。狼王对一个团队来说非常重要，老狼如果继续保持王位将面临许多对手的挑战，年青一代对老狼王是最大的威胁。直到2018年，狼园已经五代同堂，由于遭遇各种瘟疫和疾病，加上狼群之间的战争，不断有狼丧命。五年间能够成为狼王的狼，是勇于担当、不畏牺牲的强者，并非所有的狼都能成为狼王，必须能够在群体中胜出，拿出胆量和不死的劲头，同时还要有智慧和谋略。就说第一代老狼吧，图特木、诺敏、卡尔之间，靠拼打赢得地位的只有图特木。金刚曾经一度摘取狼王的桂冠，取代了图特木，当它得意忘形的时候，没想到身边还有卧薪尝胆的家伙，它被干掉，金刚实属命不好，算起来是被狡猾阴险的图特木算计了。

早晨喂狼只给很少的肉渣，目的是为上午训练做准备，我带它们在园子里先跑几圈,刚练习不久便遇上大风,沙尘铺天盖地,把天空变成橘黄透明的颜色,像人醉酒时看到的一道风景。风声大得连我喊什么溪溪有时都听不清,别说训练动作了,在这种恶劣天气中展开,显然效果不理想。溪溪抓住白狼揪住它的耳朵问道:

"你怎么不听话了?"

白狼懵懂的样子。养狼以来头一次见到这般温驯的小狼,溪溪把许多精力倾注在它身上,把它养得干干净净,甚至就像母子一样。白狼在她面前也是乖巧,常常趴在她的脚下非常暖人。

"安达,你看白狼多黏人,图特木和白狼,大爷喜欢哪一只呢?"

"我不好说,他现在对狼园不像过去了。"

夏季草原茂盛的时候,我带图特木去岩石山,走在长满荒草的路上,只见山顶方向有两只雄鹰穿梭在云层中,看来是我们不期而至惊动了它们。这里是荒芜地带,很少有人放牧,草地中时而能看到獭子、狐狸、兔子和狍子之类的动物在活动,它们有很高的警惕性,远远看见有人就会躲藏起来。我见图特木企图袭击它们,然而这些狡猾的动物从来不给它机会。

有一次带图特木来,它突然消失在草丛中,原来在它前方蹿出一只野兔,跟它玩起百米冲刺的游戏。野兔敏捷的身子在草丛中灵活跳动,左右躲闪,企图摆脱图特木的追击,两只动物的身影不时消失在草丛中,平时只要听到我的呼喊,图特木总会从哪里钻出来。但是这一次怎么叫它都不见它的身影,我等待片刻,于是按图特木的路线寻觅,发现它正在草丛中享用战利品,看到它吃得很香，我萌生一个念头，想到电影《狼图腾》陈阵放走小狼的经历，狼是否可以回归大自然，流浪旷野自生自灭？溪溪知道后狐疑地问我：

"你咋有这种想法，你忘了图特木丢失后的遭遇吗？"

"也许是看它抓兔子想到的。"

"它抓不到食物怎么办？只能跑到牧区祸害羊群。"

后来与刘万里聊天的时候，溪溪把我的想法与他说了，他微微动了动嘴唇，好像在说还是孩子，想得天真了。有一次他找了个机会，略带批评的口气说道：

"安达，听说你想把狼放了？虽然目前我们养狼遇到一些困难，也不至于走到这种地步。"

我摸着后脑勺，笑着说：

"我就那么一说。"

"你可打住了，千万别胡来。"

时间飞逝，转眼距离大窑拆除已一年多，一个非常现实的问题摆在我们面前，随着狼的数量增多，养狼的经济压力凸显出来，只靠旅游收入非常微薄，狼园继续经营陷入更大的矛盾中，为了缓解这个压力，我又想到放生。不过谈何容易，放生必须找到一处无人区，且具备适合动物居住的环境。我想起刘万里曾经讲过的一段趣事。

2013年春夏之季，正是电影《狼图腾》筹拍期间。导演让·雅克·阿诺来到乌拉盖看外景，他一直忘不掉向导两年前曾经带他去过的蛮荒之地，用他的话形容，那里视线非常辽阔，是一处没有人烟的地方。

阿诺所说的没有人间烟火的地方是指53团以北的山区，那里靠近边境没有牧民居住，天空常常有雄鹰盘旋，阿诺初次去那里的时候，大家看到了黄羊和兔子，有人形容这里就像动物王国，甚至称它是"诺亚方舟"。阿诺导演看好这片无人区，想把夏季营盘陈阵放小狼的戏放在这里拍。听刘万里这么一说，我心里一激灵，心想这是什么地方？一旦狼养多了去这种地方放生多好，就不用担心狼没吃的东西了。我迫切地想知道阿诺说的这片区域是哪里，几次问刘万里他都摇头。

"已经接近蒙古国边境了，我们去不了。"

"为什么不能去？"

"你知道阿诺是用什么方法到达那里的吗？你知道后就会放弃。"

于是刘万里把第一次去夏季营盘的经历讲给我听。原来阿诺选景正是春季，积雪大面积融化，上山的路被水淹没，五辆越野车刚刚经过53团以北的傲日格乐山峰，四辆车便陷在泥地里，拖了半天也没拖出来，阿诺建议大家步行上山。一行人徒步跋涉，连续翻过几座丘陵，磕磕绊绊总算看到一片连绵起伏的群山，一字形向前排列，大家来到最高的山顶向北眺望，看到辽阔的牧场极其苍凉，这时阿诺手指远方说道：

"再往前就是蒙古国，我们已经有摄影师在那边拍摄黄羊的镜头。"

有黄羊的地方就不会饿死狼，我怦然心动，于是特别想去阿诺说的这片地区，我迫切地追问刘万里：

"你们已经去过两次了，我们怎么去不了呢？"

"夏天的路太难走了。"

"我们可以靠两条腿走啊。"

"你知道路有多远吗?都快把人累趴下了,那里就是一片荒凉的山沟沟,手机连信号都没有,如果不是指南针,一路插小旗做标志,我们很难找到回家的路。"

"有那么可怕吗?"

"你说呢?四周荒凉一片,你想想是啥地方?"

"看来适合动物生存。"

"那倒是,不然咋管它叫'诺亚方舟'。"

我在脑子里勾画出夏季营盘美丽的传说,也许这是一片荒芜的净土,远离世人,在这里不见人烟,只有狼与黄羊经常出没,它是一处动物向往的天堂,不然怎么能用"诺亚方舟"来形容呢?从此,我对夏季营盘十分迷恋。

一天早晨,溪溪来到狼园,见图特木的鼻子被狼牙划破一道大口子,耳根处被鲜血糊住了,她气愤地跑到我的房间:

"你是不是看图特木老了不中用了,非把它放到狼群中让它们咬架?还不如把它带到夏季营盘放掉算了。"

"到底咋了?"

"你去狼园看看吧,早晚它会毁在你手里。"

我匆忙来到狼园,只见图特木高兴地跑过来,蹭着我的身子把脸贴过来,它脸上被其他狼咬得不轻,一个劲地用舌头舔我的手,这一刻我感觉非常温馨。溪溪一边不可思议地看着它,一边给图特木受伤的地方抹药,这时我想起一件事便问道:

"溪溪,什么是'诺亚方舟'?"

"象征生命获救重生。"

"草原也有这种地方,我听大爷说的。"

"是在哪里呀?"

"53团以北的夏季营盘。"

狼园来了几位刘万里的朋友,他带这些人在狼园转悠,无意中我听到刘万里在跟这些人谈狼园合作,其实他的这种想法何止现在才有!自从大窑拆除后我便从他的言谈举止中略有发现,我没对溪溪说,也不想对她说,她知道了并不好。

早晨起床,我去厨房准备狼食,见到溪溪一直用异样的目光打量我,搞得我莫名其妙。原来是我昨晚失眠眼皮肿了,她拿眼药水给我滴了两滴。白天浑身懒洋洋的什么都不想干,于是我带着图特木沿山路溜达一圈。走到雷达山脚,我坐在地上休息,以往这种情况图特木一定会扑到我怀里,现在不是,它站在那里一直向远方眺望,我想让它把脸转过来,图特木不愿意。这家伙什么时候学会装腔作势了,我等了一会儿,图特木依然无动于衷,它的眼神好像被大自然掠走。我双手捧着它的脸紧紧盯住它的眼睛,它的瞳孔渗透着某种深邃的密码,我仿佛看到陌生的东西在它眼里徘徊,图特木似乎不像从前那样轻浮了。

大约一个小时后,我带着图特木回到狼园。经过厨房时听到从里面传来一声尖叫,我慌忙跑过去,只见溪溪手里握着刀背,一副惊讶的样子。

"你怎么了。"

"刀把掉了,幸好没伤到手,都说多少次了还不换一把新的,这才多少钱。"

"算了,别等大爷了,我去买把新的来。"

"不是那么回事。"

"别为这点小事没完了。"

"我说说不行吗?你都不让人说话了。"

"你说吧,我看你最近絮絮叨叨的,过去可不这样。"

"你别嫌我事多,你跟我去看看。"

溪溪拉着我向冷库走去,一进屋她指着空落落的冰箱让我看。

"这点肉咋够狼吃的,你嫌我说话啰唆,以前有过这种情况吗?"

"我已经在催大爷尽快解决了。"

"乔奴身上一直在掉毛,也许就是缺乏营养,照这种发展狼咋往下养活啊?"

"好了,你说的我都知道。"

我把溪溪安顿好,忧心忡忡地来到狼园,找到乔奴,发现它用爪子在挠自己的脖子,这时有几只狼纷纷向我投来祈求的目光,我知道狼饿了,它们的眼神不会骗人。图特木趴在地上,把头往两腿之间一搭昏昏欲睡,难道它也是饿得没精神吗?我抚摸着它,从兜里掏出手机,拨通刘万里的电话,手机铃声在嘀嘀响,我在等待对方接听。

第三十三章　血的教训

六月的一天，我正和溪溪在狼园里忙碌，听到身后有人在喊我们，一看是刘万里来了，他面带惊喜之色。我心里不免有些疑惑，这段时间很少见他这样开朗，莫非他带来什么好消息了？原来是盟里领导打来电话，推荐刘万里去呼市，那里有一台秀场演出，需要狼与马队同台表演，希望我们带狼一起参加。我问刘万里：

"狼从来没上过舞台我可心里没数？"

"没事，这次要求简单，领导说了这是一个文旅项目，有利于推广狼文化宣传，机会可别错过了。"

我没再吭声，刘万里看出我在忧虑，在一旁解释说：

"只有'迁徙'一场戏用狼，你们俩各牵一只上场，走一圈就完事了，狼都不用驯。"

听他一说我心里踏实不少，刘万里咳嗽几声，一只手捂在胸前，脸上闪过瞬间的痛苦。溪溪急忙过去扶起他：

"大爷，你怎么了？"

"没事儿，胸口这里拉了一下，像针扎似的疼，好像劲儿过去了。"

我对刘万里开玩笑说：

"高兴的吧？事情还没开始你别激动。"

没过两天刘万里买回一大车牛肉和鸡架子，冰柜里几乎塞不下了。这几天他脸上经常浮现笑容，又抓紧时间联系祁大爷，让他带人马上从老家赶过来替我们照看狼园。我一听急忙对他说：

"祁大爷腿脚不好能换一个人吗？"

"别人都在外面忙，我看他上次照看得还行，换人还不如他熟悉。"

狼园里有三十多只狼，别看数量不少，但是真正能拉出去上台面的不多，这次是在舞台上表演，面对台下无数观众非同寻常，没经历过世面的狼肯定不行。我们优先考虑有过拍摄经验的狼，三只老狼外加最近两年出生的小狼，够了。溪溪惋惜地说道：

"白狼再大点我非带它一起去。"

"以后有的是机会。"

说到白狼我特意回头朝狼园看去，它长得半大了，眼睛还是蓝的，非常有神，如果溪溪不说，我差点把它忘了，的确是一只非常独特的狼，不过与同类相比，白狼依然显得瘦小，吃东西的时候总是处于劣势。

出发当天晴空万里，溪溪把白狼唤到身边，把脸贴在它的脑瓜前,白狼吻着她的手,当她起身准备离开的时候,白狼已经意识到她要离开,一个劲地往她身上扑,眼神一直盯着她不放。我们上车了,溪溪还在跟白狼隔着钢丝网依依不舍。我急忙把她喊了过来。

乌拉盖通往白音华的路有一段在封路改造,我们只好改道绕山区穿行。有过上次丢狼的教训,溪溪坐在驾驶室经常回过头向车厢看去。六只狼一直在笼子里,个个状态还好,这次我就没坐到车厢里陪伴它们。大约走了半个小时,远处是朦胧的一座石头山,山下隐约可见牧民的蒙古包,旁边是一排粉红色的砖房,有一束反光一直向我们这边闪烁着。溪溪手扶下巴,把脸贴在车窗一直注视那个方向目不转睛。

"快到溪溪家了。"

刘万里说了一句,我朝他说的方向看去,看到远处孤零零的房子。

"溪溪,你家在这里吗?"

"在山坡背后。"

"等到回来的时候,你可以去家里住两天。"

皮卡车一直向西,沿笔直的大路飞速行驶,经过西乌旗的时候,我被路左的高山再次吸引,山下是白叔的狼园,现在什么情况没再听到刘万里说过。这时他困了,在打瞌睡,等他醒来的时候,皮卡车快到锡林郭勒盟了,我问他:

"大爷,不回家看一下吗?"

"你大娘在呼市陪露露读书,家里没人了。"

"大娘也会过来吗?"

"会来的,跟她说好了。"

路上我们还是没有躲过一场暴雨洗礼,前方的乌云仿佛海水涨潮般压上来,给山头戴上一顶乌纱帽,草原顿时变得十分昏暗,皮卡车即将卷入一场暴雨之中。很快雷声大作,噼噼啪啪像天公甩的大鞭子落在我们周围,震耳欲聋。狼在闪电和雷鸣中显得非常不安,我让刘万里把车停在路边,推门准备下车。

"你上哪去?"

"我去车厢待一会儿,雷声容易把狼吓坏了,我陪它们好一点。"

"暴雨就要来了你快上车。"

"把狼吓出好歹一切全完了,我陪它们一会儿。"

溪溪把雨衣递给我。很快暴雨铺天盖地,为了不让车上的狼在雷电中受到惊吓,我一直守在它们身边,狼的情绪还算稳定。下雨的时候,几只狼不断甩着身上的雨水,不过它们挺胸抬头、精神焕发的样子,顿时助长了我的信心。

穿过雨帘是片阳光灿烂的旷野,天苍苍,野茫茫,风吹草低见牛羊。皮卡车沿山坡流线行驶,视野逐渐开阔,芳草的气息钻进车内使人格外舒心。六只狼浑身被雨水淋湿了,好像刚洗过天浴。

平坦的公路两侧出现非常高的山脉,有时是寸草不生的峭壁,已经不是早上看到的丘陵地貌,西斜的阳光一直照在车厢里,几乎与我们的视线平行,眼前的建筑不知不觉中多起来,远处的楼房犹如海市蜃楼,点缀在雾霭和黄昏弥漫的气氛中,皮卡车驶入呼市郊外。

驻地是在体育场馆附近，距离剧场不到两公里，周围是一片茂密的榆树林，树干非常粗硕，林中有几条沙石路，还有一处不大不小的广场。从驻地往南眺望，阵势颇为壮观，马队圈起的院子鳞次栉比，一溜洁白的蒙古包错落有致，像一面面鼓起的风帆。在它西南方向是一座银灰色的庞然建筑，流线型设计非常富有现代感，它是《千古马颂》的主会场，还没参加演出我便感到这里的气氛非同寻常。

我们住在临时搭建的简易房内，整栋房只有我们。平房门前已经搭好三米高、用钢丝网围成的狼园，我们把狼安置到里面，虽一路颠簸下来，但每只狼状态正常，它们在陌生的环境中既兴奋又谨慎。

夏季的夜晚，空气中带着几分清凉，淡蓝色的月光从茂密的树丛缝隙洒落下来，旷野里不时传来各种昆虫的啾鸣。狼在安静的夜晚时而发出一阵阵嗥叫声，惊动了林子里栖息的鸟雀，它们扇动着翅膀惊慌地掠过夜空。

我与刘万里住在一起，一路的劳累，他早已疲惫地倒在床上呼呼酣睡。我悄悄走出房间，隔壁房间是马豆和溪溪的住处，窗子也都是漆黑的。六只狼分别关在两个笼子里，图特木、卡尔和诺敏在一起，小图腾、愣头和星星在一起，它们看上去心情都不错。黑夜里狼的眼睛闪动着幽暗的蓝光，看上去比白天精神，面对陌生的周围，狼的目光透露着警惕不安。下半夜，我利用解手的工夫，再次走进狼园，看到每只狼好奇的目光，仍然闪闪发亮。由于驻地距离马队不远，常常有马的叫声传来，狼听到叫声，两只耳朵尖刀一般竖起，像雷达似的捕捉声音的来源。狼是夜行动物，来到陌生的地方，第一个夜晚肯定是在高度防备中度过的。

白天我跟溪溪把狼牵出狼园，在距离马队不远的地方遛弯儿，六只狼渐渐对附近的环境开始熟悉，带它们接近马时，有的狼逐渐放开胆子，有的不是，甚至稍微靠近马的时候非常胆怯。毕竟狼一下看到大批的马群，而且比自己大出几十倍，实际上已经恐惧。狼的胆子很小，多疑和防备心较重，它的攻击性也是在瞬间爆发，甚至是在毫无理由的情况下爆发的。平时在狼园训练的时候我们缺少这一课，现在必须尽快补上，帮助它们克服心理障碍。

刘万里想出一个办法，从内蒙古电影制片厂道具库租来仿真马的模型，外加一张棕色马皮标本，把模型马放在狼园内，开始训练的时候狼轻易不去接近马，一上午过去有的狼依然无法接受，等到下午情况好了一些，到了晚上狼对马的模型已经无所谓了，甚至趴在它的附近开始休息。

再次训练的时候，我又想出一招，身披一张马皮装成真马的模样，试图接近六只狼，以此消除狼对马的恐慌感，经过几天训练，狼渐渐开始适应与马相处。为了增强现实感，刘万里想出更好的方法，他通过《狼图腾》剧组的朋友介绍，从专供电视拍摄的马队借来真马，这些马受过专门训练，不在乎狼在身边活动，于是白天我们经常在林子里进行狼马结合的动作训练。

我们住的地方好就好在有大片茂密的森林，长满直径五六十厘米粗的大榆树，白天遮天蔽日，夜晚月光从茂密的树叶缝隙间洒落下来，照在地面弯曲的小路上。从远处难以发现密林深处居然还有神秘的房子和狼园，应该说十分隐蔽。就是这样一处犹如与世隔绝的地方，还是有一些游客设法找到我们，经常偷偷摸摸钻进林子，悄悄来到狼园附近欣赏，他们偷看也没问题，但是碰到调皮的孩子，趁我们不在，会用石头、木棍逗狼，这就非常危险了。

一次训练休息的时候，有几个调皮的男孩子，趴在铁网外不知怎么惹怒了愣头，它愤怒地扑向围网，上去一口险些咬到那个小捣蛋的手指。这是一次不小的触动，也提醒我们，必须时刻小心狼的反应，仔细观察它的一举一动，特别是与马队一起练习时。这段时间刘万里把身边一切的事情都放下，专程陪伴我们驯狼。

按照行程安排，我们开始进入大学生体育馆内彩排，从来没有见过如此震撼的舞台，它的宏伟建筑让人瞠目结舌。先说舞台设计，台口足有上百米宽，六十米的进深，而且在场地中间是一座起伏的丘陵，缓慢过渡到平原地带，模仿出草原的自然生态，背后是一块四层楼高的显示屏，长度与台口一样宽，屏幕画面里的自然景色与舞台场景巧妙地衔接，交相辉映，浑然天成，描绘出草原自然的秀美风光，一匹匹骏马正在场地内进行奔跑训练。

走到舞台近处我才发现，地面被一层二三十厘米厚的沙土覆盖，上面全是马蹄的痕迹，这种场地非常适合赛马奔跑，狼在这种地面跑动是一件非常困难的事情，跟脚踩在积雪里没两样，这是专为马奔跑设计的。

对面是观众席，红色座椅一层层阶梯式排列，由低到高三面环绕。我从来没见过如此宏伟的场面，狼有幸到这种地方参加演出，面对大庭广众，近距离与世界上最名贵的马同台演出机会难得。但这也隐藏着一个危机——大屏幕闪烁的光线和噪声的刺激对狼来说是一次挑战。

工作人员又把我们带到LED屏的背后，这里是狼每次出场时的等候区，有无数红色脉冲信号灯在不停闪烁，红色斑点像黑暗中无数动物眼睛放出的光，狼十分恐惧这种亮点。旁边的音箱层层叠叠，摞在一起足有三四米之高，演出的时候如果这些音箱全部打开，整个舞台将被震得"地动山摇"。狼必须适应这种环境，对其心理也是一种考验。

第一天彩排，六只狼谨慎小心，我和溪溪紧紧攥住手里的皮绳，陪同在狼的身边，观察它们的反应，以此降低狼的紧张感。训练不多会儿，马队陆续入场，从我们身边风速般掠过，扬起一片片沙土，瞬间消失在场外。狼见到动作幅度大的物体会有些惊慌，何况高头大马从身边嗖嗖跑过，有的马是纯白色，狼对亮色比较敏感，特别是突然出现在眼前的物体，多少感到吃惊。我让马队尽量与狼保持安全距离。马依仗自己高大的身躯和快速奔跑的优势，在场地内肆无忌惮，不断从狼的身边擦过，甚至挑战狼的底线，狼不时惊骇躲闪，眼神高度警惕，马的这种猖獗和不把狼放在眼里的粗暴行为是要付出代价的，恐怕像图特木这样的狼会看在眼里记在心上。

临近演出，刘万里找我们商量，为了稳妥起见，图特木和卡尔首先出场，两只狼毕竟有表演经验，性格相对稳定。演出前夕，我们在驻地举办了一个小小的动员大会，大家非常清楚，演出成败是小事，千万不能出差错是大事。

夜晚，我脑子里想的全是第二天演出的画面。午夜零时月亮已经升至半空，我依然处于思考中，辗转反侧，不知过了多久才昏昏沉沉进入梦乡，再睁眼的时候已经天亮。

白天似乎过得十分漫长，时间在煎熬，一点点接近表演时间。这次上台有一点对我们十分有利，不像以往参加影视拍摄，需要事先对狼进行培训，上场没有特殊要求，只要我们牵好狼，在舞台上与马队一起亮相，环绕观众走一圈，再跟台上的人打一下招呼就可以。然而参加演出的风险不确定，这次在舞台演出，面对观众起哄、呼叫、喧哗，狼会做出什么反应是未知的。我越想心里越忐忑，鼻尖渐渐渗出紧张的汗水。刘万里看出我的担心，在一旁劝我说：

"千万别紧张，每人牵一只狼，牢牢抓住皮绳别让狼跑了准没问题。"

我尽量克制内心的不安，让心态放松，当然最好忘记晚上的演出，腾出时间让高速运转的大脑休息一下。

参演当天我们四个人全来了，刘万里和马豆坐在台下，我与溪溪守在台口处候场。演出正式拉开帷幕，音乐声四起，漆黑的屏幕出现草原的风景，我抬头一看，数十米高的空中是一个巨大的环形灯罩，上面有无数各色相间的彩灯，亮起来神妙无比。场内气氛由白昼转入黑暗，灯光带来迷幻复古的气氛。幽暗的舞台渐渐止于寂静，巨幅屏幕出现千年古树，阵阵狂风几乎把化石般的树干撕裂。一轮圆月冉冉升起，清澈得犹如山涧流过的溪水，衬托在遒劲苍凉的树木背后。万籁俱寂，涛声弥静，一只苍狼耸立于岩石峭壁之巅，如同复活的雕像，它缓缓仰起头仰天长啸，呼声震颤大地，引来万道霞光，这时灯光闪烁，有丝丝尘埃在激荡的音响中从上空飘落下来。震耳欲聋的声音戛然而止，刚刚明亮的灯光随之暗淡，音响顿失涛声，观众席内无数目光投向神秘的舞台，仿佛万人空巷组成一个巨大的肺叶，止于沸腾的瞬间。这时只见两只狼从山坡背后慢慢走上来，我与溪溪各牵一只狼逐渐走到山峰之巅，出现在舞台中间，顿时周围的灯光聚焦在我们俩身上，背后巨大的显示屏中出现无数只狼，与我们一道向观众席走去。同时上百匹出征的骏马也跟在我们身后，从山坡上缓缓走下，两只狼走在队伍前方，这是何等的壮观，我们距离观众越来越近，顿时全场人潮涌动，雀跃欢呼的景象如浪滔天，爆发出阵阵掌声，我们与狼绕场地一周，观众席内人头攒动，呼声阵裂，有人高喊道：

"狼来了，草原狼来了。"

无数手机拍照灯光闪烁，震撼会场，刘万里回头看着观众席上的人们，对马豆说道：

"表演成功了。"

初次上台，没想到取得这么好的效果，赢得在场观众一片掌声，我牵着狼面带喜悦之色走下舞台。这个过程也颇具戏剧性，很快有不少观众跑过来，想近距离一睹草原狼的风采，不过主委会的工作人员不许他们靠近。这些热心的人，只能远远地向我们投来赞赏的目光。

就这样演出进入惯性阶段，每天结束回到驻地，我跟溪溪常常陶醉在演出沸腾的余波带给我们的惊喜中。我观察狼的细微变化，觉得这种动物身上妙趣无穷，甚至到很晚的时候，激动的心情还会难以平复。有时就这样坐在狼的身边，看累了便仰望夜空，一待就是半天，不说话的时候也愿意这样坐着，感觉两个人在一起沉默都那么舒服。有时待很久了没话可说时，她便捅我一下相互微笑，找点话题：

"想啥呢？不许说关于狼的事儿！"

"那就没话可谈了？"

"你真讨厌。"

"看样子这个夏季要在这里度过了。"

"深秋时候我们该走了，我还惦记去夏季营盘。"

"我想白狼了。"

"你刚才咋说的，今晚不许谈狼的事。"

溪溪妩媚地一笑。

演出期间正赶上夏季，六只狼也经历了不同寻常的夏天，参加演出的狼每天晚上半夜才能返回，开始是两只狼登场，每逢周末我们会多带几只上场，最多的时候六只一起亮相，场面壮观。

最近狼园迎来一位蓝眼睛黑头发身材修长的女子，她是驯兽师戴安娜，主办方把她从德国请到呼市，来参与《千古马颂》的马术指导工作。据说戴安娜的家族在德国专门从事驯兽职业，已有几百年的历史，这次通过省文化和旅游厅介绍，把她请到狼园，与我们一起切磋驯狼的技巧，机遇难得。

初次见到草原狼，戴安娜十分亲切，她非常熟悉狼语，没多会儿不是伸手去摸图特木的脑袋，便是握它的爪子，甚至去拥抱它们。戴安娜与狼之间的肢体接触，足以看出她对草原狼的热爱和对狼习性的熟悉。她对狼园什么都感兴趣，包括我们喂狼的食物。她很欣赏我们驯狼的过程，通过身边的翻译不断给我们讲解一些驯狼方面的知识。戴安娜前后来过狼园20多次，每次抽出两个小时指导我们训练，辅导我们驯狼的一些技巧，她的方法也很独特，一手拿根细长的小木棍，逗逗狼的头，碰下它的身子，甚至用羽毛在狼的脸上拨动，在狼的鼻子和嘴角处微微蹭一下，培养狼的注意力，使狼专心致志，不分散精力。然后用手里的小棒一挥，教狼做下一个动作，钻胯、跳障碍等。多年来，我在驯狼的时候，一直有一个困扰我的难题，就是每次准备驯狼的时候，它总是像通电后的玩具，非常活跃，根本停不下来。有时我抓住狼的兴奋点开始驯它，实际上就是看到狼能够保持那一刻的注意力，而没有找到如何训练狼精力集中的方法，戴安娜的驯狼手段非常有效，给我带来许多启示，否则我们不知哪一天才能悟出这些道理。当然，我们也有很好的训练成果让她惊讶。草原狼扩大了我们与外国朋友之间的文化交流，是共同的热爱把不同肤色的人群联结到一起，谁说这不是狼文化的力量呢？

演出不是每天都有，休息的日子参加演出的骑手们经常去林子里遛马，我和溪溪跟这些人学习骑马，狼就在旁边看，结果狼与马混得很熟。

盛夏白天气温很高，晚上把狼拉到剧场等候的时候同样又热又潮，等候上场的时间通常很长，狼的情绪变得烦躁起来，甚至产生逆反现象。尤其狼憋在小小的笼子里，四周很暗，参演的狼上场之前，每天忍受着时间的煎熬，还有蚊虫的叮咬，六只狼渐渐地对演出失去兴趣，出现抵触情绪，脾气变得越来越狂躁。

图特木最近脾气变得烦躁起来，是因狼园引起的，主办方建的狼园存在一些问题，网眼十分密集，蜂巢似的。狼关在里面看不到外面，它便心里焦虑不安。像图特木这种狼，个性本来比较刚烈，在狼园内待得很不舒服，这种消极的情绪越积越多，很容易导致它的性格变化。同时在等候演出上场时产生的种种问题，导致狼的情绪时好时坏，不过我们无法改变现状，只能继续维持。

平时我与溪溪尽量把狼牵出小圈，带它们在林中散步，跟它们玩耍，以此缓解狼的烦躁心理。狼是草原环境中栖息的动物，喜欢安静独居，现在来到人口密集社会化高度发达的地区，处处面对人为的建筑，被关在几十平方米的地方，失去了大草原的自由和空气，狼一下子很难适应。演出不到两个月，有的狼知道要去演出，神色开始紧张起来，消极的情绪愈来愈强烈。

自从我们离开乌拉盖，狼园由祁大爷带人照料，现在什么情况只有刘万里清楚。最近几天，我感觉他们之间的电话一下多起来了，好像是围绕食料问题经常沟通，有时我见刘万里与他的电话一打就是半天，弄得我心绪不宁。

一天晚上演出结束，回到驻地已经零点多了，我感到有些疲惫，准备上床休息的时候，见刘万里没在房间，我狐疑地走出屋子，发现他守在狼圈前默默地在吸烟，我很纳闷，通常这个时候他应该休息才对，为什么一个人默默待在这里，我过去问他，没问出所以然，他说我很辛苦，让我早点休息。

没过两天，同样的情景再次上演，这是一个月朗星稀的夜晚，四周安静得除了秋虫的叫声，只有偶尔夜莺的啼鸣，我悄然倚在刘万里身边，跟他一起守在宁静的狼圈前，他这次主动向我祖露心声。

"安达,有件事我想了很久。"

我看着他没吭声。

"狼越来越多,谁想养狼咱们可以分给他几只,或者搞联合开发也可以。"

听到这话我有点愕然,凝目注视着他,刘万里继续说道:

"我想了好久,30多只狼可以考虑一下。"

刘万里大度得令我感到吃惊。想起当初找狼付出的艰辛,屡屡上当受骗,依然执着寻找的劲头,再对比此刻月下的刘万里,不免让人怀疑眼前的人还是当初的他吗?今天不知为何,已经是午夜,两个人守在这种地方他却同我说这种话题,时间、地点、所提的问题都不对劲,我沉默良久,感到他非常陌生,还没等我开口,他又说话了。

"白总很早想跟我们合作,我一直没跟你说,现在他不养狼了。"

"想当初他多狂啊,他的狼呢?"

我吃惊地看着他,同时多少为白叔感到惋惜。

"已经没有了,被他全部处理掉了,当初他的干劲多大。"

"白叔养狼本来就目的不纯。"

"你咋这么说人家呢?我以为他是咱们的对手呢?听到他不养狼了,多少替他难受。"

"我看没必要。"

"他的企业经营得不好,连带影响的吧。"

刘万里弹着手里的烟灰,透着月色我见他眼神有些迷茫,一时被他突如其来的变化所困扰。

"大爷,你对养狼咋想的?"

"还是刚才那句话,狼多了想不到的问题找上门了,老祁电话里说狼园又死了两只狼,我打算回去一趟,看看什么情况。"

今年春夏算起来死掉了三只狼,狼园的后续压力无形中而来,虽然我们都不愿意直说,但凡有头脑的人能想不到吗?一股青烟从刘万里的鼻孔中像滑润的鱼儿般游了出来,他不停地清理着嗓子,时而干咳几声。

第二天一早,我见溪溪脸色不好看,才知道昨夜跟我一样没睡好觉,据她说是做了一个怪梦,梦见园子里的狼丢了,她被惊醒,跑到笼子前看六只狼都安然无恙,这才放心回到房间休息,可是怎么也睡不着了。我把刘万里昨晚的想法告诉她,溪溪听说后也为此感到担忧,养狼的压力已经成为现实问题,开始困扰我们的生活。

一切和之前一样没有改变,狼在上场前依然关在笼子里等候,通常被安置在舞台一处狭窄的通道内。这里光线非常昏暗,靠舞台的散射光照明,一边紧临显示屏的背后,十几米高的黑屏,缝隙间透出各种闪光和脉冲信号,包括温度的蒸烤,笼子里的狼常常热得处于焦灼状态。不仅如此,紧挨笼子的是上百个音箱摞在一起,喇叭里传来剧烈的噪声震天动地,非常刺激狼的神经。狼在这种地方等候很不舒服,时间一久负面情绪不断助长。从开始最多六只狼上场,到后来的四只、两只,甚至一只。的确时间一久,狼上场表演的情绪大大降低。

把狼拽出笼子,我跟溪溪各自牵着手里的狼,倚在侧幕条一旁向舞台看去，等待导演上场的手势。这时我们所处的位置正是上下场的通道，有几十匹马同时也在附近，跟我们一样等待出场，狼就站到马和骑手的身边，他们穿着各式服装，手拿道具在幽暗的通道内穿来穿去，世界上各种名贵的马纷纷在此弹丸之地集结。备场的时候，我每次都是牢牢牵住狼的皮绳，在台口侧幕区高度警惕，时刻抓紧皮绳不放松。

我们候场的位置可以看见舞台表演的情况，骑手们身着鲜艳的服装，背上插着各色旗帜，一个个威风凛凛，有的时候马队会从百米外的纵深处向台口这边疾驶而来，从狭窄的侧幕风驰电掣般下场，擦着我们身边穿过，沙土扬得到处都是，一拨马队表演结束，又换上新的一拨，来去匆匆，川流不息，咫尺间距搅得狼坐立不安，时而胆怯地贴在我身边，可以感到它的身体有时在打哆嗦，这是狼恐惧的表现。更可怕的是有些骑手持的兵器发出的金属声，挥舞的刀剑动作，狼看到后无法忍受。这时我十分警惕周围的情况，观察狼的情绪变化。尽管每天表演周而复始，但必须做到谨慎小心。日子在紧张中一天天度过，然而每次去表演现场，我都为狼的上场演出捏一把汗。

狼看到马的感受与人不同，人是有一定高度可以平视马的身体，狼是低角度视线，看到一个庞然大物，身躯高大，铁蹄挥舞，自然有一种威慑，对狼而言是可怕的威胁。因此，当马靠近狼的时候，它总是躲躲闪闪，常常做出一种自卫和攻击的姿态，甚至愤怒地露出狼牙，这一瞬间我感觉到动物和人之间的区别有多大。

有一天，轮到图特木和卡尔参加演出，与往常一样，候场的时候两只狼被关在笼子里，继续放在屏幕和音箱附近，准备上场时，我把卡尔从笼子里拉出来，它显得有些乖巧，轻松地被我拉出来了，我把它交到溪溪手里。转身再去拉图特木的时候，它显得十分反常，躲在犄角里不肯出来，我伸手继续拽它的时候，图特木发出愤怒的吼声，我没管它的反应，愣是把手伸进笼子去扯它，突然它朝我的手臂上来就是一口，我疼得叫了一声，把手抽出来。

"咬到肉没有？"

我把袖子撸开，看到衬衣被染红，已经出血了，疼得厉害。

"图特木都向你发出警告了，你咋没注意？"

"别说了，这就要上场了。"

"你别去了我自己上吧。"

我推开溪溪，从她手里牵过卡尔上场，关键的时候是它救了场，那天卡尔令我刮目相看。我勉强坚持到演出结束，下场的时候血已经渗出袖口，这时马豆赶来了，一起送我去医院检查，一看狼咬的地方真厉害，两个大牙印清清楚楚留在手臂上面，好在没碰到骨头，血把袖子全染红了，打过破伤风针，又把手臂包好这才完事儿。

回驻地的时候天已经蒙蒙亮了，一路上我的情绪十分低落，马豆在一旁不停地安慰我。这时泪水含在我的眼窝里，我一句话没说，只是感到委屈，想不通亲手养大的狼为什么会突然恩将仇报，接下来几天我接连高烧不退。

刘万里听说后，第二天从乌拉盖赶回呼市，之后几天秀场的演出由溪溪负责，吸取图特木的教训之后，每天挑选一到两只精神饱满的狼上场，六只狼轮流演出，以便减少个别狼上场频率高的情况，腾出时间给狼休息调整，以此缓解它们的紧张情绪。

图特木咬人事件就像阴影一直在我心里抹不去，我不能怪罪它，狼毕竟是野生动物，狼园生活已经让它忍无可忍，每天演出前关在这种地方受罪不说，各种刺激搞得狼心情烦躁，终究有一天它会情绪失控做出异常反应，这是动物发泄内心不满的表现。一旦丧失对动物的敬畏之心就会造成负面结果。

我的烧退去之后，伤口开始渐渐愈合。演出周而复始正常进行，似乎夏季的不快在时间的磨砺中失去痕迹。接近秋天的时候，连日来刘万里老是咳嗽不止，马豆几次劝他去医院检查一下，他只是哼儿哈儿地答应却迟迟没去。

卡尔最近两天有点打蔫儿，而且食欲不好，刘万里拉着它找到兽医检查，给它打针输液，忙了半天带回一些药物。马豆知道后对刘万里直摇头，说他把狼看得比自己的命要紧，咋不去医院看看自己身体的毛病，老咳嗽不是事儿。

刘万里解释说：

"我那叫病？就是嗓子痒咳嗽几下，以后少抽几支烟就好了。"

休养的日子，脑子也是乱的，我时常会想到体校，跟同学们一起训练拳击时挥汗如雨的日子，不过那种疲劳不像现在，累心累肝。我也想到跟清格乐一起吃饭喝烈性白酒后的豪迈，凄凉的感觉便浮现心头。这是一个既愉快又忧伤的夏季，我们居住在简易的小平房内，气温又闷又热，日子实在难熬，不过每月还有5000多元的演出费，对我们养狼是一个不少的贴补。难忘的夏季是在一次次演出中度过的，久而久之，不仅狼对这种单调乏味的生活开始厌倦，就连人也一样，我忽然感到自己是不是一头狼？怎么出现与图特木一样厌恶的心态。

中秋之夜，我跟溪溪来到驻地附近的树林中，倚着大榆树默默地听她吹口琴，这时《鸿雁》的曲子听上去是那么让人思念远方，我望着清凉的夜空，圆月像一滴湿润的清水。溪溪的口琴声，带着悲凉的颤音，慢慢消失。

"前年中秋节我们是在53团，今年是在呼市，你发现没有，自从养狼我们总是在孤独中度过？"

"溪溪，有狼在我身边挺快乐的。"

溪溪叹了一口气，抬头注视头顶上方，月光洒在她脸上，在她的瞳孔中映着一轮微型的圆月亮。

"月亮里面多像有一只白狼在飞。"

"你想白狼了？"

"是啊，现在我理解你与图特木之间的感情了，三个月没见了它会长成什么样？我担心它都不认识我了。"

"不会的，你再见到它会有另外的惊喜。"

"我盼望早点见到白狼。"

溪溪为自己心爱的白狼，居然在这宁静的月色下默默伤心。

一片纤细的叶子飘落下来，参天大树的树叶开始偏黄了，秋天在不知不觉中来临，天气开始凉爽起来。晚上下起小雨，我们把狼装上车，继续冒雨朝《千古马颂》秀场而去。

演出场地更加潮湿闷热。我和溪溪守护在狼的身边，等候上场的时间，这时一支马队从我们身边带着一阵旋风经过，动作幅度十分野蛮，两只狼躲闪一下，又是一支马队潮水般冲下舞台，马蹄飞奔"嗒嗒"地从我们身边子弹射击般扫过。轮到我们上场，我跟溪溪各牵一只狼向舞台走去。

巨大的屏幕再次出现枯木、狂风、圆月的画面，在轰鸣的音乐声中，我们缓缓来到场地中间，人和狼的剪影再次投在屏幕中，观众席的手机灯光闪烁不停，像是黑暗中有无数萤火虫在飞舞。黑压压的人群立刻人声鼎沸。每当这一时刻来临，我不禁有几分冲动，成功的喜悦便浮现在脸上。

灯光渐渐亮起来，头顶盘旋的圆形架子上，各种彩灯点缀，一束白色光线脱颖而出，模仿阳光般投射在我们周围，闪烁的光线气氛全部集中在我们和狼的身上，很快红色渲染，像一团燃烧的火焰，又与橙色和黄色不断交替，描绘出处处绚烂的景象。这时马队以排山倒海之势，从我们两侧齐刷刷经过，其美妙的设计用言辞难以形容。骑手身着节日盛装，来回穿梭，搞得人头晕目眩。一匹匹战马刀旗猎猎，犹如蛛网宫堡，把我们团团围在场地中间，一幅壮士出征的场面再现于舞台。

由于旋转的马队越来越靠近我们，图特木不断躲闪着飞驰而来的马蹄。也许长时间合作的关系，马并不怕狼，跑的距离逐渐贴向我们，高抬的马蹄从空中落下来，震得地板轰轰作响，"嗖嗖"跑过的马队看得我应接不暇、眼花缭乱。

又一匹马由远而近，驰骋到图特木身边时，一块红绸布不知是从哪位骑手身上飘落下来，朝它头顶飞去，图特木受到惊吓，突然闪电般跳起，向迎面奔来的高头大马扑去，一口咬住它的前胸，撕下一块肉，受惊的马腾空跃起，抬起后腿把它踢翻在地，接着马蹄扯断我手里的皮绳，我被突如其来的变化惊住，没有任何准备，眼看一场危机开始上演。

只见图特木以迅雷不及掩耳的速度从地上爬起来，向马扑去，失控的马在场地内到处奔跑，图特木一面紧追不舍，一面机智躲闪马蹄的践踏，看的观众目瞪口呆，以为是表演设计的精彩桥段，完全被狼的勇敢所震惊。想必这一时刻感动了许多人，狼在硕大的躯体面前，表现出战无不胜的精神，可以秒杀一切强敌。实际上这是图特木的愤怒咆哮和积攒多日的情绪宣泄，非常奇怪，狼为什么受到这种惊吓反应强烈，产生如此亢奋的表现，敢于挑战大自己几倍的庞然大物，实实在在上演了一场现实版的狼马大战。

表演结束回到驻地，我躺在床上，尽管感觉十分疲倦，脑海里一直残留着晚间狼马搏斗的画面，简直无法想象图特木惊世骇俗的表现，再次见证了狼性的力量，看到一只具有血性的草原狼，彻底颠覆了我对狼的认知。它像电影《蒙太奇》，在我脑海中穿插交织，把我四年前拳击比赛淘汰赛的情景勾连在一起，两个场景有非常相似的地方，都是在舞台上，耀眼的光线照在表演区内，一个是拳击擂台比赛，一个是狼与马的同台较量，周围一片黑暗。拳击淘汰赛是两个人的世界，胜出者只有一个。狼马同台上场，胆怯的那一个一定是失败者。然而拳击现场，我被对方一记重拳击倒，犹如一道闪电劈向我，对手是一个高大的身影，我被他的气势震慑，丝毫没有勇气继续迎战，弱者只有淘汰。相比狼来说，它身上有一股不畏对手强大、锲而不舍的拼搏精神，就像今天晚上的狼马大战，狼不会因为马的高大放弃反抗。而我的懦弱，结果只能与自治区青年锦标赛无缘，告别心爱的拳击舞台。我悔恨那一刻，输在软弱与屈服上，居然在对手面前跟绵羊没有两样。假如我是一只来自北方的狼又该如何？在拳击台上还会胆小如鼠，畏惧对手的强大吗？现在狼教会我勇敢，充满血性，不畏对手的强大，正是这种激励，让我一步步走向坚强。

第三十四章　狼伴四年

草原枯萎的时节，我们告别《千古马颂》演出，马豆继续留在呼市陪露露读书。临走时大家在简易房前留影，与这个不同寻常的夏季告别。

离开驻地的时候，我们走得非常冷清、平静，毫无痕迹。皮卡车从大榆树之间蜿蜒的小路穿行，阳光从参差不齐的树缝中斜铺下来，洒在落满枯叶的小路之间，处处是一片夏季的回忆，缓缓溢出空灵坦荡的气氛。皮卡车与一伙遛马人相遇，骑手们向我们招手致意，我落下车窗也向马背上的人们挥手，风吹进车里，天明显凉了。

出城时一直由刘万里开车，我回头看着徐徐远去的演出会场，庞然的建筑渐渐淹没在金黄的树丛背后。这个夏季留给我许多难忘的记忆，离开的时候渐渐感到有些东西值得珍惜，人生真是一个旋转舞台，有过这种经历仿佛又增加了不少见识，我没想到与狼在一起的日子,能带给我一段精彩人生,尽管也有悲痛的时候,但何乐而不为呢?我回头看向车厢中的六只狼,它们终于呼吸到大草原的空气,面向前方一个个非常精神。

到达锡林郭勒盟,我们把刘万里送到楼下,在他家附近找了一家餐馆,吃完午饭刘万里有事不回乌拉盖了,我们检查一下六只狼的情况继续上路。太阳偏西的时候,皮卡车行驶到石头山一带,再往前便是溪溪的家,我本想拐一个弯把她送到离家较近的地方,正好途中遇到一辆三轮车,一打听可以把溪溪捎上一段,就与她分手了。

秋天的大草原,虽然看不到丰收的景色,但是冷不丁一看,旷野就像刚刚收割的麦田,群鸟飞过,一望无际。我继续赶路,迎面而来的车辆大部分是载满牛羊的卡车,也有加长的外省拖挂车,上面拉着满满打好圈的干草在行驶。每当看到各种车辆和上面拉的干草,说明深秋已经到了。现在的牛羊是用卡车运输,再也没有赶趟子的情景了。

来到狼园,祁大爷和他的帮手一块把皮卡车上的两个笼子抬到狼园里,六只狼重返家园,仿佛获得新生一样活泼起来。今年的小狼已经个个长成大狼,再见到它们几乎认不出小时候的模样了。园子里的垃圾好久没人清理了,枯草扎在一起成堆成片,30多只狼有的瘦成骨架子了,个别的走路腿还有点瘸,看到它们的眼神我就知道狼饥肠辘辘,我心里非常不愉快:这是养狼吗?简直跟"二战"时期德国集中营里的犯人差不多。我的心被搅乱了,脑子轰的一下气不打一处来,我有些埋怨地问道:

"祁大爷喂狼了吗?"

"喂过了。每天狼吃的就那么一点，喂不饱啊。"

"库房里不是有肉吗？"

"你去看看吧，那点东西不省着点吃能等到你们回来吗？我说过多少次了，就是等不到有车送肉来。"

我跟祁大爷去了库房，一看非常惨淡，什么话也不想再说了。

第二天一早，祁大爷把他的两个助手先打发走了，他留下来跟我一起清理狼园卫生，不久我看他拎着一样白乎乎的东西往园子外走，便喊住他。

"那是什么呀？"

"前天晚上饿死的狼，孩子们忘处理了。"

我过去一看像是白狼，但浑身脏得已经认不出是白狼的模样了，我顿时惊呆了，气得不知道说什么好。不是看他老乡的面子上我非骂人不可，我气得把手里的锹狠狠往他面前一扔朝库房走去，只见地上有几个空食料袋堆在那里，冰柜的盖是打开的，眼前一片惨兮兮的景象，难怪狼养得这么瘦。这时祁大爷磨蹭着走进来。

"刘总没对你说吗？夏天开始死了两只狼，后来又死一只，加上刚才那只……"

"别说了我都知道了，肉没有了你提前说呀。"

"说过多少次了，他一直在忙就把这件事拖下来了。"

听到这些我已无语，又对每一个笼子检查一遍，能叫出名字的我都叫了一遍，这时有一只少半条后腿的狼向我走来，样子十分可怜，我顿时惊骇。

"这不是小狐狸吗？祁大爷，我走的时候这只狼好好的，现在它怎么变成三条腿了？"

"狼饿得白天把它的腿吃了，正好让我赶上，不然它早被掏光了。"

我气得不知如何是好，甩门出去。急忙给刘万里打电话，把狼园发生的情况跟他讲了一遍，他在手机那头好像在跟别人讲话，只是哼哈地应了一声，我又嘱咐他一定尽快解决食料问题，并且把冰柜坏了的消息也跟他说了。放下手机我有些不知所措，蓦然站了一会儿，我又想起白狼，心里盘算着如何向溪溪解释。关于白狼的事没对她说，怕她知道后上火。挂断电话说不出心里是什么滋味，只觉得有种沉甸甸的感觉压在心里。

我用两天的时间跟祁大爷一道把狼园里里外外打扫一遍。晚间我请他去镇里坐坐，饭桌上他一再向我赔不是，责备自己没把狼养好。我劝他把心放在肚子里，事出有因，不能全怪他。祁大爷为人很正直，我还能说什么呢？

我要了一瓶草原白，我们俩边喝边叙家常，他想起四年前我第一次喂小狼的情景，那时我经常去祁大爷的羊圈挤羊奶，他可以把往事回忆得滴水不漏，我俩说话的时候仿佛回到从前，愉快的情景掩盖了两天来的各种不快。不过渐渐地这种快乐被惆怅的情绪再次笼罩，总有绕不开的话题在心里流动，自然又扯到大窑身上，这次他来乌拉盖看到大窑被夷为平地心里十分难过，怀旧的心情自不必多说。

祁大爷是坐长途车离开乌拉盖的，上午我用皮卡车送他去车站，我托他办一件事，让他把父亲临走时忘记的鞋梢回家，即将分手的时候他落泪了，紧紧握住我的手说：

"安达，这次来我咋那么伤心啊？"

"祁大爷，以后你随时来乌拉盖，不是我还在吗？"

"回家乡咱爷俩再见吧。"

这时我的手机铃声响起，是刘万里打来电话，他实在赶不回来送祁大爷，让我把话捎给祁大爷。我把他的意思转告给祁大爷，望着祁大爷缓缓上车的背影，好像也带走了我什么似的，大巴车开动的时候，我的心扑通地坠了一下。

每当送走一人时我心里多少有点难受，上次是清格乐，这次是祁大爷。只觉得一个时代又翻篇了。一切不会从头再来。狼园发生的无论是悲伤的还是高兴的事情，一切都带不走，只有靠回忆，一想到这些，我心里便产生几分失落。

返回狼园见溪溪回来了，她拎着喂狼的肉盆从狼园走来，脸色非常不好，我明白是怎么回事了，上去安慰她：

"你都发现了？白狼是病死的，别再难过了。"

"我就是惦记它才提前回来的，要知道是这样我在家多住两天了。"

"别说气话了，我刚把祁大爷送走，也不能都怪他。"

溪溪默默落泪。我把埋白狼的地方告诉了她。她眼角挂着泪水朝外走去。

事实真相我没对她说。白狼的死对溪溪打击不小，她常常回忆白狼小时候的模样，有一次明明看到白云挂在房角的上方，她却说眼前浮现出白狼的影子，这种情景已经不止一次出现在她的眼前。夏季狼园发生的悲伤故事太多了，难道说与祁大爷喂养有直接关系吗？莫不如说还有其他隐情。

刘万里似乎再次忘记买肉和食料的事儿，狼又饿了一天，一个个没精打采。我再次给他打电话，刘万里在手机那头一再说马上解决、马上就到了。不知为什么这次回来感到狼园别别扭扭，十分蹊跷。晚上吃饭不仅我没有胃口，就连溪溪也没怎么吃，我看着她有些疲惫的样子，歪着头问她：

"你咋了？晚饭吃得那么少？"

"不饿，不想吃。"

"白狼死了想它也没用啊。"

"大爷中途回来的时候早就知道这件事了，咋不跟我们说一声？"

"别怨他了，白狼是最近死的。"

溪溪沉默不语，坐了一会儿她擦把眼泪离开。

又等了几天，刘万里依然没有音信，我们把从呼市带回的鸡肉几乎都喂狼了，尽管如此还是没有等到刘万里送肉的消息。我又去打电话催他，多亏厨房还有两袋米糠可以做稀粥喂狼，可狼是食肉动物一点肉末都没有肯定不爱吃，身体也会马上精瘦。

"安达你看咋办？"

溪溪看着脸上犯难的样子。

我长叹一口气，才知道不当家哪知柴米油盐的贵重。30多只狼一天要吃掉很多食物，一年算下来就是不小的开支。以后刘万里拿什么养狼呢？靠我们夏天赚的那点钱还不够塞牙缝的，一想到这些我也开始坐不住了。

第四天再去狼园，欢欢夜里被狼吃掉了，我看了之后非常痛心,明年又要新添几窝狼崽,真替大爷发愁。

"实在不行放几只狼散养算了。"

"你光说气话了。"

"我是被逼的,找一个没有牧民的地方就好了。"

"有这种地方吗?"

不知不觉中"诺亚方舟"四个字再次跳入我的眼帘,甚至梦见狼在这种地方快乐的生活,思绪常常裹挟着欲望不清的东西,坠入某种困惑之中,这种纠葛在不经意中从平淡的日子里隐约浮现,又淡淡地消失。

门外响起轿车的喇叭声,我出门一看是刘万里来了,他从锡林郭勒盟拉回来一大车食料,还有鸡架子、牛肉等,我赶紧过去卸到仓库内。

"我知道你们急啊,先把鸡架子喂狼再说。"

狼见到鸡架子没命地争抢,甚至打得不可开交。狼很快吃完了分到的食物,瞪着眼睛以为我们还会再给它们吃的东西,显然它们依然处于饥饿状态。我跟刘万里走到大狼圈,有的狼毛发脱落骨瘦如柴,眼神却阴暗发光。

"狼多了全喂饱不可能,保住几个重点养好吧。"

"这怎么行?"

我愕然地看着他满脸困惑,对刘万里方才说的话深感不理解,他回头目视我,眼神深沉。

"把它们分开,驯好的狼放在一起,差的放在一起,一视同仁不可能了。"

"我做不到。"

"啥意思做不到？"

"受不了狼饿的眼神。"

"它们又不是人，怕啥？"

"狼懂我说的话，它们在用心跟我交流，我咋对得起它们？"

"现在条件不比过去了，你要理解我。"

刘万里接连咳嗽起来，还在咳痰。溪溪趁机朝我使个眼色阻止我继续说下去。刘万里抬起头，涨红着脸继续说道：

"安达，你说的话我都理解，目前情况不像以前了。"

"当初把我叫来你是怎么说的？"

"现在能跟当初相比吗？你看看西面拆得啥都没有了，像挖去我一块心头肉。"

"不管咋样，我不能看着狼一只只死去。"

"狼死不是很正常吗？也许是瘟疫、病死都有可能。"

"与饿死没有关系吗？如果吃饱了，身体有抵抗力，不会一个夏天死几只。"

"你这孩子说的，当初我们有大窑做后盾，狼园不愁经费，现在你也得站到我的角度考虑一下吧？盖房子、建狼园，哪儿不花钱？我要是有钱，砸在哪里还用你说吗？"

"昨天夜里小青狼被狼掏吃了，还有溪溪最喜欢的白狼也都死了，把狼养成这个样，我们有多难受你想过吗？"

"白狼死了吗？我真没想到。"

刘万里神色惊讶，房间顿时一片宁静。

"狼吃不饱就会相互残杀，疾病也会找上门，一个夏天狼一下死了五只，我当饲养员又是驯狼师，心里是啥滋味你想想。"

溪溪使劲扯了一下我，我擦了下泪水，有些激动。

刘万里默默地坐着，喘气的声音都能听到，照往常他应该一支接着一支吸烟才对，今天有些反常，只是坐在那里发呆。房间特别安静，我仿佛第一次感觉到宁静的力量，像空气压在隔膜周围打架，时间一分一秒地过去。

"安达，你们说话都有理由，站到我的角度再想一想吧。"

我激动的心情慢慢开始平静下来，觉得刚才发火不应该，有时急脾气一上来就控制不住自己了，我看看床铺，拽开抽屉扒拉里面的东西。

"你找什么呀？"

溪溪问道，我朝她比画一下烟。

"大爷没烟了。"

"有烟我也不吸了，安达你说的不少了，大爷没有埋怨你的地方，若你是狼园主人的话该怎么办？"

我没吭声。刘万里叹了一口气走出房间，一会儿传来汽车的发动机声。溪溪倚在窗前，看着车远去，她擦掉泪水说：

"安达，有些话你说得伤人心。"

我也不知道刚才是怎么了，说着说着就控制不住自己了，无名的火直往头上蹿，突然对刘万里发起脾气来。现在我冷静下来，非常后悔，正像溪溪批评我的那样，多伤人心。

晚上我很想写一篇日记来反省自己：

9月15日，心里的黑与白不是经常挂在嘴边吗？今天咋颠倒了？每天我都会问自己，这样做对吗？我真的错了吗？错在哪里了？我想把沉重的东西从生活中挑出然后轻松地走出去，干净地活一回，为每天想象中的自己活着，那才是真正的自己，但是我非常害怕自己迷失在残酷的现实中，失去人生目标。我要像狼一样活着，让自己觉得充实快乐，不做让内心后悔的事情，我要变成想象中的自己。可是生活就像一条纽带，一条连着一条，我想活出自己是不是太自私了？没有考虑过别人的感受。

我守着月色，回忆起小时候的一些经历，那时多么天真无邪，单纯得就像小狼一样，思想简单容易满足，只要有吃的就会很高兴，所有的表现都是那么真切，没有任何虚情假意，我觉得那才是做人最真实的一面。

狼不是这样吗？图特木、诺敏和卡尔也是如此，乔奴和小图腾也是啊，它们爱憎分明，我行我素，只求每天填饱肚子，想干什么直截了当，毫不遮掩弄虚作假。在我看来，人跟动物没有两样，本能都是为了生存。但是人们常说人类是高级动物，与低级动物有别，不过如果仔细观察，人类的行为和生存之道，尤其在利益的驱动下，人把善良的一面丢失了，堕落到连动物都不如的地步。

人类经过社会化的洗礼，把一些原本的东西弄没了，就说"人之初、性本善"吧，有的人把最基本的道德底线丢得差不多了，然而却披着伪君子的外衣，把自私和贪婪的一面掩盖起来，把狡猾卑鄙的嘴脸巧妙隐藏，用朴实虔诚作面具，却干着见不得人的勾当。多年的养狼经验让我亲眼看到狼的成长，每天快乐天真、单纯直率，毫不遮掩地生活，它们的本质在光天化日下没有外衣修饰。从狼身上我去反思人类，面对复杂的社会，有时觉得人活得有点累，不知道它的意义在何处。其实我还是想逃避现实，想回到当初单纯的世界生活，活得干净一些，越跟狼在一起这种愿望越强烈，人的本性与动物有何区别，我还是希望单纯、直接、快乐地生活，不要虚伪和假惺惺。

溪溪从狼园回来，经过我的窗前，见屋内的灯一直亮着便敲我的窗子，我挥手让她进来，她见我在写日记，坐在一边没说什么。我把所想告诉她，尤其今天和刘万里发生的不快和争吵，在反思过程中悟出许多道理。溪溪对养狼的态度也在发生小小的变化，看问题的角度更加细腻，她说：

"大爷今天有微妙的变化，你没看出来吗？"

我抬头看着她，有些莫名其妙。

"你见他抽烟了吗？放在平时他早就一根接一根了，你不想想这是为什么？"

我看着溪溪，忏悔的脸上浮现疑惑的表情，一时无语。

新一代小狼长得快像成年狼了，白天驯它们的时候，遇到与往年一样的问题，狼不集中精力，好动，上来就想从我身上找到吃的东西，一看都不在状态上，我便按照戴安娜调教狼的方法，把小南门关在一个小圈里，非常安静，用小细木棒在它头上，或在它身上点来点去，又用羽毛在它鼻子和脸上逗它，培养小南门学会安静、聚精会神的能力。大概驯了一个多小时，它有些烦了，我没让它休息，然后继续用这种方法驯它，它好动的毛病有所收敛。两个小时过去，我放它出去，狼的自由天性得到满足，这是它最开心的时候，小南门钻进小狼堆里闹得不行了。

观察一段时间，从呼市回来的六只大狼没有问题，我便把它们放到大圈里和狼群混在一起生活了。我跟溪溪趴在网前默默观察着，她跟我谈起刘万里耽误买肉和鸡架的原因，这是溪溪与马豆微信聊天时知道的，原来刘万里留在锡林郭勒盟，觉得胸口一直不舒服，马豆让他去医院做检查，等结果的时候耽误了几天，这次按医生嘱咐刘万里把烟戒了。

"安达，你说大爷身体有什么毛病吗？"

"啥毛病？我咋知道。"

《千古马颂》演出之后，狼园的名声越来越大，前来乌拉盖参观的人络绎不绝，大多数人是从电视台、报纸、网络、短视频中看到的消息，也有从自媒体的渠道了解的，甚至把图特木描写得神乎其神——乌拉盖有一只神奇的大狼惊世骇俗，而且具有极高的智商，想一睹为快。人们想知道它是什么样的狼、神奇在何处，不远万里，纷纷远道而来，其中不乏记者、摄影爱好者，狼园一时间十分热闹。

也许是狼多的关系，图特木在狼群中越来越显不出它的优秀了，似乎被狼群淹没了。最近它对我越来越冷漠，对周围的狼也开始产生抵触心理，时常避开热闹的场面独处。年青一代狼为争夺狼王的战斗经常发生擦枪走火的现象，打斗啊、撕咬啊，类似的情况变得司空见惯，而图特木随着年龄增长，尽可能躲开这些狼的干扰，摆出一副与世无争的样子，它用这种消极的态度获得安全感。不过图特木忧郁的目光经常徘徊在寂寞遥远的地方，白天悠悠飘过的白云，夜晚璀璨的星空，尤其对夜色中冉冉升起的明月更是无比迷恋，在它不可名状的眼神中，蕴含着人类无法触及的奥秘。

  这一年的夏季，狼园养育了第五代小狼，除去白狼、小南门值得一谈外，其他狼对我来说非常淡漠。这一代狼目前一个个长大了，时间无法复制，牺牲了它们训练的宝贵时间，在我眼里就算是废了。但是谁也无法阻挡它们成长壮大的事实。

第三十五章　新生代

近期，图特木情绪持续低落，新生代趁火打劫经常与它发生争斗，为保持尊严图特木不得不迎战。

一天游客往园子里扔去一只兔子，图特木跳起来争抢的时候，正好与小南门相撞，它是2018年出生的一只猛狼，野心不小，两只狼大打出手，食物被小南门夺走，这只新生代中的佼佼者，是竞争狼王的新秀。图特木打算虎口拔牙，遭到小南门强有力的反击，两只狼犬牙交错势均力敌，很快小南门的同僚加入行列，继续咬下去图特木性命难保。这时诺敏加入，帮助图特木一起抵抗新一代狼群的野蛮攻击，等我发现的时候，诺敏已经身负重伤。现在狼群分出许多小团体，通常是按血脉和年份划分的。接下来争夺狼王的战斗还会在狼群之间继续展开，狼一旦进入发情期，类似的战斗更加血腥，小图腾、愣头、小南门之间的交火在所难免，为了保持狼性和血性，有时它们之间的战斗不能过多干涉。正如小南门的胜出,这便是优胜劣汰,是自然的法则,天经地义,谁也无法改变。

深秋还在挣扎中,寒冬却早早入侵了,天空不时有雪花开始飘落,难道是两个季节在决斗吗?这种矛盾的天气在额仑草原看谁胜出了,就像草原狼的战争,历史的车轮必然倒向强者一面。一代代小狼跃跃欲试,图特木的狼王桂冠已不再是神话,挑战者越来越多,新生代之间的竞争接踵而来,势如破竹,老狼的安全日益受到威胁。

昨晚又有狼战死在狼园,我仔细查看是第六代,这些不懂规矩的小狼,就是初生牛犊不怕虎,不知道山外有山,弱肉强食的战斗让它们献出年轻的生命,这正是草原狼生存的进化法则。

寒冷的天气,狼却根本感觉不到严寒的存在,热气从它们的鼻子和嘴巴间向外散发,白雾一样的气流连同胡须一块结成霜糊满一片,我已经分不清谁是谁了,好不容易从狼群中发现图特木,还有乔奴和小图腾,它们个个像风雪浪人。这个冬天实在残酷,据说雪大得就连白音华到乌拉盖之间的铁路桥洞都被封死了,那是一条乌拉盖通往锡林郭勒盟的必经之路。刘万里恐怕被困在盟里回不来了。

喂过狼,我带着一股冷气跑进屋,拍打着身上的积雪,溪溪凝神蹙眉的样子。

"安达,库房喂狼的肉也快见底了。"

"我跟大爷说了,这几天雪大,交通不便也有影响。"

晚上电视节目正在播放一组"动物世界",上面的内容是我们多年前看过的,一头生活在非洲草原的雄狮几年后和他主人相遇的感人画面。看到这里，我问溪溪：

"你说一旦我们养的狼跑丢了，几年后再见到它会不会跟电视里看到的狮子一样仍旧认识我们。"

"除非它跟你特别亲，就像图特木。"

傍晚的时候天放晴了，阳光从云层中挤出一道晚霞照亮大地。我拿出照相机，想留住这个美好的瞬间。狼在雪地里自由玩耍，弯腰跑跳的姿态像海里翻腾的鱼群。我把图特木唤到身边，专门拍它的眼睛，它的眼神犀利，锋芒外露。

很久没提到诺敏了，它是图特木的追随者，上次替图特木解围的时候，被第六代狼咬得非常惨，伤势一天天加重，之后它活得十分痛苦，惶惶不可终日，半个月前悄然死去。目前第一代老狼只剩下图特木、乔奴和卡尔。

2020年12月，我们接到电视剧《啊，摇篮》的邀请，准备远赴陕北拍摄。挑选角色时我打算以近两年驯的新生代为主，老狼只带图特木一只。连日来我们把准备带走的东西备齐，包括拉狼的铁笼子、皮绳、手电筒、路上用的吃的东西，还有狼证，以备路上碰到警察检查。

这次出发路途比较远，按照惯例我跟刘万里累了倒换着开车，谁困了就眯一觉，醒了有精神就说说话，刘万里讲了一路《狼图腾》电影拍摄的趣闻，这是一个永恒的话题，从锡林郭勒盟断断续续讲到陕北境内，我问他道：

"大爷，你讲了不少电影拍摄，我对'诺亚方舟'感兴趣。"

"什么'诺亚方舟'，你别被外国人忽悠了。"

"人家这样说有它的道理。"

"它叫夏季营盘,我说过在53团以北的大山里。"

"我想去这个地方看看,你能带我去吗?"

"夏季雨水把路冲垮了,咱们的车到不了,只有秋天才能去。"

整整走了两天的路程,我们来到陕西省清涧县康家庄,距离路遥的家乡只有三公里的样子,在一户农家大院内住下。驻地背靠黄土坡,周围一片荒凉,真是一处养狼的好地方。我把四只狼放出笼子,带它们在院子里遛两圈,狼没有因为远途出现反常现象,见到陌生环境兴致勃勃。

晚上电视剧的美术指导全老师来到驻地,想请我们去县城吃饭,我担心离得太远,加上溪溪肚子疼去不了,于是我们在路边找了一家小饭馆,进去后里面没有人,只有我们三人挤在房间内其乐融融,餐桌上全老师要了一瓶西凤酒,给刘万里斟满一杯,他推托道:

"不喝了,胸这里有些不得劲。"

"路上累的吧?喝一小杯暖和一下,晚上睡个好觉。"

"让安达陪你吧,我一点也不喝了,你没看我烟都不抽了,那东西对人一点好处都没有。"

"早点看看是啥毛病。"

"检查了,安达他俩都知道,没看出啥事儿。"

酒桌上刘万里把手机递给全老师,屏幕上是这两年狼出镜的画面,全老师看过十分高兴,让我把养狼体会好好记下来,并对我说:

"我一直有一个心愿,想把安达养狼的经历写成一部小说。"

刘万里插嘴道：

"你就写吧，要啥素材让安达配合你。"

那天晚上我们聊的时间不长，因为溪溪还在生病中，加上狼放在陌生的地方怕不安全，于是早早收场，临别时还让饭店的服务员给我们三人拍了一张合影。

晚上，我们回到驻地，溪溪一直在睡，也不想吃东西。住窑洞我还是第一次，房间暖气很少，靠炉子取暖，服务员很早休息去了，西北风吹得玻璃窗子呼呼直响，所以屋子里凉飕飕的。夜里我见刘万里一直咳嗽，甚至半夜我醒的时候见他坐在床上，人影叠在窗前吓了我一跳，我问他：

"大爷，你咋没睡？"

他说：

"一直咳嗽，坐一会儿喝口水再说吧。"

我下床倒一杯开水递给他，刘万里轻轻抿了一口。

"这段时间胸口老是不舒服，咋回事？"

他喃喃自语。

一早阳光铺满旷野，白雪覆盖的旷野露出斑驳的黄土地，一条条沟壑一样的山谷像冻裂的土地，从高处向低洼的山谷呈喇叭形自然裂开，有的地方是直上直下的陡峭山壁，更显出陕北高原的气质。这里的景色与内蒙古草原截然不同，我们先把狼牵到旷野，让它适应一下环境和气候。四只狼高兴地在雪地上奔跑，拽着我手里的皮绳直往前蹿，爬坡的时候，狼的爪子像穿着钉子鞋，踩到地上十分有力。我和溪溪各自牵两只狼来到塬上，看到一片平整的良田，再往前没走几步就是深渊，我们站在悬崖的边缘两腿开始打战，不过狼站到那里却无所谓的样子，这些不要命的小东西不知道天多高地多厚，我急忙将它们拉到安全的地方。

去拍摄现场的山路十分险峻，一侧是不见谷底的山涧，从上面往下看行人如芝麻一样渺小。刘万里开车沿狭窄的山路向上爬行，约莫10分钟的时间，皮卡车来到山顶，眼前是一片起伏的坡地，豁然开朗，但是回头一看路陡得吓人。我和溪溪各带两只狼跟着大队人的脚印，七拐八拐来到拍摄地。

毛茸茸的枯草被罩上一层稀薄的积雪，黄土地隐约显露出来。拍摄场地有些平缓，当地人俗称塬上，在它三面是被悬崖环绕的峭壁，山涧有四五十米深，从上面往下眺望令人不寒而栗。解开皮绳四只狼兴奋地跑来跑去，一会儿跑到悬崖边缘看看，一会儿又蹦蹦跳跳地跑回到我俩的身边。

第一场戏是写丑子冈走在塬上，身后两只狼飞奔而来。导演把狼的动线讲清楚，剩下由我来掌握。我挑选小霸王、金毛上场，这是2019年出生的新生代，两只狼熟悉场地后便进入拍摄。我在坡上呼喊它们的名字，狼跑到我这边，很快又听到溪溪的呼喊，便迅速朝她的方向跑去，就这样反反复复跑了几个来回，导演把狼悄然追赶丑子冈的镜头拍完。我们走到一处用帐篷搭建的小屋内，里面是三台监视器，从回放中看到小霸王和金毛从全景到近景奔跑的镜头，拍得特别帅。

下一组拍摄丑子冈与狼搏斗的场面，全景由我当替身，狼咬人的局部动作用模型狼解决，近景人物神态反应由演员海青表演。四年前有《音乐会》积累的经验，所以由我上场表演相信拍摄难度不大。

导演一声令下，狼悄悄逼近丑子冈，她抄起棍子向狼打去，狼顿时惊骇地朝她扑去。狼扑人的镜头由我亲自上场，又换上图特木，这只久经疆场的老明星，曾经在《音乐会》拍摄时有过出色表现，所以，在拍摄狼扑人的镜头时，可以轻而易举完成。我们还是沿用之前的老一套，把肉藏在服装表面，想让狼咬到哪里就藏在哪些部位。这时我想到诺敏，不过它已经离开我们有一年了，不免有几分揪痛。开拍的时候，我跟图特木配合得很好，基本指哪儿打哪儿，一下午拍摄得十分顺利。

收工的时候，晚霞把落日前的旷野染成淡淡的橘色，雪地像穿上皇帝的新装散发金黄的余晖，露出的土地更显得金灿灿的，而被雪覆盖的地方，仿佛是撒金后的和田玉油润光滑，紧张一天的人们脸上挂着笑容，一边哼着歌一边从塬上走下。我们牵着四只狼，脸上浮现胜利的喜悦走得比较靠前，当图特木走到塬上沟壑边缘时，不知为什么它不想再走了，看着脚下的山涧一动不动的样子，我陪它站了一会儿。

远处红霞满天，却被一团乌云压得很低，乱云飞渡中一片云彩很像飞狼飘在空中，四只爪子踏在浩瀚的旷野，我愣在那里看了一会儿，图特木还是不想走，它似乎被远处某种东西迷住，我硬是拉着它来到皮卡车旁，把四只狼装进铁笼里，刘万里启动皮卡车，准备掉转车头下山。这时有一辆满载人员的三轮车，正从塬上陡峭的斜坡俯冲过来，司机大声朝我们叫喊着：

"闪开，快闪开！"

皮卡车正好挡在狭窄的道路中间，刘万里手疾眼快迅速倒车把路让开，恐怕一秒钟都不到，三轮车与皮卡车擦身而过，车上

坐满惊慌失色的年轻人,他们就像坐在船上,左右来回摇摆,显然三轮车已经失控,刘万里跳下车连连说道:

"完了完了。"

惊骇的神色挂在他的脸上,大家都为车上的人悬着一颗心。三轮车在毫无遮拦的陡坡地带速度越来越快,车轮从坑洼不平的路面压过,车上的人惊慌失措,像坐在弹簧上不断被弹起,眼看冲向山涧,一场不可避免的事故即将发生。就在三轮车冲到悬崖边时,它被神奇的力量往上一顶,车身猛地一颠,上面坐的人跟皮球一样被弹出两三米高,三轮车瞬间翻了两个跟头,人被甩到车外横七竖八,掉进路边的沟壑里,距离山涧近在咫尺。我们愕然地看着出事的地方,顿时浑身冒出一阵冷汗,刘万里一再自语地说道:

"如果我开慢一点,不把路让开多好,顶多三轮车撞到我的车厢上,不至于发生后来的这场悲剧。"

很快当地公安局和救护车赶到现场处理事故,皮卡车被堵在半山腰下不来了。不过如果按刘万里的说法,一旦皮卡车挡住三轮车的去路,就可能避免这场悲剧发生,而车厢的四只狼难逃厄运,当然我们也不好说。总之,图特木再次保住性命这是事实,算起来这已经是它第二次躲过一劫,它的命运同我们紧紧联系在一起,事实证明,无论如何,没有任何理由能把我与它分开,我的生命注定与图特木在一起。

四只狼安然无恙,但是山下的情况却很糟糕,不时传来令人伤心的叫喊声。夜幕爬上山头,深蓝的天空送来清冷的月色,皮卡车上的狼早已饥饿,直到很晚路面被清理出来,我们才从塬上缓缓下山，一路小心翼翼经过出事地点，我朝左手边一看，山涧深得望不到底，漆黑得跟一口水井没什么两样，顿时看得我胆战心惊。

陕北拍摄顺利结束，走了一天，在夜幕降临之前我们返回呼市，晚上又见到马豆和露露，大家其乐融融，一起吃饭。当天我们在市里住了一宿。第二天刘万里留在呼市不跟我们走了，他说胸口老是憋得很，想去医院做检查。

回锡林郭勒盟的路上我们遇到交警查车，这次幸亏出门带狼证了，没有遇到任何麻烦，得以顺利通行，借机会我们查看一下四只狼，它们一个个状态还不错，不过已经饿得饥肠辘辘。黄昏的时候我们赶回狼园。我把路上交警查车的情况向刘万里汇报一遍，告诉他我们顺利到家了。

这段时间，狼园交给孙大爷管理，与他交接后，我跟溪溪匆忙给四只狼弄些吃的东西，在狼园忙碌的时候，发现乔奴开始出现搔痒的毛病，经常看到它蹲在地上回头挠自己的身子，不是抓就是用牙咬，有时咬得一嘴毛发。寒冬还没过去，天气依然很冷，如果它一直脱毛身体怎么吃得消。我用学到的方法替它医治，每天给它身上喷洒药水，试了一段时间并不见效，打算带它找医生诊断一下。

皮卡车又给我添堵，几次打火无法发动。我骑摩托车去修理铺找来修车师傅，检查一看是火花塞的问题，必须把车拖到修理铺了，等车的工夫，修车师傅提出想去狼园看看，于是我带他过去，看到狼的时候，师傅的脸上不免露出惊诧之色。我仔细观察过，来狼园的人当中，有许多人见到狼都是一样的表情，甚至瞠目结舌，一时像被冻住似的。

很快拖车来了，连我带乔奴一起拉到修理铺。换好火花塞，我迅速赶往兽医站。包大夫确诊乔奴得皮肤病了，春季有可能继续恶化。他开了一些药。回到狼园我立刻给乔奴身上抹了一遍药，连续给它打三针，乔奴的病情似乎有所控制。

趁天气晴朗没风，我把狼放出笼子，几只狼愣头愣脑跳进齐腰深的雪地快乐无比。乔奴跟在它们的身后，在厚重的雪窝里奔跑，动作显得有些吃力，溪溪过去一把搂住它的脖子，我掏出手机"咔嚓"给她拍了几张照片。

狼一放出来见面就想咬，应该说有的狼已经认怂了，战斗还会继续，为什么咬架呢？原因很简单，不是一派，没有血缘关系。所以它要告诉对方少欺负我的朋友。这是一个很有趣的现象，狼群按代际区分帮派，比如说卡尔经常跟图特木套近乎，一看便是2014年的老前辈。2015年出生的经常围在小图腾身边，愣头、熊熊还有顺顺、黑子、乐乐、小花狼，这些是2016年出生的一代。王子、欢欢是2017年的一帮。小南门、旦旦、贝贝和星星，包括咬掉尾巴的闹闹，是2018年的一伙。而小霸王、黄金毛是2019年的小团体。小狼成熟后有一种天不怕地不怕的自大，时而在图特木这类资深的老狼面前逞威风。特别是小霸王，更是专横跋扈，在狼群中的地位不断飙升，成为团队之王。于是原来不看好它的狼群纷纷瓦解，开始投靠新的霸主，就连诡计多端的乔奴也蠢蠢欲动，企图找到新的靠山，经常跟在小霸王的身后，参加群起而攻之的场面，性格扭曲得非常可怕。新生代族群时常发起挑战，导致图特木的狼王地位摇摇欲坠，它们根本不把前任老狼王放在眼里。有时图特木招架不住后生的疯狂，也会畏惧，真是俗话所说好虎架不过一群狼，它只有让开这些野心勃勃的家伙，甚至连卡尔这种老谋深算的狼，对新生代也避让三分。

无论天气多冷，每只狼在雪地里依然像一座雕塑一样屹立，用纯粹的眼神看我。我知道它们想吃饱肚子，用目光在说我饿了每天吃不饱，我感到愧对它们。库房里能喂狼的肉所剩无几，根本不能满足狼的胃口，图特木比过去体重轻了，卡尔同样，面对一双双饥饿的眼神我也实在无能为力。我已经给刘万里打过电话，商量尽快解决食物短缺的问题，再想催他的时候心里有些犹豫，他目前是什么处境我不清楚，身体是什么情况我也不知道。不想在这个时候给他增添麻烦了，于是我无奈地放下手机，只好默默等待。我想到祁大爷，想当初他照看狼园的艰难，真是好汉难为无米之炊，我现在不正是逐渐面临这种尴尬的局面吗？我不敢面对眼前的狼，它们的目光像射出的钢针，而我两手空空拿什么去拯救它们呢？

不久前狼园发生一件令人伤心的事，夜里狼群把一只母狼咬死吃掉了，这还不是我所吃惊的地方，要说恐惧和不可思议的地方，是狼群生生把铁丝网撕开一道口子，将它从缝隙里拽进狼群堆里，撕开它的脖子吸干它的血，再把它的肉吃光。这一幕让我惊呆了，又一次让我见证了狼的冷酷无情，真是虎毒无犬子，狼毒无兄弟。我站在雪地里感觉到整个体内的血液全都凝固了。

晌午过后，天上的乌云慢慢散开，隐约透出耀眼的光晕，清凉的雪地被淡淡罩上一层阳光。风早已躲藏得无影无踪，这时候正是狼喜欢去旷野的好时光，于是我把狼放进园子，几只狼在洁白的积雪中跳来跳去，狼以自己独有的方式和兴趣活动，这时小霸王非常活跃，我几次想去抓它都脱手了，它扭动着身体跑得最欢，突然它掉进一个雪坑，好家伙，这下它动不了了，四条腿陷在雪中挣扎，像被吸住似的完全失去了自由。这下我看它怎么办？小霸王嘴里喷着火车头般的哈气，几近绝望的样子，靠自救是不可能了，不到最后一刻我不理它。别看小霸王平时身边朋友不少，不过真没有见死去救的。即使有同伴在它身边也是晃两圈就离开了，小霸王挣扎良久，在它感到绝望的时候，我过去拉了它一把，原来那是一个雪洼子，是我训练狼钻洞时挖的葫芦形大坑，上面积雪齐腰深，我抱住它的时候自己差点被雪埋没了，这家伙可倒好，不停地用它的嘴巴舔着我的脸，我要让它记住只有我能救它，我才是它们的头，它们最应该爱的人。这时溪溪坐到我身边，她并没有被我和小霸王打动，而是哀叹的样子，我顺着她的目光看去，只见一只瘦小的狼弱不禁风的样子。

"它病了吗？"

"我看像饿的，狼每天吃得太少了。"

一周前，我从东乌旗买回来的肉喂得差不多了，正好刘万里打电话来，我把情况跟他又讲了一遍，他在电话那边让我别着急，他会尽快解决。我一听这话简直无语，心中的怒火强压下去，又把狼园最近的变化简单汇报一下，最后问他病看得怎么样了，他让我不用担心，一切正常。这次通话之后，刘万里还是没有把肉及时送来，这种极为反常的情况十分少见，他在那边到底什么情况我不得而知，再催他还有什么意义。

我长叹了一口气，心里默默盘算着，40多只狼，一天要吃掉很多斤肉，一年算下来是一笔不小的开支，照现在的情况往下发展，以后拿什么养狼呢？光靠我们门票赚的那点钱，连牙缝都不够塞的，我再次陷入困境。晚上我想起有位同学，他的父亲是开养鸡场的，于是我跟他联系，鸡场是否有廉价的鸡可买，得到他的回复我很感激。

第二天我开车去同学父亲的鸡场，结果拉回一些冻死病死的鸡。我又去屠宰场转转，只弄到一点人家不要的剩肉，这些辛苦得来的食物非常珍贵，不过对狼而言，几顿就会吃光。大窑拆除后狼园的供给线切断了，能支撑到现在非常不容易，我必须感谢刘万里，如果没有情怀，恐怕狼园早就支撑不下去了。

又一个星期过去了，临时买的肉又很快吃光了，可是依然没等到刘万里的消息，狼饿得骨骼渐渐突显出来。溪溪面带焦愁之色，无奈地直叹息，想必在为狼园的事苦恼吧，渐渐地，她对狼园的未来开始产生悲观情绪。于是她又提起夏季营盘，突然对这个地方产生兴趣，我明白她心里想的是什么。晚上我没心思再写日记了，而是在日记本上反复写到诺亚方舟、诺亚方舟、诺亚方舟，甚至签字笔把纸都戳破了。

最近溪溪说话的语气不对头，对狼园的未来日渐失望，这样下去非常不好，终究有一天她会悲伤地离去。我想起上次刘万里去北京，他遇到一位出版社媒体人，蔡总编就说过去我们守着一个金饭碗没有把它用好，言外之意是说我们手里有狼，却没有通过抖音、快手平台把它们充分利用起来。为了打消溪溪这种消极的念头，我满怀激情地向她描述狼园以后的发展前景，跟她一起探讨拍短视频的想法，设法让她建立信心。溪溪没有因为我的一番话而激动，脸上依然浮现冷漠平静的表情。

"什么金饭碗？就是一堆吃不饱的狼。"

"可别小看咱们手里的狼，拍短视频想办法盘活不好吗？"

"你知道有多难吗？"

"我们手里有图特木，它有知名度，拍过电影又上过电视节目，以它为切入点拍短视频，推广狼园咋样？"

"现在人人都想当网红，搞直播没有那么容易。"

"全国只有一个《狼图腾》电影拍摄故乡，图特木就是我们宣传的品牌。"

"我咋越想越失落了？"

"从来没见你这么悲观啊？打起精神。"

她坐在那里缄默无言，胸口因喘气一起一伏，垂下的刘海上面沾着一根枯草，人像不修边幅的样子。溪溪捋一下垂下的长发，将枯草攥在手里揉得粉碎。之后的一段时间里，我们陆续拍了一些短视频，发到抖音和朋友圈里试水，不久得到一些点赞，结识不少朋友。有些热心肠的人，知道我们养狼遇到的困境，出点子介绍我们去哪里能买到低价位的肉类，像养鸡场死去的鸡，还有冬季被严寒冻死的羊，哪里有死去的牲畜等，这些人都会把信息提供给我们。有一个新安盟的朋友让我十分感动，居然路过乌拉盖的时候，特意给我们送来小半车冻死的牲畜。抖音也吸引了一些游客前来狼园参观，虽说门票收入微乎其微，但是让我们消极的心情得到改变。

最近乔奴瘙痒的毛病愈加严重，早晨我去看它的时候，发现乔奴又开始疯狂用爪子挠自己的身体，皮肤上有的地方毛发被挠得净光不说，开始出现血道子，看着它被疾病折磨的样子我很痛心，经常用药水替它擦洗瘙痒的皮肤，有时疼得乔奴嗷嗷直叫，再见到我就想躲避。溪溪喂食的时候总想照顾它，毕竟这是一只老狼，又是一只可爱的母狼。然而病魔的摧残，使乔奴的饭量逐渐减小，出血的伤口被它的爪子挠得越来越严重，有时我替它上药的时候，它向我龇牙，搞得我不敢轻易接近它，更不用谈给它上药了。只能一天天看着它被病魔折磨得痛苦不堪。

刘万里托人用130卡车从锡林郭勒盟捎来不少喂狼的鸡肉，光卸车都是小半天，真是雪中送炭救了大急，不过他人没有跟来，多少令人生疑。晚上我与他通话，才知道他还在呼市，说是与马豆一道看孩子，近期不回盟里了，他只说这些便挂了电话。溪溪一直站在我身边，疑惑地说道：

"安达，大爷从来没有一走这么长时间，你不觉得奇怪吗？"

我"嗯"了一声，没再说什么。

这几天乱七八糟的事情搅在一起头昏脑涨，很想知道刘万里那边是什么情况，平时总有一种牵挂放不下，难道他对狼园甩手不管了吗？

时光飞逝，又过去一个多月，我心里积攒了许多话想对他说，憋在心里无处倾诉，有些无法跟溪溪讲，她生性敏感，怕她听了之后跟我一样产生担忧的情绪，我迫切期待刘万里能够早点回来，狼园不能没有他。

2021年的春节我与溪溪是在狼园度过的，非常冷清，就连一向能看到有车路过的门前公路，这时一辆车都看不到。除夕的晚上马豆打来电话,才知道他们一家回到了锡林郭勒盟,她感到非常遗憾不能与我们一起团聚。手机里没听到刘万里说话,马豆代他向我俩问好。结束通话,我有一种凄凉的感觉,不知大爷是怎么了?我站在门外,看着小镇方向,那里不断有烟花声传来,而我们周围除了旷野就是环绕的丘陵,像铸铁一般冷漠。

我怕影响狼的情绪,没有在狼园附近放鞭炮。夜晚我去狼园,看到狼的眼睛发光似的在看我,它们不知今晚发生什么情况,经常听到噼噼啪啪的鞭炮声从远处传来。有的狼不安地沿铁丝网徘徊,过年了,不管咋样必须让每只狼吃个痛快,我管溪溪要来仓库的钥匙,不停地把里面的肉拿出来扔给狼吃。溪溪被我的行为吓到了,她拦住我说:

"你这是在干什么?不过了吗?"

"今天是除夕,我不想再看到我养的狼没有肉吃。"

"那也不能这样喂啊?下顿怎么办。"

回到房间,惆怅中传来溪溪的口琴声,尽管是在雪花纷飞的季节,听到《鸿雁》那首曲子,仿佛春天的脚步慢慢向我们走来。

新年刚出正月,刘万里从锡林郭勒盟拉回满满一车的鸡架子和肉,他一出现狼园便像春暖花开,再次充满生机,我看他的脸有点白了,轮廓略比之前消瘦,有段时间没见了,惊喜之色格外强烈,我的两眼顿时浸湿,我与刘万里拥抱,他拍拍我的后背,仿佛一切都在这个动作里啥话都不用说了。

中午是在狼园聚餐的,气氛很热闹,像刘万里在给我们补年夜饭,不过聊天的时候我逐渐感到他对狼园的热忱时而高涨,时而低迷。他去厕所的工夫,我与马豆简单的交谈,无意间才知道刘万里这么久没回乌拉盖的原因，他经常往返锡林郭勒盟与呼市检查身体，但是又没查出任何毛病，不过，他总是觉得胸部有些不舒服。也许刘万里受病情的影响，看上去情绪有所波动，也许他有什么隐情只是不说而已，其实他面临的压力不仅是身体带来的，还有狼园经营上的问题，我是这样想的，也许是狭隘的偏见。当然我与溪溪也会经常去想这些令人不愉快的话题，不过现实毕竟如此，我们也无法回避。

三月的天气依然很冷，身穿羽绒服还是冻得发抖。马豆又去呼市照顾露露上学去了。不久刘万里要去锡林郭勒盟，那边有事需要处理一下，没住半个月他再次离开，临走之前，刘万里把喂狼的食料准备得十分充足。

我和溪溪看着他的轿车一直朝西开去，直到消失不见才回到房间，仿佛耳边又在回荡空气嗡嗡的流动声，一切复归原有的安静。溪溪一直在看我，眼睛几近直视的样子，她在用心揣摩，而不是端详，我没说任何话。

早晨去狼园看乔奴，它的病情看样子在向不好的方面发展。白天我带它去医院，包大夫一看直晃脑袋。我清楚这意味着什么，一切希望彻底破灭。这次没开任何药，乔奴距离末日不远了。我沮丧地返回住地，一种强烈的悲观情绪涌上心头。只有给乔奴创造一些舒适的环境，尽量减轻它的痛苦。于是我打算把它安排到库房住。不过我去狼园找乔奴的时候却费了一番周折，原来它猫在阴冷黑暗的狼洞内躲着不出来。溪溪说它有两天没出来吃食物了，这是母狼要产崽的征兆。

天空飘着零星的雪花，微微的西北风吹得枯草不停地摇曳，宛如一首哀怜的咏叹曲。今天算是初春的好天气了，起码风停了。阳光照得人身上暖洋洋的。我领着几只狼在雪地中散步，它们很享受雪后的阳光，就像活泼好动的孩子，这儿走走那儿溜溜，不亦乐乎。

刘万里临走时买的肉又快喂光了，昨天我去东乌旗的同学父亲的鸡场转一趟，能卖给我们的死鸡被我买得已经差不多了。我又到肉联厂买了一些鸡架子和一些廉价的鸡肉，买不起牛肉了。看到狼吃得十分开心，我心里很难受，泪水在眼眶里打转。我默默念叨，真是对不起啊，都是暂时困难，救世主一来问题马上解决。

中午正是阳光充足的时候，天气比前几天暖和，我想带乔奴出来走走，一是让它散散心，二是还可以在阳光下给身体杀菌，它依然躲在黑暗之中，我想拉它出来，乔奴便朝我发出警告，于是我把手缩了回来，不敢轻易去抓它了。

我坐在门口的长条凳上，翻开手机看看最近的微信，没有什么新鲜消息，我发在朋友圈的照片，除了狼就是狼，点赞的人还是那些人。

溪溪朝狼园走去，她再次趴在狼洞前，乔奴并不理她，溪溪把手里攥的鸡肉扔给它，还没等她站起来，这些肉又被冲上来的其他狼抢走了。我跟溪溪守在洞外待了好一阵，直到冬日的寒风把我们逼走。

经过院子里的沙袋时，溪溪拉住我的手，我没明白她是什么意思，她说：

"安达，好久没看到你练拳了。"

"没心情玩了。"

"最近你也在变啊？我喜欢你保持从前的样子，开朗活泼。"

我用鼻子哼了一下。

"你有什么想说的话就对沙袋说吧，几年下来我能不了解你吗？"

她摘下挂在沙袋旁的拳击手套递给我。

"你看落这么多灰了。"

我接过手套，其实脑子里还是一片空白，我砰砰几下，拳拳打出去的是内心的怨恨，就像打在自己的身上传出来的声音。这时溪溪从身后一把抱住我，我停下手里的动作，感到双拳刺骨般疼痛。我伸手搂住她软绵绵的身体半天没动，感觉两个人的心仿佛一起在跳动，她落泪了，一股冰寒的感觉流过我的周身。

第二天早上狂风大作，西伯利亚的寒流再次席卷额仑草原，狼园里的狼在笼子里一个个精神无比，像斗士一样瞪着闪亮的眼睛，它们在等待我给食物吃。图特木和卡尔在我身边转悠，它们知道我腰间没挂小包意味着什么，不过两只狼依然围在我跟前，我摸摸它们的脊背，热乎乎的好舒服。我又呼唤小霸王，它在与同伙打闹并没理我。我带着图特木和卡尔来到旷野，一不留神发现枯草的地方有野菊花破土而出，还看到从干燥的沙地里冒出的嫩芽，我蹲在地上看着阳光照在它身上，风吹得花瓣颤颤巍巍，就像一只小鸟落在树梢上摇曳。我拿手机对它拍照。

春天要来了，严酷的冬季就会过去，一切都将生机勃勃，大地马上会被一层绿色覆盖，这是大自然的规律，谁也不能阻止草原的复苏，年复一年，真是野火烧不尽，春风吹又生。

图特木站在山头遥望远方，它像一块石头一样巍然屹立。不过它的这个姿态倒是给我一种向往和寄托的感觉，丝毫没有带给我拥抱大自然的喜悦，甚至还带给我淡淡的哀伤。最近一段时间带它出去，它经常站在一处远离我的地方，可以说是不被打扰的地方，默默眺望远方，城府很深的样子。我把图特木的样子拍下发到网上，有许多朋友回复我说，以为我拍到的是一匹野狼，非常惊讶。

把两只狼送回狼园已经是中午了，我想起几天没见乔奴了，特意手拿几块肉，去狼园乔奴猫着的地方看看，只见洞内光线幽暗，被风刮进来的干草枝和灰尘在它身上落了一层，乔奴的头扭到背后插在腰腿之间，身体已经盘成一团，像刚刚出生时的小狼睡在母亲怀里，看来它有一段时间没出来了。无论我怎么叫它，乔奴没有任何反应，我伸手进去，它曾有过的反抗不再出现。我把手中的肉放到它面前，久久凝视着黑暗的洞口，看着安详死去的乔奴，现在它的样子就像七年前，我从白叔家狼园刚刚抱它回来的时候，惊讶、恐惧、陌生和胆怯，在即将迎来山花烂漫的季节，乔奴离我远去。现在它肚子里的狼崽也将同它一道别离，也许它们没有来到这个世上是一种幸福。七年之间，第一拨老狼陆续走得差不多了，一想到这些心里就充满失落。原以为狼在草原生活是多么快乐顽强，可它们的生命还是脆弱得不堪一击。

四月初，园子里又诞生几窝狼崽，狼园里狼的数量接近60只，带给我们快乐的同时也带来更大的压力。我们日复一日按部就班，生活一直惯性发展，在磕磕碰碰中生存，唯一不变的依然是狼的数量一年比一年多，养狼的经济压力逐年递增，虽说我们也想办法谋生，但是得到的收入与支出相比少得可怜。

野菊花迎来乌拉盖的早春，在朝阳的山坡上，石头的缝隙里冒出一张张笑脸，它的柔弱与娇艳，正是春天从寒冷的冬季一步步艰难走来的象征。无论是在山的背后，还是残留着顽固积雪的地方，大自然都无法阻止它的脚步。我想起日记里写过一首赞美野菊花的诗：

五月的春风
轻轻掠过荒芜的草地
莜草婆娑中
是谁绽放出春天的美丽
乌拉盖的野菊花
我叫不出你的名字
迷人的柠檬黄
让我陶醉

五月的春风
愿你带上我
哪怕成为你的一枚羽翼
只想到处寻觅
乌拉盖的野菊花你是春天的脚步
从积雪融化的旷野
姗姗走来
在寒风中忧伤地颤抖

我是五月的春风

得意飘逸

阳光送来一把琴

白云弹出我美妙的歌声

菊香的腹地哟

别为我的潇洒而感慨我也有羡慕

山花烂漫的季节里

数你最美丽

春风啊春风

歇歇脚步停一停

野菊之坪也是人间仙境

我伤感它的短暂恨秋季

到那时

它将伤别离我而去

我想留住菊

不愿随风而去

  我对春天的赞美,不是迷恋野菊花有多美,而是从它娇艳的柠檬黄中看到它的忧伤、纤脆、柔弱。新一代小狼将在这个季节里纷纷出世。鸿雁结队翩翩飞来,飞到旷野深处,看到山花烂漫,芳香四溢,正是新一代小狼睁开眼睛的季节,谁不想看到这美丽的世界。

第三十六章　不期而至

最近冷库的冰柜坏了，让人修了几次都没修好，我把情况转告刘万里，他应了一声，转眼几天过去却一直没有动静。天马上就要热了，如果冰柜还不修好，冷库里的肉很容易坏掉。不久刘万里从旧货市场买了一个冰箱托人送来，我一看这么小，根本不够夏季储存食物用。下午刘万里来到仓库，看到冰箱解释说：

"是有点小了，先对付用吧。"

有一天我见刘万里来狼园，什么时候到的不清楚，从他疲惫的站姿看，恐怕有一会儿了。他什么话也没说，人像被吸盘吸住似的在那里站了很久。我跟溪溪每当看到他的身影，就有一种不安的神色映入眼帘。在这种情绪驱动下，心里就像压着一块石头，我们用眼神交流，猜他在想什么。就在我们举棋未定的时候，刘万里向我提出一个建议：

"安达，四年前我们把狼迁到53团，我说过我们养狼不是为了旅游赚门票钱,你还记得吗?"

"你一直在坚持,后来我看你有些变了。"

"其实我没变,为这事我还跟管区领导辩论过,2017年大窑拆迁,同年我们建起新狼园。第二年本来我要在园子里建一些场景,打算通过狼与场景的互动,宣传狼文化,整个夏季时间全被《千古马颂》占了,我们没挤出时间。2019年和2020年本来可以建的,又赶上我身体不好,你看看时间拖到现在,今年夏季无论怎样,也要改造一下狼园,建一些自然景观,开发狼文化,我的初心不能变。"

"怎么开发狼文化?我没咋懂。"

"《狼图腾》电影是靠狼与环境互动宣传狼性精神的,我想把一些电影场景复制到狼园,让游客参观的时候感受到狼文化。"

连日来刘万里沉默寡言,实际上一直挂念狼园的发展。我被他的情怀所打动,愧疚感油然而生,过去对他种种的猜疑,都是片面和自私所致。于是我把自己对狼园未来的设想跟他讲了一遍,我们不谋而合,一直以来困顿和纠结的问题,被刘万里一席话击破。我和溪溪非常舒心,决定以图特木为原型,编写一部狼与场景训练相结合的故事,把电影《狼图腾》的环境串联起来,设计一期旅游路线。

这几天刘万里手机铃声不断,一直联系过去在大窑工作的朋友,像穆师傅和伍师傅这些住在附近的人,接到电话后纷纷赶来,不久狼园拉来几卡车的材料堆了一院子,轰轰烈烈的工程拉开帷幕。我每天忙于工程的事务,傍晚拖着疲惫的身体往床上一躺,只要想到狼园的未来,一股热血便涌上心头。

狼园建景工程颇具规模，在原来光秃秃的空地里，建起几处类似羊圈的高墙、狼洞，还有假山等建筑，工程即将收尾的时候，突如其来的新冠疫情暴发，恶魔般地影响着内蒙古高原，刘万里动员工人抓紧施工速度，然而就在工程即将结束时，我们接到政府停工的消息，昨日热闹的劳动场面今天顿时销声匿迹，狼园一下安静得如真空一般，就连狼群对这突如其来的变化都有点不适应了。

吃饭的时候我与溪溪对视，她一再摇头。我唉声叹气，就像泄了气的皮球在那里两眼发呆。我打算去镇上买瓶白酒回来驱驱邪。溪溪拦住我，她说：

"算了吧，生气喝酒多伤身体。"

"我气不过来。"

"这时候你喝闷酒不更伤身吗？还不如我们骑摩托车一起出去兜风。"

我骑摩托车带溪溪冲向旷野，风嗖嗖地从耳边吹过，她紧紧搂住我的腰一直没说话。我开快一点人就啥都不想了，让脑袋清静清静。

"你真像电影里的007，喂，问你话呢007？"

"什么007，我就是中国最牛的养狼人、驯狼师。"

"电影里的007没有你帅。"

快到胡稍庙的时候，公路压得很低，上面有些溪水流过，摩托车溅起水花向两侧散开，像一道天河横亘旷野。绿洲覆盖了大地，各种鸟类尖叫着飞过我们的头顶。我来到刘万里带我来过的山头，车轮搅动地面的沙石，摩托车的排气管冒出一股股浓烟，像放鞭炮似的推动摩托向山顶冲去。

"你开慢点,吓死人了。"

溪溪脸色煞白,紧紧搂住我的腰,摩托车斜着爬上陡坡,我们站到山上眺望远方。

"你带我到这里看啥呀?"

"第一次是大爷带我来的,他说《狼图腾》电影在这一带拍摄过,我们养狼也是在这里决定的。"

溪溪抬头用手遮住阳光朝天空望去,一行大雁尖叫着朝北方飞去。

"是鸿雁,飞来得真早。"

"最早我带图特木来过,那时它才这么一点大,一晃它都变成老狼了。"

"是啊,我来狼园也有七年了,如果是狼也变成一只老母狼了。"

春季,冻土融化的时候,刘万里计划找人继续把没建完的场景搭完,这时一个比疫情更大的危机正向我们步步逼近,刘万里感觉身体很不舒服,说不上是哪里的毛病,咳嗽起来不停,马豆知道后不断来电话,催促刘万里去呼市重新检查一下。我打算陪他一起去的,刘万里坚持让我留在家里,特殊时期让我把狼园管理好了。我看见他独自一人开车离去,一种莫名的揪痛涌上心头。我紧紧握住溪溪的手,直到轿车被迷雾一样的蒸汽淹没为止。

刘万里一走,我没心思再做什么,看着狼园几处即将完工的建筑矗立在那里,心里不是滋味,心气刚刚热乎一下,此时却好像挨了一闷棍。我回到房间躺在床上发愣。夜晚我打开笔记本，然而心静不下来，好像身体与心分开了。抬头望向窗外看到一轮纤月镶在星空，它是那般寂寞宁静，它的清凉和宁静变得寒冷和压抑，我仿佛被关在看守所，孤独、寂寞、无助。我深深吸了一口气，恍惚间我做出一个决定，想在洒满月色的草原奔跑。

我穿上运动鞋带图特木向旷野奔去。湿滑的马路反射着露水的光泽，蓝莹莹的水晶一般。开始感觉还好，可是到了中途就有些胸口发闷，呼吸急促不说还有点缺氧似的，我顿时想到刘万里，想到他说的胸痛，是肺不舒服吗？我一手捂在胸口处，怎么感觉肺部也有问题了？我骂自己是神经病，然后抬头看着前方的路，蜿蜒不见尽头，脚下的路还漫长啊！我咋有点吃不消了？不过图特木，一直保持旺盛的精力，甚至开始牵着我的手向前跑，我累得有点要趴下了，这时图特木一直在看我，它的眼神仿佛激励我继续前行，我上气不接下气地喘着，一手搂住它。

"谢谢你我的伙伴，你陪了我七年，我很快乐。"

我不能停息，否则狼会瞧不起我，虽然脚步慢了一些，人总要坚持下去，这就是我与狼之间悟出的道理，坚持、耐力、恒心、不屈不挠，我必须做到让身影随阔步而行。

半个月的时间里，刘万里很少打电话给我们，特别是近期几乎再没接到他的电话，白天由于紧张忙碌，这种挂念时常被眼前流动的狼群冲淡，一到晚上，我跟溪溪无论是在饭前饭后，还是闲暇的时候，经常念叨起刘万里，平静气氛不由得变得有些不安起来。接不到他的电话自然猜想很多，不过我们日复一日，惯性发展，倒是把狼园照管得很好，在它欣欣向荣的同时，隐藏在内心的牵挂一直徘徊不去。

又过去一个月，刘万里的电话依然很少，马豆也不曾有电话打来，我跟溪溪心急如焚，不知道这期间究竟发生了什么，除正常养狼外，只要从紧张的工作中停顿下来，时而两个人面面相觑，好像同时在心里发问大爷近况如何。有一次刘万里突然打电话过来，说他马上就回乌拉盖了，我掐指一算，刘万里一别快小半年了。听到他要回来的消息，我心里非常喜悦，这次他离开的时间太漫长了，是七年来头一次，我和溪溪都很想他。家里喂狼的食物几乎弹尽粮绝，冰柜一直没修好，只好腾出厨房我们用的冰箱给狼装食物，以解燃眉之急。所以接到刘万里打来的电话，我激动的眼泪就在眼眶里打转，他在电话里平静地问道：

"安达，狼养得怎么样了？我已经回锡林郭勒盟了，先住一段时间再过去。"

我急忙问道：

"大爷，你到底啥情况？我心里探不着底特别着急。"

"我从北京刚回锡林郭勒盟，都挺好的别惦记了，我把钱打到你卡上了，钱不够就吱声。"

刘万里到底什么情况我也搞不清楚，不过有了钱第一件事便是解决喂狼问题，其次是把冷库的冰柜修好。乌拉盖的电器师傅修不了，于是我到处托人，从霍林河找来专家，捣鼓半天总算把冰柜修好了。

一个月后我再见到刘万里的时候吓了一跳，他人一下消瘦很多，说话慢声细气，走路时腰有些向前弯曲，一手放在胸口前，迈着猫一样轻盈的脚步，弱不禁风的样子，脸捂得比过去任何时候都白,看上去像失去元气似的,我顿时愣住,眼神狐疑。

"大爷你是咋了?几个月不见瘦成这样?"

"回屋再说。"

刘万里消失小半年,原来是去北京做了一个肺部大手术,其间尽管偶尔打电话过来,却从来没跟我们提过这件事。我把狼园这几个月的情况从里到外跟他讲一遍,他想知道现在狼园有多少只狼了,我用手一比画,说:

"比这个数还要多。"

"40多只?"

"不对。"

"50多只了?"

"已经接近60只了。"

他没再说话,时而赞同我的想法,时而面带淡淡的微笑。当我们一起探讨狼园的发展时,我能感觉到对这一话题他已经不感兴趣了,甚至敷衍了事。刘万里身上所发生的这些细微转变并非难以理解,大病面前谁能没有一点变化呢?不过他有一个大胆的计划,跟马鬃山有关,他没具体说是一个怎样的想法,我也暂时猜不透。

日子又过去一段,我看他的气色渐好。我们守在狼园前聊天,他说了一句话让我感到十分惊讶:

"安达,以后狼园的事全交给你了,你就看着处理吧,有问题你再找我。"

他的这句话让我特别愕然,难道他不想养狼了吗?刘万里可是我心目中的精神领袖,这座神像现在却轰然倒塌了。我对狼园似乎看到尽头，一股心火窜上脑门，我病倒三天，不仅满嘴是疱，就连牙床全都溃疡了。生病期间是溪溪一直照顾我，我这才感到一个人在困境中得到帮助多么重要。刘万里把狼园事务性工作全交给我了，这种突如其来的转变让我承受不住，从今天开始，我非常清楚狼园的未来在我手中了，双眉之间常常浮现并非我这般年龄应有的哀愁。溪溪坐在我身边一副愁眉不展的表情。

"安达，咱们养狼养到今天，咋让人这么伤心？"

她的眼睛瞪得溜圆，像是受到惊吓后恢复的眼神，泪水止不住从她忧伤的眼中溢出，我安慰她说：

"多难我们都挺过来了，还在乎现在吗？"

"心里总觉得不是滋味，哪里别扭似的。"

这时图特木和卡尔来到我们身边，我见她的手伸向图特木柔软的毛发中，甚至想在上面狠狠抓一把，其实她的这个动作已经表明在自己的内心世界，流动着强烈的矛盾心理。我决定把刘万里的设计变成现实，改变溪溪悲观的态度。于是我每天除去喂狼，一个人慢慢工作，把狼园内还没有搭建完的部分工程规划利索。溪溪每天看我一个人在忙碌，终于有一天跟我一道开始工作。两个月后，园子里未完工的场景逐渐竣工。

一天早晨，我看到有狼站在搭建好的悬崖上遥望远方，突然让我想起狼在野外生存的样子，它不是图特木吗？身影在逆光中，刺眼的光线几乎让我睁不开眼。我再次萌生放养狼的想法，夏季营盘距离中蒙边界很近，头年雪大，有许多东部地区的黄羊、狍子、山鹿等动物下山，我想狼一旦真去了这种地方自由散养，应该算是回归自然了吧？

疫情防控期间，内蒙古地区以往热闹的游客现在一个人影都见不到了，广袤的旷野窒息般宁静，甚至就连门前的公路，一天也看不到有车辆经过，人员没法流动，这一年活人都难见几个。刘万里几乎不来狼园了，有事只是手机联系，人和人之间隔空相望，都说距离产生美，在我看来人与人之间缺少交流就会产生距离。我们的狼园身处乌拉盖边缘，更有被抛弃的感觉，孤独寂寞，度日如年。每天遥望小镇方向，看到那边升起一股烟，听听那边能传来什么声音都是那么幸福。狼园里搭好的建筑白天孤零零地突兀冷漠，夜晚像一座座石像，守在旷野虎视眈眈，仿佛月色下朦胧的黑影就在我们身边游荡。

狼园在艰难的疫情中继续维系，为了在特殊时期把狼养好，我不断挑战自己的极限，有一次从东乌旗买食料返回途中，正赶上刮白毛风，车坏在半路上，手机的电话也打爆了，等车修好了再往回开，地面的雪有十几厘米厚，皮卡车走在上面，车轮时而滑向公路两侧，我战战兢兢在午夜开到乌拉盖，犹如风雪夜归人。溪溪还没休息，看到有车灯停在院门口，跑出房门那一刻她落泪了。如果我不回来，这一夜，她窗前的灯光会一直亮下去。

某日上午，我趴在围栏处，默默看着园内的狼群，从左到右数一遍，又从右到左数一遍，有几只狼跑到犄角里，我通过眼神把它们找回来，加起来数量已经非常庞大。按照现在的速度发展，不用几年就会突破七八十只了，数字惊人。我感到喂狼的压力越来越大，现在刘万里说什么我都能理解了。正在我犯愁的时候，远远看见马路方向来了一伙陌生的人，他们指指点点说说笑笑，再仔细一看，人群中有刘万里，我突然一惊，顿时眼睛有点模糊了。仔细一看果然是他，我远远向他招手，高兴地跑过去，只见他比过去又消瘦了。

"安达、溪溪，你们都挺好的吧？"

我哽咽着说不出话了。他拍了下我的肩膀，这是他见到我通常表示的动作。

"疫情快过去了，好日子就要来了。"

溪溪站在我身后一直微笑着，眼圈渐渐变红了，她跟我一样噙着激动的泪水。

"这次回来我不走了。"

刘万里身边的人一直站在我们周围，不过再仔细一看，这些人当中有扛摄影机的，有手持照明灯具的，估计是电视台的人。刘万里对其中一名三十出头的女记者比画着：

"他就是路上我对你们说的狼园顶梁柱。"

记者急忙上前伸出话筒，旁边扛摄影机的把镜头对准我就要拍摄，我一下愣了。这时刘万里对我摆手说道：

"电视台的人要采访你。"

"你说就行了。"

"人家就想采访你，你快点准备一下。"

溪溪站在一旁微笑着看我，眼神里传递着某种期待。记者手里拿着话筒，早已迫不及待的样子，她身后跟着一位摄像师，镜头一直对着我。

"能麻烦你在采访的时候抱一只小狼吗？"

我钻进狼园，随手抱起迎面走来的小狼，记者让我坐到凳子上，摄影师选好角度抬手做出一个 OK 的手势。女记者似乎对我手里的小狼产生兴趣，说道：

"先从你抱的小狼谈起吧。"

"它叫淘淘，是今年出生的小狼。"

"听说才有四个月大，是第七代小狼了，你打算一直把狼养下去吗？"

"从一开始就是。"

"从来没有别的念头吗？什么动力让你坚定不移？"

"我喜欢狼，是它身上有股劲让我感动。"

"能展开说说吗？"

"几年前拍戏的时候，狼把我咬伤了。我咬牙坚持了下来，最后取得了巨大成功。我想让人知道我们养的狼是最优秀的，拍电影只要用到狼就会来找我们。"

"可以这样理解吗？狼性文化的影响。"

"差不多，大概是这些，所以，我会坚持养下去。"

"听说你对人与自然、动物和谐相处还有大胆的设想，可以透露一下吗？"

"这个嘛……想法还不成熟。"

"有其中的奥秘吗？哪怕透露一点。"

"乌拉盖大草原不能没有狼，这是我跟大爷的初心。希望你们再来这片草原时能看到草原狼。"

"讲得太棒了，还有难忘的经历吗？"

"向你们推荐一只狼吧。"

我把图特木的经历讲述一遍，记者听到之后脸上顿时露出惊喜之色。大家跟我朝狼园走去，路上记者向摄像师挥手，示意他注意抓拍。我朝图特木喊了一声,它扑过来两只前爪搭在我身上,把头一伸便舔我的脸和嘴巴。摄影机拍下这个瞬间,看得记者十分动容。

送走记者,我把狼园的情况简单向刘万里汇报一遍,听完我的讲述,刘万里说道:

"生病期间我一直琢磨一件事,53团不让建狼基地了,马鬃山非常理想,我有一个想法,上次见面不成熟就没跟你说,打算尽快跟政府再谈谈,开发马鬃山,建野狼谷。"

晚饭后我与溪溪沉浸在白天快乐的气氛中,似乎一个时期以来,压抑在内心的情感被释放出来。我把双手合在一起,找到灯光合适的角度,手势的影子便投在墙上,我让溪溪猜猜它像什么动物的投影,她疑惑的样子。我又把掌心合在一起,然后手指轻轻一张一合,光线顺着手指的缝隙留在墙上,阴影也开始随着手指的变化而改变,我让溪溪继续想想投在墙上的影子像什么动物,她歪着头思考片刻。

"像狼的影子。"

我又换了一个角度,这次离墙有点距离,投在墙上的影子发生新的变化,我的身影加上弯曲的腿臂,连在一起很像一个伫立的人,旁边站着一个动物。溪溪惊呼道:

"安达,多像你跟图特木在一起。"

"我跟它形影不离。"

截至2021年,算起来我养狼已经有八个年头了,我从狼身上悟出很多做人的道理,人在社会中扮演的就是动物角色,有的是狼,有的是羊,有的是牛马。扮演狼的就是人狼,充满狼性,有战争力，敢打敢拼敢玩命的叫战狼，我用这种观点形容一点不为过。晚上我写了一篇有关狼性的日记，是这样的：

8月2日，夜，有的人懂狼性，能够在社会竞争中战胜对手，他从狼身上学到一种精神，懂得拼搏。缺失狼性的人就是羊性，软塌塌的唯命是从，这种人多半在社会竞争中要么被人狼活活吃掉，要么只能俯首帖耳，任人摆布活得没有血性。

历史的发展无论进化到哪个阶段，都是人狼社会斗争的结果。仔细想想人类发展的过程，战争、掠夺、残杀一直相伴，像成吉思汗这类大人物，在征服欧亚大陆时，从来没忘记从狼身上学到本领，这不是战狼的品质又是什么呢？社会发展进化，与狼的本性一样，必须在竞争中打败对手，否则你就会被对手吃掉，成为狼口中的羔羊。

狼的正直在于它很直接，真诚没有伪装。相比人不是，有的人披着狡猾的人性外衣，到处干着连狼都不如的勾当，利用假惺惺的面孔，玩弄欺骗的手段，这是狼做不到的，如果是狼，也是一只奸诈的恶狼。有些人丑陋的嘴脸比狼难看多了。狼即使再老，依然保持完美，毛发和胡须整齐，眼睛炯炯有神。没有因为皮肉松弛，皮毛皱在一起不堪入目。人老去了，特别是一生总喜欢干坏事的人，满脸皱纹像罪恶的深渊，松弛的皮肤犹如麻绳在脸上勒过留下的痕迹，弓肩缩背难看不说，走起路和蜗牛没两样。而在狼身上你能发现多少？狼到生命尽头还是身姿挺拔，无所畏惧顽强抵抗，到死为止一直保持不灭的尊严，八年与狼相伴的经历，让我从它们的身上看到太多的东西，人不是狼，但是可以从狼身上获得有益的启发，改变人格，这不是狼性文化的影响又是什么呢？

电视台很快播放了这次采访，收视率很高，好评如潮。前来狼园的人一下子多起来，大家争先恐后，想尽快看到图特木。然而图特木被人看麻木了，也被人逗得失去了敏感的知觉，时常躲在角落里一动不动，我从它的状态中看到某种失落和孤独。养狼到头来看到的是这种结局，意义何在？我问自己却找不到合理的解释。

晚上，我去狼园，借着微明的月光，对图特木吹声口哨，我把它领到沙袋前，它像卫士蹲在一边看我打拳，有时它会突然急躁地跳起来，我又狠狠出拳打在沙袋上，图特木再次狂热地跳动起来。这时溪溪听到狼的叫声从房间里出来，看到我正用两手抱住图特木的头四目相视。有的时候人类无法揣摩动物的内心世界，说不出刚才狼看到我打拳为什么吼叫。尽管我跟狼打过八年交道，但许多东西对我来说仍是未知。我无法深入狼的内心世界，种种猜想犹如盲人摸象。

同年夏天，《海的尽头是草原》在乌拉盖草原拍摄，小镇再次沸沸扬扬。《狼图腾》电影让这片弹丸之地扬名天下，之前有多少人知道呢？现在每年来这里旅游的人络绎不绝，许多人是奔着《狼图腾》拍摄地而来的。我们的狼园也在这一时期兴起,像一团火焰熊熊燃烧。《海的尽头是草原》需要狼的镜头,片方自然找上门。这次拍摄我全部启用新狼,打造新生代。刘万里不同意我的选择,他说:

"为什么不带图特木玩了?"

我向他解释,狼园有许多后起之秀,像2019年的黄金狼、小霸王,还有2020年诞生的银丝狼,比图特木反应更加灵敏,狼园发展到今天,应该有新生代替代了。他沉默片刻,坚持让我带上它,他说图特木上镜头有特殊的意义。

我按他的要求做了,不过依然处于犹豫之中。刘万里希望政府在乌拉盖建一个狼文化主题公园,他的想法是内蒙古有的旗是骆驼文化,有的旗是马文化,他想打造狼文化,《狼图腾》电影在这儿拍过,当时有相当大的影响力。图特木本身具备品牌优势,它身上有许多传奇故事,它能在家乡参加一部真正与狼有关的影片创作,一旦乌拉盖开发狼文化主题公园,把图特木的名字刻在上面,可圈可点的话题很多。当我明白他的意图后有几分愕然,这才明白他看问题的胸怀和格局。

接下来看图特木的本事了,与新生代相比,驯狼的时候它逊色不说,而且反应迟钝,经常不在状态上,事实上刘万里给我出了一道难题。

这次拍摄与狼有关的镜头共有三组,一组是狼在戈壁中游荡,发现一个孤身少女开始跟踪;另外一组表现狼袭击牧民的羊圈,用尖锐的牙齿咬断栏杆。狼跟踪的镜头由黄金狼担当,它的表演十分精湛,没有给图特木留下任何上场的机会。下一组是狼咬羊圈木栏杆的镜头，极具挑战性，我把机会先留给小霸王，它上场的表现却没我预想的好。这次改换图特木，大家对它并不陌生，早在新闻报道中就对它有所耳闻，所以，期待的呼声很高，开始我对图特木十分担忧，然而当它张开大嘴，露出鲨鱼般锋利的牙齿时，顿时改变我对它的印象。图特木尖锐的牙齿像钢锥般穿透坚硬的木栏杆，一层层把它撕裂，动物发达的咬合力令人叹为观止。我不由得想起七年前拍摄《蒙古马》电影，运输途中狼咬断笼门铁丝逃跑的经历，看到图特木的表现，可以断定当时就是这家伙咬断笼门铁丝，率先跳车逃之夭夭的。

有人说牧民放羊我在放狼，这句话说得很对。有一次我带图特木和卡尔来到山头，正好不远处有一块突兀的岩石，不承想图特木跳到上面，非常羡慕旷野的样子，不一会儿它凝视注目远方，抬头朝天嗥叫，我都看得有些稀奇，恍惚之间我忘记自己是养狼人，仿佛置身大自然之中，看到一只活生生的草原狼。实际上它就在我身边，是我的幻觉在作怪吗？我与我的图特木永远不能分离，有一种血浓于水的感情。

这一年的夏季，刘万里设想的马鬃山野狼谷项目报告得到政府关注，如果项目谈成，政府将全额出资赞助我们，继续引进我们的狼，我跟溪溪的工作也可以由政府安排。刘万里抓住这次机遇，在最短时间内把可行性报告做了进一步调整，然后再次递交上去。

去马鬃山野狼谷考察当天，我推开房门，从来没见过这么红火的朝霞，像地面的火海烧到天空，映在人脸上脸就红了，映在草地上草原红光满面，东边的天空像火烧云一样，八点刘万里便开车来接我们,这时红彤彤的朝霞还没散去。

我们一路北上,远远看到天鹅湖,水面平静得就像天的倒影,一群群水鸟畅游在湖畔两岸。溪溪打开车窗,钻进车里的凉风瞬间吹乱了她的长发,在白皙凝脂的脸颊周围飞舞,画出一道道素描一样的线条,她脸上的小酒窝十分诱人。

刘万里朝我们微笑着,他打开车载音乐,传来内蒙古歌手乌兰图雅的歌声,豪迈、悠扬、有极好的穿透力,与我看到的草原心心相印。一路没车交会,所以车速飞快,沿路两边是开阔的草地,浮泛着秋日淡淡的枯黄,百灵鸟时而从路面飞过我们的头顶。

轿车一直向北驶去,前方隐约露出一座高峰,岩石耸立,犹如飘逸的马鬃,自北向南参差不齐,与悠悠白云点缀在一起。这座山峰立刻攫住我的视线。轿车沿起伏的山路爬过一个坡,挡在眼前的山脉渐渐豁然开朗,刚才那座山的全貌被看清楚了,它在连绵起伏的丘陵之间显得独一无二。我被它吸引,目不转睛,轿车离开柏油公路,向那座山峰驶去,我断定它就是马鬃山。

轿车一直驶到山脚下,路的尽头是一户牧民的院子,刘万里把车停好。我们沿齐腰深的草地向山上爬去。草地里的蚊虫受到惊扰,纷纷围在我们周围嗡嗡乱飞,甚至有的飞进我的眼睛。我深一脚浅一脚走在草地里,越是接近马鬃山,越是感觉它高大无比,山势鬼斧神工,最顶部的岩石向上崛起颇为壮观,抬头望去似乎向我们这边倾斜,实际上是天空白云在移动而产生的错觉。站在山峰眺望远方,有一种居高临下的感觉。西南方向笼罩在云海之中,旷野河流蜿蜒流淌,其间点缀着蒙古包,白色的毡顶浓淡有致，视野极为辽阔。

"安达，你看看这一带怎么样？八万多亩草场，弄好了就是咱们的野狼谷。"

"还有牧民住在这里呀？"

"政府只要同意我们的方案，他们总有办法解决。"

西北方向有一座山峰，离这边有五六公里的样子，由于空气透视，看上去显得蓝莹莹一片，被雾霭环绕。主峰起势巍峨，像一把斜插在群山中的利剑。我跟溪溪向那个方向看去，心旷神怡。

"那是一座什么山？看样子不输马鬃山。"

刘万里回头眺望，用手一指，说：

"它是傲日格乐山。"

"夏季营盘从它脚下经过吗？"

"在山的背后。"

我们在马鬃山坐了好久，微微的西北风不断吹来，像哈达在脸上抚摩。抬头是老鹰在上空盘旋，不久它向北面飞去，我又被傲日格乐山吸引，再往北就是夏季营盘，诺亚方舟就在这一带。

第三十七章　狼别离

2022年初春，一个周末，狼园迎来一批游客，有十多个人，老人孩子都有，看穿戴像北方人，一打听是从辽宁专程过来看狼的，不过疫情防控期间狼园还没对外开放，我被他们远道而来的精神打动，于是带他们走进狼园。

有的狼见到来客并不友好，向他们瞪眼睛，有的想往上扑，结果吓得小孩哭起来。然而大人觉得把狼逗急眼了才看得过瘾。我让游客小心不要接近围网，容易伤到人。不到半个小时基本游完了，但是他们意犹未尽。为了答谢游客的热情，我们打算把不太成熟的节目拿出来亮相，让客人们欣赏。大家一听非常乐意，就连刚才一直哭闹的孩子也瞪着眼睛在期待。

场景一，我跟溪溪把大家带到一段长十米、高三米的围墙附近，大家兴致盎然，有的喝着矿泉水，有的手持相机默默等待。几只狼在高墙下转悠，我在上面一声呼唤，狼群迅速向上攀登，但是狼爬到一半时便摔下去了,游客看到一直为狼担忧。摔下去的狼爬起来一次次努力,四个爪子紧紧抓住墙面凹凸不平的地方,咬紧牙关奋力攀爬,每只狼都不想输掉这场比赛。

溪溪向游客介绍说:

"这是模仿电影《狼图腾》,狼跳羊圈偷袭羊群的设计,不过我们刚才看到了狼为了胜利付出的努力,它们用不屈不挠的精神换来成功。狼是一种不服输的动物。"

话音刚落,迎来一阵掌声。

场景二,小图腾、黄金狼、小霸王上场,来到狼洞前,小图腾狡猾地向四周观察,然后弯腰,蛇一样的身体钻进洞内。在溪溪的口令中,三只狼开始轮流挖洞,由于狼洞侧面是剖开的,游客对三只狼的动作看得非常清晰,一个狼挖累了,另一个上去接续,狼在挖洞的时候聚精会神,锲而不舍,展现出团队合作的精神,令人赞叹不已。

场景三,图特木和卡尔上场,它们在园子里看上去似乎在溜达,观众等了一会儿,感到莫名其妙的时候,这时我扮演坏蛋出场,服装穿得松松垮垮,袖子半耷拉,上面已经破出许多洞,头上还戴一顶乌布的帽子,一出场有几分鬼鬼祟祟的滑稽相。溪溪大喊一声:

"你们看坏蛋来了。"

话音刚落,两只狼向我扑去,毫不客气,上去咬住我身体的不同部位,我狼狈至极,在地上被咬得直打滚,两只狼便在我身上大开杀戒,我们抱在一起扭打起来,观众看得十分愕然,正当大家为我捏一把汗的时候,我从地上站起来,向大家鞠躬,然后说：

"狼是非常爱憎分明的动物，见到坏人毫不客气，它们是不是很可爱，我们要保护好身边的动物。"

这时图特木扑到我身上舔我的脸，我们几乎像接吻一样热烈拥抱。

场景四，溪溪一声令下，小南门和淘淘登场，在草丛中偷偷观察，然后在溪溪的口号声中悄悄爬行，动作谨慎小心，突然两只狼蹿出草地，像蚂蚱似的蹦起来，擦着观众席跑过，大家紧张过后，便传来松弛的笑声。这组动作设计，是在反映狼做事之前并不莽撞，而是认真观察，富有心机聪明狡猾，从容应对事物再作选择。

场景五，我们抬进来一个笼子放在场地中，里面有两只狼。我与溪溪在笼子附近打起来，我一面呼叫来人救我，笼子里的两只狼听到后无动于衷。我只好在游客中召唤一位男子上场把溪溪换下，我们刚刚交手，顿时笼子里的两只狼愤怒地跳起来，尤其是黄金狼，它朝陌生的男子猛扑过去，游客大为惊骇。我走到游客面前，抖一下身上的灰尘说：

"你们都看到了，狼是多么有情谊的动物，它认识我，知道我受欺负了要见义勇为，它身上有种豪气，不可爱吗？这就是狼性。"

游客呼声一片，好评如潮，现场似乎进入一个小小的高潮。

场景六，我站在假山上，召唤六只狼，它们分别向六米多高的陡坡爬去，最先爬上去的是图特木。最后所有的狼纷纷爬上围墙，面对观众站成一排，场面壮观，游客们兴奋地直鼓掌。我开始学狼嚎，身边的狼又跳上岩石举头嚎叫。

表演结束，场内依然可以听到赞不绝口的说话声，热闹的场面不仅让人激动，快乐就像泉水一样涌入心田。刘万里送走游客，回头对我们说：

"太好了，刚才的表演非常成功，就照这个路子发展，通过娱乐手段开发狼文化。"

太阳西斜，彩云像鸟的羽毛一样绚丽，五颜六色，美妙得难以用语言描绘。快乐的一天稍纵即逝，整个人都感觉轻松畅快。我在狼园打扫客人们遗留的空瓶子，狼看见我像是饿了，围在我身边想要吃的东西。我把黄金狼唤到身边，这只新秀今天表现得不错，我抚摸着它的头算是对它的奖赏，谁敢说狼不是用心智在观察我？这时我注意到图特木，它有些失落，站在那里与世无争。卡尔向它走来，嗅着它身上的气味，它现在看上去也失去了几年前狐疑嬗变的机敏，它们俩都有点老了。

一天早晨我去狼园视察，银丝狼被咬伤了，躺在地上奄奄一息。我去检查的时候，发现它的气管大动脉被咬开了，现在不是从嘴里呼吸，也不是从鼻子里往外冒气，而是从咬开的气管直接呼吸。

我急忙把银丝狼装上车，火速赶往霍林河兽医站，遗憾的是还没到地方它就死了。我心里非常难过，受伤害的多数是一些新狼，它们没有经验逞强好胜，锋芒毕露，容易招致攻击，昨天它还在满怀激情地表演，今天就离开了我们，我为它的死感到特别惋惜。

春天，狼园又生下五窝狼崽，现在总数量达70多只了，靠两个人打理狼园，工作非常繁忙，驯狼的时间极其有限。新生代中，总有几个不错的苗子。由于狼的数量一直居高不下，继续发展不用两年就会突破100只了，狼园经营的压力越来越大，所以，我一直惦记野狼谷的消息。

某一个夏日，我跟溪溪去马鬃山，把图特木和卡尔一撒开，两只浅白色的狼高兴地在草原上一蹦一跳，就像海里的鱼，飞出绿油油的水面，在草场上高兴地嬉戏。远处是牧民的羊群，在半山腰吃草，山脚下牧民的家依然还在，一切看上去跟头年没有变化。一直等候马鬃山开发的消息，然而美好的期待总是姗姗来迟。每次见到刘万里我都会捎带问一句，他不慌不忙地说：

"别急，好饭不怕晚，你就等消息吧。"

夏季乌拉盖最负盛名的芍药花已经在山谷盛开，漫山遍野犹如雪片一样，不过季节一过美丽的花卉开始凋零，再过一段时间，原来的花海变成绿洲，我再遇见刘万里的时候，又提起此事，这次他的回答是：

"项目上政府例会了，一切正常推进。"

我皱着眉头疑惑的样子，他又跟上一句：

"领导开会在研究，结果还没出来。"

这年夏天，乌拉盖草原经历了几场暴雨，据说河水暴涨没过53团水库的堤岸，水势前所未有，水库泄洪闸处能看到许多河蟹聚集，出现少有的奇观。等到潮水退却，湖面恢复自然平静的时候，再见到刘万里，我问马鬃山的事，他依然信心满满地答道：

"项目需要走手续，进入流程阶段了。"

我还是皱着眉头，不理解的样子，他又解释政府那边办事审批需要几个部门盖章。总之，每次见到刘万里，我都不忘问马鬃山野狼谷这件事，从他的回答中，我相信一切在有序推进。

日子一天天过去，今年的小狼已经长得超过半大了，再见到刘万里，他还是那些老话。我清楚问不出所以然，索性之后就闭嘴不提这件事了，以免人家为难。关于马鬃山野狼谷开始说得特别热闹，如今像灰中炭火渐渐冷却下来，我叹了一口气，心想这年头办事就怕拖。后来在紧张忙碌中，我把马鬃山的事情逐渐淡忘了，几个月过去溪溪想起这件事，她找机会又向刘万里打听，他的回答依然如故。

一个月明星稀的晚上，我来到图特木身边，一起凝视圆月中变化的影子，欣赏月球里的飞狼，我问自己，狼为什么喜欢抬头朝天空方向嗥叫？对天请示吗？它的行为一直在我心中留下疑问，其中天与地之间必然有我未知的奥秘。我观察图特木的眼睛，里面有深不可测的东西。溪溪好奇我与图特木之间的游戏，她走过来，眉毛紧锁：

"安达，你在跟它嘀咕什么？"

"最近跟图特木在一起的时间越来越少了，想对它说说话。"

"狼懂什么？"

"有时我见它喜欢站在高处观察，是它内心孤独吗？"

"狼园拴不住它的心了。"

"怎么讲？"

"狼是草原的主人，它向往大自然的生活。"

"它去野外命就没了。"

由于惦记马鬃山，夏季我时常带图特木去那边转转，看看住在那里的牧民是否搬迁了,马鬃山附近有许多獾子洞,獾子白天在洞穴附近跑来跑去,有很高的警惕性,十分狡猾,但只要被图特木看到,它便朝这些目标追击,图特木越来越像草原狼了。

这个夏天刘万里不止一次提到导演让·雅克·阿诺的名字,提到他去夏季营盘采景的经历。我的眼前顿时出现"诺亚方舟"的幻觉画面,在脑海中想象与乌拉盖不大一样的景色,远处是隐藏于草丛中的动物,狼站在山头上,搜索猎物的样子,我对刘万里说:

"看来是一个非去不可的地方。"

夏季营盘又一次勾起我的兴趣,我念念不忘"诺亚方舟",对它产生极大的好奇心,遇到刘万里再次提起这件事,他说:

"去年由于身体情况没去成,今年秋季说什么也得补上这一课。"

他又反问我:

"安达,你第一次提这事是在2018年,四年过去了,怎么一直没忘记夏季营盘呢?"

我回答道:

"只想看看什么是'诺亚方舟',人家老外咋一眼看上它了。"

"原来安达初心也不变啊。"

六月中旬,刘万里打算跟朋友一道开车去旅游,我知道后有些诧异,他可不是这种享乐的人,这是怎么了?临走前他把狼园的事情落实好,又把喂狼的肉备齐,却没有再提野狼谷的事。刘万里手术之后像变了一个人,什么事都想开了,也都能放得下,活得比过去潇洒。这次出行一去就是两个月,时间不短。溪溪对刘万里的变化颇为不理解，疑惑地问我说：

"为什么呀？真搞不明白。"

"我也是。"

"我真猜不透他了，像发生180度大转弯，难道是手术带来的变化吗？"

夏季最热的季节，刘万里和朋友一道开车走遍大半个中国，上海、苏杭、贵州、云南、西藏他全转了一遍，但凡见到庙宇他都真诚拜一拜，真像变了一种活法，把啥事情都看淡了。

刘万里不在的日子，我跟溪溪依然忙于狼园的琐事，只为70多只狼每天三顿食物而奔波。一天早晨，溪溪去狼园，见到图特木的鼻子被咬去一块肉，一只耳朵留下狼牙咬的洞，鲜血糊住了它的脸，她愤怒地把手中的盆往地上一摔，生气的样子。

"图特木都被你害死了，别把它跟那些狼崽子放在一起，你看看它被咬得多惨，你不心疼我还心疼它。"

图特木走过来，它脸上的血迹遮住眼睛不说，有的地方还在滴血，它不知疼痛似的，高兴地蹭着我的身子。

"安达，你是不是嫌它老了不中用了？"

我抚摸着图特木身子说了一句：

"它是真正的草原狼，有血性。"

"说的净是些屁话，它被咬死了我看你心不心疼。"

溪溪气哼哼地走开。我看着图特木伤痕累累的样子，想必是跟新一代狼王火并的结果。老一代大狼只有它和卡尔还在，卡尔身上缺乏生猛的基因，几次与后生交战都令人失望，一生与狼王无缘。图特木的狼王地位，在狼群中不断受到新生代的挑战，曾经桂冠上的闪亮明珠，正被一颗颗摘取。有时早晨起床我见它浑身血迹斑斑，仔细看看它的脑袋，又新添几处伤口，一看就是夜里狼群之间发生激战留下的。溪溪走过来，在图特木受伤的地方涂些药水，图特木伸出舌头去舔她的手，表达着感激之情。

秋天的季节，刘万里从外地返回乌拉盖，他有些黑瘦，面带疲倦，但是气色比之前健康。他把外出的经历分享给我们，这次的行程，他收获不少，拍了许多照片，大河山川、名胜古迹，一时有说不完的话题。呷口茶水，他提出想去狼园看看。

两个月没见小狼了，它们又长不少。70多只狼每天饲养的劳动量已经压得我跟溪溪喘不过气了，驯狼的时间几乎没有，所以没想把狼喊出来，把驯狼的成果展示给刘万里看。况且他提都没提。我们沿围栏走去，狼有的诡谲地低头，在某一个地方来回走动。有的翻白眼看我们，这是狡猾阴险的家伙特有的动作。有的狼跑到远处回头观望。还有的趴在地上，不冷不热。也有些狼来到我们身边，渴望得到食物的样子。狼瘦得有些皮包骨头，我想刘万里看到后会说些什么，不过他一句话也没说。唯独圈里有一只狼站在搭建的假山石上遥望远方，引起他的注意。

"那不是图特木吗？"

刘万里说了一声。

"它怎么站到那上面了？"

图特木一直遥望前方，我们停下脚步，狐疑地看了它一会儿。听到我的口哨声，它从上面跳下来，跑到网子跟前，但眼神一直很冷静。

溪溪蹲下，伸手摸它的身子，说：

"它跟平时不一样了？对我们有点陌生。"

"是你的错觉吧，我觉得跟过去没啥区别。"

这时刘万里心血来潮，提出过几天带我们去夏季营盘遛一圈，这是我一直梦寐以求的心愿，终于等到这一天了。

出发当天，我一早就把狼喂饱，该带的东西反复检查两遍，就等刘万里的轿车接我们。没到八点，我在房间听到一阵汽车的喇叭声，出门一看果然是刘万里到了，我匆忙整理一下物品，提着水杯朝轿车走去，拉开车门的时候，发现图特木也在车上。

"嚯，图特木也去呀？"

"让它跟我们一起散散心吧。"

"它懂什么散心啊？还不如扔家里。"

"溪溪喜欢带就带吧。"

溪溪向我挤了一个飞眼，摆出一副赢家的小派头。轿车向北部山区驶去，我看一眼后视镜，见图特木伫立窗前目视窗外，溪溪亲昵地摸着它的头。我被图特木的目光所吸引，发现它的眼神依然凌厉。

"安达，这些年你把图特木当儿子养了，电视台上次采访你的节目一播出，赚取多少人的泪水？我想起阿诺导演拍的电影《熊的故事》，也是一样啊。"

"有谁跟他似的能在狼窝和它们一起睡觉，只有安达干得出来。"

"溪溪，你知道吗？图特木是安达用生命换来的，感情不一样。"

我把头往座椅上靠去，正好顶在图特木的嘴巴上，我回头看它时说道：

"谁也不能把我跟你分开。"

这时图特木把头挨着我的后脑勺，不时地伸出舌头舔我的脸颊，一种难以名状的温暖流遍全身，人生能遇到这样一只狼真是幸运。

远处群山中露出一节岩石，那是马鬃山。我扭头凝视，充满疑惑地问道：

"大爷，马鬃山野狼谷有消息吗？"

"按照协议有几户牧民的合同还没到期，政府正在帮助协调。"

"今年看来办不成了？"

"也不见得。"

刘万里没再吭声，手握方向盘目视前方。轿车继续北上，傲日格乐山处在一片朦胧之中，半小时不到，轿车离开柏油路，顺一段沙石路拐进密林，显然这是通往傲日格乐山脚下的道路，路面坑洼不平，几乎不见车辙，一条蛇在路上慌张地爬过。溪溪说道：

"安达，图特木不是有野性吗？让它下车抓一个试试。"

"让蛇咬了咋办？"

"是兔子就好了。"

"一会儿去傲日格乐没准能遇到兔子。"

蛇爬过公路钻进路边的草棵。我们驱车继续向前驶去，由于夏季雨水的冲刷，路面不断出现雨裂沟，沙土路面被洪水冲得凹凸不平，车颠得越来越厉害，看来刘万里判断得没错，像这种路况雨季没法通行。

轿车来到傲日格乐山的脚下,路面被河流切断,由于夏季雨水暴涨,原来穿过河道的石子路面早已被洪水冲垮,现在看上去还有一米多深的水在流动。我们纷纷下车,图特木也跟着跳了下去,它先是伸了一个懒腰,然后小心观察周围。

"溪溪,把皮绳给它拴上。"

"拴它干啥,发现兔子咋追呀?"

我们开始查看路面情况,乌拉盖河波光粼粼缓缓流淌,清澈见底,有十几厘米长的小鱼潜在水下石缝之间来回游动。我们只好沿河流左右探去,水面宽的地方有八九米的样子,刘万里困惑地站在那里。

"没想到秋天了河水还这么深,恐怕轿车蹚不过去了。"

图特木来到河边用鼻子闻着河水,然后抬头看着傲日格乐山方向。

"我听说狼到河边嗅觉就不好使了。"

"谁说的?"

"听牧民讲的。"

说话的时候我们脚下的杂草已经渗出积水,再不离开就会把鞋弄湿,我们无奈退后两步再瞭望,这时谁也没注意图特木两脚踏进水里在观察什么。

刘万里来到河边,蹲在两块石头之间在洗手,然后捧水又洗把脸。

"你俩不洗洗吗?这条河有说法,只要洗一下就不得病了。"

我把手伸到河水里感觉有些凉。成群的小鱼潜伏在石头表面晒太阳。山的倒影投在河面，我抬头看去，傲日格乐山的山峰一面斜坡很大，背后便是断崖，整齐排列，逐浪高起，我对这种峻峭的山势肃然起敬。

"陈阵放小狼的地方就是在山下拍的，多雄伟的山啊，每次来都能看到山崖上有老鹰盘旋。"

我顺刘万里手指的方向眺望，脑子里同时出现电影《狼图腾》陈阵告别小狼时的情景，惜别的泪水渐渐浸湿陈阵的眼帘，他站在山脚下，看着小狼一步步离他远去。原来电影是在这里拍摄的，我仿佛就是电影中的陈阵，默默地说道：

"再见了小狼，再见，再见了。"

我说话的时候，人像被冰住似的站在那里，视线紧紧盯住小狼消失的山头，残酷的画面至今令我难忘。一想到这些，我便感到一阵酸楚涌到鼻腔。这时刘万里的说话声打断我的遐想：

"山坡挺缓的，上去看看，也许能看到夏季营盘。"

我们跟在刘万里身后，沿山坡爬了一段，来到一处岩石上休息，这里地势稍微高一些，可以看到乌拉盖河弯曲的全貌，河面像撒了银粉闪烁着光斑。我们坐在石头上，溪溪挨着我，手里攥着皮绳在玩。

"安达，你看到那座山了吗？它就是夏季营盘的方向。"

我顺着刘万里手指的方向望去，傲日格乐山以北的群山，如同蓝黛和花青色混合成的色调一样模糊一片，不过有一座丘陵稍微有些突出。

"今天我们去不了了，你没算白来，知道是在什么地方了。"

"它就是'诺亚方舟'吗？"我在自语。远山被一片青葱的雾

气笼罩,我站在岩石上,双手支在额前眺望。溪溪从岩石上跳了下去,站到我们右侧眺望,没一会儿,她突然惊恐地喊道:

"蛇,石头缝里有蛇!"

我们所在的地方,是突出地面的巨大岩石,半米高处是裂纹,有三条黑白相间的花蛇盘踞在岩石的缝隙里,身上闪着油亮的光泽,它们并没因为溪溪的一声吼叫惊慌逃跑,而是趴在里面一动不动。

"别碰它,遇到蛇是好事。"

刘万里说了一句,我弯腰仔细看去,其中一条蛇的头部正朝外,但是没有一点想要攻击我们的意思,我用手机拍了两张照片,不想再打扰它们。

我们向山坡下走去,刘万里似乎没站稳一只脚在地面滑了一下,这时他一手捂着胸口表情掠过一丝痛苦,我急忙过去扶他:

"大爷,你怎么了?"

"胸口抻了一下,有点岔气似的。"

刘万里微喘的样子,脸色唰的变白了,我们停顿一会儿,见他恢复正常了准备继续下山。

"图特木去哪了?"

我问了一句,环视周围的时候却没看到它的身影,我喊它几声,仍然不见它从哪里冒出来,我朝它刚才玩的地方望去,发现图特木站在草丛中,它看着我这边十分冷静。我又呼唤它两声,它仍然没反应。这时溪溪挥动着手中的皮绳朝它摆手喊着:

"图特木,回家了。"

狼有些诡异地看我们,我立刻怔住:

"不好，狼要逃跑。"

溪溪一惊，匆忙沿齐腰深的草丛边跑边喊狼的名字。这时图特木钻入草丛，丝毫没有停步的意思。我朝它飞身追去。图特木在草场里一蹿一跳，它的身影穿过岸边稠密的红柳树，头也不回一头扎进河里，无论我和溪溪怎样呼喊，它全然不顾，向湍流的河水深处游去。正当我准备渡河的时候，只听身后传来刘万里的声音：

"安达别管它了，随它去吧！"

我"扑通"一声跳进河里，奋力向对岸冲去。图特木已经上岸，身影迅速钻进草丛中消失。我站在河里愣住。

刘万里和溪溪赶到我身边，河水已经打湿他们的裤子，我们三人愕然地看着狼跑去的方向。溪溪几近哭泣般的呼叫声在山谷中回荡，然而却始终不见图特木出现，我简直被现实吓傻了，人像触电般凝固，突然愠怒。

"溪溪这都怪你！你把皮绳拴上它就不会跑了。"

"别怪她了，实际上图特木早就想跑了，它不属于我们。"

"它背叛了我。"

"安达，我希望它去夏季营盘，找到诺亚方舟。"

夕阳已经绕到山的背后，傲日格乐山峰逐渐变成剪影映在河面上。晚霞的余晖只剩下一抹画笔的颜色，一条黄金的身影在悬崖的陡坡上，那是图特木，它一下攫住我的视线，我浑身血液沸腾。

"图特木，图特木……"

我大声呐喊，声音在群山之间回荡，图特木像没有听到似的，执着地向山峰跑去。我知道一切无法挽回了，失望地念叨：

"再见了图特木，再见了我的小狼……"

顿时泪水夺眶而出，我像一块石头竖在那里纹丝不动。溪溪忍不住放声大哭起来，自责的抽泣声连连不断，我才意识到刚才说话的态度何等过分，无论我怎样相劝，溪溪根本听不进去，甚至一度企图过河寻找图特木，她被刘万里一把拉住。

后来我跟溪溪去过几次傲日格乐山，却始终没有发现图特木的踪迹，眼看秋色一天比一天浓郁，荒芜的草地渐渐变成深褐色，与山峰上的岩石没有两样。依然不见图特木的踪迹。溪溪提出去一次夏季营盘找找，可是我们的皮卡车即便蹚过乌拉盖河，前方也走投无路。当头脑不够冷静时，许多想法都很荒唐。

每天清晨起床，我推门第一件事便是遥看周围的旷野，相信在荒芜的草地，终究有一天会看到图特木的身影，然而无论是清晨还是傍晚，希望一次次破灭。残酷的打击让我对生活充满怀疑，怀疑身边的事物，怀疑身边的狼，甚至怀疑人类，觉得什么都像是蜡做的，虚伪得不真实，看到微笑的表情，实际上你很难想象人的心里在想什么，也许背后就是一张皮笑肉不笑的假面具。

某日清早，我起床后照常去旷野寻觅，偶然间发现远处也有一个人影在游荡，由于雾气的关系，看不清楚这人是谁，当我走近才发现是溪溪，两个人的视线不期而遇，显然她也是在找狼的，我们碰面的地点有些尴尬。这是一个寒冷的早晨，我顿时感到自己悲观的情绪，正在悄然刺痛她，我牵着溪溪冰凉的手往回走去，决定从今天开始不再提图特木三个字。

溪溪是一个情感细腻的女孩,自从图特木背离我们,同样倍受痛苦煎熬,一时间我很少看到她脸上浮现从前光艳优雅的微笑,即使那种微笑挂在她脸上,也仅仅只停留片刻。她不止一次责怪自己,后来这句话常常挂在她嘴边,像鲁迅小说《祝福》里描写的祥林嫂,不厌其烦地在我面前自然流露,她经常反复说:

"哎,我咋没拴住它,图特木跑了都怪我。"

后来她曾多次梦见图特木回到狼园,醒来一看是一场梦,便难过地在床上默默落泪。溪溪的悲伤恰恰来自我的压力,是我悲观的情绪影响的结果,以至于她承受不住。我对她说:

"还是大爷说得对,狼跑了是天意,别再往心里去了。"

她听后只是摇摇头,那种痛苦的表情反反复复,岂是我用几句话可以安抚得了的?我对她的愧疚一次次涌上心头。我用忏悔的语气反复宽慰她,不过在她看来这些发自肺腑的话,如同渐冷的寒冬即将到来,夺走了秋日最后一丝温暖,仿佛沸腾的血液遇到冰霜被一点点凝固,她冷漠地说道:

"是我伤害你了,怎么弥补啊,没有办法挽回,有些东西失去了才懂得珍惜,你说不是吗?"

她悲伤的样子,这仅仅是我看到的,在我看不见的背后,她默默伤心流泪的时候有多少是我知道的?我讲道理给她听,只想宽慰她。溪溪嘴角只是轻微一挑。我想用真诚去打动她,但却没做到。

晚上我躺在床上,越是不想图特木,它越是有办法找上门。我一再反思为什么它会逃跑,理由是什么。是我把它从小喂大的,如同父子般朝夕相处,换来的却是背叛,我想起清格乐说的一句话，它就是白眼狼，你对它再好，它也会背叛你。一想起这些，无论如何我都无法接受这一事实。

即使我不在溪溪面前谈论图特木，也不能抚平她的创伤。溪溪一度不安于狼园的工作，情绪波动很大，稍有风吹草动，她便忧心忡忡，生怕图特木这件事再次引起我们之间的不快。过了很长一段时间，我早已把这件事忘在脑后了，溪溪却一如既往，清晨起床，照样跑到狼园察看，是否会发生奇迹，甚至跑去旷野寻觅，她不安的心情像一种痼疾，久而久之，她的情绪变得十分低迷，性格孤僻，不善言谈。我在棚子下练习拳击的时候，咚咚的拳头声丝毫没有打动她，甚至很长时间，再也没听到她的琴声，往日的快乐似乎由于图特木的消失而渐渐逝去。

"溪溪，很久没去镇里了，晚上我们一块去转转，顺便再吃顿烧烤。"

"你去吧，我有点累了。"

"怎么了？我见你一直打不起精神？"

"我有点不舒服。"

就这样她悻悻而去。终于有一天，溪溪向我坦言，她想离开狼园，决定放弃九年来与狼共舞的生活，当她将想法说出时，我意识到这是她深思熟虑之后做出的决定，难道一只狼有那么大的力量可以改变一个人的命运吗？我竭尽全力想去挽留她，但是没有办法做到。

一天晚上，她来到我的房间，脸上带着忧郁的神色，至今我清清楚楚记得，那是一张犹如蜡烛遇到风吹，扑朔迷离的表情，虽然有时浮现淡淡的微笑，只不过是一瞬间极不自然的流露，其实我不想看到这种饱含痛苦挤出来的笑容，它与内心世界并不吻合。我明白她想对我说什么，该来的终于来了，今天晚上就是宣判的日子，我的心不由得抽搐起来，像掠过阵阵寒风似的，手开始颤抖，说话也显得语无伦次，我不想再解释什么了，只感到一切无法挽回。

宁静的光线照亮书桌，上面是一些散乱的物品，有照片、书籍、签字笔，还有我写的《狼王日记》扔在那里。溪溪的视线从上面扫过，她表情麻木，丝毫没有被任何东西所打动的意思。我们彼此用寂寞打发时间。眼神已经说明一切，我又能把她怎样呢？心情悲凉到无法忍受的地步，我坦诚地对溪溪说道：

"该说的我都说了，我想挽留你看来不能了，无论你做出什么选择我都理解，不过狼园带给你的快乐是你一生带不走的。"

她叹了一口气，半天才冒出一句话：

"就算你能原谅但我做不到，这就是我想离开狼园的理由。"

溪溪的手放在两腿之间不停地揉搓着，仿佛搅动着一颗不安的心。窗外的光线渐渐被夜幕来临的气氛笼罩着，两个人面对面坐着，直到她脸上的轮廓被一层阴影覆盖，谁也没再说话，压抑的气氛不言而喻。

已是狼园开餐的时间，饥肠辘辘的狼群渴望我的身影出现，我走进厨房，把切好的肉端给它们，当我的脚步迈进狼园的时候，70多只狼的目光立刻将我围住，什么都没有了，只有狼还在我身边，从来没有的悲痛一下涌上心头。

卡尔蹭到我身边，顿时一种难隐的悲伤刺向我，像一把刀捅进我的心窝里。第一代老狼只剩下它在我身边了，我把它抱在怀里，觉得卡尔是那么可爱，它居然成为我最亲密的伙伴陪伴到最后。我的双手紧紧抱住它，就像第一次从白叔狼园抱它一样，我想好好打量这只狼，我从来没有如此认真观察它，抱它亲上一口，九年来仿佛第一次，卡尔的眼睛里在发射一种光芒，像一团火在黑夜中燃烧，这种光芒何尝不是我在图特木眼睛里看到的东西呢？

夜色笼罩大地，房间的门敞开一条缝隙，里面的光线越发明亮起来，房间内安静得没有任何声音，一个人坐在沙袋前，我守望着清凉的月色，冷酷的月牙像一把锋利的匕首悬在头顶。耳边的秋虫停止了啾鸣，周围窒息般的沉寂，我仿佛一个人游荡在平静、孤独、寂寞、与身影为伴的世界。

这时我的房间传来脚步声，原来是溪溪还在屋里，我愕然地看她朝我走来，沉重的脚步声离我越来越近，溪溪倚到我身边坐下，轻轻挽住我的手臂，我才发现自己的身体凉得已经开始瑟瑟发抖，不过靠近她的一侧感觉到一股暖流在渐渐传过来。

月色下一颗晶莹的泪珠挂在她的睫毛上，在她眼睑张开的时候那颗泪珠也变得清澈闪亮。

"一起赏月吧，总比一个人孤零零地坐着要好受啊。"

"我们一起看过多少次了？"

"记不清了。"

月亮从雷达山方向升起，月光照在地面清而不寒，风在草原呼呼吹过，却带给我静谧的感觉。

"你怎么不说话了？"

"有些累了，在心里默默说吧。"

溪溪斜靠在我身边依偎着，我能感觉到她喘气的节奏，我们两个人就这样缄默不语，在我离开房间之后，溪溪翻看了我写的日记，就像看到一个人九年走过的足迹，脚印落在地上，踩的轻重不一样，方向也不尽相同，有的向上用力攀登，也有重心不稳侧滑的时候，有大步的，也有犹豫徘徊的，形形色色，让她看到一颗跳动的心，她说这就足够了。

溪溪的眼角残留着未擦干的泪水，月下晶莹的瞬间被我捕捉到，如果是在放大镜下，也许看到的是圆月般的露珠浮在上面，这是一个女孩内心的情感，无法隐藏的秘密。我们相互依偎，看着那冉冉升起的月牙，彼此相互传递着身体的热量。

我把日记的由来娓娓讲给她听，讲完这段经历，溪溪如此坦然平静，与其说有什么东西在打动她，倒不如说是她看过《狼王日记》有所触动。月光照在她眉清目秀的脸上，阴影虽然轻浮于她的面颊之间，却在蒙眬的眼神中，镶嵌着由于不可阻挡带来的由内而外的涌动之情。

我从狼身上学到的是简单、真诚、毫无隐晦的东西，而了解我思想的人，便能从这些日记中略有发现，因为它是一面镜子，照亮的正是我内心的情怀，还有赤裸裸的灵魂，黑与白的对话世界。

也许是这一切打动了溪溪，她再次决定留在狼园，不走了。

第三十八章　我是狼王

疫情结束之后，前来狼园的游客并不多，狼园经营的困境越来越凸显，一度出现捉襟见肘的局面。与此同时，马鬃山野狼谷项目推进得也不顺利。近日刘万里再次去北京复查身体，是什么病这么严重，每年都要去检查？他不在我们身边，我心里就像没有铅坠的鱼漂，飘忽不定。

一个月后刘万里重返乌拉盖，他的气色没有变化，说话走路还是跟之前一样。轿车从锡林郭勒盟再次捎回来不少鸡架子和肉。我在卸车的时候，刘万里跟溪溪先离开了。车内大包小包塞得满满的，三下五除二，鸡架子和肉被我卸得差不多了。清理卫生的时候，我无意间在后备厢发现了刘万里的病历，我翻开几页，什么心电图、血液化验单、肺部透视、胸片报告等，反正各种检查的票据有一沓。我好奇刘万里的病情，于是继续翻下去，直到最后一张肺部检查报告吸引了我。我仔细看了两遍，然后心情沉重地将它默默叠好，放回塑料袋里。

远处传来刘万里的说话声，他看上去似乎什么事情也没发生，表情平和，面带微笑，不过我呆呆地看着他，脸上的肌肉却绷得很紧。卸完车上的东西，我心事重重地从溪溪身边低头走过。她把我拦住，敏感地说道：

"你咋了？头都不抬一下。"

"哦，没什么，我去趟库房。"

我想躲开她的视线，溪溪再次把我拉住，眉头紧皱。

"眼睛咋红了？像哭过似的。"

"卸鸡架子的时候被东西迷着眼睛了，揉的。"

她疑惑地看着我走去。

刘万里去园子那边了，我看着他拐过一个弯，直到看不见为止。我在仓库把鸡架摞成堆摆好，又把饲料袋清理一下，干活的时候心有点发慌。我坐在一条长板凳上，窗外的光线照得房间说亮不亮。我从后窗发现刘万里一直趴在狼圈那边，我看了他很久，然后走出仓库。

我来到他身边，想找话跟他说说。他微笑着，听我讲话的时候时不时点点头，动作不像我刚来时看到的那么灵动了，身上缺少了过去说话时的激情，更加四平八稳，慢条斯理。我们聊天的时候，他的目光时而游离，似乎对我讲述的内容不大感兴趣。

这次见面之后，刘万里来狼园的次数逐渐减少，只要他到狼园，每次都守在栅栏前默默地站立良久，我见他已经不止一次用这种方式站在那里。我常常揣摩他在想什么，给我的印象既不袒露内心真情，也显不出喜悦之色，总是给人难以捉摸的感觉。看他独自守望狼园,身影孤单寂寞,多少给人可怜的感觉,这时我会放下手里的活走到他身边。

"大爷,我见你趴在这儿看半天了,你不说点什么吗?"

"没想到狼像草似的一下冒出这么多。"

"快90只了,不是小数了。"

刘万里愕然的样子,然后看着狼群,眉目微皱,双眼恍惚,眼神里涌现疑惑之色,好像对狼园的情况并不了解多少。他干咳一下,用手抹掉嘴角的唾沫。

"马鬃山那边什么情况?"

"有几户牧民不迁走,政府也不好办啊。"

唯一的救命稻草恐怕要夭折,这对我们打击很大。我渐渐地发现在刘万里内心深处隐约暴露出对未来的迷茫。从此只要谈到狼园的问题,我就感到前景堪忧,我们已快到山穷水尽的地步。

这时溪溪走过来。

"你们别光在这里站着说话呀,到屋里边喝茶边聊吧。"

有一天快到中午的时候,刘万里身影再次出现,在围栏前一站便是很久。溪溪一直陪在他身边,温暖的阳光照在两个人身上,眼前是一拨拨交替的狼群,甚至有的狼趴在他们跟前不走了。溪溪几次朝我这边挥手,而我依然躲在远处默默眺望。

每当看到刘万里面带微笑的表情,我的心就像被刀割般难受。从他脸上我已看不到当年那种澎湃的激情,他始终含蓄低调,背负难以启齿的压力在努力支撑。在溪溪不停地招呼下,我不得已走过去与刘万里交谈,眼睛总是不敢与他对视,泪水时常在眼眶里转悠。我们聊天的内容,与狼园无关的话题屡屡涉及,而对狼园未来谈得极少,涉及了只是彼此四目相视,淡淡一笑了之。这个瞬间其实是最复杂的真情流露,在两个人的内心深处不亚于针扎,流血似的难受。

天黑了,我独处于阴影之下,溪溪喊我过去吃饭。我应了一声,半天没有起身。溪溪在门口等候着,实际上我没注意她在那里等了有一会儿,自己难过地轻轻抽噎起来。她没上前安慰我,而是一直看着我,直到我把内心的痛苦倾泻出来,她才递给我一张纸巾。

"我看你半天,从来没见你这样伤心过,最近你是怎么了?"

"没什么,就是鼻子不通气。"

"这几天你好像有事瞒着我。"

"过去吃饭吧。"

晚饭是在沉默中度过的,我不想说话,溪溪也沉默不语,房间的气氛变得愈加凝重起来。她时不时抬头观察我的样子。吃过饭后,各自又开始忙碌。溪溪去厨房,为第二天狼园的早食做准备,我拎着一个袋子,里面只有几块肉,往地上一扔。

"溪溪,喂狼的肉又快没了。"

"我跟大爷说过了,前天就告诉他了。"

"他啥意思?"

"还能啥意思,马上解决呗。"

我把袋子里的肉拿出来放在盆里等它化冻,人坐在凳子上发呆。溪溪从冰水里拿出一块还没彻底化开的牛肉,带着冰碴就在案板上切。她的手指看上去冻得通红,她把双手放在嘴前用哈气暖和的时候,我拽过一个小板凳想让她坐下休息,她搓着冻僵的手指，对我说：

"安达，这些天我看你的情绪一直都不好，你不应该那样。"

"我哪里做得不好吗？"

"没说你不对，只是我有点不理解，白天大爷在狼园站半天了，我看你像躲着他似的，已经有几次了，你有点变了，见他没有以前热情了。"

"他是我大爷，我能变到哪儿去，我只是不敢靠近他。"

"我才不信呢！"

我吸下鼻子，又抹了一把脸。溪溪眉头紧皱，一副充满疑惑的模样看着我一把把拽自己的头发。她挽住我的手臂，把我搂在怀里安慰道：

"你说过让我从狼身上学到坚强，你怎么一下脆弱了？这段时间我看你经常一个人默默难过，狼园经营再困难，十年我们都挺过来了，我说得对不对？这也是你对我说的呀。"

我沉默片刻，相信溪溪此时正在关注我。

"我不敢看到大爷，特别是他的眼神。"

说话间泪水涌出我的眼帘，溪溪不知所措地看着我，眼神更加充满狐疑。

"安达，今晚你是怎么了？我认识你多年，现在咋像个陌生人似的？你想对我说什么？"

我更加控制不住自己的感情，泪水如泉水般往外涌出。溪溪被我的反应搞得更加糊涂了。她面露焦急的神色问道："你咋这么伤心，出啥事了？"

"是大爷的病情搅得我难受，最近我发现一个秘密，如果没看到也就算了。"

"他到底咋回事？刚复查回来，身体不是好好的吗？"

"大爷得的是肺癌……不然怎么每年去北京定期做检查。"

溪溪听后冷静片刻，屋子里现出窒息般的安宁。

"你咋知道的？"

"上次我卸鸡架，在车里看到他的病历，两年前大爷在北京做的是肺部手术，他的肺被切除三分之二，现在病理还在观察中，所以每年都去北京复查身体。"

溪溪愣在那里半天没说话，眼圈里的泪水嗒吧嗒吧往下落。

"现在你知道我不敢靠近他的原因了，我怕控制不住自己的感情，在他面前落泪。"

我们两人陷入长久的沉默。溪溪恍惚之间说道：

"怪不得大爷啥事都想开了，又去外地旅游，他还有心思养狼吗？"

溪溪的问话让我无从回答。从此我们的生活被罩上一层阴影，似乎已经看到狼园的未来，不由得一阵酸楚涌上心头，我的眉目之间常常浮现哀愁。原以为刘万里的情绪变化是被养狼的经济压力所困，现在又加上一道病情，事实远比预料的要残酷。

半个月后的一天下午，刘万里的身影再次出现在狼园的栅栏前。当时我驯完小狼，正准备往回走，远远发现曾使我再熟悉不过的背影了。我来到他身边，没等我开口他先说道：

"几年前图特木丢了，找它的时候牧民讲过一句话，你还记得吗？"

"牧民说了很多，你指哪一句？"

"狼真可爱,听到这话的时候我心里特别舒服,一直忘不掉,现在想起来好像是很久之前的事了。"

"大爷,你说这话好像要跟狼园告别似的,我们可不能没有你掌舵。"

"马鬃山一直没有消息,有谁愿意与我们合作就好了。"

"车到山前必有路,我想会有的。"

我们聊天的时候,没看到溪溪,她一直躲在厨房,一个人忙碌的时候,时常朝我们这边瞅两眼,有时她会停下手里的活,倚在门框上默默守望,泪水紧紧含在她眼窝里,这种伤心的情景,任谁看了都会难过。

这次谈话我不想再问马鬃山的事了,是刘万里先提出来的,显然这是一个无奈而漫长的等待,没有结局,对于我们来说远水不解近渴。刘万里想去仓库看看,我跟在他身后一起来到库房,只见地上是一堆装过肉的空袋子,打开冰柜的门,里面只有少许肉,看上去很惨淡。

"上次买的肉就剩这些了吗?"

"狼的数量多了,肉一来消耗得特别快。"

"还能再节省吗?"

"已经缩减到三天一顿了。"

"也是问题,狼饿得会受不了的。"

"我们试过,短期内还可以。"

刘万里没再说什么,这时溪溪走了进来:

"安达,这里多冷,你陪大爷去房间暖和一下。"

我见溪溪表情并不好,心里明白是怎么回事了。刘万里没马上离开,而是看着溪溪从冰柜里拿出仅有的几块肉放在盒里出去,刘万里若有所思的样子。

一天晚上,刘万里打电话让我去他家取东西,我一看时间已经很晚了,心想这个时候他有什么急事找我?我不敢耽搁,骑上摩托车飞速赶过去。一进屋,只见他独自坐在沙发上,看到这种情景不免有些悲凉。他见我来了,和颜悦色地说道:

"坐吧,茶有点苦,怕你喝不惯。"

我往沙发上一靠,发现屋里只有他一人。

"大娘出去了?"

"她去锡林郭勒盟给我拿药去了,把你叫来是想跟你商量一下狼园的事,狼越来越多,你想过继续发展的事情吗?"

"咋不想呢,想的头都快炸了。"

刘万里脸上的表情很含蓄。今天晚上与其说是让我来到刘万里家取东西,不如说他有重要的话要对我讲,我早已做好思想准备了,所以显得非常平静。在这种气氛下两个男人之间聊天,需要面对面,不时地看着对方的眼睛说话。不知怎么搞的,我在目视他的时候,实际上看到的却是在轿车上发现病历的情景,这种印象始终抹不去。

台灯昏暗的光线下,我的眼前总有一种水汪汪的东西在流动。我趁刘万里不注意的时候,偷偷迅速擦一下眼里的泪水,然而心里那份复杂的情绪总是像泉水般往外涌,我连抬头看他的勇气都没有了。

"大爷,你有什么想法就直说吧。"

刘万里停顿片刻,好像从宁静中找到空隙,他顿了一下嗓子。

"这几天我经常想起白叔的狼园,你知道后来是咋回事吗?"

"我听你说过。"

"我们不能像他那样经营了。"

"你有什么建议吗?"

"每年在狼身上消费的成本不是小数,大窑拆除之后,几年下来我搭在狼园的费用有上千万元了,照现在这种方法经营,终有垮掉的那一天,我不想看到这一天的到来。我老了,加上身体跟不上了,最好找一个合作方,我们共同经营狼园。"

"我跟溪溪经常发抖音,有几家想合作的,打电话一联系都不靠谱。"

"我这边有关系,抽空咱俩跑一趟。"

"你身体行吗?交给我跑吧。"

"你先做好准备,一旦找不到合作方狼园下一步怎么办。"

"大不了我带狼群闯天下,我走到哪里狼群跟我去哪里。"

"你真像安德鲁,草原狼都被他拉回加拿大了,人家是带着狼在闯世界。"

"他能做到我怎么就做不到呢?反正到哪儿都是活啊,我不能跟狼群分开。"

"这个世界不是我们选择社会,而是社会在选择我们,我们必须学会面对现实了。"

晚上我们两人促膝谈心到很晚,一想到他的病情,心里的阴影始终徘徊不去。与他谈话的时候,对面的刘万里好像判若两人,实际上是我心态的关系吧。我们一起聊狼园的话题,刘万里把掏心窝子的话全跟我说了，我听了扎心般难受。面对窒息般的夜晚，我眼里的泪水一次次止不住想流出来，我终于忍耐不住，像孩子似的扑到他怀里，难过地放声大哭。

"大爷，你不要身体了，还操心狼园的事……"

一刹那积压在内心深处多日的痛苦像开闸的洪水奔涌而出。刘万里轻轻抚摩着我的后背，眼圈也湿润了。我清楚地记得他说了这样一句话：

"安达，我早就看出你这孩子身上有一种骨气。"

"大爷，大爷……"

我紧紧抱住他，泪水浸湿了他的衣服。

最近半年我跟刘万里的谈话经常涉及狼园的未来，由开始的阳光灿烂，逐渐跌入冰川峡谷，像盛夏吹来的一股寒流吹到骨缝里透心凉，这次见面也不例外。今天的狼园如履薄冰，如同坐在一驾摇摇欲坠的马车上，也许哪一天就会突然崩塌。

我回到房间，感到非常难过，见面时那种心酸一直挥之不去，从养狼开始的一腔热忱，到现在的冷若冰霜，180度大转变，连刹车的机会都没给我，养狼养到今天怎么跟做了一场噩梦似的呢？

晚上，我躺在床上泪水不住地流，十年养狼的经历像电影一样在脑海里不断闪过，酸甜苦辣的日子一起浮现眼前，就像惊涛拍岸，涛声久久不能平静。难以克制的悲情爆炸似的往我脑子里面钻，我从床上爬起来，来到院子里的沙袋前狠狠打了一组拳，恨不得把手指的骨节都打烂。在我挥拳搏击的时候，似乎看到黑暗中无数草原狼的眼睛在审视我，仿佛是拳击台上被人击倒后眼前闪烁的金星。是倒下去还是爬起来继续迎战？我扪心自问。我不能这样浑浑噩噩地活下去了，我绝不是倒下的那个人，我是男人，男人就要学会顶天立地，顽强拼搏。我手扶沙袋，脑子顿悟，人生应该还有新的选择。

第二天一早见到溪溪，我把内心的压抑藏于平静的面孔之下，我也学会伪装自己了，然而这是善意的选择，跟狡猾没关系。她拉了我一下：

"安达，你眼睛浮肿了。"

"可能没睡好吧。"

"你可别病倒了，狼园现在全指望你了。"

我是男子汉，在这个时候要承担起狼园的重担，绝不能把忧郁的情绪带给她，女孩子在这方面比我脆弱许多，好在她从来不多嘴，也不多问什么，不过像她这种聪明的人又怎能看不透现实呢？平日她就像什么事都没发生一样，依旧照常做自己的工作。我是养狼人，要对得起热爱动物和有爱心的人，我要想办法帮助刘万里渡过暂时的难关。

想归想，可是我拿什么拯救现实呢？我也是两手空空，社会资历尚浅，缺少人际关系。我又开始翻抖音画面，看看上面的留言，寻找一些信息能否给我们带来生机。现在我不分白天还是晚上，有空就像刘万里似的蹲在狼园考虑一些问题，渐渐地，我开始理解刘万里为什么常常凭栏伫立，理解他到狼园守在栅栏前僵住的身影，还有缄默不语的心态。

回到房间，难以排除的烦恼常常涌上心头，这时候我便翻开笔记本，追问内心的白与黑。最近我一直用这种方式打发时间，释放连日来内心的压抑,看到越写越厚的日记本,似乎它把我的所思所想统统打包,压缩在这个小小的空间内,它记录了我的痛苦、孤独、绝望、压抑和拼搏的人生。我在走投无路的时候,发泄方式有两种:一种是打拳击,另一种就是写日记,通过每一个字和每句话把内心的惆怅激发出来。

晚上我写完日记躺在床上,仿佛陷入巨大的旋涡,天旋地转,一股无形的力量如同宇宙中的黑洞,把我不断卷入黑暗的深渊。我无法抗拒这种力量的存在,只有拼命挣扎,我在黑暗中看到野狼、布勒姆、金刚、三条腿、白狼、乔奴和图特木,我一次次被它们唤醒。这时身边响起手机铃声,是妈妈从乌兰布统打来的电话,我感到特别突然,她很少这个时候打电话来,我心里一怔。

她把父亲最近一些情况跟我讲了,说他又犯喝酒的毛病了,酒一喝多了心情就不好,念念不忘在大窑时的经历。妈妈在手机那头还说这几天特别惦记我,嘱咐我在外一定多多注意身体,宽慰我每天要快乐生活,把狼养好,多听大爷的话。通话就要结束的时候,无意中妈妈提了一嘴:

"老祁两天前被车撞死了。"

我心里一怔,忽然想起她说的那个老祁是谁呀,咋这么耳熟?我生怕自己没听清楚,便急忙追问道:

"妈,你说谁被车撞了?"

"还能有谁呀?老祁呗,就是你祁大爷。"

"他死了吗?"

我非常吃惊地问道。

"可不吗,人没有了,为救一只狗被车撞死的。"

我顿时愕然,像触电般僵住,心想他怎么能被车撞死了?放下电话我坐立不安,祁大爷的身影一直在我眼前浮现。夜里我实在难受,一口气跑到山上,正好有几块石头堆成一座小山包,我为他烧了一炷香。

中秋节前夕,马豆回到乌拉盖,她找人宰了一只羊,把我和溪溪叫到她家,难得在中秋之夜大家团聚。马豆忙活了一下午,做了丰盛的晚餐,饭菜摆满桌子,她举起杯子:

"咱们一家团圆,虽然不是亲的,但是胜似亲人,中秋节了,干一杯。"

刘万里说道:

"我就以茶代酒了。"

溪溪接过话,说:

"大爷,你端啥都是酒。"

"今晚我咋那么想喝高度酒呢。"

我朝刘万里说道。他拍下我的肩膀,眼睛还是那么有神。

"安达,我这儿有60度的草原白,你敢招呼吗?"

"蒙古汉子,我有不敢的吗?"

"有血性,我看你越来越像狼王了。"

这一刻欢乐的气氛充满房间,把连日来压抑的痛苦彻底甩到脑后,我自斟自饮,真有一种今朝有酒今朝醉的感觉。餐桌上刘万里谈到四年前的中秋之夜,我们是在呼和浩特度过的,《千古马颂》的情景浮现在眼前,然而那次中秋过得极其不平凡,我的手臂被图特木咬伤,如今想再给它机会咬我一次却是不可能了。它现在的情况怎么样了?真是让我牵挂。马豆一阵说笑,打断了我的思绪。

"安达,想啥呢?端起酒杯喝啊!"

"大娘,你瞅瞅,我这可是高度酒,喝不少了。"

"干了干了,我看你喝酒不在状态上。"

我痛快地拿起酒杯,一饮而尽,也算在心灵上为图特木祈祷平安了。刘万里一副很高兴的样子,他开口说道:

"溪溪这几年下来成熟多了,狼咋这么改变人呢?"

"她快赶上假小子了,拽着狼大腿都敢跑,是狼性的力量呗。"

大家一阵欢乐,我上去抓起羊肉大块下口。溪溪端起奶茶又喝一碗,马豆光张罗我们吃,自己却很少动筷子。我说:

"大娘你咋了,别光看着我们吃,你也动手啊!"

"我吃着呢。"

刘万里端起茶杯停顿,我们三人不再说话,只是默默地看着他。

"我提一杯。"

他把茶杯又放下,重新给自己斟满白酒,感慨的样子。

"你咋能喝酒啊?身体啥情况又不是不知道。"

马豆上去要夺走刘万里手里的酒杯,她的手被他挡了一下,他继续手举杯子说道:

"安达,还有溪溪,你们俩养狼十年,把青春全搭进狼园了,我想是啥动力把你们拴住不走的?仅仅是喜欢狼,热爱这一行吗?我想跟狼性有关,你们从狼身上学到了珍贵的品质,它是我养狼以来一直推崇的精神,以后对你们年青一代的人生会有影响,大爷谢谢你们多年的付出。"

说完他一口把酒先喝了,我只觉得一种苦涩的东西流入心房,屋子里的气氛立刻沉寂下来,马豆说了一句痛快话,才把这种气氛再次打破。

"明天总比今天好,大家吃菜,你们俩夹菜呀!"

中途我从厕所出来,经过厨房的时候发现马豆独自在里面,好像她在擦泪水,我过去问她:

"大娘,你咋哭了?"

"看你大爷愉快,我高兴的。"

"他身体啥情况我都知道了,你别一个人待在这里,去屋里热闹一下吧。"

马豆突然放声哭泣,我的心被撕碎似的同她一起难过起来。片刻之后,我们坦然地走回客厅。

马豆往凳子上一坐,像什么事都没发生过一样。这时她的手机响起铃声,是露露从呼和浩特打来的视频电话,我们大家向她问候着,每人都说了一句祝福的话。通话结束,我自然忘不掉自己在呼市的经历,心里隐约有一种难言的揪痛。

不久之后,我跟刘万里开始到处奔波,寻找狼园的合作方。我们先后去过张家口、石家庄、北京、宁夏等地,设法为狼找到栖息地。我们接触了许多合作方,面谈的时候都很热情,可是一说到方案落地,总会遇到各种问题,对方想得很现实,只看重狼的经济价值和回报,如何把狼变成赚钱的工具,让利益最大化,却从来不去想怎样通过养狼普及狼文化,关注和思考狼与自然和谐的关系。绝大多数人缺乏对狼文化的理解,看中的只是怎么靠它赚钱,而忽略狼性的价值。

这种合作绝非刘万里的初衷。驱车几千公里,耗时两个多月,毫无收获,我跟刘万里经常面面相觑,从对视的眼神中好像默默在说,我们这十年的努力难道是走错方向了吗?我们悻悻然,怀着悲凉的心情回到避风港乌拉盖。

在狼园生存面临最为艰难的时候,霍林河一家文化公司向我们伸出橄榄枝,同意出资接收狼群,并为草原狼兴建一座野生狼园,这是我们一直企盼的结果,犹如雪中送炭。我把消息告诉了刘万里。不久我们与合作方在霍林河洽谈合作意向,对野生狼园的地点进行考察确认,协议推进得十分顺利。刘万里把拍摄《狼图腾》电影时兴建狼园的经验分享给对方,又同合作方一起策划新建狼园的具体方案,大家一致努力,为的是一个共同的目标——早日建好野生狼园,让草原狼能够有一个安生之地。

晚上,我来到沙袋前,面对已经被打烂的沙袋浮想联翩,一拳打下去,接着又是一记重拳。狼园就是我的人生大舞台,我只有学会从逆境中坚持,勇于挑战自我,才有可能成功。溪溪倚在摩托车旁,眼神带着几分妩媚,她说:

"安达,沙袋被你的拳头打烂了。"

"再有一个十年我还会坚持打下去。"

"为什么呀?"

"过去我输给拳击舞台,现在我已经找回自信,这一切是狼教会我的,我打出的每一拳,都必须让对手听到这是狼在吼叫。"

这一年冬季,我陪同刘万里再次去北京医院复查,其间又见到《狼图腾》电影美术指导全老师,刘万里把狼园的情况对他讲了一遍。他非常高兴，一直担心的狼园去向问题终于尘埃落定。

之后我们同合作单位的负责人一起去《狼图腾》小说作者姜戎先生家，先生一直惦记狼园的后续发展，我们把目前的结果和未来设想一一向他汇报了。大家边喝茶边听姜戎先生对狼文化的解读，听得我们十分激动，一次次点燃了我内心的希望之火。离开时我们在客厅与姜戎先生合影留念，他还赠送给我们新出版的小说《天鹅图腾》，我的眼睛像电影里的特写镜头，看到姜戎先生紧握钢笔，力透纸背，一笔一画书写着深情寄语，那一刻有一种说不出的激情在我心中涌动，感到没有任何理由不把草原狼养好。

霍林河野生狼园已在选址地区开建，然而工程刚刚拉开帷幕便被紧急叫停，原来是上级某领导来视察，看到狼园建设规划占地不合理，正在建设的工程陷入尴尬的境地，施工现场一片狼藉。刘万里感慨地说：

"安达，说句心里话，自从大窑拆除那天，我对养狼的心气就一下凉了半截，原以为锡林郭勒盟13个旗县都在挖掘各自的特点，我想把乌拉盖打造成草原狼文化，现在看来是我错了，我的想法推不下去，彻底失败了，希望你别像我，一定坚持走下去。"

"大爷我不会让你的心血付诸东流，真有那一天狼园经营不下去了，有一口饭我也要分给狼一半，哪怕浪迹天涯，我带狼群流浪。"

晚上，我伏在桌子上写了一篇日记。在写这篇日记时，我把自己想象为一把利剑，插在傲日格乐山峰，在阳光照耀下寒气逼人：

最近看过两本书，一本是《狂神》，是心理缺失安全感还是虚荣心过强？经常幻想自己就是那个主人公，小说传达给我一种精神力量，狂神无论如何只有战死，却从不屈服。后来又看完了一本《蹭摩头》，书中写了很多故事，有开心的，有伤心的，也有生死离别的，让我知道看开一切，这个社会还有很多人，在不平等的世界里活得非常幸福。我身上没有太多的故事，平庸得像一张白纸，所以我想给自己添加点色彩，坚强起来。

事到如今，狼园经营再次陷入低谷，然而就在我们山穷水尽的时候，出现新的转机。乌拉盖政府知道我们的情况后，在最关键的时刻向我们伸出援助之手，政府组织有关部门开协调会，加大力度快速推进马鬃山野狼谷落地工程，对原有的规划进行重新调整，想办法绕开了牧民的草场，狼园再次迎来希望的曙光。经过几个月的修建，八万多亩的马鬃山野狼谷当年建成投入使用。

离开狼园的日子越来越近，我跟溪溪绕过鱼塘，来到大榆树前，它依然巍峨挺拔，树下的狗窝早已成为尘封的往事，小白的名字是否有人记得无人知晓。我们绕到大窑身后，十年之间大窑消失了，老砖房也被夷为平地，狼园也即将从这片土地消失。站在旷野里，我默默沉浸在对往事的回想中，激动、快乐、憧憬、忧伤、郁闷、压抑、重生的喜悦交织在一起，心灵带我画过的弧线是那么清晰。我突然感觉到，自己苦苦期待的"诺亚方舟"实际上就在眼前。

"安达,不知道图特木现在过得是好是坏呢?"

"提起它好像是很久之前的事了,让它在大草原自由生活吧,乌拉盖有自己的草原狼了,这是大爷一直想干的事。"

我们俩坐在草地上,眺望遥远的前方,笔直的柏油马路从乌拉盖伸向天边。溪溪依偎在我的怀里,双手摆弄着辫梢。2014年她来到狼园,我当年正好21岁,整整在狼园度过十年风雨,迎来一拨又一拨新狼,从一只狼发展到快90只,每只狼身上都流着乌拉盖的血,长着乌拉盖的肉。十年的养狼经历,让我无法割舍对这片土地的深情,只觉得岁月如神偷,日子过得真快。这时远处传来喊声,回头一看是刘万里和马豆赶来了,两人朝我这边直挥手。

"安达、溪溪,一起在狼园前留下最后一张合影吧。"

搬迁的那天,一只只狼被装上了卡车,朝夕相处的狼园一下空寂下来,像一幅画凝固在静止的草原上。我环视一周,朝皮卡车缓缓走去,十几米的路只感到极为漫长,每一步都是沉甸甸的,落在放大的乌拉盖地图上面:街道、兽医站、大窑、鱼塘、大榆树、雷达山,最后是狼园,每一个角落都布满了我们的足迹。仰望天空,天还是那样蓝,白云朵朵,亘古不变,然而它在大地留下的影子擦着我的身边,电流般一道道稍纵即逝,何以为家?实际上家就在眼前,在心里,在心向往的地方。

"再见了,我的狼园。"

马豆向我们打着离别的招呼,刘万里双手用力抓住我的肩膀,语重心长地说:

"安达,到了马鬃山来个电话。"

"大爷大娘，你们放心吧，有我在就有狼群在，未来只会越来越好。"

"希望你像天上的云，地上的影子，无论你飘到哪里，记住这里就是你的家。"

刘万里和马豆一直挥手，我看到大爷眸子里流下沉重的泪水，浑身上下仿佛流过一股寒流，揪痛得像无数枯草穿心而过。皮卡车徐徐离去，我从后视镜中看到两个人的身影渐渐离我远去，一切变得模糊起来。

这是一个充满阳光的上午，运狼的车队向东驶去，浩浩荡荡，曾经那种招摇过市的感觉统统在冷漠和悲悯之中黯然隐去。我和溪溪面对窗外喧嚣的人群，仿佛耳边就是无声的空气。我找到真正的自己，也许这就是我们即将开始的新的人生。我跟溪溪的手紧紧握在一起，抱着对未来的憧憬，扬帆起航。

2023年，我们再次养育了一只白狼，2024年春节期间，在大雪覆盖的日子，马鬃山吸引来许多摄影师，有人把拍到的白狼照片发到网上，多家电视台和网站纷纷报道，一天的点击量破450万人次。

这天晚上我激动得再次失眠，十年养狼经历像电影一样在眼前浮现。想起当初，我跟刘万里一起找小狼的经历，直至今天有许多人依然在问我，甚至不理解，为什么我们对狼如此着迷。十几年下来，花费上千万元的成本就是为了养狼驯狼吗？发生在我跟刘万里两人身上的故事不被世人相信，觉得不可思议，然而，这就是事实，没有什么悬念。

夜里我又做了一个与狼有关的梦。大概是午夜过后，黑暗中有人在做子弹交易，每发子弹可以卖到5万元、10万元，那些有钱有身份的人，不惜重金买到手，然后潜伏在雪地里，枪口的准星一直瞄向旷野。一只草原狼向他们走来。一声枪响，鲜血四溢，血泊之中倒下的是图特木。我从睡梦中惊醒，多亏是场梦。

我望着窗外飘落的雪花，一声叹息。

同年的冬天，我在微信朋友圈中看到一则消息，有朋友在51团以东的断背山上，也就是马鬃山以南的某山脉，经常看到一只孤狼站在悬崖上。我从这些人拍到的视频中听到了熟悉的狼叫声，它不正是图特木传来的苍穹之约吗？它什么时候找回故乡的？它的身影在大雪纷飞的日子屹立于山巅。如果有缘，我会与它再次相遇。

后 记

我是《狼图腾》电影的美术指导，电影拍摄期间，我结识了乌拉盖的刘万里，通过他又结识了驯狼师安达。

电影拍摄完之后，我去过几次乌拉盖，见到他们在草原开始养狼驯狼，对我是一次震动，因为拍电影的时候，只知道外国人在干这件事。后来我又看了安达驯狼的过程。再后来，我每次去乌拉盖，他都会把驯狼的成果展示给我看，当时我很激动，觉得这件事挺有意思。后来他们养的狼长大了，告诉我驯狼也有一些收获，我很高兴，问他们："能拍电影吗？"

刘万里回答我："你看看就知道了，不比你们拍的《狼图腾》差哪儿去。"

于是，我帮他们介绍一些电影和电视剧的拍摄，便有更多机会与两个人接触，对他们养狼的情况有了一个清晰的了解。

刘万里每次来北京，都会跟我聊很多养狼的情况，我们还会去《狼图腾》小说作者姜戎家坐坐。这时他家会聚来一些朋友，大家一起谈论着有关狼文化方面的话题，自然离不开草原狼。我渐渐对狼有了新的认识，对刘万里和安达身上发生的故事产生浓厚的兴趣，于是我让安达把他养狼的体会记一记，没有要求，随便写，写什么都行，用日记的形式记下来，这件事大概是从2014年7月开始的。

我的原始动机是想从两个人身上积累素材，看看能否写一个关于"狼"题材的电影剧本，后来发现在他们身上发生的事迹足以支撑一部小说的容量，于是开始着手写了这部小说。动笔是在两年前。

刘万里养狼是从一种情怀开始的，我通过跟他的交流，渐渐发现他对养狼这件事有一个非常大的包容在里面。而安达是他的驯兽师，也是养狼人。我在跟安达接触的时候，发现这个孩子身上有一股劲儿，无论遇到多大阻力，都坚定要把狼养好、驯好，他身上有一股绝不服输的劲头打动了我。

驯狼实际上是一项非常艰难枯燥的工作。他住在一个远离小镇的孤僻的地方，一年四季只与狼打交道。这是一个正常年轻人很难忍受的环境，但是他在这里一住就是十多年，全身心投入驯狼。这一切都让我十分感动，所以我一直有一个愿望，想把发生在刘万里和安达身上的这个故事挖掘出来，以最普通的笔墨，毫无修饰地把他们身上发生的真实事件记录下来。这便是我写《狼别离》的原始动机。

我在写这本书的时候，遇到两个困惑：一个是从刘万里这边延伸出来的，如果养狼，一只、两只还好，如果养到10只、20只，甚至到上百只，一养就是十多年，其实是非常不容易的事。养狼的投资很大，刘万里经历很多，有快乐，也有悲伤。他辛苦创办的砖窑在时代发展进程中已经不适应政策发展而被拆除了，也就是书中的大窑被夷为平地，意味着他失去了工作，也切断了维系狼园的经济来源，同时他身患癌症。就是一个这样的人，是什么动力让他坚持把这件事情做下去？而且这种信念一直维系到现在。另一个困惑来自对安达养狼的认知，我在跟他交流的时候，看到他写的一些日记，发现他在驯狼过程当中遇到了许多阻力，经历了一次次失败，甚至撞墙的念头屡屡出现，但是他还是不断地挑战自己的极限，争取把这件事情做好、做到底。在这个过程中，我看到了一种不屈不挠、坚韧不拔的精神在他身上闪光，看到了一种永远不被摧毁的坚定信念，这种力量一直鼓舞和感染着我。有时我会对自己发出疑问，像这种自强不息、不畏失败的年轻人在现时社会非常少见，起码在我身边是这样。他们两个身上发生的故事富有传奇色彩，也有感染性，一直推动着我的思路向前发展。我一次次产生冲动，想把这件事情写出来。

我没写过小说，也没发表过文学作品，这是第一次试水，纯粹是有感而发，通过现实主义手法，用最朴实、最直接和最直观的语言，把我看到的、听到的和接触到的东西原汁原味写出来。在写这本书的时候，刘万里也好，安达也好，我在采访他们的时候，两个人给我提供了大量的素材，以及十年当中养狼所经历的一切，其中包括安达的部分日记。在我的素材当中，我把它转变成小说的故事载体。最后，我非常感谢刘万里和安达在我写这本书的过程当中给予的支持和帮助。

图书在版编目（CIP）数据

狼别离 / 全荣哲著. —北京：中国工人出版社，2024.5
ISBN 978-7-5008-8081-3

Ⅰ.①狼… Ⅱ.①全… Ⅲ.①纪实文学–中国–当代 Ⅳ.①I25

中国国家版本馆CIP数据核字（2024）第108570号

狼别离

出 版 人	董　宽
责任编辑	葛忠雨
责任校对	张　彦
责任印制	黄　丽
出版发行	中国工人出版社
地　　址	北京市东城区鼓楼外大街45号　邮编：100120
网　　址	http://www.wp-china.com
电　　话	（010）62005043（总编室）　62005039（印制管理中心） （010）62379038（社科文艺分社）
发行热线	（010）82029051　62383056
经　　销	各地书店
印　　刷	三河市万龙印装有限公司
开　　本	880毫米×1230毫米　1/32
印　　张	18
字　　数	412千字
版　　次	2024年9月第1版　2024年9月第1次印刷
定　　价	68.00元

本书如有破损、缺页、装订错误，请与本社印制管理中心联系更换
版权所有　侵权必究